U0139679

国家社会科学基金重大项目
"《文心雕龙》汇释及百年'龙学'学案"
（批准号：17ZDA253）阶段性成果

国家出版基金项目
NATIONAL PUBLICATION FOUNDATION

「龙学」前沿书系

文心雕龙学探索

戚良德 主编

朱文民 著

长江出版传媒

崇文书局

图书在版编目（CIP）数据

文心雕龙学探索 / 朱文民著 . -- 武汉 ：崇文书局，
2023.8
（龙学前沿书系）
ISBN 978-7-5403-7376-4

Ⅰ．①文… Ⅱ．①朱… Ⅲ．①《文心雕龙》—研究
Ⅳ．① I206.2

中国国家版本馆 CIP 数据核字（2023）第 117890 号

丛书策划：陶永跃
责任编辑：吕慧英　薛绪勒　陈金鑫
封面设计：杨　艳
责任校对：董　颖
责任印制：李佳超

文心雕龙学探索
WENXINDIAOLONGXUE TANSUO

出版发行：长江出版传媒 ▓崇文书局
地　　址：武汉市雄楚大街 268 号 C 座 11 层
电　　话：(027)87677133　　邮政编码：430070
印　　刷：湖北新华印务有限公司
开　　本：880mm×1230mm　1/32
印　　张：18.75
字　　数：450 千
版　　次：2023 年 8 月第 1 版
印　　次：2023 年 8 月第 1 次印刷
定　　价：138.00 元

（如发现印装质量问题，影响阅读，由本社负责调换）
　　本作品之出版权（含电子版权）、发行权、改编权、翻译权等著作权以及本作品装帧设计的著作权均受我国著作权法及有关国际版权公约保护。任何非经我社许可的仿制、改编、转载、印刷、销售、传播之行为，我社将追究其法律责任。

总 序

《文心雕龙》是一部什么书?

戚良德

　　四十年前的 1983 年,中国《文心雕龙》学会在青岛成立,《人民日报》在同年 8 月 23 日以《中国〈文心雕龙〉学会成立》为题予以报道,其中有言:"近三十年来,我国出版了研究《文心雕龙》的著作二十八部,发表了论文六百余篇,并形成了一支越来越大的研究队伍。"因而认为:"近三十年来的'龙学'工作,无论校注译释和理论研究,都取得了丰硕的成果。"至少从此开始,《文心雕龙》研究便有了"龙学"之称。如果说那时的二十八部著作和六百余篇论文已经是"丰硕的成果",那么自 1983 年至今的四十年来,"龙学"可以说取得了令人瞩目的巨大成就。据笔者统计,目前已出版各类"龙学"著述近九百种,发表论文超过一万篇。然而,《文心雕龙》是一部什么书? 这一看起来不成问题的问题,却在"龙学"颇具规模之后,显得尤为突出,需要我们予以认真回答。

　　众所周知,在《四库全书》中,《文心雕龙》被列入集部"诗文评"之首,以此经常为人所津津乐道。近代国学天才刘咸炘在其《文心雕龙阐说》中却指出:"彦和此篇,意笼百家,体实一子。故寄怀金石,欲振颓风。后世列诸诗文评,与宋、明杂说为伍,非其意也。"他认为,《文心雕龙》乃"意笼百家"的一部子书,将其归入"诗文评",

是不符合刘勰之意的。无独有偶，现代学术大家刘永济先生虽然把《文心雕龙》当作文学批评之书，但也认为其书性质乃属于子书。他在《文心雕龙校释》中说，《文心雕龙》为我国文学批评论文最早、最完备、最有系统之作，而又"超出诗文评之上而成为一家之言"，从中"可以推见彦和之学术思想"，因而"按其实质，名为一子，允无愧色"。此论更为具体而明确，可以说是对刘咸炘之说的进一步发挥。王更生先生则统一"诗文评"与"子书"之说，指出"《文心雕龙》是'文评中的子书，子书中的文评'"，并认为这一认识"最能看出刘勰的全部人格，和《文心雕龙》的内容归趣"（《重修增订文心雕龙导读》）。这一说法既照顾了刘勰自己所谓"论文"的出发点，又体现了其"立德""含道"的思想追求，应该说更加切合刘勰的著述初衷与《文心雕龙》的理论实际。不过，所谓"文评"与"子书"皆为传统之说，它们的相互包含毕竟只是一个略带艺术性的概括，并非准确的定义。

那么，我们能不能找到更为合乎实际的说法呢？笔者以为，较之"诗文评"和"子书"说，明清一些学者的认识可能更为符合《文心雕龙》一书的性质。明人张之象论《文心雕龙》有曰："至其扬榷古今，品藻得失，持独断以定群器，证往哲以觉来彦，盖作者之章程，艺林之准的也。"这里不仅指出其"意笼百家"的特点，更明白无误地肯定其创为新说之功，从而具有继往开来之用；所谓"作者之章程，艺林之准的"，则具体地确定了《文心雕龙》一书的性质，那就是写作的章程和标准。清人黄叔琳延续了张之象的这一看法，论述更为具体："刘舍人《文心雕龙》一书，盖艺苑之秘宝也。观其苞罗群籍，多所折衷，于凡文章利病，抉摘靡遗。缀文之士，苟欲希风前秀，未有可舍此而别求津逮者。"所谓"艺苑之秘宝"，与张之象的定位可谓一脉相承，都肯定了《文心雕龙》作为写作章程的独一无二的重要性。同时，黄叔琳还特别指出了刘勰"多所折衷"的思维方式及其对"文章利病，抉摘靡遗"的特点，从而认为《文心雕龙》乃"缀文之士"的"津逮"，舍此而别无所求。这样的评价自然也就不"与宋、明杂说为伍"了。

清代著名学者章学诚在其《文史通义》中则有着流传更广的一段话："《诗品》之于论诗，视《文心雕龙》之于论文，皆专门名家，勒为成书之初祖也。《文心》体大而虑周，《诗品》思深而意远；盖《文心》笼罩群言，而《诗品》深从六艺溯流别也。"这段话言简意赅，历来得到研究者的肯定，因而经常被引用，但笔者以为，章氏论述较为笼统，其中或有未必然者。从《诗品》和《文心雕龙》乃中国文论史上两部最早的专书（即所谓"成书"）而言，章学诚的说法是有道理的，但"论诗"和"论文"的对比是并不准确的。《诗品》确为论"诗"之作，且所论只限于五言诗；而《文心雕龙》所论之"文"，却决非与"诗"相对而言的"文"，乃是既包括"诗"，也包括各种"文"在内的。即使《文心雕龙》中的《明诗》一篇，其论述范围也超出了五言诗，更遑论一部《文心雕龙》了。

与章学诚的论述相比，清人谭献《复堂日记》论《文心雕龙》可以说更为精准："并世则《诗品》让能，后来则《史通》失隽。文苑之学，寡二少双。"《诗品》之不得不"让能"者，《史通》之所以"失隽"者，盖以其与《文心雕龙》原本不属于一个重量级之谓也。其实，并非一定要比出一个谁高谁低，更不意味着"让能""失隽"者便无足轻重，而是说它们的论述范围不同，理论性质有异。所谓"寡二少双"者，乃就"文苑之学"而谓也。《文心雕龙》乃是中国古代的"文苑之学"，这个"文"不仅包括"诗"，甚至也涵盖"史"（刘勰分别以《明诗》《史传》论之），因而才有"让能""失隽"之论。若单就诗论和史论而言，《明诗》《史传》两篇显然是无法与《诗品》《史通》两书相提并论的。章学诚谓《诗品》"思深而意远",尤其是其"深从六艺溯流别",这便是刘勰的《明诗》所难以做到的。所以,这里有专论和综论的区别,有刘勰所谓"执一隅之解"和"拟万端之变"(《文心雕龙·知音》)的不同;作为"弥纶群言"(《文心雕龙·序志》)的"文苑之学",刘勰的《文心雕龙》确乎是"寡二少双"的。

令人遗憾的是,当西方现代文学观念传入中国之后,我们对《文心雕龙》一书的认识渐渐出现了偏差。鲁迅先生《题记一篇》有云:"篇章既富,评骘遂生,东则有刘彦和之《文心》,西则有亚理士多德之《诗学》,解析神质,包举洪纤,开源发流,为世楷式。"这段论述颇类章学诚之说,得到研究者的普遍肯定和重视,实则仍有不够准确之处。首先,所谓"篇章既富,评骘遂生",虽其道理并不错,却显然延续了《四库全书》的思路,把《文心雕龙》列入"诗文评"一类。其次,《文心》与《诗学》的对举恰如《文心》与《诗品》的比较,如果后者的比较不确,则前者的对举自然也就未必尽当。诚然,《诗学》不同于《诗品》,并非诗歌之专论,但相比于《文心雕龙》的论述范围,《诗学》之作仍是需要"让能"的。再次,所谓"解析神质,包举洪纤,开源发流,为世楷式",这四句用以评价《文心雕龙》则可,用以论说《诗学》则未免言过其实了。

鲁迅先生之后,传统的"诗文评"演变为文学理论与批评,《文心雕龙》也就理所当然地成了文学理论或文艺学著作。1979 年,中国古代文学理论学会在昆明成立,仅从名称便可看出,中国古代文论已然等同于西方的所谓"文学理论"。作为中国古代文论的代表,《文心雕龙》也就成为继承和发扬中国古代文学理论的重点研究对象。在中国《文心雕龙》学会成立大会上,周扬先生对《文心雕龙》作出了高度评价:"《文心雕龙》是一个典型,古代的典型,也可以说是世界各国研究文学、美学理论最早的一个典型，它是世界水平的，是一部伟大的文艺、美学理论著作。……它确是一部划时代的书，在文学理论范围内，它是百科全书式的。"一方面是给予了崇高的地位，另一方面则把《文心雕龙》限定在了文学理论的范围之内。这基本上代表了20世纪对《文心雕龙》一书性质的认识。

实际上，《文心雕龙》以"原道"开篇，以"程器"作结，乃取《周易》"形而上者谓之道，形而下者谓之器"之意。前者论述从天地之文到人类之文乃自然之道，以此强调"文"之于人类的重要性和必要性；后者论述"安有丈夫学文，而不达于政事哉"，强调"摛文必在纬军国，负重必在任栋梁"，从而明白无误地说明，刘勰著述《文心雕龙》一书的着眼点在于提高人文修养，以便达成"纬军国""任栋梁"的人生目标，也就是《原道》所谓"观天文以极变，察人文以成化，然后能经纬区宇，弥纶彝宪，发挥事业，彪炳辞义"。因此，《文心雕龙》的"文"，比今天所谓"文学"的范围要宽广得多，其地位也重要得多。重要到什么程度呢？那就是《序志》篇所说的："唯文章之用，实经典枝条：五礼资之以成，六典因之致用，君臣所以炳焕，军国所以昭明。"即是说，社会生活的各个方面——政治、经济、军事、法律、制度、仪节，都离不开这个"文"。如此之"文"，显然不是作为艺术之文学所可范围的了。因此，刘勰固然是在"论文"，《文心雕龙》当然是一部"文论"，却不等于今天的"文学理论"，而是一部中国文化的教科书。我们试读《宗经》篇，刘勰说经典乃"恒久之至道，不刊之鸿教"，即恒久不变之至理、永不磨灭之思想，因为它来自于对天地自然以及人事运行规律的考察。"洞性灵之奥区，极文章之骨髓"，即深入人的灵魂，体现了文章之要义。所谓"性灵镕匠，文章奥府"，故可以"开学养正，昭明有融"，以至"后进追取而非晚，前修久用而未先"，犹如"太山遍雨，河润千里"。这一番论述，把中华优秀文化的功效说得透彻而明白，其文化教科书的特点也就不言自明了。

明乎此，新时代的"龙学"和中国文论研究理应有着不同的思路，那就是不应再那么理所当然地以西方文艺学的观念和体系来匡衡中国文论，而是应当更为自觉地理解和把握《文心雕龙》以及中国文论的独特话语体系，充分认识《文心雕龙》乃至更多中国文论经典的多方面的文化意义。

目　录

后　记

上编　刘勰的生平与学识

刘勰祖籍故里考辨

刘勰的籍贯，《梁书·刘勰传》记为"东莞莒人"。这"东莞"是指南北朝时期的"东莞郡"，"莒人"是谓其为"莒县人"。但近年史学界出现了两种新的说法：一是"日照三庄说"，二是"莒县沈刘庄说"。这两种新说法无疑是深化刘勰研究的有益探索，但笔者认为二说均不合《梁书》所记。本文拟就上述二说并刘勰故里略作考辨如下。

一、"日照三庄说"的由来

刘勰故里"日照三庄说"的材料，最早见于乾隆二十五年成书的《沂州府志》和光绪十一年成书的《日照县志》。

《沂州府志·人物》卷记："刘勰字彦和，东莞莒人，日照刘三公庄其故里也。笃志好学，尝撰《新论》及《文心雕龙》五十篇。"

光绪《日照县志·疆域》卷记："刘三公庄，县西八十里，元有巡检司，见文庙碑，相传刘勰故里。"

同书《山水》卷记："李固寨南晨鸡山，传为刘三公读书处。"

同书《掇余》卷记："昆山下有横岭，环抱如城郭，旧名小阆苑，取昆仑阆苑之义。梁时刘勰作《文心雕龙》，欲得名山藏之，于小阆苑作石室，后人为之作文心亭。"

再，清代日照人丁恺曾作《雕龙里》诗中有"昔游茶陵门，命读雕龙书……我生公故里，驭气游碧虚……"。

再往上溯便是立于乾隆二十三年的"刘勰故里碑"。但该碑初无人知晓，只有 1984 年 2 月 28 日《大众日报》以《日照发现刘勰故里碑》为题作了报道之后，1989 年的《山东外事》第 6 期也作了介绍。这样一个"刘勰故里日照三庄说"才使得文献和文物构成一个看似如铁的证据链广泛传开了。我们说它传开了，是说这一说法虽然早年被不了解这一地方历史地理的龙学界人士在自己的文章中采纳过①，但未被学术界广泛接受。但不管热衷于标新立异之人如何大加宣传，"刘勰故里三庄说"是站不住脚的。

首先，日照三庄（今称日照市东港区三庄）在六朝时期不属于莒县版图；日照县虽然建于金大定二十四年，但日照县版图并非古今一体。1989 年刘斌同志在《山东史志丛刊》第 3 期撰文《刘勰祖籍之我见》，对"刘勰故里三庄说"提出反驳，认为魏晋南北朝时期的日照故地曾先后属于昆山县、西海县和梁乡县，当时的疆域偶尔并入莒县的也仅是莒城以东的故地，不含莒东南的三庄镇，刘斌同志所言极是。

其次，"刘勰故里碑"不合刘勰本人史实。其碑文为"梁通事舍人刘三公故里"。立碑时间为乾隆二十三年。治南北朝史的人都知道刘勰早年丧父，孤身一人，何以在他死去 1200 多年后又冒出了大公和二公，把刘勰排到了老三位上？这大公和二公又是何人？无人知晓。可见伪造这一历史的人不是一位历史学家，只知拉名人入乡里，把刘三公当成刘勰，把刘三公庄当作刘勰故里，其伪造手段也不高明，而且底气也不足，连身份都不敢表明，只落了个"后学：

---

① 霍依仙：《刘彦和简明年谱》，《刘彦和评传》附，《南风》第 12 卷 2、3 号合刊（1936 年 5 月）。

张莪，牟××，牟××"了事。

其三，众所周知，刘勰的《文心雕龙》从来就不是禁书，刘勰恨不能一夜传遍全国，何以"欲得名山藏之"？好歹《日照县志》的撰修人明白《沂州府志》的撰修人伪造了这一历史，出于乡里情分，不得不仿《沂州府志》记入县志中，于是就把刘三公庄记作"传为刘勰故里"。这一个"传"字既表现了自己撰史的严肃性，又挡了乡里好事之人的责备。

其四，丁恺曾《雕龙里》诗文"我生公故里"。作者在自序中说：他当年游学茶陵，投师彭石原先生学习《文心雕龙》，彭先生亲为演其义趣。对于丁氏其人，《山东通志·人物》卷介绍说他"丁恺曾，字萼亭，日照人，雍正元年拔贡"；光绪《日照县志》说他"为文豪放不羁，奇气溢行间……著有《望奎楼诗文集》"。可见丁恺曾是一位诗人，不是一位史学家；其诗为文学作品，不是史著。应该非议的是那些把丁氏的文学夸张和艺术想象当成了信史的人。况且从全诗的激情看，丁氏无疑是一位刘勰的崇拜者。

其五，《沂州府志》成书于乾隆二十五年，"刘勰故里碑"立于乾隆二十三年，立碑之时，正是《沂州府志》撰修期间，丁氏恺曾又是府志的两主修人之一，况且拉名人入乡里是文人自古就有的不良习气，而作为刘勰崇拜者的诗人在对六朝时期这一地方历史地理未作详细考证的情况下，把刘三公当成刘勰，把刘三公庄当成刘勰故里也就很自然了。可以说丁恺曾是"日照三庄说"的首创者。

那么"刘勰故里碑"是怎么造出来的呢？有没有可供编造的资料呢？有的：

历史上用"勰"字取名的人不少，而姓刘的名人，在南北朝以前见之于文献的有四个：一是汉献帝刘协（"勰""协"相通，古本《梁书》的《刘勰传》和敦煌遗书的"勰"字就用"协"）；二是刘宋宗室的刘勰；三是《一切经音义》中的桓玄记室刘勰；四是齐梁时期的东莞刘勰。汉献帝刘协不易与东莞刘勰相混，略去不谈。《一切经音义》中的桓玄记室刘勰，当是唐释慧琳误记，也略去不谈。问题出在东莞刘勰和刘宋宗室的刘勰身上。"三庄说"的证据就是立于清乾隆二十三年的"刘勰故里碑"，其碑文为"梁通事舍人刘三公故里"。我想，造成这一错误的原因有两个：一是为了拉名人入乡里而不顾史实有意为之，二是由于伪造者的无知造成的错误。我之所以这样说，是因为刘宋宗室中的刘勰在《宋书·宗室传》中记载长沙王刘道怜有个孙子叫刘勰，其原文曰："鉴弟勰字彦龢，侍中，吴兴太守，后废帝元徽元年卒。"① "彦龢"即今之"彦和"，"龢"是"和"的异体字，与《梁书》的刘勰名字皆同。

《宋书·顾觊之传》："三公郎刘勰议：'赐妻痛往遵言，儿识谢及理，考事原心，非存忍害，谓宜哀矜。'"② 此刘勰即刘宋宗室的刘勰。"三庄说"的问题可能就出在这"三公郎刘勰"身上。

这里的"三公郎"是官职，不是如赵宋王朝时期杨家将的大郎、二郎、三郎等行排。它是魏、晋、南北朝时期皆设的一个官职，为三公曹郎官，主法制，掌刑狱。《唐六典》刑部条说："刑部尚书一人，正三品。汉成帝始置三公曹，主断狱事。……晋初，依汉置三公尚书，掌刑狱；……郎中二人，从五品上；后汉有二千石曹尚书，掌刑法，因立二千石郎曹。魏、晋、宋、齐并以三公郎曹掌刑狱，置郎中各一人；梁、陈因为侍郎。后魏、北齐三公郎中各置二人。"③ 至此可知"三公郎刘勰"是在刘勰的名字前面冠以职务，而非大公刘某、二公刘某、三公刘勰的行排。这里的刘勰是刘宋时期的刘勰而非齐

---

① 沈约：《宋书·宗室传》，北京：中华书局，1996 年，第 1466 页。

② 沈约：《宋书·宗室传》，第 2080 页。

③ 李林甫撰，陈仲夫点校：《唐六典》，北京：中华书局，1992 年，第 179—180 页。

梁时期的刘勰。《宋书·礼志》说："宋唯世祖世刘勰、太宗世谢纬为三公郎，善于其事，人主及公卿并属目称叹。勰见《宗室传》。纬，谢综弟也。"[①]

日照市东港区三庄镇"刘勰故里碑"的资料来历，当是把《梁书》的通事舍人刘勰和刘宋朝曾任职三公郎的刘勰的材料嫁接在一起，构成碑文"梁通事舍人刘三公故里"了。

二、"莒县沈刘庄说"的由来

莒县沈刘庄，当地人俗称沈庄或大沈庄（因周围还有西南沈庄和西北沈庄），没有称过刘庄，在今莒城北 120 里处的东莞镇，距镇驻地 15 里路。此处汉代为箕县故城址，也是汉城阳荒王子箕愿侯刘文的封地，还是潍河的南源。潍水流经村西一段石灰岩碎石时，水没入了地下，成为地下暗河，然后又浮出水面，这一奇景为大沈庄八大景观之一，叫作"潍水沈流"，所以坐落在这潍河南源源头河岸上的村庄古代叫作"沈流庄"。"沈"同"沉"，有 shěn、chén 两个读音。古文献中"沉"字多写作"沈"，和姓沈的"沈"同字。"沈"字只有当作姓和古沈国名的时候才能读作"shěn"。现代白话文兴起后，人们为了区别，把"沈没"的"沈"统一写作"沉"（请注意："沈阳"的"沈"原写作"瀋"，现简化为"沈"），"沈"的原有读音渐被少读古书的人所忽略。在元代于钦写的《齐乘》一书中，沈刘庄仍记作"沈流庄"。后来的清乾隆《诸城县志·古迹考》、民国《重修莒志·民社志》皆记为"沈流庄"。明代末期，该村出了官员，"流"字渐被改为姓刘的"刘"。改"沈流庄"的"流"字为"刘"，前边的"沈"字如果再读"chén"，这对刘氏家族来说是不吉利的。于是人们把沈约和刘勰拉过来加以

[①] 沈约：《宋书·礼志》，第 385 页。

附会。此纯为文人杜撰的民间故事，稍有古文字常识和读过《齐乘》的人便不会相信。清乾隆《诸城县志》、民国《重修莒志》仍记为"沈流庄"，这说明本村的刘姓人家，虽然自己把村名的"流"字改为"刘"了，"沈"字读音也不读"chén"了，但仍未得到普遍的认可。1985 年该村出土的明末刘茂墓志中记刘茂籍贯为"流泉牌基□社沈刘庄"。可见元代该村的村名还记为"沈流庄"，到明末刘氏家族就正式改为"沈刘庄"了。这本是古今人丁兴旺之家族惯用的伎俩。可是不知出于对刘勰的崇拜还是为了拉名人入乡里，或是不了解"沈""沉"二字的古今之别，"流""刘"二字相通，乡里文人就把刘勰负书干约的事附会成了如下的故事：刘勰故里是沈刘庄，这村本没有沈姓人家，只是因为刘勰被沈约举荐才得以出仕，"为了感谢和铭记沈约对刘勰的知遇之恩，刘勰家乡的人便把自己原叫刘庄的村名改为沈刘庄"①。这只是自然地理与人文的巧合，为乡里文人创作"刘勰故里沈庄说"提供了素材。但历史上的行政地理却不容许人们去虚构。这便是南北朝时期的沈流庄属于东莞县辖区，不入莒县版图。东莞县史见于《汉书·地理志》"琅邪郡"中，东汉建安三年始升为东莞郡②，汉东莞县治今沂水县北城子岭，"宋魏东莞县已移治莒州之东莞集"③，这说明今之大沈庄地盘自后汉始一直处于东莞县的中心地带，决不会把它划归 120 里以外的莒县管辖，莒县也不可能有一块飞地在东莞县辖区内；东莞县部分村落入莒版图是后周改置莒州以后的事了。如果把今之大沈刘庄说成刘勰故里，那刘勰就是

---

① 苏兆庆：《刘勰晚年北归与莒县定林寺的创建》，《北京大学学报》1996 年第 3 期。

② 《后汉书》疏记此事，《三国志》不设地理志，《三国志·臧霸传》："太祖破吕布，以尹礼为东莞太守。"同书《魏武纪》中也有记载。此时东莞郡辖县除东莞县外，所辖其他县不明。

③ 〔清〕叶圭绶：《续山东考古录》卷二十一，山东书局重刊，光绪八年七月。

"东莞郡东莞县"人了，《梁书》决不会记为"东莞莒人"。笔者老家离沈刘庄仅 15 里地，少时常去赶大沈庄集，又加亲戚来往，早知道"刘勰故里沈庄说"出于"潍水沈流"河岸上的"沈流庄"村名的演义。"刘勰故里沈刘庄说"和"潍水沈流"同存于大沈庄民间，外人多不知。1996 年在日照举行的中国《文心雕龙》学会第五届年会上，有人将这一民间传说写进了为大会提供的论文中，随后又通过《北京大学学报》发表出来，一个"刘勰故里沈刘庄说"就向社会公布了。当人们了解了南北朝时期沈刘庄的行政归属和村名的演变历史后，刘勰故里是否为沈刘庄也就清楚明白了。

三、刘勰故里应是莒县城

刘勰的籍贯是"东莞莒"，这黑字早已落入《梁书》中，但其故里到底是哪里，学术界专家作了一些探索，我们认为尚欠准确，有必要作进一步的考证。

1969 年江苏句容县出土的南齐刘岱墓志是我们寻找刘勰故里的一条线索。从铭文所记世系看，刘岱乃刘勰堂叔，其居住地为"南徐州东莞郡莒县都乡长贵里"，是刘家南迁的侨置地址。"寓属江左者，皆侨置本土，加以南名"①，"凡中土故家，以至士庶，自北来者，至此时各因其所居旧土，侨置郡县名，并置守令以统治之，古曰正土断。不以黄籍籍之而以白籍，谓以白纸为籍，以别于江左旧来土著者也"②。东晋以后的南朝户籍分为黄籍和白籍。黄籍是土著居民，白籍是东晋时为招怀流民，对侨民给予免除赋役之优待。在户籍上的区别有两个原因，一是物在异地为贵，人在异地为贱。这些南迁的大族为了保持在原居住地的威望和权势，仍愿意保持原居住地的籍贯"凭借势力在

---

① 李延寿：《南史》，北京：中华书局，1975 年，第 97 页。

② 司马光编，胡三省音注：《资治通鉴·通鉴释文辨误》，北京：中华书局，1987 年，第 56 页。

寄居地依然奴役从北方流亡来的民众"①。在九品官人法盛行的南北朝时期，郡望就是门第身份的象征，无论走到哪里，郡望是不会被人轻易放弃的。二是本想不用很久就能返回故里，为了便于子女记住故里，政府允许户籍用原籍行政地名。《晋书》卷七十五《范汪传附子宁传》中反映了这一问题，文中说："昔中原丧乱，流寓江左，庶有旋反之期，故许其挟注本郡。"② 所以，刘勰的江北籍贯也应该是"徐州东莞郡莒县都乡长贵里"。这"都乡长贵里"到底又是哪里呢？顾炎武在《日知录》卷二十二对都乡作了考证，说宋欧阳修"《集古录·宋宗悫母夫人墓志》：'涅阳县都乡安众里人。'又云：'窆于秣陵县都乡石泉里。'都乡之制前史不载。按都乡，盖即今之坊厢也"③。"坊"是城市中的住宅区，"厢"是靠近城的地区。单解"都"是城市。《帝王世纪》："天子所宫曰都。"汉刘熙《释名》："都者，国君所居。"《左传·庄公二十八年》"凡邑有宗庙先君之主曰都，无曰邑。邑曰筑，都曰城。"《汉书·晁错传》："忧劳百姓，列侯就都。"古有"一年成聚，二年成邑，三年成都"之说。可见都大于邑。正如侯旭东先生所说：南北朝时期"按一般惯例，城镇所在的乡称为'都乡'"④《辞海》释"都乡"："古代城治区划名。"《辞海》所举例证也是顾炎武在《日知录》说的："都乡，犹今坊厢也。""坊厢"就是古代城里的居民区。《汉语大辞典》亦作如是解。看来在"县乡里"制的时代把城区作为一个乡就叫"都乡"。可知这"都乡"是古代城治区划名。如《新唐书·宰相世系表》说，王羲之的籍贯是琅邪郡临沂都乡南仁里。都乡南仁里即今临沂市兰山区白沙埠镇孝友村，南北朝时属老临沂城区划。又如，《魏故宁远

---

① 范文澜：《中国通史简编》修订本第二编，北京：人民出版社，1964年，第359页。
② 房玄龄等：《晋书》，北京：中华书局，1974年，第1986页。
③ 顾炎武著，黄汝成集释：《日知录集释》，长沙：岳麓书社，1994年，第783页。
④ 侯旭东：《北朝村民的生活世界》，北京：商务印书馆，2005年，第142页。

将军敦煌镇将元君墓志铭》曰："君讳倪，字世弼，司州河南郡洛阳县都乡照明里人。"① 《魏故侍中骠骑大将军仪同三司尚书令徐州刺史太保东平王元君墓志铭》："君讳略，字俊兴，司州河南洛阳都乡照文里人也。"② 这是北魏皇家的籍贯，由于都住在洛阳县都乡，但是未必是同一条街道，所以就有了"照文里人"和"照明里人"的不同村落名称。这就是说，"都乡"之设置，基本条件是"有先君宗庙"的城邑。据此，找刘勰故里就应该在莒县城区内考察，否则是徒劳的，因为莒县城是春秋时莒国都城，莒城自春秋莒国都莒到元代马睦火镇莒，因城大难守，截东北隅为一小土城，五里八十步止，莒城只有缩小，没有扩大，这个范围大致是确定了的。从《汉书·百官志》和《宋书·百官志》知，古代百家为一里。《刘岱墓志铭》所载因历史久远，战争、瘟疫、蝗灾、水患和地震等灾难，在莒多有发生。特别是清康熙七年六月十七日（公元 1668 年 7 月 25 日）的大地震，山东莒县、郯城受灾最为惨重。据《重修莒志·大事记》记载：莒州"丁男女老幼死者共二万余人"，房屋建筑荡然无存，所以具体村落或街道已难确考。唯莒国城内，元代城南有一村庄叫刘家菜园，传说此处过去是莒县刘氏大族的菜园地，如果这个传说的刘家大族是刘勰家族，那么这个"长贵里"当不会离此太远，具体定在哪里，有待考古和文献新材料的进一步发现证明，在此仅提出我们的一孔之见就教于专家学者。

一九九八年六月稿

附记：本文原载《临沂师专学报》1999 年第 1 期。后收入《莒文化研究文集》（山东人民出版社，2002 年 2 月）。本次收录时，作者又在资料上略微补充，观点未变。

---

① 赵超：《汉魏南北朝墓志汇编》，天津：天津古籍出版社，2008 年，第 134 页。
② 赵超：《汉魏南北朝墓志汇编》，第 237 页。

刘勰家族门第考论

刘勰身世士庶区别问题，在20世纪70年代之前，学术界就没有取得共识。70年代末，王元化先生发表了《刘勰身世士庶区别问题》一文，认为刘勰出身于庶族地主家庭，一时间从者如流，中间虽有反驳者，亦未能改变局面。在当今学术界发表和出版的论文及专著中，只有极少数人修正了原已主张的庶族说（如张少康先生等），这说明刘勰门第士庶之争仍未解决。笔者认为，当前学术界对《文心雕龙》中的一些问题和刘勰的整体思想问题等诸方面所发生的争论，根源在于对刘勰身世的分歧和脱离了时代背景，忽略了南朝学术思潮对刘勰思想的影响。孟子有"诵其诗，读其书，不知其人，可乎"之责备。为了知人论世，更好地理解《文心雕龙》与刘勰其他著作的关系和把握刘勰的整体思想，有必要对刘勰家族门第再作考证。

笔者认为，刘勰家族门第士庶区别问题，属于历史学探讨的课题，只有遵循史学界探讨六朝士族所达成的共识，才有可能接近刘勰家族史实真相。今不顾个人学识浅陋，试考证如下，以就教于学界高人。

一、刘勰家族成员官职品位考

南齐《刘岱墓志铭》记载刘勰六世祖刘抚曾官彭城内史，是晋代人物，当是东莞刘氏南迁的第一代。王国内史职同太守，秩比二千石，官阶五品。刘勰的五世祖刘爽，《宋书》卷八一《刘秀之传》和《刘岱墓志铭》都有记载，曾任尚书都官郎、山阴令，晋代人物，当是刘氏南迁的第二代。晋尚书都官郎官阶六品。县令有两种情况，一是秩千石者官阶六品，另一种为七品。史料不记山阴令属于哪一种情况，但山阴属于会稽郡，且为郡治所，官阶当属六品。刘穆之为刘勰从曾祖，东晋人物，是刘氏南迁的第三代，《宋书》卷四二有传，记其起家为府主簿，历任尚书祠部郎、记室录事参军，领堂邑太守。义熙八年，加官丹阳尹。十年为前将军，十一年迁尚书右仆射，领选，将军、尹如故。十二年转左仆射，领监军、中军二府军司，将军、尹、领选如故。十三年十一月卒，时年五十八。初追赠散骑常侍、卫将军、开府仪同三司，不久又追赠侍中、司徒，封南昌县侯，食邑千五百户。其中，司徒，官阶一品。入刘宋，又追进为南康郡公，食邑三千户，谥穆之曰文宣公。郡公官阶一品。刘勰曾祖刘仲道，晋代人物，历官建武参军，余姚令，英年早逝，最高官阶为六品。

刘勰祖父辈是刘氏南迁的第四代。见于《宋书·刘穆之传》记载的有刘穆之的儿子虑之、式之、贞之三人（《宋书·颜延之传》载颜延之"妹适东莞刘宪之，穆之子也"。有人说"宪之"为"虑之"之讹误，待考），刘仲道的儿子见于正史的有《宋书·刘秀之传》的钦之、秀之、粹之，《宋书·海陵王休茂传》中的刘恭之，《梁书·刘勰传》中的刘灵真五人，第四代共计八人。刘虑之继承父亲爵位，仕至员外散骑常侍，英年早逝，生前最高官阶五品。刘式之累迁相国中兵参军、太子中舍人、黄门侍郎、宁朔将军、宣城淮南二郡太守、太子右率、左卫将军、吴郡太守，生前最高官阶是四品。卒后追赠征虏将军，封德阳县五等侯，谥曰恭侯，官三品。刘贞之历任中书黄门侍郎、太子右卫率、宁朔将军、江夏太守，官阶四品。刘钦之英年早逝，生前曾为朱龄石右军参军，官阶七品。刘秀之起家驸马都尉、奉朝请。历王府行参军，无锡、阳羡、乌程令、建康令，尚书中兵郎、抚军录事参军、襄阳令、广平太守、督梁南北秦三州诸军事、宁远将军、西戎校尉、梁南秦二州刺史、征虏将军、监梁南北秦三州诸军事、使持节、益州刺史、康乐县侯、右卫将军、丹阳尹、尚书右仆射、领太子右卫率、散骑常侍、都督雍梁南北秦四州郢州之竟陵随二郡诸军事、安北将军、宁蛮校尉、雍州刺史。卒后赠侍中、司空，持节、都督、刺史、校尉如故。司空官阶一品。刘粹之官晋陵太守，官阶五品。刘恭之任海陵王刘休茂中兵参军时，刘休茂图谋不轨，恭之受株连，英年早逝，官位不显。

刘勰父辈是东莞刘氏南迁的第五代。父亲刘尚，英年早逝，生前仕刘宋为越骑校尉，官阶四品。刘勰从叔刘岱，史书无传，本人墓志记其生前仕齐为山阴令。山阴为会稽郡治所，山阴令官当六品。从叔刘景远为刘秀之之子，其事迹载《宋书·刘秀之传》，记其官至前军将军，官阶四品。族叔刘邕为刘穆之之孙，继承祖上爵位，南康国相、内史，官阶五品。族叔刘敳为刘穆之之孙，事在《刘穆之传》，官至黄门侍郎，官阶五品。族叔刘衍为刘穆之之孙，事在《刘穆之传》，历黄门侍郎、豫章内史，官阶五品。族叔刘瑀为刘穆之之孙，事在《刘穆之传》，起家别驾从事史，迁从事中郎，领淮南太守。元嘉二十九年，出为宁远将军、益州刺史，迁御史中丞。孝建三年，除辅国将军、益州刺史，后为吏部尚书，最高官阶四品。族叔刘衰为刘穆之之孙，事在《刘穆之传》，曾任始兴国相，官阶五品。刘勰同辈见于文献的有刘希文、刘希武、刘玉女、刘儁、刘肜、刘彪、刘整、刘祥、刘卷、刘藏、刘舍。刘勰仕梁，起家奉朝请，历职中军临川王记室、车骑仓曹参军、太末令、仁威南康王记室兼东宫通事舍人，迁步兵校尉，兼舍人如故，最高阶为从六品①。刘

---

① 步兵校尉一职，在刘宋时期是四品官。梁天监七年，诏吏部尚书徐勉定百官九品为十八班，以班多者为贵。五校、东宫三校为第七班，官品是从六品。刘勰任职梁步兵校尉，无论是五校中的还是东宫中的步兵校尉，官品都一样。

希文、刘希武、刘玉女事见《刘岱墓志铭》，不记其仕宦。刘儁事载《刘秀之传》，继承父祖爵位，齐受禅，国除，官位不详。刘彤、刘彪先后承嗣父祖爵位，刘彪事载《南齐书·刘祥传》，曾任羽林监，官阶五品。刘整事载《南齐书·刘祥传》，仕齐为广州刺史，官阶四品。刘祥《南齐书》有传，刘宋朝任巴陵王征西行参军，历骠骑、中军二府，齐太祖太尉东阁祭酒，骠骑主簿，冠军征虏功曹，正员外。大明初，迁长沙王镇军，板谘议参军，鄱阳王征虏，豫章王大司马谘议，临川王骠骑从事中郎，官阶六品。刘卷事载《宋书·刘穆之传》，曾任南徐州别驾，官阶七品。卷弟刘藏，尚书左丞，官阶六品。

见于文献记载的东莞刘氏子女共计 33 人，其中女 2 人，男 31 人，除去有争议的刘宪之，余 30 人。在 30 人当中，职官仕宦有明确记载的 25 人，在 25 人中，一品官者两人（卒后赠官），三品官者三人，四品官者五人，五品官者八人，六品官者七人，七品官者三人。从仕宦官品考查，刘勰家族为士族门第。

二、刘勰家族文化品位考

士族政治，是中央和各级地方政府权力衰微的产物。魏晋以来，基层社会组织瓦解，各地的世家大族，依仗他们原已获得的官位所产生的政治影响，以及所占有的庄园经济，在国家体制以外，普遍形成地方自治团体，他们垄断乡里，甚至建有自己的武装，左右地方政府，其强大者甚至影响中央。士族的强势，还由于长期以来的学术家族化，使得强宗大族又获得了文化的声望和影响力。行伍出身的官僚尽管有些家族连续三代或五代官员在五品以上，但列不上士族，就在于缺少了文化世家这个条件。陈寅恪先生在《唐代政治史述论稿》中篇《政治革命与党派分野》中说："所谓士族者，其初并不专用其先代之高官厚禄为其唯一之表征，而实以家学及礼法等标异于其他诸姓。"① 钱穆先生也说:"自东汉有察举,而门第始兴起。……由于经学传家而得仕宦传家,积厚流光,遂成为各地之大门第。……可见门第起源,与儒家传统有深密不可分之关联。非属因有九品中正制而才有此下之门第。门第即来自士族,血缘本于儒家,苟儒家精神一旦消失,则门第亦将不复存在。"② 当时尤其重视门第家学。钱穆先生在同一篇文章中又说:"自东汉以来,因有累世经学,而有累世公卿,于是而有门第之产生。自有门第,而又有累世之学业。首当提及琅邪王氏。其一门累世文采风流,最为当时之冠冕。"③ 又如琅邪王僧虔之孙王筠在《与诸儿书论家世集》中说:

> 史传称安平崔氏及汝南应氏,并累世有文才,所以范蔚宗云崔氏"世擅雕龙"。然不过父子两三世耳。非有七叶之中,名德重光,爵位相继,人人有集,如吾门世者也。沈少傅约语人云:"吾少好百家之言,身为四代之史,自开辟以来,未有爵位蝉联,文才相继,如王氏之盛者也。"汝等仰观堂构,思各努力。④

钱先生说:可见当时门第,于爵位蝉联之外,又贵有文才相继,世擅雕龙,而王氏七叶相传,人人有集,其风流文采,自足照映数百年间,而高出其他门第之上。⑤

---

① 陈寅恪:《隋唐制度渊源略论稿　唐代政治史述论稿》,北京:生活·读书·新知三联书店,2001年,第259页。

② 钱穆:《略论魏晋南北朝学术文化与当时门第之关系》,《新亚学报》第5卷第2期(1963年)。又见钱穆:《中国学术思想史论丛》(三),北京:生活·读书·新知三联书店,2010年,第158页。

③ 钱穆:《中国学术思想史论丛》(三),第184页。

④ 姚思廉:《梁书·王筠传》,北京:中华书局,1987年,第486—487页。

⑤ 钱穆:《中国学术思想史论丛》(三),第185页。

　　由此可知，官宦继世，加文化传家，才是列为士族的必备条件，这就是说，在钱穆先生看来，文化品位，更甚于官位。那么刘勰家族的文化品位又是怎样的呢？

　　《宋书·刘穆之传》中有几段体现刘穆之文化水平的文字，今引录如下：

　　　　刘穆之，字道和，小字道民，东莞莒人，汉齐悼惠王肥后也。世居京口。少好《书》《传》，博览多通，为济阳江敳所知。

　　　　高祖谓之曰："我始举大义，方造艰难，须一军吏甚急，卿谓谁堪其选？"穆之曰："贵府始建，军吏实须其才，仓卒之际，当略无见逾者。"高祖笑曰："卿能自屈，吾事济矣。"即于坐受署。

　　　　高祖书素拙，穆之曰："此虽小事，然宣彼四远，愿公小复留意。"高祖既不能厝意，又禀分有在。穆之乃曰："但纵笔为大字，一字径尺，无嫌。大既足有所包，且其势亦美。"高祖从之，一纸不过六七字便满。凡所荐达，不进不止，常云："我虽不及荀令君之举善，然不举不善。"穆之与朱龄石并便尺牍，常于高祖坐与龄石答书。自旦至日中，穆之得百函，龄石得八十函，而穆之应对无废也。

　　　　穆之内总朝政，外供军旅，决断如流，事无拥滞。宾客辐辏，求诉百端，内外咨禀，盈阶满室，目览辞讼，手答笺书，耳行听受，口并酬应，不相参涉，皆悉赡举。又数客昵宾，言谈赏笑，引日亘时，未尝倦苦。裁有闲暇，自手写书，寻览篇章，校定坟籍。[①]

　　① 沈约：《宋书·刘穆之传》，北京：中华书局，1974年，第1303—1306页。

　　上文第一段文字说穆之"少好《书》《传》，博览多通"，第二段文字说明刘穆之颇懂兵学。他的博学及行政能力和军事才能看来已为世人所知。当刘裕向何无忌访才，何无忌推荐穆之的时候，刘裕说"吾亦识之"。刘穆之如果不是满腹兵略，也不会那样自信地对刘裕说："仓卒之际，当略无见逾者。"刘裕当即高兴地说："卿能自屈，吾事济矣。"可见他的"博览多通"是包括兵学在内的。刘裕对穆之也依之甚重，"事无大小，一决穆之"。第三段文字说明刘穆之善书，能从理论上指导宋高祖刘裕提高书法水平，还用了书法的"体势理论"，这不是仅有一般文化水平就能达到的。他的书法艺术历代书家多有品评，并有书法作品传世。南朝梁庾肩吾《书品》列刘穆之书为下之中品，评云："虽未穷字奥，书尚文情，披其丛薄，非无香草，视其涯岸，时有润珠，故能遗斯纸以为世玩。"唐朝窦臮《述书赋》卷上评云："道和（穆之字）闲雅，离古蹑真，慢正繇德，高踪绝尘。若昂藏博达之士，謇谔朝廷之臣。"陈思《书小史》称刘穆之"善隶、草书"。传世至今的宋《淳化阁法帖》卷三有刘穆之草书一帖，6行，52字。第四段文字说了刘穆之四个问题：一、有很高的文化教养；二、有很强的工作能力；三、勤奋书写；四、寻览篇章，校定坟籍。这四个问题无不与文化有关。至如"寻览"的是哪方面的篇章，校定的是哪些坟籍，本传没有说，历史上也没有流传下来，我们也不好乱猜。但我们就此定刘穆之为官僚加文化学人是不为过的。

　　刘穆之的下一代，《宋书·刘穆之传》说："穆之中子式之，字延叔，通易好士。"又是一位大知识分子。"通易"，不是一般文化水平所能达到的。"好士"，说明他爱好和善于结交文化士人，至于他结交的是哪些文化士人，史册不载，我们也不得而知了。刘秀之的学识和文化水平，史书没有专门的介绍，但《宋书·刘秀之传》说："东海何承天雅相知器，以女妻之。"《宋书·何承天传》说，"承天幼渐训义，儒史百家，莫不该览"。是当世著名的礼学家、历史学家和天文学家，恃才傲世，"为性刚愎"。曾任太学博士，著作左郎。就是这样的一位大学者，能对刘秀之"雅相知器"，将女儿托以终身，当时秀之"孤贫"，尚未从政，仕才未显，承天所"知"和首先看重的当是其文才无疑。刘穆之的孙辈刘瑀的文化品位，史书也没有专门介绍，但《宋书·刘穆之传》中提到刘瑀弹劾不法官僚的文章，文笔犀利，辞采飞扬，"朝士莫不畏其笔端"。根据古有"君子三避"说的其中之一，就是"避文人笔端"来看，这说明刘瑀也是一位颇有文化品位的官僚。

与刘勰同辈的刘祥，《南齐书》本传说他"少好文学，性韵刚疏，轻言肆行，不避高下"。又是一位恃才傲世的书袋子。这里的"好文学"，是指爱好文史哲文献典籍，而非指现代意义上的纯文艺作品。刘祥曾为齐"太祖太尉东阁祭酒，骠骑主簿"。"祭酒"和"主簿"都是有大学问的人才能有资格担任的职务。本传还记载刘祥曾"撰《宋书》，讥斥禅代"。刘祥撰写的《宋书》没有传世，当是被齐皇室所封杀，我们没法评论其学术水平，而他撰著的《连珠》十五首已被萧子显录在本传中，那笔力文采，无不令人惊叹和佩服。钟嵘《诗品》评其诗为"祖袭颜延，欣欣不倦，得士大夫之雅致乎！"

《梁书·刘勰传》说刘勰"为文长于佛理，京师寺塔及名僧碑志，必请勰制文"，并有文集行世。这里的"制文"是既指撰写碑文，也包括书写碑文，可见书法水平也是社会公认的。北京中国书店出版社1983年6月出版的影扫叶山房石印本《草书大字典》中，就有刘勰的"悲、昨、渊、华、蛇、鲁"六个草字，其书在梁代仅收有梁武帝萧衍和刘勰的字，可见刘勰书法水平在梁代是上乘。从今传世的《文心雕龙》《梁建安王造剡山石城寺石像碑铭》《灭惑论》和《刘子》可知其于儒、释、道三教九流无不精研，也是一位"博览多通"的大文豪。当今学界无不认为《周易》是《文心雕龙》的思想之本。这说明易学是东莞刘氏的家学。如果我们再联系刘勰家族的道教信仰，看看《文心雕龙》儒、道同尊，《老》《庄》亦是其家学。虽然《文心雕龙》旨在"论文"，而其中所用的方法，无不是兵术。其晚年成书的《刘子》，专设《阅武》篇和《兵术》篇。联系到刘氏成员所任职务中多有将军衔，说明这都不是偶然的巧合。我们再联系《文心雕龙·程器》篇："安有丈夫学文，而不达于政事哉？""岂以好文而不练武哉？""岂以习武而不晓文也？"说明兵学亦是其家学，可惜后人对此认识不足，以至于对刘勰在《文心雕龙》中以兵法论文法感到不解①。由此也可看出，"学文而达于政事"，"好文而又练武"，是东莞刘氏的家风。

钱穆先生说：

> 继此尚有一事当附述者，乃当时门第中人之看中艺术。《颜氏家训·杂艺》篇所载分九类：一书法，二绘画，三弓矢射艺，四卜筮，五算术，六医方，七音乐琴瑟，八博戏与围棋，九投壶与弹棋。其中有在中国文化传统中占极重要地位者，厥为书法与绘画。当时门第中人重视此二艺，正犹其重视诗文，皆为贵族身份之一种应有修养与应有表现。②

钱穆先生依据《颜氏家训·杂艺》篇所列条件，刘勰之《文心雕龙》

---

① 刘永济先生在其大作《文心雕龙校释》的《程器篇·释义》中，解释刘勰的这几句话时说："此以文事武备并重，初观之甚异，实亦深中时弊之论也。"

② 钱穆：《中国学术思想史论丛》（三），第206—207页。

一书尽显无遗。当代研究专著有张少康《〈文心雕龙〉与书画乐论》桓晓虹《〈文心雕龙·定势〉之"势"与古代医论》，为了节省篇幅，不再展开论说。

刘穆之的"好《书》《传》，博览多通"及其对书法艺术的爱好，在刘勰身上得到了总汇。我们从中又可看到了时代学术思潮的烙印。据《宋书·何尚之传》记载，元嘉十三年，"乃以尚之为（丹阳）尹，立宅南郭外，置玄学，聚生徒……谓之南学……国子学建，领国子祭酒"。《南齐书·百官志》载："泰始六年，以国学废，初置总明观，玄、儒、文、史四科，科置学士各十人。"玄学家任国子祭酒，把玄学立于国子学，可见当时玄风畅扬。玄学的内容，在由梁入北的颜之推《颜氏家训·勉学》中说："何晏、王弼，祖述玄宗，递相夸尚，景附草靡……泊于梁世，兹风复阐，《庄》《老》《周易》，总谓三玄。"可见《文心雕龙》儒、道同尊，是有时代烙印的。一部《文心雕龙》，学人诵读，累世不衰。据不完全统计，仅自民国以来发表的单篇论文就有七千余篇，出版的专著三百五十余部，"《文心雕龙》学"已成世界显学。刘勰虽然仕途不顺，但其学识、文章水平，空前绝后，独步古今。或评其为伟大的文学批评家，或评其为伟大的文学思想家，或评其为杰出的思想家，虽然定位不一，用今天的提法，说刘勰是有伟大建树的一代大师，是没有问题的。像刘勰这样的大学问家的出现，既是时代的需要，也是家学积淀的结果。所以杨明照先生在《梁书·刘勰传笺注》一文中说："南朝之际，莒人多才，而刘氏尤众，其本支与舍人同者，都二十余人；虽臧氏之盛，亦莫之与京。是舍人家世渊源有自，于其德业，不无启历之助。"①看来杨先生是看到了东莞刘氏的家学渊源，可惜王元化先生对杨先生的话未作

① 杨明照：《文心雕龙校注拾遗》，上海：上海古籍出版社，1982年，第388页。

认真核实，就一口否定了^①。

三、刘勰家族经济状况考

刘勰家族的经济状况（以晋宋两朝为限），文献记载不多，我们只能从当时的国家制度和世风中考察。《晋书·食货志》记载：

> 又制户调之式："……其官品第一至于第九，各以贵贱占田，品第一者占五十顷，第二品四十五顷，第三品四十顷，第四品三十五顷，第五品三十顷，第六品二十五顷，第七品二十顷，第八品十五顷，第九品十顷。而又各以品之高卑荫其亲属，多者及九族，少者三世。宗室、国宾、先贤之后及士人子孙亦如之。而又得荫人以为衣食客及佃客，品第六已上得衣食客三人，第七第八品二人，第九品及举辇、迹禽、前驱、由基、强弩、司马、羽林郎、殿中冗从武贲、殿中武贲、持椎斧武骑武贲、持鈒冗从武贲、命中武贲武骑一人。其应有佃客者，官品第一第二者佃客无过五十户，第三品十户，第四品七户，第五品五户，第六品三户，第七品二户，第八品第九品一户。"^②

《宋书》卷五四《羊玄保传附羊希传》记载羊希奏：

> 官品第一、第二，听占山三顷；第三、第四品，二顷五十亩；第五、第六品，二顷；第七、第八品，一顷五十亩；第九品及百姓，一顷。皆依定格，条上赀簿。若先已占山，不得更占；先占阙少，

---

① 王元化：《文心雕龙讲疏·刘勰身世士庶区别问题》，上海：上海古籍出版社，1996 年，第 2—3 页。

② 房玄龄等：《晋书·食货志》，北京：中华书局，1974 年，第 790—791 页。

依限占足。①

　　这一奏议得到采纳。根据这些法规条文，刘抚官五品，占田三十顷，占山二顷。刘穆之生前官三品，占田四十顷，卒后又赠官至一品，有权占田五十顷，占山三顷，又加其合法和不合法所藏匿的荫户就更难以计算了。穆之在晋代，封南昌县侯，食邑千五百户。入宋，又追进南康郡公，食邑三千户。刘虑之官五品，占田三十顷，占山二顷。刘式之官四品，占田三十五顷，占山二顷五十亩。刘贞之官五品，占田三十顷，占山二顷。五品官以下者我们不再计算。这些特权在当朝是可继承的。穆之的公爵传至第四代刘彪，"齐受禅，降为南康县侯，食邑千户"。入齐以后的官位特权且不计，就以上晋宋两朝，仅五品官以上者计算，占地就二百余顷，占山十四五顷。其他特权忽略不计，仅就这些，完全可以在经济上垄断一方。

　　刘仲道这一支系，因刘仲道逝世之时年仅三十余岁，官位仅至六品，造成刘秀之兄弟五人"少孤贫"。当是受到了刘穆之的呵护，兄弟五人中除了刘勰祖父刘灵真的仕宦不明以外，其余四人都出仕。刘钦之英年早逝，官仅七品。刘秀之死后赠封邑千户，官一品，有权占田五十顷，占山三顷。其子刘景远官四品，占田三十五顷，占山二顷五十亩。刘粹之官五品，占田三十顷，占山二顷。秀之兄弟子侄，仅五品官以上者计算，占地估计也在一百五十顷以上，也是一个很可观的经济规模。其他特权忽略不计，仅就这些，也完全可以在经济上垄断一方。秀之爵位"传封至孙，齐受禅，国除"②。东莞刘氏是刘宋政权的重臣，入齐以后，政治经济都受到了打击，所以刘祥撰《宋书》"讥斥禅代"，是有自身政治、经济

① 沈约：《宋书》，第 1537 页。
② 沈约：《宋书·刘秀之传》，第 2076 页。

根源的。

在南迁的东莞刘氏中，刘勰这一小支，早在其祖父时，就因曾祖刘仲道早逝，造成家贫。刘勰的父亲刘尚刘宋时期官至四品，有权占田三十五顷，占山二顷五十亩。刘尚英年早逝后，按当时规定，刘勰是有继承权的，但《梁书·刘勰传》说"勰早孤，家贫不婚娶"，我怀疑刘尚的死另有隐情，史书隐匿了。刘勰家贫，会不会影响到刘勰的士族身份呢？笔者认为在一定时间内是不会的，后文还要谈到。

从对刘勰家族的经济状况考查来看，应当是士族门第。

四、与东莞刘氏通婚之家族门第考①

南北朝时期有士族身份的人家，为了保持贵族血统的纯正性，形成士庶不婚的社会风习，一旦有士庶婚宦失类的事情出现，"失类"的士族往往要受到弹劾，或免职，或禁锢终身。《文选》卷四十载沈约《奏弹王源》一文，说的是东海王源欲嫁女与富阳满章之，因富阳满氏家族士庶未辨，东海王氏为衣冠家族。沈约认为："岂有六卿之胄，纳女于管库之人！"王满已"非我族类"。"臣等参议，请以见事免源所居官，禁锢终身。"②另一种情况是士族人家因家庭变故，造成一时贫困者，也不能与庶族出身的富豪官僚子弟婚配。根据这种情况，刘勰家族的士族门第也可从其与之通婚的家族身份中得到证明。

---

① 与东莞刘氏通婚的家族，凡《刘岱墓志铭》中提到的，日本中村圭尔先生在《〈刘岱墓志铭〉考》一文中曾作过考证，但国内读到的人很少，且对刘勰官品考证有误。今将《宋书》和《南齐书》提到的刘氏通婚家族结合《刘岱墓志铭》一并考证，以证东莞刘氏为士族门第。

② 沈休文：《奏弹王源》，萧统：《文选》卷四十，长沙：岳麓书社，1995年，1463—1464页。

东莞刘氏婚姻关系一览表

人　名	配　偶	配偶郡望	资料出处
刘抚	夫人孙荀公 后夫人孙女寝	东莞 高密	《刘岱墓志铭》
刘爽	夫人赵淑媛	下邳	《刘岱墓志铭》
刘仲道	夫人檀敬容	高平	《刘岱墓志铭》
刘穆之	夫人江氏（江嗣女）		《宋书·刘穆之传》
刘秀之	夫人何氏（何承天女）	东海	《刘岱墓志铭》
刘宪之	夫人颜氏（颜延之妹）	琅邪临沂	《宋书·颜延之传》
刘粹之	夫人曹慧姬	彭城	《刘岱墓志铭》
穆之女	丈夫蔡祐	济阳	《宋书·刘穆之传》
刘岱	夫人任女晖	乐安博昌	《刘岱墓志铭》
刘玉女	丈夫裴阎	河东	《刘岱墓志铭》
刘希文	夫人王茂瑛	东海	《刘岱墓志铭》
刘舍	夫人徐氏（徐湛之女）	东海	《南齐书·徐孝嗣传》
刘邕	后夫人杨氏		《南齐书·刘祥传》

　　刘抚夫人乃东莞孙氏。东莞孙氏世居山东莒县。唐《元和姓纂》卷四第 110 条“东莞”下说：“孙膑之后。汉代有孙扬、魏有孙耽，晋有孙牧，宋有孙奉伯，梁有孙谦。”孙奉伯是南朝书法家。《南史·孙廉传》说：孙廉“父奉伯，位少府卿、淮南太守”。《宋书·后妃传》载，泰始中，太宗为太子纳妃，“讽朝士州郡令献物，多者将直百金。始兴太守孙奉伯止献琴书，其外无余物”。据同时人虞和《论书表》云：孙奉伯曾与巢尚之、徐希秀等奉诏料简二王书，评其品第。南朝梁庾肩吾《书品》列孙奉伯书为下之上品，论云：“擅豪翰，动成楷则，殆逼前良，见希后彦。”仕宦于宋齐梁三朝的孙谦官至光禄大夫，与孙奉伯为兄弟。西晋《辟雍碑阴》记载：博士东莞孙毓，字休明，

曾任汝南太守。下邳赵氏，唐《元和姓纂》卷七第39条"下邳"条说："汉丞相赵周之后。十二代孙璇，魏广陵太守。元孙裔，晋平原太守，以宋武外祖赠光禄大夫；生正伦，宋领军。正伦生伯符，丹阳尹。"《宋书·后妃传》说："孝穆赵皇后讳安宗，下邳僮人也。祖彪字世范，治书侍御史。父裔字彦胄，平原太守。"[①]高平檀氏的家世，《晋书》卷八五有《檀凭之传》，记其曾封曲阿县公，食邑三千户。《宋书》卷四五有《檀韶传》，记其曾为江州刺史、安南将军、巴丘县侯。其弟檀祗曾为抚军将军、散骑常侍、西昌县侯。少弟檀道济刘宋功臣，封永修县公。《南齐书》卷五二有《檀超传》其祖檀弘（宗），宋南琅邪太守。檀超官骁骑将军，司徒右长史，有文名。"长沙王道怜妃，超祖姑也。"[②]东海何氏有何承天、何无忌、何逊、何勖以及为谢灵运四友之一的何长瑜等人，名震南朝。琅邪颜氏，有颜含、颜延年、颜竣、颜师伯、颜师仲、颜师叔、颜延之、颜之推，名闻遐尔。济阳蔡氏，东汉大文学家蔡邕的家族就是当时济阳有名的世家大户，在他之后，有三国时魏尚书蔡睦、晋朝大司徒蔡谟、刘宋吏部尚书蔡兴宗等。乐安任氏，为汉御史大夫任敖之后裔，晋有尚书任恺，南齐有中散大夫任遥，遥子为梁新安太守、文士任昉。河东裴氏，汉有尚书令裴茂，其子裴潜为魏尚书令，裴潜子裴秀亦为晋尚书令，裴秀子裴頠著《崇有论》。光禄大夫裴昧孙裴松之注《三国志》，三倍于原著，并开创了史注的新体例。其子裴骃补注《史记》，著《史记集解》八十卷，松之曾孙裴子野撰《宋略》二十卷。河东裴氏，是中国历史上仅次于琅邪王氏的宰相世家、文化世家。东海王氏的家世，沈约在《奏弹王源》中说：东海王源"曾祖雅，位登八命；祖少卿，内侍帷幄；父璇，升采储闱，亦居清显。"《晋书》

---

① 沈约：《宋书·后妃传》，第1280页。

② 萧子显：《南齐书》，北京：中华书局，1972年，第891页。

卷八三《王雅传》说："王雅字茂达，东海郯人，魏卫将军肃之曾孙也。祖隆，后将军。父景，大鸿胪。雅少知名，州檄主簿，举秀才，除郎中，出补永兴令……迁领军、尚书、散骑常侍……寻迁左仆射。隆安四年卒，时年六十七。追赠光禄大夫、仪同三司。长子准之，散骑侍郎。次协之，黄门。次少卿，侍中。并有士操，立名于世云。"[①]其后裔有王延年、王僧孺皆为显宦和文化名人。《南齐书》卷三四的东海郯人王万庆、王谌等官皆五品以上。刘岱的亲家王沈之之父王万喜，当与王万庆是兄弟。连沈约都承认东海王氏的士族身份，我们还有什么可怀疑的呢！东海徐氏，《晋书》卷七四："徐宁者，东海郯人也……迁吏部郎、左将军、江州刺史，卒官。"[②]《宋书》卷七一："徐湛之字孝源，东海郯人。司徒羡之兄孙，吴郡太守佩之弟子也。祖钦之，秘书监。父逵之，尚高祖长女会稽公主，为振威将军，彭城、沛二郡太守。高祖诸子并幼，以逵之姻戚，将大任之，欲先令立功。及讨司马休之，使统军为前锋，配以精兵利器，事克，当即授荆州……追赠中书侍郎。"[③]

　　郡望不明的有刘穆之夫人江氏和刘邕后夫人杨氏。我估计江氏当是济阳考城人，因为刘穆之"少好《书》《传》，博览多通，为济阳江敳所知"。杨氏当是弘农华阴人，弘农华阴杨氏是过江的大士族。我这样估计的理由是以上与东莞刘氏通婚的家族门第皆为士族无疑，根据士庶不婚的原则，江、杨二家必是大士族。

　　有意思的是，与东莞刘氏通婚的家族亦互有婚姻关系，如裴氏与任氏通婚的有《南史·任昉传》："任昉……父遥，齐中散大夫。……

---

① 房玄龄等：《晋书》，第 2179—2180 页。
② 房玄龄等：《晋书》，第 1955—1956 页。
③ 沈约：《宋书》，第 1843 页。

遥妻裴氏。"①裴氏与檀氏通婚的有《南齐书·皇后传》:"武穆裴皇后……后母檀氏余杭广昌乡元君。"②裴氏与一流高门琅邪王氏通婚的有《晋书·王戎传》:"裴𬱟,戎之婿也,𬱟诛,戎坐免官。"③《世说新语·文学篇》:"裴散骑娶王(衍)太尉女,婚后三日,诸婿大会,当时名士,王、裴子弟悉集。"④东海徐氏与刘宋皇室也多次婚配。下邳赵氏与刘宋皇室亦有婚配关系。

从以上考证中,我们看到与刘勰家族成员通婚的家族中,有的与一流高门士族的琅邪王氏有姻亲关系,有的与皇室有婚姻关系。我们还从中看到,与东莞刘氏通婚的家族,都是过江的北方大族,如果东莞刘氏家族不是士族门第,他们是不会与之通婚的。这又可证明了以往学人说的,南北朝时期的大族婚俗是"士庶不婚","南北不婚",当是事实。但是,刘勰家族没有与一流高门通婚的记载,是攀不上还是不攀,不得而知。因为有些以文化见长的士族,也并不刻意追求高官和与一流高门势族攀婚,甚至拒绝与一流高门势族婚配。如《晋书·颜含传》载:"桓温求婚于含,含以其盛满,不许。"⑤《颜氏家训·止足》篇有颜含戒子侄曰"汝家书生门户,世无富贵;自今仕宦不可过二千石,婚姻勿贪势家。"⑥刘勰家族未见有与一流高门通婚的记载,是否也抱有与颜氏相同的家训,不得而知。

五、刘勰家世士族身份之旁证

(一)"奉朝请"是专为世家大族设的荣誉职务

《宋书·百官下》:

① 姚思廉:《梁书·任昉传》,第251页。
② 萧子显:《南齐书》,第391页。
③ 房玄龄等:《晋书》,第1214页。
④ 李天华:《世说新语新校》,长沙:岳麓书社,2004年,第104页。
⑤ 房玄龄等:《晋书》,第2287页。
⑥ 王利器:《颜氏家训集解》,北京:中华书局,1993年,第343页。

奉朝请，无员，亦不为官。汉东京罢省三公、外戚、宗室、诸侯，多奉朝请。奉朝请者，奉朝会请召而已。晋武帝亦以宗室外戚为奉车、驸马、骑都尉，而奉朝请焉。元帝为晋王，以参军为奉车都尉，掾、属为驸马都尉，行参军、舍人为骑都尉，皆奉朝请。后省奉车、骑都尉，唯留驸马都尉、奉朝请。①

由此可知"奉朝请"一职，最初是专为那些退休的王公勋爵设置的荣誉职务，给他们一个朝会和面君参政的机会。因为刘勰仕宦于南朝，我们就看看南朝任"奉朝请"者，都是哪些人。根据笔者在翻阅南朝史料时见到任职"奉朝请"的是②：

吴兴沈氏家族：沈约、沈瑀、沈崇傃。济阳江氏家族：江谧、江革、江淹、江子一、江法成。河内司马氏家族：司马褧、司马端、司马筠。河东裴氏家族：裴邃、裴之高、裴凯。东海何氏家族：何逊、何远。东莞刘氏家族：刘秀之、刘勰。范阳祖氏家族：祖朔之、祖暅。吴郡钱塘杜氏家族：杜京产、杜规。此处还有陈郡谢超宗、殷孝祖，南乡范蒙、陶弘景，济阳范岫、卞彬，东阳郑灼、朱幼，吴兴茹法亮、吴均、顾琛，会稽山阴孔觊，高平檀儒，平昌安丘伏暅，平原明山宾，琅邪王琨，清河崔慰祖，范阳张弘策，新野庾杲之，庐江何歆，平阳贾渊，吴郡全缓，河东柳憕习，太原王茂，沛国刘瓛，临淮任孝恭，谯郡夏侯亹，河内山谦之，义兴陈庆之，丹阳刘系宗，乐安任昉。郡望不明者：吴迈远、诸袭光。

在以上任职"奉朝请"的人中，有四种情况。一、起家"奉朝请"者有18人：沈约、沈崇傃、江谧、江革、司马褧、司马筠、何逊、

---

① 沈约：《宋书》，第1245页。

② 为了节省版面，以下人员，只出郡望和人名，不列出处和引用原文。

刘昭、刘霁、刘勰、伏暅、明山宾、谢超宗、范岫、郑灼、庾杲之、王茂、夏侯亶。二、出仕后中途任"奉朝请"者35人。三、郡望不明者2人。四、史料明显证明非士族家世者：茹法亮、陈庆之、刘系宗3人。

在第一种情况中，除刘勰身世有争议外，其他17人的士族身世，皆未有问题。可以推断：他们于国于民寸功未有的情况下，起步就戴上"奉朝请"的花环，靠的是祖荫。刘勰"起家奉朝请"，显然靠的是祖荫。第四种情况当属于《宋书·百官志下》说的"永初已来，以奉朝请选杂……孝建初，奉朝请省"①。任何事情都不可能是绝对的。封建皇帝是历代王朝特权的持有者，他们是社会制度的建立者，也是出尔反尔的社会制度的破坏者。皇帝给身边的宠臣一个"奉朝请"的荣誉职务也是可能的，但这总是个别现象。我们不能以个别现象的存在，而否认了原有制度的存在。所以，历代国史的修纂者，都把此类官员列入《恩幸传》。刘勰不是宠臣，不在此列，且"起家奉朝请"，靠的也只能是士族门第。

（二）丹阳尹、吴郡太守是只有王子和士族才能担任的职务

南朝丹阳、吴郡，物阜民丰，又属京畿地区，在这些地区为尹、守者，都是王子和士族子弟。如任丹阳尹的王茂、谢方明、萧摹之、萧顺之、萧景先、郗僧施、何尚之、袁粲、刘弘、羊曼、褚湛之、王恭、徐湛之、王俭、王志、颜师伯、刘悛、王莹、王铨等人皆为士族身世，刘穆之、刘秀之二人都曾担任过丹阳尹；任吴郡太守的颜含、顾琛、顾觊之、王昙生、王珣、王琨、何叔度、王僧智、王僧达、褚渊、褚澄、萧子恪、袁昂、张瑰、谢邈、谢勖等人皆为士族身世，刘式之曾任吴郡太守。

---

① 沈约：《宋书》，第1245页。

（三）东莞刘氏是汉城阳王后裔

王元化先生在《刘勰身世士庶区别问题》一文末的《补记》中说：

> 《晋书》于汉帝刘氏之后，多为之立传，如刘颂（《列传十六》）、刘乔（《列传六十一》）、刘琨（《列传三十三》）、刘隗（《列传三十九》）、刘超（《列传四十》）、刘兆（《列传六十一》）等。更值得注意的是《列传五十一》载"刘胤为汉齐悼惠王刘肥之后"，但他的籍贯并非东莞莒县，而是东莱掖人。胤卒后，子赤松嗣，尚南平公主，位至黄门郎，义兴太守。从以上诸传中，都找不到有关刘抚的线索，这更使我觉得《宋书·刘穆之传》称他为"汉齐悼惠王肥之后"的说法是可疑的。①

针对王元化先生的怀疑，过去我曾发表了《汉城阳王世家》一文，以此证明王元化先生的怀疑是多余的。今将此文梗概略说如下：

汉文帝三年四月，齐悼惠王刘肥之子刘章被封为城阳国王，都莒，传九世十王至刘俚时，王莽篡权，城阳国除，城阳王后裔参加了反莽斗争。唐《元和姓纂》卷五第363条"东莞"下载："齐悼惠王肥生城阳景王章，传国九代，至王津，光武封为平莱侯，徙居东莞。裔孙晋尚书、南康公穆之。"

朱按："王津"之"王"，当为衍文，因为八世城阳孝王刘景，有子三人：刘云（嗣位）、刘俚、刘钦。九世城阳王是刘云嗣王位，早薨，刘俚绍封，王莽篡位，城阳国除，刘俚贬为庶民。且《汉书·王子侯表》中，没有关于刘津的记载。又因为"津""钦"读音相近，所以刘津当是刘钦之讹误。

---

① 王元化：《文心雕龙讲疏·刘勰身世士庶区别问题》，第23页。

也有学者质疑，提出：南北朝时期，一些家族冒充士族，假托是历史上的名门后裔。刘穆家族到南朝时仍称刘肥后裔，《宋书·刘穆之传》中的"汉齐悼惠王肥后也"一句不可信。笔者认为：今本《宋书》为沈约撰。正如中华书局《宋书》出版说明所言："沈约先世，本是吴兴士族，所谓江东之豪，莫强周、沈（《晋书·周处传》附周札传）。沈约一门，在宋、齐、梁三代，也都仕宦显赫。梁萧统《文选》载沈约《奏弹王源》文，对于某些士族地主'婚宦失类'的情况大加抨击。因此，沈约在齐、梁时期撰成的《宋书》，也就带有其时代和阶级的特点，它的一个突出内容，就是颂扬豪门士族，维护门阀制度。"[①] 笔者还认为，沈约与东莞刘氏同仕宦于宋、齐、梁三朝，对刘穆家族当是熟悉的，他不但不怀疑东莞刘氏的士族门第，而且还特地挑明记上一笔，这说明，《宋书》关于刘穆之为"汉齐悼惠王肥后也"的记载是可靠的。

至于王先生说的《晋书》列传十五《刘毅传》、列传五十一《刘胤传》和列传四十《刘超传》的刘毅、刘胤和刘超等人，也都是从莒县分封出去的城阳王子孙繁衍的后裔，这在《刘超传》和《元和姓纂》中也有记载，因与本文关系不大，仅略提及，以释王先生及其支持者之疑。

六、后论

历史学界衡量六朝士族门第的标准，经过了五六十年的争论，现已基本达成共识，这就是看一个家族门第士庶，以其在政治、经济和文化活动中所形成的社会地位作为观察点。由于当时的社会制度，一般说来，有了政治地位，经济上也就有了保障；又因为士族这个概念，既有政治的涵义，又有文化的涵义，士族地位一旦形成，

[①] 《宋书》出版说明第 3 页。

一个大族中的某一代上，由于个体家庭变故，导致个体经济贫困，但下一代人还可能再次崛起，于是使得一些学者往往只强调官宦加文化这两个条件。

台湾毛汉光先生在《中国中古社会史论》一书中，把达到士族的标准定为在政治上连续三代中，至少有两代官位在五品及其以上者[①]。如果以此为准，从前面的考证中，可以证明东莞刘氏是士族门第。

前面提到陈寅恪先生在《唐代政治史述论稿》中篇《政治革命与党派分野》中说："所谓士族者，其初并不专用其先代之高官厚禄为其唯一之表征，而实以家学及礼法等标异于其他诸姓。"这说明官宦加文化才是衡量一个家族士庶区别的标准，只有同时具备政治世家和文化世家两个条件才是士族门第。以此而论，东莞刘氏亦是士族门第。

近世论刘勰身世士庶的人，往往认为刘穆之以军功见重于当朝，非积世文儒，故东莞刘氏不得列入士族。持此种观点的人，忽略了史书对刘氏家族文化品位的史实记载，如果不是偏见，就是学术研究的悲哀了。因为无论是琅邪王氏中的王敦、王旷等人，还是陈郡谢氏的谢安、谢玄、谢琰等人都长期握有兵权，亦是以军功和兵学见长，历史上没有人以此否认其士族身份，何独到刘穆之这里就成了问题呢！

对刘勰士族身份持否定意见的人还用刘勰"家贫"作为论据，也是站不住脚的。因为即便望族甚至高门士族，由于某种特殊原因，也可能一个时期内生活艰难。此例在魏晋南北朝绝非个别。突出的如《三国志·贾逵传》裴注引《魏略》"逵世为著姓，少孤家贫，冬常无裤"[②]。《晋书·庾衮传》说西晋高门颍川庾衮"诸父并贵盛，

---

① 毛汉光：《中国中古社会史论》，台北：台湾联经公司，1988 年，第 140—144 页。
② 陈寿著，裴松之注：《三国志·贾逵传》，长沙：岳麓书社，1990 年，第 389 页。

惟父独守贫约。衮躬亲稼穑，以给供养……衮前妻苟氏，继妻乐氏，皆官族富室，及适衮，具弃华丽，散资财，与衮共安贫苦，相敬如宾。……岁大饥，藜羹不糁……"①。东晋高门沛国刘氏，后娶公主的刘惔，"家贫，织芒履以为养，虽荜门陋巷，晏如也"②。东晋高门谯国桓氏，后娶公主并执掌军政大权的桓温，父彝死后，"兄弟并少，家贫，母患，须羊以解，无由得之，温乃以（弟）冲为质"③。《南史·王韶之传》记载东晋高门琅邪王韶之，"家贫……，尝三日绝粮"④。《宋书·隐逸传》：王弘之"少孤贫，为外祖征士何准所抚育"⑤。《梁书·孝行传》："沈崇傃……父怀明，宋兖州刺史。崇傃六岁丁父忧，哭踊过礼。及长，佣书以养母焉。齐建武初，起家为奉朝请。"⑥济阳江氏是高门士族，《梁书·江淹传》说江淹"少孤贫好学"。《梁书·王僧孺传》："王僧孺，字僧孺，东海郯人，魏卫将军肃八世孙。曾祖雅，晋左光禄大夫、仪同三司。祖准，宋司徒左长史……家贫，常佣书以养母。"⑦《梁书·刘霁传》："刘霁字士烜，平原人也。祖乘民，宋冀州刺史。父闻慰，齐正员郎……十四居父忧……家贫，与弟杳、歊相笃励学。"⑧《晋书·皇甫谧传》："皇甫谧，字士安，幼名静，安定朝那人，汉太尉嵩之曾孙也……居贫，躬自稼穑，带经而农，遂博综典籍百家之言。"⑨陶翊《华阳隐居先生本起录》说：陶弘景的父亲陶贞宝少时也曾因"家贫，以写经为业"。《宋

---

① 房玄龄等：《晋书》，第 2281 页。
② 房玄龄等：《晋书》，第 1990 页。
③ 房玄龄等：《晋书》，第 1948 页。
④ 李延寿：《南史》，北京：中华书局，1975 年，第 661 页。
⑤ 沈约：《宋书》，第 2281 页。
⑥ 姚思廉：《梁书》，第 648—649 页。
⑦ 姚思廉：《梁书》，第 469 页。
⑧ 姚思廉：《梁书》，第 657 页。
⑨ 房玄龄等：《晋书》，第 1409 页。

书·袁粲传》："袁粲……父濯,扬州秀才,蚤卒。祖母哀其幼孤,名之曰愍孙。伯叔并当世荣显,而愍孙饥寒不足。母琅邪王氏,太尉长史诞之女也,躬事绩纺,以供朝夕。"[1]等等。世人没有因为他们一时家贫而否认其士族身世。《颜氏家训·涉务篇》说:"江南朝士,因晋中兴,南渡江,卒为羁旅,至今八九世,未有力田,悉资俸禄而食耳。"所说"悉资俸禄而食",虽未必尽然,但由于当时南迁士族的占田必受原南方士族大地主已广占良田的制约,有些封赐只是空头支票而已,大都只得"悉资俸禄而食"。一旦出现变故如早死、降官、丢官等,家庭生活发生困难是完全可能的。上述刘恢、桓温、王韶之、袁粲等当属此类情况,这类例子多得很,刘勰亦当属此类。因而,刘勰"家贫"不是否定刘勰士族门第的理由。

也有的学者质疑提出:《宋书·刘穆之传》中称刘穆之是"布衣",怎么能说他是士族门第呢? 笔者认为:"布衣"是与"官服"相对的一个词,通常是指没有官阶品位的读书人。《宋书·刘穆之传》称刘穆之为"布衣",是指刘穆之加入刘裕集团的时候,尚未有正式的官品(只任过府主簿,不在官品)。例如诸葛亮《前出师表》有"臣本布衣,躬耕于南阳……先帝不以臣卑鄙……"之谓,是指诸葛亮27岁出山辅佐刘备之前没有官品。《宋书·刘穆之传》中的"布衣"一词的用法与诸葛亮《前出师表》中的"布衣"一词用法相同,历史上没有人以此怀疑琅邪诸葛亮为士族门第。又,《南史·刘穆之传》中有诸葛长民因对刘裕不忠而获死罪,曾谓所亲曰:"贫贱常思富贵,富贵必践危机。今日思为丹徒布衣,不可得也。" 这里的"布衣"是"丹徒布衣"。丹徒的布衣是指未有官品的士族。因为《南齐书·州郡志》说:"南徐州,镇京口……丹徒水道入通吴会,孙权初镇之……

---

[1] 沈约:《宋书》,第2229页。

宋氏以来，桑梓帝宅，江左流寓，多出膏腴。"丹徒是京口的中心地带，这说明京口的住民多为帝胄及富贵人家，所以，史书中的刘勰家族"世居京口"一语，本身就可证明其为士族门第。所以，愚认为以"布衣"一词否定刘勰家族的士族门第是没有说服力的。

也有的学者质疑说：我与刘邦同乡，我也姓刘，我怎么就不是士族？也有的质疑说：那么什么时候就不用士族之称呢？笔者认为："士族"一词，大约广泛使用于汉末至唐中期。汉之前称势族或世族。曹魏开始实行九品官人法，社会进入士族政治时期，所以，此一时期的谱牒学特别兴盛，吏部及官府皆藏有士族宗谱，国史的主要资料来源于官府，《宋书·刘穆之传》中的"汉齐悼惠王肥后也"一句，当是根据官府刘氏宗谱而言。这是其一。其二，笔者认为，士族政治的出现是社会分裂、动荡时期豪门大族与中央政府分权的一种非正常现象。士族门阀制度延续至唐中期，其根据之一就是李世民当政时修了《氏族志》，武则天当政时修了《姓氏录》，以打击山东士族，其目的是把李家和武家挤到士族前列，这说明唐中期以前士族的影响还是很大的。隋朝是短命王朝，科举制度刚刚产生，对士族政治的影响有限。科举制度完善于武周时期，此时选拔人才以科举为主，也正是这一时期士族政治才真正开始走向衰微，但并不是已经完全没有影响了。因为《古文观止》中收有李白《与韩荆州书》一文，文中李白把韩荆州（朝宗）吹捧得令人肉麻，目的是希望韩荆州能推荐他出来做官，这说明到唐代李白时期仍有推荐制。士族在政治上的影响逐步缩小，既因科举制度的逐步成熟使得选士制度发生了根本的改变，也是大唐中央政权强化的结果，是一个渐衰的过程。但其文化影响有相对的稳定性，直到赵宋王朝影响还很大。现代社会没有"士"和"士族"的划分，所以，即便是刘邦同乡同族的现代人，也称不上"士"或者"士族"。

《南齐书·州郡志》注明南东莞郡无实土。东莞刘氏历经南朝十次土断，仍未有放弃原有郡望，说明郡望对于刘氏家族是何等的重要，郡望对于刘氏来说，就是士族身世的证据。直至唐中期以后，在外地做官的原有士族裔孙才陆续放弃原住郡望，可见郡望是与士族政治制度联系在一起的。

对刘勰士族门第持否定意见的人，往往拿《南齐书·刘祥传》中褚渊称刘祥为"寒士"作为论据。笔者认为，这是对"寒士"一词含义的误解。唐长孺《魏晋南北朝史论拾遗·读史释词：素族·寒士》一文中认为"寒士"也是"士"。有两种情况：一是指士族中"门第不高和衰微房分"；第二种情况是，如果是自称，当是"自谦"，如果是他称，则是有意贬低或戏称。如《南史·徐勉传》记载："旧扬、徐首迎主簿，尽选国华中正，取勉子崧充南徐选首。帝敕之曰：'卿寒士，而子与王志子同迎，偃王以来未之有也。'勉耻以其先为戏，答旨不恭，由是左迁散骑常侍，领游击将军。"学界未曾否认过徐勉的士族门第，皇帝亦称为"寒士"，此即为"戏称"。褚渊称刘祥为"寒士"，那是二人口角间的"贬称"，不足为据。①

总之，六朝的士族门第，在不同朝代是互有消长的。一流高门的琅邪王氏的盛期是两晋，东莞刘氏的盛期是刘宋。史学界研究六朝士族门第，有的分为四等，有的只分高门和次门，有的分为三等，我看还是分为三等好。如果分为三等的话，王、谢等是一流高门，没有与东莞刘氏通婚的记载，说明东莞刘氏门望可能低于王、谢家族。但东莞刘氏在东晋时期却高于兰陵萧氏，这在《南史·刘瑀传》

①　"寒士""素族""庶族""寒族""寒素"等词的涵义，唐长孺的《魏晋南北朝史论拾遗》（中华书局 1983 年）、陈琳国的《庶族、素族和寒门》（《中国史研究》1984 年 1 期）、祝总斌的《素族、庶族解》（《北京大学学报》1984 年 3 期），都作了精辟的论述，可供参考。

中可以看得出来。刘瑀宋初为御史中丞，弹萧惠开曰："非才非望，非勋非德。"萧惠开祖源之，是刘裕继母之弟，其父萧思话"宗戚令望，早见任待，凡历州十二，杖节监都督九焉"[1]，而惠开仍被刘瑀讥为"非望"，此似可推定兰陵萧氏的门望在东晋时还低于东莞刘氏，即使宋初上升了，仍未被公认，故有刘瑀之讥。因此，把刘勰家族的门第划入一流高门，声望不足，划入次等，应属偏上为是。

附记：本文收入《2007〈文心雕龙〉国际学术研讨会论文集》（台湾文史哲出版社，2008 年）。本次收入文集，又补充了钱穆先生的研究成果，从侧面证明我判定是否为士族的主要条件是"官爵相继，文化传家"的观点。原稿在第四部分中，把孙谦和孙奉伯的关系说成了"堂兄弟"，其实是亲兄弟，在这里特作更正说明。

---

① 沈约：《宋书》，第 2016 页。

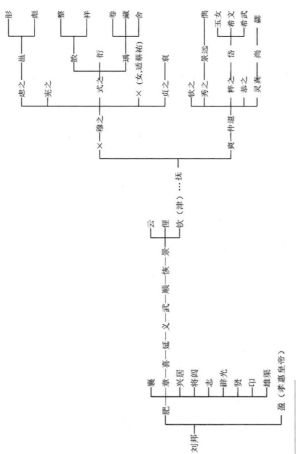

附：刘勰家族世系表 ①

① 《南史·刘秀之传》说：刘秀之是刘穆之的从父兄子，这就是说刘秀之的祖父刘爽与刘穆之的父亲是亲兄弟。因为"从父"就是父亲的亲兄弟，所以，我列的这个表与杨明照先生所列的刘勰家族世系表有异。又根据周绍恒先生的研究，刘仲道的祖父刘抚，《昭明文选》中任昉所撰之刘整，非刘勰家族世系中之刘整，因而就不存在刘爽与刘黄的刘勰家族问题，故北杨明照所列世系表中少了刘黄。《宋书·颜延之传》有"妹适刘宪之，穆之子也"的记载。中华书局本注："宪之"疑为"虑之"之讹。但笔者不排除穆之另有一子"宪之"的可能性，今录以备考。

慧震还乡与刘勰卒年

——与周绍恒先生商榷

由于《梁书》和《南史》的《刘勰传》没有明确记载刘勰的生卒年，研究者对于刘勰的生卒年有各种不同的说法。其卒年说法，大体可以分为两类：一是昭明太子（531年）卒年前；二是昭明太子（531年）卒年后。1989年《晋阳学刊》在第3期上发表了周绍恒先生《刘勰卒年新考》一文，提出了"刘勰卒于普通四、五年间（523—524年）"的新说，人大报刊资料中心于同年的第10期作了复印转载，引起学者们的注意。张少康等先生撰写的《文心雕龙研究史》，也介绍了周先生的观点。实际上，周先生的"普通四、五年间（523—524年）说"所引材料明显有误，观点大有可商榷之处。

一、周氏慧震之考订

支撑周先生"刘勰卒于普通四、五年间（523—524年）说"的材料有两条：一是慧震回荆州的时间和他的卒年，二是刘杳、何思澄任职东宫的时间。

周先生认为刘勰是卒于大通元年（527年）之前的。其根据是刘勰与慧震在定林寺撰经任务完成的时间，必在普通七年（526年）九月担任荆州刺史的鄱阳王恢卒之前。因为这之后到大同五年（539年）七月前是湘东王绎，只有历两任荆州刺史，可以勉强与"历政"相符。由于上限是天监十八年（519年）始入寺撰经，又知慧震在普通七年之前曾回荆州，刘勰撰经功毕后，"启求出家"，"未期而卒"，假设是鄱阳王恢卒前两年即普通五年（524年）慧震回乡国，那么刘勰就必然是卒于普通四、五年间（523—524年）。按照这种推算法，得出的结论是不错的。但是周先生的材料不完整，导致了不实的结论。因为周先生只注意到湘东王绎以镇西将军任职荆州刺史是在普通七年十月至大同五年七月间，而忽视了他第二次以镇西将军任荆州刺史的时间，慧震却恰恰卒于他第二次任荆州刺史期间。理由是，鲍检恰在湘东王萧绎第二次出任荆州刺史时任其记室。为了清楚起见，我们根据《梁书·武帝纪》和《元帝纪》把梁初至侯景叛乱期间的历任荆州刺史任职情况列表如下：

任　数	起　止　时　间	任职官员
第一任	天监元年至天监七年五月（502—508年）	始兴王萧憺
第二任	天监七年五月至十一年十二月（508—512年）	平西将军安成王萧秀
第三任	天监十一年十二月至十三年正月（512—514年）	平西将军鄱阳王萧恢
第四任	天监十三年正月至十四年二月（514—515年）	晋安王萧纲
第五任	天监十四年二月至十八年正月（515—519年）	中抚将军始兴王萧憺
第六任	天监十八年正月至普通七年九月（519—526年）	开府仪同三司、征西将军鄱阳王萧恢
第七任	普通七年十月至大同五年七月（526—539年）	丹阳尹湘东王萧绎。中大通四年（532年）为平西将军，大同元年（535年）十二月进号安西将军，大同三年（537年）闰九月进号镇西将军

续　表

任数	起止时间	任职官员
第八任	大同五年七月至太清元年正月 （539—547 年）	骠骑将军、开府仪同三司、庐陵王萧绩（太清元年正月薨）
第九任	太清元年正月至大宝元年九月 （547—550 年）	镇西将军湘东王萧绎。太清三年（549 年）四月为侍中、假黄铖、大都督中外诸军事、司徒承制，余如故
第十任	大宝元年九月以后	中卫将军、尚书令、开府仪同三司、南平王萧恪（镇武陵）

从表中可以看到湘东王萧绎曾两度出任荆州刺史。第一次是普通七年（526 年）十月至大同五年（539 年）七月，这一次任荆州刺史至大同三年时才进号镇西将军，两年后调职任护军将军和安右将军。荆州刺史一职改由庐陵王萧绩任职。周先生就是把慧震的卒年定在了大同三年（公元 537 年）闰九月至五年（公元 539 年）七月间的。笔者认为周先生的这一认定是不妥当的，理由是鲍检是在出使武陵王时见害的，这正是侯景叛乱时期。这一时期的荆州刺史正是镇西将军湘东王萧绎。由表中可知湘东王萧绎是在庐陵王于太清元年正月薨后，立即由镇南将军改为镇西将军出任荆州刺史的，直至大宝元年九月。而鲍检也正是这一时期出任镇西府湘东王记室的，而不是大同三年（537 年）至大同五年（539 年）。慧震是卒于这一时期，即太清元年（547 年）正月至大宝元年（550 年）九月。因为鲍检以记室身份参与了慧震志铭的撰写。《南史·客卿传》说："客卿三子检、

正、至……检为湘东镇西府记室，使蜀，不屈于武陵王，见害。"[①]
这里正好透出了鲍检的任职时间和卒年的信息。

众所周知，太清二年（548年）十月，降梁的原东魏大将侯景
在寿春（今安徽寿县）发动叛乱，攻破建康城。梁武帝被围于台城。
这时，梁朝诸王拥兵在外不少，他们都觊觎帝位，各自为了保存实
力而不出兵平叛，致使台城被围三个多月后于次年三月为侯景攻破，
守兵饿死者十有八九，梁武帝也被饿死。萧纲虽被侯景立为帝，实
为傀儡。梁武帝的第七子湘东王萧绎对武陵王萧纪的异心很有戒备，
也曾一度节制过武陵王的兵马，不许武陵王的军队东下。《梁书·武
陵王传》说："太清中，侯景乱，纪（萧纪）不赴援。高祖崩后，纪
乃僭号于蜀。"[②] 这当然是湘东王坚决反对的。从《梁书·武陵王传》
和《南史·武陵王纪传》得知，湘东王曾多次派使游说武陵王，劝
他不要有野心。《南史·武陵王纪传》说："大宝元年……七月甲辰，
湘东王萧绎遣鲍检报纪以武帝崩问。"[③] 这是湘东王绎多次派人使
蜀中的一次，而鲍检当是这次使蜀见害的。笔者认为这个推断是可
信的，慧震必卒于太清元年（547年）正月至大宝元年（550年）九
月之间的鲍检被害之前。而梁王朝自太清二年（548年）八月就爆
发了侯景之乱，如果慧震卒于侯景之乱时，估计湘东王已无心作铭，
也不可能有时间使鲍检为志序。《梁书·刘之遴传》记刘之遴卒于
太清二年（548年）十至十二月间。既然刘之遴有《吊震法师亡书》，
也说明慧震必卒于刘之遴之前，时当为太清元年（547年）正月至
二年（548年）十月间。

我们把慧震的卒年大体确定之后，再来考察刘之遴《与震法师

---

① 李延寿：《南史》，北京：中华书局，1975年6月，第1531页。

② 姚思廉：《梁书》，北京：中华书局，1987年11月，第826页。

③ 李延寿：《南史》，第1328—1329页。

府兄李敬胐书》中的"自还乡国，历政礼重"。

我们把上表的荆州刺史自湘东王萧绎第二次出任荆州刺史向上推一任是庐陵王萧绩。这与"历任"二字虽然也讲得通，但有勉强之嫌，若是再向上推两任，则又是湘东王萧绎，这样三任两人，与"历政"二字是极吻合的。这说明，慧震"自还乡国"的时间在梁大同五年（539 年）七月湘东王离任之前。这次还乡，当是与刘勰撰经任务完成后，回到乡国荆州，受到了湘东王的礼遇。大同五年（539 年）七月之后继任荆州刺史的萧绩仍厚待慧震。这正是"历政礼重"。确切地说，当是在大同二、三年（536—537 年）间回乡国。所以，周先生说慧震当在普通七年九月之前回到乡国荆州的结论也是不妥当的。按周先生的逻辑推理，因为慧震与刘勰同受敕撰经，必同时功毕。《梁书·刘勰传》说："有敕与慧震沙门于定林寺撰经证，功毕，遂启求出家，先燔鬓发以自誓，敕许之。乃于寺变服，改名慧地。未期而卒。"[①] 所以慧震还乡的时间，也必是刘勰卒年的大体时间。根据"未期而卒"的记载，刘勰应卒于大同三、四年（537—538 年）才是。由于周先生推理的前提错了，结论就不能令人信服了。

二、《梁书·刘杳传》不可信

周文论证"刘勰卒于普通四、五年间（523—524 年）说"的另一证据是《梁书·刘杳传》和《何思澄传》。研究刘勰卒年的人，往往用《梁书·刘杳传》的材料，并认为是铁证，但在笔者看来，《梁书·刘杳传》的史料价值不高。

周先生在文中引《梁书·刘杳传》："还除宣惠湘东王记室参军，母忧去职。服阕，复为王府记室，兼东宫通事舍人。大通元年（527 年）迁步兵校尉，兼舍人如故……昭明太子薨，新宫建，旧人例无停者，

---

① 姚思廉：《梁书》，第 712 页。

敕特留杳焉。……天监十七年（518 年），自居母忧，质（应为"便"）长断腥惠（应为"膻"），持斋蔬食。"①"据传文可知，刘杳之母（周文漏掉"母"）卒于天监十七年（518 年），故其辞去湘东王记室参军之职。居丧三年后，复为王府记室，兼东宫通事舍人。那么，其当是从普通二年（521 年，周文为 512 年，当为校对误）开始兼任东宫通事舍人之职的，直到'昭明太子薨'的中大通三年（531 年）四月之前，一直'兼舍人如故'。"②

以上是周先生节录的《梁书·刘杳传》和几句自己的话。我觉得《刘杳传》中还有几句话应该引上，那就是"十三，丁父忧……普通元年，复除建康正，迁尚书驾部郎，数月，徙署仪曹郎，仆射勉以台阁文议专委杳焉。出为余姚令，在县清洁，人有馈遗，一无所受，湘东王发教褒称之"③。这段引文是紧接周先生引文之上的。从上述引文可知，刘杳在普通元年（520 年）至大通元年（527 年）前的七年中，有七次官任，一次母忧，其官职中明文说明的"尚书驾部郎"任职数月后调为"署仪曹郎"，后为"王府记室，兼东宫通事舍人"。鉴于礼制，母忧需要三年，余姚令任职三年，这就是六年的时间，除去数月改任的尚书驾部郎和兼职的记室和舍人，余下不足一年的时间了，尚有五个任职，如不是年号不对，就是平均两个多月换一个职务。后退一步，即便年号没有错，那么"复为王府记室，兼东宫通事舍人"之职，也应是普通七年（526 年）或八年（527 年）三月后的事，因为普通年号，武帝只用了七年零三个月，到普通八年（527 年）三月辛未已改为大通元年了。所以，周先生说的刘杳"当是从普通二年（521 年）开始兼任东宫通事舍人"是令人

① 姚思廉：《梁书》，第 716—717 页。
② 周绍恒：《刘勰卒年新考》，《晋阳学刊》1989 年第 3 期。
③ 姚思廉：《魏书》，第 715—716 页。

难以信服的。

刘杳的父亲是刘怀慰（《南史》说"怀慰本名闻慰"），据《南史·刘怀慰传》，刘怀慰三子，依次是霁、杳、歊。刘怀慰卒于永明九年（491年）。《梁书·刘霁传》说霁年十四丁父忧，可知其生于公元478年。《梁书·刘杳传》说杳年十三丁父忧，可知其生于公元479年。但该传又说他"大同二年（536年），卒官，时年五十"。由大同二年（536年）上推50年，可知是生于公元487年，由此知其相差8年。可知《梁书·刘杳传》记载有误。

再者，《梁书·刘霁传》说其"母明氏寝疾，霁年已五十，衣不解带者七旬，诵《观世音经》，数至万遍……后六十余日乃亡"。[1]由其父永明九年（491年）卒，霁年十四，丁父忧，下推至五十岁，丁母忧，是公元527年，即大通元年。怎么会是刘杳"天监十七年"（公元518年）自居母忧呢？又据《南史·刘歊传》，刘歊"既而寝疾，恐贻母忧，乃自言笑，勉进汤药。谓兄霁、杳曰：'两兄禄仕，足伸供养。歊之归泉，复何所憾。愿深割无益之悲。'（天监）十八年，年三十二卒"[2]。天监十八年了其母仍在，《刘杳传》何以记为"天监十七年，自居母忧"？也许有人会说，可能是同父异母。但从其三人的传记看，兄友弟敬，不像异母兄弟，不像三人三个母亲，本传中也皆未提及。又从天监十八年（519年）刘歊年32岁，可知其生于公元488年，比其长兄刘霁小10岁，时刘霁42岁，比次兄刘杳小9岁，时刘杳41岁，离刘霁年五十丁母忧尚有8年。可知临终遗言皆符合事实。因此，也可证《梁书·刘杳传》"天监十七年，自居母忧"与实不符。周先生以此为据是不可取的。

---

[1] 姚思廉：《梁书》，第657页。

[2] 姚思廉《梁书·刘歊传》也记："天监十七年，无何而著《革终论》。……明年疾卒，时年三十二。"

我们再结合《南史·何思澄传》："天监十五年，敕太子詹事徐勉举学士入华林撰《遍略》，勉举思澄、顾协、刘杳、王了云、钟屿等五人以应选。八年乃书成，合七百卷。"①无论《梁书·刘杳传》还是《南史·刘杳传》也都提到刘杳参加了这一工作。从天监十五年（516年）往下推八年成书，已到了普通四年（523年）。况且根据以上两传，他撰《遍略》后又以撰前的晋安府参军兼任了一段廷尉正。这也可以证明《梁书·刘杳传》中的普通元年（520）至大通元年（527年）以前的任职情况不能令人相信。因而周先生根据这些史料价值不高的材料推出的刘杳"普通二年（521年）开始兼任东宫通事舍人"和刘勰卒于普通四、五年间（523—524年）的结论是不能成立的。

关于何思澄的东宫通事舍人任职时间，周文说：

> 又据《梁书》卷五十《何思澄传》云："天监十五年，敕太子詹事徐勉举学士入华林撰《遍略》，勉举思澄等五人以应选。……久之，迁秣陵令，入兼东宫通事舍人。除安西湘东王录事参军，兼舍人如故。……昭明太子薨，出为黟县令。"据"久之"二字，何思澄迁秣陵令的时间不会早于天监十六年（517年）。而《梁书·徐摛传》云："王为丹阳尹，起摛为秣陵令。普通四年，王出镇襄阳，摛求随府西上，迁晋安王谘议参军。"天监十七年至普通四年担任秣陵令的是徐摛。那么何思澄当是在徐摛西上的普通四年（523年）迁秣陵令，入兼东宫通事舍人的，直到昭明太子薨的中大通三年（531年）四月，才出为黟县令的。

我们结合梁《高僧传·僧旻传》《释智藏传》，可以证明《梁

---

① 李延寿：《南史》，第1782—1783页。

书·何思澄传》的史料和周先生以此为据考出的何思澄"普通四年迁秣陵令，入兼东宫通事人"，大体是正确的。但是，周先生在使用这些材料时，是以刘勰撰经期间仍兼任东宫通事舍人，刘杳在普通二年（521年）入东宫为通事舍人，到普通四年（523年）何思澄又入兼东宫通事舍人为前提。按梁制，东宫通事舍人为二人编。这样，普通二年（521年）至普通四年（523年）前是刘勰、刘杳。到了普通四年（523年）又加何思澄，已是超编。所以判普通二年前东宫舍人只有刘勰一人，刘杳入东宫后，刘勰于普通二年（521年）入寺撰经。又根据范文澜的撰经"大抵一二年即毕功"，由普通二年加上这"大抵一二年"是普通三、四年。再联系《梁书·刘勰传》，撰经功毕后，"遂启求出家……未期而卒"，那么，到普通四、五年，刘勰已是没有生存空间和时间了，因此，周先生就认为刘勰卒于普通四、五年。

这里的问题是根据《梁书·刘杳传》和《何思澄传》这两人在昭明太子薨前确是任职东宫舍人。据梁制，东宫通事舍人定编二人。事实上刘勰已不任东宫舍人。但撰经仍是公差，功毕后必须复命，从《梁书·刘勰传》的行文看，刘勰功毕复命似与启求出家同时。一个长期任公职的人，完成帝命，照常理，其去向仍由朝廷作出安排。所以刘勰私自作出的出家决定，当然须朝廷批准，未必非得仍任舍人。因而周先生说的"其受敕撰经时当仍未免职，直到撰经毕功后才弃官为僧"，也是臆测。

三、对慧震回乡国的时间和刘勰卒年的旁证

我在就周先生对慧震之考证提出商榷的同时，也考证出了慧震还乡国荆州的时限和卒年。《梁书·文学传下》将刘勰排在谢几卿之下、王籍之上。这两人的卒年可以作为旁证。尽管《梁书》未记

其二人的卒年，但这是可以考证出来的。根据《梁书·谢几卿传》知，谢几卿是在普通六年（525 年）作为领军将军西昌侯萧琛的军师长史随军北伐，因涡阳退败而免职的。因情绪低落，常以酒为伴，湘东王曾与书勉励他，几卿曾还书答谢，但"未及序用，病卒"（本传），这就是说谢几卿的卒年必在湘东王任职荆州的普通七年（526 年）至大同五年（539 年）间。而《梁书·王籍传》说："湘东王为荆州，引为安西府谘议参军，带作塘令，不理县事，日饮酒，人有讼者，鞭而遣之。少时，卒。"① 湘东王任安西将军，时在大同元年（535 年）十二月至三年（537 年）闰九月，这就说王籍的卒年当在大同二年（536 年）至三年（537 年）闰九月前后。据"少时，卒"，下限应为大同四年（538 年）上半年。又根据《梁书·庾仲容传》，得知仲容"迁安西武陵王谘议参军。除尚书左丞，坐推纠不直免。……唯与王籍、谢几卿情好相得，二人时亦不调，遂相追随。诞纵酣饮，不复持检操"② 。这"二人时亦不调"，当指二人免职而言。武陵王任安西将军时在大同三年（537 年）闰九月至九年（543 年）十一月。这说明他们三人同命相连在一起的时间必在大同五年之前。由于谢几卿在湘东王于大同五年七月离职前未及录用就去世了，确定谢几卿和王籍的卒年必须在大同元年（535 年）至大同五年（539 年）七月间考虑。因为编写人物传记的惯例是以卒年为序（当然，在《梁书·文学传》的 24 人中也有失序的，我们不能因编序有误就否认了这一惯例），刘勰放在谢几卿、王籍之间，确定刘勰的卒年，就应把谢几卿和王籍的卒年作一旁证。而慧震还乡又正在这一时期，这三者又可以互相佐证。利用人物传记编序作为旁证的方法，杨明照和李庆甲二位老先生都用过，可是仍未引起人们的注意，实在不该。

---

① 姚思廉：《梁书》，第 713 页。
② 姚思廉：《梁书》，第 724 页。

刘勰卒于萧统之前的说法，是连旁证也没有，多为臆测。

由此可大体知道刘勰的卒年应在大同元年（535年）至五年（539年）间考虑。

我们确定刘勰卒年必在大同元年（535年）至五年（539年）之间还有一个旁证，就是贾树新先生在《〈文心雕龙〉历史疑案新考》①一文中，对定林寺的藏经量所做的推算与统计和根据"依居时撰经的量数与年数比例为据，则受敕撰经时间约需十五年，才能证功毕"②，假若是僧祐卒后的第二年刘勰奉敕入寺，那么，从天监十八年（519年）下推十五年，也已经到了大同元年（535年），也正在慧震还乡国的大体时限内。

第三个旁证，就是凡在萧统身边任过职而又早卒于萧统的，萧统多有悼文，如果刘勰卒年早于萧统，生前又为"太子深爱接之"，则死后萧统当有悼文，而今不见萧统对刘勰有悼文，可证刘勰当卒于萧统之后。

第四种旁证，就是以下五种佛教文献记载：

（1）南宋释祖琇《隆兴佛教编年通论》卷八说："（梁大同）三年四月（应为中大通三年四月），昭明太子薨。……名士刘勰者，雅为（原误作无）太子所重。撰《文心雕龙》五十篇。……累官通事舍人。表求出家，先燔须自誓。帝嘉之，赐法名惠地。"

（2）南宋释志磐《佛祖统纪》卷三十七在梁大同四年下云："通事舍人刘勰，雅为太子所重，凡寺塔碑碣皆其所述，是年表求出家，赐名慧地。"

---

① 中国《文心雕龙》学会编：《文心雕龙研究》第1辑，北京：北京大学出版社，1995年，第219—227页。

② 我认为范文澜先生在《文心雕龙注》中说的刘勰撰经"大抵一二年即毕功"属臆测，与事实不符，贾树新先生的约需十五年的考证比较可信。

（3）南宋释本觉《释氏通鉴》卷五云：梁"辛亥三（中大通三年），四月，昭明太子卒……丙辰二（大同二年），刘勰……表求出家……帝嘉之，赐法名惠地"。

（4）元释念常《佛祖历代通载》卷九云：梁"辛亥（中大通三年），是年四月，昭明太子薨……刘勰者……表求出家……帝嘉之，赐法名惠地"。

（5）元释觉岸《释氏稽古略》卷二云："辛亥，中大通三年，四月，太子统卒……丙辰，大同二年，梁通事舍人刘勰表求出家，帝嘉之，赐僧法名慧地。"

对以上五书中的记载，主张刘勰卒于萧统前的学者们认为，《梁书·刘勰传》既然没记明其卒年，何以在七百多年后又有了一个明确的卒年？其根据是什么没有说明，故不可信。但是，我们联系上述考证出来的慧震还乡时间当在大同二、三年（536—537年）间来考虑，这不能说是一种巧合，而应该说《释氏通鉴》和《释氏稽古略》所持的刘勰"丙辰二年（大同二年）表求出家"的记载是有根据的。它与笔者在上述考证中得出的刘勰当卒于大同三、四年（537—3538年）间的观点可以互证。

总之，周先生的"刘勰卒于普通四、五年间（523—524年）说"是由如下四个支柱支撑的：一是慧震卒于湘东王第一次任荆州刺史的普通七年（526年）十月至大同五年（539年）七月间这一不实的判断，二是刘勰卒前仍为通事舍人这一不合实际的认可，三是范文澜的刘勰撰经"大抵一二年即毕功"的臆测，四是《梁书·刘杳传》这一漏洞百出的史料。如今支撑周先生结论的材料问题百出，所以周先生的结论也就不能成立了。

根据笔者在上述商榷过程中的考证，刘勰卒年的最大时限为大同元年（535年）至大同五年（539年），有人考证谢几卿卒于大同三年（537 年），那么刘勰在《梁书·文学传》中排在谢几卿之后、王籍之前，又知王籍卒于大同二年（536 年）至大同四年（538 年）六月前，刘勰卒年的最小时限应为大同三、四年（537—538 年）间。慧震的还乡时间当为大同二、三年（536—537 年）间。

（原刊《临沂师范学院学报》2004 年第 4 期）

有关刘勰研究的几个问题

——兼与张少康先生商榷

2010年9月,张少康先生在北京大学出版社出版了《刘勰及其〈文心雕龙〉研究》一书,其中对我把《刘子》纳入《刘勰传》提出了批评,这是值得欢迎的一件事情。因为有创作就有批评,只有学术批评,才能推动学术发展。少康先生在该书中涉及刘勰家世和刘勰著作的问题,鉴于少康先生的观点和言辞,我提出如下几个问题与大家讨论,兼与少康先生商榷。

一、关于刘勰家族的研究问题

刘勰家族门第研究,自从梁绳祎《文学批评家刘勰评传》[①]刊发以来,对刘勰身世的研究,至今尚无出其右者。所不同者,只是出现了一些否认刘勰士族身世和与刘穆之血缘关系的人,少康先生是其中之一,他说:"要说刘勰一家能依靠刘穆之、刘秀之的地位,甚至说是士族出身,那是很难令人相信的,恐怕于实际情况也是不符的。"[②]

上世纪末,我撰有《刘勰家族门第考论》一文,对刘勰家族庶族说提出不同看法。文章尚未外投,就读到了周绍恒先生的《刘勰出身庶族说商兑》一文,我认为周先生的文章很能说明问题,于是放弃原已写好的《刘勰家族门第考论》,又从刘勰家族源头上找证

---

① 梁绳祎:《文学批评家刘勰评传》,《小说月报》第17卷(号外)《中国文学研究》(下)1927年6月6日。

② 张少康:《文心雕龙新探》,济南:齐鲁书社,1987年,第7页。

据，写了《汉城阳王世家》一文 ①，目的是想配合周绍恒先生的文章，说明刘勰家族是士族门第。但是，看到周文发表以后，仍未改变一边倒的旧局面，新发表和出版的论著，仍然坚持庶族说。在这种情况下，我把《刘勰家族门第考论》一文，带到了 2007 年的台湾《文心雕龙》国际学术研讨会上，并投到刊物上发表了。今见少康先生《刘勰及其〈文心雕龙〉研究》中改变了原已坚持的刘勰身世庶族说，承认刘勰出身士族，这是值得欢迎的事情 ②。但是，少康先生为刘勰家族所画的世系表搞乱了刘勰一支与刘穆之一支的血缘伦理关系。今把问题提出来向学界请教。少康先生画的世系表是：

汉高皇帝—齐悼惠王肥……
　　　　　—……穆之……③
　　　　　—抚—爽—仲道……

这种画法虽然体现了刘穆之和刘勰曾祖刘仲道之间是平辈关系，但是，不符合史书记载的刘勰家族血缘伦理关系。

刘勰一支与刘穆之一支的家族血缘伦理关系，史书记载是清楚的。《宋书·刘穆之传》记载："刘穆之……汉齐悼惠王肥后也。"《宋书·刘秀之传》中记载："刘秀之字道宝，东莞莒人，司徒刘穆之从兄子也。世居京口。祖爽，尚书都官郎，山阴令。父仲道。" ④《梁

---

① 先秦史学会、政协莒县委员会编：《莒文化研究文集》，济南：山东人民出版社，2002 年。

② 促使张少康先生改变原已坚持的刘勰家族庶族说观点的是陶礼天教授。详见张少康：《有关刘勰身世几个问题的考辨》，载中国《文心雕龙》学会编：《文心雕龙研究》第 6 辑。又见张少康：《文心与书画乐论》第 10 页脚注，北京：北京大学出版社，2006 年。

③ 张少康先生画列的世系表，在刘穆之和刘仲道以下是正确的，用删节号标出。我们只讨论仲道和穆之以上部分。

④ 沈约：《宋书》，北京：中华书局，1996 年 4 月，第 2073 页。

书·刘勰传》说："刘勰字彦和，东莞莒人。祖灵真，宋司空秀之弟也。"[①] 刘勰的祖父是宋司空刘秀之的弟弟。秀之兄弟五人，皆见史书记载。1969 年江苏句容出土的《刘岱墓志铭》已经证明《宋书·刘秀之传》对于其家世的记载是正确的。它的价值还在于在刘爽之上又出现了刘抚一代。《宋书·刘秀之传》说的秀之是穆之的"从兄子"，这就说明刘秀之的祖父刘爽是刘穆之父亲的同父兄弟。列表就应该把刘爽和刘穆之的父亲平行列出。刘仲道的祖父也就是刘穆之的祖父，这个人由《刘岱墓志铭》可知是刘抚，因此，从刘爽和刘穆之的父亲再往上找一代，他们的交会点就是刘抚。他们的关系图表画法应该是：

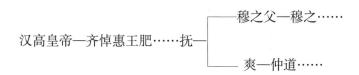

　　最早为刘勰家族列世系表的梁绳祎在《文学批评家刘勰评传》一文中，把刘仲道和刘穆之画列成了平辈关系，这是对的。但是，他没有画出刘穆之的父亲与刘爽是亲兄弟关系，因为他没有见到《刘岱墓志铭》，也就不可能在刘爽之上添列上刘抚。后来的杨明照先生虽然见到了《刘岱墓志铭》，但只是在刘爽之上添上了刘抚，却没有明确地表明刘抚与刘穆之是直系的祖孙关系。少康先生没有去思考和翻阅原始资料，而是跟在杨明照先生身后依样画葫芦，这些画法的可商榷处就在于没有体现出秀之为穆之"从兄子"的血缘关系。在中国文化典籍中，《尔雅·释亲》把血缘伦理关系的称谓讲得很细。"从兄子"就是"从父兄子"，这在《南史·刘秀之传》

---

① 姚思廉：《梁书》，北京：中华书局，1987 年 11 月，第 710 页。

中也得到了证明。"从兄"就是同堂兄，即同一个祖父的哥哥，也就是《尔雅·释亲》说的"兄之子、弟之子相谓为从父晜弟"。刘秀之是刘穆之从兄的儿子。在中国的封建社会里奉行大家庭，一般家庭尽力维持三、四代还在一起生活的方式，同一祖父的叔伯兄弟，也称同堂兄弟。"从兄"，就是"从父兄"。刘秀之是刘穆之的"从兄子"，说明刘穆之与刘仲道是同堂兄弟。因而我们不敢苟同少康先生为刘勰家族画的世系表。这虽然是小常识，却是表述刘勰家族成员间血缘伦理关系的重要一环，是研究刘勰家族的大事，如果作者是疏忽或者是不具备这点常识，著述中就会出现硬伤。

当然，史书记载也有混乱者。例如，《南史·王僧祐传》说僧祐"雅为从兄俭所重"云云，这里的"从兄"就不准确。王俭祖父与王僧祐祖父是同胞兄弟关系，严格称应是"从祖兄"而不是"从兄"。如果有人认为是简称，那就会导致误解。所以今中华书局本《南齐书·王秀之传》就说："（王）僧祐，太尉（俭）从祖兄也。"又如，《南史·王融传》说"从叔俭谓人"云云，王俭和王融的关系已经到了四服或者五服上了，向上找到王询那里才重合。也就是说，王俭的祖父和王融的曾祖是同父兄弟。王融已经是王俭的从祖侄儿，或者是从祖兄子。反之，严格说来，王俭应是王融的"从祖叔"，而不是"从叔"。

《南史》是对《宋书》《齐书》《梁书》《陈书》四书删削而成，主要是压缩篇幅（个别亦有增益），在严密程度上，远不如原书。尽管"龙学"界有人在研究刘勰家族时，以《南史》作为准绳去衡量宋、齐、梁三书，那并不恰当，不管操作者自视为什么权威，最终还是要回到史实的。

少康先生的《刘勰及其〈文心雕龙〉研究》，这个题目，他早年已写过短篇。这次形成大著，是他把早年在齐鲁书社出版的《文心雕龙新探》一书，稍作改造充入其内而成的。此处相关内容，则是他为北大学生开设的"名著导读"——《刘勰及其〈文心雕龙〉》讲稿，并收入杨承运、林建初编的《智慧的感悟》一书中，后来又收入了他的《夕秀集》。其中谈到刘勰家族世系、谈到梁武帝家族世系伦理，谈到汉高祖老婆的称谓，可谓多有硬伤。以此知识架构，给学生上导读课，岂不把学生"导"晕了。例如，汉高祖刘邦的老婆（外妇，即齐王刘肥生母）曹夫人，称为刘夫人，岂不是笑话吗！皇帝老婆如林，都以皇帝姓冠之，何以分辨？历史书籍是冠以娘家姓氏而分辨之。如汉高祖原配史称吕后；李延年的妹妹嫁给汉武帝，史称李夫人；汉宣帝的生母称王夫人，这是《汉书》的记载。孙权的妹妹嫁给刘备，称为孙夫人；刘禅生母称甘皇后。这是《三国志》的记载。李敖、汪荣祖《蒋介石评传》第 10 页记载：1921 年 6 月 25 日，蒋介石撰《先妣王太夫人事略》称蒋父两前妻为"徐、孙两太夫人"，是以夫人娘家姓冠于夫人前，这是民国时期的称谓。可见少康先生称刘肥生母为"刘夫人"是硬伤。再者，临川王萧宏是梁武帝的六弟，少康先生说是梁武帝的儿子。[①] 关于人类伦理，《尔雅·释亲》篇解释得非常清楚，历代史书的表述也是遵循不乱，何以在自负有加的少康先生那里就陷入了盲区？

二、关于《刘子》作者认定问题

《刘子》作者问题的争论由来已久。我在撰写《刘勰志》的时候，对于前哲和时贤的争论意见作了认真的研究，觉得往昔的争论中，判定作者为刘昼的人，不是偏见，就是对前人的资料有误读。只要认真地梳理以往的资料，平心静气地讨论问题，脉络是清楚的。少

---

① 张少康：《刘勰及其〈文心雕龙〉》，《夕秀集》，北京：华文出版社，1999 年，第 131 页；杨承运、林建初编：《智慧的感悟》，华夏出版社，1998 年，第 213 页。

康先生自己说：他对《刘子》"并没有什么新的研究成果，只不过是综合前代和当代学者的研究做一点具体分析而已"①。但是，他这"一点具体分析"毫无新意，只是重新把往昔的《刘子》作者刘昼说论据复述了一遍。对于主张《刘子》作者是刘昼的论据，我在先前发表的几篇文章中，都一一作了辩驳，认为不能成立。时至今日，少康先生老调重弹，自认为"很清楚地可以说明问题"，一句话掩盖了很多史实，既不能说明问题，也不能说服别人。

从现有文献看，最早引录《刘子》的是虞世南编录的《北堂书钞》。《四库全书总目提要·北堂书钞》说："北堂者，秘书省之后堂。此书盖世南在隋为秘书郎时所作也。"虞世南的祖、父、兄都是在南朝为官的高级知识分子，虞世南生于梁，长于陈，仕于陈、隋、唐三朝，是读南朝藏书成长起来的一位耿直的学者，他是梁、陈时期的大学者顾野王的学生，也曾问学于一代文宗徐陵。虞世南在他们二人门下求学十余年，首先熟悉的是南朝藏书，他在入隋后编的《北堂书钞》，目的是供文人撰文时采录参考所用。按常理来说，他首先是选择自己熟悉的文献摘抄，这是我们研究《刘子》应该考虑的第一个因素。其次是《刘子》载入梁人的书目中。《隋书·经籍志》说：周武平齐，仅得五千卷图书，隋"及平陈已后，经籍渐备"②。隋内府藏书，主要来源于陈。曹道衡先生在谈到南朝目录书时说："有些书和作品还是保存在南方，在《隋书·经籍志》中没有著录，但在南朝确已存在的。如所谓《刘子》，《隋书·经籍志》说已亡佚，而在《旧唐书·经籍志》《新唐书·艺文志》中出现了。此书前人都认为北齐刘昼作，其实从梁代著录情况看，根本不可能

---

① 张少康：《刘勰及其〈文心雕龙〉研究》，北京：北京大学出版社，2010年，第29页。

② 魏徵：《隋书·经籍志》，北京：中华书局，1996年，第908页。

出于刘昼之手，笔者在《关于〈刘子〉的作者问题》一文中已有考证。此书当为南朝人作，当出现于南方。"①杨明照先生说《隋书》对《刘子》没有著录，是错误的。《隋书·经籍志》是著录了《刘子》的，只是没有著录作者的名字。《隋书·经籍志》是编者根据残存的图书和《大业正御书目》及梁人书目编成的，凡有目无书者，只记书名，多不记作者，并注明书"亡"。但是，《刘子》书"亡"一事，只是史臣就手中存书而言，宫中皇帝是有的。太宗皇帝为太子李治撰写的《帝范》，就征引了《刘子》。作为皇帝的继承人，李治和武则天对于太宗皇帝的《帝范》必然是要认真学习和研究的，在学习和研究《帝范》的时候，对其中征引的资料和涉及到的原著，按常理来说，也是要研究的。所以后来武则天称帝以后，也效法太宗皇帝，为臣子撰著了《臣规》，其中也引录《刘子》一书。同理，她的臣子必然要认真学习和研究。如果臣子手中没有《刘子》一书，他们也必然要找到原著认真研读的。从敦煌遗书中的《刘子》不同版本来看，《刘子》在唐代是一部畅销书，这当与官方的提倡有关。唐《随身宝》明确记载"流子，刘协注"，是迄今所见最早著录《刘子》作者的出土文献②，它比《一切经音义》对《刘子》作者是刘勰的著录早了近一个世纪③。《随身宝》在敦煌遗书中，也不是只

---

① 曹道衡：《南朝文学与北朝文学研究》，南京：江苏古籍出版社，1998 年，第146 页。

② 《随身宝》的成书时间，周丕显考证在"唐高宗永淳经武周至开元之间，亦即七世纪后期至八世纪前期之间，而开元间可能性尤大"。详见周丕显《巴黎藏伯字第2721 号〈杂钞·书目〉考》，载《图书与情报》1989 年第 1 期，又载作者《敦煌文献研究》，甘肃文化出版社 1995 年。吴枫考证其成书时间"上限为唐中宗神龙三年即公元 707 年，其下限为唐肃宗宝应元年即公元 762 年"。详见吴枫《〈珠玉钞〉考释》，载《吴枫文存》第 346—357 页，北京：中华书局，2002 年。

③ 文亦武《慧琳〈一切经音义〉成书年代考实及其他》说："今本文得《册府元龟》卷五十一《帝王部·崇释氏二》所载一条慧琳于元和三年三月向朝廷进献该书的资料，证实该书撰成于元和二年可无疑义。"详见《古籍整理研究学刊》2000 年第 4 期。

有一种版本，皆如此著录。根据《尔雅·释诂下》释，"协，和也；勰，和也。疏：皆谓和，同协"，可知二字相通。至于"刘子"为什么称"流子"，当是因为"流"与"刘"二字也相通之故。如曹丕《折杨柳行》："流览观四海，茫茫非所识。"枚乘《七发》中有"流揽无穷，归神日母"。《淮南子·原道训》："刘览遍照，复守以全。"《后汉书·马融传》引《广成颂》："刘览遍照，殚变极熊。""流览"今作"浏览"，《辞海》释"浏览"本作"刘览"，可见"流"与"刘"相通。又如《庄子·盗跖》篇："此六子者，无异于磔犬、流豕、操瓢而乞者。"这里的"流豕"之"流"，朱起凤《辞通》说："流豕即刘豕（《尔雅·释诂》：刘，杀也），亦即屠豕，此两字通用之证也。""注"与"著"同音假借，是唐代民间标音文字习俗。杨明照和张少康二先生以此有错白字和"坊间俗本"为由，轻易地否认了此书的价值，这只能说明他们在敦煌学方面尚需努力，不能说明《随身宝》真的价值不高。在今天看来的错白字，正是唐代流行的"标音系"文字习俗，这是敦煌学家的研究结论①。再说了，这种现象，在《史记》《汉书》里早就存在着。《随身宝》的作者是张九龄。② 张九龄是武则天时期的进士，玄宗开元时期的宰相，他不仅为官正直清廉，且在学术上也是很严谨的。他要遵循《臣规》，必然要研究《刘子》，他若把皇帝使用的资料《刘子》作者张冠李戴，是要吃罪的，料张九龄也不敢妄为。

还有一条资料，传说是张鷟在其笔记小说《朝野金载》中的话："《刘子》书，咸以为刘勰所撰，乃勃海刘昼所制。昼无位，博学有才。□（按《四部丛刊》本缺，余嘉锡《四库提要辨证》引作"窃"）取其名，人莫知也。"对于这条资料的价值，台湾学者王叔岷在《刘

---

① 详见宁希元《"标音系"的古书与变文中假借字的解读》，载甘肃社科院编：《敦煌学论集》，甘肃人民出版社，1985年。

② 郑樵：《通志》，杭州：浙江古籍出版社，2000年，第814页。

子集证·自序》中评论说："案张鷟以《刘子》刘昼作，与袁孝政同。谓昼窃取刘勰之名，余氏深信不疑，岷则以为不然，《传》既称'昼常自谓博物奇才，言好矜大，每言："使我数十卷书行于后世，不易齐景之千驷也！"'，其自尊自信如此，岂肯窃用人名以自取哉？《传》谓其制《六合赋》，呈示魏收、邢子才。其欲取重于时流则有之。此犹刘勰之以《文心雕龙》取定于沈约也。（见《南史·刘勰传》）然刘勰之书，大为沈约所重；刘昼之赋大为魏、邢所轻，昼既不能得真赏于当时，惟有求知音于后世，若窃取刘勰之名以传其书，则并身后之名亦不可得矣！昼之愚不致如此。"① 王叔岷之言揭开并指出了张鷟的破绽。张鷟的话，今中华书局本《朝野佥载》正文中不见其文，在《补辑》中是有的。此说原见于南宋人刘克庄的《后村大全集·诗话续集》的引录，是真是假，已经难辨，更何况是小说家言呢！对此种小说的史料价值，钱锺书先生说："诸子书（此处指笔记小说）中所道，每实有其人而未必实有此事……据此以订史，是为捕风影，据史以订此，是为杀风景。……吾国子书（指笔记小说）所载，每复类是。均姓名虽真，人物非真。……于其文既信伪为真，于其事复认假为真，非痴人之闻梦，即黠巫之视鬼而已。"② 明胡应麟《少室山房笔丛》卷二十九也说"小说，唐人以前，纪述多虚"，"其言淫诡而失实"。

我对唐代的张鷟和张九龄作过对比研究，觉得张九龄的道德文章比张鷟严谨得多。张鷟言语多虚，文品和人品不高，是一个放荡而又自命不凡的人。洪迈在《容斋续笔》卷十二中就批评他言辞太虚。洪迈说："《佥载》纪事，皆琐尾摘裂，且多喋语。"并揭露他自

① 王叔岷：《刘子集证·自序》，北京：中华书局，2007 年，第 6 页。
② 钱锺书：《管锥编》，北京：中华书局，1999 年，第 1298 页。

谓历次科考天下无双的话全是假的。① 如果我们联系张鷟的这些事，再把传为张鷟关于《刘子》的那些话合起来考虑，就足以证明王叔岷的揭露是正确的②。

但是，王叔岷在《刘子》作者研究问题上，被《四库提要》提出的一个问题完全阻塞了思路。《四库提要·刘子》说："《文心雕龙·乐府》称'有娀谣乎飞燕，始为北音；夏甲叹于东阳，东音以发'。此书（指《刘子》）《辨乐篇》'夏甲作破斧之歌，始为东音'……与勰说合；其称'殷辛作靡靡之乐，始为北音'，则与勰说迥异，必不出于一人。又史称勰长于佛理，尝定定林寺经藏，后出家，改名慧地；此书（指《刘子》）末篇乃归心道教，与勰志趣迥殊。"对于《四库提要》提出的这两个质疑，王叔岷在《刘子集证·自序》中说："一个人的著述，有时所用故实，来源非一，亦难免抵牾，尚不足以确证《刘子》不出于刘勰之手；后说言二子志趣迥殊，一崇佛，一好道，则为有力之证据。"王叔岷对第一个问题的辩驳还是有力的，但是在第二个问题上完全受《提要》引导，说"则为有力之证据"，即认为《刘子》崇道，刘勰崇佛，《刘子》的作者怎么会是刘勰呢？对于这个问题，我的看法是有两种因素不可忽视：第一，刘勰家族是道教世家，③ 刘勰原本也是崇奉道教的，他写出的作品崇奉道家有什么好奇怪的呢！《文心雕龙》本身表面上是"征圣""宗经"，骨子里还是崇道的，这一点已有越来越多的学者承认。在我看来《文心雕龙》的主导思想也是儒道同尊。说《刘

---

① 洪迈：《容斋随笔·容斋续笔》，长沙：岳麓书社，1994 年，第 240—241 页。
② 对于传为《朝野佥载》中张鷟关于《刘子》的话，经王叔岷的考证，张少康在他的《刘勰及其〈文心雕龙〉研究》中也是信服的，但是也有人仍然视为至宝。
③ 我在拙著《刘勰传》中列专章阐述刘勰家族信仰道教的问题。后来汪春泓先生又在《刘勰与刘穆之》一文中，进一步证明刘勰家族信仰的道教是灵宝派。汪文载《2007〈文心雕龙〉国际学术研讨会论文集》，台北：文史哲出版社，2008 年 8 月。

子》"末篇乃归心道教，与勰志趣迥殊"，这是四库馆臣的误读。因而王叔岷先生所谓"有力之证据"是不能成立的，这说明王叔岷先生在这一点上也没有读懂《刘子》。早年杨明照遵照四库馆臣的观点，直到晚年才看出《刘子》主导思想是儒道同尊。第二，既是刘勰后来皈依佛教，也完全可以写出崇奉道家的作品，和尚注解《老子》《庄子》和《论语》，这在南朝有大量的例证，我曾撰有《南朝学术思潮和刘勰思想的时代特征》一文 ①，就是为了解释这一所谓奇怪现象。再说了，刘勰与佛教的关系是复杂的，这里面既有个人生活上的因素，也有社会的、政治上的因素，而且社会的、政治上的因素还是重要因素。皇帝信佛，臣僚不信能行吗？君不见连家族世代崇奉道教的沈约也改变了信仰，而且写了大量有关佛教的文章吗？这足见政治可以扭曲一个人的灵魂。刘勰早期在定林寺的活动，充其量也不过是一位佛教典籍的整理者，我们应该把佛教典籍整理者和信仰者区别开来，分阶段地看待刘勰。刘勰本是一个很有创新思想的人，他现有的佛学著作对佛教的阐发毫无新意就是一个证据。但是这一不成问题的问题，却完全迷住了大学者王叔岷的眼睛和思路。杨明照也是同样的逻辑，认为《文心雕龙》的主导思想是儒家，《刘子》的主导思想是道家，二书的作者怎么会是一人呢？不过，同一人的著作，不同的书籍，指导思想完全不同，杨明照先生应该是懂得的，他整理的《抱朴子》内外篇分别属于儒家和道家就是个例子，他后来继续坚持 20 世纪 30 年代的研判，当是为了维护自己观点的一贯性而不得不采用了双重标准。

第三条资料是袁孝政《刘子》注中的序言。袁氏之序见于南宋陈振孙《直斋书录解题》，但此记仅只言片语，而非全文，而袁序

---

① 朱文民：《南朝的学术思潮与刘勰的思想特征》，中国《文心雕龙》学会编：《文心雕龙研究》第 8 辑，保定：河北大学出版社，2009 年。

全文今已不见。晁公武《郡斋读书志》著录《刘子》时只是照录了所见《刘子》及题署作者为刘昼，但紧接其后说："或以为刘勰，或以为刘孝标，未知孰是。"晁氏也未断出作者到底是谁。陈振孙《直斋书录解题》又指出"……其书近出，传记无称，莫详其始末，不知何以知其名昼而字孔昭也"。宋人章俊卿《山堂考索》卷十一《诸子百家门·杂家类》："《刘子》，题刘昼撰。泛论治国修身之要，杂以九流之说，凡五十五篇。《唐志》云：'刘勰撰。'今袁孝政《序》云：'刘子者，刘昼，字孔昭，伤己不遇，播迁江表，故作此书。时人莫知，谓刘歆、梁刘勰、刘孝标作。'"章俊卿"今袁孝政《序》云……"的"今"字可与陈振孙"其书近出"的"近"字相佐证，可以说明《刘子》袁注成书于南宋，袁孝政是宋朝人而非唐朝人。据台湾学者游志诚先生所见，在明万历丙申世恩堂刊本《刘子》中，有吴骞写于乾隆年间的跋语，吴骞也不认为《刘子》袁注是唐人作品，他说："作注之袁孝政亦无所表见，其注更多芜陋，且不类唐人手笔，当更改之。"[①]《刘子》袁注不载两唐《志》，不载《宋史·艺文志》，郑樵《通志》也不著录，到南宋时期才有人引录，这就不能不令人怀疑"唐袁孝政"之谓，可能是南宋人的伪说。

再是少康先生说："历代学者几乎都不认为《唐书》著录题为刘勰著是有根据的。"[②]少康先生这"历代学者几乎都不认为……"之云云，说明他对《刘子》及其作者之争，真的涉猎有限。我曾把历代关于《刘子》作者的文献做过列表统计，结论是主张刘勰的多于主张刘昼的，少康先生之所谓"几乎都不认为"云云的"多"，当是把怀疑派也列入主张刘昼说了。再说，判定一种主张是否具有真理性，不能以多数或少数为标准，而应该是以事实为标准，因而

---

① 转引自游志诚：《明刊批校本〈刘子〉跋析论》，《鲁东大学学报》2010年第1期。
② 张少康：《刘勰及其〈文心雕龙〉研究》，第29页。

少康先生的这句话实际上是没有意义的。少康先生对两《唐书》的指责和怀疑也是多余的。关于两《唐书》的经籍资料来源问题，在这里我们不得不重新说一遍。《旧唐书·经籍志》的资料来源是《群书四部录》和《古今书录》。《古今书录》又是毋煚在自己参与撰修的开元《群书四部录》的基础上修订而成的。毋煚为《古今书录》写的序言录在《旧唐书·经籍志》中，今《旧唐书·经籍志》著录的经籍与毋煚《古今书录》写的序言记载经籍的部数和卷数一部也不多，一卷也不少。《旧唐书·经籍志》的不足处，在于它不载开元以后的唐人著作，这与我们讨论南北朝的《刘子》无关。《新唐书·艺文志》是欧阳修亲撰的，写于公元 1054—1060 年，增加了开元以后的部分唐人著作。我们把《群书四部录》《古今书录》、张九龄的《随身宝》和李世民的《帝范》、武则天的《臣规》和佛教典籍及两《唐志》对《刘子》作者的著录一起考虑，认为《刘子》刘勰著是可信的。至于少康先生说"著录《刘子》为刘勰著的新、旧《唐书》正是沿用了袁孝政所说的'时人'揣测，是并没有什么根据的"①云云，这是不顾史实的妄说。

少康先生还说：二十世纪八十年代后提出《刘子》为刘勰著的研究者，"并没有提出任何有价值的新资料，甚至回避了前辈学者已经提出的资料和见解"②。我认为这话有失公平，与事实是不符的。林其锬和陈凤金二位先生至少提出了四点新证据，是应该肯定的。一是指出晁公武是《刘子》刘昼著的怀疑者，而不是肯定者，后来的刘昼说举晁公武的话为证据，都是腰斩了晁氏的意见；二是《宋史·艺文志》"《刘子》三卷，题刘昼撰"的"题"字，是表示怀疑之义；三、《广弘明集·辨惑》篇引《刘子》的话反驳刘昼的诋佛；

① 张少康：《刘勰及其〈文心雕龙〉研究》，第 29 页。
② 张少康：《刘勰及其〈文心雕龙〉研究》，第 28 页。

四、唐释慧琳《一切经音义》中记有"刘勰著书四卷，名《刘子》"。对于林、陈二先生的观点，曹道衡先生认为是"很有见地的"。他说"像晁公武和陈振孙两家，其实都只是存疑派，而非刘昼说的主张者。关于这一点，过去有些研究者，曾有所忽视。近几年，林、陈的《〈刘子〉作者考辨》是很有见地的。他们发现了晁公武、陈振孙和《宋史·艺文志》均对刘昼说持存疑态度，因此转而采用两《唐书》的说法"①。林、陈二先生重新发现了《随身宝》和《一切经音义》的学术价值。对同一问题，曹道衡和张少康有着截然不同的看法，可见不在于事实本身，而在于看官的"思想"问题。

关于少康先生所提到的杨明照和王叔岷所列举的哪些否定《刘子》刘勰著的理由，十几年来，我都不知梳理了多少遍，并且发表了多篇辨析文章，认为杨明照、王叔岷等人主张刘昼说的论据是站不住脚的，经不住推敲的。我认定《刘子》作者为刘勰，是建立在认真考订基础上的，曾经说："在反对者未拿出令我信服的证据之前，我的观点是难以改变的，仍然相信两《唐书》和敦煌遗书的记载，并以此为准。"②

《刘子》作者问题讨论到今天，已经不是史料问题，而是一个思想认识问题。

三、关于刘勰研究过程中的学风和态度问题

少康先生对我把《刘子》纳入《刘勰传》颇为不满，说是"别出心裁"，"是对刘勰的一种亵渎"，"是欺世盗名"，"是误导读者"，《文心》与《刘子》"两书之文笔绝不相同，谓出一人之手，

①　曹道衡：《关于〈刘子〉的作者问题》，《中国社会科学院研究生院学报》，1990 年第 2 期。
②　朱文民：《刘勰传·后记》，第 417 页。

实在是天大的笑话"①，"反复征引"张光年的话，"只能给人以拉大旗作虎皮的感觉"。

少康先生的这种语言风格，让人觉得有违学术常态。鉴于此，我想在此提出四个问题，向学界及少康先生请教。

第一，前辈学者曾经研究过的问题，我们有不同看法，该不该重新提出，如果提出了，有不同的意见，该以怎样的心态来对待的问题。

我研究了学界往昔对《刘子》作者问题的争鸣文章之后，觉得主张刘昼说的资料值得商榷，计划写文章参与争鸣的时候，山东有位教授曾劝我不要写。我说：通过争鸣，他们拿出令我信服的证据，使问题得到解决，或者向前有所推进，对我个人来说，毁誉不值得计较。

学术研究，一向有学高为师之传统，也有当仁不让其师之说。对于老一代学者的意见后辈小子自当更加注意考虑，假若是我们碍于面子，对一些还有商讨余地的问题今天不提出质疑，后人仍将提出，为了追求真相，没有必要不顾史实盲目信奉。何兹全是傅斯年的学生，何先生为傅斯年《民族与中国古代史》一书写的《前言》中，指出了傅斯年在史学问题上的一些不足。何先生在《前言》的最后引用了亚里士多德的名言"吾爱吾师，吾更爱真理"，这在学界堪称楷模。我们研究《刘子》作者问题，自然要尊重学界前辈，他们的研究，为我们开辟了一条道路，提供了一些思路，其功不可没。我们今天的研究是在他们的基础上开始的，没有他们的拓荒，我们

①　关于《刘子》与《文心雕龙》的语言风格差异问题，我曾两次撰文辨析，认为这种理由是不能成立的。今见台湾学者游志诚先生 2010 年在台北文史哲出版社出版的新著《〈文心雕龙〉与〈刘子〉系统研究》一书中，从多角度论证两书出于一人之手，请读者抽暇一阅，可以另见一片天地。

行进就要难得多，起点也可能低。我们在他们的基础上继续追求历史真相就是对他们最好的尊重。

学术疑案通过争鸣，使问题昭然于世，让大家都明白真相，是争鸣双方的功劳和责任。即使一方找到了真理，或接近了史实真相，也是相互争鸣和启发的结果。我觉得学术争鸣没有输家和赢家之分，不存在个人面子不面子。反之你堵住了一个人的嘴，堵不住世人的嘴，堵住了今人的嘴，堵不住后人的嘴，切莫为了古人的事伤了今人的感情，给后人留下笑料。为此，我曾经把我的这个态度写成文字发给与我有不同观点的南京和两湖学者，目的是希望发扬君子之争的精神，创造一种民主的学术氛围，把学术研究和个人感情分开，不要混为一谈。少康先生的言辞和态度，违背了自己曾经举手通过的我们学会"鼓励不同的学术观点展开深入的探讨，互相尊重，避免意气用事……推动学术研究健康发展"的章程。

第二，杨明照先生的《刘子校注》所用的底本为道藏本，道藏本《刘子》是不书作者名的，而杨明照署名作者刘昼，少康先生对此一言不发，甚至大加赞赏，而对我把《刘子》断为刘勰著作却大为不满，用尽讥笑、嘲讽之能事，这分明是偏见造成的双重标准。学术批评怀有如此心态，是否有利于推动学术发展？

看来，学术批评要做到"无私于轻重，不偏于爱憎，评理若衡，照辞如镜"（《文心雕龙·知音》）是很难的。

第三，在今天，搞学术研究是否还需要"唯成分论"的问题。

在《文心雕龙》研究的小圈子内，我不止一次听到有人说：某某人原是搞经济史的，研究《文心雕龙》是"半路出家"；某某人"是一位诗人，搞《文心雕龙》仅凭着一种热情"，言外之意，透出一种鄙视味，好像自己早在胎教时期就读《文心雕龙》。其实我看到那些被视为"半路出家"的学者，其"龙学"成果也不少于说这话的人。当时我就想，著名的语言文字学家周有光先生，在五十岁之前，是一位很有成就的经济学教授，五十岁之后才搞文字改革，其成就举世瞩目，远胜过某些终生从事语言文字研究者。有道是"文人相轻，自古而然，有文无行，辞人通病"[①]。但是，搞学术研究，重在拿出成果；学术争鸣靠的是证据，不在于谁是什么出身成分。这是问题的一个方面。另一个方面，像杨明照和王叔岷等老一代学者，他们的话和结论，未必句句是真理，个个是铁案。我一向怀着崇敬的心情读他们的书，对他们的意见，我更加认真研究。但是，崇敬不等于迷信，对他们的话重新审视，不应该看成是不重视他们的意见。

第四，学术研究和争鸣，是靠证据还是靠拉大旗作虎皮的问题。

少康先生说：张光年"同意《刘子》是刘勰所作，只是出于对刘勰的热爱，对研究刘勰和《文心雕龙》者的鼓励，而并没有专门对《刘子》的作者进行过考证和研究"，"如果一再把光年先生那次会议上的几句话反复征引，作为《刘子》是刘勰所作的根据，只能给人以拉大旗作虎皮的感觉"[②]。这种指责与事实是不符的。我从未把张光年在那次会议上的话作为论据去证明《刘子》的作者是刘勰，也从不拉大旗作虎皮，搞争鸣靠的是证据。试问：这无中生有的不实指责，是不是误导读者？

总之，"龙学"研究是一个复杂的工程，每向前推进一小步都要付出巨大的代价，研究者除了在学识上要有各方面的储备以外，还得要有面对冷嘲热讽的心理准备。诚如刘纲纪先生所说：要想对

---

① 林树标：《书〈文心雕龙〉后》，《自明》1920 年第 1 期。又载《民国期刊资料分类汇编·文心雕龙学》，北京：国家图书馆出版社，2010 年，第 35 页。

② "那次会议上的几句话"当是指张光年《〈刘子集校〉值得一读——1986 年 4 月 15 日在〈文心雕龙〉学会第二届年会上的讲话》，载《文心雕龙学刊》第 5 辑，济南：齐鲁书社，1988 年。张少康：《刘勰及其〈文心雕龙〉研究》，第 37—38 页。

"龙学"有新的突破，"不是仅靠把《文心雕龙》读得烂熟所能奏效的，它需要多方面的素养、开阔的视野、哲学上的深思熟虑和创造的精神。""在这方面所作的一些努力、尝试，往往会受到冷遇，甚至嘲笑。"① 刘纲纪先生的话是值得我们深思的。

本文原为 2011 年 3 月在武汉大学召开的"百年龙学国际学术研讨会暨中国《文心雕龙》学会第十一次年会"论文，收入李建中、高文强主编《百年龙学的会通与适变》（黑龙江人民出版社，2011 年 12 月）。又刊《鲁东大学学报》2012 年第 1 期。

---

① 刘纲纪：《世界哲学家丛书：刘勰》，台北：东大图书公司，1989 年，第 206 页。

关于刘勰定位问题的思考

我曾撰写《山东省志·诸子名家志》系列丛书《刘勰志》，按照该丛书的要求，书前有一篇《概述》，这个《概述》的开头对志主有一个定位，我当初的定位是刘勰是"一位杰出的思想家和伟大的文学批评家"。但是，在该书出版前，省志处的领导要求我按照《辞海》的定位，称刘勰为"文学理论批评家"，我颇不认同。我的理由是：我们是在撰写《刘勰志》而不是撰写《文心雕龙志》。但是，我是在撰写官书，而不是私人撰述，必须尊重官方要求，不得已，我在此下作一脚注："此按省志办公室要求，取于《辞海》对刘勰的定位。"用意很明确，就是说，这个定位不代表我个人的观点。但是，最终还是被省志办公室的责任编辑把这个脚注删去了。对此我颇有一些想法，今把我的理由写在下面，以就教于师长和同好。

一、关于以往对刘勰定位问题的回顾与辩论

对刘勰的定位问题，这是中国学术史上的大事，多少年来一直困扰着刘勰研究者。它既涉及到对《文心雕龙》性质的认识，也涉及到对刘勰著作《刘子》一书的认证。文论界对刘勰的定位主要局限于《文心雕龙》一书为文学理论专著的评价上，对以往学人中列《文心雕龙》为子书的呼声充耳不闻，对于耗费了刘勰大半生心血的佛典整理及表现出来的佛学思想也忽略不计，对《刘子》刘勰作又持否定态度，因而钱仲联、傅璇琮等人主编的《中国文学大辞典》把刘勰定位为"文学理论家"。对刘勰及其《文心雕龙》的研究一向主要在高等院校的古文论专业内，对刘勰及其著作的研究又基本

上统揽在中国《文心雕龙》学会，而学会每次举行学术研讨会能接到与会通知的主要是学会的理事和古文论界圈子内的一些人，史学界和哲学界的学者少有与会的机会。再说，刘勰从政虽"政有清绩"，又毕竟是小官，史学界很少涉及到他，所著《刘子》一书，一度又被打入伪书之列，因而对刘勰定位始终在"文学理论家"和"文学批评家"之间摇摆。但《文心雕龙》学界亦不乏有卓识者，自上世纪八九十年代对刘勰的定位有了发展。如王更生、罗宗强、杨明等先生将其定位为"文学思想家"或"伟大的文学思想家"。

台湾学者王更生先生在他的《文心雕龙读本·总论》中谈到《文心雕龙》的性质时说：

> 不幸的是大家太牵拘西洋习用的名词，向《文心雕龙》乱贴标签。说它是中国最具系统的一部"文学评论"专著，刘勰是"中国古典文论专家"，对于所谓之"古典文学""文学评论"，各专门名词的真正涵义，也不去深思比较，只一味地随声附和，于是众口铄金，大有积非成是的现象。可是经本人反复揣摩，用力愈久，愈觉得《文心雕龙》自有它独特的性质。因为我国学者往昔对作品多谈"鉴赏"，无所谓"批评"。这种西方习见的名词，用到我国传统的著作上，总觉得有点南辕北辙，不太合适。即令是勉强借用，而《文心雕龙》也绝非"文学评论"，或"文学批评"所能范围，刘勰更不是所谓"文论专家"可以概括。……他本身就是一个理论而兼实行的学者，所以更不是一般纯粹的"文论专家"能够望其项背的。最后我们从《文心雕龙》全书五十篇的结构上看，前五篇是"本乎道，师乎圣，体乎经，酌乎纬，变乎骚"，他自己说是"文之枢纽"；其实这正是他的"文学思想"。后二十篇，由《明诗》到《书记》论文叙笔；再二十篇，由《神思》

到《总术》，剖情析采；又四篇，《时序》《才略》《知音》和《程器》是崇替褒贬的总汇，这整个四十四篇，可以说是他的"方法论"。这种既有"思想"又有"方法论"的巨著，如果说它等于西洋所谓之"文学评论"，非愚即诬。所以我说《文心雕龙》是"中国文学中的经典"，而刘勰更是挽狂扶倾、以文学济世的"思想家"，由此两点出发，最能看出刘勰的全部人格和《文心雕龙》与众不同的特质。①

首先对以往学界关于刘勰定位问题提出质疑并提出刘勰是"中国文学思想家"的是台湾著名学者王更生先生。他在《庆贺杨明照教授八十寿辰——文心同雕集》中发表的 1989 年撰写的《刘勰文学批评的理论与实际》一文中说："刘勰是中国的文学思想家，批评只是他思想的演绎。"又说"刘勰是中国伟大的文学思想家"。1996年又发表了《刘勰是个什么家》的文章：

> 刘勰是个什么家？听起来好像是不成问题，实际上很不容易找到众所认同的答案的。因为若干年来，学术界之于《文心雕龙》，或翻刻，或校勘，或注释，或著为专门论文抉发幽隐，而对"刘勰"其人，除了考其家世、生平、交游，编制年谱外，他到底是个什么"家"却很少被人关注。不过这的确是值得大家集思广益、共同回答的问题。孟子说："颂其诗，读其书，不知其人可乎？"②

王更生先生对刘勰的家学、《文心雕龙》对中国传统文化的继

---

① 王更生：《文心雕龙读本》，台北：文史哲出版社，2004 年，第 20—22 页。
② 王更生：《刘勰是个什么家》，《北京大学学报（哲学社会科学版）》，1996 年，第 3 期。

承及对当时社会文风的针砭和日后社会对其作用的评价等方面考察论述，认为刘勰的社会作用，绝非齐梁之文士所能比拟。王先生说："明叶盛《箓竹堂书目》把《文心雕龙》归入子杂类，吴兴凌云本、陈仁锡《诸子奇赏》本均尊刘勰为'刘子'，归有光《诸子汇函》本辑有《云门子》，指的正是《文心雕龙》。"这说明世人早已对刘勰以"子"论之。王先生在该文中又说：

> 《文心雕龙》中的刘勰，除了"体大虑周，笼罩群言"这些一般性的条件为众所周知外，至少下列五点是现在所谓"文评家""文学理论家""文学家"不曾有，或不曾全有的特质，那就是一、对民族文化的高度认同，二、征圣宗经的思想体系，三、文学济世的伟大抱负，四、骋绩垂文的高尚风骨，五、折衷古今的卓越眼光。由此观之，我们只有尊称刘勰为"文学思想家"，才能得其为文用心之"真"和用心之"全"。否则，不仅扭曲了刘勰在中国文坛上的地位，更是自贬学术研究的身价。

就刘勰的《文心雕龙》而论，王先生对刘勰的定位基本是接近史实的，但就我的研究和看法仍觉不足。就在王先生提出刘勰为文学思想家这一定位不久，罗宗强先生费时八年撰成的《魏晋南北朝文学思想史》一书由中华书局出版发行。罗先生的大作共分十章，其中有三章是专论刘勰的文学思想，占了一百二十多页的篇幅，在这样的一部力作中仅刘勰就几乎占了三分之一的分量，可见罗先生对刘勰思想之看重。罗先生说：

> 在齐末梁初，出现了一部文章学的理论巨著《文心雕龙》，随着这部理论巨著，一位伟大的文学思想家来到我们面前。他就

是刘勰。他不是诗文创作的实践家，但他的骈文的高度成熟的技巧可以雄视此前的任何一位杰出的骈文作者；他不是哲学家，但就其思想的深刻性，就其理论的系统与严密程度而言，他在众多杰出的思想家中，可以说毫不逊色。他的含蕴丰富的文学思想，他建构起来的理论体系，令后人叹为观止，如今也仍然充满魅力，而且依然让人莫测其高深与神秘。……他在我国的整个文学思想史上却占有独特的、他人难以更替的地位。①

说"刘勰不是哲学家"，这是古文论研究界的一种偏见。在古代，许多学者，既是文学家、文学批评家，也是哲学家。黄锦鋐先生说：

文学批评更是文学与哲学间的桥梁。为什么呢？因为批评家本着自己的人生观，标举批评的尺度，指示文学的方向。这批评的尺度，就是批评家的立场与意见，也是批评家的哲学观点。反过来说，批评家如果没有哲学观点，也就无从去批评文学，更谈不上指示文学的方向了。就是文学欣赏者，虽然各人的标准不同，但这各人不同的欣赏标准，正是各人的哲学观点。没有哲学观点不足称为欣赏家与批评家，要成为一个文学的欣赏者和文学批评家，非有哲学的修养不可。②

在哲学家眼里，仅以《文心雕龙》的"体大虑周"就可定刘勰是一位哲学家。上世纪八十年代，台湾东大图书公司出版了一套"世界哲学家丛书"，就把刘勰列入世界一百位哲学家之一。提笔捉刀的是大陆著名的哲学史家刘纲纪先生。刘纲纪先生从《文心雕龙》

---

① 罗宗强：《魏晋南北朝文学思想史》，北京：中华书局，1996年，第247页。
② 黄锦鋐：《晚学斋文集》，台北：东大图书公司，1994年，第149—150页。

的思想渊源、思想体系和对"道""文""心"等诸多方面的阐释，说明刘勰是一位自然主义的哲学家。刘纲纪先生在该书后记中说：

> 我在写作过程中，深深感到刘勰在我国齐梁时期，不但是一位文学理论家，同时也是当时为数极少、不可多得的一位很有思维深度和广度的哲学家。他在中国哲学史上的地位是应予以充分肯定的……我感到多年来对刘勰《文心雕龙》的研究虽然成绩可观，但从现代的观点去加以诠释，却是做得很不够的。而且，由于种种原因，在这方面所做的一些努力、尝试，往往会受到冷遇，甚至嘲笑。……真正难的还是对他的思想作出现代的诠释。因为这不是仅靠把《文心雕龙》读得烂熟所能奏效的，它需要多方面的素养、开阔的视野、哲学上的深思熟虑和创造的精神。这样一种诠释，就不只是告诉人们刘勰曾经说了些什么，还要告诉人们他的思想在历史上和在今天所具有的意义，在人类整个思想发展行程中所处的地位，对我们今天还可能具有的价值，等等。①

称刘勰为思想家的人，在思想史界和哲学史界早已有之。例如思想史家赵吉惠教授在《论儒道互补的中国文化主体结构与格局》一文中就直称刘勰为思想家。他说：

> 南朝的思想家刘勰在其所著的《刘子·九流》中就已经表述了这个观点。他说："道者玄化为本，儒者德教为宗，九流之中，二化为最。"这里的"九流"，泛指多元文化，不止一家。所谓"二化"，实际就是讲的以儒家、道家为中国文化的主体。这一段话，就是对以儒、道为主体结构的多元中国文化的古典表述。这就是

---

① 刘纲纪：《世界哲学家丛书：刘勰》，第 205—206 页。

中国思想文化的结构，这就是中国思想文化的深层内涵与文化格局，这就是中华文化的宏观整体与理论升华。①

二、思想家和哲学家的条件及刘勰的学术贡献

马克思主义认为，思想家和哲学家的任务不仅是这样或者那样地解释世界，更重要的是在于改造世界。②这可能是学界真正的共识，要不，台湾学者李敖先生对大陆称鲁迅为思想家，何以颇有微词？李敖的理由是，鲁迅只是批判和辱骂了旧中国，对于怎样创建一个新中国，没有拿出自己的意见。这说明要成为思想家不仅仅是批判现实，更重要的是拿出改造现实的意见。

胡家祥教授在《思想家的素质》一文③，专门以刘勰为例论述思想家的素质。他说："有幸终生治学，熟悉一个学科的既有成果即可称之为学者，而唯有那些既有学问又有胆识，在前人基础上拓开新视界的人才称得上是思想家。学者是文化财富的持有和传递者，思想家则是文化财富的直接创造者。南北朝时期的刘勰，三十几岁撰成《文心雕龙》，奠定了他作为思想家的历史地位。""首先，作为一个思想家，刘勰具有'树德建言'的志向和续写历史的祈求。""其次，作为一个思想家，刘勰具有发现问题的眼光和超越前贤的勇气。""再次，作为一个思想家，刘勰具有'弥纶群言'的胸襟和综合创新的能力。"胡家祥教授够不够一个思想家的判定，是以刘勰为标准的，能给思想家作衡量标准的人，还能说他不是思想家吗？

如果这样给思想家的标准定条件，刘勰则是当之无愧的思想家

---

① 赵吉惠：《论儒道互补的中国文化主体结构与格局》，《陕西师大学报》（哲学社会科学版）1994年第4期。

② 《马克思恩格斯选集》，第一卷，北京：人民出版社，1972年，第19页。

③ 胡家祥：《思想家的素质》，《光明日报》2005年10月18日，第8版。

或者哲学家。

研究古文论的学者，他们认定《文心雕龙》为文学理论著作，认为一部《文心雕龙》足矣。他们既不希望哲学界的人掺合，也不希望历史学界的人插手，我曾多次听说某某人研究《文心雕龙》是半路出家，或者是仅凭一种热情，言语间透出一种卑视。尽管他们"龙学"成就显著，但仍被文论教授视为异类。再是对于刘勰的另一部书《刘子》，历史上又有人疑为伪书，这正中其怀，对这种现象著名学者胡道静先生曾写信给上海社会科学院的林其锬先生痛批鞭挞。他说：

> 人知"文刘"而不知"哲刘"久矣，虽有辩者，用力不足，难排众口。[①]
>
> 我以小人腹度君子心，认为有些同志大约存在这么一种思想：好端端的一位文学理论大家，忽然又戴上一顶哲学家桂冠，心里就十分不自在。实际上文学家兼哲学家（或史学家，甚至科学家）有何不可？文学而升华为理论，尤其是进入了哲学领域。人们的头脑多框框，看问题就僵化。再则是历来有人轻视《刘子》书，认为伪作，那么捧彦和的人更怕因此玷污了他。说空话不行，历史学者、考订学家重在提出证据来下判断。二位对《刘子》作者的断案已如铮铮之铁，可还有人很不服，我猜是我估计的"思想问题"吧！[②]

胡先生说的"二位对《刘子》的断案已如铮铮之铁，可还有人很不服"，是指林其锬、陈凤金二先生的《刘子作者考辨》一文发

---

① 林其锬集校：《刘子集校合编》，上海：华东师范大学出版社，2012年，第1314页。
② 林其锬集校：《刘子集校合编》，第1315页。

表后，杨明照、程天祜二位先生又提出一些反驳意见。我对杨、程二先生的意见反复琢磨，认为二者的辩驳并没有说服力，因而又撰有《把〈刘子〉的著作权还给刘勰——〈刘子〉作者考辨补证》一文，对杨、程二先生的意见进行辩驳，认为《刘子》一书，无论思想倾向，还是谋篇布局以及语言特色，与《文心雕龙》并无二致。《刘子》和《文心雕龙》的思想基础皆出于《周易》。台湾学者游志诚教授就看出了这一点，他在为 2004 年深圳大学召开的《文心雕龙》国际学术研讨会提供的《刘勰与易经再论》一文中说：刘勰《文心》和《刘子》"两书之中心思想，一举《原道》，谓自然之易道；一立《清神》，用易道之神义。两书明显用易学思想，可证刘勰之'子论'，溯源自《易》经。思想本源自易学，兼包儒、道"。他又说："刘勰写作《文心》《刘子》走的是'子论'系统，非自限于集部之学。《文心》《刘子》两书之篇数，一用大衍之数五十，一用天地之数五十五。"这一点主张《刘子》作者为刘勰的林其锬、陈凤金二先生在自己的文章和不同场合多次指出，但《刘子》刘勰作的反对者杨明照等先生仍坚持《文心》和《刘子》思想倾向不一致，且谋篇布局也不一样，因而否认为刘勰作品。杨先生对这铮铮如铁的事实视而不见，对《刘子》刘勰作的主张者所发出的辩驳声充耳不闻，可见先入为主是何等厉害[1]。更有甚者，2015 年 3 月，有学者在香港《岭南学报》复刊号撰文《再论〈刘子〉是否为刘勰所作：兼谈学术争论中的学风问题》，只是抄了几条旧材料装门面，拉了几个名人来助阵，不是举证据，讲道理，而是罔顾事实。明明自己断章取义，曲解资料，偏偏说是别人断章取义，曲解资料，实在有

---

[1] 杨明照先生早年认为《刘子》崇道，《文心》宗儒，两书主导思想不同，因而依此否认两书出于同一作者，直到晚年才承认《刘子》儒道同尊，但是仍然不承认《文心雕龙》儒道同尊。详见本书《杨明照先生与"文心雕龙学"》一文。

违学术争鸣的正道，而且还说自己看到有越来越多的学者支持《刘子》刘勰著，特别是2013年9月在山东大学举行的庆祝《文心雕龙》学会成立三十周年大会上，有人"把它（指《刘子》刘勰著）当作定论来论述"，"这种结论的得出，体现了作者曲解材料的不良学风"，于是他"愤怒了"。常见人说"愤怒出诗人"，"愤怒不出学者"。因为"愤怒"必然失去理智，学者争论的是学理，而不是比怒气。

游志诚先生"刘勰写《文心》《刘子》走的是'子论'系统，非自限于集部之学"的观点，也不是标新立异和孤家寡人，今人中有同识者，历史上亦早有同道者。如，明代藏书十二大家中，有八家著录了《文心雕龙》。八家中又有《宝文堂书目》《箓竹堂书目》《脉望馆书目》《红雨楼家藏书目》等四家将其收于子部。明代的子部丛书中，《文心雕龙》经常和汉魏子书并列而存在。较有代表性的如钟惺的《合刻五家言》，选取了五本著名子书，将《文心雕龙》与《文子》《鬼谷子》《公孙龙子》和《刘子新论》并列，分别称为文言、道言、术言、辨言和德言，合称"五家言"。可见在明人眼中，诸如道、德、辨、术这些术语，都是严格意义上的子家概念，像《文心雕龙》这样极论为"文"之道的六朝古典，就不仅仅是集部所能涵盖了，而且也更应该归入子部。明代著名丛书编者如陈仁锡、曹学佺和叶绍泰的《增定汉魏六朝别解》则径直将刘勰称为刘子，尤其明显的是归有光将刘勰称为"云门子"，俨然将刘勰视为一大子家。这一点王更生先生早已指出，这些认定可谓刘勰之知音。

从《文心雕龙》的《程器》和《序志》来看，刘勰的志向是"摛文必在纬军国，负重必在任栋梁"。"垂文"是他"穷"而不甘虚度年华的壮志别展，不是他的终极目的，他的志向是从政，且以子自居，而不是在于辞赋。今虽不能全知刘勰"文集"的内容是什么，但从他一句辞赋也不见有人引用，更不见他与文人唱和的记载，这不是单纯用刘勰"文集"已失就可以解释得了的，这正如罗宗强先生所言，"他不是诗文创作的实践家"。

从《文心雕龙》中可知，刘勰受汉末曹氏父子的影响是很深的。曹子建贵为藩王，视"辞赋小道，固未足以揄扬大义，彰示来世也……吾虽薄德，位为藩侯，犹庶几戮力上国，流惠下民，建永世之业，流金石之功，岂徒以翰墨为勋绩、辞颂为君子哉！若吾志不果，吾道不行，则将采史官之实录，辨时俗之得失，定仁义之衷，成一家之言"①。梁元帝以天子之尊，亦欲著子书以传世，撰《金楼子》。刘勰认为子书乃"入道见志之书"，辞赋乃小道，注经解儒，"就有深解，未足立家"。一向以子自居，欲立一家之言的刘勰写出《刘子》一书是完全可信的，无论从刘勰的自身动机考察，还是从两《唐书》的记载、敦煌遗书的著录，以及《刘子》和《文心雕龙》两书的思想基础上看，《刘子》刘勰著的结论都是成立的，我坚信《刘子》一书为刘勰作品，因而在由我撰写的《山东省志·诸子名家志·刘勰志》稿中定刘勰为"杰出的思想家，伟大的文章学家"。在《刘勰志》稿专家审稿会上赞成者有之，反对者亦有之。反对者中有的只承认刘勰为"伟大的文学理论批评家"，不承认其为"思想家"，较之时代有所倒退，这是学术研究的悲剧。

我想，历史上把刘勰及其《文心雕龙》归之于"子类"的大有人在，今人中匡亚明先生主编的《中国思想家评传丛书》中就有一部由杨明先生撰稿的《刘勰评传》。杨明先生在该书的《前言》中称"著名的文学理论家刘勰"，在《刘勰评传》的第一章对刘勰又冠以"伟大的文学思想家"之称号。杨明先生的定位仅限于《文心雕龙》一书。匡亚明先生在该丛书《序》中说："《丛书》所以用'中国思想家评传'

---

① 曹植：《与杨德祖书》，郁沅、张明高编选：《魏晋南北朝文论选》，北京：人民文学出版社，1996年，第26页。

命名，主要是考虑到中国传统文化中的核心是生生不息的内在思想活力，而历史事实也反复证明，凡是在各个不同时代不同领域和学科中取得成就者，大多是那些在当时历史条件下自觉或不自觉地认识和掌握了该事物发展规律的具有敏锐思想的人。"这套丛书的编者把刘勰归入其中，显然认为他是"具有敏锐思想的人"。可惜《刘勰评传》的作者杨明先生未将《刘子》纳入《评传》撰写中，在我看来留下了一个不小的遗憾。

《文心雕龙》是一部怎样的书，刘永济先生在他的《文心雕龙校释·前言》中说："彦和之作此书，既以子书自许，凡子书皆有其对于时政、世风之批评，皆可见作者本人之学术思想（参看《诸子》篇），故彦和此书亦有匡救时弊之意。"王更生说"刘勰更是挽狂扶倾、以文学济世的思想家"。怎么"匡救时弊""挽狂扶倾""济世"？"文心雕龙学"的研究者，发表了很多意见，此不重复，只是大部分人过于吝啬，没有给予应有的定位，只在文学圈子里打转转。

台湾学者游志诚在他的《〈文心雕龙〉与〈刘子〉跨界论述》第一章《导论：刘勰研究文献及研究方法反省》中，引韦政通的话说："中国很多大思想家本身就是文学家，文学史与哲学史有很大的重叠性，这是中国文化的一大特色。譬如《文心雕龙》，主要是讲文学理论，其实它也是一部很精彩的哲学著作。"①

关于《刘子》一书的价值，林其锬、陈凤金二先生在他们的专著《刘子集校》的《前言》中说：

---

① 游志诚：《〈文心雕龙〉与〈刘子〉跨界论述》，台北：华正书局，2013 年，第 32 页。对于韦政通先生的这段话，游志诚教授在引文之末加了一个注释："这一段引文是韦政通在一场会议的即席讲话记录，会议时间是 1991 年 4 月 19 日，由中央研究院中国文哲研究所筹备处举办。会议记录刊发于《中国文哲研究通讯》第一卷第 2 期，1991 年 6 月，页 103 至 131。"

　　《刘子》虽非巨帙，但内容涉及哲学、政治、经济、军事、文艺各个领域。它"谈论治国修身之要，杂以九流之说"，"明阴阳，通道德，兼儒墨，合名法，苞纵横，纳农植，触类取与，不拘一绪"，"篇中引物连类"，"事多见传记"，所以他保存的材料和反映的思想是很丰富的。它比较集中地反映了"南朝儒生采取老庄，创造新经学"（范文澜语）的时代精神。因而此书对于我们研究南北朝时期的哲学、政治、经济、文艺等思想是有一定价值的。①

　　此书的语言特色晁公武认为"辞颇俗薄"，而其他学者则不如此评价。明代的曹学佺在《刘子〈文心雕龙〉序》说：《刘子》"其于文辞灿然可观。晁公武以浅俗讥之，亦不好文之一证矣"。王道焜认为："且一篇中，必互引典文，旁取事据，遣调既纯，阐理弥畅。读之，其浅处令人解颐，深处令人起舞。又不沦偏驳，不坠玄虚，求之诸子中，不一二屈之者。"（明孙矿评本《刘子序》）蒋以化评之曰："分类聚辞，尊仲尼卑百家，一似《文心雕龙》语。"（蒋以化万历刻本《刘子引》）李维桢评之曰："刘子咀英吐华，成一家言，其大指不谬于圣人，是所谓千里一贤犹比肩，百世而遇犹旦暮也，而必屏诸门墙之外，无乃已甚乎？……假令刘子生当洙泗，时与闻善诱，庶几备身通六艺之科矣。"（李维桢蒋本《刘子叙》）卢文弨认为："此书丰腴秀整。"（卢文弨《群书拾补·新论校序》）《刘子》就是这样一部颇有价值的书，因有人将其打入伪书之列，致使其思想价值得不到发挥，且刘勰的著作权也被剥夺了，既埋没了《刘子》，也影响了对刘勰的定位。今将《刘子》的著作权还给刘勰，

————————

　　① 林其锬、陈凤金：《刘子集校·前言》，上海：上海古籍出版社，1985年，第11页。

使其九泉之下，少喊几句冤声。

我撰写的《刘勰志》将《刘子》一书纳入其中，在专家审稿会议上，有人对《刘子》为刘勰作品有怀疑，但又提不出令人信服的合理意见。事后参加审稿的辽宁大学中文系教授、时任中国《文心雕龙》学会副会长的涂光社先生给我的信中说："《志》（指《刘勰志》）中对《刘子》的处理正确。最早的文献和新旧《唐书》的著录以及若干古代善本题为刘勰撰著，虽然历来有不少异说，有将《刘子》作者改署北齐刘昼，但均无确凿不移的依据。近年有的学者研究并认识到刘勰撰著有极大的可能性；另一些研究表明，以为北齐刘昼所作的疑点更多。既然无确证推翻为刘勰所撰之说，而以往的州县志书都将《刘子》归于刘勰名下，故此次《刘勰志》坚持不删除《刘子》部分，也不将其列为附录的做法是妥当的。"关于对刘勰的定位问题，涂先生说："《志》中对刘勰的定位是'杰出的思想家和伟大的文学批评家'。'杰出的思想家'的定位是恰当的，而'伟大的文学批评家'似不如'伟大的文学理论家、批评家'准确。"在江苏镇江举行的"2000年《文心雕龙》国际学术研讨会"的文艺晚会上，我同台湾著名学者王更生先生邻座，其间我们俩讨论了对刘勰的定位问题。我对他说："以往对刘勰定位为伟大的文学批评家或理论家，您是第一位定刘勰为'文学思想家'的人，随后罗宗强先生的《魏晋南北朝文学思想史》又在前冠以"伟大"二字，这比以往又进了一步，但仍觉不够，因为在此仍限制在文学方面，而刘勰一生的贡献不仅仅在文学方面，应去掉'文学'二字，直接冠以'思想家'。"王先生亦有同感。我又想，把刘勰定为"文学理论家"或"文学批评家"，是建立在《文心雕龙》为"文艺理论专著"或"文学理论专著"的定性上。平心而论，《文心雕龙》的"文"并不仅是指"文学"。章太炎讲解的《文心雕龙札记》中说："古者凡字皆曰文，不问其工拙优劣，故即簿录表谱，亦皆得谓之文，犹一字曰书，全部之书亦曰书。"[1] 其实刘勰之所谓"文"实指文章。杜黎均和牟世金等先生定《文心雕龙》为"文学理论著作"或"古代文论典型"，导致的结果是对刘勰文学观提出批评。也有的学者看到了《文心雕龙》中的大量非文学体裁，于是对刘勰文学观冠以"杂文学观"，或"泛文学观"。我认为只有定《文心雕龙》为"文章学专著"才能涵盖其所包内容。定刘勰为"文学理论批评家"，是古文论界的定位。再说，文论界的朋友专门研究《文心雕龙》中的文论，说刘勰是一位文学理论批评家，也不能说人家错了，只能说是把刘勰在古文论界以外的贡献忽略不计了。这如同诗词研究界的人称毛泽东为伟大的诗人，而其他贡献可以忽略不计一；而研究政治史、革命史、马列主义思想史的人，称毛泽东为伟大的政治家、革命家、思想家和伟大的马列主义理论家，而毛泽东的诗人特质和诗词方面的文化贡献也就忽略不计了。但是，如果系统地研究毛泽东，仅在某一个方面给予定位是不全面的，其实刘勰也是一样。

三、结论

北京大学哲学系楼宇烈教授在《欧阳建〈言尽意论〉正读》一文中说：

> 著名的《文心雕龙》的作者刘勰撰写的另一部作品《刘子》中，有两段论述言意关系的文字，见地相当深刻，现引述如下："至道无言，非立言无以明其理；大象无形，非立象无以测其奥。道象之妙，非言不津；津言之妙，非学不传。未有不因学而鉴道，不假学以光身者也。"（《刘子·崇学》）"言以绎理，理为言本；

---

① 周兴陆：《章太炎讲解〈文心雕龙〉辨释》，《复旦学报》2003 年第 6 期。

名以订实，实为名源。有理无言，则理不可明；有实无名，则实不可辨。理由言明，而言非理也；实由名辨，而名非实也。今信言以弃理，实非得理者也；信名而略实，非得实者也。故明者，课言以寻理，不遗理而著言；执名以责实，不弃实而存名。然则，言理兼通，而名实俱正。"（《刘子·审名》）我认为，《刘子》书中的这两段话，可以看作是魏晋玄学有关言意之辩的一个终结。他比较正确地阐明了言意之间的关系，所谓"至道无言，非立言无以明其理"，这是无容争议的常识；"课言以寻理，不遗理而著言"，诚为一个"明者"应持之态度。①

能对中国文化整体用几句话高度概括和升华的，能对魏晋玄学有关"言意之辩"作出"终结"性论述的人，在南北朝也只有刘勰有这种能力。我们今天是在研究刘勰而不仅仅是研究《文心雕龙》，能说刘勰不是思想家吗？

再说，据哲学史家刘纲纪研究，刘勰是一位自然主义哲学家。他的自然主义哲学思想是在广泛地吸收了前人思想基础上建立起来的。"从刘勰自然主义哲学构成的思想渊源上看，有一个重要的特点，那就是以《易传》的自然主义为基础，同时又鲜明地吸取了道家'自然'的观念"②，创立了自己的自然主义哲学，仅此一条，一个创立新说的人，即使其他贡献忽略不计，能够说他不是思想家或者哲学家吗？

在《梁书·刘勰传》中记载刘勰"依沙门僧祐，与之居处十余年，遂博通经论，因区别部类，录而序之。今定林寺经藏，勰所定

---

① 楼宇烈：《欧阳建〈言尽意论〉正读》，楼宇烈《温故知新——中国哲学研究论文集》，北京：商务印书馆，2004年，第598页。

② 刘纲纪：《世界哲学家丛书：刘勰》，第21页。

也。京师寺塔，名僧碑志，必请勰制文"。仅三百余字的一篇传记，叙说刘勰对佛教典籍的整理工作就占了十分之一多。"定林寺经藏，勰所定也"，这一定论是有根据的。《梁书·刘勰传》是姚察亲撰，姚察起家梁南海王左常侍，刘勰在世时他已出生，《梁书·刘勰传》中的资料当是他第一手资料。定林寺是南朝四大藏经处之一。定林寺经藏书目今在《出三藏记集》中，这书目均由刘勰亲自编定，其大量序文亦由刘勰捉刀，不仅由刘勰区别部类，录而序之，且由其整理抄定。据贾树新先生统计，定林寺经藏约一万三千卷。从《出三藏记集》看，内中尚有梁普通年间的材料，可见僧祐死后，刘勰奉敕与沙门慧震入定林寺撰经期间，一直为《出三藏记集》增添新的资料，可以说整理佛学典籍耗去了刘勰的大半生。这说明刘勰在世时，主要是以文章学家和佛经整理家的身份名世的，因而对刘勰仅冠以"伟大的文学思想家"还是不能涵盖刘勰为学术所作的贡献，平心而论再冠以"著名佛学典籍整理家"是当之无愧的。

因而，我综合专家们的意见和建议，结合自己对刘勰及其著作研究的心得，认为对中国文化做出如此贡献的刘勰，定为中国杰出的思想家和伟大的文章学家较为公允。

看来，"文心雕龙学"发展到现在，每往前跨出一小步都有很大的难度，"龙学"界的学者，不仅需要提高各方面素养，扩大视野，培养开拓精神，还要锻炼冲破种种藩篱的勇气，直面冷遇和嘲讽的现实。

本文最初是为河北大学 2016 年 9 月，由河北大学、中国李白研究会、中国《文心雕龙》学会主办，绵阳师范学院四川李白文化研究中心协办的"纪念詹锳先生百年诞辰暨詹锳先生学术思想研讨会"而作，会后发表在《语文学刊》2018 年第 4 期。

南朝学术思潮与刘勰思想的时代特征

我曾在拙著《刘勰传》中提出刘勰不可能提着自己的头发离开他所生活的世界，他的著作无论《文心雕龙》还是《刘子》都是儒道同尊的，其思想是一个杂家。至于他现存的佛学著作，我则认为大都是按别人的意志写的，并不一定完全代表他自己的思想。但也不能说佛学对他完全没有影响，因为他与佛教打交道的时间毕竟太长了。由于拙著受体例的限制，不便展开论述，今借此会议之际，大题小做，略陈己见，以就教于学界高人。

一、两汉至南朝的学术思潮

清代顾镇在《虞东诗学》中说："不论其世，欲知其人，不可得也。"因而，我们欲知历史上真实的刘勰，不可不考察刘勰所处时代的社会思潮。

（一）从经学到玄学和佛学

中国的学术思潮历经春秋战国，出现了百家争鸣的黄金时代。儒学在百家争鸣中占据了显学的地位。此后遭秦始皇"焚书坑儒"之打击，造成了"万马齐喑究可哀"的局面。汉初虽崇"黄老"，但"祖龙虽死魂犹在"，不久就"罢黜百家，独尊儒术"，经董仲舒改造了的所谓儒学占了统治地位。董仲舒的儒学，是以"天人感应"为轴心的神学目的论，宣扬君权神授和大一统观念，并制定了一套以"三纲五常"为准绳的名教制度。董仲舒的理论适应了汉武帝加强中央集权统治的需要，汉武帝采纳了董仲舒的建议，立太学，置五经博士，并从学习五经的儒生中选拔和任用官吏。这样，儒学就逐渐取代了黄老之学而成为官学，经学成为新的学术思潮。今文经学以董仲舒"天人感应"的神学理论体系作为治学的指导思想，论微言大义，穿凿附会，后又与谶纬迷信相结合，而发展成为谶纬神学。古文经学虽与今文经学抗衡了一阵子，终未撼动其主流地位。刘秀即位后，即命人校定图谶，并于中元元年"宣布图谶于天下"，正式把谶纬神学定为官方哲学。之后，白虎观会议又以国家法典的形式进一步确立了董仲舒哲学和谶纬神学的国家意识形态地位。

与此同时，以"三纲五常"为内容的名教制度被确立为国家政治制度。名教在东汉得到了进一步发展。光武帝刘秀特别重视名教，提倡名节。四科取士的头一科就是"德行高妙，志节清白"。白虎观会议更是把三纲六纪用国家法典的形式予以钦定。在统治阶级的大力提倡下，社会上出现了不少"名士"。这种"名士"之称既是一种社会声誉，也是做官的阶梯。这样，名教观念在帝王的大力提倡和利禄的诱惑下，在东汉一代达到了登峰造极的地步。然而，物极必反。名教的功利化和工具化，以及对名教的过分追求，造就了大批的伪名士，严重败坏了名教的声誉，导致了名教的危机。

伴随着名教的危机，人们对"天"的神圣地位和"天人感应"的神学理论体系也发生了怀疑。许多思想家开始重新思考名教伦理的合法性来源和本体根据究竟是什么的问题。与此同时，经学学术思潮开始走向式微。

东汉末年，社会开始出现批判思潮。以王符、仲长统和荀悦为代表的思想家们重新探讨了天人关系问题，还广泛地讨论了本末、名实、才性等许多哲学问题，试图否定董仲舒的神学目的论哲学。这种探索成为从两汉经学到魏晋玄学的过渡环节。直到曹魏正始年间，这种创建天人新义以取代经学的历史任务才最终由何晏、王弼所完成。魏晋玄学的实际奠基人是王弼。他回到老子那里找到了

"道"，以"道"作为他的价值本体。但老子的"道"纯任自然，根本拒斥儒家价值，他是如何解决"道"的自然和人类社会所特有的名教伦理（当然）这一矛盾的呢？他采用了"化当然为自然"①，自然内在包含当然的方法。也就是说在王弼那里作为他的玄学本体的"道"既是一切"存在者"存在的本原，也是名教伦理合法性的价值本原。他又进一步把老子那里作为本体的道和万物之间的化生关系和母子关系改造成为本末、体用的关系。在老子那里道与万物（器）的关系虽然也是道不离器，道在器中，但总还有某种程度的外在性。但在王弼那里作为本体的道和具体的事物之间就是一种本末一体、体用一如的关系。与他的新本体论相适应，他对老子的道作了进一步的抽象化处理，在老子那里，道还具有某些物性，也就是说道还具有某些实体性，还不是纯粹的形上本体，还带有某些形下的性质。这样的"道"显然不能胜任本体的地位。所以王弼把老子"道"中还带有的"有"的成分和性质全部去掉，而成为纯粹的形上本体。这样的"道"他称之为"无"。这样王弼通过援儒入道，以自然统摄当然，本末之辨、体用之辨等一系列本体论建构，最终逻辑地推出名教出于自然的结论，他的新价值形而上学理论体系终于建立起来了。

所以王弼玄学，就其既以道为本，而又以道统儒，以自然统摄当然，是有异于原始道家的，因而有人称其为新道家。但就王弼玄学的根本宗旨或终极目的是为名教伦理建立价值形而上学，但又不同于董仲舒的"天人感应"神学理论体系而言，有人又称其为新儒家，也是有道理的。这样两汉经学经由汉末社会批判思想的过渡，到曹魏正始年间，终于被何晏、王弼的玄学所取代。

何晏、王弼的玄学不仅在本体论上一反"天人感应"的神学逻

---

① 杨国荣：《善的历程》，上海：上海人民出版社，2006 年，第 165 页。

辑思路，而且一扫两汉经学拘泥于章句训诂、象数推演，或穿凿附会，推演微言大义的烦琐腐朽的学术方法，为学术方法注入了新鲜血液。王弼的《周易注》《老子注》和《老子指略》所采用的得意忘言、寄言出意、举本统末、执一御万、重思辨、尚简约的新方法成为玄学学术的标志性特征。至此玄学取代了经学，成为时代的主流学术思潮。

到西晋时期，向秀、郭象更进一步把玄学推向了高潮，使玄风成为最强劲的时代思潮。到东晋时期，玄学开始与佛学合流，佛学在借玄风而畅流的同时也被玄化。至南朝，佛学逐渐取代玄学的地位而日趋兴盛，但玄学余波未泯，而是仍然保持了固有的惯性，仍然是南朝的重要学术思潮。但南朝的学术思潮比之魏晋，不仅仅是儒道的融合，而是儒道释三教九流乃至诸子百家思想的大融合。尽管不同思想之间也有斗争，但最后的结果总是以相互妥协而趋同。可以说南朝时期是中国思想史上一次大解放大融合的时期。

刘永济先生在《文心雕龙校释》的《论说·释义》中说："六朝论著之文，以三学为其宗：一曰《易》，二曰老庄，三曰佛。大抵魏晋之际，《易》与老庄为盛，刘宋以后，则老庄与佛相比，而儒学者常与之争衡。"明僧绍著《正二教论》，认为"佛明其宗，《老》全其生。守生者蔽，明宗者通"。吴兴孟景翼为此又著《正一论》，认为"道、释教殊理一"。张融又作《门律》，认为："道之于佛，逗极无二。……论所谓'逗极无二'者，为逗极于虚无，当无二于法性耶？"（《南齐书·顾欢传》）吴兴沈骧士儒、道双修，著《周易两系》《庄子内篇训》，注《易经》《礼记》《春秋》《尚书》《论语》《孝经》《丧服》《庄子要略》数十卷。东阳徐伯珍好释氏、老、庄，兼明道术。丹阳陶弘景不仅集注《孝经》《论语》，也集注《老子》《尚书》《毛诗序》《抱朴子》，儒、道双修。《颜氏家训·勉学》

篇曰："泊于梁世，兹风复阐，《庄》《老》《周易》，总谓三玄。武皇、简文，躬自讲论。周弘正奉赞大猷，化行都邑，学徒千余，实为胜美。元帝在江、荆间，复所爱习，召置学生，亲为教授，废寝忘食，以夜继朝，至乃倦剧愁愤，则以讲自释。"①梁王朝从皇帝到王子，皆儒、释、道三教同修，著述颇丰。特别是南平王萧伟，崇信佛理，尤精玄学。陈郡谢举，尤长玄理及释氏义。济阳江紑性静，好《老》《庄》玄言，尤善佛义。琅邪王褒在其《幼训》中诫诸子说："吾始乎幼学，及于知命，既崇周、孔之教，兼循老、释之谈，江左以来，斯业不坠，汝能修之，吾之志也。"（《梁书》本传）王伊同先生在《五朝门第》第八章说："清言之风，晋、宋为盛，齐承其弊，风会不衰。……齐立国二十四年，以玄义称胜者，犹不乏人。……有梁一代，善言者众，要皆出于玄理，周旋释义，鲜能尊扬儒道者。简文帝博综儒书，善言玄理。"②

东晋南朝时期，国外进入中原的僧人通过与玄学家们的不断交往，使得大乘佛教中的空宗与玄学家的"贵无"思想成了很好的结合点，出现了玄学家翻译佛经、注解佛经，僧人注解《老》《庄》《周易》的学术风气。僧人名士化，名士佛学化，从皇帝到达官贵人以能结交僧人为荣耀。由于玄学家们对于佛学的参入、借鉴，使得玄学和佛学你中有我，我中有你。历经宋齐两朝，佛教在政治上和文化上成为一股重要的社会力量。《南齐书·萧子良传》说：萧子良"又与文惠太子同好释氏，甚相友悌。子良敬信尤笃，数于邸园营斋戒，大集朝臣众僧，至于赋食行水，或躬身亲其事，世颇以为失宰相体"③。而整个吴郡张氏家族则"前有敷、演、镜、畅，后有充、

---

① 王利器：《颜氏家训集解》，北京：中华书局，1993年，第187页。

② 王伊同：《五朝门第》，北京：中华书局，2006年，第256—258页。

③ 萧子显：《南齐书》，北京：中华书局，1972年，第700页。

融、卷、稷”，皆玄、佛双修，各为当世名家(《南史·张融传》)。《南齐书·周颙传》记载，“颙音辞辩丽，出言不穷，宫商朱紫，发口成句。泛涉百家，长于佛理。……兼善《老》《易》。与张融相遇，辄以玄言相滞，弥日不解”[①]。“宋明帝颇好玄理，以颙有辞义，引入殿内，亲近宿直。”[②] 等等。可见到南朝时期玄佛双修已蔚然成风。

(二) 从文学到文论

汉魏之时的文学在杂文方面，“自《七发》以下，作者继踵。……莫不高谈宫馆，壮语田猎，穷瑰奇之服馔，极蛊媚之声色。甘意摇骨体，艳词动魂识。虽始之以淫侈，而终之以居正。然讽一劝百，势不自反。”(《文心雕龙·杂文》)“楚艳汉侈，流弊不还。”(《文心雕龙·铭箴》) 一直到宋齐之时，文学发展到过度强调形式美，其代表人物有谢灵运、谢庄、颜延之等。他们虽然有条件阅读大量的书籍，但却缺乏实际生活。大量的诗歌创作，迫使他们不得已而用古事古辞去填充诗句，出现了“俪采百字之偶，争价一句之奇，情必极貌以写物，辞必穷力而追新”(《文心雕龙·明诗》)的文风。甚至出现了为了对偶而对偶的情形，如谢灵运的《游赤石进帆海》中的“扬帆采石华，挂席拾海月”，《入彭蠡湖口》中的“千念集日夜，万感盈朝昏”，等等。《南齐书·文学传论》评论这一时期的文学风格说：“今之文章，作者虽众，总而为论，略有三体。一则启心闲绎，托辞华旷，虽存巧绮，终致迂回。宜登公宴，本非准的。而疏慢阐缓，膏肓之病，典正可采，酷不入情。此体之源，出灵运而成也。次则缉事比类，非对不发，博物可嘉，职成拘制。或全借古语，用申今情，崎岖牵引，直为偶说。唯睹事例，顿失清采。次则傅咸五经，应璩指事，虽不全似，可以类从。次则发唱警挺，操调险急，雕藻淫艳，

---

① 萧子显：《南齐书》，第731—732页。
② 萧子显：《南齐书》，第730页。

倾炫心魂。……斯鲍照之遗烈也。"①颜延之诗"尚巧似，体裁绮密"。由于过度强调对偶而几乎同时发展起来的骈体文，成了日常文章的主要形式，甚至连诏书、章表、家书都用骈体文。文章之士，为了满足自己争强好胜的心理需要，只能在形式技巧上呕心沥血。用刘勰的话说就是"文体解散，辞人爱奇，言贵浮诡，饰羽尚画，文绣鞶帨，离本弥甚，将遂讹滥"（《文心雕龙·序志》）。这种文风下的诗文，由于不能"写天地之辉光，晓生民之耳目"，也就起不到"鼓天下之动"（《文心雕龙·原道》）的作用，所以明朝遗民阎尔梅诗《读书》中说"齐梁金粉遂无诗"。

文学发展到这一时期，需要有理论上的规范和匡正，时代呼唤文章写作必须有系统化的理论作指导，刘勰的《文心雕龙》是应运而生的。从《文心雕龙》通过"观澜索源"和"振叶寻根"所揭示的各种文体发展轨迹来看，大部分文种在汉代就已经形成并走向了成熟。汉代出现了以"发胸中之思，论世俗之事"的文人，被称为"文章之士"，同时也出现了一些研究各种文体的作法及其规律的观点和议论，只是夹杂在其他文章中。魏晋时期的专门文论从《文心雕龙·序志》看有曹丕《典论·论文》、曹植的《与杨德祖书》、应玚的《文论》、陆机的《文赋》、挚虞的《文章流别》、李充的《翰林论》。在刘勰看来这些人的文论"各照隅隙，鲜观衢路。或臧否当时之才，或铨品前修之文，或泛举雅俗之旨，或撮题篇章之意。魏《典》密而不周，陈《书》辩而无当，应《论》华而疏略，陆《赋》巧而碎乱，《流别》精而少功，《翰林》浅而寡要"。这些人虽然试图从理论上探讨文章发展的内部规律，但只停留在经验的层面上，未能使之系统化和理论化，这一任务最终是由刘勰完成的。

---

① 萧子显：《南齐书》，第 908 页。

二、刘勰思想的时代特征

（一）《文心雕龙》和《刘子》思想的基本架构是儒、道同尊

在刘勰的成名之作《文心雕龙》中，开篇就是《原道》。王元化先生说刘勰所原的"道"是老子的"道"。[①] 这基本上是正确的。但是，刘勰的"道论"并不完全等同于老子的"道论"，而是深受王弼玄学影响而带有玄学色彩的新"道论"。当然刘勰的"道论"也不完全等同于王弼玄学的"无本论"，刘勰并未把"道"虚化为"无"。

王弼把老子所说的"道"用"无"来解释。他说："道者，无之称也，无不通也，无不由也，况之曰道。"（王弼《论语释疑·述而》）王弼的"无"和老子的"道"虽然都是以"自然"为宗，但也不完全等同：一是王弼的"无"较之老子的"道"抽象化程度更高，二是王弼的"无（道）"包含着儒家的基本价值。

刘勰《文心雕龙》中《原道》《征圣》《宗经》的逻辑正是王弼玄学以道为本、以儒为用、道本儒末、以道统儒的逻辑。《文心雕龙》正是此一逻辑在文章学中的具体应用。综观《文心雕龙》全书的思想结构，正是以道家的"自然"美学原则为根本，同时又兼宗儒家的功利原则和重视文采的美学原则，从而形成刘勰的"质文并重""衔华配实""情采相符""执正驭奇"的文章美学原则的。

《文心雕龙》主要是从文章美学的原则上儒、道同尊的，《刘子》则主要是从政治思想上儒、道同尊的。《刘子》的头十篇是强调以儒、道修身养性，从第十一篇以后的诸篇则是以儒法为用论证安邦治国之道。当代新儒家代表人物、美国哈佛大学杜维明教授说："南朝刘勰在《刘子·九流》中肯定'道者玄化为本，儒者德教为宗，九流之中，二化为最'。这既肯定了中国文化的'九流'结构，又强

[①] 王元化：《文心雕龙讲疏》，上海：上海古籍出版社，1992年，第290—291页。

调了其中以'儒、道'为主体的地位。"① 曾任陕西师范大学中国
思想文化研究所所长、国际中国哲学会学术顾问的赵吉惠教授也说:
"南朝的思想家刘勰在其所著的《刘子·九流》中说:'道者玄化为本,
儒者德教为宗,九流之中,二化为最。'……这一段话,就是对以儒、
道为主体结构的多元中国文化的古典表述。"② 实践证明,就普通
人来说,不尊儒家,无以事事;不尊道家,无以自安。刘勰最后还
是确定了以儒、道为最的观点。葛弘在《抱朴子·明本》篇指出:"道
者,儒之本也,儒者,道之末也。"刘勰思想正合此意。再说了,"六
朝以后之道教,包罗至广,演变至繁,不似儒教之偏重政治社会制度,
故思想上尤易融贯吸收。凡新儒家之学说,几无不有道教,或与道
教有关之佛教为之先导"③。《文心雕龙》理论的一个显著特点就
是回归性,而道家理论的特点也是回归性,这到底是偶然的巧合,
还是作者心灵上的共通,也很值得我们思考。

(二)刘勰著作中的玄学方法论

1. 举本统末与执一御万

刘勰的《文心雕龙》旨在论文法,他通过《原道》篇对"天文""地
文"和"人文"的训释引出"文道自然论"以作为"论文"的"纲",
使之为统领全书之"目"。在刘勰看来,文道是本,文法是末,文
法必须本之于文道。"道"明其本,"末"言其用。"道"外化为文,
其用为"德","德者,得也"。因而开篇便是《原道》以达到"举
本统末"之目的。此法来源于玄学。王弼《老子指略》说"老子之书,

---

① 杜维明:《我看文化中国》。http://www.cuichina.com/Article/Three/Confucian/
200608/266.html

② 赵吉惠:《论儒道互补的中国文化主体结构与格局》,《陕西师大学报》(哲
学社会科学版)1994 年第 4 期,第 47 页。

③ 陈寅恪:《冯友兰中国哲学史下册审查报告》,《金明馆丛稿二编》,北京:
生活·读书·新知三联书店,2001 年,第 284 页。

其几乎可一言以蔽之。噫！崇本息末而已矣"。①《老子·三十八章》
王弼注曰："守母以存其子，崇本以举其末，则形名俱有而邪不生。
大美配天而华不作。故母不可远，本不可失。"②《论语·阳货》
第十九条："子曰：'予欲无言。'"王弼注曰："予欲无言，盖欲明本。
举本统末，而示物于极者也"。王弼《老子指略》还说："夫欲定
物之本者，则虽近而必自远以证其始。夫欲明物之所由者，则虽显
而必自幽以叙其本。故取天地之外，以明形骸之内；明侯王孤寡之
义，而从道一以宣其始。"③刘勰论文正本此法，因而《文心雕龙》
开篇就是《原道》。

　　《文心雕龙》全文的布局谋篇也贯彻了举本统末、执一御万的
方法论原则。《文心雕龙》全文五十篇以《序志》篇为纲，以文之
枢纽统驭文体论、创作论和鉴赏论，全书用举本统末、执一御万的
方法建构成一个有鲜明层次和逻辑秩序的篇章结构，使内容和形式
完美地统一起来。这也是《文心雕龙》体大思精、密而不繁的魅力
所在。诚如《文心雕龙·章句》篇说："振本而末从，知一而万毕矣。"
真可谓《文心雕龙·总术》篇说的"乘一总万，举要治繁"了。

　　2. 辨名析理与循名课实

　　辨名析理和循名课实是魏晋玄学的重要方法论，而此方法又是
与名实之辨相联系的。名实之辨是中国思想史和哲学史的古老命题。
自从西汉实行"名教"制度和察举征辟制之后，辨名察实成为社会
政治生活的重要内容。到魏晋南北朝时期名实之辨再次成为玄学家
们探讨的重要哲学问题。不仅如此，玄学家们还把辨名析理和循名
课实作为一种新的学术方法，应用于学术实践中。它是与汉末以来

---

① 楼宇烈：《王弼集校释》，北京：中华书局，2009 年 9 月，第 198 页。
② 楼宇烈：《王弼集校释》，第 95 页。
③ 楼宇烈：《王弼集校释》，第 197 页。

的"清谈"以及后来又发展成为魏晋"玄谈"的社会思潮相适应的。与汉儒那种拘泥于章句训诂和象数推演，穿凿附会、追求微言大义的方法相比，这种方法具有简约性和思辨性的优点，因而与两汉烦琐腐朽的经学方法形成鲜明对照。这有些类似古希腊的"精神助产术"，由苏格拉底所发明的"精神助产术"最初也是因应智者们的论辩需要而发明的一种论辩方法，后来却发展成为一种重要的学术方法——"辩证法"，深刻地影响了西方的学术史。

刘勰在名实观上主张"名以订实，实为名源""名实俱正"，反对"名实两乖"。《文心雕龙·夸饰》中说"夸过其理，则名实两乖"，《刘子》则专设《审名》和《鄙名》两篇论述名实问题。《审名》中说"名以订实，实为名源……有实无名，则实不可辨……实由名辨，而名非实也……信名而略实，非得实者也……执名以责实，不弃实而存名。然则言理兼通，而名实俱正"，"是以古人必慎传名，近审其词，远取诸理，不使名害于实，实隐于名。故名无所容其伪，实无所蔽其真，此之谓正名也"。《鄙名》篇则用反面笑话的形式说明名实两乖的害处。《文心雕龙》文体论部分对各种文体的辨名析理则具体地贯彻了这种名实观，并运用辨名析理的方法对各种文体"囿别区分，原始以表末，释名以章义，选文以定篇，敷理以举统"（《序志》）。这也就是刘勰在《文心雕龙·论说》中说的"校练名理"的方法。

《文心雕龙》从《明诗》到《书记》的二十篇文章，对各种文体的名称，大多直接释名，或用音训法，或义训法。[①] 例如《明诗》篇释"诗"曰："诗者，持也，持人性情；三百之蔽，义归无邪；持之为训，有符焉尔。"这是音训法。又如《哀吊》篇释"吊"曰："吊

---

① 杨清之：《〈文心雕龙〉与六朝文化思潮》，海口：南方出版社，2002 年，第195—197 页。

者，至也。诗云'神之吊矣'。言神至也。君子令终定谥，事极理哀，故宾至慰主，以至到为言也。"这是义训法。也有的是详辨某一种文体之名称的演变过程。例如《诏策》："皇帝御寓，其言也神。渊嘿黼扆，而响盈四表，唯诏策乎！昔轩辕唐虞，同称为命。命之为义，制性之本也。其在三代，事兼诰誓。誓以训戒，诰以敷政，命喻自天，故授官锡胤。《易》之姤象，后以施命诰四方。诰命动民，若天下之有风矣。降及七国，并称曰令。令者，使也。秦并天下，改命曰制。汉初定仪则，则命有四品：一曰策书，二曰制书，三曰诏书，四曰戒敕。敕戒州部，诏诰百官，制施赦命，策封王侯。策者，简也。制者，裁也。诏者，告也。敕者，正也。"①同是帝王之言，在不同历史时期，其名称各不相同。还有的辨析文体之间的联系，例如《颂赞》篇曰："原夫颂惟典懿，辞必清铄，敷写似赋，而不入华侈之区；敬慎如铭，而异乎规戒之域。"②这就指出了颂与赋、颂与铭的相同点与不同点。又如《论说》中的"详观论体，条流多品"中的"多品"亦是如此。

　　这种辨名析理的方法在《刘子》中的应用也是大量的。例如《清神》："形者，生之器也；心者，形之主也；神者，心之宝也。故……"《鄙名》："名者命之形也，言者命之名也……"《贵农》："衣食者，民之本也，民者，国之本也……"《命相》："命者，生之本也，相者，助命而成者……"《文武》："规者，所以法圆，裁局则乖；矩者，所以象方，製镜必背；轮者，所以辗地，入水则溺；舟者，所以涉川，施陆必踬。何者？方圆殊形，舟车异用也……"《伤谗》："誉者，扬善之枢也；毁者，宣恶之机也……"《慎隟》："过者，怨之梯也；怨者，过之府也……"《明权》："循理守常曰道，临危制变曰权。

---

① 范文澜：《文心雕龙注》，1962 年，北京：人民文学出版社，第 358 页。
② 范文澜：《文心雕龙注》，第 158 页。

权之为称，譬犹权衡也。衡者，测邪正之形；权者，揆轻重之势……"
等等。

循名课实的方法是辨名析理的一种，此法在《文心雕龙》中的
表现最突出的是评论历代作家对各种文体创作的得失上，例如《体
性》篇："凡诗、赋、书、记，名理相因，此有常之体也。……名
理有常，体必资于故实。"又如《檄移》篇："观隗嚣之檄亡莽，
布其三逆；文不雕饰，而意切事明，陇右文士，得檄之体矣！"这
反映了隗嚣之亡莽之檄合乎"或述此休明，或叙彼苛虐。……植义
扬辞，务在刚健"之理因而得"檄之体"。

（三）刘勰著作中的其他玄学观点

1. 言意观

刘勰的言意观一方面承认"言不尽意"，另一方面又充分肯定
"言能见意"。[①]刘勰在《文心雕龙》中说"但言不尽意，圣人所难，
识在瓶管，何能矩矱。茫茫往代，既沉予闻；眇眇来世，倘尘彼观也。"
（《序志》）"意翻空而易奇，言征实而难巧也。"（《神思》）"神
道难摹，精言不能追其极；形器易写，壮辞可得喻其真。"（《夸饰》）
"夫子文章，可得而闻，则圣人之情，见乎文辞矣"，"百龄影徂，
千载心在"（《征圣》），"标心于万古之上，而送怀于千载之下"（《诸
子》），"世远莫见其面，瞻文辄见其心"（《知音》），"傲岸泉石，
咀嚼文义。文果载心，余心有寄"（《序志》）等等。在《刘子·审
名》中说："言以绎理，理为言本……有理无言，则理不可明……
理由言明，而言非理也……今信言以弃理，实非得理者也……故明
者，课言以寻理，不遣理而著言……然则言理兼通，而名实俱正。"
在《刘子·崇学》中则说"至道无言，非立言无以明其理；大象无形，
非立象无以测其奥。道象之妙，非言不津；津言之妙，非学不传"。

---

① 杨清之：《〈文心雕龙〉与六朝文化思潮》，第 187 页。

刘勰的言意观既看到了两者之间的张力，又充分肯定了语言的作用和意义。

2. 形神观

形神关系问题是中国思想史上古老而又基本的问题之一。历代思想家如管子、庄子、董仲舒、桓谭、扬雄、王充、范缜、葛洪都探讨和论述过这个问题。形神关系问题在南北朝时期也是一个备受关注的问题，范缜和萧子良的那场著名论辩的核心问题就是形神关系问题。刘勰对形神关系问题也给予了关注。《文心雕龙·养气》篇说："夫耳目鼻口，生之役也；心虑言辞，神之用也。率志委和，则理融而情畅；钻砺过分，则神疲而气衰：此性情之数也。"《刘子·清神》篇说："形者，生之器也，心者，形之主也；神者，心之宝也。"这说明无论《文心雕龙》还是《刘子》，都是主张形神一体的。但是刘勰在《灭惑论》中却主张形神是分离的，这种同一人世界观上的矛盾现象只能从当时的社会政治中去找原因（此一问题笔者另文论述）。

（四）刘勰与佛教的关系

刘勰与佛教的关系，是学者们谈论最多的问题之一，这是一个既明显又复杂的问题。以下只记事件，不作分析。

据史传记载，刘勰大的佛事活动有五次。

《梁书》本传说：刘勰"依沙门僧祐，与之居处十余年，遂博通经论，因区别部类，录而序之，今定林寺经藏，勰所定也"。这是第一次。

第二次佛事活动见之于道宣《续高僧传·僧旻传》。《僧旻传》说："（天监）六年，释僧智、僧晃、临川王记室东莞刘勰等三十人，同集于上定林寺，抄一切经论。以类相从，凡八十（八）卷，皆令取衷于旻。"

第三次佛事活动是，梁武帝于天监十六年敕"天下道士、道官皆还俗"，直接取缔了道教，佛教成了国教。佛、道斗争达到了历史上最尖锐的时期。道教为了自身的生存，假道士张融之名抛出了《三破论》，宣传佛教"入家家破，入身身破，入国国破"。这一时期的所有王公缙绅不管原有的信仰是什么，一律改从了佛教，为佛教辩护。刘勰作为政府官员，为政治潮流所裹挟，也卷入了这一斗争，撰写了《灭惑论》。

第四次佛事活动大约是在天监十七年春夏间，刘勰上表建议二郊农社应与七庙同改，祭祀使用蔬果。

第五次佛事活动是，《梁书》本传说（也是最后一次与佛结缘）："有敕与慧震沙门于定林寺撰经。证功毕，遂启求出家。"

其他则为《梁书》本传说："京师寺塔及名僧碑志，必请勰制文。"

（五）"至道宗极，理归乎一"的诸家思想之融合观

南朝时期，无论是学术界还是思想文化界，一个显著的特点就是诸家思想之融和。这方面在刘勰身上尤为突出，他是最没有门户之见的思想家之一，不仅在思想上表现出杂家特色，而且在其著作中有明显的言论可稽。例如《灭惑论》："孔释教殊而道契。""至道宗极，理归乎一，妙法真经，本固无二。……弥纶神化，陶铸群生无异也。"《刘子·九流》篇："观此九家之学，虽旨有深浅，辞有详略，偕僪形反，流分乖隔，然皆同其妙理，俱会治道，迹虽有殊，归趣无异。犹五行相灭，亦还相生，四气相反，而共成岁，淄渑殊源，同归于海，宫商异声，俱会于乐。夷、惠异操，齐踪为贤；二子殊行，等迹为仁。"刘勰的诸子观与王弼也完全相同（详见《老子指略》），与慧远也一致（详见梁《高僧传·慧远传》和慧远《沙门不敬王者论》）。这种诸家思想之融合观，正是南朝学术思潮的时代特征，可惜被一

些研究者所忽略了。

三、刘勰儒、道同尊的理论渊源

《周易》是儒家的经典，这是基本的文化常识，但是被视为新道家的魏晋玄学家最初是以《老子》《论语》和《周易》为基本典籍，到南朝时期才确定"《庄》《老》《周易》，总谓三玄"。相互对立的儒、道两家为什么都把《易经》作为自己的基本典籍呢？这一中国文化史上的怪事，在中国学术史上鲜有人追及，直到二十世纪三十年代才由郭沫若先生发现八卦发端于人类生殖文化，引起人们对这一怪事的思考。郭沫若先生说："八卦的根柢我们很鲜明地可以看出是古代生殖器崇拜的孑遗。画一以像男根，分而为二以像女阴，所以由此而演出男女、父母、阴阳、刚柔、天地的观念来。"[①] 现代学者陈炎先生受其启发，认为儒、道两家思想是对《易经》阴阳观的历史性拆解。他说：从世界哲学史的角度考察，哲学思想最早是从生产实践中来的，而"中国的哲学则萌生于人类自身的生产，因而具有明显的人文性和内倾性……是一种'反求诸己'的文化。由'阴阳'而构成的中国哲学原型具有一种先天的二元论倾向，不承认任何一元的、独断的宇宙本体……内倾的、二元的中国式的哲学原型则容易产生相互补充的哲学派别和体系"[②]。《易经》的世界观，就是阴阳观，其核心是阐释阴阳之道。"从世界观上讲，儒、道两家是对《易经》'阴阳'思想的历史性拆解。用逻辑与历史相统一的观点来看，'历史从哪里开始，思想进程也应当从哪里开始'（恩格斯语）。而作为中国哲学历史起点同时也是逻辑起点的《易经》，不仅有着最丰富、最复杂的内容，而且有着最简单、最抽象的形式。

---

① 郭沫若：《中国古代社会研究》，石家庄：河北教育出版社，2004年，第25—26页。
② 陈炎：《多维视野中的儒家文化》，济南：山东教育出版社，2006年，第57—58页。

随着时间的推移，以后的儒、道各家不是简单地以这一前提为材料，从中筛选或提炼出什么观点来，而是在新的历史条件下，将其中所包含的各种矛盾因素充分展开，使之渐渐地清晰、具体起来，并在分析的基础上实现新的综合。这种'由抽象上升到具体'的逻辑行程，首先表现为'阴阳'观念的拆解和深化。"①这种历史性的拆解，即产生分化成后来儒、道两家文化。儒家发挥了阳性文化，从社会学的角度看，成为父系文化的代表，强调阳刚之气；道家发挥了阴性文化，成为母性文化的代表，强调以柔为刚。两家文化彼此各执一端，相互斗争，各自建构。而阳性文化经《论语》《易传》《春秋繁露》等代表性儒家学人的发挥，将阴阳学说社会伦理化、秩序化。对礼法名教的过分建构，导致儒家思想的异化，使阴阳失去平衡，使礼法名教成为限制人性自由、压迫和统治百姓的工具，这也正是玄学家用《庄》《老》《周易》作为思想武器去解构汉儒的原因。《周易》八卦所使用的阴阳符号为"－"和"—"，这短长不齐的符号代表阴阳，经过对其不同的排列和组合，达到取长补短，构成宇宙万物的和谐。如果阴阳失去平衡，就会造成残缺，或者灾难。从中国思想史和哲学史的角度考察，这种根源于生殖文化的儒、道两家也像阴与阳、男与女一样既相互排斥又相互依存，只有相互结合，才能生生不息。儒、道两家思想既是对立的又是统一的。它们在斗争中取长补短，在排斥中相互吸纳，趋向统一。儒、道两家思想的第一次融合是在秦朝和汉初，其代表性文献是《吕氏春秋》和《淮南子》，但这时的融合还只是经验层面的，未形成新的理论；第二次融合是魏晋南北朝时期，像男女结合生出新的男人和女人一样，这次融合产生了新的理论，即魏晋玄学理论。从儒、道两家所追求的价值观考察，儒家思想主张"尽善尽美"的价值观，要求"文质彬彬"，"质""文"

---

① 陈炎：《多维视野中的儒家文化》，第60—61页。

并重；道家思想主张"返朴归真"的价值观，强调"无为"，认为"信言不美，美言不信"。从表面上看，它们属于不同的价值观，但在根本上却是一个统一整体。它根源于人类自身的存在本性。真善美是人类价值理性三位一体不可分割的统一整体。儒、道两家在《周易》中表现为尚未分野的混沌的统一体，因此《周易》成为儒、道两家所共同宗奉的经典。《易》学是东莞刘氏的家学之一，刘勰更是《易》学大家（这一点我曾在拙作《刘勰家族门第考论》中挑明）。他虽然没有这方面的专著传世，但是现有著作已经昭然显明。因而刘勰对《易经》的理解和对儒、道两家思想的认识，必然是本质性的，所以他在自己著作中儒、道同尊是有其哲学思想作基础的。

再从刘勰所生活时代的学术思潮考察，我在本文的第一部分所罗列的大量资料证明，刘勰所处时代主流思潮既是"聃周当路，与尼父争途"的玄学繁盛时期，又是一个玄佛合流的时代，梁王朝还是一个政教合一的社会。在政界，从皇帝到皇室成员，从宰相到普通官员，莫不信佛。在学术界，没有一位学者是纯儒或纯道，也没有一位和尚是纯佛，皆博览多通，数术兼工。即使号称南朝最大的硕学大儒刘瓛也既兼习郑、王《易》学，又与僧人、道士来往密切、相交甚欢。对于梁以前的潮流，刘勰在《文心雕龙·论说》篇评论说："逮江左群谈，惟玄是务；虽有日新，而多抽前绪矣。"玄学思想的实质是儒、道同尊，表现为对自然和名教在理论上的融会和贯通。因此玄学就是试图从理论上融合儒、道。这虽与魏晋南北朝政治意识形态的需要有关，但也反映了玄学家们对儒、道一体在认识上达到了理论自觉的程度。刘勰的《文心雕龙》典型地表现了这种思想特征，不过《文心雕龙》的儒、道同尊不是政治意识形态意义上的，而是在美学原则意义上的应用，是针对文章写作的美学原则而言的。如果说《周易》是《文心雕龙》思想的源头，那么王弼玄学就是《文心雕龙》的直接思想来源。《文心雕龙》的基本思想架构与王弼玄学是完全一致的。文之枢纽的《原道》《征圣》《宗经》典型地表现了他"文法自然"与"征之周孔"相统一的玄学美学思想。《刘子》虽属杂家，但亦以道家和儒家为主干。刘勰的这两部重要著作都深深地打上了玄学这一时代思想的烙印。正如汤用彤先生所说："所谓魏晋思想乃玄学思想，即老庄思想之新发展。玄学因于三国、两晋时创新光大，而常谓为魏晋思想，然其精神实下及南北朝（特别南朝）。"[①] "以陆机之《文赋》与刘勰之《文心雕龙》最能体现魏晋南北朝之思想特点也。"[②]

总之，刘勰的思想是复杂的，我们在研究他的思想的时候，如果只看表面现象，是难以看到刘勰真面目的。只要联系当时的社会学术思潮，顾及到东莞刘氏的家学和家族的信仰，看看他当时所处的政治环境，正确地理解刘勰的现有著作所昭示的思想，就会觉得他表面上奉佛，思想深处是儒、道同尊，而骨子里是崇道的，如果笼统说的话，他的思想是一个杂家。（严格说杂家之谓并不妥，刘勰是兼采众家之长而又有所创新。）

本文为 2007 年中国《文心雕龙》学会在南京中山陵举行的《文心雕龙》国际学术研讨会暨中国《文心雕龙》学会第九届年会论文，会后刊载学会会刊《文心雕龙研究》第 8 辑（学苑出版社，2009 年 8 月）。

---

① 汤用彤：《魏晋玄学和文学理论》，汤一介编：《汤用彤选集》，天津：天津人民出版社，1995 年，第 395 页。

② 汤用彤：《魏晋玄学和文学理论》，《汤用彤选集》，第 404 页。

刘勰的佛教思想

一、前言

《梁书》的《刘勰传》中，说他少入定林寺，依沙门僧祐，居处十余年后出仕，后为记室、车骑仓曹参军，中间又奉敕与僧旻再入定林寺抄经，事毕出为太末令，至晚年再次奉敕与沙门慧震入定林寺撰经，功毕遂出家为僧，"未期而卒"。又记他"为文长于佛理，京师寺塔及名僧碑志，必请勰制文"。看来刘勰是一位既长于佛理又很会写文章的人。但是在历代《高僧传》中都没有他的位置，唯台湾佛光出版社出版的《佛光大辞典》中有刘勰词条，所及内容与史实略有出入。这说明他并不志于佛。我们今天能够找到他有关佛学的文章，只有两篇，即《灭惑论》和《建安王造剡山石城寺石像碑铭》两篇，其余的几篇碑铭有目无文。《灭惑论》载僧祐的《弘明集》中。看来不会有超出《灭惑论》的佛学大作了。若有的话《弘明集》和《出三藏记集》这两部刘勰亲自参与编撰的重要文献和唐道宣的《广弘明集》不会不载。其余几篇有目无文的几通碑铭均系应命之作，非正面大论，估计亦不会有什么高论。至于《文心雕龙》中的"般若绝境"和"圆通"二词语，权威学者多认为是词语借用，其实"般若"很可能是《般若无知论》的省称。现在我们只能就刘勰仅存的两文探讨其佛学思想。

《灭惑论》是刘勰入梁后的作品，是为了反驳道士假张融之名而反佛的一篇驳论文章。

所谓"灭惑"，可能是受了汉末牟子的《理惑论》和齐梁时期释玄光法师之《辨惑论》启发，而将自己的论文取名《灭惑论》。"灭惑"就是批判灭除那些攻击佛学的诳惑之论。

《灭惑论》主要针对道士《三破论》而发。

所谓"三破"是道教攻击佛教的重要三点，即佛教入家家破，入身身破，入国则国破。《三破论》今已不存，我们可以从《灭惑论》中见到一部分。《三破论》中反映的问题，应该说是属实的，攻击得是有道理的。但刘勰或许是受命，站在佛教立场上给予了反驳，在反驳中反映了他的佛学思想。

二、对于僧人出家问题的看法

刘勰认为僧人出家是为了减少家庭之累，以便更好地弘法，他说：

> 妻者爱累，发者形饰，爱累伤神，形饰乖道。所以澄神灭爱，修道弃饰，理出常均，教必翻俗。[①]

在刘勰看来，不婚娶、不蓄发，都是为了专心弘佛，"缙绅沙门，所以殊也。但始拔尘域，理由戒定"[②]。所以不娶妻，不蓄发，这是佛教的标志。

三、关于神和形的关系问题

关于形神关系问题，玄学家曾有过激烈的争论。刘勰在《灭惑论》中反驳道教时，再次谈到这个问题。刘勰认为道教粗俗，佛教精雅。"二教真伪，焕然易辨。夫佛法练神，道教练形，形器必终，碍于

---

① 刘勰：《灭惑论》，梁僧祐、唐道宣：《弘明集　广弘明集》，上海：上海古籍出版社，1991年，第51页。

② 刘勰：《灭惑论》，梁僧祐、唐道宣：《弘明集　广弘明集》，第51页。

一垣之理。神识无穷，再抚六合之外。"又说："泥洹妙果，道惟常住。"这就是说，人的形体是有始有终的，只有佛教通过练神的一系列步骤，可以使神脱离形而常住，因为人的形体总是要死的。用刘勰的话说就是，"慧业始于观禅。禅练真识，故精妙而泥洹可冀"。如果没有"禅练"，这种"精妙"的"真识"就没有希望获得。刘勰在上述言论中，还表达出这样一种看法，即只要练神到一定的程度，就能成佛，这是竺道生"众生皆有佛性"思想的反映。在这里，刘勰的佛教思想与他在《文心雕龙·养气》篇里的形神观产生了矛盾。在《文心雕龙·养气》篇中，刘勰是主张形神一体的，形在神在、形死神灭。假若《灭惑论》不是明标作者为刘勰，单纯从思想上说，学者们是不会认为《灭惑论》出于刘勰之手的。

四、关于儒、释关系的思想

刘勰在《灭惑论》中说：

> 神化变通，教体匪一；灵应感会，隐现无际。若缘在妙化，则菩萨弘其道；化在粗缘，则圣帝演其德。夫圣帝菩萨，随感现应，殊教合契，未始非佛。固知三皇已来，感灭而名隐；汉明之教，缘应而像现矣。……至道宗极，理归乎一；妙法真境，本固无二。佛之至也，则空玄无形，而万象并应；寂灭无心，而玄智弥照。幽数潜会，莫见其极；冥功日用，靡识其然。但言万象既生，假名遂立。梵言菩提，汉语曰道。其显迹也，则金容以表圣；应俗则王公以现生……权教无方，不以道俗乖应，妙化无外，岂以华戎阻情？是以一音演法，殊译共解，一乘敷教，异经同归。经典由权，故孔释教殊而道契；解同由妙，故梵汉语隔而化通。但感有精粗，故教分道俗；地有东西，故国限内外。其弥纶神化，陶

铸群生无异也。固能拯拔六趣，总摄大千，道惟至极，法惟最尊。①

在刘勰看来，这儒教与佛教无本质上的区别，区别就在于道俗的问题。入道信佛，入世奉儒，二教"弥纶神化，陶铸群生无异也"。只是"感有精粗，故教分道俗"。"梵汉语隔而化通"，都是一种规范社会秩序、教化生民的精神食粮。"异经同归""教殊道契"，二教都是"道"的体现。只是梵言曰"菩提"，汉语曰"道"，是名称的不同，表现为精粗深浅的差别而已。可见刘勰是一位三教同源论者。刘勰的这一思想，有其儒家思想的根源。如《尚书·君陈》："尔无忿疾于顽。无求备于一夫。必有忍，其乃有济。有容，德乃大。"②《中庸》第三十章说："万物并育而不相害，道并行而不相悖。"③东晋时孙绰在《喻道论》里也有儒佛合一的论述。《喻道论》曰：

> 周孔即佛，佛即周孔，盖外内名之耳，故在皇为皇，在王为王，佛者梵语，晋训觉也，觉之为义，悟物之谓，犹孟轲以圣人为先觉，其旨一也。应世轨物，盖亦随时，周孔救极弊，佛教明其本耳。共为首尾，其致不殊。④

南朝的张融《门律》说：

---

① 刘勰：《灭惑论》，僧祐、道宣《弘明集　广弘明集》，第52页。
② 《十三经注疏》（上），上海：上海古籍出版社，1997年，第237页。
③ 朱熹：《四书章句集注》，济南：齐鲁书社，1992年，第26页。
④ 孙绰：《喻道论》，僧祐、道宣：《弘明集　广弘明集》，上海：上海古籍出版社，1991年，第17页。

　　道也与佛，逗极无二，寂然不动，致本则同。①

　　这就是说"佛"是梵语，"佛"字如果是意译汉语就是"觉"，
这个"觉"就像孟子以孔子为"先觉"意思是一样的，只是在不同
的教类有不同的名称而已。晋宋之际的宗炳也说：

　　孔、老、如来，虽三训殊路，而习善共辙也。②

　　由此可见，刘勰关于儒、释、道三教异曲同工的思想早已有之，
刘勰只是重复前人的学说，而非独创。
　　这里，我们必须站在刘勰那个时代，像陈寅恪先生说的：

　　对于古人之学说，应具了解之同情，方可下笔。盖古人著书
立说，皆有所为而发。故其所处之环境，所受之背景，非完全明了，
则其学说不易评论……必须备艺术家欣赏古代绘画雕刻之眼光及
精神，然后古人立说之用意与对象，始可以真了解。所谓真了解，
必神游冥想，与立说之古人，处于同一境界，而对于其持论所以
不得不如是之苦心孤诣，表一种之同情，始能批评其学说之是非
得失，而无隔阂肤廓之论。③

　　龙学界大都认为刘勰是儒家思想占主导，但是，必须明白，此
时的刘勰已是处在南北朝时期，他的儒学思想，已经是魏晋新儒学。

---

　　① 张融：《门律》，僧祐、道宣：《弘明集　广弘明集》，第39页。
　　② 宗炳：《明佛论》，僧祐、道宣：《弘明集　广弘明集》，第12页。
　　③ 陈寅恪：《冯友兰中国哲学史上册审查报告》，《金明馆丛稿二编》，北京：
生活・读书・新知三联书店，2001年，279页。

"凡新儒家之学说,几无不有道教,或与道教有关之佛教为之先导。"①
这是陈寅恪先生研究南北朝文史形成的认识。陈先生的话,我们还
可以在《灭惑论》中得到验证。《灭惑论》本是批驳道教,然而,
刘勰却是创造性地把道教分为了三等:道家、道教、巫道。刘勰批
驳的是巫道,而不是道家和道教。这是否就是陈寅恪先生说的"与
立说之人,处于同一境界,而对于其持论所以不得不如是之苦心孤
诣,表一种之同情,始能批评其学说之是非得失,而无隔阂肤廓之
论",也不敢说,只是心向往之。

五、关于刘勰方法论中的佛学成分问题

刘勰在定林寺居处十余年,佐僧祐校经,必然阅读大量佛典。
有人说他在理论修养上和方法论上不可避免地受到佛学影响。但是
一部《文心雕龙》里却仅有"般若"和"圆通"几个词是出于佛学
典籍,其实"圆通"一词,在先秦典籍中已有之(笔者另文有论说)。
有人说《文心雕龙》一书结构严谨,这种严谨的逻辑性是受到佛教
因明学的影响,这或许有一定的道理。而佛教的"中道"思想在《文
心雕龙》中表现得更加明显,仅举几例如下:

> 老子疾伪,故称"美言不信",而五千精妙,则非弃美矣。
> 庄周云"辩雕万物",谓藻饰也。韩非云"艳采辩说",谓绮丽
> 也。绮丽以艳说,藻饰以辩雕,文辞之变,于斯极矣。研味《孝》
> 《老》,则知文质附乎性情;详览《庄》《韩》,则见华实过乎淫侈。
> 若择源于泾渭之流,按辔于邪正之路,亦可以驭文采矣。(《情采》)

> 若气无奇类,文乏异采,碌碌丽辞,则昏睡耳目。必使理圆

① 陈寅恪:《冯友兰中国哲学史上册审查报告》,《金明馆丛稿二编》,第284页。

事密，联璧其章。迭用奇偶，节以杂佩，乃其贵耳。类此而思，理斯见也。（《丽辞》）

及扬雄《剧秦》，班固《典引》，事非镌石，而体因纪禅。观《剧秦》为文，影写长卿，诡言遁辞，故兼包神怪；然骨制靡密，辞贯圆通，自称极思，无遗力矣。《典引》所叙，雅有懿采，历鉴前作，能执厥中，其致义会文，斐然馀巧。（《封禅》）

以上三则引文，无不体现刘勰的尚"中"思想，在第一则中，指出老子虽然指斥"美言不信"，但是他的五千言无不精妙，知其并不弃美，"研味《孝》《老》，则知文质附乎性情；详览《庄》《韩》，则见华实过乎淫侈"。这里强调了一个"度"字，否则就是"过"，应当在清流与浊流中做出适当的选择，才使文章文质相符。第二则是说如果"气无奇类，文乏异采，碌碌丽辞，则昏睡耳目"，还是应当强调一个"中"字。

以上事例所反映出来的刘勰尚"中"思想，贯穿于《文心雕龙》全书中，又如他认为"天地以降……夸饰恒存"，但是，应当"夸饰有节，饰而不诬"。这也还是强调了一个"中"字，这个"中"字就是"适中"。在佛学中，"'因缘法'的'自性空'和'假名有'是统一的，二者互为条件，相互依存，这种关系即谓之'中道'。用'中道'的观点作为观察和处理世间一切问题的根本原则，就是'中观'。'中观'的本质，在于为身居世间心怀出世间的人提供一种处世哲学"①。

从佛学的观点看，刘勰在《文心雕龙》中的这些言论所表现出来的方法论，确实符合佛家的中道观。但是从《文心雕龙》产生的时间看，此时印度的因明学尚未传到中国来。有人说这种"中观"

① 杜继文：《佛教史》，北京：中国社会科学出版社，1991年，第85页。

思想早已贯穿于从印度传来的佛典中了，刘勰熟读佛典，不能不受影响。这种观点乍听起来，好像是有道理，但是尚"中"思想早在《易经》中就有了，《易传》更为明显，孔子还被孟子看成是"时中"的践行者。从《论语》看，尧就懂得"允执其中"。《中庸》一书更是明显，可见尚"中"思想早已是中国哲学的重要组成部分。一向主张《征圣》《宗经》的刘勰怎能舍近求远？怎能不读中国传统典籍而去采纳舶来品呢？值得深思。

六、佛教传入中原的时间问题

中国的佛教从西土传来的时间问题，从《理惑论》中可知是在汉末三国时期。普通治佛学史的人普遍认为是在汉明帝时期传入中国。据张舜徽先生考证，应在汉哀帝时期。证据有二：一、哀帝元寿二年（公元前一年），博士弟子秦景（一作秦景宪，当即一人）从大月氏王使伊存口受浮屠经，当为佛教传入中土之始。据《后汉书》记载，光武帝子楚王英，早已是佛教信徒，且在其封地境内建了一些浮屠祠，此为佛教不始于明帝之证。汤用彤先生的《佛教史》讲得更细。至于白马负经归汉，并立白马寺一事，只能说是佛教见重于中土之始，不得看成是佛教传入中土之始。事在张舜徽先生的《四库提要叙讲疏》中。但是我认为佛教传入中国的时间应该是西汉武帝时期。更确切一点说的话，应该是在张骞出使西域之后佛教就传入中国了，这是打开丝绸之路后文化交流的必然结果。

七、刘勰佛教信仰及其派别问题

佛教早在西域就发生僧团分裂，有门有派。最大的教派是大乘佛教派和小乘佛教派。在传到中国的佛教理论中，既有大乘佛教，也有小乘佛教。

佛教传入中国的初期，并不受中国人的欢迎，因为它与传统文化发生冲突。经过一系列的斗争，佛教界有识者意识到如果不与中国的传统文化相结合，佛教便难以立足。于是那些佛学造诣颇深的僧徒，便认真研究中国的道学与儒学，找到其与佛教之结合点，极力宣传它们之间并不矛盾。东汉时期佛教与道术结合，南北朝时期与玄学结合。例如东晋孙绰《喻道论》就主张："周孔即佛，佛即周孔。盖外内名之耳。"特别是到了南北朝时期，士大夫阶层崇尚清谈，道家文化在士大夫中占了上风，而玄学化了的道家崇无思想，被佛家认为是最好的结合点。因为当时传入中国的大乘般若佛学以"空"为本，玄学以"无"为本，二者在理论上有相通之处。因而佛教借助玄风而大畅，很快传播开来，其中有不少佛教徒又都精通三玄，即《老子》《周易》《庄子》。而许多玄学家又精通《法华经》和《维摩经》，像张融这样的著名道学大家，临死仍遗言"左手执《孝经》《老子》，右手执《小品》《法华经》入棺"。因而在学者间，三教同修的大有人在，也正是这些三教同修者，使得佛教在中国的传播有了理论根据和学术基础，因而极度盛行。刘勰说"至道宗极，理归乎一；妙法真境，本固无二"，这个认识，在中国思想史上，意义是很大的，可惜没有引起重视。直到现代在钱穆先生那里才有相同的认识。钱穆说："一切学术宗旨，应该创造出人物与时代来为此真理作实证；一切学术应在此最高真理下会通合一，不应有过分的门户壁垒。此两项亦从经学中演出。"[1] 所不同的是刘勰是从中国传统学术，包括佛学中演出。现代学者汤一介先生认识到，中国之所以没有发生宗教战争，就在于"儒、释、道三教归一"思想根深蒂固。[2]

通过简略分析可以看出，刘勰力主儒佛无根本区别，只有道俗之异，是有其学术渊源的。

---

[1] 钱穆：《中国学术通义》，北京：九州出版社，2012年，第13页。

[2] 汤一介：《论儒、释、道"三教归一"问题》，《中国哲学史》2012年第3期。

刘勰在《灭惑论》中说:"佛之至也,则空玄无形,而万象并应;寂灭无心,而玄智弥照。"主张佛教修炼至最高境界便是"空玄无形""寂灭无心",一切归于无所有处。这正是佛教大乘般若空宗的理论。在《灭惑论》中,刘勰又说:"慧业始于观禅。禅练真识,故精妙而泥洹可冀。""夫泥洹妙果,道惟常住。"这就是说,这种"空玄无形""寂灭无心"的境界是通过"观禅""禅练"达到"泥洹"的结果。"泥洹"就是"涅槃",是汉语的不同译法,通过"禅练",达到了"泥洹",作为肉体已经不存在了,但"道"却"常住",这就是说肉体不存却"佛身"永住。刘勰又说:"大乘圆极,穷理尽妙。故明二谛以遣有,辨三空以标无,四等弘其胜心,六度振其苦业。""拔愚以四禅为始,进慧以十地为阶。"这"二谛"是指俗谛和真谛。"三空"是指三解脱门而言,即空、无相、无愿。这三者的基础都是空理。"四等"是指佛教的慈、悲、喜、舍四无量心。这"圆极"和"穷理",都是指佛教的极高境界。通过"遣有""标无"达到一切皆"空",即"六度振其苦业"。"六度"就是六波罗密,即到彼岸去。"四禅"又叫"四禅空",是色界的四个冥想阶段,由超越欲界的种种迷执而得。"十地"是菩萨修行的五十二个阶段中第四十一位至五十位,称为"十地"。其中第四地叫"焰慧地",指智光炽盛,生无生忍;第九地叫"善慧地",即以善巧的慧观而入无生忍之道。刘勰法名"慧地",或取此意,因为他一生苦苦追求的"学而优则仕",到头来竹篮打水一场空,所以希望自己进入无生忍之境,以减少心灵的痛苦。刘勰在《灭惑论》中所宣扬的理论,都是大乘般若空宗的理论,而他的老师僧祐在《出三藏记集》中说:"窥有坚誓,志是大乘,顶受方等,游心《四含》。"所以僧祐一生所从事的律学也是大乘般若空宗律学理论,所以刘勰在《梁建安王造剡县石城寺石像碑铭》中称僧祐为"律师"。此文的最后赞语中说:"至因已树,上果方凝，妙志何取？总驾大乘。愿若有质，虚空弗胜，刹尘斯仰，貌劫永承"。也是宣扬的同一理论。所以刘勰所信仰的佛教派系为大乘般若空宗派。

　　本文原刊《济南教育学院学报》2002 年第 6 期，本次收入文集，略微作了调整和补充，但是观点未变。

《文心雕龙》的性质再认识

自从《文心雕龙》面世以来，人们对于该书的性质，一直没有一个一致的认识，不时有人发问：《文心雕龙》是一部什么书？最早给出定性的是《梁书》的作者："论古今文体。"到唐代，刘知几就视其为子书。《隋书》的作者把它归于了集部，隋代之后更是纷呈不一。

一、几种不同的定性

今回观往昔，大体说主要有如下几种不同的定性。

（一）文学理论著作

赵仲邑先生说："刘勰是我国文学史上最伟大的文学理论家和批评家，也是著名的骈文作家。他的文学理论巨著《文心雕龙》，体大思精。"[1] 周扬先生说："《文心雕龙》是一个典型，古代的典型，也可以说是世界各国研究文学、美学理论最早的一个典型，它是世界水平的，是一部伟大的文艺、美学理论著作。……《文心雕龙》这部书的价值，还有重新估价的必要。它确实是一部划时代的书，在文学性范围，它是百科全书式的。"[2] 张文勋先生说，《文心雕龙》"这部体大虑周的文学理论巨著之所以受到人们的重视，乃是由于其自身具有很高的理论价值，有极其丰富的美学内涵"[3]。杜黎均先生说："《文心雕龙》是中国五世纪末的一部杰出的文学理论著作，

---

① 赵仲邑：《文心雕龙译注·前言》，桂林：漓江出版社，1982年。

② 周扬：《关于建设具有中国民族特点的马克思主义文艺理论问题——周扬同志答〈社会科学战线〉记者问》，《社会科学战线》1983年第4期。

③ 张文勋：《文心雕龙研究史·绪论》，昆明：云南大学出版社，2001年。

是中国古典文学理论宝库的明珠。"① 牟世金先生说，"《文心雕龙》是中国古代文论的典型"，"《文心雕龙》在中国古代文学理论中的典型意义，主要就在它可说是一部古代中国的文学概论"。② "文学理论专著"这一派，是二十世纪的主流派，一直占据着龙学研究的话语权，周扬、王元化、杨明照、牟世金、周振甫、张文勋、张少康等是这一派的典型代表学者，其远祖当是纪晓岚。

老舍说："《文心雕龙》并不是真正的文学批评，而是一种文学源流、文学理论、修辞、作文法的混合物。"③ 正是如此，才有一些人主张《文心雕龙》也是一部修辞学著作，持这方面主张并写出专著的，在台湾有沈谦先生，他的专著是《〈文心雕龙〉与现代修辞学》，在大陆上早一点的有周振甫先生，他在《中国修辞学史》中，有长篇《刘勰全面的修辞说》。近些年梁祖萍出版的《〈文心雕龙〉的修辞学研究》，也很有见解。沈谦先生说："《文心雕龙》为中国最重要的文论巨著，其有关修辞理论与方法，不仅为刘勰创作论中重要之一环，且承先启后，影响深远。……修辞学之研究，为文学创作与批评之重要环节，刘勰所论比兴、夸饰、隐秀等，虽未笼罩各种修辞方法，但为其中最重要之核心，适足以为现代修辞学理论奠定基础。"④ 这说明修辞学理应属于文学理论，今不再单列，划归在此一并言说。

（二）文章学专著

范文澜先生说："《文心雕龙》的根本宗旨在于讲明作文的法则……《文心雕龙》是文学方法论，是文学批评书，是西周以来文

---

① 杜黎均：《文心雕龙文学理论研究和译释》，北京：北京出版社，1981年10月，第1页

② 牟世金：《文心雕龙研究·绪论》，北京：人民文学出版社，1995年，第3页。

③ 老舍：《文学概论讲义》，上海：复旦大学出版社，2004年，第20页。

④ 沈谦：《文心雕龙与现代修辞学》，台北：益智书局，1990年，第13页。

学的大总结。"① 詹锳先生说，《文心雕龙》"这部书的特点是从文艺学的角度来讲文章作法和修辞学，而作者的文艺理论又是从各体文章的写作和各体文章代表作家作品的评论当中总结出来的"②。王运熙先生说，"人们一提到《文心雕龙》，总认为它是我国古代最有系统的一部文学理论书籍，其性质相当于今天的文学概论那样"，"但从写作此书的宗旨来看，从全书的结构安排和重点所在来看，则应当说它是一部写作指导或文章作法，而不是文学概论一类的书籍"。③ 贺绥世先生说："《文心雕龙》是一部研究古代文章的巨著……是研究文章写作的理论著作，而不是专论文学作品的著作。"④ 叶朗先生说："刘勰的《文心雕龙》是一部'笼罩群言''体大虑周'的文章学巨著。"⑤ 罗宗强先生说："《文心》是一部文章论，既论文学，亦论及非文学，他自己明说'论文叙笔'。'笔'的相当一部分，就属于非文学。把《文心》当作一部文学理论著作，是不确的。因为刘勰的时代，纯文学尚未出现，文、笔之分正在讨论中。《文心》所反映的，是杂文学的观念。但是，这部文章论确实包含了大量十分深刻的文学理论问题，有极丰富的文学思想内涵。"⑥ 赵兴明先生说，"《文心雕龙》研究的对象，虽包括诗赋、乐府等文学作品，但大部分还是论、说、书、记等常用文章"，"是一部文章学概论"。⑦ 黄霖先生说："《文心雕龙》是一部用美文来细致、系统论述写作心理活动的著作。或者说，《文心雕龙》是一部以写

① 范文澜：《中国通史简编》修订版第二编，北京：人民出版社，1965年，第419页。

② 詹锳：《文心雕龙义证·序例》，上海：上海古籍出版社，1989年。

③ 中国《文心雕龙》学会编：《文心雕龙研究论文集》，北京：人民文学出版社，1990年，第253页。

④ 贺绥世：《文心雕龙今读·前言》，郑州：文心出版社，1987年。

⑤ 叶朗：《中国美学史大纲》，上海：上海人民出版社，1985年，第226页。

⑥ 罗宗强：《魏晋南北朝文学思想史》，北京：中华书局，1986年，第257页。

⑦ 赵兴明：《〈文心雕龙〉是一部文章学概论》，《殷都学刊》1989年第4期。

作心理学为核心的美文体文章学，书名本身已清楚地表达了全书的性质与宗旨。"① 吴中胜教授说："刘勰的《文心雕龙》更是'体大思精'的文章学巨著，其内容包含文章本体论、文章文体论、文章创作论、文章批评论。……哪怕以今天的学术体系标准来衡量，《文心雕龙》也是当之无愧的体系完整严密的文章学理论著作。中国文章学成立的时代应定在魏晋南北朝，成立的标志就是刘勰的《文心雕龙》。"② 文章作法属于文章学。"文章学"这一派，领军人物主要有范文澜、王运熙、罗宗强、赵兴明、仇幼鹤等人。

（三）文体论专著

《梁书·刘勰传》说："刘勰撰《文心雕龙》五十篇，论古今文体。"这是对《文心雕龙》最早的定性。整个古代，鲜有响应者，一直到二十世纪后半叶，才有徐复观先生给予了响应。徐复观先生在引录了《梁书》的这个定性之后说，"可知古人早以全书为文体论"，"《文心雕龙》实际上是一部文体论的书"。③ 徐先生洋洋洒洒以五万余字的篇幅论述他的观点。其后，李曰刚先生说："《文心雕龙》广义言之，全书均可称之为我国古典文体论专著。"④

（四）子书

主张《文心雕龙》为子书的人最早的是唐代的刘知几，他在《史通·自叙》中将此书与诸子书同列。他虽然没有直接评论，却有直接的效仿，这就是仿刘勰《文心雕龙》以著《史通》。不同的是刘勰论文，而刘知己是论史。日本藤原佐世撰《日本国见在书目录》

---

① 黄霖：《〈文心雕龙〉：中国第一部写作心理学论著》，《河北学刊》2009 年第 1 期。

② 吴中胜：《〈文心雕龙〉是中国文章学成立的标志》，《光明日报》2021 年 5 月 17 日第 13 版。

③ 徐复观：《〈文心雕龙〉的文体论》，《东海学报》1959 年第 1 期。

④ 李曰刚：《文心雕龙斠诠》，台北：中华丛书编委会，1982 年，第 1159 页。

将《文心雕龙》分列子部杂家类和集部总集类。在明朝认《文心雕龙》为子书者，主要有杨慎、钟惺、程宽、曹学佺、都穆等人。清代则更多。近现代人中有刘永济、刘咸炘、王更生、邬国平等人。

清人谭献《复堂日记》论《文心雕龙》可以说更为精准："阅《文心雕龙》，童年习熟，四十后始识其本末。可谓独照之匠，自成一家。章实斋推究六艺之原，未始不由此而悟。蒋苕生论俪体，言是书当全读。固辞人之圭臬，作者之上驷矣。"又说："彦和著书，自成一子……并世则《诗品》让能，后来则《史通》失隽；文苑之学，寡二少双。"①

近代学者刘咸炘说："彦和此篇，意笼百家，体实一子。故寄怀金石，欲振颓风。后世列诸诗文评，与宋、明杂说为伍，非其意也。"②

刘永济先生说："历代目录学家皆将其书列入诗文评类。但彦和《序志》，则其自许将羽翼经典，于经注家外，别立一帜，专论文章，其意义殆已超出诗文评之上而成为一家之言，与诸子著书之意相同类。彦和之作此书，既以子书自许，凡子书皆有其对于时政、世风之批评，皆可见作者本人之学术思想（参看《诸子》篇），故彦和此书亦有匡救时弊之意。吾人读之，不但可觇知齐、梁文弊之全貌，而且可以推见彦和之学术思想。"③王更生先生说："不幸的是若干学者太拘牵于西洋之名词，说它（指《文心》）是中国最具系统的一部'文学评论'专著，而刘勰就自然成了'中国古典文论家'。往年我也不求甚解，跟着别人呐喊，可是近年因为朝于斯，夕于斯，反复揣摩，仔细商量，用力愈久，愈觉得《文心雕龙》乃'子

---

① 转引自杨明照：《增订文心雕龙校注》，北京：中华书局，2000 年，第 657—658 页。

② 刘勰著，黄叔琳注，李详补注，刘咸炘阐释，戚良德辑校：《文心雕龙》，上海：上海古籍出版社，2015 年，第 115 页。

③ 刘永济：《文心雕龙校释·前言》，北京：中华书局，1962 年，第 1 页。

书中的文评，文评中的子书'。因为我们往昔对作品多谈'品鉴'，无所谓'批评'。此等西方习用的名词，用到我国传统的著述上，总觉得有点'霸道'。是勉强可以借用，而《文心雕龙》亦决非'文学评论'或'文学批评'所能范围。"①邬国平先生说："由《序志》和《诸子》两篇的对照可见，两文对作者著述用心和《文心》著作性质的表述高度一致，这就证明刘勰是把《文心》当子书来写的。了解这一点，有助于我们认识刘勰撰写《文心雕龙》的态度，也有助于理解《文心雕龙》的特点。"②

（五）典型的写作理论专著

二十世纪三十年代，老舍在山东大学教书期间写的《文学概论讲义》中说："我们一提到文学理论与批评，似乎便联想到《文心雕龙》了。"，但是，"《文心雕龙》并不是真正的文学批评，而是一种文学源流、文学理论、修辞、作文法的混合物"。③林杉先生说："《文心雕龙》是一部具有中国作风和中国气派的典型的写作理论专著。""比较起来，'作文法则''写作指导''文章作法'之说似乎较为妥帖，而少有歧义。不过笔者意欲将'作文法则''写作指导''文章作法'合三而为一，统称之为'写作理论'，这不仅是'名理相因'，有较强的概括性，而且也更符合《文心雕龙》实际内容和学术层次的高度。……《文心雕龙》是一部具有中国作风和中国气派的典型的写作理论专著。这个判断和结论，没有古今之分，也没有广义、狭义之别，一切类型的文章的体制、规格和源流，一切写文章的规律、原则和方法，一切文章的风格、鉴赏和批评都包容

---

① 王更生：《文心雕龙研究》，台北：文史哲出版社，1977年，第132—133页。
② 邬国平：《〈文心雕龙〉是一部子书》，《上海大学学报》2013年第5期。
③ 老舍：《文学概论讲义》，第18、20页。

于'写作理论'之中，似乎不再有顾此失彼、捉襟见肘之瑕了。"①
这一个学派，在整个龙学界，虽然没有占据话语主导权，却是一股
不可忽视的力量，或者说仅次于"文学理论"派。其代表人物主要
是王志彬先生。

（六）哲学要籍

吴林伯在《〈周易〉与〈文心雕龙〉》一文中说："《文心雕龙》
是文论的经典，也是哲学的要籍。"②

韦政通则说："中国很多大思想家本身就是文学家，文学史与
哲学史有很大的重叠性，这是中国文化的一大特色。譬如《文心雕
龙》，主要是讲文学理论，其实它也是一部很精彩的哲学著作。"③

（七）美学专著

易中天说《文心雕龙》"是中国古代唯一一部自成体系的艺术
哲学著作"④。艺术哲学就是美学。

韩国的金民那说："《文心雕龙》是一部文艺（文学艺术）美
学理论著作。"⑤"《文心雕龙》是自成完整体系的文艺美学理论书，
在中国美学史上，在世界美学史上，都具有意义和价值……这是在
《文心雕龙》研究著作中时常见到的叙述内容，甚至可以说是《文

---

① 林杉：《文心雕龙文体论今疏》，呼和浩特：内蒙古教育出版社，2000 年，第
16 页。

② 吴林伯：《〈周易〉与〈文心雕龙〉》，《武汉大学学报》，1984 年第 6 期，第 89 页。

③ 转引自游志诚：《文心雕龙与刘子跨界论述》，台北：华正书局，2013 年，第
32 页。对于韦政通先生的这段话，游志诚教授在引文之末，加了一个注释："这一段引
文是韦政通在一场会议的即席讲话记录，会议时间在 1991 年 4 月 19 日，由中央研究
院中国文哲研究所筹备处举办。会议记录刊发于《中国文哲研究通讯》第一卷第 2 期，
1991 年 6 月，页 103 至 131。"

④ 易中天：《〈文心雕龙〉美学思想论稿》，上海：上海文艺出版社，1988 年，
第 19 页。

⑤ 金民那：《文心雕龙的美学——文学的心灵及其艺术的表现》，台北：文史哲
出版社，1993 年，第 6 页。

心雕龙》美学的研究者共认的事实。"① 叶朗先生说："从美学史的角度看，刘勰《文心雕龙》一书，最值得注意的是其中对于审美意象的分析，对于艺术想象的分析，以及对于审美鉴赏的分析。'意象''隐秀''风骨''神思''知音'，是刘勰提出的几个最带有时代特色的美学范畴。"②

二、对于不同定性的辨析

对《文心雕龙》的这种种不同观点的定性，反映了《文心雕龙》的"体大思精"和"百科全书"式的价值，因为每一种说法都有自己的根据，只是到底哪一种观点最能概括全书内容的问题。

（一）主张《文心雕龙》为文学理论专著之说的学者，在《文心雕龙》中遇到了非文学性质的文体。《刘勰论写作之道》说："刘勰的文体论也存在着明显的缺点。……文体分类过于庞杂，将不少与文学无着的诏、策等等掺杂进来，在文学的特点认识上，较之萧统的《昭明文选》倒退了一步。此外，如对《史记》这种史传文学的价值缺乏应有的认识……这清楚地说明刘勰的文学观点有其落后和保守的一面。"③ 牟世金先生在《文心雕龙研究》一书中说："刘勰的文学观念并不很明确，从他对各种文体的具体论述和要求中，可以看得更为清楚……更能说明这方面之不足的是《史传》篇。此篇向为研究者所重视……而此篇在史学史上又确有其重要地位，论以专章，固有其理。但从文学的角度看，本篇就没有什么可称道了。自《左》《国》《史》《汉》以来，史传文学在叙事写人方面，本来有很高的成就，有十分丰富的文学经验值得总结，《史传》篇却完全从史学着眼，详论其源流、史官的设置、史书的体例、史家的职

---

① 金民那：《文心雕龙的美学——文学的心灵及其艺术的表现》，第227页。

② 叶朗：《中国美学史大纲》，第226页。

③ 钟子翱、黄安祯：《刘勰论写作之道》，北京：长征出版社，1984年，第11页。

责，以及'表征盛衰，殷鉴兴废'的作用，'文非泛论、按实而书'
的写作要求等。用今天的眼光来看，刘勰的文体论之失，莫过于此。
文学性不强的文体，刘勰自难从文学的角度来总结，文学性已很鲜
明的作品，他却视而不见。这充分说明，刘勰对文学艺术的特征，
还并无明确的认识；文学与非文学的界限也是较为模糊的。"[①]詹
锳先生也说："刘勰在《书记》篇中把'谱籍簿录、方术占式、律
令法制、符契券疏、关刺解牒'等都一一列举，这就显得对'文'
的范围认识不够明确，反而不如《文选》用'事出于沉思，义归于
翰藻'来作标准那样划分明了。"[②]

　　以上几位学者对刘勰的批评，都是基于把《文心雕龙》看成是文
学理论专著而提出的。或认为刘勰文学观点不明确，或认为刘勰文体
论过于庞杂，或认为"所列或不尽文章，入之论文之书亦为不类"，
应"删去四十五行"等等。从文学的角度看，这些批评都是有道理的。
如果换一个角度，其批评未必有理。尽管古今"文学"概念有别，刘
勰也不至于将"谱籍簿录、医历星筮""方术占式"等列为文学类，以
刘勰之智慧，更不会糊涂到分不清这类文体是否属于文学类。其中原
因当是对《文心雕龙》性质的认识与刘勰有差距。如果把一切诸如文
字的东西都看成是文章，其上述批评就不能成立。刘勰在《文心雕龙》
的文体论部分规定的原则是"原始以表末，释名以章义，选文以定篇，
敷理以举统"。如果按这一原则去衡量《史传》篇，则知刘勰的文体
论没有"失"。在文体论上刘勰只有"文"和"笔"的划分，并没有
去区分文学与非文学的不同，只要符合上述写作原则就行。如果把《文
心雕龙》看成是文章作法或写作理论，反而觉得刘勰的考虑是周全的。

　　产生上述分歧的原因还在于对《文心雕龙》中"文"的理解。

① 牟世金：《文心雕龙研究》，第 210 页。
② 詹锳：《刘勰与〈文心雕龙〉》，北京：中华书局，1980 年，第 16 页。

牟世金先生说："刘勰时代的'文学'和现在还有很大的距离。萧统编《文选》，强调'以能文为本'，而他所认识要求的'文'，也不过是'事出于沉思，义归于翰藻'（《文选序》）而已，这就是当时所理解的'文学'。"①张文勋先生说："萧统在《文选》中说：'事出于沉思，义归于翰藻。'萧绎说'绮縠纷披''情灵摇荡'（《金楼子·立言篇》）。这就是六朝人对文的理解。虽然无明确的定义，但其基本特征就是要讲究文辞美，要有艺术性，要表现思想感情，应该说这就是我国古代文学的概念。……《文心》正是在这种观念指导下写成的，因此他虽未给文学以明确的界定，但是他说的'文'，应属于我国古代文学的范畴，《文心》自然也应该算是我国自己的文学理论著作，是一部有中国特色的文学理论著作。"②

对刘勰持批评态度的学者往往拿萧统的"事出于沉思，义归于翰藻"作为"文学"的标准去衡量《文心雕龙》。但是萧统的这句话是有具体指向的。已故学者沈玉成先生曾说，萧统的"这两句话紧接上两句'综缉辞采''错比文华'作为补充，用以说明史籍中赞、论、序、述的艺术特点。具备了这样的特点算作'文'，但不能逆推说凡是'文'都必须具有这样的特点"，"而他（萧统）的所谓'文'，又是中国传统的'文章'，其概念不同于现代文艺理论中所说的文学作品。……《文心雕龙》对方术占式、符契券疏这类东西都加以辨析，萧统的范围没有那么宽，但是书中入选的就有《尚书序》《春秋左传序》这一类文章，不仅与沉思、翰藻相去如风马牛，连一般文学作品的标准也够不上。这虽然是极明显的现象，却也常常为研究者所忽略。"③这就是说萧统的那两句话是有具体所指的，

---

① 牟世金：《文心雕龙研究》，第 211 页。
② 张文勋：《文心雕龙探秘·前言》，台北：台湾业强出版社，1994 年。
③ 沈玉成：《〈文选〉的选录标准》，《文学遗产》1984 年第 2 期。

并不是"文学"概念的标准，因而以此来衡量《文心雕龙》之"文"的标准也是不妥的。毫无疑问，把《文心雕龙》视为文学理论专著，不仅涵盖不了其全部内容，反而贬低了《文心雕龙》自身的价值。

前面提到周扬先生把《文心雕龙》定为"文艺、美学理论著作"的"典型"说。表面上看，周扬的定位是把《文心雕龙》放在了世界同类著作中看，目的是想要拔高《文心雕龙》的学术地位，但是，实际上它产生的效果，说得直白一点，就是贬低了《文心雕龙》的学术价值。为什么呢？对于周扬先生的这个定位，近来山东大学戚良德教授撰文评论说：周扬先生"一方面是给予了崇高的地位，另一方面则把《文心雕龙》限定在了文学理论的范围之内。这基本上是二十世纪对《文心雕龙》一书性质的认识"①。原因就在于"把《文心雕龙》限定在了文学理论的范围之内"，反而掩盖了《文心雕龙》一书的真正价值。

关于《文心雕龙》的修辞学之谓，我觉得《文心雕龙》中的修辞学确是丰富，不仅列有多篇专章论述，而且还贯穿在全书之中。就修辞学产生的历史来说，它比文字还要早得多，它是与人类的语言并生的。人们要说话，必然要讲究修辞，因而，修辞是平时人与人交际中必然讲究的一种艺术追求。但是，《文心雕龙》的撰写目的不仅仅是谈修辞，修辞学只是刘勰要谈论的一个部分。因而认为《文心雕龙》是一部修辞学专著是有以偏概全之嫌的。它理应从属于文学理论，或者说从属于文章学理论。

（二）关于文章学之谓。仇幼鹤先生对《文心雕龙》中的"文""文章""文学"的使用次数专门做过统计，"文"的使用次数最多，四百七十余处，"文章"的使用为二十五处，"文学"一词使用凡三见，并考察刘勰所赋予的涵义，认为刘勰所使用的"文学"概念，其涵义不是我们今天的文学涵义而是指文化学术；"文"的涵义，大多指的

① 戚良德：《〈文心雕龙〉是一部什么书》，《光明日报》2021年12月6日第13版。

是文章,有的地方也直接使用"文章",大都与现代我们所理解的"文章"涵义相近;其实刘勰所论的"文"或者"文章",没有分为文学和非文学,他只分文和笔两类而已。①仇幼鹤先生说:"刘勰的文学观与我们今天的文学观差别较大,却与我们的文章观是吻合的。所以我们完全有理由把《文心雕龙》看作是文章论著作,而不是看作文学论著作。"②考虑到文学必在"文"的范围内,"作文法则"和"文章作法"之论皆属于文章学,相对于"文学理论专著"则歧义少一些。

(三)关于文体论之谓,虽然早在《梁书·刘勰传》中就有这个定性,但是应者不多。就《文心雕龙》本身而言,集中谈论文体的仅有二十篇(从《明诗》到《书记》),仅占全书的四成,以"文体论"概括显然是舍大取小,以偏概全。这一派的声音比较微弱,二十世纪五十年代在台湾曾经起过波澜,但是就整个龙学界来说,不成气候,且遭到了激烈的抨击,其代表人物主要是徐复观先生。

(四)林杉先生提出《文心雕龙》乃"写作理论专著"之说。但是"写作理论"是否包含有文学批评理论呢? 林杉先生认为:"《文心雕龙》就其宗旨和本体性质而言,是一部'指导写作'的'文章作法'。它虽也论及许多文学理论问题,但主要是'言为文之用心',多侧面多层次地阐发写作理论。而所谓批评论,则是依附、从属于创作论,为创作论服务的。一方面,全书各部分、各篇章所论述的指导创作的理论原则,大都贯注于批评理论与批评实践之中;另一方面,全书各部分、各篇章中涉及的批评理论与批评实践,又从不同角度丰富、补充、印证了创作理论,并进而对创作实践产生影响。

---

① 仇幼鹤:《〈文心雕龙〉是一部文章学理论著作——兼论刘勰的文学观(一)》,《宁波职业技术学院学报》2004 年第 3 期。

② 仇幼鹤:《〈文心雕龙〉是一部文章学理论著作——兼论刘勰的文学观(二)》,《宁波职业技术学院学报》2004 年第 4 期。

事实上，在《文心雕龙》许多篇章中，批评论与创作论是紧密结合在一起的。"①

林杉先生定《文心雕龙》为写作理论专著，尽管把文学批评论看成是附着于创作论，但是没有把阅读包含在内。我觉得《文心雕龙》实际上是包括阅读学的，其最集中的是《知音》篇。这就是我说的：刘勰的"言为文之用心"是既站在了作者的角度去用心写作，也站在了读者的角度去审视作品的各个方面，而文章学则是写作、阅读、评论等都可以涵盖的。

从刘勰作《文心雕龙》的目的是"言为文之用心"观之，"言"可同今日之"论"，"为"同于"作"或"做"，显然是"论述作文的方法"之意。自古至今，凡用文字记录的语言，便是文章，而文章自古至今又既包括社会生活中各种实用性文体，又包括具有审美艺术和愉悦性的有韵文体和无韵文体。刘勰"言为文之用心"的特点在于从不同的角度去"言"，既站在了写作者的角度去"言"构思、用辞、造句，又站在了读者的角度去审视作品的各个方面。在审视作品的同时又对作家的道德人品进行了品评，在品评的同时也对作家的德、才、文提出要求。这种从上至下，从左至右，从主观到客观，从自然到社会，从作者到读者的全方位的审视要求，构成了《文心雕龙》的立体多面和博大精深。

（五）关于《文心雕龙》是一部子书之谓，这个定性也是可以成立的。首先，《文心雕龙》的架构、篇章设计，无不具有子书性质。其次，从《文心雕龙》反映出来的刘勰思想看，他有匡扶救弊的济世思想。但是，这部书又有其特殊性，这种特殊性表现在他写作是用了"文"和文章作为材料来阐明他的思想的，这与其他子书相比，显得有些单一。正如刘勰自己为子书的定位："博明万事为子，适

① 林杉：《文心雕龙批评论新诠》，呼和浩特：内蒙古教育出版社，2002年，第4页。

辨一理为论。"《文心雕龙》恰恰是论文理，给人以"论"的感觉，所以，一些目录学家归之于集部。如果再联系《史通》这部子书考虑，也就不难理解了，因为《史通》就是论史，而且仅仅论的是史书。所以，王更生先生说《文心雕龙》是"文评中的子书，子书中的文评"。王先生认为：在魏晋六朝释老并兴儒学消沉的时代，刘勰不惜作时代的反动，挽狂澜之既倒，托体孔子，推本经籍，毅然别开蹊径，衡论古今文理，可谓既入经典之中，复出乎经典之外，不是"文学批评"一词所能范围的。[①] 这可说是抓住了它的本质。第三，从《序志》篇看，他原想为经书作注释，环顾学术史难成一家之言，考虑到子书实是经典枝条，"文之为德也，大矣"，还是"搦笔和墨，乃始论文"，"文果载心，余心有寄"。

把《文心雕龙》看成是一部子书，其意义远大：首先，从历史价值看，在加深学人对《文心》理解的同时，还提高了它的学术地位。从此《文心》区别于一般诗文评受到重视。其次，从研究价值看，对《文心》"子书说"的深入探讨，有利于今日研究者回到历史的真实来看待《文心》一书的立意、结构和价值。[②]

（六）关于"《文心雕龙》是一部哲学要籍"之谓，也是完全成立的。中国传统典籍中，没有"哲学"一词，这个词是舶来品。这不等于说中国古代没有哲学，只是中国的哲学大都托体于其他典籍中。刘勰的哲学思想就是托体于他的文论中，这就是前面韦政通先生说的"重叠性"。这里涉及到"哲学是什么"或者说"什么是哲学"。按理说，这个问题中外学者都作了回答，马列主义的经典

① 王更生：《文评中的子书，子书中的文评——读〈文心雕龙〉札记之一》，《书评书目》第 33 期（1976 年 1 月）。

② 梁穗雅、彭玉平：《明清目录中"〈文心雕龙〉子书说"考论》，《文献》2003 年第 3 期。

作家也作了回答，虽然意见不一，但是，有一点是一致的，这就是"哲学"是属于形而上的东西，属于理性思维。北京大学胡军教授说"哲学就是指导人们生活的艺术或者智慧"①。他又说："哲学乃是关于境界之学。"②中国的哲学史家冯友兰先生说："哲学是人类精神的反思。所谓反思就是人类精神反过来以自己为对象而思之。"③这个人类精神反思的成果，就是哲学著作。冯友兰先生又说："黑格尔的《精神现象学》，无论从形式或内容说，都是一部完整的哲学著作。"④"在中国哲学史中，《周易》这部书可以说是一部精神现象学。……哲学史中的大哲学体系都是一套人类精神的反思。它们不必用'精神现象学'这个名字，也不必有'精神现象学'这个形式，但都是一个包括自然、社会、人事各方面的广泛的体系，所以在内容上都是一套完整的'精神现象学'。柏拉图的《对话》是一部'精神现象学'，董仲舒的《春秋繁露》是一部'精神现象学'，朱熹对于四书、五经的注解，也是一部'精神现象学'。"⑤刘勰认为"唯文章之用，实经典枝条，五礼资之以成，六典因之致用，君臣所以炳焕，军国所以昭明，详其本源，莫非经典……于是搦笔和墨，乃始论文"（《序志》）。这种把文章之用看成是经典枝条，于是"搦笔和墨，乃始论文"的成果，如同朱熹对五经、四书的注解。就这说来《文心雕龙》当然也是一部"精神现象学"，就是一部哲学著作。⑥黄霖先生说《文

① 胡军：《哲学是什么》，北京：北京大学出版社，2002年，第4页。

② 胡军：《哲学是什么》，第230页。

③ 冯友兰：《中国哲学史》上册，北京：人民出版社，1998年，第8—9页。

④ 冯友兰：《中国哲学史》上册，第10页。

⑤ 冯友兰：《中国哲学史》上册，第12页。

⑥ 过去在老一代学人中，互相戏言：历史学家说哲学家搞的是"神学"；哲学家说历史学家搞的是"鬼学"。所谓"神学"的"神"是"精神"的神，而非神仙之"神"；历史学家搞的"鬼学"是指古人的所作所为，"古人"就是鬼。现在想来他们的戏言颇有道理。看来所谓哲学，研究就是研究人类精神层面的东西。

心雕龙》是一部写作心理学著作的看法也是有道理的。刘勰从"文"的产生、发展、功用及其如何使得功用发挥出来等诸多方面的反思所产生的成果——《文心雕龙》，当然就是一部哲学要籍。

（七）关于美学说。在现代的学科分类中，美学仍然在哲学的框架下生存，虽然时刻想独立，但是始终独立不成。在西方，美学也一直属于哲学范畴。朱光潜先生说："美学在西方一开始就是哲学的一个部门。"①"从历史发展看，西方美学思想一直在侧重文艺理论，根据文艺创作实践作出结论，又转过来指导创作实践。"因为"美学实际上是一种认识论，所以它历来是哲学的一个附属部门"②。在中国也是一样。因为"美学必须结合文艺作品来研究，所以它历来是和文艺批评紧密联系在一起而成为文艺批评的附庸"③。这说明美学既跳不出哲学，也离不开文学艺术作品，这种两栖现象，导致它至今没有绝对地归属到哪一个门类。在如今的中国或者西方的高等院校里，有的把美学放在哲学院，有的设在中文系。所以在"龙学"研究队伍中，有一些专家写出了一些有关《文心雕龙》的美学论文，或者专著，例如刘纲纪先生，既写了刘勰的美学，也写了刘勰的哲学。还有寇效信、缪俊杰、韩湖初、金民那等人，专门研究《文心雕龙》的美学思想。

人们对于美的追求，从人类的诞生就开始了，但是作为一种"学"，则是很晚的事了。《文心雕龙》作为一部反思中国人对于"文"的产生、发展及其应用必然涉及对于美的追求，其中的修辞就是为了使文章更美，更能吸引读者，必然涉及美学范畴。但是，我们要讨论《文心雕龙》一书的性质，就不可忘了追问刘勰撰写本书的目

① 朱光潜：《西方美学史》，北京：人民文学出版社，1979年，第31页。
② 朱光潜：《西方美学史》，第4—5页。
③ 朱光潜：《西方美学史》，第5页。

的什么、本意是什么。尽管讨论的意见有分歧，但是，刘勰的本意绝不是要写一部美学著作。

以上七种说法，显然是站在了今天学术分科的氛围下，对《文心雕龙》的解说，是以今律古的产物。

三、结语

戚良德教授在《光明日报》撰文说：

> 《文心雕龙》的"文"，比今天所谓"文学"的范围要宽广得多，其地位也重要得多。重要到什么程度呢？那就是《序志》篇所说的："唯文章之用，实经典枝条：五礼资之以成，六典因之致用，君臣所以炳焕，军国所以昭明。"即是说，社会生活的各个方面——政治、经济、军事、法律、制度、仪节，都离不开这个"文"。如此之"文"，显然不是作为艺术之文学所可范围的了。因此，刘勰固然是在"论文"，《文心雕龙》当然是一部"文论"，却不等于今天的"文学理论"，而是一部中国文化的教科书……新时代的"龙学"和中国文论研究理应有着不同的思路，那就是不应再那么理所当然地以西方文艺学的观念和体系来匡衡中国文论，而是应当更为自觉地理解和把握《文心雕龙》以及中国文论的独特话语体系，充分认识《文心雕龙》乃至更多中国文论经典的多方面的文化意义。[①]

我曾经提出"《文心雕龙》是中国传统文化的一个大系统，是一个把中国传统文化高度浓缩的芯片"。今见戚教授跳出二十世纪《文心雕龙》研究的羁绊，说"《文心雕龙》是一部中国文化的教

---

① 戚良德：《〈文心雕龙〉是一部什么书》，《光明日报》2021 年 12 月 6 日第 13 版。

科书"，这无意中为我的"大系统说"做了注脚。

陈寅恪先生说：

> 对于古人之学说，应具了解之同情，方可下笔。盖古人著书立说，皆有所为而发。故其所处之环境，所受之背景，非完全明了，则其学说不易评论……必须备艺术家欣赏古代绘画雕刻之眼光及精神，然后古人立说之用意与对象，始可以真了解。所谓真了解，必神游冥想，与立说之古人，处于同一境界，而对于其持论所以不得不如是之苦心孤诣，表一种之同情，始能批评其学说之是非得失，而无隔阂肤廓之论。①

戚教授说的"《文心雕龙》当然是一部'文论'，却不等于今天的'文学理论'"，那是一部什么"论"呢？显然是关于文章的理论。戚教授跳出二十世纪"龙学"研究的误区，站在了哲学的高度，认为《文心雕龙》"是一部中国文化的教科书"，这是就更高层面上说的，如果回归刘勰的那个时代，立身于刘勰撰写《文心雕龙》"所处之环境，所受之背景"，设身处地地了解刘勰立说的目的，避免以今律古，称刘勰《文心雕龙》是一部文章学著作，当切合刘勰之初衷。

附记：本文的题目和主要内容，曾经在拙著《刘勰志》中用过，但是由于体例和字数的限制，没有展开论述，本次收录，在资料上做了一些补充，结论不变。

---

① 陈寅恪：《冯友兰中国哲学史上册审查报告》，《金明馆丛稿二编》，北京：生活·读书·新知三联书店，2001年，第279页。

《文心雕龙》之体势论

"体势"一词，在《文心雕龙》中仅出现四次，分别是：

夫自六国以前，去圣未远，故能越世高谈，自开户牖。两汉以后，体势浸弱，虽明乎坦途，而类多依采，此远近之渐变也。（《诸子》）

夫情致异区，文变殊术，莫不因情立体，即体成势也。势者，乘利而为制也。如机发矢直，涧曲湍回，自然之趣也。圆者规体，其势也自转；方者矩形，其势也自安：文章体势，如斯而已。（《定势》）

刘桢云："文之体势有强弱，使其辞已尽而势有馀，天下一人耳，不可得也。"（《定势》）

至如气貌山海，体势宫殿，嵯峨揭业，熠耀焜煌之状，光采炜炜而欲然，声貌岌岌其将动矣。（《夸饰》）

体势说散见并贯穿于《文心雕龙》全书中，历代研究者多有分歧，詹锳先生的《文心雕龙义证·定势》篇多有引录，可供参考，为了简省篇幅，不再重复引录。二十年前，我在拙著《刘勰志》中，也曾列出专题，但是由于受志书体例限制，只能简单述说，不便析论。根据近些年学术界的不同溯源，再从中析出，论列如下，以就教于对此感兴趣的高人。

一、"体""势"之含义考索

（一）"体"的含义

《说文解字》说："体，总十二属也。"段玉裁注说：十二属实指人体的十二个部位。《玉篇》说："体，形体也。"看来指人体是其本义。其他义项大都是引申义。

《辞源》对于"体"字，列出了十一个义项：①身体，全身之总称。②事物的本体、主体。③器物的形体、形状。④占卜的卦兆。⑤事物的法式、规矩。⑥文章或书法的样式，风格。⑦包含，容纳。⑧分别，分解。⑨连结，亲近。⑩领悟，体察。⑪实行，实践。

《辞源》列出的十一个义项，有基本义，也有引申义。

我们谈《文心雕龙》之体势说，就必须依靠《文心雕龙》之文本，稽之以其他文本。

《文心雕龙·定势》篇说"夫情致异区，文变殊术，莫不因情立体，即体成势也"，这是说作者因时代不同或所处环境不同而产生不同的情志，而为了把这种不同的情志准确地表达出来，往往要采用不同的文体，即文章的样式，而且指出是"莫不"如此，这说明有普遍性。刘勰在《通变》篇中说："夫设文之体有常，变文之数无方。何以明其然耶？凡诗、赋、书、记，名理相因，此有常之体也。"这里的"常"是"恒常"，即固定的。"数"，即"术"，可以理解为方法。也就是说，文章的体裁是固定的，相互因袭，而写文章的方法却是无限的，不固定的，多变的。同篇又说："名理有常，体必资于故实。""名"指文体的名称，"理"指各种文体的基本写作原理，"资"是凭借，"故实"指前人的作品。《神思》篇说："人之禀才，迟速异分；文之制体，大小殊功。"这里说人的才能不同，写作的速度快慢不一，文章的体裁不同，篇幅也不一样。

从以上举例可知刘勰的"体"主要是指文章体裁。

刘勰在《文心雕龙·体性》篇中说：

体式雅郑，鲜有反其习：各师成心，其异如面。若总其归涂，

> 则数穷八体:一曰典雅,二曰远奥,三曰精约,四曰显附,五曰繁缛,
> 六曰壮丽,七曰新奇,八曰轻靡。

"八体"所列的典雅、远奥、精约、显附、繁缛、壮丽、新奇、轻靡以及上文中"体式雅郑"的雅郑,都是指文章的风格,"体"又有了风格的意思,这当是"体"的引申义。例如刘勰说:"桓谭称'文家各有所慕……',言势殊也。"《议对》篇有"风格存焉",《夸饰》篇有"风俗训世"。当然,这不是现在"风格"的含义。"风格"一词是现代文学理论术语,以上八体也可说是八种风格类型。这符合《辞源》列出的第六个义项。

罗宗强先生对此研究更细,认为"体"的风格之义应叫作"体貌",并认为有三个方面的含义:一是某一历史时期的文章的总体风貌特色,二是指体貌类型,三是对于作家或作品的体貌的品评。[①]刘勰还认为文章的体貌直接受作者才、气、学、习四个因素的影响。在这四个方面的因素中,前两个是先天的,后两个是后天的。因为"才"是指才华,"气"是指气质。他认为"才有天资",才之大小,又受"气"的影响,即"才力居中,肇自血气"[②]。才气是先天的,因而称作"天资""天才"。但刘勰不是一个天才论者,他是一个辩证唯物论者。他的这一世界观,始终支配着他的方法论。他在承认天资的同时,又承认后天的"学"和"习"的重要性,以后天的学和习来补先天才气之不足。《文心雕龙·事类》篇说:"将赡才力,务在博见。"《知音》篇说:"凡操千曲而后晓声,观千剑而后识器,故圆照之象,务在博观。"这种"博见""博观"都是弥补先天之才不足的最好方法。对于"学"和"习",刘勰还有一个思想,就是有选择地学习,

---

① 罗宗强:《魏晋南北朝文学思想史》,北京:中华书局,1996年,第341页。
② 陆侃如、牟世金:《文心雕龙译注》下册,济南:齐鲁书社,1982年,第101页。

并不是泛滥地学习。《体性》篇强调"夫才有天资，学慎始习；斫梓染丝，功在初化；器成彩定，难可翻移。故童子雕琢，必先雅制"。为什么这样强调呢？刘勰认为"学有深浅，习有雅郑，并情性所铄，陶染所凝"[①]。所以，这个"习"是很重要的，要有选择的"习"。"习"也就是"陶染"，一旦"习染"错了，"难可翻移"。"体式雅郑，鲜有反其习：各师成心，其异如面"[②]，习雅则体貌典雅，习郑则体貌邪靡。由于师习不同，体貌也就各异。涂光社先生对《体性》篇的"习有雅郑"的"习"解释说："'习'为作家长时间的学习和写作过程中养成的风格习性。"[③] 这正是刘勰对前人文章学理论的一个创造性的发展。从罗宗强先生说的某一历史时期的"风貌"说来看，又像是指"风格"。关于对"体"的理解，陆侃如在《文心雕龙术语用法举例》中说："体"字主要有两种意思：

　　　一是体裁，如"全为赋体"（《哀吊》篇）；"即义之别体也"（《议对》篇）。二是风格，如："五则体约而不芜"（《征圣》篇）；"则数穷八体"（《体性》篇）。这些是作为术语用的基本意义，此外还有引申的意义。在下列一段中，"体"字既不能作为体裁讲，也不能作为风格讲："毛公述《传》，独标'兴'体。……起情故'兴'体以立。……于是赋颂先鸣，故'比'体云构。"（《比兴》篇）这里'比''兴'二字，并不是诗赋一类的文章体裁，也不是典雅、精约一类的作品风格，而是一种抒情叙事的手法。这和体裁、风格有联系而又有区别，所以是"体"字作术语时的引申意义。[④]

----

① 陆侃如、牟世金：《文心雕龙译注》下册，第101页。
② 陆侃如、牟世金：《文心雕龙译注》下册，第97页。
③ 涂光社：《文心十论》，沈阳：春风文艺出版社，1986年，第132页。
④ 陆侃如：《陆侃如古典文学论文集》，上海：上海古籍出版社，1987年，第907页。

陆先生的意见大致是对的。

但是，据台湾学者陈兆秀教授统计，"体"字，在《文心雕龙》中，共出现一百八十八次，《定势》篇二十三次，具体分析，并非仅有陆先生说的两种意思。"有作为专门术语用者，亦有作为普通用语者，二者之区别不可混淆。……甲、基本意义：就《文心》全书言，带有专门术语性质的'体'字，其基本意义有五类：①指文章的体裁、体制、体例、体式；②指文章；③指文章的内容、要旨、思想；④谓文章的文辞、采藻、辞气、语义；⑤文章的风格。……乙、引申意义：①作为专门术语，'体'字由基本意义的体裁、风格，有时亦可引申而谓写作方法、写作要领者；②作为专门术语，体要连言，而'体要'一词，又引申而谓作品之辞约旨丰。"① 陈兆秀的意见，尤其是分为基本义和引申义，这种分辨，可谓细致。

（二）"势"的含义

《说文解字》解释"势"（勢）字说：

勢：盛力，权也。从力，埶声。经典通用埶，舒制切。②

段玉裁注说：

《说文》无势字，盖用埶为之。③

这里有一个怪现象，即我手头的《说文解字》是 1963 年中华书局影印本，底本是清同治十二年（1873 年）陈昌治据清嘉庆十四年（1809 年）孙星衍覆刻宋本《说文解字》刻本，这个本子里是有"势"字字头的，似乎不应该说《说文》无"势"字。但是解释说，"经典通用埶"，看来"埶"可能是"势"字的初文，后来才加了意符

---

① 陈兆秀：《〈文心雕龙〉术语探析》，台北：文史哲出版社，1986 年，第 92—116 页
② 许慎：《说文解字》，北京：中华书局，1990 年，第 293 页。
③ 段玉裁：《说文解字注》，南京：凤凰出版社，2007 年，第 203 页。

"力"字。

《说文解字》："埶，种也。《书》曰：'我埶黍稷。'"①

《玉篇》说"埶"："鱼制切，种也。"② 看来"埶"有两个读音，"埶"同"艺"（藝），可能后来也是加了意符草头。高明先生编的《古文字类编》中，无论是甲骨文还是金文中，都有这个"埶"字，其形状是人体屈跪用手执了个像禾苗一类的东西。徐中舒主编的《甲骨文字典》中，收录了 23 个"埶"的甲骨文字形，虽然仔细观察，有细微差异，但是基本形体一样。《辞海》说"埶"：①同"艺"（藝）；②同"势"（勢）。这说明"势"和"艺"在古代是相通的两个字，不同用法的时候，出现两个读音，一个读"舒制切"，一个读"鱼制切"，也当是后来各自加了意符，孳乳成两个专属的字了，可以理解为同源字，同源字又是可以互训的。这说明"埶"的初文有两个内部有联系的义项，一是"力"，二是"种"。"种"是以义索音的结果。朱骏声《说文通训定声》说：

> 埶，种也……会意字，亦作蓻、作藝，又作勢……为气势之势，按，力也。埶植用力最劳。③

这"种"的意思引申为"艺"，所以上面加了草头，这都是汉字孳乳的见证。至于段玉裁说的《说文》无"势"字，不知是指的哪个版本。段玉裁认为：

> 许（慎）君以为音生于义，义著于形，圣人造字，有义以有音，

---

① 许慎：《说文解字》，第 63 页。

② 顾野王：《玉篇》，北京：中华书局，1987 年，第 32 页。

③ 朱骏声：《说文通训定声》，北京：中华书局，1998 年，第 678 页。

有音以有形，必审形以知音，审音以知义。(《说文解字叙·注》)

既然"义著于形"，在初文"埶"字下面加上"力"字，在上面加上草头，成为两个字，大概就是"音生于义"，也是顺理成章的事了。段玉裁《说文解字注》说：

> 傑，埶也。以叠韵为训。埶，本种埶字，引申为势力字。傑者，言其势傑然也。①

我看段玉裁把顺序说颠倒了。应该是"埶"的本义是"力"，引申为"种"，因为种植需要力气。

汉字初创时期，一字多音多义是常事，形、音、义三要素，从来就不是固定不变的，"埶"字后来演化成"势"字和"艺"字、读音为"舒制切""鱼制切"不足怪。文达三先生认为，"埶"释"种"是不妥的，"埶"甲骨文的初始字义是"禾苗及禾苗的长势"，人体屈跪之状是庆祝老天赐给的丰收长势。许慎没有见到甲骨文，他见到的是形体讹变了的篆文，据形索义就不准确了。② 由文达三先生对"埶"训为"庄稼长势"的话，完全可以把"艺"的义项看成是后起义，以义索音成了"种"。种植庄稼可以屈蹲，不必屈跪，文达三先生的分析有道理，因而从甲骨文字形看，释"埶"为"种"就不妥了。

我们看下面《辞源》的解释。《辞源》对"势"字列了六个义项：①权力，权威。②形势，趋势。③态势，姿态。④男性生殖器。

---

⑤星名。⑥古代一种论述书法笔势的文体。义项①应该属于政治学；②、③属于中性，正是我们要讨论的文体之"势"；义项④应属于生理学，指人或动物雄性生殖器，雄性生殖器一旦被阉割，叫"去势"，在性上就没有了力量，其含义也是强调"力"；义项⑥"文体"之谓，《辞源》举汉崔瑗的《草书势》、蔡邕《篆势》、钟繇《隶释》为例。因为《草书势》它只是讨论书法问题，也是讲"势"，只是讲的草书体式的"势"，以此类推，也可以说文势、山势、水势，等等（例如有一个纪录片形容南京长江大桥"气势雄伟"）。虽然之后有蔡邕之《篆势》《隶势》《九势》，卫恒之《四体书势》，索靖之《草书势》等等，这里的"势"，只能是以书为体论说"势"，"势"是论说的内容。虽然《辞源》之说，当本任昉《文章缘起》，但说是文体名，似乎欠妥。《新华词典》对"势"字只列出了四个义项，没有"文体名"之谓。看来，"势"字的义理，应多从构件"力"上去领会，即以意符"力"为核心。

　　"势"字在《文心雕龙》中，出现四十四次，其中《定势》篇就有二十三次，大都含有"力"的成分，为了节省篇幅，恕不一一列举。刘勰在《文心雕龙》中专设《定势》一篇进行论证。由于"势"在《文心雕龙》中的概念相当抽象，历代"龙学"家的理解分歧很大。

　　（三）"势"的定义及其特点

　　《文心雕龙·定势》篇说：

　　　　夫情致异区，文变殊术，莫不因情立体，即体成势也。势者，乘利而为制也。如机发矢直，涧曲湍回，自然之趣也。圆者规体，其势也自转；方者矩形，其势也自安：文章体势，如斯而已。

　　刘勰的这段话对"势"字下了定义。"乘利而为制也"的"制"

就是《孙子·计篇》的"计利以听，乃为之势"的"计利以听"之物，什么"物"？曹操释曰："制由权也，权因事制也。"李筌释曰："谋因事势。"① "制者，裁也。"（《书记》）一句话，"制"就是裁断，就是权变。《定势》篇赞："形生势成，始末相承。湍回似规，矢激如绳。"刘勰举例指出了"势"的特点是它的自然而然的趋势，即"形生势成""规体自转""矩形自安"。这是"势"的第一个特性；第二个特性是"刚柔""强弱"。刘勰说："'文之体势有强弱，使其辞已尽而势有馀，天下一人耳，不可得也。'公幹所谈，颇亦兼气。然文之任势，势有刚柔，不必壮言慷慨，乃称势也。"这里是"任势，自然也"②，就是说，刘勰认为，一篇文章的气势大小，并不决定于是否满纸豪言壮语，而是看其是否"自然"。第三个特点是"势"的可变性。同一体裁，作家水平不一样，造的"势"也不一样；同一个作品，其"势"是相对不变的，但是因为读者的素养不同，对其产生的势（感染力）的作用是不同的，就这说来，势又有给人以动态之感。如果用在兵学上，其动感更加明显。例如弩弓，拉满弓未发之前，势能呈现静态，一旦发射，则呈现动态。这种动态的势能，又因为目标的远近不同，而表现的杀伤力也不一样。一旦超过了射程，势能就微乎其微了，故有"强弩之末"的说法。《孙子·势篇》："故善战者，其势险，其节短，势如弩弓，节如发机。"《淮南子·兵略训》"疾如弩弓，势如发矢"，此之谓也。

（四）体与势的关系

刘勰说"夫情致异区，文变殊术，莫不因情立体，即体成势也"，这说了体与势的关系。体与势的关系，犹如形与影的关系。有形就

---

① 孙武著，曹操等注，郭化若译：《十一家注孙子》，上海：上海古籍出版社，1978年，第17页。

② 孙武著，曹操等注，郭化若译：《十一家注孙子》，第119页。

有影，有体就有势，形生势成，即体成势。"势"字在全书出现四十四次，虽然大部分不与"体"字连用，却显示"势"必定是"体"的"势"。

"因情立体，即体成势"，说明了情→体→势三者的关系是不可分的。这三者的关系也就是内容（情）决定体（形），体决定势。没有情，就没有体，没有体就不会有势，有体必有势，势又因体而异，体因情而别。因为刘勰说："夫情致异区，文变殊术，莫不因情立体，即体成势。"这说明即使同一作家在不同的场合也会因情不同而导致文术多变，立体不一，趋势各异。《辨骚》篇就指出了屈原不同情致下的作品有不同的风格。刘勰引刘桢云，"文之体势有强弱，使其辞已尽而势有馀"，显然是指文章的感染力。

基于此，谈"势"也必然要谈"体"，因合为一篇，名之曰"体势"。事实上，刘勰在《议对》篇和《诸子》篇"体"和"势"是合称的。

"势"之强弱、刚柔在于文家之书辞搭配。《定势》篇说："是以绘事图色，文辞尽情，色糅而犬马殊形，情交而雅俗异势。""是以括囊杂体，功在铨别，宫商朱紫，随势各配。""兵谋无方，而奇正有象，故曰法也。制者，裁也。"（《书记》）就文论而言，"势"在文家笔下，就兵学而言，"势"在战争指挥者的谋略之中，就这说来，体在客观中，势在主观内。正是"势"的这些特点，让人们感觉到势态无定，但是它又在文家的驾驭之下，在兵家指挥官的计谋之中，因而又是可定的，所以刘勰强调"定势"。刘勰说的文章"体势""自转""自安"的自然趋势之特性，就像孙子说的那种因"制"而"方则止""圆则行"一样。

对于刘勰之"体势"论，龙学界的理解颇不一致，对于各家的不同解读，詹锳先生在《文心雕龙义证》的《定势》篇"义证"里有大量的引证，为了节省篇幅，我就不再重复，有兴趣的朋友可以找来参考。

1980 年詹锳先生在发表他的《〈文心雕龙〉的定势论》[①]之前，他认为历代学者的解释都没有说准刘勰的用意。他认为没有说准的原因在于对《文心雕龙》的研究大都是从写作方法上，"对这篇文章作枝枝节节的解说，而不知道《定势》的用语和观点是来自于《孙子兵法》"[②]。

二、刘勰"势"论的学术渊源问题

詹锳先生关于"势"论源于《孙子》的说法颇得要领。因为刘勰虽是个文人，但他是个主张文武兼备的人。他认为"摛文必在纬军国"，"岂以好文而不练武哉？孙武《兵经》，辞如珠玉，岂以习武而不晓文也"，"文武之术，左右惟宜"。[③]世人多以为刘勰是一位文学理论家，或文学思想家，岂不知刘勰不仅精研《孙子兵法》，称《孙子》为"兵经"，而且一向主张"宗经"的刘勰，论文章撰写方法，将其兵学理论灵活准确地应用于他的文章学理论之中也就自然而然了。对《孙子》稍有涉猎的人，打开《文心雕龙》，总会有"兵气"缭绕之感，尤其在《论说》《通变》《定势》《书记》诸篇，感到一种厮杀的味道，我曾多次强调，刘勰是在以兵法论文法。

对于詹锳先生说刘勰的"势"论来自《孙子兵法》的言论，牟世金先生说这是研究"定势论"的新成果。杨明照先生在 1958 年古典文学出版社和 1959 年中华书局出版的《文心雕龙校注》，对于《定势》篇的"势"字没有出注。1980 年詹锳先生的《〈文心雕龙〉的定势论》一文发表之后，杨明照先生 1982 年出版的《文心雕龙校注

---

① 该文发表在 1980 年《文学评论丛刊》第 5 辑。

② 中国《文心雕龙》学会编：《文心雕龙研究论文集》，北京：人民文学出版社，1990 年，第 634 页。

③ 陆侃如、牟世金：《文心雕龙译注》下册，第 405—407 页。

拾遗》的《定势》篇第一条就对"势"字做了注释，并把《孙子》给"势"下的定义与刘勰给"势"下的定义互证。其实不仅刘勰的"势"的定义来自《孙子兵法》，就是刘勰所用的比喻也是来自《孙子兵法》。涂光社先生也说："'势'这个词很早就出现在《尚书》《周易》以及先秦诸子的著述里，尤以兵法论中为多。……《孙子》不少篇章论及用兵之势，而且专立《势篇》。《孙子》之论对刘勰颇有启迪……刘勰《定势》篇中不难发现有师承、移用这些观点的地方。詹锳先生曾经撰文，充分估量了《孙子》对《文心雕龙》定势论的影响，可谓持之有故。"[1]他又说："以《定势》篇之'赞'最后又标举'因利骋节'来看，刘勰此说颇受《孙子》启发是可信的。"[2]

在我看来，在《孙子兵法》中，《形篇》在前，《势篇》在后。在《文心雕龙》中，《体性》篇在前，《定势》篇在后，这都不是偶然的巧合，而是刘勰有根有据的安排。刘勰的宗经，也并不仅仅是宗儒家之经，兵家孙武的"兵经"，刘勰也同样赞叹："辞如珠玉。"孙武《兵经》各篇严密的逻辑结构和珠玉般的辞藻，照例也是刘勰可"宗"的范例。刘勰在《定势》篇后的赞中说得明白："形生势成，始末相承。"因而刘勰《文心雕龙》中的"体"，也就是孙武《兵经》中的"形"。"体"和"形"在今天演变为一个合成词，叫体形或形体，古汉语中体和形是两个单音词，义项也互有包含。

刘勰说："圆者规体，其势也自转；方者矩形，其势也自安。"（《定势》）《孙子兵法·势篇》曰："任势者，其战人也，如转木石；木石之性，安则静，危则动，方则止，圆则行。故善战人之势，如转圆石于千仞之山者，势也。"曹操释曰："任自然势也。"[3]刘

---

① 涂光社：《文心十论》，第62页。

② 涂光社：《因动成势》，南昌：百花洲文艺出版社，2001年，第174—175页。

③ 孙武著，曹操等注，郭化若译：《十一家注孙子》，第117—119页。

勰的"圆者""方者"也就是孙子的"圆"和"方"。刘勰的"转"和"安",也就是孙子的"行"和"止"。"任势者"也就是任"方"和"圆"这两种物体安和转的自然之势操弄者。詹锳先生引《尹文子·大道》上篇说:"圆者之转,非能转而转,不得不转也;方者之止,非能止而止,不得不止也。"因而詹锳先生说:"刘勰所谓'自然之势'的'自然'就是不得不然,这也可以说是'势'的特点。可见《定势》篇的'势',原意是灵活机动而自然的趋势。……'势'就属于《通变》篇所谓'文辞气力'这一类的。这种趋势是顺乎自然的,但又有一定的规律性,势虽无定而有定,所以叫作'定势'。"①

刘勰说"势者,乘利而为制也"②,《孙子兵法·计篇》曰"计利以听,乃为之势,以佐其外;势者,因利而制权也"。梅尧臣释曰:"因利行权以制之。"王晳释曰:"势者,乘其变者也。"张预释曰:"所谓势者,须因事之利,制为权谋以胜敌耳,故不能先言也,自此而后,略言权变。""乘"就是凭借或依据,"因"也是依凭或根据的意思。"制"就是决定、采取之意,即制权谋。刘勰的"势者,乘其利而为制也"就是根据利害而采取权变。变什么?变战法,变队形,变战略。由于变化战法、队形、战略等会产生与前不同的势。"势"又有了"奇"的味道。詹锳先生说"势就是趁着有利的条件而进行机动",即采取灵活机动的措施,这"机动""灵活"的措施就是"奇"术。刘勰所举的"水流""机发"事例皆取于《孙子兵法·势篇》。刘勰说:"机发矢直,涧曲湍回。"《孙子兵法·势篇》说:"势如彍弩,节如发机。"王晳释曰:"战势如弩之张者,以有待也,待其有可乘之势,如发其机。"这种"机发矢直,涧曲湍回"是"自然之趣"。在古代,"趣"

① 詹锳:《〈文心雕龙〉的定势论》,中国《文心雕龙》学会编:《文心雕龙研究论文集》,北京:人民文学出版社,1990年,第638页。

② 陆侃如、牟世金:《文心雕龙译注》下册,第130页。

与"趋"相通，可见这种"直"和"回"都是自然而然的一种趋势，这种趋势是由涧的曲直造成的，也可以说是依体造势。刘勰在《定势》篇中又说："譬激水不漪，槁木无阴，自然之势也。"这是说：飞流的激水没有波纹，枯槁的树木没有浓浓的绿荫，这是自然而然的。因而这"自然之趣"和"自然之势"是一个意思，可以合而为"趣势"。即"势"就是事物的"趋势"。符合《辞源》解释的第二、三个义项，给人以力的感觉，也可以说是"气场"一类的东西。"文章体势，如斯而已。"一句话，刘勰说"势者，乘利而为制也"，就是根据（即"乘"）各种利益关系，经过妙算来造势。例如：作者要写一部书，要考虑读者层次，从语言到篇制，都要考虑，这就是属于文家的"权制"。

詹锳先生指出的刘勰"势"论源于《孙子》的溯源说，并没有受到广泛的认同，例如：1993年，文达三先生发表了《释"势"——〈老子〉读研札记》一文，认为"'势'作为一个美学范畴的确立以刘勰《文心雕龙·定势》篇的问世为标志。从历代艺术理论家关于'势'的论述中清楚地看到，中国古典美学'势'范畴的源头也是老子的'势'概念"[①]。2007年陈汉萍发表了《〈文心雕龙〉势论解析》，认为："刘勰体势相联的势论直接来源于东汉以来的书论。"[②]同年，庞光华先生发表了《论〈文心雕龙·定势〉篇的"势"》一文，认为刘勰的"势"论与书法理论中的"势"论不同，"不可轻易断定书论中的"势"与文论中的"势"到底谁先谁后，谁影响了谁的产生。二者的关系也许是相互促进的。至于何者为本源，尚需详考"[③]。

近来拜读龚鹏程先生的大著《文心雕龙讲记》，该书第十二

---

① 文达三：《释势——〈老子〉读研札记》，《海南师范学院学报》1993年第4期。

② 陈汉萍：《〈文心雕龙〉势论解析》，《社会科学辑刊》2007年第5期。

③ 庞光华：《论〈文心雕龙·定势〉篇的"势"》，《五邑大学学报》2007年第4期。

讲《〈文心雕龙〉文势论——兼论书法与文学的关系》，其正文前的提要中说："刘勰之定势说，延续汉魏以来的书势理论，且有发展。"① 并认为"詹锳先生说刘勰论'势'本于孙子，也都是不知古人论理之脉络使然。……詹锳以为孙子论形势，乃《文心》之源，殊不知兵家说的形是形，势是势，《孙子》分别有《形篇》和《势篇》，与《管子》合言形势者不同。《形篇》讲的也不是一般谈《孙子兵法》的专家说的什么兵阵、形势和地形，他讲的乃是一种状态"②。"孙子就是强调'势'的力量义的人之一，所以他说'激水之疾，至于漂石者，势也'，又说'势如弩'。（文民按：应该是"势如彉弩"，而不是"势如弩"，"弩"不张开，不显"势"。只有张弓将射，才能显"势"。）善于用势的人，就须善用这种力量，方能以弱胜强。"③ 龚先生历述了儒、道、兵、法各家的势论之后说："以上这些，是古代论势之基本路数，刘勰像哪一路？他谁也不像！因为他根本不源于兵家，也非道家之言道势、时势，更非韩非慎到之言法术。我们做学问，须'辨章学术，考镜源流'，同一个'势'，在不同的思想流脉中会有完全不同的含义，故不能只看到词之同或似，便随意说渊源论影响。"④ 接下来，龚先生叙说了汉代以来的书家之论"势"，认为由书势，自然进入了"文势"，"后来刘勰谈文章，渊源显然在此……大路不走，只想抄捷径；可以说得明白的不说，却常要反着讲，都非正道。因此他主张'执正以驭奇'。这是顺着各种书势论讲下来的文势论之当然主张"⑤。

龚先生"辨章学术，考镜源流"的思路很好，是对的，但是我

---

① 龚鹏程：《文心雕龙讲记》，桂林：广西师范大学出版社，2021 年，第 357 页。
② 龚鹏程：《文心雕龙讲记》，第 363—364 页。
③ 龚鹏程：《文心雕龙讲记》，第 365 页。
④ 龚鹏程：《文心雕龙讲记》，第 367 页。
⑤ 龚鹏程：《文心雕龙讲记》，第 370—371 页。

觉得用在刘勰"势"论的溯源上恰恰不对了。既然"考镜源流"，首先要辨别清楚哪是"势"的"源"，哪是"势"的"流"。在考镜刘勰"势"论之源的时候，首先要追溯普遍性的、一般性的"势"论之源，然后再追溯各家"势"论之源，以至于刘勰"文势论"的源。我觉得追溯一般性的"势"论之源，应该是兵家，而非书家。兵家是"源"，书家是"流"。因为人类自诞生以来，与天斗，与地斗，与异类斗，也与同类中的不同群体斗，这种为生存而斗的经验积累多了，会被有识者总结成系统的经验口耳代代相传。在社会关系中，最先认识到"势"的力量之感的，是政界和军界。兵学是流血的政治学，政治学是非流血的兵学。但等文字产生之后，这些认识才能记录下来，中国现存最早的兵学著作，大概就是《孙子兵法》了。《孙子》一书，虽然成书于孙武，但是应该看成是中华先民斗争经验的总结，而汉字书法艺术兴起于汉代，尤其盛于后汉，相比于兵学的诞生时间差之甚远。应该说书势论是流，兵家势论是源。汉代书写工具有了新的突破，汉字形体也相对稳定之后，书家才有条件研究和体味书法艺术之美，并体悟出"势"的美感，提炼出书势论。据书法理论史记载，秦汉时期萧何的《论书势》中，明言将兵家之"势"论引入书论。他说："夫书势法，犹若登阵，变通并在腕前，文武遗（遣）于笔下，出没须有倚伏，开阖藉于阴阳。每欲书字，喻于下营，稳思审之，方可下笔。且笔者，心也；墨者，手也；书者，意也。依次行之，自然妙也。"[①]

现在继续体味刘勰的"势"论之源。我的根据是《文心雕龙》中，谈到文势的时候，所下的定义是"势者，乘利而为制也"，这一句是从哪里脱化而来？《孙子·计篇》曰"势者，因利而制权也"，

---

① 徐娟主编：《中国历代书画艺术论著丛编》（第 56 卷），北京：中国大百科全书出版社，1997 年，第 176 页。

其文辞语句，与刘勰何其相似乃尔，有关"势"的定义，还有没有比《孙子》更早的？显然是没有。当然，我说孙、刘两家为"势"下的定义"何其相似乃尔"，如果寇效信先生还在世，可能就不会同意我的意见。因为寇先生说：

> 从刘勰给"势"所下的定义与孙子定义的比较中，更可以看出二者的差别。孙子说"势者，因利而制权也"，刘勰说"势者，乘利而为制也"。"乘"，可训为根据、凭藉，与"因"同义。两个定义，只有一处不同：孙子为"制权"（控制权变），刘勰则无"权"字，而是"为制"（形成体制）。这一字之差，正反映了两个定义的根本差异。孙子的"势"是"无定"的，是对于军事态势变化的运用和掌握，是循着便利条件而进行机动，所以必须有"权"字；刘勰的"势"是由"体"决定的，是有定的，可以预见的，所以决不能有"权"字。由此可知，刘勰在给"势"作界说时，虽参考了《孙子兵法》，但没有照搬它。[①]

我认为寇先生对"制权"和"制"的理解不妥。应该说孙子的"制权"与刘勰的"制"无异。刘勰的"制"就是孙子的"制权"。"制"的本义就是裁决。在这里"制"就是"制变"，也就是"权变"。《文心雕龙·书记》篇说："制者，裁也。"刘勰的解释与《说文》相同。我在上文中，引用《十一家注孙子》的各家之注释，对"制"已经做了解释。寇先生把刘勰的"制"理解为"体制"是不妥的，应属于曲解之列。但是，寇先生说"刘勰在给'势'作界说时，是参考了《孙子兵法》，但没有照搬它"，这个说法是对的，但是将刘勰用的"制"理解为"形成体制"就不对了。至于寇先生说的"孙

---

① 寇效信：《文心雕龙美学范畴研究》，西安：陕西人民出版社，1997年，第131页。

子的'势'是无定的"，"刘勰的'势'是有定的"，这个理解也是不妥的，孙、刘二家的"势"都是"无定"的，又都是"有定"的。

至于文达三先生认为"从历代艺术理论家关于'势'的论述中清楚地看到，中国古典美学'势'范畴的源头也是老子的'势'概念"，这在刘勰论"势"的语源上是找不到根据的。文达三先生认为：把"刘勰关于'体'（即"形"）和'势'的论述与老子关于'形'和'势'的思想稍作对照，就可以看出：就词义言，他们的'势'同样是指'趋向''态势'；就'形'与'势'的关系言，他们同样认为'势'因'形'生，'形'必有'势'，'形'与'势'不可分离；老子说'物形之，势成之'，刘勰说'形生势成'，在语言结构形式上也很近似。毋庸置疑，中国古典美学'势'范畴的源头是老子的'势'概念"①。我看文达三先生的这个根据是不妥的。因为老子的"物形之，势成之"，与刘勰的"形生势成"，二者之间句式不同，意思也不一样。老子的"物形之"的"物"是指道是使之物显象的内部因素，"形"是动词；"势"是使之成"物"显象的外部因素。刘勰的"形生势成"，意思是物象显"形"，就形成"势"。刘勰成的是"势"，老子是"势"使之成"物"。再说了，如何理解《老子》第五十一章开头的四句话，学术界有分歧。除了帛书《老子》"势"字是"器"外，高亨先生在《老子正诂》中认为："物形之，势成之二句，义不可通，文必有误。疑此四句当作'物，道生之，形；德畜之，成之'。盖转写'物'字窜入下文，'形之'二字亦窜入下文，读者以意增'势'字耳。……形之谓赋之形也，若道上无物字，则道生之德畜之之"之"字，失其所指，此物字当在句首之证。生之形之，辞意相依，道之事也；畜之成之，辞意相依，德之事也。且生、形、成为韵，如今本则失其韵，此'形之'二字当在'德'字之上之证。"① 高亨先生的校证和训释，虽然没有版本根据，却是符合道理的，这种理校法更见功力，尤其把《老子》第五十一章中的"势"字看成是衍文，这是以传统文法和义理作根据的②。

　　也许有人会说：《老子》早于《孙子》，《孙子》受《老子》影响。其实也未必然，老子、孔子、孙子同是春秋末人，老子的年龄可能长于孔子、孙子，但是他们的离世时间相差无几。《道德经》是作者晚年的著作，而且是口述品，历经他人传抄，时间肯定下移。而《孙子》又是孙武青年时期的作品，其上限不会早于公元前518年（此年入吴）。因为《孙子》中已经把专诸刺死吴王僚这件事记录在《孙子·九地》中，这里不能不说孙武有讨好吴王阖闾的用意。因为没有专诸之勇，也就不会有阖闾的王位，因而专诸在《孙子》中与曹刿一样，以大英雄的身份被记录在这一名著中，这是《孙子》十三篇成书的时间上限。时间下限则是吴王阖闾在公元前496年去世了，《孙子》再晚于这个时间下限，阖闾就看不到了。据《史记》记载，伍子胥向阖闾推荐孙武之后，孙武是以十三篇兵法作为见面之礼的，且阖闾阅读之后大加赞赏，因而拜将。之后，孙武为阖闾指挥了"西破强楚，入郢，北威齐、晋，显名诸侯"的一系列战争③。这些事件都是有具体时间可考的。因而我说的《孙子》成书的时间下限是可以向前缩的，估计当在阖闾掌权不久，具体当在公元前514至前512年之间。如果把这个时差纳入考虑，就很难说《道德经》一定早于《孙子兵法》，更难以断定谁影响了谁。香港学者郑良树先生

---

① 高亨：《老子正诂》，北京：清华大学出版社，2011年，第78页。

② 高亨先生在《老子正诂》的《叙例》中说："自马建忠作《文通》，中国始有文法；然注释古籍者，尚无人以文法为说。本书遇必要时，则援用之。"

③ 司马迁：《史记·孙子吴起列传》，长沙：岳麓书社，1990年，第500页。

考证《孙子》成书的年代在公元前 496 至前 453 年之间 ①，我认为不靠谱，可以说有悖基本的历史常识。

刘勰在《定势》篇给"势"下了定义之后，所举例证和比喻，无不与《孙子》相似。这一切都说明，刘勰的"势"的定义不仅源于《孙子兵法》，就是连《定势》篇的有些事例也来自《孙子兵法》，刘勰自下结论说："文章体势，如斯而已。"

刘勰既然是齐梁时期的大书法家，对书法界的各种书论，不可能没有浏览和研究，但是在《文心雕龙》中，又引用了多少书论呢？画论不少，书论只有《练字》篇的"单复""肥""瘠""墨采腾奋"等几个可能涉及书论的名词，其他少之又少，更无涉及"势"字者。这一现象，我想，龚先生应该能体会到。因为龚先生曾经意识到刘勰一生多与佛界交往，而坐在寺院里撰写的《文心雕龙》，除了"般若"一词与佛家有关之外，实在找不出佛家的其他影子 ②。然而，在《定势》篇，不见书家之论势，独独对刘桢"文之体势"说作了征引。今见"势"论之源头，莫早于《孙子》③，又见《文心》"势"论之语从定义到例证也无不脱化于《孙子》，可见詹锳先生对刘勰"势"论之溯源不误。龚先生在这个问题上，不仅忽略了刘勰用语的渊源，也错失了学术溯源的正确路径。

三、刘勰"体势"论的意义

刘勰"势"论的来源虽然有争议，这不妨碍讨论刘勰"势"论在《文

---

① 郑良树：《论〈孙子〉的作成时代》，收入氏著《竹简帛书论文集》，北京：中华书局，1982 年，第 71 页。

② 龚鹏程：《文心雕龙讲记》，第 52 页。

③ 关于"势"论之源，有人提到《考工记》。其实《考工记》是战国文献，晚于《孙子》。唯独通行本《老子》第五十一章中有一个"势"字，而长沙马王堆汉墓出土的帛书《老子》却是"器"字，引起学术争论。虽然老子、孙子同是春秋时代的人，时间相差不大，也不能证明刘勰之"势"论源于《老子》。因为刘勰论"势"的语源皆未涉及《老子》。

心雕龙》中的用意、地位和作用。

在《文心雕龙·体性》篇中，刘勰把体分为八种类型。用罗宗强先生的话说，叫八种"体貌类型"。从这八种体貌类型的"典雅""远奥""精约""显附""繁缛""壮丽""新奇"和"轻靡"来看，细究其"貌"，即"典雅""远奥""精约"等等，也就是这八体表现出来的"势"，即"典雅趋势""远奥趋势"等等之类。罗宗强先生说的"体貌类型"之"体貌"一词，在《文心雕龙》中，刘勰使用了三次，即：

> 状者，貌也。体貌本原，取其事实，先贤表谥，并有行状，状之大者也。（《书记》）
>
> 夫文象列而结绳移，鸟迹明而书契作，斯乃言语之体貌，而文章之宅宇也。（《练字》）
>
> 魏武以相王之尊，雅爱诗章；文帝以副君之重，妙善辞赋；陈思以公子之豪，下笔琳琅；并体貌英逸，故俊才云蒸。（《时序》）

这《书记》和《时序》篇的"体貌"显然是指人的形相，或者形状。而《练字》篇说的"体貌"，是指文字的形相或者形貌，非罗宗强先生说的"风格"类型之"貌"。

因而"势"也就是语言修辞趋势。郭晋稀先生说："'势'是作品所表现的语言姿态，即语调辞气。"[1]郭晋稀先生的话虽给人以静态之感，没有表达出"势"的"动"感，但也不能说全错，应算接近刘勰本意。也就是说你这种作品的语言修辞是趋向"典雅"还是趋向"繁缛"等等。关于这一看法，从《定势》篇"情交而雅俗异势"也可以证明。"雅"和"俗"是两种不同的"体势"。

---

[1] 郭晋稀：《文心雕龙译注十八篇》，兰州：甘肃人民出版社，1963年，第114页。

如前所述，"势"来自《孙子兵法》，它的本义是灵活机动而自然的趋势。谁来掌握这种趋势呢？上文已经说过，在军事上是指挥员，在文学创作上是作家。刘勰在《定势》篇中关于掌握和调整这种趋势的方法仍用《孙子兵法》的术语"奇正"。在军事学上，"正"是常规战法，"奇"是特殊战法。就兵力部署而言，以正面作战为正，以机动灵活出击为奇；就作战方式而言，正面进攻为正，侧翼包抄偷袭为奇；一般战法为正，特殊战法为奇。在具体实战中，奇与正的战法是变化无穷的。所以《孙子兵法·势篇》说："战势不过奇正，奇正之变，不可胜穷也。奇正相生，如循环之无端，孰能穷之！"刘勰将孙子奇正相生循环无穷之变的军事理论，用于文学创作理论中，并专设《通变》一篇。这"通变"，也就是通常体、变文术，有人释为继承与发展，都是对的。

"势"在军事学上可以称为军队布阵形势，简称阵势；在文章学上，可以称为文章体势，或者简称文势。因而刘勰说："夫设文之体有常，变文之数无方。"这"变文之数无方"，也就是"变文势之术无方"。"文辞气力，通变则久，此无方之数也"，"文辞气力"，也就是"文势"一类的东西。在军事学上，王晳释孙子的"奇正之变"说："奇正者，用兵之钤键，制胜之枢机也，临敌运变，循环不穷，穷则败。"[1] 在文章创作上，如果文术穷尽，其作品失去读者，也就不能"久"，不能"久"，也就是败。作家要想临文运变之数，"能骋无穷之路，饮不竭之源"，"数必酌于新声"，就必须要有相当的文学修养，只有"渊乎文者，并总群势：奇正虽反，必兼解以俱通；刚柔虽殊，必随时而适用"（《定势》），这才算对文势具有机动灵活的驾驭能力。一位有成就的作家，必然掌握多种文术。根据在不同场合产生的情志，在不同的文体中，创立不同的文势，

---

[1] 孙武著，曹操等注，郭化若译：《十一家注孙子》，第104页。

也就是不同的风格趋势。一位作家如果不管什么文体，只能用一种风格趋势，不仅单调、片面，而且也不能成为一位有成就的作家。同一位作家应该有多样化的风格，但具体到他的一篇作品，不能"雅郑共篇"，如果"雅郑共篇"，则必损害整篇文章的统一体势。

在孙武那里，"势"的大小，是通过举例"五色""五声""五味"的不同调剂而显示出"奇""正"的。这就是我说的"势"在文家笔下，在兵家指挥官的权制之中。因为一部作品感染力的大小，在于文家对书辞的搭配技巧。

刘勰认为，凡有成就的作家，必"括囊杂体，功在铨别；宫商朱紫，随势各配"，"循体而成势，随变而立功者也。虽复契会相参，节文互杂，譬五色之锦，各以本采为地矣"（《定势》）。这就是说为了使作品发挥出独特的感染力，作家可以发挥多样化风格特点，使不同的表现手法相互配合，即"契会相参"，但必须以一种风格为主，例如"章、表、奏、议，则准的乎典雅"，在不损典雅的同时，不妨运用各种辞采，这就是虽"五色之锦，各以本采为地矣"。

总之，刘勰主张文势变化之无穷，目的就是为了提高作品的感染力，征服读者。作家在不同的文体里，无论是一派柔情，缠绵悱恻，还是慷慨激昂，义正词严，都是情的需要，都是为了打动读者。只要使文章能有感染力，无论刚柔，皆为任势。一位伟大的作家总是因情立体，因体变势，按照势之自然旨趣，以掌握其文学创作规律，这是文学创作的重要原则。

最早活用孙子"势"论的是慎到。慎到在《慎子·威德》篇中说："故腾蛇游雾，飞龙乘云。云罢雾霁，与蚯蚓同，则失其所乘也。故贤而屈于不肖者，权轻也。不肖而服于贤者，位尊也。尧为匹夫，不能使其邻家，至南面而王，则令行禁止。由此观之，贤不足以服不肖，而势位足以屈贤矣。"①

　　慎子的意思是龙蛇所以能腾云驾雾，是乘了云雾的扶托之势，尧所以能令行禁止，是凭了他南面而王的权势。到韩非子又进一步发展了这一学说，提出"抱法守势"的理论。慎子和韩非子的"势"论皆属政治学范畴。慎子是稷下学宫的学者，对祖居齐国的孙子的"势"论之学自有深刻的理解，并自然地运用于他的政治学说中。据唐张彦远《历代名画记》的记载，东晋顾恺之把"势"用于他的《论画》中，刘宋宗炳在《画山水序》中也论到"自然之势"。汉魏时期的书法评论中也引入了"势"。如东汉崔瑗的《草书势》，蔡邕作过《篆势》和《隶势》，等等。涂光社先生撰写了一部美学专著，书名是"因动成势"，对各家用"势"的论述比较全面，并把"势"论看成是"古代艺术动力学"，② 感兴趣的朋友可以找来一阅，定会开卷有益。

　　是谁最先把"势"论引入文论的，由于资料缺乏，已不能确定，从现有资料来看，汉末刘桢是最早引"体势"入文论的一位作家。从刘勰在《定势》篇引的"刘桢云：'文之体势有强弱，使其辞已尽而势有馀，天下一人耳，不可得也'"，陆厥在《与沈约书》中也说："自魏文属文，深以清浊为言，刘桢奏书，大明体势之致。"③其次是陆云，陆云说："往日论文，先辞而后情，尚势而不取悦泽。尝忆兄道张公父子论文，实自欲得。今日便欲宗其言。"④ 范晔在《狱中与诸甥侄书》中，用的是"笔势"，当是"文势"的另一种提法。而刘勰的"势论"，或许也受书画界"势"论的启示，但在《文心》

　　① 《诸子集成·慎子》，上海：上海书店，1986 年，第 1—2 页。

　　② 涂光社：《因动成势》，南昌：百花洲文艺出版社，2001 年，第 252 页。

　　③ 郁沅、张明高编选：《魏晋南北朝文论选》，北京：人民文学出版社，1996 年，第 309 页。

　　④ 陆云撰，黄葵点校：《陆云集》，北京：中华书局，1988 年，第 183 页。

中，却看不出任何蛛丝马迹，更明显的可以说还是从孙子兵学的角度去理解和应用"势"论。刘勰作为一位思想家又祖居齐故地，无论从思想还是从家学，对孙子的"势"更是有精湛的研究，并运用到他的文章学理论中。刘勰的这一思想，对后世的影响也很大。

唐代来华的遍照金刚《文镜秘府论》一书，将中国学者的不少文论著作编入其中，其地卷专论文章体势，列有《十七势》《十四例》《十体》《六义》《八阶》《六志》《九意》等诸篇，地卷卷首有"论体势等"字样，这当是取《十体》之"体"和《十七势》之"势"，以概括地卷之内容。虽然其与刘勰之"体势论"不尽相同，但是如果从风格意义上看，应该说是大同小异的。南卷列有《论文意》《论体》《定位》《集论》诸篇，其中《论体》一文，是专门从"体"的风格意义上论"体"的。他说：

> 凡制作之士，祖述多门，人心不同，文体各异。较而言之：有博雅焉，有清典焉，有绮艳焉，有宏壮焉，有要约焉，有切志焉。[①]

这与刘勰《体性》篇的"八体"说相同。

《定位》一文说：

> 篇既连位而合，位亦累句而成。然句无定方，或长或短……句既有异，声亦互舛，句长声弥缓，句短声弥促，施于文笔，须参用焉。就而品之，七言已去，伤于太缓，三言已还，失于至促；准可以间其文势，时时有之。……其七言、三言等，须看体之将变，势之相宜，随而安之，令其抑扬得所。然施诸文体，互有不同：

---

① 〔日本〕遍照金刚著，周维德校点：《文镜秘府论》，人民文学出版社，1980年，第150页。

文之大者，得容于句长；文之小者，宁取于句促。何则？附体立辞，势宜然也。①

　　这里的《定位》的"位"，与《文心雕龙》中的《章句》篇"夫设情有宅，置言有位；宅情曰章，位言曰句"的"位"意思是一样的，就是遣词造句。根据篇制，设言定句，以造就适合于该文体的"势"，就这说来，"定位"也就是为了"定势"。

　　《文镜秘府论》很好地继承和发挥了《文心雕龙》之体势论。②徐寅的《雅道机要》中，对"体势"也有一些论述。例如："势者，诗之力也。如物有势，即无往不克。此道隐其间，作者明然可见。"又说："体者诗之象，如人之体象，须使形神丰备，不露风骨，斯为妙手矣。"③

　　到了宋代，范仲淹时常使用"体势"一语。如《〈赋林衡鉴〉序》："仲淹少游文场，尝禀词律……其于句读声病，有今礼部之式焉。别析二十门，以分其体势。"④严羽的《沧浪诗话》列有"诗体"一章，其中的"体"字，主要指"体裁"和"风格"两个义项的内容。

　　到明清之际的王船山又把"势"论应用于他的"诗论"中。如王船山说：

---

　　① 〔日本〕遍照金刚著，周维德校点：《文镜秘府论》，第 158—159 页。

　　② 本文所引录的《论体》《定位》两文，《隋唐五代文论选》的编者按照王利器用避讳法的考证，署名作者为刘善经，认为应该是隋代刘善经《四声指归》中的文章。而卢盛江在《〈文笔式〉体势论与创作论原典考》一文中说：《文镜秘府论》"南卷《论体》《定位》，这两篇当是同一出典。但不应该是《四声指归》。刘善经《四声指归》重在论四声及声病，而这两节却多论文章体貌及谋篇布局，与《四声指归》体例不甚相合。初唐著作既有避'渊''照'字之讳者，也有不避此讳的。……《论体》《定位》应该是隋至唐初间的著作。如小西甚一所说，很可能取自《文笔式》"。《文镜秘府论》也采录了王昌龄《诗格》中的一些篇章。

　　③ 陈应行编，王秀梅整理：《吟窗杂录》，北京：中华书局，1997 年，第 519、522 页。

　　④ 陶秋英编选：《宋金元文论选》，北京：人民文学出版社，1999 年，第 47 页。

　　把定一题、一人、一事、一物，于其上求形模，求比似，求词采，求故实，如钝斧子劈栎柮，皮屑纷霏，何尝动得一丝纹理？以意为主，势次之。势者，意中之神理也。唯谢康乐为能取势，宛转曲伸，以求尽其意，意已尽则止，殆无剩语；夭矫连蜷，烟云缭绕，乃真龙，非画龙也。①

张晶先生评论说：

　　彦和论势，还是泛谈文章之势，没有具体到诗学领域。船山则通过大量的具体诗歌评论，把这个诗歌美学范畴建构得非常丰满，而且不停留在就诗论诗的层面，而是以之作为一以贯之的诗歌审美评价标准。这个范畴，至今并未失去它的生命力，对于中国美学体系的建设以及古代文论的现代转换，都有积极的意义。②

　　时间推到现在，梁衡先生写了一篇纪念毛泽东诞辰120周年的文章《文章大家毛泽东》，在文章中，他也谈到"文章之势"，他说：

　　文章之势，是文章之外的功夫，是作者的胸中之气、行事之势。势是不能强造假为的，得有大思想、真见识。古今文章家大致可分为两种，一是纯文人，一是政治家。纯文人之文情胜于理，政治家之文理胜于情。理者，思想也。写文章，说到底是在拼思想。

　　① 王夫之著，戴鸿森笺注：《姜斋诗话笺注》，北京：人民文学出版社，1981年，第48页。
　　② 张晶：《"势"：王夫之诗论的重要范畴》，《光明日报》2001年4月13日《文学遗产》版。

只有政治家才能总结社会规律，借历史交替、风云际会、群雄逐鹿之势，纳雷霆于文字，排山倒海，摧枯拉朽，宣扬自己的政见。毛文属这一类。①

梁衡先生说的"大思想、真见识"，就是刘勰讲的"情致异区"的"情"。梁衡先生把文章家分为两类，其文势也显然是分为两类了，即纯文人的文势和政治家的文势，应该说，这是对刘勰"文势论"的一个发展。梁衡先生为了证明自己的观点，在文章中摘录了毛泽东不同时期的文章段落作为论据，其中有毛泽东青年时期的一段文字，以显示毛泽东文章的气势：

> 我们中华民族原有伟大的能力！压迫愈深，反动愈大，蓄之既久，其发必速，我敢说一句怪话，他日中华民族的改革，将较任何民族为彻底。中华民族的社会，将较任何民族为光明。中华民族的大联合，将比任何地域任何民族而先告成功。诸君！诸君！我们总要努力！我们总要拼命的向前！我们黄金的世界，光华灿烂的世界，就在前面！（《民众的大联合》）

梁衡先生在文中所引录的是毛泽东早年的政论文章，现在我们再引录几句毛泽东的诗词为证：

> 江山如此多娇，引无数英雄竞折腰。惜秦皇汉武，略输文采；唐宗宋祖，稍逊风骚。一代天骄，成吉思汗，只识弯弓射大雕。俱往矣，数风流人物，还看今朝。（《沁园春·雪》）
> 钟山风雨起苍黄，百万雄师过大江。虎踞龙盘今胜昔，天翻

---

① 梁衡：《文章大家毛泽东》，《人民日报》2013 年 2 月 28 日第 7 版。

地覆慨而慷。（《七律·人民解放军占领南京》）

读罢毛泽东的这几段文字，有谁还会说"文章之势"，不是刘勰《通变》篇所谓'文辞气力'这一类的东西呢！又有谁能否认刘勰《定势》篇"辞已尽而势有馀，天下一人耳，不可得也"！就此说来，毛泽东文章中显示的这种"势"，就是毛泽东文章的风格。因此，"势"又有了风格的含义和特点。

附记：在拙文定稿之际，我再次拜读詹锳先生《〈文心雕龙〉的定势论》一文，感到拙文列举的事例，不免与詹先生所举例证有重复之嫌。但是从来没有想抄录詹先生的论据和观点的企图，只是为了维护詹先生的观点，虽有"詹调重弹"之嫌，实则出于不得不然。正如刘勰在《序志》篇所说："及其品列成文，有同乎旧谈者，非雷同也，势自不可异也。"该文刊发在《中国文论》第十辑。

《文心雕龙》之文字学

黄侃说:"文者,集字而成,求文之工,必先求字之不妄。"① 又说:"练字之功,在文家为首要。非若锻句练字之徒,苟以矜奇炫博为能也。"② 字之不妄是缀字联篇最基本的要求。凡是从事汉语言文字工作者,必须首先闯过文字关。刘勰《文心雕龙》专列《练字》篇,正是出于这一目的。所以,罗章龙说:"衡量一个人的国学根柢的深浅,首先看他对文字学的造诣。"③

我国汉字,由形音义三个质素构成,清代及其以前把有关这三个质素的学问统称为小学。虽然宋代晁公武在解释何谓"小学"时说:"文字之学凡有三:其一体制,谓点画有纵横曲直之殊;其二训诂,谓称谓有古今雅俗之异;其三音韵,谓呼吸有清浊高下之不同。……三者虽各名一家,其实皆小学之类。"④ 这说明宋代已经有人称之为"文字之学",但是没有被广泛接受。清代的《四库全书总目提要》依然把小学看成是经学的附庸,列入经部之末。文字学之谓,虽然肇始于晁公武,但兴起于清末民初。1906 年章太炎先生发表了《论语言文字之学》,主张应当把广义的"小学"叫作"语言文字之学"⑤。1910 年钱玄同先生用"浑然"的笔名发表了《中

---

① 黄侃:《文心雕龙札记》,北京:中华书局,1962 年,第 191 页。

② 黄侃:《文心雕龙札记》,第 195 页。

③ 任建树:《陈独秀与文字学》,《文汇读书周报》,2006 年 11 月 13 日。

④ 晁公武撰,孙猛校证:《郡斋读书志校证》,上海:上海古籍出版社,2011 年,第 145—146 页。

⑤ 见《国粹学报》第二卷第 12、13 号,又见章太炎《国学讲演录·小学略说》。

国文字学说略》，正式启用"中国文字学"这一名称。其后，章门弟子朱宗莱和钱玄同在北京大学开设文字学课程，编写的讲义首次使用《文字学形义篇》和《文字学音篇》，可见中国现代文字学学科的建设，章太炎及其门生立了首功。民国以来，"文字学"之谓被学界广泛使用。这之后，又有学者认为，文字各国都有，应该在"文字学"这一名称的前面再加以限制，于是又称为"中国文字学"，例如唐兰、潘重规这方面的著作，就叫《中国文字学》，高明的专著叫《中国文字学通论》，等等。这些专著，虽然叫作"中国文字学"，其内容都是谈的汉字。而中国其他民族也有自己的文字，于是有学者感到称"中国文字学"还是不妥。近年来这方面的专著，大部分就改称为"汉字学"。例如胡朴安的《文字学》，新版本叫"汉字简史"，蒋善国 1987 年出版的专著书名叫"汉字学"，等等。我这里说的刘勰之文字学，因为刘勰的著作都是用汉字写成的，他论述的也都是汉字的问题，当然就是刘勰的"汉语文字学"，它虽然涉及《文心雕龙》全书，但是比较集中地反映在《练字》《声律》和《章句》篇中，本文研究的《文心雕龙》之文字学，是从字形意义上说的汉语文字学。

一、刘勰的汉语文字发展观

刘勰在《文心雕龙》中设立《练字》篇，不是专门讲述文字学，设立的目的是服务于全书的宗旨，即文章写作过程中的文字选用问题。刘勰的《文心雕龙》有两大脉络：一是"经学思想"，二是"史学识见"，即"依经附圣"和"原始表末"，《练字》篇兼而用之。其史学识见表现在选字缀文，从汉语言文字的产生说起。

汉字是什么时候产生、怎样产生的呢？刘勰的《文心雕龙》中有多篇涉及到文字学；一是《原道》篇，二是《练字》篇，三是《章句》篇，《镕裁》《章表》《声律》等篇也明显涉及。关于汉字的起源的探讨主要在前两篇，刘勰是从《易经》中找到源头的。

刘勰在《原道》篇说："人文之元，肇自太极，幽赞神明，《易》象惟先。庖牺画其始，仲尼翼其终。""庖牺"就是伏羲。刘勰认为，庖牺画的"《易》象"就是最早的文字。

刘勰在《练字》篇说："夫爻象列而结绳移。"这话出自《周易》。"爻"是《周易》中组成卦的符号："—"为阳爻，"--"为阴爻。每三爻合成一卦，可得八卦；两卦（六爻）相重则得六十四卦，又称为别卦；"爻"含有交错和变化之意。"爻象"是指《周易》中六爻相交成卦所表示的事物形象、形迹。《易·系辞下》："爻象动乎内，吉凶见乎外。"孔颖达疏："言爻者，效此物之变动也；象也者……言象此物之形状也。"刘勰那个时代，尚未发现陶文、甲骨文，但是，金文已经有所发现。如西汉晚期宣帝的时候，在美阳发现的铜鼎上的铭文，经过好古文的京兆尹张敞识读，是讲周朝一个叫作尸臣的大臣受到王的赏赐，"大臣子孙刻铭其先功，藏之于宫庙"[1]。但这只能证明张敞是最早能识读金文的一位学者，其后的文字学家对其意义缺乏充分认识，也就没有把金文纳入文字研究资料范围中。刘勰所用的资料是历史文献和历史上流传下来的口传资料。我在其他文章中提到刘勰是齐梁时期易学大家，所以刘勰的文字学资料首先来自《周易》是可以理解的。《易·系辞下》："古者包牺氏之王天下也，仰则观象于天，俯则观法于地，观鸟兽之文与地之宜，近取诸身，远取诸物，于是始作八卦，以通神明之德，以类万物之情。……上古结绳而治，后世圣人易之以书契，百官以治，万民以察。"许慎《说文解字序》："黄帝史官仓颉，见鸟兽蹄迒之迹，知分理可相别异也，初造书契。"刘勰说的"仓颉造之，黄帝用之，

---

[1] 李学勤：《古文字学初阶》，北京：中华书局，2012 年，第 39 页。

官治民察"（《练字》），与许慎观点一致，皆为文献系统说。

　　钱穆先生说："《易》之为书，本于八卦。八卦之用，盖为古代之文字。"并举例说明八卦分别是古文天、地、风、山、水、火、雷、泽。将八卦"因而重之，犹如文字之有会意。……引而伸之，犹如文字之有假借"①。"书契"之谓，目前学界意见尚不一致。我们认为"书"和"契"是两回事，"书"是文字，"契"是凭证，初期表现为刻画符号。从刘勰的"书契作"接下来的语境看，已经是统指文字了。

　　文字是记录言语的符号，因为文字的创造是由言语而来；但是正式的文字形成以前，我们的祖先已经创造了至少两种记录语言的符号，这就是结绳和画卦。"爻象列而结绳移"这句话反映了汉字的产生是多元的。我们现在知道的是结绳和画卦，即"上古结绳而治，后世圣人易之以书契"。刘勰认为卦象形式的推广，使得结绳记事的形式慢慢地退出了市场，人类进入了"书契"时期。我们现在能够知道的如金文中几个十的倍数的字可能就是结绳记事的遗迹（古字需要手工描写，为了排版方便，本文不出现手工描摹的古文字）。

　　关于结绳记事的说法，不仅《周易》有记载，在《庄子·胠箧》篇也有记载，都说事在伏羲神农时期。先秦诸子书中如《荀子》《吕氏春秋》《韩非子》和汉代的《淮南子》《论衡》等书，也都提到"仓颉造书"的传说。后来的考古界李伯谦等人认为黄帝时期距今约4930年左右。② 现代文字学家唐兰认为："无论从哪一方面看，文字的发生，总远在夏以前。至少在四五千年前，我们的文字已经很发展了。"③ 这说明刘勰对于文字产生时代的推论已经被后来的考古学界所证明。尽管刘勰取用的是前人的资料，刘勰采之为我所用，

① 钱穆：《国学概论》，北京：商务印书馆，2007年，第3页。
② 李伯谦：《黄帝时代的开始》，《光明日报》2017年8月26日。
③ 唐兰：《中国文字学》，上海：上海古籍出版社，1981年，第66页。

说明已经是刘勰认可的观点了。

刘勰认为"鸟迹明而书契作"（《练字》篇），"自鸟迹代绳，文字始炳"（《原道》篇）。这是文字发生的文献系统说。而后来的文字学家则结合考古证明，认为文字开始于图像，即图画文字，这也就是六书把"象形"列为第一的原因。许慎《说文解字序》说："象形者，画成其物，随体诘诎，'日''月'是也。"如果细究，"鸟迹"也是图画，二者并不矛盾。后来孔安国作的《尚书序》中说："古者伏牺氏之王天下也，始画八卦，造书契，以代结绳之政，由是文籍生焉。"是八卦的产生和广泛应用，代替了结绳记事的形式。这与刘勰八卦、鸟迹为文字之始的观点一致。

孔子在《论语·子路》里说的"必也正名乎"，郑玄注："正名，谓正书字也。古者曰名，今世曰字。"唐陆德明《经典释文》："名谓文字也。"郑樵《六书略》认为："独体为文，合体为字。"又说："象形、指事，文也；会意，字也。文合而成字。文有子母，母主义，子主声。一子一母为谐声，谐声而成字也。"文与字合称为文字，始见于秦始皇《琅琊刻石》。《说文解字序》："仓颉之初作书，盖依类象形，故谓之文。其后形声相益，即谓之字。文者，物象之本也；字者，言孳乳而浸多也。著于竹帛谓之书。书者，如也。"这"依类象形，故谓之文"，是说人们根据客观事物的形象和特征，描摹出他们的形状，所以叫作"文"；"文"是单个物体的形状，人们又把几个物体的形状组合在一起表示一个意思，就形成了一个合体的"字"，这合体者，不再叫作"文"，而是叫作"字"，这字是由多个单体的"文"繁衍而成的，这种繁衍在文字学上叫作"孳乳"。许慎说是"形声相益，即谓之字"。这里只是说了形声字，还应该包括会意字。"文者，物象之本也"，这个"本"说明单体的物象"文"是形声字和会意字的"原"，或者"母"。前面郑樵的话，大概是本于许慎的话。也许正是鉴于这种理解，许慎认为单体的"文"不能拆解，只能"说"，合体产生的"字"可以拆解，所以他的大著取名为"说文解字"。刘勰《练字》的"字"当是广义的文字。

唐兰先生认为：早在纪元前中国人就开始研究文字，《史籀》《仓颉》和《尔雅》是最早的文字书。刘勰说："《雅》以渊源诂训，《颉》以苑囿奇文，异体相资，如左右肩股，该旧而知新，亦可以属文。"（《练字》）《史籀》《仓颉》篇讲字形，《尔雅》讲字义，是训诂学的祖宗，三国时期李登的《声类》，晋代吕静《韵集》等，应该说是最早的文字学典籍都具备了。这种形、义、音相互佐证的文字书，便于"该旧知新"组织文章。按理说，研究文字的构造和运用的学问，就叫作文字学。这说明刘勰那个时期已经具备了现在意义上的文字学。但是容庚先生认为，文字学之谓，始于清末民初的刘师培之《中国文学教科书》。他认为："文字学必包括形义音三者而言。"①容庚的这个界定让人一时费解。唐兰认为："文字学的萌芽，大概在春秋时。《尔雅》据说是周代初期的作品，《史籀》据说是宣王时作，但解说文字的风气，实起于《左传》。"②例如：《左传·宣公十二年》楚庄王说："夫文，止戈为武。"《左传·宣公十五年》晋国大夫伯宗说："故文，反正为乏。"昭公元年，秦国医生和（人名）说："于文，皿虫为蛊。"刘勰在《练字》篇说："《周礼》保氏掌讲六书。"许慎《说文解字序》："八岁入小学，保氏教国子，先以六书：一曰指事……二曰象形……三曰形声……四曰会意……五曰转注……六曰假借。"查《周礼·地官·保氏》载："养国子以道，乃教之六艺，五曰六书。"这六书之说，已经是总结出规律性的东西了，象形、指事、形声、会意，是讲造字法，转注、假借是用字法，

---

① 容庚：《中国文字学》，北京：中华书局，2012 年，第 10 页。

② 唐兰：《古文字学导论》，上海：上海古籍出版社，2016 年，第 57 页。

这种研究六书的学问，应该称之为文字学。但是在汉代被称为小学，六朝时期叫作"仓雅学"①。

"先王声教，书必同文，辎轩之使，纪言殊俗，所以一字体，总异音。"（《练字》）刘勰的这些话也有历史文献作为根据。《礼记·中庸》："今天下车同轨，书同文，行同伦。"这当是指周王朝统治全国之后开始的一次文化上的大一统行动，即统一文字，统一语言，统一风教。这是任何一个大一统的社会必须采取的措施。孔子是春秋时期的人物，周王权衰微，政出多门，文字也乱了，孔子发出"必也正名乎"的呼声，说如果让他主政，他首先要统一文字。因为"名不正，则言不顺"，政令无法传达至民间。其后至战国，许慎《说文解字序》说："分为七国，田畴异亩，车涂异轨，律令异法，衣冠异制，言语异声，文字异形。"这说明战国时期文字比春秋时期更乱。

秦始皇统一六国之后，也是采取了与周朝相同的措施："一字体，总异音，删籀而秦篆兴，程邈造隶而古文废。"（《练字》）这就是改大篆为小篆，后又改用秦隶，并统一了字音，实现了孔子"必也正名乎"的愿望。刘勰说的"秦隶兴，古文废"，与许慎观点相同。许慎《说文解字序》说："秦灭书籍，涤除旧典。……官狱职务繁，初有隶书，以趣约易，而古文由此而绝矣。"唐兰在《古文字学导论》说："'古文字'这个名称，最初见于《汉书·郊祀志》所说的'张敞好古文字'，汉时通常的称谓却是'古文'。因为汉时通行的文字是隶书和小篆，这都是秦并天下以后才兴起来的，所以把秦以前的文字，统叫作古文。"②就单指"古文"来说，这是一个相对的称呼，并有着专指的内容。《史记》一书中，"古文"二字凡八见，

---

① 唐兰：《中国文字学》，上海：上海古籍出版社，1981年，第5页。
② 唐兰：《古文字学导论》，第32页。

分别在《五帝本纪》《三代世表》《十二诸侯年表》《封禅书》《仲尼弟子列传》《太史公自序》等篇中。这里所说的"古文"是从文字的形体上说的，主要指六国及其以前的文字形体。正如王国维所说："凡先秦六国遗书，非当时写本者，皆谓之古文。……太史公所谓古文，皆先秦写本旧书。……《自序》云：年十岁则诵古文。……《四体书势》亦云：'汉武时鲁恭王坏孔子宅，得《尚书》《春秋》《论语》《孝经》，时人已不复知有古文，谓之科斗书，亦疏矣。'"①"科斗书"乃俗称。"俗何以名古文为科斗？《书序释文》曰：'科斗，虫名，虾蟆子，书形似之。'《正义》曰：'形多头粗尾细，状腹团圆，似水虫之科斗，故曰科斗也。'"②"后汉之初，所谓古文者，专指孔子壁中书，盖自前汉末亦然"③，因为汉代通行的文字是隶书和小篆，所以把秦以前的文字笼统地称为古文。当然，现在的古文字学者对于分期也有不尽相同的意见，也有的主张把秦隶也划入古文字范围内。笔者认为古文和古文字是两个不同的概念，《史记》说的"古文"是从形体上说的，前面已经述及，主要是指六国以前的文字。就单指"古文"来说，所谓古文，是一个相对的称呼。现在通常把"五四"以前的文言文称之为古文，而现代文字学上的古文之谓，大都是指六朝之前的文字。有唐虞之古文、夏商之古文、西周之古文和六国之古文。刘勰说的这个"古文"当指大篆和小篆。小篆是秦代文字，隶书简便篆体，故人们习惯于隶书，故有刘勰"程邈造隶而古文废"之说。小篆是秦代文字，隶书简便于篆体，故人们习惯于隶书，故有刘勰"程邈造隶而古文废"之说，特别是后出的汉隶。但是，刘勰"程邈造隶而古文废"的说法，当取材于许慎

① 王国维：《观堂集林》（上），北京：中华书局，2010 年，第 308 页。
② 吕思勉：《文字学四种》，上海：上海教育出版社，1987 年，第 120 页。
③ 王国维：《观堂集林》（上），第 312 页。

《说文解字序》，许慎说：秦"官狱职务繁，初有隶书，以趣约易，而古文由此而绝矣"。这个"隶兴而古文废"的说法可能不严密，其资料相沿脉络是班固《汉书》、许慎《说文》、刘勰《练字》。现代文字学家胡朴安在引用许慎《说文解字序》和《汉书·艺文志》有关这方面意见之后紧接着说："隶书之兴，专为狱史隶人之用。秦时虽灭文重质，然从未以隶书施之高文典册，观始皇各处刻石，皆书以篆，诏版亦然。惟权用隶，可知篆隶之用，在秦固各有所宜也。自汉人以隶写经，隶书之用日广，变更篆体，俗书叠出，千里草为董，白水为泉。篆文之废，不废于秦之造隶书，而废于汉之用隶书也。虽然隶即变更篆体，究竟由篆而出，其间变迁之迹，苟明字例之条，皆可知其意。"[1]

后汉时期，汉隶再变，历经章草、楷化，演变成今天通行的正书。这种始于东汉、盛行于魏晋南北朝的正书，中间就经历了晋宋以来的别字、俗字的文字混乱期。这种现象，颜之推《颜氏家训·杂艺》记载甚详。

刘勰认为："秦灭旧章……汉初草律，明著厥法。太史学童，教试六体。又吏民上书，字谬辄劾。"（《练字》）《说文解字序》列举了八种字体：大篆、小篆、刻符、虫书、摹印、署书、殳书、隶书。这是秦代规定的文字八体。刘勰说的"六体"之谓，是指古文、奇字、篆书、左书、缪篆、虫书。这是王莽时期改秦八体为六种字体[2]。据《汉书·艺文志》载："汉兴，萧何草律，亦著其法，曰：'太史试学童，能讽书九千字以上，乃得为史。又以六体试之，课最者以为尚书御史、史书令史。吏民上书，字或不正，辄举劾。'"这当是刘勰之所本。秦王朝虽然规定书同文，但是因为统治时间太

---

① 胡朴安：《中国文字学史》，北京：中国书店，1983年，第183—184页。
② 李学勤：《古文字学初阶》，第57页。

短，未能形成风习，汉初萧何再次用法律的形式统一字体，吏民上书，字或不正，必然治罪。可见大一统王朝对于规范文字工作的重视，所以文字学在汉代得到大发展。刘勰指出孝武之世，司马相如撰写了《凡将篇》等文字书。宣平二帝两朝时期，召集通晓古文的人整理字书，张敞以训正读音传业，扬雄以不常见的奇字编成《训纂篇》等。他们都能熟练贯通《尔雅》《仓颉》两书，这些学问，在汉代初期，因为六国遗老尚在，当时的大学者无不通晓音义。这就"是以前汉小学，率多玮字，非独制异，乃共晓难也"（《练字》篇）。

后汉时期，文字学转趋疏略，司马相如、扬雄等人的作品用字深奥，后汉人读不懂，认为他们是卖弄学问，故意选择一些深奥的文字用于文章，这种认识是由于他们不了解西汉文字学昌盛的缘故。刘师培就说："西汉文人，若扬、马之流，咸能洞明字学，故相如作《凡将篇》，而子云亦作《方言》。故选词遣字，亦能古训是式，所用古文奇字甚多，非明六书假借之用者，不能通其词也。非浅学所能窥。故必待后儒之训释也。"[1] 曹魏时期，作文用字，还是有些法度，而"自晋来用字，率从简易，时并习易，人谁取难？"刘勰的这些话反映的现象，在《颜氏家训·杂艺》篇也有相同的记录，南朝如"萧子云改易字体，邵陵王颇行伪字，朝野翕然，以为楷式，画虎不成，多所伤败。……北朝丧乱之余，书籍鄙陋，加以专辄造字，猥拙甚于江南。乃以百念为忧，言反为变，不用为罢，追来为归，更生为苏，先人为老，如此非一，遍满经传"[2]。后世文字学家唐兰说："六朝是文字学衰颓，也是文字混乱的时期。"[3] 文家作文用字不讲究，随手捡来用上，别字、俗字、自造字满篇多有，

① 刘师培：《刘师培中古文学论集》，北京：中国社会科学出版社，1997 年，第234 页。

② 王利器：《颜氏家训集解》，北京：中华书局，1993 年，第 574—575 页。

③ 唐兰：《中国文字学》，第 18 页。

事后连自己也不识得了，以至于成了刘勰说的"字妖"。

从中国文字发展史来看，大的混乱期有三个：一是春秋战国时期，二是魏晋南北朝时期，三是晚唐至五代时期。这三个时期都是国家混乱，王权衰微，政出多门，导致文字形体和读音不能统一。春秋战国时期造成的文字混乱，经过秦汉两代基本统一了；魏晋南北朝时期造成的混乱，尽管有刘宋时期扬州都护吴恭撰的《字林音义》和顾野王撰的《字林》等字书竭力订正，也不能改变局面。至唐王朝时期，颜师古奉命撰《字样》，郎知本撰《正名要录》，杜延业撰《群书新定字样》（今佚），颜元孙撰《干禄字书》，唐玄宗撰《开元文字音义》等数次正字正音等措施，虽然使得俗字现象有所减少，但仍然不能禁绝，民间书手多不遵之。晚唐及其五代，由于国力渐衰，藩镇割据，世风下颓，俗字、别体遂又泛滥起来，从而形成了俗字、别字流行的又一个高潮（敦煌遗书中大量的俗字就是物证），直到宋元雕版印刷盛行才有所转变，但是在民间文学和坊间刻书中仍没有绝迹。诚如任半塘所言："唐人之俗写，沿汉魏六朝旧习而集其成。……当时俗写甚为普遍，并不择事而施。"①

刘勰《文心雕龙》讲文章学，设置《练字》篇，是有其文字混乱期作为背景的。这说明刘勰《练字》篇的设置，是为了纠正和防止"字妖"现象，意义不同寻常。

总之，从《练字》篇可以看到，刘勰认为，汉语言文字的产生和发展，经历了"爻象"、"鸟迹"、"书契"、籀文、秦篆、秦隶、汉隶、正书等字体。而且文字的产生和发展是自然而然的事情。他说："《河图》孕乎八卦，《洛书》韫乎九畴，玉版金镂之实，丹文绿牒之华，谁其尸之？亦神理而已。"（《原道》）这"神理"就是自然而然的道理。这是从字形上说的。而字义和字音也是随着时

---

① 任二北：《敦煌曲初探》，上海：上海文艺联合出版社，1954年，第119—122页。

代的变化而变化的。《练字》："夫《尔雅》者，孔徒之所纂，而《诗》
《书》之襟带也；《仓颉》者，李斯之所辑，而史籍之遗体也。《雅》
以渊源诂训，《颉》以苑囿奇文，异体相资，如左右肩股，该旧而
知新，亦可以属文。"刘勰指出借助《尔雅》研究字义，与研究字
形的《仓颉篇》相互勘用，犹如左右肩股相互配合。《练字》篇说："若
夫义训古今，兴废殊用。"只有了解文字发展的新趋势，才能准确
掌握字义，解释古今有所不同，字义的取舍也随着时代的不同而
有别。

二、刘勰练字的意义与规则

据《颜氏家训·文章》篇记载，刘勰的知音沈约认为："文章
当从三易：易见事，一也；易识字，二也；易读诵，三也。"这里
的"易识字"与刘勰《练字》篇的要求是一致的；"易读诵"与《声律》
篇相联系，就是指文章写作，不仅要选用读者常见的字，而且还得
要考虑能够朗朗上口，给人以韵律感。现代学人刘师培说："作文之
道，解字为基……岂有小学不明而能出言有章者哉！……小学不讲，
则形声莫辨，训诂无据，施之于文，必多乖舛。"[1]文章是写给人看的，
作者是通过文字表达来传播自己的思想。如果选用的文字，很多人
不识得，也就失去了文章写作的意义。

因为文字是言语之体貌，文章之宅宇；句之清英，就在于字之
不妄。

刘勰说："鸟迹明而书契作，斯乃言语之体貌，而文章之宅宇
也。"这就是说"心既托声于言，言亦寄形于字"。言语是人类交
际的声音，声音通过文字符号记录下来，就由声象变成了物象，物

---

① 陈奇：《刘师培的文字学》，见《近代中国与近代文化学术研讨会文集》，2007年，
第169页。

象就有了"体貌"。积字成句，积句成章，积章成篇，因此文章就寓居在文字之中，成了文章之宅宇，可谓刘勰之自铸伟辞。

《文心雕龙·章句》篇说："夫设情有宅，置言有位；宅情曰章，位言曰句。故章者，明也；句者，局也。局言者，联字以分疆；明情者，总义以包体。区畛相异，而衢路交通矣。夫人之立言，因字而生句，积句而为章，积章而成篇。篇之彪炳，章无疵也；章之明靡，句无玷也；句之清英，字不妄也。"可见文字对于文章的重要性，因而刘勰主张作文贵在"练字"。"练字"的"练"，李善注《文选·月赋篇》时说："练，与拣音义同。"拣通柬，《尔雅》："柬，择也。"范文澜先生注《文心雕龙·练字》篇的"练"字曰："练训简，训选，训择，用字而出于简择精切，则句自清英矣。"刘勰本意是作文要选择恰当的文字组成"端直"的语句，使得文含风骨感召读者，以达到传达作者本意的目的。正是出于这一要求，刘勰才在《风骨》篇主张"捶字坚而难移，结响凝而不滞，此风骨之力也。若瘠义肥辞，繁杂失统，则无骨之征也"。"捶字"就是捶练字，"捶"与"锤"通，就是锤炼字，"炼"与"练"通。赵克勤《古汉语修辞简论》第六章第一节题为"炼字"，即其例。若选字不精，用词不准，"空结奇字"造成巧言丽辞一大串，词义瘠薄，无法达到风骨之力，对读者起不到感化作用，文章写作就失去了意义。有关诗文作者缀文练字的故事很多，宋代洪迈《容斋随笔》卷八就有一则《诗词改字》，记载了王安石绝句《泊船瓜洲》一诗的修改过程，仅"春风又绿江南岸"的"绿"字，就曾经用过"到""过""入""满"字，"凡如是十余字，始定为绿"，最后形成"春风又绿江南岸"这一千古名句。赵克勤说："这里面的'绿'字就用得好，被公认为是'炼字'的典型例子。"[①]黄鲁直诗《登南禅寺怀裴仲谋》中有两句："归燕

---

① 赵克勤：《古汉语修辞简论》，北京：商务印书馆，1983年，第85页。

略无三月事,高蝉正用一枝鸣。"据说这个"用"字是最后选定的。"用"字初用"抱",又改用"占",三改"在",四改"带",五改"要",最后改"用"字始定;诗人贾岛写诗"推敲"的故事更是家喻户晓。当然,这是就字义上说的练字。为了宫商或者飞沉(即后世所谓平仄),还有字音上的练字问题,本文主要是论从汉字形体上谈的练字,故字音和字义上的练字就不多谈了。

黄侃先生说:"然自小学衰微,则文辞瘠削,今欲明于练字之术,以驭文质诸体,上之宜明正名之学,下亦宜略知《说文》《尔雅》之书,然后从古从今略无弊固,依人自撰,皆有权衡,厘正文体,不致陷于鲁莽,传译外籍,不致失去本来,由此可知练字之功,在文家为首要,非若锻句炼字之徒,苟以矜奇炫博为能也。"① 至此,《练字》篇的意义明矣!

练字的目的、意义明确了,接下来,刘勰《练字》篇提出了练字的四条方法或者说四条规则:

> 是以缀字属篇,必须拣择:一避诡异,二省联边,三权重出,四调单复。诡异者,字体瑰怪者也。曹摅诗称:"岂不愿斯游,褊心恶凶吷。"两字诡异,大疵美篇。况乃过此,其可观乎!联边者,半字同文者也。状貌山川,古今咸用,施于常文,则龃龉为瑕,如不获免,可至三接,三接之外,其字林乎!重出者,同字相犯者也。《诗》《骚》适会,而近世忌同,若两字俱要,则宁在相犯。故善为文者,富于万篇,贫于一字,一字非少,相避为难也。单复者,字形肥瘠者也。瘠字累句,则纤疏而行劣;肥字积文,则黯黕而篇暗。善酌字者,参伍单复,磊落如珠矣。凡此四条,虽文不必有,而体例不无;若值而莫悟,则非精解。

---

① 黄侃:《文心雕龙札记》,北京:中华书局,1962年,第194—195页。

　　以上是刘勰提出的"练字"的四条规则。刘勰说得很清楚，练字是个很难的问题，既是"善为文者"，往往"富于万篇，贫于一字，一字非少，相避为难也"。避诡异问题如同沈约说的，是为了读者易识字，更好地把作者的思想意图通过常见的文字组成的篇章传达给读者。因为魏晋以降，文虽崇尚简约，但是，诡异之弊病仍然不绝。刘勰自己解释："诡异者，字体瑰怪者也。"这种现象，直到唐代亦然。例如唐韩愈《上兵部李侍郎书》："南行诗一卷，舒忧娱悲，杂以瑰怪之言，时俗之好，所以讽于口而听于耳也。"字体"瑰怪"的原因是文人"猎奇"。隋唐之前，文章传播皆由书手抄录，如果书手不慎，选字随便，或只注意读音，不讲究文字本意及用意，随意省略偏旁，也容易造成不必要的错误。刘勰所谓"三写易字，或以音讹，或以文变"正是此意。"音讹"者刘勰举例如"子思弟子，'於穆不已'者"，这是指"祀"字之谓，在文献上有用"於穆不已"者、"於穆不似"者、"於穆不祀"者之别，"已""似""祀"，"音讹之异也"，都是因为书手抄写中音讹而致。"晋之史记，'三豕渡河'，文变之谬也。"所谓"文变之谬"，是指文字形变所致。如"三豕渡河"，晋之《史记》本是"己亥渡河"，由于"己"与"三"形似，"亥"与"豕"形似，因而讹变成了"三豕渡河"①。刘勰又举例曰："《尚书大传》有'别风淮雨'，《帝王世纪》云'列风淫雨'。'别''列''淮''淫'，字似潜移。'淫''列'义当而不奇，'淮''别'理乖而新异。""别风"原本是"列风"列，通"烈"。《论语·乡党》：

____

　　① 刘勰说的"'三豕渡河'，文变之谬也"一语，具体出处可见《吕氏春秋·察传》《孔子家语·七十二弟子解》。也有人认为此语不谬。如清代秦笃辉《平书》卷三："三豕渡河，非讹也。干支皆有五亥，如乙亥，一豕；丁亥，二豕；己亥，三豕；辛亥，四豕；癸亥，五豕。当时隐语，如绛县甲子之类甚多。《坤雅》谓'己'像'三'形，故子夏谓为'己亥'。此亦隐语言之。"

"迅雷风烈必变。""迅雷风烈",即迅雷烈风,烈风就是大风。"列"与"别"形似,"淫"与"淮"形似。"'淫''列'义当而不奇,'淮''别'理乖而新异",正是因这种猎奇心理,作者舍"义当不奇"而取"理乖而新异"。正如刘勰所言:"三写易字。"《抱朴子·遐览》篇也说:"书三写,鱼成鲁,帝成虎。"

"联边"和"单复"是一个文章表面观感的美学问题。"联边者,半字同文者也",是指偏旁相同的文字累积在一句话或者一篇文章中。"省联边"就是要求尽量减少用偏旁相同的文字组成句子,否则,就会给人以《字林》之感。例如左思《吴都赋》:

> 尔其山泽,则嵬嶷崎岖,崿冥郁嶪,溃濈泮汗,滇洄森漫。或涌川而开渎,或吞江而纳汉。魂魂巍巍,滃滃沚沚。

真是"状貌山川",就用山字旁的字构句;形容江河,就使水字旁的字连篇。郭璞的《江赋》更甚于左思的《吴都赋》,(因为有些字键盘打不出来,如果拆字件另造字,稿件展转之间,容易走样,恕不列出例句。)我在阅读时,如果不借用《中华字海》(有很多字其他一般字典是查不到的)和注释家的注释,直接不能阅读,如同刘勰说的进入"字林"一样,这当就是黄侃在前面说的"苟以矜奇炫博为能也"。正是这种"字林"式的文字构句,影响了作品的文学艺术价值。鲁迅说:"《江赋》和《海赋》之类,辞虽奥博,而其文学价值就很难说。"[1] 郭绍虞说:"左思《三都赋》成,豪贵之家,竞相传抄,洛阳为之纸贵,也可能即因这种赋篇有类书性质的

---

① 许寿裳:《亡友鲁迅印象记》,上海:上海文艺出版社,2006年,第29页。

缘故。"① 台静农的《中国文学史》也评论说："虽然震动一时的大作《三都赋》，今日看来，也不过等于类书的性质，并没有文学价值；真正能在文学史上获得不朽价值的，不是他的赋而是他的诗。"②这种无限度的"矜奇炫博"违背了自然法则，也有违孔子"辞达而已矣"之圣教，说明费时十年写出的《三都赋》失去了写作的意义。

"调单复"，就是调配单复。刘勰讲得明白："单复者，字形肥瘠者也。"一般来说，独体字相对笔画少，显得消瘦，此之谓"单"；合体字笔画多，显得肥大，此之谓"复"。如果"瘠字累句，则纤疏而行劣；肥字积文，则黯黕而篇暗"。这是一个美学意义上的要求，所以刘勰接下来说："善酌字者，参伍单复，磊落如珠矣。""参伍单复"就是调配"单复"。《易·系辞上》："参伍以变，错综其数。"刘勰在《文心雕龙》中四次使用"参伍"一词，其用意皆与《易·系辞上》相同，取"错综"之意，指肥瘠文字调配的错落有致，即"磊落如珠"。

"权重出"，"权"是斟酌之意，就是指要斟酌用字，避免重复，给人以语言贫乏之感。"善为文者，富于万篇，贫于一字，一字非少，相避为难"，这是刘勰说的行话。虽然"相避为难"，作者应该尽量避免，但是，凡事也不能绝对，有时重复也是必要的。刘勰也说："若两字俱要，则宁在相犯。"如《诗经·邶风·静女》："自牧归荑，洵美且异，匪女之为美，美人之贻。"连用了三个"美"字，都是行文的需要，不用刻意避重。又如司马迁《史记·陈涉世家》："陈胜、吴广乃谋曰：'今亡亦死，举大计亦死，等死，死国可乎？'"短短的十五个字，用了四个"死"字，不但不给人以重出的反感，

---

① 郭绍虞：《照隅室古典文学论文集》（上），上海：上海古籍出版社，1983年，第84页。

② 台静农：《中国文学史》，上海：上海古籍出版社，2017年，第175页。

反而加重了起义的正当性、必然性，显示了司马迁的语言驾驭能力和修辞技巧之高超。这说明高明的作者对于重出，避与不避，见机而作，不必教条。

刘勰在齐梁时期不仅是著名的文章家，也是颇有声望的书法家，但是后者鲜为世人所知，为了宣传刘勰的书法水平，我曾在《草书大字典》中，集出六个刘勰写的草字放在拙著《刘勰志》（省志版）彩页中。《草书大字典》在梁代只选录了梁武帝、萧确、沈约、陶弘景、萧子云、刘勰、王彬、朱异等八人的字，可证刘勰在齐梁时期是著名的书法家[①]。《梁书》本传说"京师寺塔及名僧碑志，必请勰制文"，是准确的记实之言，说明刘勰对于书品肥瘠文字的搭配和排列，颇有讲究。这不仅是从文义美学意义上的要求，更多的是从视觉美学意义上提出"磊落如珠"的要求。

清代戈守智《汉溪书法通解》说：

> 排者，排之以疏其势。叠者，叠之以密其间也。大凡字之笔画多者，欲其有排特之势。不言促者，欲其字里茂密，如重花叠叶，笔笔生动，而不见拘苦繁杂之态，则排叠之所以善也。故曰"分间布白"，谓点画各有位置，则密处不犯而疏处不离。又曰"调匀点画"，谓随其字之形体，以调匀其点画之大小与长短疏密也。

戈守智说的是书品的排叠布白问题，刘勰的"调单复"是选字问题，虽有不同，但是从美学意义上看，是相同的要求。因而刘勰

---

① 黄伟豪先生2020年在《文学遗产》第2期发文《以书论为文论——〈文心雕龙·练字〉"单复"概念与六朝书论及其审美之关系》中说："刘勰本人的墨迹当然无从亲见，他是否擅于书法亦无文献记录以资稽考，但他一生先后三次在定林寺整理佛经，并且以笔墨抄录。"可证刘勰的墨迹鲜为学人所知。

提出一个标准，这就是本着圣人"宁缺毋滥"的原则缀字成文。"依义弃奇"，不仅选字达意晓人即可，而且，指出"若依义弃奇，则可与正文字矣"。与"正文字"相联系，其意义就更大了，可见还有纠正晋宋以来文字混乱现象的意义。

三、结语

刘勰在《练字》篇的末尾总结性地说：

> 篆隶相熔，苍雅品训。古今殊迹，妍媸异分。字靡易流，文阻难运。声画昭精，墨采腾奋。

"篆隶相熔"一语，是说我国文字，自仓颉初造之鸟篆、而史籀之大篆、而李斯之小篆、而程邈之隶书的演进，由前者之熔化，而成后者之铸造，彼此相因，不断演变，而始有今日之楷书。刘勰说"李斯删籀而秦篆兴，程邈造隶而古文废"，《说文解字序》所谓"或颇省改，以趣约易"，说明每一种形体的演变，都是对前一种形体的继承和创新。文家可以根据文字的形、义从事选择。"苍雅品训"是对前文"《雅》以渊源诂训，《颉》以苑囿奇文，异体相资，如左右肩股"一语的回应。"声画昭精，墨采腾奋"，是对"并贯练《雅》《颉》，总阅音义。鸿笔之徒，莫不洞晓"和"讽诵则绩在宫商，临文则能归字形矣"而言。"字靡易流，文阻难运"是对"自晋以来，率从简易，时并习易，人谁取难"一语的承接和概括[1]。

从刘勰用八个四字句总结全文来看，许慎《说文解字序》与《练字》篇是中国最早的两篇文字学发展史。《说文解字序》只谈到东汉，

---

[1] 李曰刚：《文心雕龙斠诠》，台北：台湾中华丛书编审委会，1982年，第1814页注（54）。

《练字》篇延伸到南北朝，虽然仅有千余字，麻雀虽小，五脏俱全，一滴水里能够见到大海。我们从中可以看到刘勰对于汉字产生、发展的流变性和音、义变化性十分了解，且承认文字的形、音、义是流变的，与社会政治有密切的关系，这比起那些在汉字改革过程中的顽固派，不知"古今殊迹，妍媸异分"者来说，刘勰识见实在高明得多。现代文字学家唐兰先生说："一般人不知道文字是时常流动的，他们往往只根据所见到的文字，以为古来文字就是如此……他们的理由，是'父子相传，何得改易'。"这是"俗儒啬夫"之见①。要说谈文字产生的资料是刘勰取自前人成说的话，"练字"的四条规则却是刘勰独创，而对汉字形音义流变性规律的认识，也不是凡夫俗儒所能掌握的。面对汉字文化圈内的"俗儒啬夫"，刘勰不仅是一位伟大的文章家和杰出的思想家②，还是一位颇有造诣的文字学家。

（本文原刊《语文学刊》2020 年第 2 期）

---

① 唐兰：《中国文字学》，第 114 页。
② 朱文民：《关于刘勰定位问题的思考》，《语文学刊》2018 年第 4 期。

《文心雕龙》之训诂学

训诂学在清代以前属于小学，包括音韵学和文字学。小学的内容是研究汉字的形、音、义，这些又正是解读经书所需要的，所以成了经学的附庸。训诂学笼统地说，就是以语言解释语言，但是具体地说，其内容却非常广泛，它是人们从事古典学术研究不可或缺的基本功。刘勰的《文心雕龙》一书，广大悉备，为中国传统文化之大系统，其中，训诂学的原理和方法，大都涉及到了，并且较之前人有发展和创新。刘勰在《序志》篇说：

> 敷赞圣旨，莫若注经，而马、郑诸儒，弘之已精，就有深解，未足立家。唯文章之用，实经典之条。……于是搦笔和墨，乃始论文。①

这说明，刘勰在撰写《文心雕龙》之前，曾打算注释经书，为弘扬儒家文化贡献力量。但是后来发现经书注释，前人已经做了很多，且有精深的专家，自己"就有深解，未足立家"。抱着立家成名思想的刘勰，只得改变初衷，撰写了千古奇书——《文心雕龙》。这里透出的信息是刘勰曾经为注释经书储备了知识，作为经学附庸的文字、音韵、训诂，正是刘勰储备力量的重要内容之一。我们详观《文心雕龙》一书，内中有不少反映了刘勰的训诂思想和具体实践的例证。

---

① 陆侃如、牟世金：《文心雕龙译注》下册，济南：齐鲁书社，1982年，第413页。

一、刘勰的训诂思想

刘勰的训诂思想主要表现在以下几个方面：

（一）主张训诂必须"要约明畅"，反对繁杂冗长

注释应用简洁的话语去说明疑难词语。《文心雕龙·论说》篇说：

> 若夫注释为词，解散论体，杂文虽异，总会是同。若秦延君之注《尧典》，十馀万字；朱普之解《尚书》，三十万言，所以通人恶烦，羞学章句。若毛公之训《诗》，安国之传《书》，郑君之释《礼》，王弼之解《易》，要约明畅，可为式矣。①

书是写给他人看的，如果啰嗦、杂芜，会让人望而生畏。若读者硬着头皮读完，还是不得要领，就失去了注书的意义。尤其是为经书作注。刘勰举例批评了"秦延君之注《尧典》，十馀万字；朱普之解《尚书》，三十万言，所以通人恶烦，羞学章句"。同时，也列举了"要约明畅"的"毛公之训《诗》，安国之传《书》，郑君之释《礼》，王弼之解《易》"。刘勰的这几句话，本身就"要约明畅"地列举了正反两个方面的事例作证，"可为式矣"。

（二）释词要确切，为的是"明正事理"

《指瑕》篇说：

> 若夫注解为书，所以明正事理，然谬于研求，或率意而断。《西京赋》称"中黄、育、获之畴"，而薛综谬注谓之"阉尹"，是不闻执雕虎之人也。②

---

① 陆侃如、牟世金：《文心雕龙译注》上册，济南：齐鲁书社，1981年，第236页。
② 陆侃如、牟世金：《文心雕龙译注》下册，第272页。

因为"字以训正，义以理宣"。管仲有言："无翼而飞者声也，无根而固者情也。……以之垂文，不可不慎欤！"（《指瑕》）为了提示训释者"慎重"，刘勰还指出吴人薛宗注释张衡《西京赋》，把"中黄、育、获之畴"，"谬注谓之'阉尹'"，"是不闻执雕虎之人"的证据，可谓硬伤。因为"中黄、育、获"是古代的大力士中黄伯、夏育、乌获，"畴"是类的意思。

（三）明确字词的本义和引申义

古之训诂，向有小学家之训诂和经学家之训诂的区别。小学家之训诂重视字词的本义，经学家之训诂注重语境，考虑字的引申义，为的是上下文义的通顺。

《文心雕龙·指瑕》篇批评注释者，阅读不周全，资料贫乏，甚至不注意训释要灵活运用引申义，举例说：

> 又《周礼》井赋，旧有"匹马"；而应劭释"匹"，或量首数蹄，斯岂辩物之要哉？原夫古之正名，车"两"而马"匹"，"匹""两"称目，以并耦为用。盖车贰佐乘，马俪骖服，服乘不只，故名号必双，名号一正，则虽单为匹矣。匹夫匹妇，亦配义矣。夫车马小义，而历代莫悟；辞赋近事，而千里致差；况钻灼经典，能不谬哉？夫辩匹而数首蹄，选勇而驱阉尹，失理太甚，故举以为戒。①

上面这段话，前半部分，刘勰批评了应劭读书不到家，资料掌握不周全，对于"匹马"的注释不注意采用已"正名"了的成果，而去笨拙地"量首数蹄"。而后面，"名号一正，则虽单为匹矣。匹夫匹妇，亦配义矣"。这"虽单为匹"就是考虑语境，用了引申义。

---

① 陆侃如、牟世金：《文心雕龙译注》下册，第 272 页。

否则就会"失理太甚",谬之千里。①

（四）翻译

齐佩瑢先生说："翻译（互训），即以古今雅俗南北之语，同义之词，相当之事，相译相训者。……盖以今通古，以易解难，以常见释罕见，以已知推未知，乃训诂之通例，否则，也就无需乎训释了。"②一句话，翻译是音训和义训间而用之的训诂方式。翻译这门学问被"龙学"家称之为"专门学术中的学术"。③

"注释""义训""音训"本身就是翻译，刘勰对此也有讲究。无论是把汉语翻译成外语，还是把文言文翻译成现代语体文，明确字义是第一要务，尤其是明确字的本义和引申义，是刘勰一再强调的。他在《灭惑论》中，批评了佛教典籍翻译中出现的问题：

> 汉明之世，佛经始过，故汉译言，音字未正。浮音以佛，桑音似沙，声之误也。以图为屠，字之误也。罗什语通华戎，识兼音义，改正三豕，固其宜矣。五经世典，学不因译，而马郑注说，音字互改，是以昭穆不祀，谬师资于《周颂》，允塞宴安，乖圣德于《尧典》。至教之深，宁在两字，得意忘言，庄周所领，以文害志，孟轲所讥，不原大理，唯字是求，宋人申束，岂复过此？④

在这里，刘勰讲的是佛经翻译成汉文中的问题。刘勰举了鸠摩罗什"曲从方言"的例子，刘勰举例说《三破论》云："'佛'，旧经本云'浮屠'，罗什改为'佛徒'，知其源恶故也。"因为"屠"

---

① 王启涛：《论〈文心雕龙〉的训诂思想》，《四川大学学报》1991年第4期。
② 齐佩瑢：《训诂学概论》，北京：中华书局，2004年，第124页。
③ 王更生：《重修增订文心雕龙导读》，台北：华正书局，2004年，第90页
④ 僧祐：《弘明集》，上海：上海古籍出版社，1994年，第51页。

让人想到屠杀，字义不祥；沙门，旧经为"丧门"，鸠摩罗什改为"桑门"，因为桑音丧，不吉利，后世再改为"沙门"，其实，"沙"让人想到"沙汰"，与"桑"字同样不祥。刘勰认为，"罗什语通华戎，识兼音义，改正三豕，固其宜矣"。"三豕渡河"出自《吕氏春秋·察传》，比喻文字传写讹误。由此一例可以看出，罗什非常尊重汉语吉凶字的使用习惯和注重文字校勘，刘勰也非常赞赏鸠摩罗什的主张。注释或者翻译，都是以现代语注释古语，或者以通俗语注释方言，翻译也要使译文符合同时代汉语阅读、传播习惯，使得听者乐闻其音，读者乐睹其形，说者乐使其用，即刘勰在《文心雕龙·总术》篇说的"视之则锦绘，听之则丝簧，味之则甘腴，佩之则芬芳"。同时，刘勰还批评了以文害志，受孟轲所讥，不求大理，唯字是求的本末倒置行为。由此观之，汉语翻译，必须考虑汉字的形、音、义三方面的美学效果，也有一个"练字"的要求。王更生先生讲的是汉文翻译成外文，我讲的是文言文翻译成语体文，但都是翻译，基本原理是相通的。统观现代"龙学"译注版本，琳琅满目，将《文心雕龙》这种文言、骈文翻译为语体文，本来不应该成为大问题，细读就会觉得绝非如此，无瑕者几乎没有。可见翻译在训诂学上的重要性。

二、从《文心雕龙》看刘勰的训诂实践

刘勰的训诂实践表现在如下几个方面：

（一）对文体名称的训释

就我们所见，更多的是在《文心雕龙》上篇对文体名称的训释。这就是"释名以彰义"，我们看到他大都采用了音训和义训的训诂方式。

音训者，例如："颂者，容也。""赞者，明也，助也。""铭者，

名也。""箴者，针也。""盟者，明也。""诔者，累也。""碑者，埤也。""讔者，隐也。""论者，伦也。""史者，使也。""移者，易也。""表者，标也。"等等。这里面有同声相训者，也有音近为训者。

义训者，例如："诏者，告也。""策者，简也。制者，裁也。""戒，慎也。""章者，明也。"（也有人认为是音训。）"启者，开也。""疏者，布也。""关者，闭也。"等等。

《文心雕龙》文体论中170余种文体，[①] 大都采用音训或者义训，恕不一一列出。

但是，"龙学"界中，也有人不同意刘勰对某些文体名称的训释，如陆侃如、牟世金二位先生认为刘勰的训释，"其中不少解释是比较牵强的，有的不免陈腐（如对颂的解释）。作为文体的定义来看，就还很不周密和准确。"[②] 又如批评刘勰对于"碑者，埤也"的训释等。[③] 对于陆侃如、牟世金先生的批评，王启涛先生提出了反批评，认为刘勰是从语源上训释。[④] 求源法就是推原求根法，"即从声音上推求语词音义的来源而阐明其命名之所以然者"[⑤]。再说了，在训诂学上，音近为训，也是常用的一种方式。例如《易·说卦》："乾，健也；坤，顺也……坎，陷也。"《说文·一部》："天，颠也。""声训有一个重要的作用，就是探究语源。这就可以使我们超越字的形体局限，认识到声音乃是训诂的要旨，对被释词的词源及词族就会豁然

---

① 王更生：《重修增订文心雕龙导读》，第 61 页。
② 陆侃如、牟世金：《文心雕龙译注》上册，第 53 页。
③ 陆侃如、牟世金：《文心雕龙译注》上册，第 147 页。
④ 王启涛：《论〈文心雕龙〉的训诂思想》，《四川大学学报》1991 年第 4 期。
⑤ 齐佩瑢：《训诂学概论》，第 124 页。

开朗。"①亦有"双声叠韵或声近韵近字为训者也"②。在《文心雕龙》文体论"释名以彰义"的过程中，音训占了相当大的比例，这也证明了黄季刚先生说的"《说文》列字九千，以声训者十居七八而义训不过二三"的事实。③

（二）注重校勘

汉语文献，在印刷术普及之前，主要是通过传抄流传，在字形、字音方面用字混乱，要想正确理解字义文义者，必须注重文字校勘。前面列举的"三豕渡河"就是"己亥渡河"之讹误。刘勰在《练字》篇曾说："经典隐暧，方册纷纶，简蠹帛裂，三写易字，或以音讹，或以文变。"为求正确理解文义，不可不辨析字音、字义和字形，这就需要具备校勘学常识。

（三）注释经书，阐述大旨

龚鹏程先生不愿意承认刘勰在训诂学方面的功力，但是又没法掩盖事实。他说：刘勰"比较倾向于古文家"。"古文家通常不太强调训诂之学，刘勰也很少显示他对训诂有多大功力，多半是就其大旨说，并强调条例，较接近古文家之风格。"④我们认为这种说法是有违事实的，不是"很少显示他对训诂有多大功力"，《文心雕龙》上篇的二十五篇，处处显示了他在训诂学上的功力，就是龚先生在事实面前也不得不承认。龚先生说：

> 《文心雕龙·原道》篇一开头就说："文之为德也大矣，与天地并生者何哉？夫玄黄色杂，方圆体分，日月叠璧，以垂丽天

---

① 富金壁：《训诂学说略》，武汉：湖北人民出版社，2003年，第406页。
② 齐佩瑢：《训诂学概论》，第126页。
③ 转引自陆宗达、王宁：《训诂方法论》，北京：中华书局2018年7月，第74页。
④ 龚鹏程：《文心雕龙讲记》，桂林：广西师范大学出版社，2021年，第157页。

之象；山川焕绮，以铺理地之形：此盖道之文也……傍及万品，动植皆文：龙凤以藻绘呈瑞，虎豹以炳蔚凝姿；云霞雕色，有逾画工之妙；草木贲华，无待锦匠之奇。……至于林籁结响，调如竽瑟；泉石激韵，和若球锽。故形立则章成矣，声发则文生矣。……人文之元，肇自太极，幽赞神明，《易》象惟先。庖牺画其始，仲尼翼其终。而《乾》《坤》两位，独制《文言》。言之文也，天地之心哉！"

这一大段简直就是《周易》的注释。从"文"为道之文（道之显现），一直讲到天文、地文、人文，凡有形质，莫不成"文"。[1]

"这一大段简直就是《周易》的注释"还不是训诂吗？注释不就是训诂的方法之一吗？

（四）章句学属于训诂学范畴

顾名思义，章句就是指文章的篇章和句子。章句连称，就是现代语法学上的句读，即今天说的标点符号。章句学的任务和重要内容，是研究分析文章的篇章结构和文章的句子并阐述其中的大义，就这个意义上说，章句学与训诂学，二者重叠的成分很大。一句话，章句学产生于春秋时期，盛行于汉代，是训诂学的基本形式之一。吕思勉先生说："考诸古书，则古人所谓章句，似后世之传注。"[2]冯友兰先生也说："章句是汉朝以来的一种注解名称。"[3]后世章句学式微，它的一些功能也就被训诂学所承继。刘勰在《文心雕龙》专设《章句》篇，下的定义是"宅情曰章，位言曰句。故章者，明也；句者，局也"。显然是从写作学的角度，谈论从字、词、句到篇章

---

① 龚鹏程：《文心雕龙讲记》，第 207—208 页。
② 吕思勉：《文字学四种》，上海：上海教育出版社，1985 年，第 5 页。
③ 冯友兰：《中国哲学史史料学初稿》，上海：上海人民出版社，1962 年，第 140 页。

的构筑方法，但是细读起来，对于读者来说，分析句读是断章析句首先要解决的问题。

黄侃的《文心雕龙札记》解读《章句》篇，列出了九条内容，就是从训诂学的角度解读。黄侃对《章句》篇的解读，遭到了钱玄同的批评："觉其无甚精采，且立说过于陈旧……不免胶柱鼓瑟……与胡适之之《论文字句读及符号》直不可同年而语。"[①] 我对此仅看成是学派之争。但却证明钱玄同先生把"章句"看成是现代语法学上的标点符号。不管怎么争论，"章句"属于训诂学范畴，是没有问题的。

阅读古籍，章句学虽然繁琐，但是对于读者理解文章的结构，却是不可或缺的。刘勰的《章句》篇末，对于虚词应用规律的总结，为后人训释语句提供了经验，值得称道。刘勰说："寻'兮'字成句，乃语助余声。……至于'夫''惟''盖''故'者，发端之首唱；'之''而''于''以'者，乃札句之旧体；'乎''哉''矣''也'者，亦送末之常科。"这些经验性的总结，对于现在的中学语文教师或者大学生阅读古籍来说，其意义更加重大。这些经验性的总结，在当时是一种发明。纪晓岚在《章句》篇评论说，"论语助亦无高论"[②]，这是拿了明清时期发展了的学术成就去评论古人。因为自从元明之后，特别是清代朴学大盛，已有专书讨论这些"之乎者也""若夫岂但"之类的用法，慢慢变成了一种专门的学问，例如《助字辨略》等专门讨论语助词。而刘勰那个时代学术尚未发展到这个地步。我们判断一个人的学术贡献，应该是看他比他的前人多提供了什么，而不是以今律古，更不能用今天的科学技术水平去嘲笑中国古代的四大发明。

---

① 杨天石主编：《钱玄同日记》，北京：北京大学出版社，2014年，第297页。
② 黄霖编：《文心雕龙汇评》，上海：上海古籍出版社，2005年，第117页。

（五）在训诂学上的创新

刘勰《文心雕龙·论说》篇说，"传者转师，注者主解"，这是汉儒常用的训诂方式。但是把"论"这种文体与"传""注"相联系，认为"释经，则与传、注参体"，刘勰是发明，并进一步认为"若夫注释为词，解散论体，杂文虽异，总会是同"。这就是说，刘勰认为注释之词，是解散了的论体之词，如果把这些解散的注释之词，汇总起来加以条理，就是很好的论著了。例如《易传》《左传》之类等。这个发明为什么是刘勰而不是别人呢？我想这就与刘勰的学识结构有关系了。刘勰"为文长于佛理"，又曾经计划注释儒家经书，必然对于训诂学有所深究。而佛学的"经、律、论"中，"经"是佛说的话，"律"是佛家为管理僧侣及其信众制定的法律文书，"论"则是菩萨对佛经和戒律所作的解释。给佛经和戒律所作的解释可以称为"论"，给儒经做的注释不是也可以称为"论"吗？我想这个发明是否可以说是刘勰受了佛学的影响已经很难说清了。因为刘勰在《文心雕龙·宗经》篇已经说了："圣贤彝训曰经，述经叙理曰论。论者，伦也：伦理无爽，则圣意不坠。"这里的"论"，指的是"述经叙理"；这里的"经"，显然是指的儒家的经书，而不是"佛经"。如果承认刘勰受了佛学论藏之影响，就会否认了刘勰最初为注释经书所进行的知识储备工作，因为从学术源头上说，刘勰所宗不是佛学，而是春秋之孔门弟子留下的文献（下文还要谈到这一问题）。刘勰说：

> 详观论体，条流多品：陈政则与议说合契，释经则与传注参体，辨史则与赞评齐行，铨文则与叙引共纪。故议者宜言，说者说语，传者转师，注者主解，赞者明意，评者平理，序者次事，引者胤辞：八名区分，一揆宗论。论也者，弥纶群言，而研精一理者也。

是以庄周《齐物》，以论为名；不韦《春秋》，六论昭列。至石
渠论艺，白虎通讲聚，述圣言通经，论家之正体也。①

刘勰认为"议""说""传""注""赞""评""序""引"等等，
可以通称为"论"，而且把《白虎通义》看成是"论之正体"。这
是刘勰的一个创见。所谓创见必然有别于传统，正是因为有别于传
统，也受到了传统派的批评。

三、关于"论家之正体"

（一）学界对刘勰把"论"看成是训诂方式的不同评论

清代纪晓岚评论《文心雕龙·论说》篇的"注释为词，解散论体，
杂文虽异，总会是同。……若毛公之训《诗》……要约明畅，可位
式矣"一大段时说"训诂依文敷义，究与论不同科，此段可删"②。
评论《指瑕》篇的"若夫注解为书，所以明正事理"一段时说："此
条无与文章，殊为汗漫。"③今人蒋祖怡先生也批评刘勰说：把"论"
纳入训诂学的方法，"不符合我国古代称谓的通例，完全是把佛典
中'佛言为经，菩萨解经之言为论'的说法硬搬过来的。按照我国
古代的通例，解'经'之言，称'注''疏'或'传'，而没有叫'论'
的"④。

范文澜先生说：

> 凡说解谈义训诂之文，皆得谓之为论；然古惟称经传，不曰
> 经论；经论并称，似受释藏之影响。《魏书·释老志》曰："释

---

① 陆侃如、牟世金：《文心雕龙译注》上册，第 228 页。
② 黄霖编：《文心雕龙汇评》，第 68 页。
③ 黄霖编：《文心雕龙汇评》，第 136 页。
④ 蒋祖怡：《文心雕龙论丛》，上海：上海古籍出版社，1985 年，第 8 页。

迦后数百年，有罗汉菩萨，相继著论，赞明经义，以破外道。皆傍诸藏部大义，假立外问，而以内法释之。"《隋书·经籍志》："以佛所说经为三部，又有菩萨及深解奥义，赞明佛理者，名之为论。"彦和此篇，分论为二类；一为述经，传注之属；二为叙理，义说之属。八名虽区，总要则二。二者之中，又侧重叙理一边，所谓"论也者，弥纶群言，而精研一理者也"。①

范文澜先生认为"古惟称经传，不曰经论，经论并称，似受释藏之影响"。但是，台湾的方元珍教授批评范文澜忽视了刘勰自己交代的文体之源问题。刘勰《宗经》篇已经指明"论、说、辞、序，则《易》统其首"。方元珍教授说：

> 论说之体，根源《易经》，"论"以"述经叙理"为得体，而《论语》乃以"论"名书之第一部著作，是以舍人此篇，征圣、宗经之立场至为明显。②

台湾学者龚鹏程先生也说：

> 范文澜注，说古代只说经传，没有说经论，故也许《文心雕龙》的"经论"这个词出自佛经，因为佛经即分经、律、论三部分。这个讲法当然大谬。③

---

① 范文澜：《文心雕龙注》，北京：人民文学出版社，1958 年，第 329—330 页。
② 方元珍：《文心雕龙与佛教关系之考辨》，台北：文史哲出版社，1987 年，第 63—64 页。
③ 龚鹏程：《文心雕龙讲记》，第 124 页。

　　至于说《文心雕龙》中有佛教思想，我一向是不承认的，我的理由已经在拙作《儒道佛哲学视域下的〈文心雕龙〉研究述论》一文中亮明。对于《文心雕龙》有无受到佛教影响，从刘勰撰写《文心雕龙》的心理去考察，刘勰是尽量避免的。查遍全书，只有"般若"一词是纯粹的佛家语，这是谁也否定不了的。可这是刘勰在述说论体之例证时列举的一个事例，而不是专门言论佛学。何以见得呢？这里不妨多说几句了。刘勰列举的论家之正体是《白虎通义》，谈到后来的论文精彩者时，列举的例子是"兰石之《才性》，仲宣之《去伐》，叔夜之《辨声》，太初之《本无》，辅嗣之《两例》，平叔之二论，并师心独见，锋颖精密，盖论之英也"。再后来"交辨于有无之域"的是夷甫和裴颇，虽然独步当时，却"徒锐偏解，莫诣正理"。这里是以人名代替了论题。实际上是指出"崇有论"和"贵无论"都是论说偏颇，粗疏而又欠周详，不着正理。"动极神源，其般若之绝境乎？"这里的"般若"一词，龚鹏程在《文心雕龙讲记》里说：不是指的般若学，而"是指僧肇的《般若无知论》"一文。[①]我同意龚先生的裁断。正如龚鹏程先生所说："在《文心雕龙》里，刘勰跟佛教的关系，你几乎看不出来。刘勰跟佛教虽然从生平上看，极其密切，但是在文章里，却分得那么清楚。"[②]

　　以上数段是讨论《文心》之"注、传、论"等思想与佛学论藏之关系。范文澜先生虽然忽视了"传、论"体的正源。但是，范文澜还是看到了"传""注"与"论"是可通的。他在注释《指瑕》篇时，批评了纪晓岚，范文澜先生说："注与论本可通也。彦和于本篇特为指说，殊存微意，纪氏讥之，未见其可。"[③]纵观范文澜《文心

---

① 龚鹏程：《文心雕龙讲记》，第 246 页。
② 龚鹏程：《文心雕龙讲记》，第 52 页。
③ 范文澜：《文心雕龙注》，第 644 页。

雕龙注》，"论"的成分是相当大的，名为"注"，实则是"论"，是刘勰"注释为词，解散论体，杂文虽异，总会是同"，"注解为书，所以明正事理"思想的率先实践者。

（二）"论家之正体"的学术渊源

刘勰列举的"论家之正体"是《白虎通义》。《白虎通义》的文体形式是问答式的。《论语》一书虽然一向被认为是语录体，也大都是师徒问答式的。问答式的经传，早在先秦就开始了，例如《春秋公羊传》和《春秋穀梁传》就是。我们将三书与《周易》各举一例为证：

《白虎通义》卷上《号》篇：

五帝者，何谓也？《礼》曰：黄帝、颛顼、帝喾、帝尧、帝舜，五帝也。《易》曰："黄帝、尧舜、氏作。"《书》曰："帝尧、帝舜。"黄者中和之色，自然之姓，万世不易。黄帝始作制度，得其中和，万世常存，故称黄帝也。谓之颛顼何？颛者，专也；顼者，正也；能专正天人之道，故谓之颛顼也。谓之帝喾者何也？喾者，极也，言其能施行穷极道德也。谓之尧者何？尧犹峣峣也，至高之貌，清妙高远，优游博衍，众圣之主，百王之长也。谓之舜者何？舜犹舛舛也，言能推信尧道而行之。[①]

《春秋》隐公元年：夏五月，郑伯克段于鄢。

《春秋公羊传》：克之者何？杀之也。杀之，则曷为谓之克？大郑伯之恶也。曷为大郑伯之恶？母欲立之，己杀之，如勿与而已矣。段者何？郑伯之弟也。何以不称弟？当国也。其地何？当国也。齐人杀无知何以不地？在内也。在内虽当国不地也。不当国，

---

① 班固：《白虎通义》，北京：中国书店，2018 年影印四库本，第 26 页。

虽在外，亦不地也。

《春秋穀梁传》：克者何？能也。何能也？能杀也。何以不言杀？见段之有徒众也。段，郑伯弟也。何以知其为弟也？杀世子、母弟目君，以其目君，知其为弟也。段，弟也而弗谓弟，公子也而弗谓公子。贬之也。段失子弟之道矣，贱段而甚郑伯也。何甚乎郑伯？甚郑伯之处心积虑成于杀也。于鄢，远也，犹曰取之其母之怀中而杀之云尔，甚之也。然则为郑伯者宜奈何？缓追逸贼，亲亲之道也。①

《易·文言》：初九曰："潜龙勿用"，何谓也？子曰："龙德而隐者也……乐则行之，忧则违之，确乎其不可拔，'潜龙'也。"

从以上《白虎通义》与《春秋》的《公羊传》和《穀梁传》相比，其注经的体式，都是既有名词解释，又有经义阐释，三书体式，何其相似乃尔！吕思勉先生说："《白虎通义》为东京十四博士之说，今文学之结晶也。"②《后汉书·班固传》说："天子会诸儒讲论《五经》，作《白虎通德论》，令固撰集此事。"③这说明《白虎通义》是班固奉命将十四博士的经传汇总条贯而成的样板书。用冯友兰先生的话说，"《白虎通义》实际上是一部今文经学的手册或字典"④。可证问答体为"述经叙理"之正体。

《魏书·释老志》曰：

---

① 杜预等：《春秋三传》，上海：上海古籍出版社，1987年，第37—38页。

② 吕思勉：《经子解题》，长春：吉林出版集团股份有限公司，2020年，第7页。

③ 范晔：《后汉书》上册，长沙：岳麓书社，1994年，第583页。

④ 冯友兰：《中国哲学史史料学初稿》，第92页。

释迦后数百年，有罗汉、菩萨相继著论，赞明经义，以破外道，《摩诃衍》《大、小阿毗昙》《中论》《十二门论》《百法论》《成实论》等是也。皆傍诸藏部大义，假立外问，而以内法释之。[①]

这"假立外问，而以内法释之"的体式，正与前引《穀梁传》《公羊传》和《白虎通义》相似。刘勰参与编撰的《出三藏记集》卷十著录的释慧远法师为之作序的《阿毗昙心论》也是问答体，今引录一段如下：

问：佛知何法？答：有常我乐净，离诸有漏行。诸有漏行，转相生故离常，不自在故离我，坏败故离乐，慧所恶故离净。问：若有常我乐净，离诸有漏法者，云何众生于中受有常我乐净？答：计常而为首，妄见有漏中。众生于有漏法，不知相已，便受有常我乐净。如人夜行，有见起贼相彼亦如是。问：云何是有漏法？答：若生诸烦恼，是圣说有漏。若于法生身见等诸烦恼，如使品说是法说有漏。问：何故？答：所谓烦恼漏，慧者之假名。烦恼者说漏，漏诸入故。心漏连注故，留住生死故，如非人所持故，是故说有漏。[②]

这种设问与释答交错展开的问论，在佛教论藏中是常见的。就是在中国本土僧俗论著中，也是常见的体式。例如《弘明集》中以"论"名篇的就有 27 篇，其中《牟子理惑论》、宗炳《明佛论》等皆为问答体，其作者道俗皆有，这些文献读者不难找到，为了节省篇幅我

---

① 魏收：《魏书·释老志》，北京：中华书局，1972 年，第 3028 页。
② 《大正新修大藏经》第二十八册，毗昙部三，石家庄：河北佛教协会影印，2005 年，第 809 页。

们不再引录。

我们翻阅汉魏南北朝学人的文集，其以"论"名篇者，可谓多矣！再说《世说新语》中，记载了许多文人相互辩难的场面，其辩难者，没有年龄限制，主客位置，以理为胜负原则。可见，辩难问答体，是那个时代的文章之常体。

这里需要说明的是在佛教论藏典籍中的问答体也是多得很。这种问答体式的经藏解说方式，是受了中国的传统学术影响，还是中国的经书训诂方式受了佛家的影响？在我看来，谁先谁后，已经不言而喻了。

从前面引录的《公羊传》《穀梁传》来看，被刘勰命之谓"论家之正体"的《白虎通义》之问答体式，有其古老的学术渊源。吕思勉先生说："《公羊》为《春秋》正宗，讲《春秋》者，义理必宗是书。"[1]古代经书及其注释，都是口头传授的，《〈春秋公羊传注疏〉四库提要》说："子夏传与公羊高，高传与其子平，平传与其子地，地传与其子敢，敢传与其子寿。至汉景帝时，寿乃与齐人胡毋子都著于竹帛。"[2]《穀梁传》何时著于竹帛，已经不好考证，但是，它虽然晚于《公羊传》，早在西汉已经立于学馆是不成问题的。

古代经师讲学，有自己的制度，一般要求执经问难，所以就设置一个助教，一般是选择一位高才生充之，名之曰"都讲"，专门负责追问。具体做法就是在讲堂上，负责专门追问的人，不时地打断主讲的讲课，对老师的讲解发问，把经书中各种复杂的问题或者估计学生不易明白的问题提出来，以促使经师把问题讲解清楚。例

---

[1] 吕思勉：《经子解题》，第 11 页。

[2] 《〈春秋公羊传注疏〉四库提要》，《十三经注疏》下册，上海：上海古籍出版社，1997 年，第 2189 页。

如《后汉书·侯霸传》说：侯霸"师事九江太守房元，治《穀梁春秋》，为元都讲"。又《郭丹传》说：郭丹"既至京师，常为都讲，诸儒咸敬重之"。《丁鸿传》说："鸿年十三，从桓荣受欧阳《尚书》，三年而明章句，善论难，为都讲。"《魏书·祖莹传》说："时中书博士张天龙讲《尚书》，选为都讲。"余嘉锡先生说：由此可知，经师讲经"一章既毕，都讲更质所疑，反复辩难，以晓四座，使众所未了，具以释然，则不至是非蜂起也"①。前面列举的《公羊传》《穀梁传》就是这种传经方式的产物，后世产生的《白虎通义》就是在其影响下形成的成果。这是正史记载的例证。再看其他文献记载，如《世说新语·文学》篇说："支道林、许掾诸人共在会稽王斋头。支为法师，许为都讲。"《佛祖统纪》卷三十七记载，天监三年（504年）梁武帝在重云殿讲经："以枳园寺法彪为都讲，彪先一问，帝方酬答，载索载征，并通玄妙。"梁《高僧传·释僧导传》："僧叡见而奇之。问曰：'君与佛法且欲何愿？'导曰：'且愿为法师作都讲。'"这也说明，中国的固有讲经传统，已被佛教法师采纳。这种情况下，产生的论藏，与中国的解经方式大致相同，是谁影响了谁，已经不言而喻了。

《文心雕龙·论说》篇说，"详观论体，条流多品……释经，则与传、注参体……原夫论之为体，所以辨正然否"，以此"穷于有数，追于无形，迹坚求通，钩深取极"之阐述经书义理的方式，显然是只有"论"才能承担起职责，这种"论"的体式，正是"辨正然否"的最佳文体。统观孔子之《易传》，可谓"传、注参体"之样板。这也正符合了刘勰所谓"论、说、辞、序，《易》统其首"之识见②。《颜氏家训》的《文章》篇也说："夫文章者，原出五

---

① 余嘉锡：《余嘉锡论学杂著》上册，北京：中华书局，2007年，第162页。
② 陆侃如、牟世金：《文心雕龙译注》上册，第28页。

经……序、述、论、议，生于《易》者也。"①

马一浮先生说："自孔门以来，答问讲说之辞并有流传，未之或废。"②我们通过学术溯源，可以追到春秋之孔子那里，可以看到刘勰之训诂思想，有其古老的传统根柢。又从佛教史得知，佛教初传到中原地区，只是西域佛徒孤军传播，"至味不合于众口"，"其辞说廓落难用"，"世人学士，多讥毁之"③，难以获得中国人的认可。为了适应中国人的胃口，西域经师不得不千方百计地把佛经的义理和名词与中国的固有学术相对应和联系，例如：佛教的"空"，对准了道家的"无"；佛家的五戒去杀、盗、淫、妄言、饮酒，大意与儒家的仁、义、礼、智、信相比附。④这种对应，虽然不是绝对准确，但无论是笼络士大夫还是笼络普通百姓，都是颇为有效的。这也说明：西域僧人为了适应中国人的学术习惯，不仅是把佛教名词、义理与中国传统学术相对应，在文献上，也尽量适应中国人的阅读习惯。梁启超先生研究佛教在中原地区的传播史，得出结论，认为大体上是从东晋的道安开始，西域佛教逐渐本土化，慢慢地获得了士林之好感，渐成思潮⑤。这种本土化，不仅是专指僧徒的籍贯成分，还应该包括学术习惯和文献的撰著体式。这时的和尚注释儒、道经典，而士林名家注释佛经，一时之间成为时尚，这个时候的学术已经是你中有我，我中有你，实在是不易分清。

前面列举纪晓岚和蒋祖怡先生对刘勰有关"论体"的批评，我

① 王利器：《颜氏家训集解》，北京：中华书局，1993年，第237页。
② 马一浮：《泰和宜山会语卷端题识》，载马一浮《泰和宜山会语》，杭州：浙江大学出版社，2020年。
③ 僧祐：《弘明集》，上海：上海古籍出版社，1994年，第5页。
④ 魏收：《魏书·释老志》，北京：中华书局，1972年，第3026页。
⑤ 梁启超：《佛学研究十八篇》，北京：群言出版社，2013年，第6页。

认为他们的批评是不妥当的。一是他们没有看到"论之为体"在中国是有着古老的学术渊源的；二是否认了学术发展过程中不同学说之间的融合、贯通；三是后退一步说，即便是刘勰受到了佛家"论藏"之影响，也是非常妥帖的，正因为它妥帖，不应该视为"硬搬"；四是刘勰突破了蒋祖怡先生固守的"通例"，因而是个创见，他丰富了传统训诂学的手段和方法，扩大了训诂学家的视域，所以我说他是对训诂学很有贡献的学者。

（本文原刊《语文学刊》2022 年第 2 期）

下编　文心雕龙学探微

"文心雕龙学"发微

《文心雕龙》一书，广大悉备，为中国传统文化之大系统，且研究队伍庞大，中国《文心雕龙》学会也是国家注册的一级学会，"文心雕龙学"已经成为一门显学。什么是"文心雕龙学"呢？这个概念提出多年了，多年来还没有人做过阐释。2010年我曾经写信给台湾的"龙学"名家王更生先生，请求由他来撰写这个题目，认为他是最有资格的人选，但是，不久，王先生突然去世了，至今也没有见其他人发文阐述，笔者不揣浅陋，试想提出自己的意见，以就教于对此感兴趣的同仁。

一、《文心雕龙》一书的性质

要想阐述"文心雕龙学"，必须先考察《文心雕龙》一书的性质。

对于该书的性质，历来存在分歧。刘勰自己在《文心雕龙·序志》篇说："文心者，言为文之用心也。"最早给予评论定性的是姚察父子在《梁书·刘勰传》中认为"勰撰《文心雕龙》五十篇，论古今文体"。后来的研究者，对于《文心雕龙》一书的性质，认识不一。大体有文章作法、文学理论专著、子书、文章学、写作理论、修辞学，还有人说《文心雕龙》既是文论的经典，也是哲学的要籍，或者说是艺术哲学著作，等等。这些说法，各有各的道理，但是都有自己的偏颇之处。例如，如果相信姚察是"论古今文体"的理解，按照现代人对《文心雕龙》是由文原论、文体论、文术论、鉴赏批评论组成的解读，则姚察的看法就是以偏概全。当然，现代人也有与姚察父子相同看法的，例如，徐复观说："《文心雕龙》，广义地说，全书都可以称之为我国古典的文体论。"① 刘勰自己说："文心者，言为文之用心也。"表面上看，也是只强调了文术——"言为文之用心"——忽略了上篇的文体论。但是，知"文心"者，莫过于刘勰。后来詹锳先生说：《文心雕龙》"这部书的特点是从文艺学的角度来讲文章作法和修辞学，而作者的文艺理论又是从各体文章的写作和各体文章代表作家作品的评论当中总结出来的"②。詹锳的这个解读法容易被大家所接受。为什么呢？因为他照顾到了"各体文章的写作和各体文章代表作家作品"的解读，这就涵盖了刘勰"上篇以上"的各种文体。因为刘勰的文术论，不仅是在"下篇以下"的二十五篇，而上篇的二十篇也是在论述各种文体的产生、沿革或者说流变中总结出来的，即"敷理以举统"。"敷理以举统"就是说明文体的特点和写作方法及其禁忌，也体现了刘勰"言为文之用心"的定性。文章作法之谓与刘勰的"言为文之用心"是一致的。

从目录学看，《隋书·经籍志》将其编入了集部。其后，日本学者藤原佐世于日本宽平年间（889年—897年）奉敕编纂的《日本国见在书目》既在总集类著录，也在子杂类著录，用了双重著录法。唐代之后，公私书目，或入集部，或入子部，或入诗文评类，历代各有分歧，直至清《四库提要》及其之后，才归于集部的诗文评类，这都是由于《文心雕龙》本身性质导致的分歧，事由出在学者的不

---

① 徐复观：《〈文心雕龙〉的文体论》，载徐复观：《中国文学论集》，北京：九州出版社，2014年，第4页。

② 詹锳：《文心雕龙义证·序例》，上海：上海古籍出版社，1989年，第1页。

同定性。说它是文学理论专著，其中有大量的文体种类，并不属于文学，这种定位必然有相当多的内容没法涵盖，因而，招致了纪昀、刘大杰等人认为刘勰文学概念不清之批评。说它是哲学要籍，这是由中国文化的特殊性决定的，这种特殊性决定了文学史与哲学史的重叠性，很多名家的著作，既是文学的经典，也是哲学的要籍，其作者既是文学家，也是哲学家，刘勰《文心雕龙》就是一例。刘纲纪教授就以《文心雕龙》为资料，对刘勰的哲学思想进行了解读，认为"刘勰不仅是既有成就的文学理论家，也是齐梁时不可多得的哲学家"，而且是一位"自然主义哲学家"①。说《文心雕龙》是子书，也颇有理由。从刘勰撰写《文心雕龙》的动机来看，他觉得文章是经典的枝条，唯有论"文心"可以对齐梁时期的文坛颓势起到挽倾扶危、匡世救弊的作用，体现自己入道见志之心。在刘勰看来，论文，也是"敷赞圣旨"，甚至高于普通的注释经书之务。谭献在《复堂日记》中称颂《文心雕龙》是"独照之匠，自成一家"，也应该说是看到了《文心雕龙》之真谛，所以台湾学者王更生说《文心雕龙》是一部"既有思想，又有方法，思想为体，方法为用，体用兼备的巨著，不仅在六朝时代，是文成空前；就是六朝以后，也乏人继武。我说《文心雕龙》是'文评中的子书，子书中的文评'，最能看出刘勰的全部人格和《文心雕龙》的内容归趣"②。从唐代的刘知几，到明清的杨升庵、程宽、叶联芳、伍让、都穆、曹学佺等人，对彦和皆以子称之。正是《文心雕龙》一书的这种复杂性，给研究"文心雕龙学"的人"龙学深似海"之感。它的"深"，就在于其立体多棱。刘勰固然是在论文，但是这个"文"不只是文学的文，而是反映社会生活方方面面的文，既涵有有韵之文，也涵有无韵之笔。

① 朱文民：《关于刘勰定位问题的思考》，《语文学刊》2018 年第 3 期。
② 王更生：《重修增订文心雕龙导读》，台北：华正书局，2004 年，第 13 页。

它是《序志》篇说的"唯文章之用，实经典枝条，五礼资之以成，六典因之致用，君臣所以炳焕，军国所以昭明"的"文"，是"写天地之辉光，晓生民之耳目"的文，正是"文之为德"的体现。这种"文"正是"经"的枝条或者流裔。"如此之'文'，显然不是作为艺术之文学所可范围的了。因此，刘勰固然是在'论文'，《文心雕龙》当然是一部'文论'，却不等于今天的'文学理论'，而是一部中国文化的教科书。"①

经子之分野，肇自汉代。春秋战国时期，圣贤并世，鬻老周孔，互为师友；汉武帝独尊儒术，周孔为圣，鬻老为子，经子自此异流。根据刘勰自己在《序志》篇的交代，他论的"文"是"经典枝条"，是为政治服务的，这样出自经书的"流"还不是子书吗？也许正如游志诚教授说的《文心》是"子集合流"的产物②。正可谓在经书面前，它是子书，在文论之中，它是经典。

陈寅恪先生说：

> 对于古人之学说，应具了解之同情，方可下笔。盖古人著书立说，皆有所为而发。故其所处之环境，所受之背景，非完全明了，则其学说不易评论，而古代哲学家去今数千年，其时代之真相，极难推知。……必须备艺术家欣赏古代绘画雕刻之眼光及精神，然后古人立说之用意与对象，始可以真了解。所谓真了解，必神游冥想，与立说之古人，处于同一境界，而对于其持论所以不得不如是之苦心孤诣，表一种之同情，始能批评其学说之是非得失，

---

① 戚良德：《〈文心雕龙〉是一部什么书？》，《光明日报》2021年12月6日，第13版。

② 游志诚：《〈文心雕龙〉与〈刘子〉跨界论述》，台北：华正书局，2013年，第9页。

而无隔阂肤廓之论。[①]

　　上面这段话，虽然是陈寅恪先生对冯友兰《中国哲学史》上册进行审查时发的议论，我们完全可以理解为陈先生研究中国文史的体会。他说的"对于古人之学说，应具了解之同情，方可下笔"，要求评论者必须"与立说之古人，处于同一境界，而对于其持论所以不得不如是之苦心孤诣，表一种之同情"的话，我们就会看到上面有关于《文心》性质的诸种说法，主要是把古人现代化了，用了现代学术分科的理论去硬套了《文心雕龙》的性质。刘勰那个时代没有"文学理论""写作理论""艺术哲学""修辞学""美学""文学""子书"之谓，也没有什么哲学、文学之分野，只有"文笔"之分，而且他那个时代已经在文章学意义上使用"文章"一词。《文心雕龙》一书对"文章"一词使用24次之多，除了几处表示"典章制度""德行"以外，主要是从"文章学"意义上来使用的。所以现在有人就说"《文心雕龙》是中国文章学成立的标志"[②]。

　　我曾经在拙著《刘勰传》里说："《文心雕龙》的立体多棱和博大精深，成为中华民族的一座文化宝库。文论家开门一望，看到的是文学理论；写作理论家开门一望，看到的是写作理论；文章学家开门一望，看到的是文章学理论；兵学家开门一望，看到的是兵学理论；哲学家开门一望，看到的是哲学理论，等等。我想无论是文学理论、写作理论，还是子书或是美学理论，都应当包含在文章学之中。综合各家学说，从目前来看，定《文心雕龙》为文章学专著，

　　① 陈寅恪：《冯友兰中国哲学史上册审查报告》，《金明馆丛稿二编》，北京：生活·读书·新知三联书店，2001年，279页。
　　② 吴中胜：《〈文心雕龙〉是文章学成立的标志》，《光明日报》2021年5月17日，第13版。

歧义相对小一些，或许更符合刘勰之本意。"① 如此给《文心雕龙》定性，是否算是陈寅恪先生说的"神游冥想，与立说之古人，处于同一境界"，"表一种之同情"，"始可以真了解"，也不敢奢望，因为我不敢说自己已经与刘勰处于了"同一境界"。

随着"文心雕龙学"研究的深入和发展，这个争论可能还会继续下去。

二、"文心雕龙学"的内涵

《白虎通·辟雍》篇说："学之为言，觉也，悟所不知也。""学"字本义为觉悟，以觉悟所未知也。学又训为效，后觉者必效先之所为。《说文》：学，"觉悟也"。清代段玉裁注引《学记》曰："学然后知不足，教然后知困。知不足，然后能自反也；知困，然后能自强也，故曰教学相长也。《兑命》：学学半。"根据这个对"学"的解释，我们可以说，对《文心雕龙》的研究和领悟，从不知到知，以悟其理的学问，即研究《文心雕龙》的学问，简单地说，就叫"文心雕龙学"。

在学术界，判断一种学术是否构成一种"学"，大都需要三个条件：第一，是否已经有一批学者在研究这种学术；第二，是否已经产生该门学术的代表性著作；第三，该门学术是否已经引起学术界的关注。② 从《文心雕龙》研究史上看，《文心雕龙》之有注释，在唐写本上已经有了，宋代有辛处信注释本，但是已经失传，在王应麟的《玉海》和《困学纪闻》中有遗迹。明代有杨升庵的批点本、王惟俭的训故本和梅庆生的音注本，到清代则有集大成者黄叔琳的辑注本。至此，我把黄叔琳及其以前的"龙学"称之为古典"龙学"，

---

① 朱文民：《刘勰传》，西安：三秦出版社，2006 年，第 268 页。
② 杨权：《论章句与章句之学》，《中山大学学报》2002 年第 4 期。

黄叔琳为其代表性学者，其《文心雕龙辑注》本为代表性著作。[①]
黄叔琳之后，对《文心雕龙》的研究则可用雨后春笋来形容。这一
段时间的"龙学"，不仅继承了古典"龙学"的训故、注释，还注
重理论阐释，注重《文心雕龙》作者及其家族的研究，代表性著作
有黄侃《文心雕龙札记》、范文澜《文心雕龙注》等，还有一大批
论文，代表性学者有黄侃、范文澜、刘咸炘、杨明照等，我把这及
其之后的成果，称之为现代"龙学"[②]。它的内涵包括对《文心雕龙》
的版本校勘、语译和理论阐释等。

　　（一）《文心雕龙》版本研究。《文心雕龙》版本繁多。从敦
煌写本，到宋《太平御览》引录本，再到元刻本，可以说，这是三
个最为古老的版本了，也是孤本。可惜三个版本，没有一个是全本，
皆为残本。尽管敦煌写本是目前已知最古老的本子，但毕竟不是刘
勰最初的定本，既然是抄写本，总免不了"书三写，鱼成鲁，帝成
虎"（《抱朴子》语）。敦煌写本除了大部分残缺之外，还因为抄
写者用的是行书，且有不少的六朝古字同音假借字、俗字，这就给
读者带来不便，需要校勘者借用他本校勘。宋《太平御览》引录本，
保留了宋人见过的宋代版本二十三篇的部分内容，共计四十三则，
九千八百六十八字，占《文心雕龙》全书的百分之二十六多一点，
比唐写本还多一千多字。元刊本《文心雕龙》也是残本，其中不仅
有漫漶处，还有缺页现象。明代版本繁多，但是善本难求，至有梅
庆生音注本、王惟俭训故本，虽为时流所称，但是世间难寻，即使
像王士禛这样的大学者也是为此"访求二十年始得之"，可见印数
之少。这众多版本之间的源流至今也没有理出头绪。清代盛行黄叔

---

　　① 朱文民：《黄叔琳与古典"龙学"的终结》，《语文学刊》2019 年第 2 期。
　　② 朱文民：《黄侃先生与中国现代"龙学"的创建》，戚良德主编：《中国文论》
第六辑，济南：山东人民出版社，2019 年。

琳辑注本。据现代学者研究，黄叔琳辑注本的底本，就是元至正刊印本。在古典"龙学"时期，龙学家主要是做了校勘工作。即使在现代龙学队伍中，也出现了一些校勘大家，如王利器、杨明照、张立斋、詹锳、林其锬等校勘名家，其成果为学林所认可。

（二）《文心雕龙》五十篇的篇次研究。早些年，刘永济、杨明照、范文澜、郭晋稀、李曰刚等人都认为现行版本的篇序有问题。但是在要不要重新编次的问题上，意见也不一致。郭晋稀、李曰刚等人的专著，都根据自己的理解改变了通行本的篇序。其他人虽然认为有问题，但是没有重新改编篇次。牟世金先生认为现行本的篇次基本上保留了原貌，如果觉得有问题，应该写文章说出自己的理解和主张，但不宜直接改编篇序。如果各人都按照自己的理解改编，"从改编的结果来看，难免形成各是其所是的局面"①，只能使现行版本更加混乱。近几年出版的译注本子，仍然有学者按照自己的理解改变了篇序，按理说，这是不妥的，容易被人看成是替古人改书。近些年有学者用易学视角考察《文心雕龙》篇次，认为现在通行本的篇次是按照《周易》六十四卦"两两相偶""非覆即变"的方法编排的，保持了刘勰的原貌，这个研究成果，其意义不可小觑。②

（三）小学理论。这里说的小学之谓，是从汉代至清代的提法。如果用"文字学"这个提法，也是不妥，因为民国时期的文字学家，已经把具有紧密联系的所谓"小学"的形、音、义三个质素，分列阐说，称之为文字学（讲字形）、音韵学（讲音韵）、训诂学（讲字义）。

小学之类，在四部中，列入经学附庸。这本是刘勰撰写《文心雕龙》一书之前，早已经具备的学识，同时也是《文心雕龙》一书的重要内容之一，并设有专篇。

---

① 牟世金：《文心雕龙研究》，北京：人民文学出版社，1995年，第93页。
② 朱清：《〈文心雕龙〉易学撰著体例探析》，《中国哲学史》2008年第4期。

　　凡是从事文化工作的人，必须首先闯过"小学"关，所以有关汉字形、音、义的知识，汉代称为小学，这是学童开蒙的第一关。读书先要识字，作文必须练字造句，然后连句成篇。刘勰《文心雕龙》专列《练字》《声律》《章句》等篇，正是出于这一目的。

　　1. 文字形制。刘勰认为"鸟迹明而书契作"，这是文字发生的文献系统说。而后来的文字学家则结合考古证明，认为文字开始于图像，这也就是为什么六书把"象形"列为第一的缘故。所以，刘勰认为"《易》象惟先"，是很有见识的。

　　刘勰认为："秦灭旧章……汉初草律，明著厥法。太史学童，教试六体。又吏民上书，字谬辄劾。""六体"之谓，是指六种字体[①]。在汉代初期，因为六国遗老不少，当时的大学者无不通晓汉字的形、音、义。这就是刘勰说的"是以前汉小学，率多玮字，非独制异，乃共晓难也"。

　　后汉时期，文字学转趋疏略，"自晋来用字，率从简易，时并习易，人谁取难？"后来文家作文用字不讲究，随手捡来用上，别字、俗字、自造字满篇多有，以至于成了刘勰说的"字妖"。[②]可见刘勰《练字》篇的设置是有针对性的，是为了纠正"字妖"现象，意义不同寻常。

　　刘勰在《练字》篇说"夫爻象列而结绳移"，认为八卦的产生，结束了上古结绳记事的时代，人类进入了文明时期。刘勰所谓"先王声教，书必同文，轩轩之使，纪言殊俗，所以一字体，总异音"。这是任何一个大一统的社会必须采取的措施。

---

　　① 六种字体是指古文、奇字、篆书、隶书、缪篆、虫书。《说文解字序》说是八种字体：大篆、小篆、刻符、虫书、摹印、署书、殳书、隶书。

　　② 中国文字发展史上大的混乱期有两个，一是春秋战国时期，二是魏晋南北朝时期。这两个时期是国家混乱，政出多门，导致的文字形体和读音不能统一。春秋战国时期造成的文字混乱，经过汉代，基本统一了；魏晋南北朝时期造成的混乱，直到宋代才基本克服，但是在民间文学作品中仍有表现。

从《练字》篇可以看到，刘勰认为，汉语言文字的产生和发展，经历了"爻象"、"鸟迹"、"书契"、籀文、秦篆、秦隶、汉隶、正书等字体。①

刘勰说："鸟迹明而书契作，斯乃言语之体貌，而文章之宅宇也。"这就是说"心既托声于言，言亦寄形于字"。言语是人类交际的声音，声音通过文字符号记录下来，就由声象变成了物象，物象就有了"体貌"。积字成句，积句成章，积章成篇，因此文章就寓居在文字之中，成了文章之宅宇，可谓刘勰之自铸伟辞。

《文心雕龙·章句》篇说"夫设情有宅，置言有位；宅情曰章，位言曰句。故章者，明也；句者，局也。局言者，联字以分疆；明情者，总义以包体。区畛相异，而衢路交通矣。夫人之立言，因字而生句，积句而为章，积章而成篇。篇之彪炳，章无疵也；章之明靡，句无玷也；句之清英，字不妄也"，可见文字对于文章的重要性。因而刘勰主张作文贵在"练字"，"练字"的"练"，李善注《文选·月赋》时说："练，与拣音义同。"拣通柬，《尔雅》："柬，择也。"刘勰本意是作文要选择恰当的文字组成"端直"的语句，使得文含风骨感召读者，以达到传达作者本意的目的。正是出于这一要求，刘勰才在《风骨》篇主张"捶字坚而难移，结响凝而不滞，此风骨之力也"。"捶字"就是练字，"捶"就是锤炼。至此，《练字》篇的意义明矣！

刘勰还提出了练字的四个方法："是以缀字属篇，必须拣择：一避诡异，二省联边，三权重出，四调单复。""诡异者，字体瑰怪者也。""联边"和"单复"是一个文章表面观感的美学问题。"联边者，半字同文者也"，"省联边"就是要求尽量减少用偏旁相同

---

① 刘勰那个时代，尚未有考古学，刘勰自然没有见到商周时期的甲骨文和金文。"古文"之谓，不同时期有不同的内涵。刘勰说的"古文"当指包括"程邈造隶"之前使用的文字。

的文字组成句子，否则，就会给人以《字林》之感。刘勰是齐梁时期颇有声望的书法家，对于书品肥瘠文字的搭配和排列，颇有讲究，这不仅是内容上的要求，更多的是在美学意义上提出这个"磊落如珠"的要求。"权重出"的"权"是斟酌之意，就是指要斟酌用字，避免重复、给人以语言贫乏之感。

这说明刘勰不仅是一位伟大的文学理论家和杰出思想家，还是一位颇有建树的汉字学家。

2. 音韵学。所谓音韵学，就是讲究呼吸清浊高下之谓。《文心雕龙》之音韵学，最集中的是在《声律》篇。声律就是音韵协和的规律。魏晋至齐梁的声律学就是后世音韵学。刘勰在《声律》篇首先提出音律的起源问题。他认为："音律所始，本于人声者也。"这就是说乐器是对美好人声的模仿，所以乐器是写歌声的，不是歌声去学习乐器的，这一点是必须弄清楚的。"言语者，文章关键，神明枢机，吐纳律吕，唇吻而已。"言语形成文章，文章需要读者阅读，阅读必经"唇吻"，这就需要有乐感，这乐感就是抑扬顿挫，需要声、调、韵的和谐，才能朗朗上口，这就形成语音和谐的规律。这和谐的规律需要"和"和"韵"的配搭得体。什么是"和"，什么是"韵"呢？刘勰说："异音相从谓之和，同声相应谓之韵。"这就是后世说的平仄律和"韵律"。齐梁时期虽然发明了四声说，但还不叫平仄律，只可以叫"四声律"。齐梁的"四声"与现代普通话的"四声"不同。齐梁的"四声"是平声、上声、去声、入声，现代普通话的"四声"是阴平、阳平、上声、去声。平仄之谓，是后世对齐梁时期四声律的简化。"和"是声调相反的和谐，"韵"是同韵的和谐。刘勰的体会是"选韵"容易，"选和"难。这种"选和"无论是有韵之文，还是无韵之笔，都是需要的。

在谈论声、韵、调的时候，刘勰有几句精彩的议论：

凡声有飞沉，响有双叠。双声隔字而每舛，迭韵离句而必睽；沉则响发而断，飞则声飏不还，并辘轳交往，逆鳞相比，迕其际会，则往蹇来连，其为疾病，亦文家之吃也。夫吃文为患，生于好诡，逐新趣异，故喉唇纠纷；将欲解结，务在刚断。左碍而寻右，末滞而讨前，则声转于吻，玲玲如振玉；辞靡于耳，累累如贯珠矣。（《声律》）

这几句话的精辟之处，在于体现了刘勰音韵学上的双声叠韵原则。所谓"声有飞沉"，就是指声调的轻重、高低、清浊、抑扬等，一句话，即后世的平仄问题。"响有双叠"的"响"是对前面"声"的回应，这是声响律。"'声响律'是声律学的核心。首先倡此说的是沈约，其次是刘勰。"① 不过，沈约只是说了"浮声"，即"若前有浮声，则后须切响"。沈约这句话的前面是"宫羽相变，低昂互节"（沈约《宋书·谢灵运传论》）。本来前面的两句话说得还算圆融，不知何故，下一句只是说了"浮声"，没有说"沉声"。浮声就是飞声，沉声就是低声，沈约没有谈沉声。刘勰的"飞沉"说，等于补上了沈约的不足。这也许就是沈约感到刘勰《文心》"深得文理，常陈诸几案"的缘由之一吧！"双叠"是双声叠韵。"双声"，就是两字同声母，例如《章句》篇的"譬舞容回环，而有缀兆之位；歌声靡曼，而有抗坠之节也"。"回环""靡曼"皆为双声；"叠韵"，就是两字同韵母，例如《比兴》篇的"螟蛉以类教诲，蜩螗以写号呼"。"螟蛉"为叠韵。"双声隔字而每舛，迭韵离句而必睽"，即"双声"不可隔字，如果隔字，读起来就别扭，如"回环""靡曼"

---

① 何九盈：《中国古代语言学史》，北京：北京大学出版社，2006年，第96页。

各在中间不得插字使用。这里必须指出是"隔字"，而不是"隔词"①；"叠韵"不可离句，如果离句，读起来就不顺畅，如"螟蛉""蜾蠃"各在中间不得插字使用。这都是为了声调之美，是双叠律的戒律，违背了这一戒律，必然导致吃文之病。解决吃文之病的办法是去掉好奇之怪异癖好，文句的左面发生障碍，就从右面想办法，下面出现不畅，就从上面去调整，这就是解决"喉唇纠纷"的最好办法。

刘勰的《声律》篇还明确地提出了汉字发音的部位和所用术语，即"抗喉矫舌之差，攒唇激齿之异，廉肉相准，皎然可分"，即喉音、舌音、齿音、唇音等术语。这些用词，为后世的音韵学所袭用。刘勰说的"夫商徵响高，宫羽声下"，就是传统声韵学上讲的宫、商、角、徵、羽，可用乐谱上的1、2、3、5、6比拟音阶。后世的"龙学"家对刘勰的《声律》篇的解读，显出功力不足，多有错误，甚至埋怨文本有误，以至于为刘勰改书，受到语言学家的斥责。②

刘勰的《文心雕龙》是骈体文，由于声韵的需要，刘勰不得不打破一些常识性的规矩，以迁就音韵，以至于后世的解读者认为《文心雕龙》用词有常识性的错误。例如：《明诗》篇"庄老告退，山水方滋"之"庄、老"用法。从时间上说，应该老子在前，庄子在后；《史传》篇之"班、史立纪，违经失实"的"班"是指班固《汉书》，"史"是指司马迁之《史记》，也是颠倒了时序。其实，不是刘勰错了，正是刘勰深谙音韵学，才采用了"庄、老"和"班、史"之颠倒时序的用法。"庄"是第一声，"老"是第三声；"班"是第一声，"史"是第三声。《史传》篇的"自《史》《汉》以下，莫有准的"句的"汉"是第四声，刘勰就按照时序称呼的。《世说

① 戚悦、孙明君：《〈文心雕龙〉的"双叠"论》，《暨南学报》2019年第11期。
② 朱文民：《语言学家对"龙学"家的批评》，戚良德主编：《中国文论》第六辑，济南：山东人民出版社，2020年。

新语》记载了一则王导与诸葛恢共争姓族先后的故事："王导说：'何不言葛、王，而云王、葛？'诸葛恢说：'譬言驴、马，不言马、驴，驴能胜马邪？'"①诸葛恢就巧妙地利用了汉语音韵学上的平仄问题，把丞相王导置于尴尬的境地。因为"王"是第一声，属于平声，"葛"是第三声，属于仄声，所以讲究音韵的人，习惯称"王、葛"，不称"葛、王"。而诸葛恢用"驴、马"之比喻习惯称呼以反驳王导，就是因为"驴"是第二声，属于平声，"马"是第三声，属于仄声，驴在前不是因为驴比马强，这种变被动为主动的技巧，就是利用了音韵学上的"四声律"，这也说明沈约发现四声律之前一百五十余年的时候，人们已经很注意利用声律学，只是尚未有人发现并总结出理论来。刘师培先生就说：

> 音韵之学，不自齐、梁始。封演《闻见记》谓："魏时有李登者，撰《声类》十卷，以五声命字。"《魏书·江式传》亦谓："晋吕静仿吕登之法作《韵集》五卷，宫、商、角、微、羽各为一篇。"是宫羽之辨，严于魏、晋之间，特文拘声韵，始于永明耳。考其原因，盖江左人士，喜言双声，衣冠之族，多解音律。故永明之际，周、沈之伦，文章皆用宫商，又以此秘为古人所未睹也。②

陆宗达、王宁说："平上之分起于东汉之末。"③

3. 训诂学。训诂学就是训释古今称谓雅俗之不同。训诂学在清代以前属于小学，研究汉字的义理，这又正是解读经书所需要的，所以成了经学的附庸。训诂学，笼统地说，就是以语言解释语言，

---

① 李天华：《世说新语新校》，长沙：岳麓书社，2004 年，第 444 页。

② 刘师培：《刘师培中古文学论集》，北京中国社会科学出版社，1997 年 6 月，第 93 页。

③ 陆宗达、王宁：《训诂学方法论》，北京：中华书局，2018 年 7 月，第 109 页。

但是具体说，其内容却非常广泛，它是人们从事古典学术研究不可或缺的基本功。刘勰在《文心雕龙》中，大都涉及到了训诂学的原理和方法，并且较之前人有发展和创新。刘勰在《序志》篇说：

> 敷赞圣旨，莫若注经，而马、郑诸儒，弘之已精，就有深解，未足立家。唯文章之用，实经典之条。……于是搦笔和墨，乃始论文。

这里透出的信息是刘勰曾经为注释经典储备了知识，作为经学附庸的文字、音韵、训诂，正是刘勰储备力量的重要内容。我们详观《文心雕龙》一书，内中有不少篇章反映了刘勰的训诂思想和具体实践的例证。他的训诂思想主要表现在以下几个方面：

第一，主张"要约明畅"，反对繁杂冗长。《论说》篇曰：

> 若夫注释为词，解散论体，杂文虽异，总会是同。若秦延君之注《尧典》，十馀万字；朱普之解《尚书》，三十万言，所以通人恶烦，羞学章句。若毛公之训《诗》，安国之传《书》，郑君之释《礼》，王弼之解《易》，要约明畅，可为式矣。

第二，"明正事理"，释词确切。《指瑕》篇说：

> 若夫注解为书，所以明正事理，然谬于研求，或率意而断。《西京赋》称"中黄、育、获之畴"，而薛综谬注谓之"阉尹"，是不闻执雕虎之人也。

第三，明确字词的本义和引申义。《指瑕》篇批评注释者，阅读不周全，资料贫乏，甚至不注意训释需要灵活运用引申义，举例说：

> 又《周礼》井赋，旧有"匹马"；而应劭释匹，或量首数蹄，斯岂辩物之要哉？原夫古之正名，车两而马匹，匹两称目，以并耦为用。盖车贰佐乘，马俪骖服，服乘不只，故名号必双，名号一正，则虽单为匹矣。匹夫匹妇，亦配义矣。夫车马小义，而历代莫悟；辞赋近事，而千里致差；况钻灼经典，能不谬哉？夫辩匹而数首蹄，选勇而驱阉尹，失理太甚，故举以为戒。

第四，翻译。清代陈澧在《东塾读书记》卷十一说："地远则有翻译，时远则有训诂。有翻译则能使别国如乡邻，有训诂则能使古今如旦暮。"翻译和训诂是分不开的，我这里说的翻译，仅是从汉语古典文字到汉语语体文字的翻译，还不是两种语言之间的翻译。《文心雕龙》的翻译问题，在"龙学"界，虽然主要是将骈体古文翻译成现代语体文，也不是一件易事。自从冯葭初的《文心雕龙》演述至今，近百年来出版的译注本，可以说琳琅满目，没有争议者几乎没有。冯葭初的语译本出版于1927年，在龙学界一直没有引起注意，直到近几年才被戚良德教授发现，并撰文评论：

> 1927年10月，浙江湖州五洲书局出版了一部"言文对照"本的《文心雕龙》，该书以黄叔琳注、纪昀评本为基础，对《文心雕龙》五十篇作了"白话演述"，亦即语体翻译，演述者为冯葭初。……冯氏的"白话演述"既尽力"绎成语体"，也就是力图将原文的意义"表白"出来，又不离刘勰的原文左右，客观上保证了其译文更接近《文心雕龙》的原意。冯氏译文的一个显著特点是，对叙述性或描述性的原文，其译文较为畅达而流利，而

原文理论性强的段落，则译笔稍为晦涩而逊色，这导致冯氏之译在理论术语的翻译上有所欠缺，从而对原文的阐释性不够。①

此时的现代龙学尚处在初创时期，对于《文心雕龙》的一些重要理论阐释不够清晰，对于一些术语的理解也还没有弄清楚，翻译自然显得"晦涩"。既是在今天，近百年的时间里，出版了数百部《文心雕龙》研究专著，语体译注专著也不在少数，要找一部尽善尽美者，也是不可能的。在戚良德教授说冯著"对叙述性或描述性的原文，其译文较为畅达而流利，而原文理论性强的段落，则译笔稍为晦涩而逊色"的评价，又何尝不适用于现代的众多译注本呢！台湾学者王更生先生说："近代言翻译，已成专门的学术，而《文心雕龙》的翻译，更是专门学术中的专门学术。"②

但是，署名僧祐撰著的《出三藏记集》第一卷有一篇《胡汉译经文字同异记》，我读之再三，深感从语言文字表述、遣词造句，到知识结构，再到文学主张，无不与刘勰《文心雕龙·练字》《声律》篇及《灭惑论》相同。往昔前贤说《出三藏记集》虽署名僧祐，实为刘勰捉刀，言不虚也！③

翻译这门学问被台湾龙学家王更生先生称之为"专门学术中的专门学术"。"注释""义训"本身就是翻译，刘勰对此也有讲究。他在《灭惑论》中，批评了佛教典籍翻译中出现的问题时说：

---

① 戚良德、赵亦雅：《文心雕龙语体翻译的最早尝试——论冯葭初的〈文心雕龙〉"白话演述"》，《兰州大学学报（社会科学版）》2019 年第 5 期。

② 王更生：《重修增订文心雕龙导读》，第 90 页。

③ 清严可均在《全梁文》僧祐小传中认为："僧祐诸记序，或杂有勰作，无从分别。"严可均辑：《全上古三代秦汉三国六朝文》（四），北京：中华书局，1995 年，第 3373 页。范文澜《序志》篇注曰："僧祐宣扬大教，未必能潜心著述，凡此造作，大抵皆出彦和手也。"范文澜：《文心雕龙注》，北京：人民文学出版社，1958 年，第 730—731 页。

> 汉明之世，佛经始过，故汉译言，音字未正。浮音以佛，桑音似沙，声之误也。以图为屠，字之谬也，罗什语通华戎，识兼音义，改正三豕固其宜矣。[1]

虽然刘勰讲的是佛经翻译成汉文，王更生讲的是汉文翻译成外文，我这里讲的是文言文翻译成语体文，都是翻译，基本原理是相通的。统观龙学译注版本，琳琅满目，将《文心雕龙》这种骈文翻译为语体文，本来不应该成为大问题，细读诸家译本，就会觉得远非如此，无瑕者少之又少。

刘勰的训诂实践表现在如下几个方面：

第一，就我们所见，更多的是在《文心雕龙》上篇对文体名称的训释。这就是"释名以彰义"，我们看到刘勰大都采用了音训和义训的训诂方式。

《文心雕龙》文体论中170余种文体，[2]大都采用音训或者义训，恕不一一列举。

第二，注重校勘。汉语文献，在印刷术普及之前，主要是通过传抄流传，在字形、字音方面用字混乱，要想正确理解字义文义者，必须注重文字校勘。刘勰在《练字》篇曾说："经典隐暧，方册纷纶，简蠹帛裂，三写易字，或以音讹，或以文变。"为求正确理解文义，不可不辨析字音、字义和字形，这就需要具备校勘学常识。

第三，注释经书，阐述大旨。龚鹏程先生不愿意承认刘勰在训诂学方面的功力，但是又没法掩盖事实。他说：刘勰"比较倾向于古文家"。"古文家通常不太强调训诂之学，刘勰也很少显示他对

---

① 杨明照：《文心雕龙校注拾遗》，上海：上海古籍出版社，1982年，第800页。
② 王更生：《重修增订文心雕龙导读》，第61页。

训诂有多大功力，多半是就其大旨说，并强调条例，较接近古文家之风格。"① 我们认为这种说法是有违事实的，不是"很少显示他训诂有多大功力"，上篇的二十五篇，处处显示了他在训诂学上的功力，就是龚先生在事实面前也不得不承认。②

第四，刘勰在《章句》篇，虽然是从写作学的角度，谈论从字、词、句到章节的构筑方法，但是细读起来，对于读者来说，分析句读是断章析句首先遇到的问题。读者不仅要解释文章中的词义，阐述内容，在解释篇题、点名章旨、理解大意的同时，也要分析文章的篇章结构。汉代的章句学虽然繁琐，但是对于读者理解文章的结构，却是不可或缺的。刘勰在《章句》篇末，对于虚词应用规律的总结，为后人训释语句提供了经验，值得称道。刘勰说："寻'兮'字成句，乃语助余声。……至于'夫''惟''盖''故'者，发端之首唱；'之''而''于''以'者，乃札句之旧体；'乎''哉''矣''也'者，亦送末之常科。"这些经验性的总结，在当时是一种发明。纪昀评"论语助亦无高论"③，是拿了明清时期发展了的学术成就去评论古人。因为自从元明之后，特别是清代朴学大盛，已有专书讨论这些"之乎者也""若夫岂但"之类的用法，慢慢变成了一种专门的学问，例如《助字辨略》等专门讨论语助词。而刘勰那个时代尚未发展到这个地步。判断一个人的学术贡献，是看他比他的前人多提供了什么，而不是以今律古，不能用今天的科学技术去嘲笑中国古代的四大发明。

第五，在训诂学上的创新。刘勰《论说》篇说"传者转师，注者主解"，这是汉儒常用的训诂方式。但是把"论"这种文体与

① 龚鹏程：《文心雕龙讲记》，桂林：广西师范大学出版社，2021 年，第 157 页。
② 龚鹏程：《文心雕龙讲记》，第 207—208 页
③ 黄霖编：《文心雕龙汇评》，上海：上海古籍出版社，2005 年，第 117 页。

"传""注"相联系，认为"释经，则与传、注参体"，刘勰是发明，并进一步认为"若夫注释为词，解散论体，杂文虽异，总会是同"。这就是说，刘勰认为注释之词，是解散了的论体之词，如果把这些分散的注释之词，汇总起来加以条理，就是很好的论著了。例如《易传》《左传》等。这个发明为什么是刘勰而不是别人呢？我想这或许与刘勰的学识结构有关系了。刘勰"为文长于佛理"，又曾经计划注释儒家经书，必然对于训诂学有所深究。而佛学的"经、律、论"中，"经"是佛说的话，"律"是佛家为管理僧侣及其信众制定的法律文书，"论"则是对佛经和戒律所作的解释。给佛经和戒律所作的解释可以称为"论"，给儒经做的注释不是也可以称为"论"吗？！我想这个发明也可能是刘勰受了佛学的影响而使之然，但已经是说不清了，因为刘勰在此列举的"论家之正体"是《白虎通义》，而这之前的经书传播，都是用的问答式。例如《春秋公羊传》《春秋榖梁传》。至于《论说》篇的"般若"一词，学界一直有争论。其实，从上下文来看，"般若"应该是指《般若无知论》，何以见得呢？因为前面均是举例论说的文章，而且文章名称均省用为两个字，例如《声无哀乐论》，称为《辨声》；贾谊的《过秦论》，简称《过秦》；陆机的《辩亡论》，简称《辩亡》等，这是骈文的局限性使然。后面的"般若"二字，如果是指"般若"学，则就不对称了。我说这是刘勰的一个创新，所谓创新就是有别于传统，正是有别于传统，才受到了传统派的批评。例如蒋祖怡先生就说："不符合我国古代称谓的通例，完全是把佛典中'佛言为经，菩萨解经之言为论'的说法硬搬过来的。按照我国古代的通例，解'经'之言，称'注''疏'或'传'，而没有叫'论'的。"① 蒋先生的这个批评是不妥的。这种不妥，就在于：一是他否认了学术发展过程中不

---

① 蒋祖怡：《文心雕龙论丛》，上海：上海古籍出版社，1985年，第8页。

同学科之间的融合、贯通；二是刘勰的借用是非常妥帖的，正因为它妥帖，又突破了蒋祖怡说的"通例"，因而是个创见，所以我说他是对训诂学的一个贡献。

（四）经学。刘勰是一位由宋跨齐入梁经历三朝的人物。中国学术经历了汉代的儒学独尊，中经名教危机，魏晋玄学勃兴，以至于发展到清谈误国，使得有识之士重新认识到经学的功用不可废，于是从宋代开始，虽有玄、佛的冲击，儒学还是开始振兴。刘宋王朝立总明观，设儒、道、文、史、阴阳五部学。王俭为祭酒，是以儒学大振。《南齐书·刘瓛陆澄传论》就说："儒风在世，立人之正通；圣哲微言，百代之通训……永明纂袭，克隆均校，王俭为辅，长于经礼，朝廷仰其风，胄子观其则，由是家寻孔教，人诵儒书，执卷欣欣，此焉弥盛。"① 在齐帝尚儒、王俭重儒之时，刘勰正处于世界观形成时期，经学根柢深厚，自有其时代的、家庭的熏染。其中，《易》学就是东莞刘氏的家学。《序志》篇说："齿在逾立，则尝夜梦执丹漆之礼器，随仲尼而南行。旦而寤，乃怡然而喜，大哉圣人之难见哉，乃小子之垂梦欤！自生人以来，未有如夫子者也。敷赞圣旨，莫若注经；而马、郑诸儒，弘之已精；就有深解，未足立家。唯文章之用，实经典枝条，五礼资之以成文，六典因之致用，君臣所以炳焕，军国所以昭明；详其本源，莫非经典。"这后面的几句话，是对《文心》开言便是"文之为德也，大矣"的最好注脚。"于是搦笔和墨，乃始论文。"

刘勰认为："圣哲彝训曰经，述经叙理曰论。"这"论文"的论体，源于《周易》，即"论、说、辞、序，则《易》统其首"。以论立名，首见于《论语》，其后庄周、吕不韦继之，"至石渠论艺，白虎通讲；述圣言通经，论家之正体也"。在刘勰看来，这论体是阐述经义的

---

① 萧子显：《南齐书》，北京：中华书局，1997 年，第 686—687 页。

最好形式。他虽然放弃了传统的马、郑式的经书注释方式，把论体用以论文，也是注经、传经。这就告诉读者，他写的《文心雕龙》虽然是一篇一篇的论文集起来的，但却是按照"大衍之数五十"列出的提纲撰写的，中间结构严格采用《周易》六十四卦"二二相耦""非覆即变"的排列方式，编排了篇序。而撰著的方法是"原始以表末，释名以彰义，选文以定篇，敷理以举统"。从思想到文体，再到篇章结构，皆从"经"书中来。在刘勰看来，文章之功用，实是大于传统的注经，他把推阐《文心》作为"敷赞圣旨"的工作，看成是高出于马、郑注释经书的功用之上。方孝岳先生大概也是这样理解刘勰的，所以他在其大著《中国文学批评》中，专列一个标题"发挥'文德'之伟大，是刘勰的大功"。《文心雕龙》的"文之枢纽"，即文学基本原理部分，就是从儒家传统的经学思想衍生出来的（即征圣、宗经），如果对经学茫然无知，则不可能问津"《文心雕龙》学"。《文心雕龙》全书引用《周易》228 处[1]，引用《诗经》221 处，引用《书经》178 处，引用《礼》223 处，引用《春秋左传》213 处（引用《公羊传》和《穀梁传》相对少一些），引用《论语》94 处，引用《孟子》45 处[2]。五经中弄懂一经都非易事，更何况弄懂五经。刘勰是一位由经学入史学、入文学的学术大家，他的基本思想就是经学。《文心雕龙》显示出刘勰的学问博大精深，就是因为他用从经学上得来的知识贯穿于他所有的评论之中。现在的学者中任何一个人，不管他多么自负，在刘勰面前都应该感到翘不起尾巴，这也就是《文心雕龙》为什么被后人称为奇书，写作这部奇书的作者被

---

① 该数字是从王仁钧《〈文心雕龙〉用〈易〉考》一文中统计出来，原文见台湾淡江文理学院中文研究室编著：《文心雕龙研究论文集》，台湾惊声文物供应公司印行，1957 年。

② 朱供罗：《"依经立义"与〈文心雕龙〉的理论建构》，昆明：云南人民出版社，2019 年，第 374 页。

称为奇人，就是因为它前无古人，后无来者。台湾《文心》学大家王更生教授就看出了这一点，他看出刘勰在写作《文心雕龙》的时候，有两个相辅相成的方法，他说：

> 这两个方法就像我们身体上的血脉经络，是有条不紊的。这两大脉络，一是"经学思想"，一是"史学识见"。且经学思想是点，史学思想是线，连点成线，串连出基本架构。常人只知道有《宗经》《史传》二篇，殊不知在《文心雕龙》全书里，"宗经思想"和"史学识见"汇成两道纵横交错的主流。"宗经"是刘勰思想的主导，"史学"是刘勰运笔的金针。①

我曾在一篇文章里评论王更生的这个见解说：

> 这是迄今为止，其他龙学家未曾发现的珍珠。刘勰正是在《文心雕龙》中设置了《史传》篇，才显示了他的史学功力。钱穆在《中国史学名著》一书中，评论刘知几的时候，说："《文心雕龙》之价值，实还远在《史通》之上。……《史通》只是评论'史书'，不是评论历史。……我们从此再回头来看刘勰的《文心雕龙》，那就伟大得多了。他讲文学，便讲到文学的本原。学问中为什么要有文学？文学对整个学术应该有什么样的贡献？他能从大处会通处着眼。他是从经学到文学的，这就见他能见其本原、能见其大，大本大原他能把握住。……刘勰讲文学，他能对于学术之大全与其本原处、会通处，都照顾到。因此刘勰并不得仅算是一个文人，

---

① 王更生：《重修增订文心雕龙导读》，2004年，第59页。

当然是一个文人，只不但专而又通了。"①

方孝岳先生在他的《中国文学批评》一书中，说唐代刘知几的《史通》自然也是了不得的书，作者也是以此自负有加，但是实在全没有通人的气象，我们只要一看《文心雕龙》就可以知道：

> 彦和的学问十分博大，他这书可以说是总括全体经史子集的一部通论。他并且深通内典，手定定林寺的经藏，著有《众经目录》，《梁书》说他"博通经论，区别部类，而为之序"。那又可以说是他为内典而作的《文心雕龙》了。②

从上文，我们可以看到王更生、钱穆和方孝岳等先生都把刘勰看成是一位通人。做一位学者不易，被学术界评论为通人更不容易。王更生为什么看出《文心雕龙》的"经学思想"和"史学识见"这两大脉络？我们还得从刘勰撰写《文心雕龙》的动机和《文心雕龙》的性质去体察。刘勰撰写《文心雕龙》的动机与南朝文学创作和文学批评的背景有关。南朝的文坛情形，《隋书·李谔传》说："江左齐、梁，其弊弥甚，贵贱贤愚，唯务吟咏。遂复遗理存异，寻虚逐微，竞一韵之奇，争一字之巧。连篇累牍，不出月露之形，积案盈箱，唯是风云之状。"时人萧子显《南齐书·文学传论》中记载："今之文章……启心闲绎，托辞华旷，虽存巧绮，终致迂回。"钟嵘《诗品·序》也记载："大明泰始中，文章殆同书抄。"刘勰《文心雕龙·明诗》篇曰："庄老告退，而山水方滋；俪采百字之偶，争价一句之奇，

---

① 朱文民：《"龙学"家牟世金与王更生先生比较研究》，戚良德主编：《儒学视域中的〈文心雕龙〉》，上海：上海古籍出版社，2014年，第118—119页。

② 方孝岳：《中国文学批评》，上海：世界书局，1934年，第49页。

情必极貌以写物,辞必穷力而追新,此近世之所竞也。"《物色》篇曰:
"自近代以来,文贵形似,窥情风景之上,钻貌草木之中。吟咏所发,
志惟深远,体物为妙,功在密附。"这是创作界的情况,显然令刘
勰不满。而文学批评界的批评则又是怎样的呢?《序志》篇说:"各
照隅隙,鲜观衢路……未能振叶以寻根,观澜而索源。不述先哲之诰,
无益后生之虑。"面对这种氛围,刘勰要作《文心雕龙》以救治这
种弊病。《序志》篇说:

> 唯文章之用,实经典枝条,五礼资之以成,六典因之致用,
> 君臣所以炳焕,军国所以昭明,详其本源,莫非经典。而去圣久远,
> 文体解散,辞人爱奇,言贵浮诡,饰羽尚画,文绣鞶帨,离本弥
> 甚,将遂讹滥。盖《周书》论辞,贵乎体要,尼父陈训,恶乎异端,
> 辞训之奥,宜体于要。于是搦笔和墨,乃始论文。

　　既然"详其本源,莫非经典",那么刘勰就要从源头上找回雅
正的文风和已经"解散"的文体,以达到"正末归本"之目的。刘
勰认为各种文体无不源于五经。《宗经》篇:

> 论、说、辞、序,则《易》统其首;诏、策、章、奏,则《书》
> 发其源;赋、颂、歌、赞,则《诗》立其本;铭、诔、箴、祝,则《礼》
> 总其端;记、传、盟、檄,则《春秋》为根。并穷高以树表,极
> 远以启疆,所以百家腾跃,终入环内者也。

　　刘勰把20种文体大类一一点出它们的"首""源""本""端""根"。
这里必须指出,《宗经》篇尚未列出的其他一些文体,在《文心雕龙》
其他篇中,也有明言或者暗示源于经书。如《离骚》"同于风雅",

"取镕经意"，可见《骚》源于《诗经》；《正纬》篇"夫六经彪炳，
而纬候稠叠"，可见纬源于经书。《史传》篇，主张"以经树则"。
《诸子》篇认为"述道言治，枝条五经"，"圣贤并世，而经子异流"，
源头皆在《五经》，等等。在《宗经》篇同时指出：

> 若禀经以制式，酌雅以富言，是仰山而铸铜，煮海而为盐也。
> 故文能宗经，体有六义：一则情深而不诡，二则风清而不杂，三
> 则事信而不诞，四则义贞而不回，五则体约而不芜，六则文丽而
> 不淫。扬子比雕玉以作器，谓五经之含文也。

王更生先生说："不知六经，即不能抉发中国文学的本根；不
明谶纬，即不能认识中国文学与神话的关系。"① 这就要求"《文
心雕龙》学"的研究者，必须具备相当的经学修养，本着刘勰由经
学入文学的脉络，才能对"《文心雕龙》学"有真了解。

（五）史学。从《明诗》到《书记》的二十篇中，本着"原始
以表末，释名以章义，选文以定篇，敷理以举统"的原则，阐述各
种文体的沿革和变迁。一个"原始以表末"，就是用的"史法"，
即探究各种文体的"始"与"末"。《文心雕龙》上篇是最早的中
国文体发展史，有人说《文心雕龙·时序》篇是最早的中国文学通
史，《明诗》篇是一篇诗歌发展的专门史，《乐府》篇是乐府诗发展
的专门史，其实《诸子》篇也是子学发展的专门史。

无论是"文体发展史"还是"文学通史"、诗歌史、乐府史，
子学史，体制有大有小，都是中国历史的一部分，只不过它是中国
历史的专门史罢了。撰写文体发展史和文学通史、诗歌史、乐府史、
子学史，也与撰写一般历史书一样，需要史才、史学、史识和史德。

---

① 王更生：《重修增订文心雕龙导读》，第66—67页。

更何况《文心雕龙》中有专门的《史传》篇。中国史学史专家杜维运先生在《中国史学史》一书中给了刘勰相当高的评价，他说：《史传》篇的前半部分，是一篇精简的史学史。概括了自黄帝至南齐三千年的悠长时间，不仅讲了史官、史职的设置，职责的划分，史体的异同，还评论了《春秋》《左传》《史记》《汉书》《三国》，也评论了《阳秋》《魏略》《江表》《吴录》《晋纪》等史书。其评论的水平，"尽是精当之论，迄今不可易。《史传》篇后半部分，讨论史体的得失，记述的失实，历史的任务，益见精彩"①。

杜维运在为汪荣祖《史传通说》写的"序言"里说：

> 刘彦和亦精于史学，其《史传》一篇，扬搉史籍，探究史理，若隐现刘子玄《史通》之缩影。……简约文字中，于史籍之内容，史笔之抑扬，史法之要删，史任之重大，一一出以精见，虽至中西史学大通之今日，其见仍不可废。然则彦和之史学为不可及矣。②

杜维运先生在《中国史学史》还说：

> 刘勰论文，亦通论史，其精见往往可适用于两者，以致他能写出最有史学见解的《史传》篇出来。刘知几的《史通》一书，未尝不是自《史传》篇扩大而来。③

对于《宗经》篇提出的"文能宗经，体有六义"，杜维运先生评论说：

---

① 杜维运：《中国史学史》，北京：商务印书馆，2010 年，第 340—341 页。
② 汪荣祖：《史传通说——中西史学之比较·杜维运序》，北京：中华书局，2003 年。
③ 杜维运：《中国史学史》，第 340 页。

　　　　这是为文之道，也是写史之法。事信而不诞，义直而不回，
体约而不芜，写史须奉此为圭臬。情深而不诡，风清而不杂，文
丽而不淫，则是史文臻于真挚尔雅的途径。①

　　然而，纪昀则评《史传》篇说：

　　　　彦和妙解文理，而史事非其当行。此篇文句特烦，而约略依
稀，无甚高论，特敷衍以足数耳。②

　　自纪昀之后，在这个问题上，文论家大都受了纪昀的忽悠，即
使自负有加的学术大腕也在其间③，可见"史事非其当行"，门外
谈史而已。当年纪昀误扣在刘勰头上的帽子，今日拿来扣到纪昀及
其同道者的头上正合适。何谓"非其当行"？如"读兵书，而赏其
文辞、夸其章法、比较它与戏剧的关系，就叫作非其当行"④。

　　撰写历史，刘勰主张史书要有"表征盛衰，殷鉴兴废"的社会
功能；史官要有"按实而书"的史家良德、"立义选言，宜以经树则"
的思想、"史之为任，弥纶一代，负海内之责"的史家责任等⑤。
杜维运评论刘勰指出的史家职责和任务，"最见刘勰的真知灼见"⑥。
至于具体编撰史书，更有他自己的一套方法。例如"博练于稽古"，
不惜"紬裂帛，检残竹"；还需要订体例、核实资料等一系列准备

① 杜维运：《中国史学史》，第 337 页。
② 黄霖编：《文心雕龙汇评》，上海：上海古籍出版社，2005 年，第 58 页。
③ 龚鹏程：《文心雕龙讲记》，第 443 页。
④ 龚鹏程：《文心雕龙讲记》，第 3 页。
⑤ 刘勰：《文心雕龙·史传》篇。
⑥ 杜维运：《中国史学史》，第 342 页。

工作。在钱穆看来，刘勰做到了"经史会通"，刘知几虽然在史馆蹲了三十年，其水平还远在刘勰之下①。

香港学者黄维樑教授说："刘勰《时序》以千多字论述三千年的文学，自然不可能样样兼顾（他那个时代的文学现象也远远没有现在那样多元复杂），不过，他毕竟是体大虑周的理论家、批评家、史家。《时序》说'齐开庄衢之第，楚广兰台之宫'（帝王建华美宫殿以礼待文士），'征枚乘以蒲轮，申主父以鼎食，擢公孙之《对策》，叹倪宽之拟奏，买臣负薪而衣锦，相如涤器而被绣'（因能文而受奖掖、获厚待、得富贵），这些岂非涉及'报酬体系'？引文这里连作家的生活际遇都素描了"②，这些都要求研究"《文心雕龙》学"的人，必须具备史学素养。纪晓岚之文名不可谓不显，龚鹏程之学名不可谓不彰，尚且没有读懂《史传》篇，刘勰只有在史学名家钱穆和杜维运那里才算是遇到了知音，可谓"知音难求"，其他人尚需努力才是！

关于刘勰的史学思想，学术界有不少单篇论文，台湾王更生在《文心雕龙研究》一书中有专章《文心雕龙之史学》，杜维运《中国史学史》有专节《〈文心雕龙〉与史学》，杨明《刘勰评传》、朱文民《刘勰志》《刘勰传》中也有专章或专节论述刘勰的史学思想。汪荣祖专著《史传通说》，约23万字，对刘勰《史传》篇逐段解析，并与西方史学做了比较研究。这说明在学术界，刘勰的史学思想和史学才华是公认的。史学史也为刘勰留下了一席之地，不具备史学知识是难识《文心》真面目的。君不见，"龙学"队伍中，即使是

---

① 钱穆：《中国史学名著》，北京：生活·读书·新知三联书店，2001年，第125—132页

② 黄维樑：《最早的中国文学史：〈文心雕龙·时序〉》，《中国雅俗文学研究》第一辑，上海：生活·读书·新知三联书店，2007年，第36页。

大名鼎鼎的学者也容易出问题。例如杨明照先生对《宋书·刘秀之传》
中那句"刘秀之，字道宝，东莞莒人，司徒刘穆之从兄子也"的"从
兄子"理解有误，画列的刘勰家族世系表出现差错[①]。而张少康照
搬抄录杨明照的错误成果，又在刘肥名字旁边括注"刘夫人生"[②]，
本想标新立异，掩盖抄袭之丑，却成了画蛇添足，闹出笑话。少康
先生还把梁武帝的六弟萧宏，说成是梁武帝的儿子[③]。出现这种低
级错误，都是由于史学常识的缺失使然。又如龚鹏程先生的《文心
雕龙讲记》第二讲，讲刘勰家世，说刘勰祖父"灵真是'员外散骑
常侍'，官位还不错"[④]，不知资料来自何处。我撰写《刘勰志》，
研究刘勰家族历史，始终未见刘灵真的官职，是我读书不周，还是
龚先生言之无据？再如第三讲，说："建武元年（494），定林寺的
僧祐死了，刘勰替他作碑。"[⑤]后来又说："天监十七年（518），
刘勰迁步兵校尉。……同年，他作僧祐的碑文。"[⑥]僧祐的卒年有
明文记载，不是"建武元年（494）"。梁《高僧传·僧祐传》说：
僧祐"以天监十七年（518）五月二十六日卒于建初寺，春秋七十有
四。……弟子正度立碑颂德，东莞刘勰制文"。这些搞文学研究的
专家，一旦涉及到历史问题，往往就像喝醉了酒一样，说话没了准的。
可见研究"《文心雕龙》学"，必须具备相当的史学功力，不然则
会出现硬伤。

（六）子学。《文心雕龙》的性质问题学术界有分歧，前文已

---

① 杨明照：《文心雕龙校注拾遗》，上海：上海古籍出版社，1982年，第390页。

② 张少康：《刘勰及其〈文心雕龙〉研究》，北京：北京大学出版社，2010年，
第3页。

③ 杨承运、林建初编：《智慧的感悟——北京大学〈名著名篇导读〉》，华夏出版社，
1998年，第213页。张少康：《夕秀集》，北京：华文出版社，1999年，第131页。

④ 龚鹏程：《文心雕龙讲记》，第43页。

⑤ 龚鹏程：《文心雕龙讲记》，第74页。

⑥ 龚鹏程：《文心雕龙讲记》，第82页。

经言及。是子书，或是文论专著，还是哲学要籍？可以继续讨论，有一点是不容否认的，那就是刘勰以子自居，《文心雕龙》中的子学思想也是光芒耀眼。《文心雕龙》的思想主轴是将道家的自然论和气论纳入儒家学术中，形成具有时代特征的刘勰自己独特的思想体系，如果给他贴上学术标签的话，就是儒、道同尊。由于文中设置的《征圣》《宗经》篇和《梁书·刘勰传》中有"随仲尼而南行"，使得许多人陷入了迷雾中，即使是一些资深学者至终也未能辨别清楚[①]。

　　为了"敷赞圣旨"，刘勰本想注经，后来感到难以超越前贤，于是遵循"尼父陈训"，"搦笔和墨，乃始论文"，这是刘勰本意。《文心》书成，弥纶群言，时人评为"深得文理"。曹学佺评《诸子》篇曰："彦和以子自居，末篇《序志》内见之。"[②]谭献《复堂日记》说："阅《文心雕龙》。童年习熟，四十后识其本末。可谓独照之匠，自成一家。"又说："彦和著书，自成一子，上篇二十五，昭晰群言；下篇二十五，发挥众妙。并世则《诗品》让能，后来则《史通》失隽。文苑之学，寡二少双。立言宏旨，在于述圣宗经，所以群言就冶，众妙朝宗者也。"[③]视《文心》可谓子书矣。

　　何谓子书？《辞源》说："旧时六经之外，著书之说成一家言的，统称子书。"子者，男子之统称也。汪中《述学·释"夫子"》："古者，孤、卿大夫皆称子……称子不成词，则曰'夫子'……以'夫'配'子'取足成词尔……为大夫者，例称夫子，不以亲别也。后人沿袭，以为师长之通称，而莫有原其始者。"[④]孔门弟子常见如此。

---

　　① 朱文民：《杨明照先生与"文心雕龙学"》，《语文学刊》2020 年第 6 期。

　　② 黄霖编：《文心雕龙汇评》，第 63 页。

　　③ 杨明照：《文心雕龙校注拾遗》，第 447 页。

　　④ 汪中著，李金松校笺：《述学校笺》，北京：中华书局，2014 年 7 月，第643—644 页。

当然也有同辈之间称子者，如孔子称蘧伯玉为公孙叔子。刘勰之前，尚未有子学发展史，《文心雕龙》一书专设《诸子》篇，这是刘勰的一大创新。刘勰开篇道出自己的见解："诸子者，入道见志之书。太上立德，其次立言。百姓之群居，苦纷杂而莫显；君子之处世，疾名德之不章。唯则炳曜垂文，腾其姓氏，悬诸日月焉。"① 且与士大夫有同感："身与时舛，志共道申，标心于万古之上，而送怀于千载之下，金石靡矣，声其销乎！"② 这就不仅给子书下了定义，还道出了子书产生的个人原因。"诸"者，非一之词。称诸子，相对于群经、诸史而言，而非其他所指。周秦之际，学者辈出，各自著书立说，向诸侯推销自己的主张，学者并非一人，学派也并非单一，其著述也并不是一部，后世恒以"诸子"名之。诸子之说，行于汉代初年大收篇籍之时，诸子之书，多定自刘向之叙录。司马迁《史记》称诸子之书为"百家语"，说明"诸子"之谓，产生于《史记》之后。对汉代及其之后相当数量的子书，刘勰说：有的"虽标论名，归乎诸子。何者？博明万事为子，适辨一理为论，彼皆蔓延杂说，故入诸子之流"。这就指出了子和论的区别。在《诸子》篇，刘勰不仅指出了子书形成的社会原因和个人原因，还指出：子目肇始，莫先于《鬻子》，指出春秋时期是"圣贤并世，经子异流"，这可谓卓见。我们拿《文心·诸子》篇与《刘子·九流》篇作比较，《文心·诸子》把《鬻子》定为"子目肇始"与《刘子·九流》述道家，首列鬻熊，次列老子是一致的，其他学人未有持如此见解者。刘勰《诸子》篇："逮汉成留思，子政雠校，于是《七略》芬菲，九流鳞萃。杀青所编，

---

① 陆侃如、牟世金：《文心雕龙译注》上册，济南：齐鲁书社，1981年3月，第213页。

② 陆侃如、牟世金：《文心雕龙译注》上册，第222页。

百有八十余家矣。"此说正取自《汉书》①。《诸子》篇"鬻惟文友，李实孔师，圣贤并世，而经子异流"，正是《文心雕龙》和《刘子》儒道同尊的源头。《九流》观点正可为《诸子》篇作注脚。又，《九流》篇：

> 观此九家之学，虽旨有深浅，辞有详略，俏傽形反，流分乖隔，然皆同其妙理，俱会治道，迹虽有殊，归趣无异。犹五行相灭亦还相生，四气相反而共成岁。淄、渑殊源，同归于海；宫商异声，俱会于乐。夷、惠异操，齐踪为贤；三子殊行，等迹为仁。

这九家"俱会治道，归趣无异"，正是《灭惑论》"至道宗极，理归乎一"的注脚。

以上皆可为《刘子》刘勰著之内证。同时，又可以说这"俱会治道，归趣无异"和"至道宗极，理归乎一"是对百家争鸣的终极性总结。纵观南北朝思想史，也只有刘勰有此识见。

《文心·诸子》虽然是从文体学的角度，本着"原始以表末，释名以章义，选文以定篇，敷理以举统"的原则，解释诸子文体，评论诸子学派之成就及其文学风采，无疑《诸子》篇也是最早的子学发展史，显示了刘勰对子学研究的非凡成就。明代杨慎读到《诸子》篇的第一段时，遂作眉批曰："总论诸子，得其髓者，可见彦和洞达今古。"②

《刘子·九流》篇述及各家短长，正是发挥《汉志》"观此九

---

① 《汉书》说："凡诸子百八十九家，四千三百二十四篇。"而我们实际统计是一百九十家。可证《诸子》篇"百有八十馀家"的资料源于《汉书》，更可证与《九流》资料同源。

② 黄霖编：《文心雕龙汇评》，第63页。

家之言，舍短取长，则可以通万方之略矣"。又，"今异家者各推所长，穷知究虑，以明其指，虽有弊端，合其要归，亦《六经》之支与流裔"。这"弊端"与"所长"，经《九流》所指，可以"舍短取长"，以达到《易》曰"天下同归而殊途，一致而百虑"之目的，其《文心·诸子》《灭惑论》《刘子·九流》之要旨，也正在这里。

"洞达今古"的刘勰对子学的研究，有自己独到的见解。第一，他认为子书是"入道见志之书"，认为春秋以前圣人的话语，只是口耳相传，后人看到的"篇述者，盖上古遗语，而战代所记者也"。这就指出了先秦诸子之书多成书于战国。我们验证《汉书·艺文志》列出的诸子，确是大都结集于战国。第二，对子学发展阶段的划分，前无古人。刘勰所述诸子学术流派，以战国为界，并追溯其产生的渊源，是"王道衰微，诸侯力政，时君世主，好恶殊方。是以九家之说，蜂出并作"①。春秋时期及其之前是"圣贤并世，而经子异流"时期，此时为子学萌芽期。战国是"俊乂蜂起"即"百家争鸣"期。其后，暴秦烈火，"烟燎之毒，不及诸子"②。第三，子书的质量以汉为界。"两汉以后，体势浸弱，虽明乎坦途，而类多依采。""作者间出，谰言兼存，璅语必录，类聚而求，亦充箱照轸矣。"刘勰的这些评论，《颜氏家训·序致》篇也可证明③。先秦诸子与汉魏子学为什么有这种差别？原因在于时代不同了，汉代是一个大一统的社会，没有"诸侯力政，时君世主，好恶殊方"的条件。这里必须指出，先秦诸子之书，虽然以某子冠以书名，却非一人之作，汉魏

---

① 班固：《汉书》，北京：中华书局，2013 年，第 1746 页。

② 刘勰秦火"烟燎之毒，不及诸子"之说，当本于王充《论衡·书解》曰："秦虽无道，不燔诸子。"然而《史记·秦始皇本纪》云："天下有敢藏《诗》《书》百家语（即诸子书）者，悉诣守尉杂烧之。"

③ 《颜氏家训·序致》说："魏晋已来，所著诸子，理重事复，递相模敩，犹屋下架屋，床上施床尔。"

以将，除了《淮南子》外，大都是一人之作。历史上流传下来的子书，刘勰没有一味地标榜，而是把它分为"纯粹者"和"踳驳者"，划分的标准是是否依经立意。"其纯粹者入矩"的"矩"就是"经"，"踳驳者出规"的"规"也是"经"。子书是枝条《五经》，《五经》是一切文体和言论、行动的"规矩"和源头。从全文看，"出规"者有三类：一类是"虚诞"者；一类是"弃孝废仁"者；一类是"辞巧理拙"者。这种划分表现了刘勰的学术胆识。第四，既评论诸子思想，也评论诸子文学。评论诸子之思想者，在从"至如商韩，六虱五蠹，弃孝废仁，辗药之祸，非虚至也"至"亦学家之壮观也"一段文字，评论的标准是社会作用。评论诸子文章之文采者，是从"研夫孟荀所述"至"斯则得百氏之华采，而辞气之大略也"一段文字，评论的标准是《情采》篇的"情"与"采"。我们可以看到刘勰对子学史的划分是三时期，即先秦、秦汉、魏晋；质量的划分是"纯粹者"和"踳驳者"。这种既评论诸子思想，又评论诸子文采和子学史的品评方法，也是往昔言子学者不曾有过的。

再者，《文心雕龙·序志》篇"文果载心，余心有寄"的"心"，就是子家之心。

台湾已故学者张立斋先生说："彦和继《史传》之后有《诸子》，此必然耳。盖《汉志》云：'合其要归，亦六经之支与流裔也。'纪评'阑入'之说，非也。"①

王更生先生说："言诸子与文学之关系者，起于刘勰《文心雕龙》。《文心》之前，若王充《论衡》、魏文《典论》、陆机《文赋》、挚虞《流别》，论文均不及此。"②

一向主张《文心雕龙》为子书架构的台湾学者游志诚教授，在

① 张立斋：《文心雕龙注订》，台北：正中书局，1967年，第167页。
② 王更生：《重修增订文心雕龙研究》，第276页注释（二）。

其大著《〈文心雕龙〉五十篇细读》中，每一篇均列出一节《××篇子学内涵》。例如在《〈论说篇〉细读》中列出的《〈论说篇〉子学内涵》中说："《文心·诸子篇》与《论说篇》前后相次，有如子学姊妹之作，皆属子论，固无可疑！二篇只有'博'与'专'之大小差异，以及'子书'与'集论'之形式不同而已！"①游志诚教授如果没有长期研究诸子文学的历练，没有子学和经学素养，也读不出如此之滋味。尤其是游志诚读出《刘子》谋篇布局与《文心雕龙》相同，皆效仿《周易》六十四卦"二二相耦""非覆即变"的排列篇序，其撰著方法同是"原始以表末，释名以彰义，选文以定篇，敷理以举统"。有学者说："'龙学'深似海"，读出《文心》《刘子》谋篇布局皆效仿《周易》的朱清、游志诚二位学者，真乃深海探得骊珠，可谓刘勰之知音。

可见问津《文心雕龙》学，如果没有子学素养，也是会碰壁的。这方面的研究单篇论文也有一些。例如黄孟驹《王充〈论衡〉与刘勰〈文心雕龙〉》、龚鹏程《从〈吕氏春秋〉到〈文心雕龙〉——自然气感与抒情自我》、马白《〈淮南子〉与〈文心雕龙〉》、陈良运《〈文心雕龙〉与〈淮南子〉》、张少康《荀学与〈文心雕龙〉》等。专书中的专门章节有王更生《文心雕龙研究》中的《文心雕龙之子学》，朱文民《刘勰传》中的《文心雕龙诸子观》等等。专著首推游志诚《〈文心雕龙〉与〈刘子〉跨界论述》《〈文心雕龙〉五十篇细读》《刘勰〈刘子〉五十五篇细读》等。

（七）兵学思想。说到《文心雕龙》里有丰富的兵学思想，一般人是不信的。就我阅读所知，最早提到《文心雕龙》中有兵学思想的，是饶宗颐先生的《〈文心雕龙〉探原》一文。饶先生说："文武本异途，彦和则合一之，既主华实相胜，且力倡文武兼资。故讯

---

① 游志诚：《〈文心雕龙〉五十篇细读》，台北：文津出版社，2017年，第198页。

'扬马之徒，有文无质，所以终乎下位。'而言'文武之术，左右为宜。'邵毅、孙武，可为楷式，是以'摛文必在纬军国'，实亦取乎诗'允文允武'之意。"① 其后，美国学者林中明先生在《刘勰〈文心〉与兵略智术》一文中，曾举出大量例证。林先生说："身居乱世，明审时势，进能立功，退能立言，乱能全身，这是兵法名家孙子、张良留下的智慧。刘勰自幼熟读兵书，老来果决运用兵略，全身保誉而退，可算是知行合一。论文采，他比屈原、马迁、灵运、陆机诸贤或有未逮。然而他文武合一，知兵略而又能把兵法巧妙地运用到文论中和事业上，终于以《文心》成书传世抗衡前贤，而更以明哲托身不朽。"② 再后来，朱文民在《刘勰的兵学思想》一文中，把刘勰的兵学思想分为八个方面做了论述：（1）"修正道以服人"的战争观；（2）将帅"以智为先"的治军思想；（3）"习武不辍""精兵常备"的戎备思想；（4）"经正纬奇""就实通变"的战术思想；（5）"以仁为源""智仁并举"的带兵之道；（6）"临危制变""反经合道"的辩证思想；（7）刘勰兵学理论在其他领域的活用；（8）刘勰兵学思想的家学渊源。③《刘子·九流》篇："今治世之贤，宜以礼教为先；嘉遁之士，应以无为是务，则操业俱遂，而身名两全也。"这里也含有兵家智慧。

　　（八）文学（即集部）。刘勰的《文心雕龙》，其主体部分从架构上说，是由文原论、文体论、文术论、文评论四个大块组成。在文原论部分，从文的产生，到形成文章的过程以及文的功用，刘

　　① 饶宗颐：《文心雕龙探原》，饶宗颐主编：《文心雕龙研究专号》，台北：明伦出版社，1971 年，第 4 页。

　　② 林中明：《刘勰〈文心〉与兵略智术》，《史学理论研究》1996 年第 1 期；又见林中明《斌心·雕龙》，台北：学生书局，2023 年，第 76—77 页。

　　③ 朱文民：《刘勰的兵学思想》，薛宁东主编：《海峡两岸学者论兵》，北京：军事科学出版社，2011 年。

勰都做了透彻的阐释。刘勰认为文又分为天文、地文、人文。三者之中，天文和地文属于自然之文，与天地并生；而"人文之元，肇自太极"。这"太极"二字，龙学界的先贤做了错误的解读，机械地照搬了《易经》的训诂，认为"太极"是指天地未开的混沌时期，由此而得出刘勰的文学起源论是唯心主义的①。其实这个"太极"在文中的用意是可以理解为上古之意。此处不宜用小学家之训诂意见，而应该考虑语境，采用经学家之训诂方式。因为刘勰紧接着说"幽赞神明，《易》象惟先。庖牺画其始，仲尼翼其终"。刘勰那个时代，没有考古学，他所见到的最早的人文就是《易》象之类的八卦了。②从文字学的角度说，刘勰的见解是相当高的。人文效法天地之文，"心生而言立，言立而文明，自然之道也"，这就是"惟人参之"。从文的形成过程，讲到各种文体发展演变的历史。这文体论的"原始以表末"，讲了各种文体的"首""源""本""端""根"，并对各种文体名称进行训释，说明每一种文体的用途和意义，这就是"释名以彰义"。在此基础上"选文以定篇"，对选定的作家和代表作品进行"剖析"评论，从各种文体的演变历史，引出写作方法和特点，这是"敷理以举统"。在文术论部分，通过"剖情析采"讲到文学作品的构思、运笔、绳墨、镕裁、附会等，又派生出风骨论、体势论、风格论、通变论等一系列美学范畴，同时提出文学的标准是"质文并重""衔华而佩实"。一句话，要求做到"夸饰有节，饰而不诬"，反映了刘勰信仰自然而不任凭自然的独特的自然观。为了增强文章的吸引力和感召力，讲情采，求丽辞；从形式到内容，从继承到发展，刘勰都提出了系统的理论要求，以提高文章之美。

文评论部分，刘勰提出"操千曲而后晓声，观千剑而后识器"

---

① 王元化：《文心雕龙讲疏》，上海：上海古籍出版社，1996 年，第 62 页。
② 朱文民：《吴林伯先生与〈文心雕龙〉学》，《语文学刊》2019 年第 6 期。

这一实践出真知的观点。这是文学评论者客观的先决条件，即具备足够的学养；再是"无私于轻重，不偏于憎爱，然后能平理若衡，照辞如镜"的文德，即具备公心的主观条件。"是以将阅文情，先标六观：一观位体，二观置辞，三观通变，四观奇正，五观事义，六观宫商。斯术既行，则优劣见矣"，这是"观文者披文以入情"的具体方法。刘勰文评论中，从作家的修养谈起，要求学文者要善政，习武者要晓文，这是高要求。但是，刘勰又知道"人禀五材，修短殊用，自非上哲，难以求备"。这是文评论中引出的人才观。

《文心雕龙》涉及刘勰之前的作家二百五十余人，作品数百部（篇），对于作家的称谓大都称字不称名，有的还以地称。当年黄文弼先生就指出：

> 《文心雕龙》所引文人甚多，而标举之方不一，或举其号而略其姓，如长卿、子政、平子、仲宣之类；或称其姓，而略其名，如风姓、郑氏、公孙、主父之类；又陈思、东平，则尊称其官；漆园、兰陵，则直指其地。至有数姓并称，如应、傅、三张；单名连举，如琳、瑀、机、云。若不一一考其乡里姓氏，明其事迹文章，则读者易至淆混莫辨。且人之文章，每与人之性情遭遇有关，是书既以评文为主旨，则文人之出处履历情况，亦不可不知。①

以上黄文指的是作家而言，而数百部（篇）作品的名字也有古今之别、略称和全称之异，如果没有相当的文学史知识，阅读《文心雕龙》是相当吃力的。刘勰撰写《文心雕龙》首先考虑的是他那个时代读者的阅读习惯，用的也是他那个时代盛行的语文，我们今

---

① 黄文弼：《整理〈文心雕龙〉方法略说》，《北京大学日刊》1921 年第 899 期。收入周兴陆编《民国〈文心雕龙〉研究论文汇编》，上海：东方出版中心，2021 年。

天阅读感到困难是可以理解的。现代龙学界论述刘勰文学思想和艺术的文章数千篇，虽然水平参差，但是不乏真知灼见。翻阅这些论文，启发良多。新入门者，如果不读《楚辞》，难以了解诗赋之变迁。如果对萧统之《文选》，徐陵之《玉台新咏》，钟嵘之《诗品》，萧绎之《金楼子》，颜之推之《家训》及其建安七子的文集等少有涉猎，阅读《文心雕龙》，困难是不小的。其刘勰之文学理论，龙学界的前哲和时贤论之颇详，笔者不便于在此饶舌，有志于龙学者，自然会择优选读。

（九）政治思想。政治的核心问题是政权问题：没有政权就想方设法夺取政权，有了政权就要想方设法巩固政权，这是政治的核心内容。刘勰对于政权问题没有专门的论述，但是，向以追求儒家三不朽思想的刘勰随仲尼而行，处处表现出他对政治的极大兴趣。在对一些文体的论述中表现出了强烈的爱憎，体现了刘勰的政治思想和治国理念。《时序》篇："昔在陶唐，德盛化钧，野老吐'何力'之谈，郊童含'不识'之歌。有虞继作，政阜民暇，'薰风'诗于元后，'烂云'歌于列臣。"这是刘勰在叙述文学与社会关系"文变染乎世情，兴废系乎时序"的文学史观时，表现出来的爱憎思想。当然，这个时期，国家概念尚未正式形成，作为一种社会形态，唐尧虞舜时期，在历史上被誉为理想的社会治理模式。毛泽东有诗曰"六亿神州尽舜尧"，也是借用了人们对那个时代的一种向往。

在治理国家的具体方略上，刘勰与孔子是一致的，首先主张以德治国。过去人们对孔子的治国理念有一个误解，认为孔子是一个纯粹的德治主张者，其实不然。孔子曾经担任鲁司寇，本身就是一个法律的执掌者。只是强调"为政以德"，德是第一位的。《论语·为政》子曰："道之以政，齐之以刑，民免而无耻；道之以德，齐之以礼，有耻且格。"这里的"礼"就是法，《论语·尧曰》子曰："不教而

杀谓之虐，不戒视成谓之暴。"显然也是主张刑罚，只是强调德教
为先，对屡教不改者，可以动用刑罚，是一位德治为主、法治为辅
的主张者。可见孔子的法律思想是建立在"仁"的基础上。刘勰主
张"德盛化钧"，称赞夏禹"勋德弥缛"（《原道》）。"夫正位
北辰，向明南面，所以运天枢，毓黎献者，何尝不经道纬德，以勒
皇迹者哉？"（《封禅》）这是强调德治，上行下效。又"如《书记》
篇说：'律者，中也。黄钟调起，五音以正，法律驭民，八刑克平。
以律为名，取中正也。'这里以黄钟定音为比喻，说明法律是处理
社会问题的准绳。《序志》篇'五礼资之以成，六典因之致用'中
的'六典'，其中之一'典'就是刑典。这说明刘勰给法治以很高
的评价，认为法律能'中正''克平''驭民'；法律能使'君臣炳焕'，'军
国昭明'。"① 由此可见，刘勰是一位重德又重法的人，是一位优
秀的政治人物。第二，主张"通变"。《议对》篇化用《史记·天官书》
中"为国者必贵三五"一句，说："酌三五以熔世，而非迂缓之高谈；
驭权变以拯俗，而非刻薄之伪论；风恢恢而能远，流洋洋而不溢，
王庭之美对也。"这体现了刘勰是一个法后王者，反对教条，一个
"酌"字便显示了刘勰的通变思想。《议对》篇对"议"字的训释
是"周爰咨谋"，这就是说，要"议政"，要民主，遇事集体商量，
反对独裁。并举例："洪水之难，尧咨四岳，宅揆之举，舜畴五人；
三代所兴，询及刍荛。"当然，这种议政和民主，与今天的民主议
政不可同日而语。第三，对于民间的不同声音，要疏而非堵。《颂赞》
篇，"夫民各有心，勿壅惟口。"这个思想，虽然原出自周召公②，
今见于刘勰笔下，显然是得到了刘勰的认可，变成了刘勰的主张，
这是一个了不起的识见。第四，刘勰的人才思想。刘勰年轻的时候

---

① 朱文民：《再论〈刘子〉的著作者为刘勰》，《鲁东大学学报》2009 年第 1 期。
② 《国语·周语上》，长沙：岳麓书社，1991 年，2—3 页。

抱着强烈的入世愿望，为国家积蓄才能，从政后，吏部考察"政有清绩"。可见他施政有方，治事有法。

在人才的培养和使用上，刘勰的人才思想也值得一提。他认为："人禀五材，修短殊用，自非上哲，难以求备。"（《程器》）这是刘勰的总体观点。他认为人的能力有差别，因而在使用上，应该用其所长，避其所短。在人才的培养上，则希望人人是全才。他认为："安有丈夫学文，而不达于政事哉？彼扬马之徒，有文无质，所以终乎下位也。"（《程器》）从这里来看，刘勰的治世之能才是包括文才的。一位优秀的政治人才，同时应当具备相当的文才。一位优秀的政治家，还要具备军事才能，"岂以好文而不练武哉？孙武《兵经》，辞如珠玉，岂以习武而不晓文也"一句责备"扬、马之徒，有文无质"，"质"显然是指行政素质而言，可见刘勰《文心》之文质论，不仅是言文之质，也在言人之素质。在人才培养上强调全才，在使用上不求全责备，这种人才观，即使在今天也是非常可贵的。

（十）美学思想。易中天先生说：《文心雕龙》"是中国古代唯一一部自成体系的艺术哲学著作。……刘勰集先秦以来文艺理论和美学思想之大成，并在'自然之道'的贯串下，构成了一个逻辑严密、结构完整的艺术哲学体系而'勒为成书之初祖'"①。刘勰《文心》一书，对于美的形容，大都是用"美""文""心"或者"采"等字，仅使用"美"字就有64次之多，可以说，全书无不是在论述文章如何达到美感，为此，创造了一系列美学范畴。刘纲纪先生在《中国美学史·魏晋南北朝卷》用了大量的篇幅阐述刘勰的美学思想；他还在台湾出版的《世界哲学家丛书：刘勰》一书中，用了三分之一的篇幅谈刘勰的美学思想，三分之一的篇幅谈刘勰的哲学思想。敏

---

① 易中天：《〈文心雕龙〉美学思想论稿》，上海：上海文艺出版社，1988年8月，第19页。

泽先生的《中国美学思想史》中，列专章谈《文心雕龙》中的美学思想；蔡仲德先生的《中国音乐美学史》中，列出专节谈《文心雕龙》中的音乐美学思想和《刘子》中的音乐美学思想；叶朗先生的《中国美学大纲》也用专章分为四节论刘勰的美学思想；韩国学者金民那甚至有专著《文心雕龙美学》；陈望衡先生《中国古典美学史》列专章分七节评介刘勰的美学思想，认为："魏晋南北朝最重要的美学著作是刘勰的《文心雕龙》。《文心雕龙》是中国古代体系最为完备的艺术哲学著作。这部著作的重大意义一是对先秦以来的文艺思想、美学思想做了综合概括，二是奠定了中国古代美学以儒家为主干，融道、佛诸家于一体的基本格局。"[①] 出版的"龙学"研究美学专著有韩湖初先生的《文心雕龙美学思想初探》、缪俊杰《文心雕龙美学》、寇效信《文心雕龙美学范畴研究》、韩国学者金民那《文心雕龙美学》；博士论文有戚良德教授的《〈文心雕龙〉文学美学思想研究》。论述《文心雕龙》美学思想的单篇论文则更多了，恕不一一列举。

三、"文心雕龙学"的外延

"文心雕龙学"的外延部分涉及的面极广。由于《文心雕龙》是一个复杂的文化系统，所以这个学问可大了。外延又可分为前延和后延。

（一）前延。所谓前延，就是对《文心雕龙》产生之前，刘勰学养在《文心雕龙》中所表现出来的经学、史学、子学、玄学、佛学、文字学、兵学、文学、书、画、乐等知识有所了解，以便于探究《文心雕龙》的思想渊源。刘勰的《文心雕龙》产生在定林寺里，文中有没有佛学思想，学界争论不休；刘勰还写了几篇有关佛教的文章，

---

① 陈望衡：《中国古典美学史》，南京：江苏人民出版社 2020 年 11 月，第 391 页。

在寺院里整理佛教典籍耗费了他大量的心血，这就要求研究者必须懂得一点佛学；如果对于齐梁前后的佛学茫然无知，也就无法真正了解刘勰思想。早年研究《文心雕龙》的学者，只看到刘勰大半生与佛界打交道，就盲目地去《文心雕龙》中寻找与佛学有关的术语，认为《文心雕龙》之主导思想是佛家的，也有学者认为《文心雕龙》理论与佛理无涉，至今争论不休。

仅史学而言，就需要对《史记》《汉书》《后汉书》《三国志》《晋书》《宋书》《南齐书》以及《战国策》《国语》《春秋三传》等有所了解，以便于增强史学修养，进而了解刘勰的家世、生平等，并对其家学渊源进行探究，这就是《孟子·万章下》说的："颂其诗，读其书，不知其人可乎？是以论其世也，是尚友也。"清代章学诚在《文史通义·文德》中也说："不知古人之世，不可妄论古人之辞也。知其世矣，不知古人之身处，亦不可以遽论其文也。"

（二）后延。所谓后延，就是由于《文心雕龙》从产生到现在已经一千五百余年的历史了，对于《文心雕龙》的性质问题一直存在争议，这涉及到它在目录学的归类问题。历代学人对《文心雕龙》的传播、研究成果以及《文心雕龙》对后世的影响等等，已经出版的研究专著达数百部，发表论文万余篇，这又涉及到《文心雕龙》研究史和《文心雕龙》文献学的问题。虽然不可能每部、每篇必读，重要论著不可不知。

1. 文心雕龙学研究史。就目前已经出版的龙学史专著来说，重要的有张少康等人编著的《文心雕龙研究史》，张文勋编著的《文心雕龙研究史》，台湾刘渼编著的《台湾近五十年来〈文心雕龙〉学研究》，李平《〈文心雕龙〉研究史论》。民国前的龙学论文已经结集出版，例如耿素丽、黄伶选编的《民国期刊资料分类汇编：文心雕龙学》，周兴陆选编的《民国〈文心雕龙〉研究论文汇编》，中国《文心雕龙》学会编选的《文心雕龙研究论文集》，甫之、涂光社选编的《文心雕龙研究论文选 1949—1982》以及历次"龙学"会议论文集，中国《文心雕龙》学会会刊《文心雕龙学刊》和《文心雕龙研究》等，也是有意从事"龙学"的人不可不翻阅的重要书籍。可供"龙学"研究的专门工具书如《文心雕龙辞典》、吴晓玲等编撰的《文心雕龙新书通检》、冈村繁编的《文心雕龙索引》、朱迎平的《文心雕龙索引》、刘殿爵等编撰的《〈文心雕龙〉逐字索引》、戚良德编的《文心雕龙学分类索引》等等，如果不了解这些，就会重复他人劳动而不知，也难以开拓新的领域。君不见现代研究《文心雕龙》的人，当谈到《文心雕龙》与佛教关系的时候，往往拿饶宗颐先生早年的观点作论据，动辄饶宗颐如何云云，岂不知饶先生晚年完全否定了早年的主张，认为《文心雕龙》的理论系统"皆与佛理无涉"①。

评论饶宗颐"龙学"研究的论文有好几篇，但是只有台湾游志诚教授看到了饶宗颐先生的这个中途变轨。游志诚教授认为以其四十五岁为界，有前期和后期之别。游教授说：

> 饶氏恒常援据佛教经典进行旁通疏释，向来不顾中土词汇，尤其是先秦古籍，特别是《周易》早已有"心"与"神"的概念，《周易》已建立乾道坤德的形上系统，作为文心《原道篇》《程器篇》首尾一统，始终一贯的"道器"体系，其理论根据其实完全奠基在《周易》，并无须硬接到佛教经典。但在早期饶氏的《文心雕龙》说解，几乎不从《周易》的架构论述。及至后期饶氏的《文心》研究，始一改前说，断言刘勰虽然精通佛理，但写作《文心雕龙》之文论系统，某些词汇如般若、圆览、心、性，盖仅"格义"之

---

① 饶宗颐：《文辙——文学史论集》，台北：学生书局，1990年，第40页。

词耳，实质涵义乃"无涉佛理"。饶氏前后《文心》与佛教关系说法的大转变，在《文心》学史的研究进路而言，诚然是一件甚有关键的论述。①

再者，对于重要"龙学"家的学术传承，也应该有所掌握，只有"知其人"，才能更好地理解其学术。

研究"文心雕龙学"不仅要对"龙学"史有了解，还必须有一定的历史知识，不然就会硬伤累累。前面我们已经举例示证。作为一位"文心雕龙学"的研究者，对于"文心雕龙学"外延部分的内容如此无知，不出笑话是不可能的。又如，刘勰身世士庶问题，这在历史学界根本不成问题，但是在古文论研究界却成了至今争论不休的大问题，就是由于研究者的学识结构残缺。

2.刘勰的其他著述。刘勰的其他著作，由于文集已失，仅有《灭惑论》和《梁建安王造石像碑铭》，其他碑铭有目无文，而《刘子》一书，虽然正宗的文献和地下考古资料明确记载为刘勰作品，但至今有人还不相信，尚处于争论中。这些对刘勰其他著作的研究，也应当归于文心雕龙学的外延部分。这些著作从思想上看，都是一致的。从文风上看，有人认为不一致，而持否定意见。显然是忽视了早期著作和晚期之别，不同类型的著作，笔法也应该有别。正如傅亚庶先生说的，"即使是一个人，其早期与晚期所撰之言，也会存在一些差别"②。《文心雕龙》一书，研究的成就斐然，而《刘子》的思想研究却相对薄弱。《刘子》一书的理论高度，非一般学者所能达到。例如《刘子·审名》篇说：

① 该文为2014年10月在香港浸会大学饶宗颐学院举行的"饶宗颐教授学术研究论坛"会议论文。

② 林琳：《刘子译注》，长春：吉林人民出版社，2008年，第3页。

> 言以绎理，理为言本；名以订实，实为名源。有理无言，则
> 理不可明；有实无名，则实不可辨。理由言明，而言非理也；实
> 由名辨，而名非实也。今信言以弃理，实非得理者也；信名而略实，
> 非得实者也。故明者，课言以寻理，不遗理而著言；执名以责实，
> 不弃实而存名。然则，言理兼通，而名实俱正。

这是对魏晋玄学"言意之辨"带有终结性的认识。南朝学术著作中，舍刘勰，无人可及。

《刘子》问题，又涉及到经学、子学、玄学、文献学和思想史等等。正宗的国史资料均有记载，地下考古资料也有证明，不管你是否承认刘勰对《刘子》有著作权，凡是想要全面研究文心雕龙学的人，均不好回避，回避了只能说是龙学界的鸵鸟心态。

3.目录学思想及其实践。所谓目录学，就是将群书部次甲乙，分别异同，疏通伦类，推阐大义，辨章学术，考镜源流，便于学者以类求书，因书推研学问的专门之学术。① 所谓"目"就是条目，所谓"录"就是叙录。凡是搞学术研究的人，无不重视目录学和文献学。目录学是学海中的灯塔，书山上的向导，因为它可以帮助作者随意获得参考资料。刘勰虽然没有明确的目录学著作传世，但不能说刘勰在目录学方面没有见解和实践。

一部《文心雕龙》，上篇自《明诗》至《书记》，凡几十种文体，本着"原始以表末，释名以彰义，选文以定篇，敷理以举统"的原则，凭着"观澜索源"，"振叶寻根"的方法，一路叙说下来，从"首""源""本""端""根"上找到各种文体皆肇始于"五经"，可谓源流清晰。这种考镜源流的思想和方法，无疑源于《史记》"六

---

① 姚名达：《目录学》，台北：台湾商务印书馆，1988年，第9页。

家要指"和《汉书》"七略"。这"考镜源流"的思想，在《文心·诸子》《刘子·九流》也有明显的例证。游志诚教授已如上面述及，我再做下列补充，例如《诸子》篇：

> 逮及七国力政，俊乂蜂起。孟轲膺儒以磬折，庄周述道以翱翔。墨翟执俭确之教，尹文课名实之符，野老治国于地利，驺子养政于天文，申商刀锯以制理，鬼谷唇吻以策勋，尸佼兼总于杂术，青史曲缀于街谈。

诸子的十家中，皆选一家为代表，唯有《鬼谷子》不在《汉书》纵横家行列中。《刘子·九流》篇对于诸子源流，论说与《文心·诸子》篇相同。

刘勰的目录学思想，我们还可以看到，他注重"类"的划分。《刘子·类感》篇："方以类聚，物以群分，声以同应，气以异乖。其类苟聚，虽还不离；其群苟分，虽近未合。"这就是要求以内容来划分事物（图书）。

《梁书·刘勰传》记载：刘勰曾"依沙门僧祐，与之居处，积十余年，遂博通经论，因区别部类，录而序之。今定林寺经藏，勰所定也"。今传世而又署名僧祐的《出三藏记集》学界多认为为刘勰捉刀。这个问题虽然有争论，但是，刘勰入住定林寺的时候，此书尚未成书，刘勰肯定协助僧祐抄录或者撰写。这"区别部类，录而序之"，就是形容目录书籍的编纂过程。今传世的十五卷本《出三藏记集》，卷内不仅有梁天监年间的资料，还有梁普通年间的资料。僧祐去世于梁天监十七年（518年），这补入天监年间的资料，僧祐或许知悉，而梁普通年间的资料则是刘勰和慧震所补无疑。这说明《出三藏记集》的最后定稿者是刘勰等人，该不会有分歧吧！

《出三藏记集》是在道安《综理众经目录》基础上扩充而成的，这样的一部迄今最为权威的佛学目录书，非短时间所成，被学术界称为所有佛教目录书中最为完善的一部。它的最大看点是对每一部经书的来历、规模、翻译人、翻译地点、时间，甚至见证人、作者身份等都一一交代。可谓辨章学术，考镜源流，区别部类，录而序之。虽然这部书的体例是僧祐创立的，刘勰是否有更改，后人不好多言，但是就目前的样子论之，被称为目录学之最，该书所显现的目录学思想，刘勰之功不可没。李婧《〈文心雕龙〉文体论与目录学》认为："刘勰在《文心雕龙》中对目录学思想、方法及资料的娴熟运用，并非偶然，而是基于其深厚的目录学根柢。"①

游志诚教授说：

> 刘勰精通目录文献学。……说到刘勰一生之学，博通精约兼备，尤能辨诸子流派，百家渊源，此乃缘于刘勰颇识文献学，能知学术四部分类，特于经史子书之区别尤知详矣！今据《文心雕龙》全书涉及四部文献之语者，多能明示体要，即可证明这个说法成立……今再旁参《文心》其它篇引述四部文献学以评述之语，复可见到刘勰应用四部文献学之娴熟。首先，《诸子》篇已辨古无"经"之观念，凡经皆出于"子"。例如鬻熊今日《鬻子》，而实为文王之友。又李耳《老子》，实为孔子请问礼学之师。然而此四人乃同世之子家，及至"汉武崇儒"，文王、孔子尊为经师，而老子、鬻子则改类子家，于是刘勰《诸子篇》述经子同异遂有"圣贤并世，经子异流"之说……及至《论说篇》刘勰已全用"经史子集"四类分析"论"体遍施于四类文章，凡经史子集皆各有"论"

---

① 李婧：《〈文心雕龙〉文体论与目录学》，《中国文论的两轮——古代文学理论研究》第二十九辑，上海：华东师范大学出版社，2009 年，第 82 页。

之体。《文心·论说》篇云："详观论体，条流多品……论也者，弥论群言，而精研一理者也。"……至此可知刘勰于四部文献学不惟知之甚详，且用之甚精。……综合以上所述，则知刘勰经、史、子、集四部之学皆已完备于《文心》与《刘子》二书，四部之目皆见于此二书，从而可判刘勰真乃通才之学也。[①]

在研究刘勰目录学思想方面的论文，就笔者目力所及，除了游志诚《〈刘子〉五十五篇细读·导论》中的专列内容以及李婧的论文以外，尚有孔毅的《对刘勰的目录学实践与分类研究》。学位论文有吴庆的《论刘勰〈文心雕龙〉的目录学渊源》等，感兴趣的文友可以找来翻阅。

我既然认为"《文心雕龙》一书，广大悉备，为中国传统文化之大系统"，自然觉得它体现了中国传统文化各系科的内容。这个"统"是传统的统，在古代也有血统的意思，例如，汉唐王朝，就是刘家和李家的血统。我们阅读历代学案，就是讲的各家学派的学统。我这里说的"系统"就是一个集中国历史文化之大成。一句话，《文心雕龙》相对于"五经"，它是枝条，是子书；相对于文论，它就是经典，是文论中的经书。

（本文原刊《中国文论》第十一辑，山东人民出版社，2023 年）

① 游志诚：《刘勰〈刘子〉五十五篇细读·导论》，台北：文津出版社，2019 年，第 5—8 页。

黄叔琳与中国古典"龙学"的终结

黄叔琳的《文心雕龙辑注》面世以来，学界褒贬不一。尤其在学术责任问题上，认为其校勘是黄氏，而辑注则是门客所为，甚至有人认为书眉评语也是门客所作。笔者不惧繁琐，仔细核对，认为其"讥难"属不实之词；同时对《文心雕龙辑注》养素堂本的乱象进行了初步探讨，认为北京首都图书馆藏本当为姚培谦初刊本。由于笔者才疏学浅，识见有限，只得把自己的朦胧思考写在这里，以求方家教正。

一、黄叔琳其人其事

《文心雕龙辑注》的作者黄叔琳（1672—1756），清代顺天府大兴县人（今北京人）。幼名伟元，字昆圃，又字宏献，号金墩、北砚斋，晚号守魁。其祖父程伯起，祖母黄尔珍，皆早逝，其父黄华蕃遂成孤儿，年幼时寄养于金墩舅父黄尔悟家，为黄尔悟嗣子，遂改黄姓。黄叔琳为黄华蕃长子，历经康熙、雍正、乾隆三朝，《清史稿》有传。

黄叔琳兄弟五人，三位进士两位举人。黄叔琳康熙辛未（1691）科探花，时年仅20岁，可谓少年得志；黄叔琬、黄叔璥于康熙己丑年（1709）同榜进士，黄叔琪康熙乙酉（1705）科举人，黄叔瑄康熙癸巳（1713）科举人，成就了五子登科佳话。黄叔琳起家翰林院编修，累迁侍讲、国子监司业、鸿胪寺少卿、山东学政、山东按察使、山东布政司使，后加兵部侍郎任浙江巡抚，时年五十三岁。有趣的是在黄叔琳从政历史上，三次在山东为官。康熙四十七年（1708）十二月，他奉命提督山东学政，时年三十七岁。学政这一职务，是掌管全省文化、教育及科举事业的差事。黄叔琳于第二年正月制定学政条约，随后重建泰安三贤祠，兴白雪书院（济南），组织出版《渔洋诗话》，修复松林书院（青州）。历时三年，于康熙五十年（1711）冬十一月学政期满，政绩突出。乾隆元年（1736）二月，奉命出任山东按察司使，时年六十五岁，三月到任。按察司是省一级的司法机构，主管一省的刑名、诉讼事务。同时也是中央监察机关——都察院在地方的分支机构，对地方官员行使监察权。其学术成果中的名著《文心雕龙辑注》也完成于山东按察司使任上。

乾隆二年（1737）九月，黄叔琳晋升山东布政司使。乾隆七年（1742）十二月，因故免职。黄叔琳主要著作有《砚北易抄》《周礼节训》《夏小正注》《诗经统说》《文心雕龙辑注》《史通训故补注》等。他四部皆精，时人推其为巨儒，世称北平黄先生。黄叔琳认为"刘舍人《文心雕龙》一书，盖艺苑之秘宝也。观其包罗群籍，多所折衷，于凡文章利病，抉摘靡遗。缀文之士，苟欲希风前秀，未有可舍此而别求津逮者"[1]。可见黄叔琳对《文心雕龙》一书的学术价值评价颇高。正是如此，鉴于世间苦无善本，他利用一切闲暇，比对众本，精心校勘，统览古今注释，择善而从，间下己意，名曰"辑注"，可谓谦卑。黄叔琳也因为《文心雕龙辑注》，被学术界视为《文心雕龙》古注的集大成者。《文心雕龙辑注》问世之后，整个清代，不见有新的注本出现，因而我们可以说：黄叔琳《辑注》是古典"龙学"的终结者[2]。

二、《文心雕龙》古典注释史略

黄叔琳在《文心雕龙辑注》自序中说："明代梅子庚（文民按："庚"

---

① 黄叔琳：《文心雕龙辑注·自序》。

② 黄叔琳《文心雕龙辑注》出版发行之后，清末虽有李详《补正》，但走的是与黄叔琳相同的路径，且成书时已经是民国时期了。

为"庚"字之误）氏为之疏通证明，什仅四三耳；略而弗详，则创始之难也。"黄叔琳认为梅庆生的《文心雕龙音注》是最早的注释本，因而称梅庆生为"创始"者。（据笔者考证，王惟俭《文心雕龙训故》成书时间，比梅庆生《文心雕龙音注》还早半年。）纪晓岚在读到此处时，在书眉加了批语曰："《宋史·艺文志》有辛氏《文心雕龙注》，书虽不传，亦宜引为缘起，不得以子庚为创始也。"就现有资料来看，为《文心雕龙》作注，也并非始于辛处信。据林其锬[①]、王更生研究，敦煌遗书《文心雕龙》残卷中已经有明显的注释，且相当有规律。

王更生在《晏殊〈类要〉与〈文心雕龙〉古注》一文中，发表了自己的研究成果，他说："《文心雕龙》之有注，当自'唐写本敦煌遗书'始。"并发现有七种注释方式：（一）原文颠倒，加"Ｖ"符号乙正者；（二）句有衍文，加"…"符号删节者；（三）句有脱文，加细字补正者；（四）文章分段，于首字右肩用粗笔浓墨加"q"符号，以兹识别者；（五）不识草书，标注正体，以免误读者（因今传本敦煌残卷《文心雕龙》为草书）；（六）句旁首字加"1"符号，提醒阅读时注意者；（七）文辞古奥，加以注释者。[②]对这七种情况所用的符号，每一种都是反复使用，王更生都是一一举例说明。对这种注释方法和使用的符号，王更生有个总的评论。他说：

> 归纳上述各例，有校勘，有补脱，有删节，有注释，有标段，有重点提示，有另加正体等。《文心雕龙·论说》篇说："注者主解。"《书记》篇也说："解者，释也。解释滞滞，征事以对也。"

---

① 关于唐写本《文心雕龙》有注释的问题，林其锬先生在为日本"龙学"国际会议提供的论文《从王惟俭〈训故〉、梅庆生〈音注〉到黄叔琳〈辑注〉——明清〈文心雕龙〉主要注本关系略考》一文中也谈到，但是没有像王更生先生那样给予系统的总结，因而本文只谈及王更生先生的成果。

② 王更生：《文心雕龙管窥》，台北：文史哲出版社，2007年，第235—237页。

以此对照唐写《文心雕龙》残卷上，读者以自为法，所作的种种通读方式，无一不是有意识的行为，这和漫无目的，信笔涂鸦，或纯粹为抄书而抄书的写生、道士所为者不同。其针对原文，使用的各种符号和文字，虽未"征事以对"，但其目的都在"解释结滞"，"使其义著明"之旨完全吻合。所以由"唐写残卷"呈现的事实，经过统计归纳获致的结果，他虽然不像王疏《楚辞》、郑注《三礼》、杜解"春秋"、何诂《公羊》那样上原仓雅，旁通诸史，博考精校、贯穿证发，有组织，有系统地加以梳理；这只能说是受限于读者的知识水准，和当时现实的需要如何；即令如此，我们亦绝不能否定这不是注释的行为，所以我们说辛处信以前，在中唐时期，《文心雕龙》早已有简单的注释，应该是比较合理的推论。①

铃木虎雄和王更生先生还认为王应麟《玉海》《困学纪闻》中大量引录《文心雕龙》，其中有古注，当是取之于辛处信之《文心雕龙注》②。

明代另辟蹊径，走上批点《文心雕龙》之路的是杨慎。

杨慎（1488—1559），字用修，号升庵，明朝新都（今属四川）人，世代书香门第。杨慎于正德六年（1511年）科举获殿试第一，时年24岁。《明史·杨慎传》说："明世记诵之博，著作之富，推慎为第一。

---

① 王更生：《文心雕龙管窥》，第 238 页。

② 铃木虎雄在《黄叔琳本文心雕龙校勘记》指出：《玉海》"卷二十九、三十一、三十五、三十七、四十二、四十五、四十六、五十三、五十四，卷五十九至六十四，卷百二、百六、百九十六，卷二百一、二百三、二百四，并引《雕龙》"。《困学纪闻》"卷二、六、十七、十八、十九、二十，并引《雕龙》"。王更生文见《王应麟和辛处信〈文心雕龙注〉关系研究》，载中国古典文学研究会编《文心雕龙综论》，台北：学生书局，1988 年，第 173—196 页；又载王更生《文心雕龙新论》，台北：文史哲出版社，1990 年，第 187—200 页。

诗文外，杂著至一百余种，并行于世。"

杨慎批点的《文心雕龙》今已不见其原刻本，今见之者附着于梅庆生音注本中。今传的凌云本卷首之闵绳初《刻杨升庵先生批点〈文心雕龙〉引》中有评价，闵绳初说："若夫握五管，点缀五色文，则吾明升庵杨先生实始基之。先生起成都，探奇摘艳，渔四部，弋七略，胸中具一大武库。凡经目所涉猎，手所指点，若暗室而赐之烛，闭关而提之钥也。"关于杨慎批点《文心雕龙》的情况，拙著《刘勰志》中有简略介绍，今移录如下：

> 关于杨慎的批注方法，梅氏音注本中有《杨慎与张禺山书》，此信中说："批点《文心雕龙》，颇谓得刘舍人精意，此本亦古，有一二误字，已正之。其用色或红，或黄，或绿，或青，或白，自为一例；正不必说破，说破又宋人矣。盖立意一定，时有出入者，是乘其例。人名用斜角，地名用长圈，然亦有不然者，如董狐对司马，有苗对无棣，虽系人名、地名，而俪偶之切，又常用青笔圈之。此岂区区宋人之所能尽？高明必契鄙言耳。"关于杨氏用五色批点《文心雕龙》一事，明顾起元在为梅庆生万历音注本作序时说："升庵先生酷嗜其文，咀嗫菁藻，爰以五色之管，标举胜义，读者快焉。"可见杨氏的批点无论从方法上还是从批点内容的学术性上，都产生了划时代的影响……
>
> 另，杨慎在对《文心雕龙》的批点中，也在文字校勘上下了不少功夫。从杨明照的《文心雕龙校注拾遗》和詹锳的《文心雕龙义证》可以看出，杨慎在《原道》《铭箴》《杂文》《论说》《风骨》《指瑕》《总术》篇中各校出一字，在《征圣》篇校出两字，共计校出9字。这虽然较之王惟俭和梅庆生、朱郁仪等人在校勘上功绩相对少一点，但杨慎的批点，更多的则是在创作论方面阐

释刘勰的理论。①

　　杨慎对《文心雕龙》的批点，标志着人们对《文心雕龙》的研究已不再停留在校勘，而是向理论研究发展，是对《文心雕龙》理论研究的开端。②

　　但是，杨慎的这个"批"，有文字显示，读者明白其意，而"点"，用的是五色，虽是创新，但是刻板时改用了各种符号，使得读者像是猜哑谜一样，显得太隐晦，起不到多大作用，原则上算不上什么"注释"。

　　《文心雕龙训故》的作者王惟俭，字损仲，祥符（今属于河南开封市）人，明万历二十三年（1595）进士及第后，起家山东潍县知县，后迁兵部职方主事（六品官）。万历三十年（1602）春，因故受到牵连而夺官，在家闲住。直到光宗即位（1620），方得重新起用，官至工部侍郎。后又受魏忠贤党迫害，落职赋闲，从此再未出任他职。王惟俭天资聪慧，嗜书若渴。赋闲期间，肆力于经史百家，苦于《宋史》繁芜，手自删定，自为一书《宋史记》250卷。好书画古玩，与董其昌并称博物君子。著有《文心雕龙训故》《史通削繁》《史通训故》等。《文心雕龙训故》成书于第一次赋闲时期（1609）。

　　《文心雕龙训故》有《凡例》七条，其中，第五条说："上卷训释，视下卷倍之，以上卷详诸文之体，事溢于词；下卷详撰述之规，词溢于事，故训有繁简，非意有初终也。"第六条说："训释总居每篇之末，则原文便于读诵，至于直载引证之书，而不复更题原文者，省词也。"最后一条说："其标疑者即墨□本字以俟善本，未敢臆改。"可见注释、校勘态度之严谨。具体注释和校勘情况，后文有表录，

① 朱文民编著：《刘勰志》，济南：山东人民出版社，2010年，第293—295页。
② 朱文民编著：《刘勰志》，第284页。

兹不赘述。

　　《文心雕龙音注》的作者梅庆生，字子庚，明朝豫章（今江西南昌）人，明代著名学者、版本学家。《文心雕龙》在梅氏注音之前，朱郁仪、谢兆申、徐惟起等均有意将自己的校注本付梓，但终将自己的心血汇聚于梅本当中，这足以证明当时文人学士对梅庆生的信赖，从另一方面也证明梅氏的学识征服了他们。当时以朱郁仪为中心形成的文人集团中的骨干有曹学佺、徐惟起、谢兆申等六十余人，他们以研究《文心雕龙》为共同兴趣，互相交流识见。天启二年（1622）梅庆生重修音注本，谢兆申跋语下梅庆生有一说明，其文曰："此谢耳伯己酉年（1609，即万历三十七年）初刻是书时作也，未尝出以示予。其研讨之功，实十倍予。距今十四载，予复改七百余字，乃无日不思我耳伯。六月间偶从乱书堆得耳伯《雕龙》旧本，内忽见是稿，岂非精神感通乃尔耶！令予悲喜交集者累日夕。因手书付梓，用以少慰云。"此文足证他们交往之深，也可以证明梅氏《音注》中，含有谢耳伯的大量心血。据谢兆申跋语知，梅氏还撰有《水经注笺》一书。[①]梅庆生《文心雕龙音注》本的版本很多，兹不赘述，感兴趣的朋友可以参考郭立暄先生的考证文章[②]。

　　据王更生研究，辛处信注《文心雕龙》的时间，当在五代末和北宋初年。唐写本《文心雕龙》残卷写于何时学术界意见不一，据张涌泉研究："当系唐睿宗朝或其以后抄本……尤以睿宗朝书写的可能性最大。"[③]睿宗李旦两次登基，时间不过八年（684—690年，710—712年）这样从公元七世纪唐注《文心雕龙》残卷，再经明代

　　① 朱文民编著：《刘勰志》，第 297 页。

　　② 郭立暄：《再论梅庆生音注〈文心雕龙〉的不同版本 》，《图书馆杂志》2009年第 4 期。

　　③ 张涌泉：《敦煌俗字研究》，上海：上海教育出版社，2015 年，第 97 页。

的杨慎批点（但他在批点时，主张"不必说破"，故用圈点较多，而评语甚少。）、王惟俭训故、梅庆生音注，到黄叔琳辑注《文心雕龙》（乾隆三年岁次戊午秋九月），时间跨度千余年。宋代辛处信注释的《文心雕龙》没有传下来，多亏铃木虎雄和王更生先生在《玉海》和《困学纪闻》中发现，使得我们能够窥见一斑。明代的王惟俭《文心雕龙训故》，是《文心雕龙》学研究的一个里程碑式的成果，但是流传于世的很少。清王士禛《带经堂全集》卷九十一《文心雕龙跋》说："明王侍郎损仲惟俭作《雕龙》《史通》二书训故，以此二训故援据甚博，实二刘之功臣，余访求二十余年始得之，子孙辈所当爱惜。"王惟俭《文心雕龙训故》成书于明万历三十七年（1609），王士禛（1643—1711）访求二十余年方得此书，可见此书传本之稀少。今见于记载的有北京国家图书馆、山东图书馆有收藏，每页十行，行二十字，但是笔者未能寓目。现在社会上流传的《文心雕龙训故》本，是北京学苑出版社2004年3月影印本，是张少康先生从日本京都大学复印回的本子。2004年10月广陵古籍刻印社也有影印的每半叶九行，行十八字的本子。这个本子在国内，笔者所见明代刻本，是孔夫子旧书网上拍卖的封面上横字为"大明万历乙酉"，每半叶九行、行十八字的本子，这个本子此前也不见目录书报道，可见是民间收藏本。由此可知，今有两种版本传世。

王惟俭《训故》、梅庆生《音注》之后，有清张松孙《文心雕龙辑注》本问世于清乾隆五十六年（1791）。张松孙（1730—1795）字雅赤，号鹤坪，江南长洲（今苏州市吴中区）人，从政三十年，官至河南知府。他在《文心雕龙辑注》序言中说其辑注是"视梅本而加详，稍更陈式；集杨评而参考，敢避后尘。略避雷同，习见者尤滋娱目；再经剖厥，传诵者益足餍心"。他在《凡例》中说："是书四十九篇，杨用修间有评语，今照梅本全录。""注释梅本简中伤烦，

黄本烦中伤杂……愚于参考之中略加增损……其重出叠见者概从略
焉。"林其锬先生评论说："不过验之实际，此本只损无增，因而可
谓是梅本、黄本的删节本。"① 张松孙的这个《辑注》本，影响不大，
世间仅见道光二十二年（1842）读味斋重刊本。

三、《文心雕龙辑注》的成书过程及其是是非非

《文心雕龙辑注》②，黄叔琳自序落款时间为"乾隆三年（1738）
岁次戊午秋九月"。这说明黄叔琳《辑注》本完成于乾隆三年九月。
乾隆六年（1741年）姚培谦刻黄叔琳辑注养素堂本《文心雕龙》。

顾镇编纂《黄侍郎公年谱》中，关于黄叔琳编撰《文心雕龙辑注》
的资料有三条：

> 雍正九年辛亥，公六十岁。……夏四月纂《文心雕龙注》。
> 旧本流传既久，音注多讹。公暇日翻阅，随手训释，适吴趋文学
> 顾尊光进来谒，因与共参订焉。
>
> 乾隆二年丁巳，公六十六岁。……（四月）钱塘孝廉金雨叔
> 来。孝廉名甡，时馆于东昌潘司马署。来谒公，公知其学问素优，
> 出所辑《文心雕龙注》属为校定。
>
> 乾隆三年戊午，公六十七岁。九月刻《文心雕龙辑注》。时
> 陈祖范来署，因将校定《雕龙》本，复与论订，而云间姚平山廷谦（文
> 民按："廷谦"或为"培谦"之误）适至，请付诸样。

---

① 朱文民编著：《刘勰志》，第 164 页。

② 这个版本自清代问世以来，至民国时期，有多种刻本及铅印本。仅在民国时期
就有上海会文堂书局石印本、上海文瑞楼石印本、上海扫叶山房石印本等。至于民国
时期的铅印标点本，则更多，如上海大达图书供应社、上海大中书局、上海新文化书社、
上海启智书局、世界书局等均有出版（个别本注释略有增加。如大达图书供应社本，在《时
序》篇就多出十条。其他变化不大）。

对于顾镇纂《黄侍郎公年谱》中的这几条资料，杨明照先生看到了，他在《文心雕龙版本经眼录》中介绍到《文心雕龙辑注》养素堂本的时候，有一个附注，今移录如下：

> 清顾镇《黄昆圃先生年谱》谓《辑注》纂于雍正九年，因"旧本流传既久，音注多讹，暇日翻阅，随手训释"。一校于吴越文学顾尊光进，再校于钱塘孝廉金雨叔牲。至乾隆三年，又与陈祖范论定之。而云间姚平山培谦始请付梓。所言当属可信，故迻录之。[1]

谈到顾镇《黄侍郎公年谱》的可信度，我们必须了解其资料来源。先看其书末端顾镇《年谱后序》："公亦卒于丙子之正月，师门之痛先后撄心。阅数月公子云门先生，排纂公年谱，既成，属以编校，镇才朽名微，谢弗敢承，而云门先生承公遗爱，再三委属，乃弗获辞，仅依次校辑厘为三卷。"由此可见这个年谱的初稿是黄叔琳长子黄登贤云门先生所为。所以这个年谱的作者顾镇最后署名为"门下晚生顾镇编次"，是"编次"，而不是撰或者著。黄登贤（1692—1767）是黄叔琳长子，字筠盟，号云门，乾隆元年进士。按理说，黄登贤是《文心雕龙辑注》的校对者之一，应该了解其父的大著《文心雕龙辑注》的刻印情况，书乾隆三年"九月刻《文心雕龙辑注》"，这只是一个交稿的时间，而不是一个出版时间。"乾隆三年……九月刻《文心雕龙辑注》"这个著录法，严格说是不妥的，因为它容易使读者以为此书刻成于该年九月。估计《年谱》的纂修者没有注意《辑注》书末姚培谦的题识。从姚培谦的题识来看，他接到刻书

---

[1] 曹顺庆主编：《岁久弥光：杨明照教授九十华诞庆典暨中国古典文献学国际学术研讨会论文集》，成都：巴蜀书社，2001年，第37页。

任务后，因"良工难求，迁延岁月，而后告成，匪苟迟之，盖重之而不敢轻云尔"。《黄侍郎公年谱》一书的最后成书者顾镇，是黄叔琳晚年的门人，在黄门十数年，乾隆十九年二甲进士，对黄叔琳的事迹耳濡目染，当知之不少，加之初稿源于黄叔琳之长子，因而该年谱的可信度很高。

今北京首都图书馆藏本黄氏《辑注》乾隆六年姚培谦刻养素堂本，在黄叔琳自序后，有"黄叔琳昆圃述"的五条《例言》，《例言》的后面是"《文心雕龙》元校姓氏"，共计 33 人；其后是《南史》刘勰本传。本传后是《文心雕龙》五十篇分卷目录。正文每卷顶格"文心雕龙卷第 ×"；次行居中"北平黄叔琳昆圃辑注"；第三行"梁刘勰撰　某某参订"。每卷五篇相接，分卷另起，辑注列在当篇文末尾，低一格；除标注词语外，均细字双行排版。眉端偶尔有黄叔琳评语。每卷末尾列出校对者"男登贤云门　登毂春畲校"；正文每半叶九行，行十九字。全书末尾有姚培谦介绍刻书过程的识语。

黄叔琳在该书序言中说：

> 刘舍人《文心雕龙》一书，盖艺苑之秘宝也。观其包罗群籍，多所折衷，于凡文章利病，抉摘靡遗。缀文之士，苟欲希风前秀，未有可舍此而别求津逮者。若其使事遣言，纷纶葳蕤，罕能切究，明代梅子庚[①]氏为之疏通，证明什仅四三耳，略而弗详，则创始之难也。又句字相沿既久，别风淮雨，往往有之，虽子庚自谓校正之功五倍于杨用修氏，然中间脱讹故自不乏，似犹未得为完善之本。余生平雅好是书，偶以假日，承子庚之绵蕞，旁稽博考，

---

① 杨明照说："梅庆生字子庚，姓、名、字均相应。自黄氏误庚为庚，遂谬字相沿，无复知其为非者。特举证如此。"杨明照：《增订文心雕龙校注》，北京：中华书局，2000 年，第 968 页。又见杨氏《文心雕龙校注拾遗》，上海：上海古籍出版社，1982 年，第 739 页。

益以有朋见闻，兼用众本比对正其句字人事，牵率更历暑寒，乃得就绪，覆阅之下，差觉详尽矣。

今将五条《例言》移录如下：

一、此书与《颜氏家训》余均有节抄本，颜书已刻在前。今此书仍录全文中加圈点则系节抄之旧，可一览而得其要；

一、诸本字句互有异同，择其义之长者用之，仍于本句下注明一作某，或元作某字从某改，或元脱从某补，另刻元校姓氏一纸于卷首；

一、《隐秀》一篇，脱落甚多，诸家所刻俱非全文，从何义门校正本补入；

一、梅子庚"音注"流传已久，而嫌其未备，故重加考订，增注什之五六，尚有阙疑数处，以俟来哲更详之；

一、此书分上下两篇，其中又自析为四十九篇，合《序志》一篇，篇共五十，今依元本分为十卷，注释例于每篇之末，偶有臆见，附于上方。其参考注之得失，则顾子尊光、金子雨叔、张子实甫、陈子亦韩、姚子平山、王子延之、张子今涪及诸位同学之力居多。

从《例言》可知，其注释主要取自梅庆生《音注》，校勘也主要是参考梅本，又据何义门校本补入了《隐秀》篇阙文。排版情况及其他一如《例言》。是书的最初底本是元至正乙未刻于嘉禾本。这个藏本，从黄氏自序到五条例言，均未提到王惟俭及其《文心雕龙训故》），只是在《宗经》篇末提及王本。

清代黄叔琳《辑注》本为最通行版本，此本覆刻、衍生的版本很多，清代及其以后流传的主要有乾隆四十四年（1779）《四库全书》

收录文津阁本、乾隆五十六年（1791）张松孙辑注本、道光十三年
（1833）纪昀评本（即卢坤刻两广节署刊芸香堂朱墨套印本）、翰
墨园覆刻芸香堂本（刊刻时间不明）、光绪十九年（1893）湖南思
贤讲舍重刻纪评本、陈鳣校本、张尔田临校胡震亨本、民国时期的
四部备要本等等。

对于该书版本历代刊刻脉络，学界分歧不大。但是对其注释的
质量问题，"讥难"不少。如聂松岩和纪晓岚评：

> 长山聂松岩云：此书校本实出先生，其注及评则先生客某甲
> 所为，先生时为山东布政使，案牍纷繁，未暇遍阅，遂以付之姚
> 平山，晚年悔之已不可及矣。
>
> 纪昀评之曰：此注不出先生手，旧人皆知之，然或以为出卢
> 绍弓，则未确，绍弓馆先生家，在乾隆庚午（1750）、辛未（1751）
> 间，戊午（1798）岁方游京师，未至山东也。[①]

纪昀在《〈文心雕龙辑注〉提要》中说：

> 考《宋史·艺文志》有辛处信《文心雕龙注》十卷，其书不
> 传。明梅庆生注，粗具梗概，多所未备。叔琳因其旧本，重为删补，
> 以成此编。其讹脱字句，皆据诸家校本改正。惟《宗经》篇未附注，
> 极论梅本之舛误，谓宜从王惟俭本。而篇中所载，乃仍用梅本，
> 非用王本，殊自相矛盾。[②]

---

① 《纪晓岚评注文心雕龙》，扬州：广陵古籍刻印社，1997年，第4—5页
② 纪昀：《〈文心雕龙辑注〉提要》，永瑢等：《四库全书总目》，北京：中华
书局，1965年，第1779页。

对于纪昀的这个指责，戚良德教授有辨证，他在引录了《宗经》篇注释末黄叔琳的一段文字"是篇梅本'《书》实记言'以下……宜从王惟俭本"之后说：

> 笔者翻检梅本发现，黄校这段话，如果是对梅本的描述，则大多数情况恰恰相反，梅本无的，被说成了有，有的则被说成了无；当然，这也可以视为对梅本的勘正，认为其应当如此，但问题是其中有一些话，确实是对梅本的描述。所以总体而言，这段话殊为不伦，或本非连贯之语，而只是校勘过程中的随手标记而已。笔者把梅本与元至正本比较，试做正确的描述如下：
>
> "梅本《书》实记言"以下，无"而训故茫昧，通乎《尔雅》，则文意晓然"三句，有"然览文如诡，而寻理即畅"十字，"章条纤曲"下有"执而后显，采掇王言，莫非宝也。《春秋》辨理"四句，并有校语"四句一十六字元脱，朱按《御览》补"，无"观辞立晓，而访义方隐"九字。"谅以邃矣"下，无"《尚书》则然览文如诡，而寻理即畅；《春秋》则观辞立晓，而访义方隐"四句。
>
> 显然，如果纪昀看到这样的描述，就不会说"正如梅本相同""仍用梅本"之类的话了，可见黄注的那段话实在是误人不浅。[①]

吴兰修在黄叔琳注、纪评《辑注》本末跋语曰：

> 右《文心雕龙》十卷，黄昆圃侍郎本，纪文达公所评也。是书自至正乙未刻于嘉禾，至明末刻于常熟，凡六本。此为黄侍郎

[①] 刘勰著，黄叔琳注，纪昀评，李详补注，刘咸炘阐说，戚良德辑校：《文心雕龙·前言》，上海：上海古籍出版社，2015年，第6—7页。

手校，而门下客补注。①

易健贤评论说：

《辑注》是在《训故》和《音注》基础上加工的，其中不少注释直接录自《训故》，新添部分，又是门客所为，致使"纰缪疏漏"，时或不免。②

詹锳先生说：

《文心雕龙训故》世间流传很少，黄叔琳《文心雕龙辑注》的注解部分，有很多是从这里抄去的。黄叔琳的序中只提到是在梅庆生音注本的基础上加工的，而没有提《文心雕龙训故》，只在原校姓氏表上最后加了王惟俭的名字。其实所谓"黄叔琳注"，有多少是黄氏或其门客注的呢？③

武汉大学李建中教授说：

黄氏辑注，刊误正讹，徵事数典，皆优于明代王氏《训故》、梅氏《音注》远甚，为清中叶以来最通行之本。乾隆三十六年（1771）八月，纪昀对黄叔琳辑注本加了评语。道光十三年（1833），两广总督卢坤将黄注纪评本以朱墨套印刊行。近人李详、今人范文

---

① 刘勰撰，黄叔琳注，纪昀评：《文心雕龙辑注》，北京：中华书局，1957年，第441页。
② 易健贤：《〈文心雕龙〉校注释译例说》，《贵阳师专学报》1993年第2期。
③ 詹锳：《文心雕龙义证》，上海：上海古籍出版社，1998年，第21页。

澜、杨明照注《文心》，皆以黄叔琳注本为底本。①

上海社会科学院林其锬先生对这个辑注本的学术价值有过评论，他说：

> 此本在梅庆生音注本基础上，又经"旁稽博考，益以友朋见闻，兼用众本比对，正其句字"。……此本虽有在承袭前人成果上，某些地方含混其词，人我不明，因而多被责为"攘其美以为己有"之弊；但它毕竟收罗了明代以来各种版本，并且集中了前人的校注成果（主要是梅庆生、王惟俭两家），因而具有集校、集注性质，代表了有清一代《文心雕龙》校勘、注释的最高成就。也正由于此，此本传播之广，影响之大，可以说是前所未有的。乾隆四十九年（1784 年）有陈鳣校以卢文弨临朱本的陈鳣校养素堂本。②

范文澜先生在《文心雕龙讲疏·自序》中说：

> 今观注本，纰缪弘多，所引书往往为今世所无，辗转取载，而不注其出处。显系浅人所为。纪氏云云，洵非妄语。然则补苴之责，舍后学者，其谁任之。③

范文澜的这段话基本上是录于黄侃《文心雕龙札记·题词及略例》，黄侃曰：

---

① 杨明照主编：《文心雕龙学综览》，上海：上海书店出版社，1995 年，第 297 页。
② 朱文民编著：《刘勰志》，第 162 页。
③ 范文澜：《文心雕龙讲疏》（《范文澜全集》第三卷），石家庄：河北教育出版社，2002 年，第 5 页。

《文心》旧有黄注，其书大抵成于宾客之手，故纰缪弘多，所引书往往为今世所无，展转取载而不注其出处，此是大病。今于黄注遗脱处偶加补苴，亦不能一一征举也。

这就是说，对于《辑注》的成果，历史上有怀疑黄叔琳者，认为注释、评语出于"门客"，并认为该书因此受到学界诸多"讥难"。

笔者认为这些"讥难"确有商榷余地。例如范文澜先生及其师认为《辑注》"今观注本，纰缪弘多，所引书往往为今世所无"，这个问题，责任不在黄叔琳及其参与者，而在后世文献流失。至于引书不注出处，这是古人通病，即使民国时期一些旧儒遗老仍然犯此毛病，包括杨明照等人，甚至删句连排，不加删节号。"今观注本，纰缪弘多"，当是可以商榷，因为没有瑕疵的著作几乎难找。但是因此，认为"显系浅人所为"，此话过于盲目，据笔者考证参与者没有一个是浅人，甚至个个是鸿儒，至少是进士或者举人，可说是饱学之士。

往昔学术界对于黄叔琳《辑注》本，认为多承袭王惟俭《训故》和梅庆生《音注》本，对此指责，笔者核查梅本和王本，再联系黄氏《辑注》，可知情况并不尽然。为了辨明往昔指责是否属实，特对各家各篇注释统计表录如下：

《文心雕龙》黄叔琳、王惟俭、梅庆生各篇注释、校勘数目对比统计表

篇序	篇名	黄注	王注	梅注	黄校	王校	梅校
1	原道	27	8	14	9	1	2
2	征圣	17	10	13	11	1	7
3	宗经	24	13	25	28	144	21

续　表

篇序	篇名	黄注	王注	梅注	黄校	王校	梅校
4	正纬	31	20	25	2	5	2
5	辨骚	45	21	36	8	9	10
6	明诗	56	36	48	6	0	3
7	乐府	45	36	54	4	6	5
8	诠赋	50	14	35	11	8	9
9	颂赞	32	28	35	9	9	9
10	祝盟	37	29	31	8	13	8
11	铭箴	40	19	37	11	13	9
12	诔碑	23	19	40	6	5	9
13	哀吊	24	21	15	12	9	12
14	杂文	43	15	15	5	11	5
15	谐讔	33	21	36	12	11	8
16	史传	59	35	51	32	17	28
17	诸子	60	38	46	10	14	9
18	论说	55	48	48	17	14	18
19	诏策	39	33	31	14	7	15
20	檄移	28	12	22	10	5	10
21	封禅	26	15	18	7	6	6
22	章表	27	17	18	13	9	7
23	奏启	38	28	20	13	13	9
24	议对	29	24	37	9	14	8
25	书记	75	35	41	17	30	12
26	神思	16	5	16	2	5	4
27	体性	5	0	19	1	0	0
28	风骨	9	2	14	6	2	2
29	通变	12	4	15	7	4	6
30	定势	5	4	2	8	4	4

续　表

篇序	篇名	黄注	王注	梅注	黄校	王校	梅校
31	情采	17	5	7	3	5	1
32	镕裁	6	9	3	3	9	2
33	声律	17	21	17	10	21	7
34	章句	15	3	10	6	3	6
35	丽辞	17	3	20	5	3	5
36	比兴	21	15	30	6	15	7
37	夸饰	22	7	15	3	7	7
38	事类	25	8	31	6	8	4
39	练字	17	13	13	7	13	8
40	隐秀	7	1	2	12	1	6
41	指瑕	19	5	8	5	5	4
42	养气	16	8	4	2	8	1
43	附会	11	26	11	3	20	1
44	总术	10	5	5	10	5	10
45	时序	116	75	12	11	8	14
46	物色	21	2	7	1	2	1
47	才略	47	34	43	8	15	6
48	知音	20	15	19	1	5	0
49	程器	29	25	11	4	10	3
50	序志	13	7	8	15	344	6

根据这个统计表，黄叔琳《辑注》上篇注释 963 条，下篇注释 513 条，共计 1476 条；王惟俭《训故》上篇注释 595 条，下篇注释 302 条，共计 897 条；梅庆生《音注》上篇注释 791 条，下篇注释 342 条，共计 1133 条。梅《注》包括音注、字注、名注（名包括人名、地名、书名等）、校字、批评等。黄叔琳校勘 429 字（包括怀疑者），

其形式是夹注；王惟俭校勘 896 字，怀疑者 74 处，标疑者即墨□本字以俟善本，不敢妄改，每篇校勘字数标记于篇末（王氏自己统计为 901 字，我们实际统计是 896 字）。梅庆生校勘 356 字。梅庆生校勘用夹注式，其校勘语格式为"本句下注明：一作某，或元作某字，从某改，或元脱，从某补。"并另纸刻元校姓氏一览表，附于书前。

从这个统计表来看，文术论部分相对于文体论部分注释骤然减少，唯有《时序》篇突然增多，黄叔琳多达 116 条，王惟俭 75 条，梅庆生 12 条，黄氏《辑注》此篇为全书注释条数之冠。由此篇看，黄叔琳《辑注》中也有自己不少发明。再以《体性》篇说，从上表来看黄氏注释 5 条，梅本和王本皆未有注释（梅本正文有夹注释名 19 条），这也说明《辑注》本还是有不少注释是黄氏所为。为什么文术论部分注释仍然少于文体论部分呢？这当是黄叔琳《自序》中说的"则创始之难也"。以上统计，主要就其注释条数而言，对其注释质量问题，我想套用台湾学者温光华研究验证后的说法："综观黄与梅、王三家注本，其注释的性质并不属章句训诂的疏解，而在于考证《文心雕龙》文中难以通晓的典故语源。而黄注一改梅注引文繁杂、详略不均的缺点，另又博采周咨，力求简明详备，较之王注'增注什之五六'。"[1] 据日本户田浩晓考证，梅本至少有六种刊本行于世，且各本互异。[2] 至于黄叔琳用的梅庆生《音注》本是哪一个本子，黄氏没有交代。据杨明照研究，"黄氏底本为万历梅本"[3]。

[1] 温光华：《守先待后，镕旧铸新——论黄叔琳〈文心雕龙辑注〉的学术性质与成就》，载《日本福冈大学〈文心雕龙〉国际学术研讨会论文集》，台北：文史哲出版社，2007 年，第 297 页。

[2] 户田浩晓著，曹旭译：《文心雕龙研究》，上海：上海古籍出版社，1992 年，第 152—166 页。

[3] 杨明照：《增订文心雕龙校注》，北京：中华书局，2000 年，第 200 页。

可见上面诸家指责是不妥的：第一，有违黄叔琳在《自序》所言"余生平雅好是书，偶以暇日，承子庚之绵蕞，旁稽博考，益以友朋见闻，兼用众本比对，正其句字，人事牵率，更历寒暑，乃得就绪，覆阅之下，差觉详尽矣"之自白；第二，有违黄叔琳《例言》"梅子庚'音注'流传已久，而嫌其未备，故重加考订，增注什之五六，尚有阙疑数处，以俟来哲更详之"。这里黄叔琳自己讲，他的注释比梅子庚"增注什之五六"。"增注什之五六"是一个什么概念？我理解就是《辑注》的一半以上是出自黄氏。《例言》又说："其参考注之得失，则顾子尊光、金子雨叔、张子实甫、陈子亦韩、姚子平山、王子延之、张子今涪及诸位同学之力居多。"这就是说，在参订考察黄氏之注得失方面，"诸位同学之力居多"，这句话与每卷前写明参订者的用意是一致的；第三，从上文引《黄侍郎公年谱》中关于《文心雕龙辑注》的三条资料来看，《辑注》系于"雍正九年（1731）……夏四月纂《文心雕龙注》……公暇日翻阅，随手训释，适吴趋文学顾尊光进来谒，因与共参订焉"。是黄先生利用"暇日翻阅，随手训释"的，这时当是已成初稿，如果没有初具规模的书稿，顾尊光来拜谒先生，没个头绪，他"参订"什么，那是没法插手的，同时也证明了黄氏《自序》说的"更历寒暑，乃得就绪"是可信的。第四，到乾隆二年（1737）四月金雨叔来谒，属其参定，与顾尊光第一次参订，时间已经过去了六年，此时黄叔琳的职务是山东按察司使。其年九月，黄叔琳晋升为山东布政司使。翌年九月，黄叔琳任职山东布政司使已经满周年，时陈祖范来署，"因将校定《雕龙》本复与论订"。这说明陈祖范看到的已经是"校定"稿，一个"复与论订"，说明黄叔琳非常慎重，惟恐有失，这个"复"字，是再次论订，且任职山东布政使之前已经定稿。这里顾镇用词也是很讲究，顾尊光参与，用的是"参订"，金雨叔参与，用的是

"校定"，陈祖范参与，用的是"复与论订"。所以前面我们引用杨明照介绍这个《辑注》本的时候，他说黄氏《辑注》本一校于顾尊光，再校于金雨叔，三校于陈祖范，基本正确。由此可见，聂松岩、纪晓岚说黄叔琳因为任山东布政司使，"案牍纷繁"，无暇学术，依靠门人某甲所为之说，是不能成立的；第四，黄叔琳除了《例言》提到的几位门人之外，尚觉不够，在乾隆六年刻本上，参订人员，分工明确，各卷卷首皆书上参订人员名、字及其籍贯，卷末皆署名校对人名、字或者号。今将其表录如下：

黄叔琳《文心雕龙辑注》参订、校对人员一览表（乾隆六年刻本）

卷　数	参订人员名单	校对人员名单
第一卷	顾尊光、金雨叔	
第二卷	张泽珹、姚培衷	
第三卷	陈祖范、杨锡恒	
第四卷	陈济、张奕枢	
第五卷	胡二乐、王之醇	
第六卷	王永祺、张冕	黄登贤、黄登榖
第七卷	张景阳、徐颖柔	
第八卷	曹廷栋、卫自浚	
第九卷	徐南溟、陈尚学	
第十卷	陆廻然、姜尔耀	

乾隆六年刻本上的署名是非常规范的，每一卷前面，署名"北平黄叔琳昆圃辑注，某某人参订"，卷末署"男黄登贤、黄登榖校"。全书的最后校对全部是黄叔琳的两个儿子，可见黄叔琳对于署名和

本书的质量是很看重的，没有一丝马虎之嫌，他自己用的是"辑注"而不是"注"，一个"辑"字说明这些"注"并不全都是自己的原创，而部分是从他人那里辑录的，表明不掠人之美。到后来的钦定四库全书文渊阁《文心雕龙辑注》本，四库馆臣删去了《例言》，删去了书眉间的六十余条眉批，并把署名改为"詹事府詹事加吏部侍郎衔黄叔琳撰"，其他参订人员统统删去了。文津阁本把黄氏原序也删去了，更谈何《例言》了，把原题署"黄叔琳辑注"也改为"黄叔琳注"，一个"撰"字和"注"字，均改变了黄叔琳原有"辑注"的用意。从《黄侍郎公年谱》署名顾镇"编次"（因为初稿是黄登贤提供的）而不是"撰"或者"编撰"来看，说明黄叔琳及其门生在著作权上，是很严肃的，其学风是很值得提倡和弘扬的。再说黄氏的这些门生非等闲之辈，后来大多是进士，有的被学林视为鸿儒，何来"浅人"之谓。因而，从《文心雕龙辑注》乾隆六年刻本的署名和实际注释来看，《文心雕龙辑注》的学术贡献是没法否定的。在我看来，纪昀评语当源于聂松岩。聂松岩并未取得黄叔琳的信任，加入参订工作。从其言语来看，他并不了解实情。黄叔琳交付姚培谦的时候，已经是成熟的稿子，所以姚培谦说："蒙出全帙见示，命携归校勘，付之枣梨，剪劣无能为役。"姚培谦的话，虽然有谦虚之意，一句"剪劣无能"也当是实情。对黄叔琳的"讥难"大多出自纪昀的应声者，有几个是自己验证后的结论？

　　实际上是否如此，学界也有不同声音。张少康先生主编的《文心雕龙研究史》对"门下客补注"说表示怀疑，他说：

　　　　此说是否确实，已难详考，然联系上述黄叔琳《辑注》之《例言》所说校勘部分，于王惟俭颇有借鉴，考其事实也确乎如此……黄氏不仅在梅、王注基础上颇有斟酌，更加详实，而且在创作论部分还有拾遗补阙的实绩，其贡献是十分明显的。[1]

日本铃木虎雄则不是人云亦云，他认为，黄氏《辑注》，虽有不名言所本之嫌，"而其于文义，发明实多"[2]。

张尔田（1874—1945）也不是人云亦云。他在乾隆四十九年六月陈鳣校养素堂本《文心雕龙辑注·识语》说：

> 余近纂《史微》内外篇……既卒业，复取八代文章家言研治之。因浏览是编，证以《昭明文选》，颇多奥窔。而所藏本乃纪文达评定者，凭虚臆断，武断专辄，不一而足。继而又得此册，虽非北平原椠，尚无纰缪；以视纪评，判若霄壤矣。[3]

可见学术研究，贵在自得，不可盲目迷信名人，否则会沦作名人的应声虫，为人所不齿。

四、黄叔琳对古典"龙学"的贡献

《文心雕龙辑注》的成书在学术史上是一个不小的工程。我们从其成书过程来看，历时七八年，如果从心中酝酿到确立课题，再到成书和刻本面世，至少也有十几年的时间，这样的工程，非饱学之士是不敢问津的。再说，这种辑注，也不是简单地抄录前人成果，而是对于他人成果重新审定，择善而从，不如意者，遂下己断，本身就是既继承前人优秀成果，又有自己的创新，从前面的表录中已

---

① 张少康、汪春泓、陈允锋、陶礼天编著：《文心雕龙研究史》，北京：北京大学出版社，2001年，第90页。

② 铃木虎雄：《黄叔琳本文心雕龙校勘记》，载范文澜《文心雕龙注》卷首。

③ 张尔田的话是杨明照录自张氏手校本卷首。参杨明照：《增订文心雕龙校注》，第969页。

经看得出来。今试举几例如下：第一，《凡例》多仿照梅氏《音注》，如黄氏《凡例》第二条，就综合了梅氏《凡例》的第四条和第五条，但比梅氏更简略明了。第二，删节了梅氏注释，使得注文更加简洁明了。如，梅氏注《原道》篇"庖牺画其始"："亦作虑犠。帝德合上下曰太昊氏，行雷泽之渚，履大人迹，有虹绕之而孕，风姓，生于成纪，都于陈，以木德王。《易·系辞》曰：'庖牺氏之王天下也，仰则观象于天，俯则观法于地，观鸟兽之文与地之宜，近取诸身，远取诸物，于是始作八卦，以通神明之德，以类万物之情'（虑，一作伏）。"王氏《训故》本的特点是训释事典，不标出词语，因而没有标出"庖牺画其始"这个词条，只在第一条训故中说："《易正义》：伏羲氏有天下，龙马负图以出于河，遂法之画八卦。"在《原道》篇的第八条注释的最后一句说："《史记》伏羲氏以风为姓。"而黄氏《辑注》在《原道》篇对于"庖牺画其始"则略于梅本，详于王本："《易·系辞》：'庖牺氏之王天下也，仰则观象于天，俯则观法于地，观鸟兽之文与地之宜，近取诸身，远取诸物，于是始作八卦，以通神明之德，以类万物之情。'"这就给人以简明完整之感。从上表看，《原道》篇黄注 27 条，王注 8 条，梅注 14 条。其中梅本正文夹注 9 条，主要是关于字的读音、人名、书名等，一如凡例所言；其他 5 条注于篇末。如果除去王注和梅注的重复，尚有 19 条是黄注自创。再说《时序》篇，黄注 116 条，王注 75 条，梅注 12 条，如果不算重复，王注和梅注两家共计 87 条，尚有 29 条是黄氏自创，更何况黄注对王、梅两家的原有成果在承继中进行了改造和条贯，以此类推，全书概如此同，为省篇幅，不再多举例证，可由上文中的统计表代替言之。

　　由此观之，黄叔琳的《辑注》对前哲成果的承继是科学的，在承继中又有大量的自创，学界仅认为黄注是集大成者，还不足以涵盖黄氏对古典"龙学"的贡献，应该说黄叔琳在"龙学"史上树起了一座丰碑。因而，往昔学界对黄氏《辑注》的种种指责多为不实之词，应当抹去。但是，这并不等于说黄注没有瑕疵和商榷余地。

五、养素堂本翻刻中留下的疑问

前面我曾经提到黄叔琳《文心雕龙辑注》问世以来，流传于世的几种主要版本，其中就有我目前手头的几种：乾隆六年姚培谦刻的养素堂本（首都图书馆藏本）、钦定四库全书本、道光十三年的两广节署本、民国四部备要本。这几种版本在"元校姓氏"人数和《例言》的内容上是不同的。先说我手头几种《辑注》本的不同：两广节署本和四部备要本的"元校姓氏"是34人。首都图书馆藏养素堂本的"元校姓氏"只有33人，没有王惟俭。查这个"元校姓氏"除了梅庆生和王惟俭外，其他32人一仍梅庆生《音注》所载"雠校姓氏"。再是《例言》的条数和内容不同，今将两广节署本和四部备要本的《例言》（两种版本《例言》相同）移录如下：

　　一、此书与《颜氏家训》余均有节抄本，颜书已刻在前，细思此书难于采截。上篇备列各体，一篇之中，溯发源释名目，评论前制，后标作法，俱不可删薙者。下篇极论文术，一一镂心钑骨，而出之不愧"雕龙"之称，更未易去取也。今此书仍录全文中加圈点则系节抄之旧读者，可一览而得其要；

　　一、诸本字句互有异同，择其义之长者用之，仍于本句下注明一作某，或元作某字从某改，或元脱从某补，另刻元校姓氏一纸于卷首；

　　一、《隐秀》一篇，脱落甚多，诸家所刻俱非全文，从何义门校正本补入；

一、梅子庚"音注"流传已久，而嫌其未备，后得王损仲本，援据更为详核，因重加考订，增注什之五六，尚有阙疑数处，以俟博雅者更详之；

一、升庵"批点"，但标辞藻，而略其论文之大旨，今于其论文大旨处，提要钩元用"〇〇"，于其辞藻纤秾新隽处，或全句，或连字用"、、"，于其区别名目处，用"△△"以志精择；

一、此书分上下两篇，其中又自析为四十九篇，合《序志》一篇，篇共五十，今依元本分为十卷注释，例于每篇之末，偶有臆见，附于上方。其参考注之得失，则顾子尊光、金子雨叔、张子实甫、陈子亦韩、姚子平山、王子延之、张子今涪及诸位同学之力居多。

再说养素堂本（首都图书馆藏本）和两广节署本及四部备要本在《例言》内容上的不同。第一，条数不同，第二，内容不同。

为了节省篇幅，我在上面两广节署本及四部备要本《例言》上做一下划线标记以示区别。删去有下划线文字者，就是在上文第三部分移录的我手头乾隆六年刻养素堂本（首都图书馆藏本）的例言，可见首都图书馆藏本——乾隆六年刻养素堂本的《例言》是 5 条，且文字内容也少，为了更加一目了然，将差别表录如下：

四部备要本《例言》条数	一	一	一	一	一	一	共 6 条
四部备要本《例言》字数	109	51	25	51	63	93	392 字
养素堂本《例言》条数	一	一	一	一	×	一	共 5 条
养素堂本《例言》字数	43	51	25	38	×	93	250 字

从这个表来看，两广节署本及四部备要本《例言》是 6 条，首都图书馆藏养素堂本《例言》是 5 条。再说字数：两广节署本及四

部备要本《例言》6 条总字数 392 字，而养素堂本 5 条总字数 250 字，那么我手头的首都图书馆藏养素堂本的来历是哪里呢？是来自于国家图书馆出版社 2017 年 6 月出版的《国学基本典籍丛刊》本。这个养素堂本的底本，出版者——责任编辑陈莹莹在该书《前言》中交代：

> 本次影印以首都图书馆藏清乾隆六年刻本为底本。该本保存完好，版刻精良，朱墨灿然，是不可多得的佳椠。卷首有黄氏乾隆三年序、《南史·刘勰传》、例言五条、元校姓氏及目录，卷末有姚培谦跋，眉端间有黄氏评语。正文每半叶九行，行十九字。此据原书扫描，编入《国学基本典籍丛刊》，以广流传。

关于乾隆六年养素堂刻《文心雕龙辑注》本，杨明照先生在《文心雕龙版本经眼录》中说：

> 清黄叔琳辑注本，余藏。原刻为乾隆六年养素堂本。（嗣后复刻较多，其佳者几于乱真。）刊误正讹，征事数典，皆优于王氏《训故》、梅氏《音注》甚远，清中叶以来最通行之本也。卷首有黄氏乾隆三年序（误梅子庚为梅子庚，"例言"及"元校姓氏"同）、《南史·刘勰传》、例言（共六条）、元校姓氏（底本为万历梅本，除增梅庆生、王惟俭两家外，余仍梅氏之旧，故云元校姓氏）及目录；卷末有姚培谦跋（亦有移置卷首者）。每卷前皆列有参订人姓名（各卷不同），卷终并附有"男登贤云门登毂春畲"字样。每半叶九行，行十九字。五篇首尾相缀，分卷则另起。注附当篇后，（所引书不尽著篇名）低一格；标注辞句外，均双行。眉端间有

黄氏评语（《宗经》《隐秀》两篇后附有识语）①。

杨氏谓"原刻为乾隆六年养素堂本"，说明他藏的不是原刻本。黄霖教授在介绍复旦大学图书馆藏养素堂本黄叔琳《文心雕龙辑注》时说：

> 乾隆年（1741）姚培谦刊。卷首有黄叔琳乾隆三年自序、例言六则，并附南史刘勰传及元校姓氏。卷末有姚培谦跋。正文前题"梁刘勰撰，北平黄叔琳昆圃辑注，吴趋顾进尊光、武林金甡雨叔参订"。黄氏评语均置于眉端。……《文心雕龙辑注》虽为范文澜《文心雕龙注》之前最为通行的本子，但其校、注、评多出自其门客之手，其校注不少袭取了梅庆生、王惟俭、何焯的成果，《四库全书提要》斥为"多不得其根柢"。②

从杨明照和黄霖二位先生的介绍来看，他们的共同点是《例言》六条。杨明照的介绍比黄霖全面一些，他在涉及到的元校姓氏中，多出了黄叔琳和王惟俭，并解释为什么叫"元校姓氏"。同时向读者交代养素堂本有多种复刻本，几乎能够乱真。可见杨明照见过多种本子，皆自称是乾隆六年养素堂本。以我的有限所见，也足以证明杨说正确。第一，孔夫子旧书网山东滕州文雨轩在售的六册线装本《文心雕龙辑注》就红纸明标"文心雕龙辑注——养素堂藏板"。字体与我手头的国家图书馆出版社出版的首都图书馆藏本相比，虽

---

① 文中括号除了有下划线者是杨明照所为外，其他括号内文字原为细字，括号为文民所加。详见曹顺庆主编：《岁久弥光：杨明照教授九十华诞庆典暨中国古典文献学国际学术研讨会论文集》，第 37 页。

② 黄霖编：《文心雕龙汇评》，上海：上海古籍出版社，2005 年，第 7—8 页。

然有极细微的差别，也可以说很有迷惑性。我发现首页首行"文心雕龙卷第一"的"雕"字，左边的"周"字内"土"上面没有超出三面框，首都图书馆藏本前几卷"土"字上面出框；《才略》篇第二、三、四行眉间黄氏批语"上下百家体大思精，真文囿之巨观"十四字用了竖排五行字，而首都图书馆藏本在第二、三行上端把十四字用了竖排三行字。仅这两点，就可证明同为养素堂本而差别是有的，其板不一。第二，就我手头收藏的五六种版本注明是养素堂本的书影来看，没有两种相同者，尽管有的在左侧中缝下端有"养素堂"字样，与首都图书馆藏本也不尽相同。其中，一种在《声律》篇"赞曰"前三行的眉批有"遇字下王本空三字，籁字下王本有流水之浮花□□□郑人之买椟十三字"，而首都图书馆藏本则没有这则眉批。根据我上文指出的在《例言》中文字和条数多寡的差异来看，早在养素堂板的不同版本中就出现了，那么这种差异是何人所为呢？从增加文字的口气来看，与黄叔琳非常贴切，难道此本有黄叔琳修订版吗？不见著录。这众多的养素堂本，哪一种是姚培谦主持的初版呢？就目前笔者所见版本来看，最佳者是首都图书馆藏本，正如陈莹莹在影印版《前言》所说："版刻精良，朱墨灿然，是不可多得的佳椠。"这只是就版刻而言。就我看，不仅刻工水平高，就是文字书写也是俊秀、劲拔，可谓书家之高手。我购到手的时候，有好几天把玩不已，可谓爱不释手，至今还时常翻阅欣赏，这也应了李曰刚先生说的"自来《文心雕龙》版本，以清乾隆六年（1741）姚刻黄叔琳注养素堂本为最善"[1]。这个本子中几乎没有错字，这是很难得的。像钦定四库全书文津阁本《文心雕龙提要》这样纪昀署名的本子，且馆臣如林，校勘十分谨慎的官书，仅一篇《提要》中

---

① 李曰刚：《文心雕龙斠诠·例略》，台北：中华丛书编审委员会，1982年，第19页。

就把"时序"写成了"程材"，"哀吊"写成了"哀诔"。根据姚培谦跋语"良工难求，迁延岁月而后告成，匪苟迟之，盖重之而不敢轻云尔"来看，首都图书馆藏本当是姚培谦初刻养素堂本。在此笔者仅是提出问题，并把自己朦胧的感觉写在这里，是否如此，以俟名家指教。

黄叔琳《辑注》本问世以来，得到了学术界的重视。李详说："《文心雕龙》有明一代，校者十数家，朱郁仪、梅子庚、王损仲，其优也。梅氏本有注，取小遗大，琐琐不备。北平黄昆圃侍郎注本出，始有端绪。"①《辑注》本在学术界占据统治地位二百余年，直到范文澜注释本问世，才打破这一局面。早在范注问世前，海外有日本铃木虎雄《黄叔琳本文心雕龙校勘记》②，户田浩晓《黄叔琳本文心雕龙校勘记补》，国内有李详补正。这些校勘成果，为日后的范文澜先生《文心雕龙注》所借鉴。

目前在学界尽管各种注释本琳琅满目，黄氏《辑注》似乎已经完成了它的历史使命，但是因为它在历史上长期占据主导地位，民国以来出版了各种形式的本子。其中上海中华书局的四部备要本在印刷上，把眉批一律改用黑色，改变了清道光十三年朱墨套印的形式，使得读者阅读眉批时，难以分出黄批和纪批。

但这不影响后人对其评价。戚良德教授说：

> 黄注一方面是值得重视的"龙学"奠基之作，另一方面又受到众多的大家的"讥难"，也许正是这种尴尬之境，使得黄注在

---

① 李详《文心雕龙黄注补正》，《民国期刊资料分类汇编：文心雕龙学》，北京：国家图书馆出版社，2010年，第1页。

② 铃木虎雄所校勘用的本子，他自己介绍说是豹轩所藏"养素堂板原本"，可能并非初版。因为"元校姓氏"在初版是33人；铃木虎雄所校勘用的本子"元校姓氏"为34人。

今天流传不广，与黄侃《文心雕龙札记》在时下的众多版本相比，黄叔琳之书可以说较为落寞。①

为了打破这一"落寞"局面，戚良德教授在黄叔琳《辑注》的基础上，加以改造，以其《文心雕龙校注通译》为原文，并加以修订，再增加《纪评》、李详《补正》和刘咸炘《文心雕龙阐说》②，将四者汇于一书，使得黄氏注本内容更加丰富，尤其是刘咸炘《文心雕龙阐说》，首次纳入龙学界的视域与读者见面，于2015年11月由上海古籍出版社出版发行，为"龙学"界推出一种新的读本。当年卢坤把纪昀眉批与黄氏《辑注》于道光十三年（1833）合刊，影响了近两个世纪，黄注、纪评功载史册，卢坤首揭之功亦不能忘；今戚良德教授合四为一，推出新的读本，当与卢坤同功比肩。

国家图书馆出版社为了优秀版本的传承，于2017年6月，影印了姚培谦在乾隆六年刻的养素堂本《文心雕龙辑注》，是书大32开，平装分两册发行，并改书名为《黄叔琳注本文心雕龙》，使得这个刻本二百余年来，再次与读者见面，也是对"龙学"的一大贡献。

六、尾语

本文的题目，是我受了恩格斯《路德维希·费尔巴哈和德国古典哲学的终结》一文的启发，这对于研读过马克思主义哲学的人来说，是不言而喻的。更受启发的是恩格斯的那条关于他对马克思主义贡献份额问题的注解说明，真是高风亮节，实事求是。我正是受

---

① 刘勰著，黄叔琳注，纪昀评，李详补注，刘咸炘阐说，戚良德辑校：《文心雕龙》，《前言》第6页。

② 刘咸炘《文心雕龙阐说》在1996年成都古籍书店出版的《推十书》未有收录，2009年上海科学技术文献出版社所出的《推十书》（增补全本）中收录之，但是并未引起学界的注意，直到2013年"龙学"会成立三十周年纪念会上，才由戚良德教授向龙学界推介，引起大家的注意。

了马克思主义经典作家的启发，在研究了黄叔琳的生平、《文心雕龙辑注》和他的其他著作以及门生的学识水平，特别是《辑注》在署名问题上的分寸问题，才觉得往日学界对于黄叔琳在《文心雕龙辑注》中劳动份额的"讥难"是不能完全接受的，萌生了我撰写本文的动机。

恩格斯说的"古典哲学"，主要指黑格尔哲学及其分支——路德维希·费尔巴哈哲学。我这里说的"古典龙学"，主要是指清代及其以前的"龙学"。这方面王更生、张少康、张文勋等几位先生也都做过研究，笔者在拙著《刘勰志》中也有涉猎。王更生先生说：《文心雕龙》在隋唐时期所起的作用和贡献，不局限于征引、袭用或者著录，其影响已经突破了文学理论的范围而遍及四部，并跨出国门，扩及海外。它影响到颜之推的《颜氏家训》，影响到刘知几的《史通》，也影响到孔颖达、李善、吕向、李周翰等人注疏的经书和《昭明文选》，他们无不采刘勰《文心雕龙》作依据。日本空海的《文镜秘府论》也受其影响。[①] 两宋时期大量征引的莫过于《太平御览》，占《文心雕龙》全书的百分之二十六强，而且还出现了辛处信的《文心雕龙注》十卷，可惜此书未能传世，今天我们能够看到的是王应麟《困学纪闻》和《玉海》的征引，前文及其注释中已经指出，其他如洪迈《容斋随笔》中也有征引。元代留下了一部单刻本《文心雕龙》，虽然漫漶严重甚至存在缺页，但是，物以稀为贵，因为它的唯一性，显得弥足珍贵。明代刻本、抄本、注本、评本多有问世者，因而也出现了大量的序跋和题识。这种以序跋和题识出现的品评特征，引起后来者的广泛注意，并形成"龙学"的重要研究资料，如果有心人将这些序跋和题识结集出

---

① 王更生：《隋唐时期的"龙学"》，中国《文心雕龙》学会编：《文心雕龙研究》第1辑，北京：北京大学出版社，1995年。

版，将是一部很好的"龙学"研究成果，后人可以从中依稀看到古代"龙学"家对《文心雕龙》的喜爱和研究心得。清代的"龙学"，不仅有黄叔琳《文心雕龙辑注》，还有在《文心雕龙》影响下产生的章学诚《文史通义》以及其他评论者，详见黄霖《文心雕龙汇评》，此不赘述。

我这里说的"终结"，也并不是"龙学"的结束，而是"龙学"研究古老形式的终结。我说的"古老形式"就是"古典式""传统式"，主要指早期的征引、简单的注释、眉批，其中学者们单纯地靠版本序跋和只言片语的题识来发表自己的零星的非系统化的见解，注释条目的亦较模糊等等。这里的"古典式"是与民国时期开始的新的"龙学"相对而言。如梅庆生《音注》，相比王惟俭《训故》本虽然有词条大字标出的优点，但是其注释繁琐，极不精炼，征引他书标记不明。王惟俭《训故》根本就没有标出词条，只有仔细读完其训释，才能意识到可能是训释的某一句话或者是某个典故，且只训释典故，对于理论范畴，基本不涉及。杨慎批点《文心雕龙》，所用五色，后来的刻书者，不再做颜色标记，而是改用符号，致使读者有太隐晦之感。如果"光靠圈点说话，在理论上是难以说明什么问题的"[1]。既是用文字评点的地方，也"但标辞藻，而略其论文之大旨"[2]。曹学佺的批语，也仅有四十余条，可以说是只言片语，虽然也可以看作研究成果，但是无法与现代"龙学"成果相比肩。钟惺的评语更加逊色，甚至谈不上什么研究。

就注释而言，到范文澜《文心雕龙讲疏》问世，才在注释词条和原文中有序号显示，注释的文字才有简明清晰之感。范文澜《文心雕龙讲疏》初版之后，再经作者补充到 1936 年开明书店线装本发

---

① 李平：《〈文心雕龙〉研究史论》，合肥：黄山出版社，2009 年，第 55 页。
② 黄叔琳：《文心雕龙辑注·例言》。

行，才正式成为新的"龙学"诞生的标记，它与古典式不同之处，就在于吸纳了黄侃《札记》的优点及其体例，熔理论阐释于注释之中。全国解放以后，范注又经王利器补充了五百余条资料，于1958年以新版面世，使得这座丰碑更加高大，成为"龙学"界不可绕过的昆仑。

黄侃《文心雕龙札记》原为"词章学"之讲义，注重《神思》以下诸篇，熔解题、品评、注释、校勘、例文于一炉。李平教授评论该书："《札记》体约思丰，言简意赅，其内容大体分为小学和文学两方面。前者包括文字校勘、语源考证和疑难词语笺释；后者包括各篇题解及对经典语句的阐释。"① 黄侃是"龙学"史上第一位深入系统阐述"龙学"理论的泰斗级"龙学"家。虽然有人不认可《札记》是现代"龙学"的开山之作，只能算"是近代文论的最后一部力作"，认为黄侃"看出封建末世文坛的弊病，却开不出倒转乾坤的药方。他的'趋新'，畔不出儒家中庸之道的规矩，'师古'却使他钻进了'朴学'考据的胡同，因而，不可能投入划时代的新文化运动，只能成为旧时代的最后一位文论家"②。但是黄侃在《札记》的每一篇的解题式的大论，是古典"龙学"所没有的，在二百余条的注释中虽然与黄叔琳相同，只标出词条，没有像弟子范《注》那样加上序号，但是其注释文字却一改古典式的繁琐而变为简洁明了，并时有评论。其方式虽旧，但内涵却不与清儒相同，在每篇之中附有例文，以为弟子助读，这也是创新，说明他不再遵循清儒训诂考据的老路子，而是走出了自己的新路子——解题、校勘、注释、品评、例文五合一的新体例。在理论阐释方面，黄侃看出刘勰"自然之道"乃老庄之道，而非儒家之道，不可与传统儒家的"文以载道"

① 李平：《〈文心雕龙〉研究史论》，第35页。
② 张皓：《黄侃〈文心雕龙札记〉简论》，《黄石师范学院学报》1984年第2期。

说相混淆；他还看出刘勰在方法论上用的是"折中"法，这就从理论上和方法论上把握住了大节，大大地高出了他的前辈，就是纪昀这样的大儒也被黄侃抛在身后。就这来说，谁也不好否认黄侃《札记》是走出传统、迈向新时代的代表性"龙学"成果。正如李曰刚先生所言：

> 民国鼎革以前，清代学士大夫多以读经之法读《文心》，大则不外校勘、评解两途，于彦和之文论思想甚少阐发，黄氏《札记》适完稿于人文荟萃之北大，复于中西文化之剧烈交绥时，因此《札记》初出，震惊文坛，从而令学术思想界对《文心雕龙》之实用价值、研究角度，均作革命性之调整。①

任何一种新事物不可避免地带有母体的痕迹，否认这一点，就是否认了历史的传承性，但是如果看不到二者之间的本质区别，也就否认了历史的转折性和新旧事物之间的区别。马克思的辩证法把黑格尔颠倒了的辩证法顺过来了，与黑格尔哲学有着质的不同，但是马克思仍然自称是黑格尔的门生②，讲西方哲学史的人也有的把马克思与费尔巴哈看成是黑格尔的两个分支，这并没有抹煞马克思与黑格尔哲学的本质区别。研究"龙学"史的人，大都把范文澜的《文心雕龙注》和黄侃《文心雕龙札记》看成是新时代"龙学"诞生的标记，称作者是现代"龙学"的开创性代表人物，也是有根据的。前面张皓先生只看到黄侃《札记》与古典"龙学"的相似之处，没有看到与古典"龙学"的相异之处，这是不妥的。

毫无疑问，黄侃与其弟子范文澜的"龙学"成果，虽然是在黄

---

① 李曰刚：《文心雕龙斠诠》，第 2515 页。
② 马克思：《资本论》第一卷《第二版的跋》，北京：人民出版社，1963 年。

叔琳及其前辈古典"龙学"基础上诞生的，有与母体相似的一面，但却是一次质的飞跃。

事物的发展，总是旧事物的终点，往往也是新事物的起点，新旧"龙学"时代的交替，亦是如此。

（本文原刊《语文学刊》2019 年第 2 期）

黄侃与中国现代"龙学"的创建

我在拙著《刘勰志》中，谈及民国时期的"龙学"时，曾经提到黄侃受其师章太炎的影响，与刘师培等人在北京大学开设《文心雕龙》课，并在讲义的基础上，形成《文心雕龙札记》一书，标志着现代"龙学"的诞生。但是囿于当时资料的限制，语焉不详。近年来，随着章太炎先生在日本讲授《文心雕龙》时，学生的笔记被发现并影印出版，以及相关人物当年的日记也陆续出版发行，"龙学"界朋友们的相关研究成果，不够精确的地方也显示出来了，随着新资料的发现，有必要对往昔的提法和结论，以及前前后后的故事，重新梳理和订补，以就教于同道大雅。

一、现代"龙学"的撒种期

我曾经把中国的"龙学"即"文心雕龙学"分为古典"龙学"和现代"龙学"，主张黄叔琳先生的《文心雕龙辑注》为古典"龙学"的集大成，黄叔琳也就成了古典"龙学"的终结者。那么怎样看待现代"龙学"的产生和发展呢？这是"龙学"发展史上的一件大事，同仁中也有不少论及者，但是，我感觉还不够，尤其是忽略了章太炎先生对现代"龙学"的作用。我认为，现代"龙学"的播种者是章太炎先生。章太炎先生研究《文心雕龙》的成果，没有写成专门的著作流传下来，多亏他的学生把他的讲课记录留存世间一部分，使得我们能够看到章先生的部分观点，他的这部分"龙学"成果，虽然不显眼，却是火种，可以燎原；具有酵母的能量，可以发酵，成为现代"龙学"的种子。

（一）章太炎其人

章太炎（1869—1936），浙江余杭人。原名学乘，字枚叔，后易名为炳麟。因反清意识浓厚，仰慕顾绛（顾炎武）的为人行事而改名为绛，号太炎。是清末民初的民主革命家、思想家和国学家。鲁迅在《关于太炎先生二三事》一文中，评价章太炎是"有学问的革命家"。

光绪二十三年（1897年）任《时务报》撰述，因参加维新运动被通缉而流亡日本。光绪二十九年（1903年）因发表《驳康有为论革命书》并为邹容《革命军》作序，再次触怒清廷，被捕入狱。光绪三十年（1904年）与蔡元培等合作，发起组建光复会。光绪三十二年（1906年）出狱后，赴日本避难，并参加同盟会，受孙中山委托，主编同盟会机关报《民报》。宣统三年（1911年）上海光复后回国，主编《大共和日报》，并任孙中山总统府枢密顾问。1913年宋教仁被刺后参加讨袁。为了共和，不惧牺牲，登门与袁世凯抗争。被袁世凯禁锢北京，袁世凯死后被释放，一生为反清，数次被捕入狱。晚年愤恨日本侵略中国，曾赞助抗日救亡运动。（其中，1931年"九一八"事变，日本占领我东三省，章太炎曾北上责问张学良，张学良向其透露，是蒋介石电令不抵抗，太炎一介书生，只得愤愤不已。）从1917年开始，革命热情逐渐淡漠，在苏州设立国学讲习会，以讲学为业。关于章太炎对民主革命的贡献，已经载入史册；关于其学术成就，也有其宏富的论著为证，而集二者于一身成为"有革命业绩的学问家"（汤炳正语），确是近代史上第一人。为了保种而主张国学传薪，病重至晚期，仍然坚持讲课。据王基乾《忆余杭先生》记载："先生病发逾月，卒前数日，虽喘甚不食，犹执卷临坛，勉为讲论。夫人止之，则谓'饭可不食，书仍要讲'。"①

---

① 转引自许寿裳：《章炳麟传》，北京：东方出版社，2009年，第139页。

（二）章太炎在日本讲授《文心雕龙》的时间问题

黄霖先生编的《文心雕龙汇评》一书的后面有一附录，内中刊载了章太炎讲授《文心雕龙》的两种记录稿：第一种题目是《文心雕龙札记》，署名章太炎讲授。可惜这个记录稿只记录了《文心雕龙》第一至第八篇，这个听课记录是毛笔记录稿，首页有如下文字："钱东潺记；璪录（即杂货店也）；文心雕龙札记；稿本。"首页背面题"蓝本五人：钱东潜、朱逷先、朱蓬仙、沈兼士、张卓身"。钱东潜、钱东潺为钱玄同别名。内页记录《文心雕龙》第一至第八篇听课记录，字迹潦草，时有涂抹。第二种为钢笔记录稿，字迹工整，颇有简帛味道，不著记录人。题目是《文学定谊诠国学讲习会略说》，署名章太炎讲授；这个听课记录稿，只是从《原道》第一至《论说》第十八止，后面有一页内容和时间进度表：计划分五次讲完全书：第一次开讲是三月十一日，内容是一至八篇；第二次是三月十八日，内容是九至十八篇；第三次是三月二十五日，内容是十九至二十九篇；第四次是四月初一，内容是三十至三十八篇；第五次是四月初八日，内容是三十九至五十（完）。听讲人共六人，分别是潜（钱东潜）、未（龚未生）、逷（朱逷先）、蓬（朱蓬仙）、兼（沈兼士）卓（张卓身）。据周兴陆的《章太炎讲解〈文心雕龙〉辨释》一文介绍，这两份记录稿，原有的封面题"朱逷先撰《文心雕龙札记》"（詹锳《文心雕龙义证》引用书名简称中，就称"朱逷先等笔记"）。朱逷先就是朱希祖（1879—1944），浙江海盐长木桥（今富亭乡）上水村人，字逷先，又作迪先、逷先。章太炎得意弟子，历任北京大学、北京师范大学、清华大学、辅仁大学、中山大学及中央大学（今南京大学）等校教授。为解放前著名的史学家。然而，记录稿的内页第一页封面题目是：钱东潺记《文心雕龙札记》藁本。

这个资料现藏上海图书馆，多亏黄霖和周兴陆先生发现，并公之于世，为现代"龙学"的产生和创立，找到了来龙去脉，也可以订正一些学者在谈到黄侃"龙学"渊源时，在时间上的一些推测之误。这个记录稿是章太炎先生哪一年的讲课记录呢？

　　根据记载，章太炎的讲学活动有十几次，但是"兴师动众"的主要有四次：第一次在日本讲学，时间是 1908 年至 1911 年，地点是在东京一所叫大成中学的一间教室里，同时又为鲁迅、周作人等开一小班，地点是在《民报》内章太炎住所里；第二次是从日本回国后，1913 年章太炎被袁世凯软禁于北京期间，"以讲学自娱"，地点在北京化石桥共和党本部；第三次讲学是 1922 年夏天在上海时，应江苏省教育会的邀请所作的国学系列演讲；第四次，1933 至 1936 年，章太炎在苏州公园的图书馆，盛况空前，学生达五百余人。在国内的讲课活动，当与上海图书馆收藏的这份《文心雕龙》授课记录稿无关。因为据周兴陆研究，这份记录稿用的稿纸上有制造厂家标记，即"松屋制"，周兴陆请教日本学者得知，这"松屋"是日本一家专门制造稿纸的店（厂）家名字。另一个证据就是听讲者朱蓬仙于 1919 年在北京逝世，龚未生也于 1922 年去世了。龚未生，名宝铨，字士衡，号未生，亦作"味生"，系章太炎的长女婿。这就是说，1922 年后开设的讲习班，与这份《文心雕龙》记录稿无关。

　　关于在章太炎寓所开设的小班，据许寿裳在《纪念先师章太炎先生》一文记载：

　　　　民元前四年（即 1908 年），我始偕朱蓬先（宗莱）、龚未生（宝铨）、朱逷先（希祖）、钱中季（夏，今更名玄同，名号一致），周豫才（树人）、启明（作人）昆仲，钱均夫（家治），前往受业。每星期日清晨，步至牛込区新小川町二丁目八番地先师寓所，在一间陋室之内，师生席地而坐，环一小几。先师讲段氏《说文解字注》，郝氏《尔雅义疏》等，精力过人，逐字讲解，滔滔不绝，或则阐明语原，或则推见本字，或则旁证以各处方言，以故新谊创见，层出不穷。[①]

许寿裳在《亡友鲁迅印象记》里也是这么著录的，并交代："前四人是从大成（中学）来听讲的。"这件事周作人在《记太炎先生学梵文事》一文中，也有同样的记载。章太炎在寓所开设的小班，主要是浙江籍的学生多，黄侃是湖北籍，但先世是浙江籍。

关于开设这个小班，许寿裳先生的《章炳麟传》第十三章第十四节"东京讲学实际情形"中也有交代：

> 先生东京讲学之所，是在大成中学里一间教室。寿裳与周树人（即鲁迅）、作人兄弟等，亦愿往听。然苦与校课时间冲突，因托龚宝铨（先生的长婿）转达，希望另设一班，蒙先生慨然允许。地址就在先生寓所——牛込区二丁目八番地，《民报》社。……同班听课者是朱宗莱、龚宝铨、钱玄同、朱希祖、周树人、周作人、钱家治与我共八人。前四人是由大成再来听讲的。其他同门尚甚众，如黄侃、汪东、马裕藻、沈兼士等，不备举。[②]

那么，章太炎在日本讲《文心雕龙》的时间是哪一年呢？周勋初先生在《黄季刚先生〈文心雕龙札记〉的学术渊源》一文说：

> 光绪二十八年（1902）时，季刚先生考入湖北崇文普通学堂学习。……季刚先生乃与同学及朋辈密谋覆清。两湖总督张之洞

---

① 许寿裳：《章炳麟传·附录二》，第 228 页。
② 许寿裳：《章炳麟传》，第 74—75 页。

觉察，而张氏与季刚先生之父云鹄先生乃旧交，至是遂资送季刚先生赴日留学。其时章太炎因从事推翻清廷的革命活动而在日本避难，主持《民报》笔政。光绪三十三年（1907），季刚先生向《民报》投稿，开始追随章氏。宣统二年（1910），章氏在东京聚徒讲学，季刚先生正式投入其门下。①

周勋初先生把章太炎在东京讲学的年份，与亲自听讲者的著录后延了两年，可以说不靠谱，更谈不上具体讲授《文心雕龙》的时间了。而童岭在《上海图书馆藏〈章太炎先生文心雕龙讲录两种〉简述》一文说：

> 综合我现有材料，似可断定此稿当为太炎先生 1908 年以后在日本的讲演笔录。但仍有不可解处，据北京图书馆所藏《朱希祖日记》"明治四十一年"即 1908 年所载，太炎先生的讲演有《说文》《新方言》《庄子》《楚辞》《尔雅》等，其中似乎并无《文心雕龙》一书。对此我只有存疑以俟时贤指教了。②

董婧宸在《章太炎〈说文解字〉授课笔记史料新考》一文，也谈到这两份《文心雕龙》听课记录稿。董婧宸说：

> 据《钱玄同日记》，1909 年 3 月 11 日至 4 月 8 日，每周四上午，章氏在寓所讲授《文心雕龙》。与此同时，2 月 20 日至 3 月 27 日，每周三、六下午，章太炎在寓所讲授《汉书》。这两门课程也是

---

① 《周勋初文集》第 6 卷，南京：江苏古籍出版社，2000 年，第 6 页。
② 徐中玉、郭豫适主编：《古代文学理论研究》第二十三辑，上海：华东师范大学出版社，2005 年，第 468 页。

交叉进行。①

董婧宸的这个说法是笼统地概述了《钱玄同日记》对这段时间的记事，而司马朝军、王文晖合撰的《黄侃年谱》1909 年条 3 月 18 日下说：

> 《钱玄同日记》载："是日《文心雕龙》讲了九篇，九至十八。在炎师处午餐，傍晚时归。与季刚同行……季刚有阮胡子《燕子笺》一部，借来于枕上看，一夜看完。"②

并注明引自《钱玄同日记》，第 678 页。这 3 月 18 日"《钱玄同日记》载：是日《文心雕龙》讲了九篇，九至十八"与上海图书馆收藏的《文心雕龙》讲课记录稿著录的时间和内容进度表完全一致，可见，章太炎是严格按照计划讲学。并从日记得知黄侃也在听讲之列。

至此，钱玄同日记资料证明，章太炎在日本东京寓所讲授《文心雕龙》的时间是 1909 年 3 月 11 日至 4 月 8 日，虽然记录稿不全，仅有十八篇，从内容和进度表看，其内容目标是《文心雕龙》五十篇。但是董婧宸这个研究还有一些问题没有解决，这就是：1、这个记录稿只是记录到第十八篇，其后的三十二篇没有记录稿和整理稿，全书是否授课完毕？2、这两份记录稿是随堂记录还是日后整理稿？3、第一份毛笔记录稿首页背面的"蓝本五人：钱东潜、朱逖先、朱蓬

---

① 转引自《北京师范大学学报》（社会科学版）2017 年第 1 期，第 111 页注释⑥。
② 此页码当为影印本页码，即稿本页码。《钱玄同日记》已经出版两种版本：一种是原稿影印，称稿本，12 册 7596 页，福建教育出版社，2002 年；另一种是杨天石主编整理本，3 册 1434 页，北京大学出版社，2014 年。

仙、沈兼士、张卓身"是什么意思？ 4、第二份记录稿即钢笔记录稿是单线竖排稿纸（第一份记录稿是双线竖排稿纸），最后一页是毛笔写的，而且是方框竖排稿纸（如同现在的学生作文稿纸），分为上中下三栏，上栏是内容进度，中栏是讲授的时间进度表，这个时间表是指的阳历还是阴历？ 5、最后一栏是与内页符号对应的"潜未逊蓬兼卓"是什么关系？

这些问题的答案基本上大都在《钱玄同日记》里。我们将《钱玄同日记》里，关于他们在日本东京章太炎寓所内听课的 1909 年 3 月 11 日至 4 月 8 日的日记有关听讲《文心雕龙》的著录部分录出如下：

1、3 月 11 日（二月二十日）晴，今日讲《文心雕龙》八篇，讲毕即归。

2、3 月 18 日（二月二十七日）晴，是日《文心雕龙》讲了九篇（九至十八）。在炎处午餐。傍晚时归。与季刚同行，彼走得甚快，余追不上，不知其去向。晚间叔美未来。季刚有阮胡子《燕子笺》一部，借来于枕上看，一夜看完。

3、3 月 22 日（闰二月朔日），晴，天气温和。下午借取逊先、未生、卓身、兼士及余自己五本《文心雕龙》札记，草录一通。

4、3 月 25 日（又二月四日），晴。《文心雕龙》今日讲至二十九篇。

5、4 月 7 日（闰二月十七日）晴，大风。天甚热……午后札《文心雕龙》稿二纸。

6、4 月 8 日（闰二月十八日），晴。上午去上《文心雕龙》课，今日恰好讲完了。

根据从《钱玄同日记》录出的这些资料可知，上海图书馆藏第一份《文心雕龙》听课笔记当就是这第三条资料即3月22日说的"下午借取逖先、未生、卓身、兼士及余自己五本《文心雕龙》札记，草录一通"的"稿本"。这首页背面的"蓝本五人"正是1909年3月22日，借取五人笔记整理成"稿本"的人名，这就是钱玄同"草录一通"的成果。可以断定，这个笔记是钱玄同汇合了以上五人笔记的整理稿。这3月22日之前，太炎先生也正是把《文心雕龙》讲至第十八篇。这第二份记录稿，也应该是根据六人笔记的整理稿。这是一份尚未整理完成的稿本，其题目"文心雕龙"四个字字体为隶书，内容笔势为简帛味很浓的行楷字体，系钢笔书写。我查阅了《章太炎说文解字授课笔记》书前收录的钱玄同多种笔记书影和网上公布的钱玄同书法作品，与之相比较，虽然仍然不敢说一定是钱玄同笔迹，却倾向于钱玄同。但是，最后一页的毛笔草稿，可以断定是钱玄同的笔迹无疑。这一页的下栏对应的六人，是指整理稿中录用了他们的记录，其中右侧"共六人"下有符号说明：◎为"上者"，△为"未上者"。我们可以说，在这六人的笔记中龚未生是五次讲课全到场，且均有笔记，但是，符号中表明，前两次记录稿清楚，后三次潦草。朱逖先五次听课均有记录，朱蓬仙前三次讲课，没有去听，或者说，听课了，没有做笔记；沈兼士后三次没有到场听课，或者到场，没有笔记；张卓身只是有3月18日的笔记，其他四次，没有去听课，或者听课了，没有笔记，而钱玄同自己在四月初一这天画的符号是△，为"未上者"。这就是说，章太炎对《文心雕龙》讲了五次课，钱玄同只缺四月初一这一天，查《钱玄同日记》，四月初一没有出现去听课的记录，只记录了这一天传说闹地震，其他四次《文心雕龙》授课，钱玄同在日记中，均有记录。第二份记录稿，我们之所以说他是整理稿，还有一个原因就是，据许寿裳说：报馆章氏寓所讲堂是"在一间陋室之内，师生席地而坐，环一小几"。

这种条件，没法把笔记做得太正规，坐久了需要动一动，这就是鲁迅为什么给钱玄同起了个绰号"爬来爬去"的原因。许寿裳说：听课"以邀先笔记为最勤"，这句话在这个第二份最后一页的下栏符号中朱逖先一天也不缺席，也是证明。再说，根据《章太炎说文解字授课笔记》，可以证明，这些听课者，并非只有一套笔记。从《钱玄同日记》中，可以看出钱玄同有搜集他人笔记，做综合整理的习惯。仅《文心雕龙》，《钱玄同日记》就记录他两次综合整理。因此上海图书馆藏两份《文心雕龙札记》，第一份首页冠名"文心雕龙札记 钱玄同记"，与末尾一页毛笔草稿，应该看成是首尾一致的。由此也可以看成是钱玄同整理章太炎讲《文心雕龙札记》两种，或者说两套。关于讲课时间是阴历还是阳历问题，我在翻阅《钱玄同日记》之前，按照我们老家习惯把阴历的上旬，称之为"初几"，称呼阳历不说"初几"直接称"1号、2号……10号"，《钱玄同日记》证明，这个时间表用的是阳历，其"初几"之谓，用的是民间习惯。

至此，可以初步结论，上海图书馆藏章太炎《文心雕龙札记》，是1909年章太炎在东京《明报》馆内的寓所讲授《文心雕龙》时，钱玄同搜集了其他听课记录综合整理稿。具体时间用的是公历。我们学术界普遍认为黄侃《文心雕龙札记》的产生，是现代"龙学"诞生的标记，我们又从《钱玄同日记》看到黄侃是1909年3月1日从中国返回达日本，3月3日来到章太炎处，并参加了章太炎在报馆寓所的听课①。这就是说，章太炎在日本向中国留学生播下的有关《文心雕龙》的种子，首先在北京大学黄侃那里生根、发芽、结果。

① 司马朝军、王文晖《黄侃年谱》：黄侃1908年2月生母病危，慈母电召还家侍疾。7月8日生母病逝，但是葬母之后，是否及时返回日本，不明确。《黄侃年谱》在1908年7月只记到7月8日，其后，只用"是年"记事。例如："是年，回国侍母疾，后遭追捕，潜走日本。"

（三）章太炎讲义稿《文心雕龙札记》中表现出来的主要观点

1. 文学观

讲《文心雕龙》首先遇到的一个问题就是什么是"文"和"文学"。我们看到章太炎《文心雕龙札记》整理稿的第一种，有一个开场白，讲了什么是文，什么是文学。这个问题，周兴陆先生在《章太炎讲〈文心雕龙〉辨释》一文，已经做了阐述。周先生的"辨释"文章，认为章太炎的文学观念是"泛文学观"，或者说是"杂文学观"。主张"古者凡字皆曰文，不问其工拙优劣，故即簿录表谱，亦皆得谓之文，犹一字曰书，全部之书亦曰书"。这不仅表现在章太炎讲《文心雕龙》的开场白，也表现在他在以前讲的《文学总略》中。在《文学总略》中，我们还可以看到章太炎不仅文学观，而且文体论也深受《文心雕龙》的影响。不仅批评桐城派，也批评了萧统《文选》的言行不一。

章太炎的这段开场白是怎么引起的呢？据许寿裳说，是鲁迅回答章太炎什么是文学的课堂提问时阐述的，许寿裳说：

> 鲁迅听讲很少发言，只有一次，因为章先生问及文学的定义如何，鲁迅答道："文学和学说不同，学说所以启人思，文学所以增人感。"先生听了说：这样分法虽较胜前人，然仍有不当。郭璞的《江赋》，木华的《海赋》，何尝能动人哀乐呢？鲁迅默然不服，退而和我说：先生诠释文学，范围过于宽泛，把有句读的和无句读的悉数归入文学。其实文字与文学固有分别的，《江赋》和《海赋》之类，辞虽奥博，而其文学价值就很难说。这可见鲁迅治学"爱吾师犹爱真理"的态度。[1]

针对鲁迅的课堂答题，也结合桐城派和萧统《文选》关于"文"

---

[1] 许寿裳：《亡友鲁迅印象记》，上海：上海文化出版社，2006年。第29页。

的观点，章太炎认为：

> 古者凡字皆曰文，不问其工拙优劣，故即簿录表谱，亦皆得谓之文，犹一字曰书，全部之书亦曰书。[1]
>
> 《文心雕龙》于凡有字者，皆谓之文，故经、传、子、史、诗、赋、歌、谣，以至谐、隐，皆称谓文，唯分其工拙而已。此彦和之见高出于他人者也。[2]
>
> "夫玄黄色杂"至"此盖道之文也"，据此数语，则并无文字者，亦得称"文"矣。[3]
>
> 彦和以史传列诸文，是也。昭明以为非文，误矣。[4]

章太炎的观点，说明不仅文字属于"文"，自然界的景色，也属于文。章氏的话，既讲解了《文心雕龙》的观点，也批评了桐城派和萧统《文选》的狭义性，更是对纪晓岚《文心雕龙·书记》篇眉批的回击。可见学问贵在自得，不可跟在名人屁股后面做应声虫，这一点比起后来的一些"龙学"家高明得多。

2. 校勘

章太炎讲《文心雕龙札记》中，做的校勘不多，只有寥寥数处。我们仅举一处太炎用理校法做出的成果。校勘之法，向有理校法，在没有版本作根据的情况下，做出判断，必须有扎实的理论功力。

---

① 《章太炎讲授〈文心雕龙〉记录稿两种（整理稿）》，黄霖编：《文心雕龙汇评》，上海：上海古籍出版社，2005年，第167页。

② 《章太炎讲授〈文心雕龙〉记录稿两种（整理稿）》，黄霖编：《文心雕龙汇评》，第168页。

③ 《章太炎讲授〈文心雕龙〉记录稿两种（整理稿）》，黄霖编：《文心雕龙汇评》，第168页。

④ 《章太炎讲授〈文心雕龙〉记录稿两种（整理稿）》，黄霖编：《文心雕龙汇评》，第175页。

章太炎对于《文心雕龙·原道》篇说："形立则章成矣，声发则文生矣"两句，就利用理校法做了校勘。章太炎说："'文''章'二字当互调，当云'形立则文成矣，声发则章生矣'。乐竟为一章"。这一"文""章"互调的主张，是没有版本作根据的。章太炎的根据就是"乐竟为一章。"《说文解字》卷三，音部"章"："乐竟为一章。从音从十。十，数之终也。"章太炎是《说文》大家，他根据《说文》"乐竟为一章"，做出前无古人的校勘，不仅高出于他的前辈，而且后来者也没有很好地利用他这一成果，包括黄侃《文心雕龙札记》和鲁迅《汉文学史纲》都曾涉及这两句，也没有提到他老师的校勘。理校法是校勘学四法中最难的一法。陈垣说："段玉裁曰：'校书之难，非照本改字不讹不漏之难，定其是非之难。'所谓理校法也。……此法须通识为之，否则卤莽灭裂，以不误为误，而纠纷愈甚矣。故最妙者此法，最危险者亦此法。"[1] 现代"龙学"诞生后，《文心雕龙》校注本如雨后春笋，令人目不暇接，但是诸公对此多未校出，只有郭晋稀在《文心雕龙译著十八篇》和《文心雕龙注译》做了校勘，但郭晋稀用的是本校法。

二、现代"龙学"的萌芽期

"龙学"界把黄侃《文心雕龙札记》看成是现代"龙学"诞生的标记，但是对于这个《札记》产生前前后后的故事，探索者不多，我们在研究百年"龙学"的时候，不能只著录成功者的花环，也应该著录失败者的眼泪。我们细究现代"龙学"产生、发展的路径，发现它也像其他事物发展一样，一路走来，经历了前赴后继的历史。知道黄侃《文心雕龙札记》是他在北京大学教书期间的讲义稿，但是对于这份讲义最初是从哪一年开始的，学界没有形成共识，只笼

---

[1] 陈垣：《校勘学释例》，北京：中华书局，2016年，第138—139页。

统地说是"黄侃 1914 至 1919 年任教北大时的讲义"。我也只能把资料摆在这里，让大家自己判断。

（一）黄侃讲《文心雕龙》的时间问题

罗家伦在《元气淋漓的傅孟真》一文中说：

> 我和孟真是民国六年开始在北京大学认识的。他经过三年标准很高的北大预科的训练以后，升入文科本科，所以他的中国学问的基础很好，而且浏览英文的能力很强。这是一件研究中国学问的人不容易兼有的条件。我是从上海直接考进文科本科的学生，当时读的是外国文学，和他的中国文学虽然隔系，可是我们两人在学问方面都有贪多务得的坏习惯，所以常常彼此越系选科，弄到同班的功课很多，就在哲学系方面，也同过三样功课的班。……就在当时的北大，有一位朱蓬仙教授（注意不是朱遏先先生），也是太炎弟子，可是所教的《文心雕龙》却非所长，在教室里不免出了好些错误，可是要举发这些错误，学生的笔记终究难以为凭。恰好有一位姓张的同学借到那部朱教授的讲义全稿，交给孟真。孟真一夜看完，摘出三十几处错误，由全班签名上书校长蔡先生，请求补救，书中附列这错误的三十几条。蔡先生自己对于这问题是内行，看了自然明白，可是他不信这是由学生们自己发觉的，并且似乎要预防教授们互相攻诘之风，于是突然召见签名的全班学生。那时学生也慌了，害怕蔡先生要考，又怕孟真一人担负这个责任，未免太重，于是大家在见蔡先生之前，每人分任几条，预备好了，方才进去。果然蔡先生当面口试起来了，分担的人回答的头头是道。考完之后，蔡先生一声不发，学生们也一声不发，一鞠躬鱼贯退出。到了适当的时侯，这门功课重新调整了。这件事可以表示一点当时的学风。我那年不曾选这样功课，可是

我在旁边看得清清楚楚。他们退出来以后个个大笑，我也帮了大笑。①

同一件事，傅斯年也曾经亲口对王利器说：

> 当年我在北大念书时，听朱蓬仙讲《文心雕龙》（尔时，我不知道朱蓬仙是何许人，又不好意思问，后来，我买到了他用王谟所刻《汉魏丛书》本《论衡》，校以硖石蒋氏所藏元至元本，从他的跋语，才知道朱蓬仙即朱宗莱）。大家不满意，有些地方讲错了，有些地方讲不到。我和罗家伦、顾颉刚等同学商量，准备向蔡子民校长上书，请求撤换朱蓬仙。于是我们就上书了。大家又商量蔡校长必然要清问此事，我们得准备准备。果然，没两天，蔡校长把我们找去了，听取大家意见。我们就分别把准备好的问题，一一申说。蔡校长听了之后，向我们说："你们回去，此事学校会妥善安排的。"不久，这个课就由黄季刚先生来担任。又不久，五四运动开始了。章门弟子大多回南方去了。②

以上两段文字说明给傅斯年等人讲《文心雕龙》的最初是朱蓬仙先生，但是因讲义和言论有低级错误，被学生赶下讲台，继之者为黄侃。

其中提到了几个当事人：蔡元培、朱蓬仙、傅斯年、罗家伦、顾颉刚、黄侃。通过这几个人物，我们可以考订出黄侃给傅斯年等

---

① 王大鹏选编：《百年国士》第三册，北京：中国文联出版社，1999 年，第263—265 页
② 王利器：《我与〈文心雕龙〉》，敏泽主编：《往日心痕——王利器自述》，太原：山西人民出版社，1997 年，第 95 页。

人讲授《文心雕龙》的时间上限是 1917 年的下学期。因为蔡元培是
1916 年 12 月 26 日被任命为北大校长的，任职令公布的当天，蔡元
培就聘任陈独秀为北大文科学长。具体是 1917 年 1 月 4 日到任并正
式开始工作；罗家伦考入本科的时间是 1917 年夏天。顾颉刚和傅斯
年都是 1916 年夏天由预科升入本科，又考虑到罗家伦是外国文学门，
顾颉刚是哲学门，傅斯年是中国文学门，因为跨学科听课混得如此
熟悉，当不会是罗家伦入学的第一个学期之初。因为罗家伦是从外
地考入的，熟悉北大学风需要一段时间，因此最上限应该是 1917 年
底发生了把朱蓬仙赶下"龙学"讲台事件。

《黄侃年谱》1917 年度说：

> 徐复《黄补文心雕龙隐秀篇笺注》云："民国六年，黄先生
> 主讲北大文科，始补撰《隐秀篇》全文，闻之同门海宁孙鹰若先
> 生云：八年三月（1919 年 3 月）载北京大学《国故》第一期。"[1]

这条资料的价值应该有折扣，因为徐复不是黄侃在北大的学生，而
是在金陵大学的学生，"民国六年"之谓是听来的。但是考虑到这
篇补文首次刊于《国故》1919 年第一期（1925 年又刊于《华国月刊》
第三期），可知这篇文章当是黄侃讲授《文心雕龙》课的产物。但是"民
国六年"黄侃再次公开研究《文心雕龙》，并写出部分讲义稿，在
《钱玄同日记》里，还真能找到证据：《钱玄同日记》1917 年 1 月 3
日记"……季刚所编《文心雕龙章句篇札记》，余从沈尹默处借观，
觉其无甚精采，且立说过于陈旧"，这说明蔡元培正式主政北大之
前，黄侃的《文心雕龙札记》就已经在教师之间传播开来。这又使
我们产生一个想法：在给傅斯年、顾颉刚他们开讲《文心雕龙》之前，

① 司马朝军、王文晖：《黄侃年谱》，武汉：湖北人民出版社，2005 年，第 122 页。

是否已经在其他年级开讲《文心雕龙》？答案应该是肯定的。1917
年的下学期，傅斯年、顾颉刚已经是二年级了。罗家伦1917年夏季
升入北大文科外国文学门，他又是亲历者，这个时间问题是钉钉卯
卯的事，不好更改。而黄侃《文心雕龙札记》的部分篇章又出现在
《钱玄同日记》的1917年1月3日里，这也是钉钉卯卯的事。1917
年11月29日《北京大学日刊》刊载了黄侃、刘师培二人1917年在
北京大学携手共讲中国文学课，在当时的中国文学门中，一年级"中
国文学"课每周六小时，黄侃、刘师培各授三小时；二年级"中国
文学"课每周七小时，黄侃四小时，刘师培三小时①。这记录的是
1917年下半年的事，因为刘师培是1917年夏天进入北大。

《钱玄同日记》1917年2月1日记：

> 午后二时许皆蓬仙同访尹默，知蔡（元培）、陈（独秀）欲
> 以分科一年级文学（旧称"词章学"）请蓬仙担任，以减少其预
> 科时间。文学教授之法，拟与文学史相联络，如文学史讲姬旦孔
> 丘时代之文学则文学既讲经典。文学史拟分时代，各请专家讲授，
> 不专属之一人。现在欲请谒先担任三代秦汉文学史，即请蓬仙担
> 任三代秦汉之文学。吾谓此法甚通。前此因"词章学"之名费解，
> 故担任者皆各以意授学生，实无从受益也。四时倾，皆蓬仙同至
> 大学，访孑民、独秀。

这1917年2月1日，正是春节后的正月初十，安排的是春节后的课程。
而此时的一年级正是傅斯年、顾颉刚的年级，1917年下半年进入二
年级的上学期，这"文学"课，旧称"词章学"。但是朱蓬仙上学
期担任的"三代秦汉之文学"涉及不到《文心雕龙》，如果顺延，

---

① 《文科本科现行课程》，《北京大学日刊》，1917年11月29日。

下学期必定是魏晋南北朝文学。但是由于 1917 年下半年一、二年级的文学课，由于刘师培的加入，1917 年 11 月 29 日的《北京大学日刊》明文记载，一、二年级的文学课是黄侃和刘师培交叉讲授，不见朱蓬仙了。这当是 11 月 29 日之前，朱蓬仙就被赶下台了。如果我们这样考证算是接近史实，再考虑到罗家伦是亲历者，朱蓬仙被赶下讲台的时间，就应该是 1917 年下半年的后期了。

但是上面摘录傅斯年与王利器的谈话内容中，还有一条信息，这就是"不久，这个课就由黄季刚先生来担任。又不久，五四运动开始了。章门弟子大多回南方去了"。这条资料又似乎促使我们考虑，事件似乎应该发生在 1918 年的下半年。1918 年下半年黄侃担任的是新入校的新生一年级课程："文，三时；诗，二时"。这个课程表刊登在 1918 年 9 月 26 日《北京大学日刊》（213 号）上。这里黄侃给新入校的一年级讲的"文"内容是否是《文心雕龙》，"诗"是否是《诗品》不好确定了。但知黄侃在北大不仅有《文心雕龙札记》讲义，也有《诗品讲疏》讲义是不争的事实。

这里还有比傅斯年、顾颉刚、罗家伦更早的学生，在自己的文章里提到听黄侃讲《文心雕龙》的事情。这就是范文澜《文心雕龙讲疏自序》：

> 曩岁游京师，从蕲州黄季刚先生治词章之学。黄先生授以《文心雕龙札记》二十余篇，精义妙旨，启发无遗。

这说明范文澜也亲自听黄侃讲授《文心雕龙》，而且是顶着"词章学"的帽子。范文澜的同学金毓黻《静晤室日记》1943 年 3 月 10 日日记中说：

向李君长之假得《文心雕龙》范注一册。《文心雕龙》注本有四，一为黄叔琳注，二为李详补注，三为先师黄季刚先生札记，四为同门范文澜注。四者余有其三。黄先生《札记》只缺末四篇，然往曾取《神思》篇以下付刊，以上则弃不取，以非精心结撰也；厥后中大《文艺丛刊》乃取弃稿付印，然以先生谢世，缺已过半。[①]

张之强在《读〈文心雕龙札记·章句〉》说：

《文心雕龙札记》一书的成书时间是在 1913—1918 年之间。此外还有一个有力的佐证：钟歆在 1921 年印行了一本《词言通释》[②]，他在后记中说："仆昔游京师，从黄先生季刚学，略通音训，命纂《词言通释》，于丙辰冬草创初毕。"他这本书是完全依据黄先生《章句篇》札记第九节"词言通释"而作的。他只是为黄先生的结论添补文献例证，其书《叙》《附言》都是一字不易抄录黄先生的。他的书已经明言"丙辰（即 1916 年）冬草创初毕"，那么黄先生《文心雕龙札记》一书，起码是《章句篇》的札记的写成时间一定是在 1916 年前。[③]

根据上面这段资料，再结合 1917 年 1 月 3 日《钱玄同日记》从沈尹默处借观季刚所编《文心雕龙章句篇札记》看，结合钟歆《词言通释》的《叙》《附言》言及的《文心雕龙章句篇札记》，可知黄侃的《文心雕龙札记》散篇在 1917 年前已经在师生之间传开，是钉钉卯卯的

---

① 转引自司马朝军、王文晖：《黄侃年谱》，第 91—92 页。
② 钟歆《词言通释》曾在章太炎和黄侃办的《华国月刊》连载。
③ 陆宗达主编：《训诂研究》第一辑，北京：北京师范大学出版社，1981 年，第 59 页。

史实了。前面录用资料中范文澜、金毓黻都谈到听黄侃讲《文心雕龙》
是不容怀疑的。范文澜是 1913 年考入北京大学预科，一年后升入本
科国文门。金毓黻是 1913 年考入北京大学本科国文门。金毓黻《静
晤室日记》："先师黄季刚先生曾于戊辰岁首写《金缕曲》一首贻余……
余授业于先生之门凡二年，时为民国三年秋至五年夏，肄业北京大
学文科之倾。及十六年秋先生来沈，膺东北大学之聘。翌年春去沈，
转就南京中央大学之聘。所谓戊辰元日，即十七年旧历正月初一日
也。当先生在沈，余自长春来谒，旋即别去。"① 金毓黻《静晤室日记》
1927 年 11 月 7 日载："不见季刚师已十一年矣，今日往谒东北大学，
相见之下欢若平生……先生言尚有一札，昨日发出当已邮到，又留
余至其寓舍午餐，谈至二时许始辞去。"② 20 日金毓黻再次拜谒黄
季刚，并赋诗记之。我似乎感到金毓黻了解黄侃 1927 年出版的《文
心雕龙札记》的内情。金毓黻与黄侃数次见面，必定谈到出版不久
的《文心雕龙札记》。他说自己的"黄先生《札记》只缺末四篇"，
似乎《札记》之谓不是指 1927 年 7 月已经出版的《文心雕龙札记》，
而是讲义稿的末四篇，给人以《文心雕龙》全书五十篇讲义稿他手
头只缺最后四篇之感。我们还可以根据金毓黻 1927 年《静晤室日记》
得知，黄侃逝世后中央大学《文艺丛刊》印行的《原道》以下十一篇，
是组织出版《神思》以下二十篇舍弃的稿子。这似乎又与潘重规台
湾文史哲 1973 年 6 月本《文心雕龙札记》跋语"先师平生不轻著书，
门人坚请刊布，惟取《神思》以下二十篇畀之"相印证。二十篇《札
记》，"以非精心结撰也"，是"门人坚请刊布"的产物。这样推
理，又似乎与范文澜"黄先生授以《文心雕龙札记》二十余篇"相
矛盾。史料相互抵触，令我们难以正确判断。但是，范文澜是 1917

---

① 转引自司马朝军、王文晖：《黄侃年谱》，第 235 页。
② 转引自司马朝军、王文晖：《黄侃年谱》，第 229 页。

年夏季毕业生，黄侃继续在北大讲文学概论，并以《文心雕龙》为教材，这是 1917 年升入中文本科的赵亮功亲自经历的。加之学生听课，打破学科界墙，没有年级限制，随便选科。章太炎在日本《民报》馆内讲授《文心雕龙》虽然时间短，仅用五次就把《文心雕龙》五十篇讲完了，黄侃在北大法定开设的课程中必定将全书讲授完毕，我们可以从他以单篇刊布的"龙学"文章和 1927 年出版的《文心雕龙札记》，连题目都效法章太炎称之为"札记"，可以断定他也一定效法其师讲完全书，只是他的讲义按篇发散，又加本人不善保存，以致散失，至今难以觅全罢了（当然，这也只是揣测而已）。

通过以上资料辨析，我们可以断定，黄侃在北京大学既给 1916 年毕业的金毓黻班讲《文心雕龙》，也给 1917 年毕业的范文澜班讲《文心雕龙》，也给 1919 年毕业的傅斯年班讲《文心雕龙》，也给 1920 年毕业的赵亮功班讲《文心雕龙》（忽略跨年级、跨学科听课）。如果我的这个考订接近史实的话，那么李平教授说："在黄侃到来之前，北大已开设《文心雕龙》课，黄侃是代替别人讲授《文心雕龙》的。"[1]（文民按：以下引用了前面我提到的傅斯年与王利器讲的撤换朱蓬仙的事。)李教授的这个说法有两点可以提出来商讨：第一，黄侃是 1914 年入北大，朱蓬仙是 1915 年入北大，黄在前，朱在后。第二，前面提供的资料证明，撤换朱蓬仙的事，发生在蔡元培主政时期，即 1917 年 1 月以后，而在 1917 年 1 月 3 日，钱玄同就从沈尹默处拿到了《文心雕龙章句篇札记》的讲义。这似乎可以说，黄侃在接替朱蓬仙之前已经开设了《文心雕龙》课。

（二）《文心雕龙札记》是什么课程名称下的讲义

范文澜说：

---

[1] 李平：《〈文心雕龙〉研究史论》，合肥：黄山书社，2009 年，第 48 页。

曩岁游京师，从蕲州黄季刚先生治词章之学。

赵亮功在《早期三十年的教学生活》一书中对 1917 年暑假以后的教师教学分工有一个记述：

当时中文系教授有刘申叔（师培）先生讲授中古文学史，黄季刚先生教文学概论，黄晦闻（节）先生教诗，吴瞿安（梅）先生教词曲，皆是一时之选。其次如钱玄同先生教文字学亦颇负盛名，在教学上较差的是朱逷先和周作人两先生了。兹将这几位教授教学的情形及其逸事分数如下：……黄季刚先生教文学概论以《文心雕龙》为教本，著有《文心雕龙札记》。他抨击白话文不遗余力，每次上课必定对白话文痛骂一番，然后才开始讲课。五十分钟上课时间，大约有三十分钟要用在骂白话文上面。他骂的对象为胡适之、沈尹默、钱玄同几位先生……他骂钱尤其刻毒……但是黄先生除了骂人外，讲起课来深具吸引力。①

安徽师大李平教授在《论黄侃的〈文心雕龙札记〉》一文中说：

黄侃在北大讲授《文心雕龙》的课程名称是"文章作法"，并非中国文学史，所以黄侃主要讲授《文心雕龙》创作论的 20 篇。②

栗永清先生在《学科史视野下的中国古代文论研究——从黄侃在北京大学开设的课程说起》一文中，第二个小标题《〈文心雕龙札记〉是哪门课程的讲义？》，栗永清说：

---

① 赵亮功：《早期三十年的教学生活》，合肥：黄山书社，2008 年，第 19—22 页。
② 李平：《〈文心雕龙〉研究史论》，第 49 页。

　　1917 年之后，黄侃并未开设"词章学"课程，而这个黄侃进入北京大学就开设的、范文澜也提到的"词章学"并非一个泛称，而实实在在的是"国家规定课程"。1913 年 1 月 12 日，《教育部公布大学规程》中规定文学门下国文学类所设科目包括"文学研究法、说文解字及音韵学、尔雅学、词章学、中国文学史、中国史……"，"词章学"赫然在列。……由以上考证可以发现，《文心雕龙》在进入大学课堂时是顶着"词章学"的"帽子"的，虽然黄侃对《文心雕龙》、古代文论的研究作出了重要的贡献，但"词章学"的定位却在相当程度上消解了将黄侃讲授《文心雕龙》作为"古代文论"学科开始的判断。①

　　栗永清在他大作的第三个标题《从"中国文学概论"到"文学品评"》下说：

　　　　如果说黄侃以《文心雕龙札记》讲授"中国文学概论"尚属推论的话，那么南开大学"文论"课的出现，则无疑是"古代文论"学科自觉的一个重要标志。②

　　范文澜先生说的"词章之学"，我们从 1917 年 2 月 1 日《钱玄同日记》可以知道，1917 年以后的"文学"课，就是"旧称词章学"。"前此因'词章学'之名费解，故担任者皆各以意教授学生，实无从受益者。"1913 年教育部规定的大学课程中，"文学门"下，所

---

① 栗永清：《学科史视野下的中国古代文论研究——从黄侃在北京大学开设的课程说起》，《东方丛刊》2008 年第 3 期，桂林：广西师范大学出版社，2008 年，第 67 页。
② 《东方丛刊》2008 年第 3 期。第 68 页。

含范围很广，"词章学"是其子目之一。我们还从 1917 年 2 月 1 日《钱玄同日记》看到，蔡元培到北大之后，与陈独秀及部分教师酝酿对北大的学制、课程、教师授课用的语言等进行改革。特别是除了外语课，其他文科一律用汉语授课。其中就有"文学概论"。到 1917 年 12 月 2 日的《北京大学日刊》（第 15 号）刊登的《改定文科课程会议记事（第二次、第三次会议决案）》，以及 12 月 9 日、10 日（第 21、22 号）刊登的《文科改定课程会议决议案修正》，规定"文学概论"为必修课，并且把"文学概论"排在中国文学门国文学类课程的第一位。因此 1917 年夏季升入中文本科的赵亮功说："黄季刚先生教文学概论以《文心雕龙》为教本"的说法是对的，范文澜从黄季刚"治词章之学"也是对的，二者并不矛盾。这些看似矛盾的事，使得诸多朋友不解的原因是忽视了蔡元培主政北大之后的课程改革。李平教授所言"文章作法"之谓，我曾在《黄叔琳与中国古典"龙学"的终结》一文中袭用，但又总觉得不像一门课程名称。在自己没有研究明白之前，只得采用了李先生的提法。

栗永清先生的文章由于一直囿于"词章学"的限制，进入了糊涂盆，只得强调"词章学"，甚至把黄侃所讲的"词章学"与"古代文论"推入了矛盾中。虽然把蔡元培和陈独秀入主北大进行的课程改革纳入研究范围，因为没有参考 1917 年 2 月 1 日《钱玄同日记》，也没有参考当时听课者赵亮功提供的资料，如果看到的话，这个矛盾就会迎刃而解。而要说"文学概论"的课程，在 1913—1917 年还以"词章学"的帽子处在模糊期的话，"文学概论"这门课，在 1917 年末就已经明确下来了。栗永清先生说"南开大学'文论'课的出现，则无疑是'古代文论'学科自觉的一个重要标志"，我感到是不妥的，以后的范围不局限于《文心雕龙》，只能说是发展和完善。1917 年 12 月份几期《北京大学日刊》公布的课程会议决议案和决议修正，已经明确将"文学概论"列在国文门文学类的首位，这就应该看成是一个自觉的重要标志，因为已经走出模糊期进入了明朗化阶段。

这里需要说明的是"词章学"之谓，是在蔡元培先生主政北京大学之前，包括清代，学术界对"文学类"内容的笼统称谓。因为我们见张之洞在《书目答问》中，也是用"词章"。张之洞说："由小学入经学者，其经学可信；由经学入史学者，其史学可信；由经学、史学入理学者，其理学可信；以经学、史学兼词章者，其词章有用；以经学、史学兼经济者，其经济成就远大。"张之洞说的这个"词章"显然是指文学类内容。张岱年先生在 2002 年 12 月为中华书局"国学入门丛书"写的序言中说："清代学者论学术，将学分为三类：一为义理之学，二为考据之学，三为词章之学。义理之学即哲学，考据之学即史学，词章之学即文学。这是举其大略，详言之，词章之学包括文艺学、文字学、修辞学等。"张岱年先生的这个说法是延续了桐城派的分法。这个"清代学者"之谓，显然是指桐城派学者。姚鼐说："余尝论学问之事有三端焉：曰义理也，考证也，文章也。"①姚鼐是桐城派的集大成者，属于桐城派的三大鼻祖之一。曾国藩又进一步分之为四："曰义理，曰考据，曰辞章，曰经济。义理者，在孔门为德行之科，今世目为宋学者也。考据者，在孔门为文学者也，今世目为汉学者也。辞章者，在孔门为言语之科，从古艺文及今世制义诗赋皆是也。经济者，在孔门为政事之科，前代典礼、政书，及当世掌故皆是也。"②曾国藩的划分对应孔门学科划分并与今人

---

① 姚鼐：《述庵文抄序》，见《惜抱轩文集》卷四，同治丙寅（1866）省心阁重刊本。转引自贺昌盛：《晚清民初"文学"学科的学术谱系——从"词章"到"美术"再到"文学"》，《学术月刊》2007 年第 7 期，第 114 页。

② 转引自贺昌盛：《晚清民初"文学"学科的学术谱系——从"词章"到"美术"再到"文学"》，《学术月刊》2007 年第 7 期，第 114 页。

之划分相联系，使得词章之学明确为"从古艺文及今世制义诗赋皆是也"。至此，我们就可以明确地说，民国初年到清代的"词章学"，就是涵盖现在的文学学科内容。（严格说，曾国藩也属于桐城派。）

（三）成功者的花环和失败者的眼泪

黄侃在北京大学授课，取得了巨大的成功，这无论是从当时的学生评论还是日后学界的评判中，都可以看得出来。

1915年夏季升入北京大学的冯友兰先生，在《三松堂自序》中，有一段话，可以证明黄侃的成功和北大学风。冯友兰说：

> 现在要说的是，北大当时的学生，在学习上是自由极了。本系功课表上的课，学生不爱上就不上；学生要上哪一课，只须在上课时到课堂上坐下就行了。就是与北大毫无关系的人，也可以进去听讲。在上课之前，有一个人站在课堂门口，手里拿一堆油印的讲稿，当时称为讲义，进来一个人，就发给他一份，从来不问他是谁。往往有不应该上这个课的人先到，把讲义都拿完了；应该上这个课的人来了倒得不到讲义。可是从来也没有因此发生过争执，后来的人只怨自家来得太晚。当时北大中国文学系，有一位很叫座的名教授，叫黄侃。他上课的时候，听讲的人最多，我也常去听讲，他在课堂上讲《文选》和《文心雕龙》，这些书我从前连名字都不知道。黄侃善于念诗念文章，他讲完一篇文章或一首诗，就高声念一遍，听起来抑扬顿挫，很好听。他念的时候，下边的听众都高声跟着念，当时称为"黄调"。在当时宿舍中，到晚上各处都可以听到"黄调"。[1]

这说明黄侃虽然在"五四"以后，离开了北大，但是在北大期

---

[1] 冯友兰：《三松堂自序》，北京：人民出版社，2008年，第36—37页。

间他的授课是很受欢迎的。冯友兰的话，可以看成是学生给他的花环。他离开北大是因为他反对新文化运动，自感与北大学风不适应，这就是傅斯年说的"又不久，五四运动开始了。章门弟子大多回南方去了"。这个"大多"说得很有分寸。章门弟子钱玄同就留下来了，因为他提倡白话文，支持新文化运动。

从史料来看，罗家伦考入北大的 1917 年之前，黄侃就在此讲《文心雕龙》，而且名声大噪，而又何故使得朱蓬仙也开讲《文心雕龙》课，却又偏偏给傅斯年班讲呢？① 由于资料问题，这个谜不好破。但是朱蓬仙在 1917 年 11 月 30 日《北京大学日刊》（第 10 号）公布的《专任教员题名》中，列为"文科预科教授"，已经不在中文本科授课了。他与钱玄同来往比较密切，时常出现在《钱玄同日记》里。我估计朱蓬仙在 1917 年底被学生赶下大学讲堂之后，就专任文科预科教授，教授文字学。这在《钱玄同日记》里也可以看得出来的。《钱玄同日记》1918 年 1 月 28 日记载："与蓬仙谈语言得音之源。"3 月 4日《日记》记载："蓬仙示我以小学讲义，对于章君之说而小变之，谓建类言形、一首言音、同意相受为义……"② 这说明此时的朱蓬仙已到预科改教文字学了③。而这位被傅斯年、罗家伦、顾颉刚等人赶下台的朱蓬仙是怎样的教授呢？他的名字曾经出现在本文前面章太炎讲《文心雕龙札记》的记录者中。

---

① 据考察，这个班有俞平伯、许德珩、杨振声、康白情等人。而且以这个班的学生为主体，成立了三个对立的社团，创立了三个刊物：《新潮》《国民》《国故》。同班同学都分成三个阵营，可想而知当年新文化运动的震动有多大、分歧有多大、阻力有多大。与他们同班的新潮社社员俞平伯 1979 年赋诗《"五四"六十周年忆往事十首》（其五），记录和妙评这段轶事："同学少年多好事，一班刊物竞成三。"

② 杨天石主编：《钱玄同日记》，第 331、334 页。

③ 北京大学文科很注重文字学，在预科设有文字学课，在本科设有文字学课，在研究所也开设文字学课。从《钱玄同日记》看，他曾利用晚上给研究所讲文字学，其深浅的程度不知如何分工的。

朱蓬仙（1881—1919）名宗莱，字蓬仙，浙江海宁人。光绪二十六年（1900）赴日本留学，一年后，因父病回国，父亲病逝后，曾在安澜学堂教文史课。光绪三十年（1904），与祝学豫等人组建"海宁州教育会"，筹建"海宁州中学堂""正蒙女子学堂"，创办了海宁州图书馆。同年（1904）复往日本入早稻田大学研习文科。光绪三十二年（1906），章太炎出狱后，在日本创办国学讲习班，朱蓬仙前往听讲①，并在此加入同盟会。民国初年任浙江省立二中国文教师；1915 年受张宗祥（时任教育部视学）之邀，执教于北京大学。1919 年秋天病逝于北京协和医院，时年 39 岁。死后萧条，没钱安葬。据 1919 年 9 月 25 日《北京大学日刊》刊载了蔡元培撰写的《为朱宗莱教授募赙金启事》②得知，蔡元培、刘复、刘文典、朱希祖、钱玄同、马寅初、沈兼士、马叙伦、沈尹默等 20 位北大著名教授联名启示发起募捐，以安葬朱蓬仙。我们可以想象，他是含泪而去。

关于朱宗莱病逝的具体时间，资料记载不一致，在这里有必要辨析一番。钱玄同于 1921 年 10 月 24 日为《文字学音篇形义篇》写的前言中说："这部《文字学音篇》是我在 1917 年教北大预科生的。当时我的亡友朱蓬仙君（名宗莱）担任编《形义篇》，我担任编《音篇》，所以将彼等分成两册。朱君的《形义篇》持论既精当，行文亦简明，比我的《音篇》要好得多。现在他已经死了（他死于 1919 年 5 月），他的《形义篇》外面要买彼的人很多，我们也觉得彼是有价值的，所以去年曾经再版一次。至于我这部《音篇》实在编的太不成东西了。"③钱玄同在这里括注"他死于 1919 年 5 月"。又《钱

---

① 按：从章太炎讲授《文心雕龙札记》末页的五次考勤表中，可以发现朱蓬仙有三次未有听课。

② 该启事，收录在《蔡元培全集》第 3 卷。

③ 钱玄同、朱宗莱：《文字学音篇形义篇》，台北：学生书局，1969 年，第 1 页。

玄同日记》1919 年 9 月 28 日记载："下午一时回家吃饭。二时到海昌会馆追悼蓬仙。"1919 年 9 月 25 日《北京大学日刊》刊载蔡元培撰写的《为朱宗莱教授募赙金启示》。如果钱玄同说的 1919 年 5 月病逝是正确的，9 月底才开追悼会和发起募捐，在时间上有点晚。再，张京华《顾颉刚说北大》一文 ① 中，也提到朱宗莱被傅斯年等人羞辱及其病逝的大体时间。张京华说，1919 年 6 月 17 日顾颉刚在老家苏州，致信叶圣陶，"顾颉刚将北大六派势力和盘托出"，其中就有朱宗莱一派："教员中朱宗莱一派。"朱宗莱，浙江海宁人，光绪末留学日本，1915 年起任北京大学文字学教授。顾颉刚说道："陈石遗辞职后，学生方面必欲黄季刚任之，教员方面必欲朱宗莱任之。朱果任，学生便起风潮，以孟真为首，攻击之文至一册，朱竟去，目的达到。朱为朱希祖之弟，钱玄同、沈兼士、沈尹默等皆其一派，以一则同为潮州籍，二则同为章太炎学生也。""顾氏所说反映了学生风潮骄悍盲动之一角，实际上黄侃也是章太炎弟子，而朱宗莱在顾氏此信之后 3 个月即因伤寒病去世了，年仅 39 岁，身后萧条。"顾颉刚的信是 6 月 17 日写的，这里说的"此信之后 3 个月即因伤寒病去世了"，可以证明钱玄同在《文字学音篇形义篇》前言中书朱宗莱卒于 1919 年 5 月是有问题的。

朱蓬仙先生的著述计有《蛰庐读书记》《逸史徂》《说文叙补注》《文字学形义篇》②《转注释例》，译注《国民道德谈》等。其遗稿《文学述谊正名篇》由友人朱宇苍组织刊印问世。另校有《盐铁论》《论

---

① 张京华：《顾颉刚说北大》，《中华读书报》2013 年 7 月 31 日，第 13 版。
② 朱蓬仙的《文字学形义篇》，市面上有北京大学出版部 1918 年 8 月印刷的出版本，以后又多次翻印，也有与钱玄同《文字学音篇》合订本，二十世纪六十年代，台湾学生书局多次印刷由林尹题笺的《文字学音篇 文字学形义篇》，署名是钱玄同、朱宗莱。

衡》《意林》未行刊印①。而他的这些著作，是否传世，现在的人知
之者已经不多了。

三、中国现代"龙学"的诞生期

我们从现在已经出版的关于《文心雕龙》研究的论著索引来看，
民国之前，在报刊上发表研究《文心雕龙》之文章的是李详，而李
详的文章都是对黄叔琳《文心雕龙辑注》的补正，从研究套路来看，
没有跳出黄叔琳的思路，从学术理路上说，仍然属于古典"龙学"，
而真正开创新思路的是黄侃在北京大学开设《文心雕龙》课时，撰
写的讲义稿《文心雕龙札记》。

（一）黄侃及其《文心雕龙札记》

黄侃，字季刚，湖北蕲春青石岭大樟树人。原名乔馨，字梅君，
后改名侃，又字季子，号量守居士。1886 年 4 月 3 日生于成都，
1935 年 10 月 8 日病逝于南京，年仅 49 岁。黄侃早年留学日本期间
加入同盟会，并拜章太炎为师。1910 年回国从事反清革命。辛亥革
命后，因宋教仁命案的刺激，逐渐远离了政治。先后任教于北京大
学、武昌高等师范学校、中华大学、北京师范大学、暨南大学、山
西大学、东北大学、金陵大学、中央大学等高等院校，讲授经学、
史学、文学等课程。在北京大学期间，主要开设中国文学概论（初
称词章学）、中国文学史、文字学等。所治文字、声韵、训诂之学，
多有创见，自成一家。晚年主要从事训诂学之研究。黄侃著作甚丰，
其重要著述有《黄季刚诗文抄》《音略》《说文略说》《尔雅略说》《集
韵声类表》《文心雕龙札记》《日知录校记》《黄侃论学杂著》等数十种。
现中华书局有《黄侃文集》出版面世。黄侃先生算得上一位有很高

---

① 朱悖：《朱蓬仙生平事略》，《鲁迅研究月刊》1984 年第 1 期；又见李玉安、
黄正雨：《中国藏书家通典》，北京：中国国际文化出版社，2005 年，第 855 页。

学术成就的革命家。

讲义稿《文心雕龙札记》的散篇，从 1919 年开始发表，其每一篇的名字大都是冠名《文心雕龙札记××篇》。李平教授有如下统计：

《补文心雕龙隐秀篇》，1919 年，北京大学《国故》第一期；

《文心雕龙夸饰篇简评》，1919 年，北京《新中国》①一卷二号；

《文心雕龙附会篇简评》，1919 年，北京《新中国》一卷三至四号；

《题词及略例》《原道》，1925 年，《华国月刊》第二期第五册；

《征圣》《宗经》《正纬》，1925 年，《华国月刊》②第二期第六册；

《辨骚》《明诗》，1925 年，《华国月刊》第二期第十册；

《乐府》，1926 年，《华国月刊》第三期第一册；

《诠赋》《颂赞》，1926 年，《华国月刊》第二期第三册。

笔者将国家图书馆出版社出版的《民国期刊资料汇编——文心雕龙学》收录黄侃发表的"龙学"文章题目移录如下：

《文心雕龙札记夸饰篇评》，1919 年《大公报》夏历己未年五月三十日（星期五）、六月初一日（星期六）、六月初二日（星期日）、

---

① 《新中国》（月刊），是新中国杂志社（北京）所编。1919 年 5 月 15 日在北京创刊，由邵飘萍主笔，封面题签人为狄平子。该刊积极宣传新思想和新文学，介绍、评述国际形势和中国各方面现状，并翻译介绍国外学术理论思想，1920 年 8 月停刊，共出 2 卷 16 期。

② 《华国月刊》是以国学研究为主的综合性刊物，1923 年 9 月 15 日在上海创刊，章太炎任社长兼主编，章门弟子汪东、黄侃等任编辑，每月 1 期，12 期为 1 卷，出至 3 卷 4 期，共 28 期，1926 年 7 月停刊。现在线装书局 2006 年有 13 册 16 开平装影印本发行；上海书店出版社 2017 年有 9 册 16 开影印精装本发行。

六月初三日（星期一）四天连载；又刊《新中国》1919年一卷2号；

《文心雕龙附会篇评》，1919年《大公报》夏历己未年六月二十七日（星期四）、二十八日（星期五）两天连载。又刊《新中国》1919年一卷3号；

《补文心雕龙隐秀篇并序》，《华国月刊》，1925年第一卷第三期；

《文心雕龙札记·题辞及略例》《原道第一》，《华国月刊》1925年第二卷第五期；又刊《晨报副刊·艺林旬刊》1925年第1、2、3期；

《文心雕龙札记·征圣第二》《宗经第三》《正纬第四》，《华国月刊》，1925年第二卷第六期；

《文心雕龙札记·辨骚第五》《明诗第六》，《华国月刊》，1925年第二卷第十期；

《文心雕龙札记·乐府第七》，《华国月刊》，1926年第三卷第一期；

《文心雕龙札记·诠赋第八》《颂赞第九》，《华国月刊》，1926年第三卷第三期。

从上述两个统计来看，同一文章的题目有所不同。据我检索《华国月刊》发表的黄侃"龙学"文章，除了《补文心雕龙隐秀篇》一文外，其他都是在冠名《文心雕龙札记》下的"××篇"，文章名称是同一的。李平教授"零星发表的文章名称各异，并非都以'札记'一名冠之"[①]的说法，是不够准确的。

---

① 李平：《〈文心雕龙札记〉成书及版本述略》，载于《〈文心雕龙〉与21世纪文论研究国际学术研讨会论文集》，北京：学苑出版社，2009年，第523页；又见李平《〈文心雕龙〉研究史论》，第50页。

　　《文心雕龙札记》的《题辞及略例》发表于 1925 年，我们从中看到，黄侃针对的是黄叔琳《文心雕龙辑注》本，主要参考的是李详的《黄注补正》和孙诒让的《札迻》。黄侃批评了黄叔琳《文心雕龙辑注》："其书大抵成于宾客之手，故纰缪弘多，所引书往往为今世所无，辗转取载而不著其出处，此是大病。"对此我曾针对范文澜袭录黄侃此话给予辩驳：

　　　　"今观注本，纰缪弘多，所引书往往为今世所无"，这个问题，责任不在黄叔琳及其参与者，而在后世文献流失所致。至于引书不注出处，这是古人通病，既是民国时期一些旧儒遗老仍然犯此毛病，包括杨明照等人，甚至删句连排，不加删节号。"今观注本，纰缪弘多"，当是可以商榷，因为没有瑕疵的著作几乎难找。但是因此认为"显系浅人所为"，此话过于盲目，据笔者考证参与者没有一个是浅人，甚至个个是鸿儒，至少是进士或者举人，可说是饱学之士。①

　　从现代人的著述来看，引书皆注明出处，这是时代要求的问题。黄侃既然指出黄叔琳的不足，在他的"龙学"著作中，应该自然明确标出引书出处，这些也是我把黄侃的"龙学"著作列为现代"龙学"的条件之一。但是黄侃的《文心雕龙札记·章句篇》在当时的钱玄同看来水平不高，也或许是俗语所说的"行见行没处藏"罢。1917年 1 月 3 日《钱玄同日记》：

　　　　季刚所编《文心雕龙章句篇札记》，余从沈尹默处借观，觉其无甚精采，且立说过于陈旧，不但《马氏文通》分句、读、顿

为三之说，彼不谓然，即自来句读之说亦所不取，谓句读一义二名，皆原于"乀"字，故不可析而为二。此说已不免胶柱鼓瑟。又谓句读有系于文义与系于音节之异，故如《关雎》首章，论文义止二句，而毛公以为四句，据此以为句读不分之证。吾谓句读之学本非中国古人所知，伪毛亨以《关雎》首章为四句，本不足讥，今仍引此等陈腐之论，以图打消句读有分之说，不亦异乎！（黄君此说，与胡适之之《论文字句读及符号》[①]直不可同年而语。）[②]

黄侃与钱玄同皆为章门弟子，且早在日本就已经订交。回国后，同任教于北京大学。但是，在学术上，黄侃日趋保守，钱玄同日趋激进，特别是对待白话文的问题上，时常看到他们在课堂上，或在报刊上，隔空对骂，黄侃的言辞更为刻薄。钱玄同认为黄侃《文心雕龙章句篇札记》"立说过于陈旧"，是"陈腐之论"，有"胶柱鼓瑟"之嫌，也不无道理。不过，黄侃说的"句读有系于文义与系于音节之异"应该是事实。但是，黄、钱二人都是我国大师级文字学家，一个用发展的眼光看待汉语语法问题，一个囿于传统训诂，我们不妨暂且看作学派之争，其他不敢臧否一词。钱玄同的评论，是我们迄今看到的最早对黄侃《札记》单篇作出评论的文字，显得弥足珍贵，不可忽略，因而记录如上。

黄侃《文心雕龙札记》散篇讲义稿成书的时候已经是1927年了，而且仅是结集了《神思》以下的二十篇。1935年10月8日黄侃去世，一年后，中央大学《文艺丛刊》出版纪念专号，印行了《原道》以

---

① 胡适该文，发表于1916年6月的《科学》杂志上，文章约一万字，规定了十余种标点符号，并宣布他以后的文章将使用这些标点符号。该文被学术界认为是我国关于新式标点的第一篇系统完整的科学论文。

② 杨天石主编：《钱玄同日记》，第297页。

下的十一篇。据金毓黻说：这十一篇《札记》稿，是组织印行二十篇《札记》时，舍弃了的稿子①。1947年四川大学学生集资印行了三十一篇线装本。其后，各种版本不断出现，各家多有差别。但是，可归纳为台湾文史哲出版社系统和大陆中华书局系统②。对于黄侃《文心雕龙札记》结集出版以来，引起轰动，并看成是现代"龙学"诞生的标志，对此我是同意的、赞成的。但是，今天我却在承认黄先生功绩的同时，冒昧提一点不同看法：我同意金毓黻先生说的"非精心结撰"的看法。第一，体例不统一。总体来看，黄侃札记兼包解题、注释（注，包括考据）、校勘、例文、品评。作为一部严肃的学术专著，应该每篇大都遵循以上原则。当然，校勘，根据自己的认识，有则校勘，无则不必强求。但是解题，应该是每篇都有的，然而，三十一篇中，《议对》《书记》《序志》三篇没有题解；注释也应该是每篇都有的，没有注释，学生不是每篇都能看得懂的。然而，三十一篇中，《情采》《镕裁》《章句》《丽辞》《事类》《附会》六篇没有注释。第二，无论作为讲义，还是专著，每篇文字，应该大体整齐。然而，三十一篇中，篇幅有长有短，最短者如《情采》《镕裁》仅六七百字；最长者如《章句》篇，两万二千多字（连同引文在内）。当然《章句》篇内容，在清代以前属于小学，细分可划入训诂学范畴。这训诂学正是黄侃的长项，也许是原因之一，或许可以看成是与新文化派的论战。不管怎样解释，也掩盖不了黄侃的任性。但是，瑕不掩瑜，我们应该看到：

　　黄侃在《札记》各篇的解题式的大论,是古典"龙学"所没有的,

---

① 司马朝军、王文晖：《黄侃年谱》，第91—92页。
② 关于《文心雕龙札记》的版本系统，李平教授的《〈文心雕龙札记〉成书及版本述略》一文论述比较详细，可以参考。

在二百余条的注释中虽然与黄叔琳相同，只标出词条，没有像弟子范《注》那样加上序号，但是其注释文字却一改古典式的繁琐而变为简洁明了，并时有评论。其方式虽旧，但内涵却不与清儒相同，在每篇之中附有例文，以为弟子助读，这也应该是创新，说明他不再遵循清儒训诂考据的老路子，而是走出了自己的新路子——解题、校勘、注释、品评、例文五合一的新体例。在理论阐释方面，看出刘勰"自然之道"乃老庄之道，而非儒家之道，不可与传统儒家的"文以载道"说相混淆；他还看出刘勰在方法论上用的是"折中"法，这就从理论上和方法论上把握住了大节，大大地高出了他的前辈，就是纪昀这样的大儒也被黄侃抛在身后。就这来说，谁也不好否认黄侃《札记》是走出传统，迈向新时代的代表性"龙学"成果。①

（二）刘咸炘及其《文心雕龙阐说》

刘咸炘，字鉴泉、别号宥斋，四川双流人。从其曾祖父起，便开始设馆聚徒讲学，数代办教育，誉满蜀中。其祖父刘沅，融汇儒释道三家，创立槐轩学派。清光绪二十二年（1896）11 月 29 日，鉴泉先生出生于成都"儒林第"祖宅。五岁能属文，九岁能自学，日览书数十册；稍长就学于家塾，习古文，读四史，得章学诚《文史通义》而细研之，晓然于治学方法与著述体例，遂终身私淑章学诚。从此，每读书必考辨源流，初作札记零条，积久乃综合为单篇论文，然后逐步归类而集成专书。20 岁前所读的书，都有札记。自 15 岁开始研读《文心雕龙》，凡有心得，随书笔录，或作零星札记②。《文

---

① 朱文民：《黄叔琳与中国古典"龙学"的终结》，《语文学刊》2019 年第 2 期。

② 刘伯谷、朱炳先：《文化巨著〈推十书〉的作者刘咸炘》，载《四川近现代文化人物》，四川省文史馆、四川省政协文史资料研究委员会编，四川人民出版社 1989 年出版。

心雕龙阐说》就是这样在此基础上形成的。1918 年，从兄刘咸焌创办尚友书塾，鉴泉先生被任为塾师；执教十余年，后又与友人唐迪风、彭云生、蒙文通等创办敬业书院，曾任哲学系主任；继又被成都大学、四川大学聘为教授，乐群善诱，深受学生爱戴，1932 年不幸病逝，享年 36 岁，闻者莫不痛惋。先生著述甚丰，2009 年，上海科学技术出版社推出《推十书》（增补全本），共计 20 册。

刘咸炘的《文心雕龙阐说》，成书于 1917 年，这是刘咸炘自己的交代。他说："丁巳撰此书时，于文章体宜系别，尚未了了。彼时方知放胆作札记也。庚申七月，因撰《文式》，复读《雕龙》，取旧稿阅之，亦颇有可喜者。"[1] 这"丁巳"年是 1917 年，时年刘咸炘 21 岁。据刘伯谷、朱炳先《文化巨著〈推十书〉的作者刘咸炘》一文介绍，刘咸炘"15 岁时读《文心雕龙》"，"初作札记零条"，"丁巳"年将读《文心雕龙》的"札记零条"整理成《文心雕龙阐说》。"庚申七月"，是 1920 年 7 月。此时撰写《文式》，"复读《雕龙》，取旧稿阅之，亦颇有可喜者。"《文心雕龙阐说》写成后，一直未有刊布，直到上海科学技术出版社 2009 年出版《推十书》（增补全本）时，才将其收在戊辑中。山东大学戚良德教授发现后，将其与黄叔琳《文心雕龙辑注》、纪评、李详补注一起整理出版，汇集黄注、纪评、李详补注、刘咸炘阐说，形成一个新的读本，推向社会，使得"龙学"界为之一震。

《文心雕龙阐说》规模不大，一万五千字左右，但是，这是对刘勰《文心雕龙》五十篇做出全面阐述和评论的第一部专著（仅有《奏启》篇未有专门评论，但是在相邻的《章表》篇有涉猎）。每篇文字多寡不一，最多者（《神思》《论说》篇）也不足千字，最少者，

---

① 刘勰著，黄叔琳注，纪昀评，李详补注，刘咸炘阐说，戚良德辑校：《文心雕龙》，上海古籍出版社，2015 年，第 285 页。

不足三十字。但是它的意义却非同小可。戚良德教授在他辑校的黄
注、纪评、李详补注、刘咸炘阐说《文心雕龙》读本末，附有一篇
评论，名曰《一部尘封百年的 "龙学"开山之作——评近世国学大
师刘咸炘的〈文心雕龙阐说〉》，该文后来又发表在《徐州工程学
院学报》（社会科学版）2017 年第 5 期上。戚教授的评论文章，对
刘咸炘的《阐说》做了很好的解读并给予了极高的评价。戚教授认
为，与黄侃《札记》相比，首先，刘咸炘更重视文体论。"对《文
心雕龙》文体论进行了空前深入系统的阐释，即在今天，这些阐释
仍有其重要的参考价值。……刘咸炘认为，《文心雕龙》的文体论'端
绪秩然'，乃是中国文学文体论的系统之作，却没有受到应有的重
视"。刘咸炘特打抱不平说："姚（鼐）、曾（国藩）诸人稍稍就
所见唐、宋文字分立目录，遂已为士林宝重，矜为特出，亦可慨矣
哉！"①第二，戚教授认为，刘咸炘《文心雕龙阐说》"对《文心雕龙》
创作论体系的把握和理解，不仅精深而独特，发人所未发，而且极
为准确地揭示了《文心雕龙》创作论理论体系的内在脉络和意蕴，
具有重要的启发意义"②。第三，《文心雕龙阐说》认为《文心雕龙》
是一部子书。戚教授认为，"这一认识可谓深得彦和之心！应该说，
在近百年来的《文心雕龙》研究中，类似的认识并非绝无仅有，但
并没有引起大多数研究者的注意和重视；而刘咸炘如此明确地指出
后世把《文心雕龙》列为'诗文评'一类，实际上并非刘勰之本意，
可谓石破天惊之论。"③第四，刘咸炘对于"势"的解释，前无古人，

---

① 刘勰著，黄叔琳注，纪昀评，李详补注，刘咸炘阐说，戚良德辑校：《文心雕
龙》，第 321 页。

② 刘勰著，黄叔琳注，纪昀评，李详补注，刘咸炘阐说，戚良德辑校：《文心雕
龙》，第 324—325 页。

③ 刘勰著，黄叔琳注，纪昀评，李详补注，刘咸炘阐说，戚良德辑校：《文心雕
龙》，第 318 页。

后无来者。刘咸炘在《定势》篇说："情与气乃势之原，气变成姿，各具无涸，彦和勘合刚柔，不必壮言慷慨，洵为卓论。"戚教授评论说："短短数语，既抓住了本篇的要害，更是新见迭出。其一，'情与气乃势之原'，既属探本之论，亦为新见之一。……其二，所谓'气变成姿'，此乃新见之二，谈'势'而引出'姿'，这更是一个顺理成章而容易理解的说法，却不啻是刘氏的发明，道人所未道。……其三，所谓'勘合刚柔，不必壮言慷慨'云云，乃是《定势》的观点，他赞之'洵为卓论'，可以说抓住了刘勰讨论定势问题的核心。"①

第五，刘勰文体论部分，首列《明诗》，刘咸炘在《明诗》篇评论说"论诸文体，而先诗，诗教为宗"。戚教授评论说：刘咸炘认为"刘勰首先论诗的原因，不是出于什么纯文学的感念，而是'诗教为宗'。我们不能不说，这显然更符合刘勰的基本思想和儒学观念。……刘咸炘论《文心雕龙》没有先入为主之见，特别是没有现代文艺学的观念羁绊，可能从刘勰思想实际出发而抓住根本和要害"②。

戚教授对刘咸炘《阐说》的解读和评论我完全赞成。以我个人的认识，觉得再加上三点：第一，刘咸炘对《原道》篇的阐释，也应该引起重视。他说："以'丽天''理地'，明道之文，是以天地为道也。《易》曰：'一阴一阳之谓道。'阴阳即天地也。斯说也，超乎后世之以空虚为道者矣。"刘咸炘对道的解读，较之前人更明朗化，显示了道的可知性。道家对道的描述太玄虚了，甚至陷入了不可知论。刘咸炘还指出《原道》篇的时代烙印。他说："彼时玄学正盛。老子云：'道法自然。'彦和之'原道'，盖标自然为宗也。""标

① 刘勰著，黄叔琳注，纪昀评，李详补注，刘咸炘阐说，戚良德辑校：《文心雕龙》，第328页。
② 刘勰著，黄叔琳注，纪昀评，李详补注，刘咸炘阐说，戚良德辑校：《文心雕龙》，第323页。

自然为宗"，虽然纪昀早于刘咸炘指出这一点，但是纪昀较之刘咸炘笼统得多。第二，刘咸炘《阐说》的独立性，没有先入为主之见，这表现在他没有成为纪评的应声虫。如《征圣》篇，纪评："此篇却是装点门面，推到究极，仍是宗经。"对此，刘咸炘反驳纪评说："'征圣'者，以圣言为准也。纪氏以为装点门面，未识《征圣》《宗经》二篇之异。"又如《史传》篇，纪评曰："彦和妙解文理，而史事非其当行，此篇文句特烦，而约略依稀，无甚高论，特敷衍以足数耳。"刘咸炘反驳说："纪氏谓此篇无甚高论，非也。此书论文，专主词章，史、子特其旁及，只可略言大概。其述编年、纪传得失，亦略备矣。其诠《国策》名体，本纪名义，后世多不知之矣。"再如《诏策》篇，纪评曰："彦和之意，似以魏、晋为盛规，盖习于当时之所尚。观'自斯以后'二语，其皆可知也。"刘咸炘反驳曰："以文而论，魏、晋固极润典之美。纪氏谓彦和囿于习尚，非也。"等等。

　　再一点就是刘咸炘《文心雕龙阐说》形成的时间，这是一个极其重要的关节点。所谓"关节点"，我是说，刘咸炘的《阐说》与黄侃的《札记》几乎是同时形成，甚至还早于《札记》。刘咸炘15岁时，是1911年，此时黄侃尚未到北大教书，其意义更不寻常。他的不寻常，还显示在黄侃《札记》形成于人文荟萃的北京大学，而《阐说》诞生在相对封闭的成都。刘咸炘的《阐说》是主动阐释，黄侃是应课程需要，被动解读。黄侃曾留学东洋，刘咸炘一生未曾走出四川。这一点戚教授也曾指出，以引起读者注意。黄侃反对新文化运动，而刘咸炘赞成白话文。不同地域，不同人物，对于同一问题，展开研读，彼此认识，大致不凡。这使我想起了东方的孔子（公元前551年—前479年）和西方的赫拉克利特（约公元前535年—约前475年），他们是同时代的人，分居世界两地，彼此互无来往，但是对事物的运动性，却有着相同的认识，这就是孔子的"逝者如斯夫，不舍昼夜"，赫拉克利特的"人不能两次踏入同一条河流"
之著名论断。这说明世界发展到一定的时候，人们的认识往往也有
惊人的相似之处。因此，戚良德教授谈到刘咸炘《文心雕龙阐说》
的历史地位时把黄侃《札记》与刘咸炘《阐说》，看成是"近现代'龙
学'开山之作的双璧"①。

当然，刘咸炘的《文心雕龙阐说》，虽然与黄侃《文心雕龙札
记》，堪称"近现代'龙学'开山之作的双璧"，却并不等于"无瑕"，
黄侃《札记》尚且"非精心结撰"，而刘咸炘《阐说》在其生前并
未刊布，虽然在《程器》篇自称《阐说》"颇有可喜者。但微义少，
常谈多；大义少，细论多耳"。这说明刘咸炘颇有自知之明。他的《阐
说》毕竟是初次"放胆作札记"，就全书来说，没有体例，没有系统，
没有给予统筹全局关照，而是随着读书有感而发，给人以过于零碎
之感。

（三）范文澜及其《文心雕龙讲疏》

范文澜小名麒麟，字云台、芸台、仲沄。笔名武波、武陂。清
光绪十九年（1893）11 月 15 日，出生于浙江省绍兴府山阴县（今
绍兴市）城内府山北、锦麟桥南侧的黄花弄。绍兴范家为书香门第。
范文澜1913年考入北京大学预科，越年夏季升入北京大学中文门（后
改称国文门），1917 年夏季毕业，为了生计，经叔父范寿铭介绍，
给蔡元培做私人秘书。1918 年初，到沈阳高等师范学校教书。暑假
后，到河南汲县省立中学任教。1922 年夏季，受张伯苓之邀请，到
天津南开中学任国文教员，同时，又在大学部兼课，讲授预科及二

---

① 刘勰著，黄叔琳注，纪昀评，李详补注，刘咸炘阐说，戚良德辑校：《文心雕
龙》，第314页。

年级国文 ①。从 1924 年起任大学部教授，讲授文科二年级国文（必修课）②。1927 年 5 月，范文澜因参加革命活动而受到天津警备司令部追捕，遂逃到北京，从下半年开始，任北京大学教授。同时，还在北京师范大学、女子师范大学、中国大学、朝阳大学、北平大学女子文理学院、中法大学、辅仁大学等学校兼课。1933 年出任北平大学女子文理学院院长。1936 年到河南大学文学院任教。1940 年 1 月，到延安，任马列学院历史研究室主任。1941 年 7 月，马列学院改名为马列主义研究院，8 月，马列研究院改组为中央研究院，范文澜任副院长兼历史研究室主任。1943 年，在中央宣传部工作。1946 年离开延安，到晋鲁豫边区，任北方大学校长。1948 年 8 月，北方大学与华北联合大学合并，成立华北大学，任副校长兼研究部主任、中国历史研究室主任。1950 年，华北大学历史研究室划归中国科学院历史研究所三所，范文澜任所长。

范文澜于 1926 年在天津加入中国共产党，1927 年，天津地下党组织遭到破坏，与党失去联系。1939 年 9 月在河南工作期间，重新加入中国共产党。范文澜为第一届、第二届、第三届全国人民代表大会代表，第三届全国人大常委会委员，第三届政协全国常委会委员。中共第八届中央候补委员，第九届中央委员。1969 年 7 月 29 日，在北京逝世。

范文澜的主要著述有《文心雕龙讲疏》《诸子略义》《水经注写景文钞》《文心雕龙注》《中国通史简编》《中国近代史》《群经概论》《范文澜史学论文集》等。河北教育出版社 2003 年推出十卷本《范文澜全集》。

---

① 南开大学校史编写组：《南开大学校史》，天津：南开大学出版社，1989 年，第 25 页。

② 陈其泰：《范文澜学术思想评传》，北京：北京图书馆出版社，2000 年。第 26 页。

范文澜的《文心雕龙讲疏》出版于 1925 年 10 月，由天津新懋印书局出版发行。该书为 16 开平装本，繁体字，竖排，印刷得比较精致。全书大约 25 万字。但是，作为一部专著，页码排列很特别。全书总体结构分为上篇和下篇两部分。正文前有《文心雕龙上篇提要》和《文心雕龙下篇提要》，具体仍然按照五篇一卷，其页码的排列，按照每一卷为一个单位，分卷则另行编码。其内容多寡不一，例如第二卷页码是 102 页，而第八卷仅 30 页。

书前卷首有梁启超先生 1924 年 11 月写的序，次为作者 1923 年自己写的序，又次为黄叔琳辑注本原序、《南史》刘勰本传，再次为本书目录。本书为范文澜先生任教于南开大学时，在为学生讲《文心雕龙》时的讲义稿基础上修订而成的一部专著。本书是在黄侃《文心雕龙札记》影响下的第一部"龙学"专著。范文澜较之前辈学者，在形式上，最大的创新是：第一，将《文心雕龙》原文每篇分段注释，对原文需要注释的词句，加上序号，在分段相应序号下注释。第二，按照刘勰原意，分为上篇和下篇，并各列出一个知识结构图表，这两点是"龙学"史上前无古人的创新，且影响深远，后来的"龙学"家，多有效仿者。范文澜自己在《自序》中说："读《文心》，当知崇自然、贵通变二要义；虽谓全书精神也可。讲疏中屡言之者，即以此故。"[①]梁启超在序言里评价范注说："展卷诵读知其征证详核，考据精审，于训诂义理，皆多所发明，荟萃通人之说，而折衷之，使义无不明，句无不达，是非特嘉惠于今世学子，而实大有勋劳于舍人也。"[②]"崇自然""贵通变"这两点，说明范文澜抓住了《文心雕龙》的根本。范文澜在自序中说："今观注本，纰缪弘多，所引书往往为今世所无，

---

① 范文澜：《文心雕龙讲疏》，《范文澜全集》第三卷，石家庄：河北教育出版社，2003 年，第 6 页。

② 范文澜：《文心雕龙讲疏》，《范文澜全集》第三卷，第 4 页。

而不注其出处。"①按理说，在指责往昔他人不足之后，自己应该避免。但是，范注却重复前人已经犯过的毛病。

关于《文心雕龙讲疏》为什么在天津新懋印书局出版的问题，蔡美彪在《旧国学传人新史学宗师——范文澜与北大》一文中著录：范文澜曾对蔡美彪说："那时有位姓李的同志，在天津搞印刷厂，掩护党的地下活动。没有东西印，就把我的《文心雕龙讲疏》稿子印了。"②此书印数不多，但出版后立即受到学术界的重视。当时《南开周刊》第一卷第四期（1925年10月17日）刊登了寿昀《介绍范文澜〈文心雕龙讲疏〉》一文，该文指出：

> 只要是打算研究中国文学的人，谁不知道看《文心雕龙》，还用着我来介绍——说废话！不过这部书虽然是有价值，然而没有好注本。现在通行的黄本，我实在不敢恭维：不但疏略，还有错误。我曾上过它好几次的当；想读过它的朋友也许有同感吧！以这样有价值的名著，而得不到好的注本，是多么讨厌的事！本校教授范仲沄先生也许是看到这步，所以费了一年多的功夫"旁征博引"，仔仔细细地著成一部"讲疏"，他这部书，我曾经读过一遍，虽然不敢过于恭维，认为是"尽美矣，又尽善矣"，但是敢负责任地说，这部书实在比通行的注本好得多。我们读他这部书，旁的好处都不算，至少也可以减少好些翻书的麻烦，经济了好些时间。所以朋友们，要是你们的意见同纪老先生一样，以为"读《文心雕龙》者不患不知此……"，那我这话又算白说了；如若不然，那就虔诚的请你赶快买读这——

① 范文澜：《文心雕龙讲疏》，《范文澜全集》第三卷，第5页。
② 蔡美彪：《学林旧事》，北京：中华书局，2012年，第15页。

《文心雕龙讲疏》①。

寿昀的这篇介绍文章，表面看来，好像一篇广告词，但是，细心读来，却也是一篇大实话。从另一角度看，范著《讲疏》也有它自身的不足。

当范文澜把自己的大著寄给好友李笠指正的时候，李笠于1926年6月在《图书馆学季刊》第1卷第2期发表了评论，李笠指出尚有两大类工作需要完善：一是当增补者：（1）应该增加历代公私书目及史志著录情况；（2）应该补加刘勰年谱；（3）应该交代刘勰其他著述；（4）增加旁证；（5）注重引书出处（范文澜虽然指责往昔注本没有指出引文出处，而他自己仍然没有完全避免这一毛病）；（6）范注既需要增加，也需要削繁；也就是说，当注的尚有不少没有注出，而已经注出的需要再简明一些；（7）校勘不精；（8）尚有许多内容需要补充。二是排版问题，此类责任主要是出版社的问题，当然，与范文澜手稿要求不明也有关：（1）正文与注疏文字没有明显区别；（2）注疏自身之区别不明。李笠的评论，未有涉及范注对《文心雕龙》理论理解和阐释，而只是从本书的体例方面直言品评，可谓知音。

两年后，范文澜在此基础上，推出新版《文心雕龙注》，补充、增订扩大了阵容，成为一部40多万字的巨著，比起《讲疏》来，注释（包括附录）字数增加了一倍多，主要是注释条数和内容的增加。如《史传》《诸子》两篇，《讲疏》各有40多条，而《注》又增至50多条。《神思》篇，《讲疏》注释24条，《注》增至32条。范注除了注释详赡外，另一特点是各篇注释下，附录了不少参考性文字，

① 王文俊等选编：《南开大学校史资料选（1919—1949）》，天津：南开大学出版社，1989年，第349页。

有的属于彦和原文中提到的作品，与原文对照参看，甚是方便。此一特色，在《讲疏》中已经出现，《文心雕龙注》更加增益。例如《正纬》篇，《讲疏》仅录刘师培《谶纬论》一篇，《注》则增加了徐养原《纬候不起于哀平辨》、刘师培《国学发微》(一节)等6篇。又如《序志》篇，《讲疏》原录应场等4篇，《注》又增加了曹丕《典论·论文》等5篇。这就是说，在《讲疏》出版后的两年时间里，范文澜一直在不断地修改、补充。在体例上《注》不再像《讲疏》那样，分段注释，而是把彦和原文集中在一起，在每篇需要注释的地方加上序号，于1929年9月作为上册，由北平文化书社出版发行，而注释部分则分为中册和下册分别出版。中册注释内容是《原道》至《书记》25篇的注释，于1929年12月由北平文化书社出版发行，下册注释内容是《神思》至《序志》25篇的注释，于1931年2月由北平文化书社出版发行。

杨明照先生于1937年在《文学年报》第3期，发表了《范文澜〈文心雕龙注〉举正》的批评文章，对范注诠说不当者举正了37条；对黄叔琳评而误为纪昀评者，指出了14条。杨明照先生说："上所列者，凡十有四条，皆黄氏叔琳评语，而范注乃以属诸纪氏。又按：养素堂本，仅有黄评。庐涿州刊于粤者，则朱墨区分，（黄评黑字，纪评朱字。）各于其党。坊间通行本，亦各冠其姓氏以示异①，不知范氏何以致误？"②

1936年7月，范文澜《文心雕龙注》，由上海开明书店出版了线装七卷本。至此，我们说，范文澜的注本，已经代表了现代"龙学"的最高范本。这个范本除了在校勘、考据、注释代表了当时的最高水平之外，还有三个特点：第一，在上篇和下篇中，各列出了

---

① 按：此坊间本，当指1916年10月中原书局出版的李详《文心雕龙补注》。
② 杨明照：《范文澜〈文心雕龙注〉举正》，《文学年报》1937年第3期。

一个知识结构图表，尽管这两个图表在每一次出版时，都有修改的痕迹，这些痕迹代表了范文澜对《文心雕龙》全书知识结构认识的不断深化，可以说，范文澜是研究《文心雕龙》理论体系的第一人。第二，尽管范氏好友李笠先生指出《讲疏》没有列出刘勰年谱是一个遗憾，但在《文心雕龙注·序志》篇的注释中，范文澜引用了刘毓崧《通谊堂集·书文心雕龙后》，在确定了《文心雕龙》成书年代的基础上，对刘勰家世、生平做了考证，这个考证，实际上就是给刘勰做了一个"传"。继《梁书》和《南史》之后，范文澜已经是为刘勰作传的第三人了[①]，但是，就其家世、生平的全面性来说，刘节、梁绳祎的《评传》没有超过范文澜。刘节对刘勰作的"传"太略，没有突破《梁书》和《南史》。应该称道的是，梁绳祎为刘勰家族画出了一个世系表。第三，范注为了加强读者对原书的理解，或节录，或全录了大量与《文心雕龙》相关的文章，这是前无古人的，在《讲疏》的基础上，其数量上已经增至数百种了。"文心雕龙学"可分为内涵和外延两大块，范文澜从《讲疏》到《注》皆关注到了，如此全面者，范君也是现代"龙学"的第一人。同时，我们看到，李笠的品评、杨明照的两次评论，在 1936 年出版的开明书店本《文心雕龙注》基本吸纳了他们的批评意见，这从另一个方面说，学术批评是学术进步的重要一环，值得我们深思。

（四）冯葭初的新式标点、言文对照本《文心雕龙》

就在范文澜先生《文心雕龙注》上册和中册出版之间，1927 年 10 月，浙江湖州五洲书局出版了冯葭初先生的《言文对照〈文心雕龙〉》，这是"龙学"史上第一部五十篇全文译注本。这部全文译

---

① 1927 年 3 月刘节在《国学月刊》第二卷第 3 期发表了《刘勰评传》；同年 6 月，梁绳祎在《小说月报》第十七卷号外《中国文学研究》发表了《文学批评家刘彦和评传》。霍依仙又在《南风》第 12 卷第 2、3 号合刊（1936 年 5 月）发表了《刘彦和评传》。

注本非常有特点，以黄叔琳辑注、纪晓岚评点的道光十三年两广节署本为底本，书眉上方保留了黄叔琳和纪晓岚的评点。正文前有冯大舍撰写的《文心雕龙演绎语体序》。该书的排版页码与今天不同，它是以卷为序，分卷则另起。每一卷中的每一篇，首列"原文"，次列"注释"，再次为"白话演述"。其注释是照录黄叔琳原有"辑注"，冯葭初的创新在于"白话演述"。全书分为上下两册装订，并有精装和平装两种装帧，这是"龙学"史上首次出现精装本学术成果，值得一提。这个白话翻译本，虽然涉及理论性强的文本译文有晦涩之嫌，但是，对于一些关键词语的翻译，却优于很多后来者。例如《原道》篇的"人文之元，肇自太极。幽赞神明，《易》象为先。庖牺画其始，仲尼翼其终；而《乾》《坤》两位，独制文言"，冯先生译："文的开始在太极（即八卦的起源），精深直窥神理，《易经》的卦象为首。庖牺画卦在先，仲尼因卦象作十翼在后；而在《乾》《坤》两位，创作《文言》。"这里对"太极"的理解，就高明于有的后来者的译"太极"为"天地未分的混沌时期"。作为"龙学"史上第一个全文译注本，其首创之功不应遗忘。

牟世金先生把 1914 至 1949 年新中国诞生之前这一段时期，看成是"文心雕龙学"的诞生期[①]。这个跨度虽然大一点，但是大体不差。这一时期除了上述所列成果外，尚有朱恕之的《文心雕龙研究》、叶长青的《文心雕龙杂记》、刘永济的《文心雕龙校释》等其他专著及单篇论文问世，恕不一一展开介绍。

四、结语

综上所述，通过对黄侃《文心雕龙札记》的诞生及其前前后后

---

① 牟世金：《"龙学"七十年概观》，《雕龙后集》，济南：山东大学出版社，1993 年，第 4 页。

相关资料的搜集与辨析，可以明确同仁们的一些推理和模糊认识。

首先，章太炎在日本给黄侃、朱蓬仙、鲁迅、朱希祖、钱玄同等人讲授《文心雕龙》的具体时间是公元 1909 年 3 月 11 日至 4 月 8 日，每周一次，周四上午授课，每次讲授内容是十篇，共分五次授完。

其次，中国现代"龙学"的创建，章太炎是播种者，北京大学是温床，又有成都"儒林第"和南开大学两相辅佐。无论是章太炎，还是刘咸炘家族，皆背负着传扬国学的使命，在诸位国学大师的努力下，可以代表中国传统文化的现代"文心雕龙学"诞生在民国初期。黄侃的《文心雕龙札记》、刘咸炘《文心雕龙阐说》、范文澜的《文心雕龙注》同为现代"龙学"的开山之作。

经过辨析，可以断定朱蓬仙在北大讲授《文心雕龙》出现低级错误，被傅斯年等人赶下讲坛的时间，大致在 1917 年下半年至 1918 年下半年之间。资料证明，黄侃在接替朱蓬仙给傅斯年等人讲授《文心雕龙》之前，就已经在其他年级开设《文心雕龙》课。黄侃在蔡元培主政北大之前，讲授《文心雕龙》，所属学科为"词章学"，在蔡元培改革北大课程之后，其讲《文心雕龙》所属学科为"文学概论"。

（本文原刊《中国文论》第六辑，山东人民出版社，2019 年）

马克思主义哲学视域下的《文心雕龙》研究述论

　　学者们用马克思主义哲学观点对刘勰及其《文心雕龙》进行解读，开始于二十世纪五六十年代，明显的标志是《光明日报》开始的讨论文章。由于对刘勰在《文心雕龙》中使用的一些概念理解不同，出现了截然相反的结论。现在我们回顾这段研究历史，并略谈一孔之见，以就教于学界有道者。

一、以三个时期分述

（一）第一个时期（二十世纪六十年代）

　　二十世纪六十年代初期，吉谷先生在《光明日报》发表了《〈文心雕龙〉与刘勰的世界观》一文，认为刘勰"在一系列文艺理论问题上，都持有唯物主义的观点"；"《文心雕龙》的朴素唯物主义的文艺理论观与刘勰未出仕前的世界观是一致的"。理由是刘勰"认为文学是现实的反映，又能影响现实，文学要有益于政教，文学的内容与形式是统一的，内容决定形式，形式表现内容，要继承文学遗产并要有创造发展等等"①。《光明日报》同期还刊登了张启成先生的文章《谈刘勰〈文心雕龙〉的唯心主义本质》，文章说："刘勰的文学批评理论确实具有某些唯物主义因素，但他的基本核心却是唯心主义的。"理由是：第一，本传说他为文长于佛理，他一生又长期生活在寺院，说明"佛教思想是他的主导思想"。在他的思想中佛儒是统一的，不矛盾的，它们之间没有本质的区别，但有程

---

　　① 吉谷：《〈文心雕龙〉与刘勰的世界观》，《光明日报》1960年11月20日，《文学遗产》第339期。

度的差异，这就是"精粗"之别。第二，当佛儒产生矛盾时，他是站在佛教立场上的，如儒家有"不孝有三，无后为大"，而刘勰却恰恰当了断子绝孙的和尚。在《灭惑论》中主张儿子早入佛，母后作尼，则母跪儿，其理曰尊道故也。同时又主张"四大皆空"，用哲学名词讲就是唯心主义的。在《文心雕龙》中关于"文学起源问题"，关于"神思"，关于对"天才的理解"，都是唯心主义的。

吉谷、张启成的观点公布以后，炳章发表了《漫谈刘勰文学观的哲学思想基础》一文，认为刘勰的"宇宙本体论是客观唯心主义的，但是，他的文学观（也是世界观的一部分）却是唯物主义和唯心主义因素交织着，而其中朴素唯物主义的因素却是主要的部分，因而也提出了一系列现实主义的文学理论"①。

中山大学中文系《中国文学理论批评史》研究组第一组 1960年在《中山大学学报》第 4 期撰文《〈文心雕龙〉的二元论哲学思想》（以下简称"中大二元文"），认为《文心雕龙》的哲学思想是二元论的。什么是二元论呢？该文根据马克思主义对于哲学基本问题的回答，即认为物质是第一性的，精神是第二性的就是唯物主义，反之就是唯心主义的。"如果不去回答物质抑或精神谁是第一性的问题，而承认两者同时存在，他们只是相互作用、影响，而不是谁决定谁的，我们就说它是二元论。这是一种不彻底的摇摆于唯物与唯心之间的哲学思想，是由唯心向唯物哲学思想转变过程存在的必然的暂时现象。所以他对问题的解释就可能表现为折中主义的倾向。"

据此，该文认为《文心雕龙》的二元论是"作为'情'与'物'的关系提出的。他一方面肯定日月、山川、鸟兽、草木等自然物质

---

① 炳章：《漫谈刘勰文学观的哲学思想基础》，《光明日报》1961 年 4 月 9 日，《文学遗产》第 358 期。

是独立的、外在于人们意识存在的东西，他不受人们的主观意志支配，而是'岁有其物，物有其容'；另一方面又认为人们的社会意识形态中的'情''性'不决定于客观事物，而是决定于内在的天赋的东西。他说'人禀七情''性各异禀'，又说'五性发而为辞章'。他所谓的'情'，按照他所谓的《礼记·礼运》解释，即是'喜、怒、哀、惧、爱、恶、欲七情，弗学而能'的情。'情'与'性'有着密切的关系，有时又合而为一提作'性情'……'情'与'性'两者同时独立地并存于刘勰的哲学思想中，就肯定了它的二元论的性质。"

曹道衡先生在《刘勰的世界观和文学观初探》一文中认为："刘勰的世界观无疑地是一种客观唯心主义。他在这里所说的'道'，实际上就是指宇宙的本体。在他心目中，宇宙的本体是一种精神或理念，他把它称之为'道'或'神理'……这种精神或理念原是一个东西，它即是天地万物的创造者和主宰者。"①

针对以上诸家意见，陆侃如先生1961年在《文史哲》第3期发表了《〈文心雕龙〉论"道"》一文，陆先生说："我认为分析刘勰的思想，主要应该根据《文心雕龙》五十篇三万七千多字。奇怪的是，近人对《文心》中的观点几乎一致认为基本上是唯物主义的，但对作者的思想体系却又有唯物论、二元论、唯心论等等不同的看法。我们从上文对于'道'的意义的探索中，可以看出张启成、炳章、曹道衡等同志所主张的唯心论或客观唯心论的证据似乎还不够充足。……刘勰的思想以唯物主义为主，但是也有浓厚的唯心主义因素，这是他思想上的矛盾。……不过，我们还不能从他的唯心主义局限里得出'二元论'的结论。"

逯钦立先生1962年在《学术月刊》第4期发表了《〈文心雕龙〉

---

① 曹道衡：《刘勰的世界观和文学观初探》，《光明日报》1961年4月16日，《文学遗产》第359期。

三题》一文 ①，其中第一题就是辩论《文心雕龙》思想是唯物和唯心问题。他说："有些同志肯定《文心雕龙》属于唯物主义，甚至属于唯物主义反映论。这种看法我不同意。有的同志断定它属于唯心主义，但论据也不充分，缺乏说服力。兹就浅见再进一解。"怎么解呢？逯钦立先生说："刘勰的文学思想即他的宇宙观和文学观，并不是唯物主义的，恰恰相反，它属于形而上学唯心论。他的《原道》以及《征圣》《宗经》《正纬》和《通变》等篇，能够使我们解释这一问题。"理由是：第一，认为"刘勰把文章制作看成是神理的启示"，"把文学与自然界的表象等同起来，把'文'绝对化，当作存在于事物之先的'共相'，从而肯定其起源于'太极'，肯定其本质是神理"。第二，刘勰"硬说文与天地并生，就否定了物质第一性和意识第二性之别，实际上就是肯定文学作品是第一性的，而客观世界是第二性的。这也是违背唯物主义原则的"。刘勰"从形而上学出发，把圣人经典看作文学的源泉，《宗经》篇就显示了这种文学见解"。第三，"刘勰所主张的通变，重复了'穷则变，变则通'的传统循环论，不是希望作者的新的创造的。恰好相反，刘勰利用了循环论宣扬他的复古保守的文学观点。""这种复古保守文学思想正是以形而上学为理论根据的。""刘勰这种形而上学，也就是玄学。"并套用毛泽东的话说："形而上学，亦称玄学。……这种思想……是属于唯心论的宇宙观"。第四，"刘勰崇尚佛教，依靠僧寺，而从他的《灭惑论》，可以看到他借以解释佛理的玄学见解。""玄学成为刘勰阐述文学本质与源泉的主要理论根据。"第五，刘勰的"《物色》篇所谓'情以物迁，辞以情发'，表面上看是唯物论，而实际上是外因论、循环论"。第六，"《时序》篇所谓'歌谣文理''与世推移'之说，能不能看成是唯物主义呢？我看也不能。"

---

① 该文收入《逯钦立文存》，北京：中华书局，2010 年。

因为文学发展是帝王界定的，这些帝王都是"天纵"的圣人。第七，
"《物色》篇所谓'情以物迁，辞以情发'，表面上看是唯物论，
而实际上是外因论、循环论"。

刘永济先生在《文心雕龙校释·前言》中也说："今统观全书，
似于唯物、唯心两者，往往杂糅不分。推原其故，实不免为传统之
学术思想所囿。但就其思想总体观之，唯物之说，实其主导，唯心
之论，退居次要。"[①]

郭晋稀先生写于 1962 年 4 月的《文心雕龙译注十八篇·前言》
说："刘彦和的宇宙观，是不成熟的客观唯心主义的，他的方法论
虽有一定程度的辩证观点，却在很大程度上克服了形而上学的片面
性……如果扬弃他的宇宙观的客观唯心主义的本质，从他对文学与
客观存在的关系来看，可以说是自发的唯物论者，甚至是带有一定
程度辩证观的唯物论者。"因为"刘彦和认为文学是现实的反映"，
"而且认为作品内容决定作品形式"，"要求内容与形式的统一"。
关于"通变"问题，郭晋稀在该书"前言"中说："刘彦和认为，
文学在历史发展过程中，有不变的一面，叫作通，有日新月异的一
面，叫作变；通与变是对立的统一，是辩证的结合。究竟哪些应该变，
哪些不应该变呢？"郭晋稀引证了《通变》篇的话，说明不变的是"设
文之体"，如"诗、赋、书、记"等，日新月异的是"无方之文"，
也就是"文辞气力"的浓淡。郭先生明确指出，"通"是继承的一面，
"变"是革新的一面。

（二）第二个时期（二十世纪八九十年代）

1979 年，上海古籍出版社出版了王元化先生的《文心雕龙创作
论》，认为"就刘勰文学起源论的思想根底来说，基本上是客观唯
心主义的"。他的理由是："刘勰所说的'自然之道'也就是'神理'……

---

① 刘永济：《文心雕龙校释·前言》，北京：中华书局，1962 年，第 2—3 页。

‘神理’即‘自然之道’的异名。”《原道》篇的“篇末《赞》曰：‘道心惟微，神理设教。’二语互文足义，说明道心、神理、自然三者可通。……在刘勰的文学起源论中，‘心’这一概念是最根本的主导因素。从‘心生而言立，言立而文明’这个基本命题来看，他认为‘文’产生于‘心’。通过‘心’这一环节，他使道—圣—文三者贯通起来，构成原道、征圣、宗经的理论体系”①。

　　1980 年，王利器先生出版了《文心雕龙校证》一书，他在该书《序录》中说“刘彦和是没落地主阶级的知识分子”。《通变》篇“充分说明他是一个历史循环论者”。《通变》篇的“变”“是形式的，而且是不彻底的形式主义，原因是他（刘勰）根本不了解文学形式和内容的关系，不懂得两者在变的历史过程中是什么关系”②。王利器引用了黄侃《文心雕龙札记·通变》的话，认为“通变”是复古。王氏整篇《序录》，阶级斗争的弦绷得很紧。出版一年后，台湾的徐复观先生在《读王利器〈文心雕龙校证〉》中，给予了严厉的批判。对于王利器说“刘彦和是没落地主阶级的知识分子”的指责，徐复观质问王利器说：“王氏所读的古典，有哪一部出于无产阶级，或著书时还是贫雇农呢？王氏处处以没落的士族作为贬黜《文心》价值的根据，这完全是由教条主义而来的自我断灭的框框。”③徐复观说：“王先生引《通变》篇‘自兹厥后，循环相因’的四句话而说彦和‘是一个循环论者’，‘陶醉在这种永恒观念之中’，这表明王氏完全不懂文理。”④徐氏文章接下来论证了为什么说王利器不懂文理的理由。

　　① 王元化：《文心雕龙创作论》，上海：上海古籍出版社，1979 年，第 48—49 页。
　　② 王利器：《文心雕龙校证·序录》，上海：上海古籍出版社，1980 年，第 15 页。
　　③ 徐复观：《徐复观全集·论文学》，北京：九州出版社，2014 年，第 206 页。
　　④ 徐复观：《徐复观全集·论文学》，第 215 页。

　　面对《文心》学界部分学者对刘勰《文心雕龙》所反映出来的作者的世界观作唯心主义的解读，牟世金先生在《文心雕龙译注·引论》①中做了回应：

　　　　《文心雕龙》不是哲学著作，它也就不探讨物质的第一性，精神的第二性之类哲学范畴。因此，我们要判断《文心雕龙》倾向于唯心或唯物，不应从只言片语中去找它对哲学问题的回答，而要从它所论述的文学问题上，考察它对文学创作、文学理论的一些基本观点。（第20页）
　　　　用"原道"的"道"来说明刘勰的思想纯属唯心主义，目前还没有足以服众的充分理由。……"道"这个概念在我国古代确是比较复杂的，不仅各家有各家的"道"，《文心雕龙》中讲的"道"就多种多样，如"天道""王道""常道""儒道""神道""至道"等。因此，要判断《原道》的"道"是什么意思，是唯心或唯物，就必须从《原道》篇来看它的具体命意。《原道》中的"道"是什么"道"，刘勰已开宗明义，讲得很清楚了……这个"道"，是和"天地并生"的"道之文"，和儒道、佛道，都没有直接的联系。……刘勰认为万物都自然有"文"，"有心之器，其无文欤"！而语言是表达人的思想感情的，刘勰对这点有明确的认识（"心既托声于言，言亦寄形于字"）；语言的表达就会显示出文采，这也是自然而必然的，所以他说："心生而言立，言立而文明，自然之道也。"明确了"自然之道"的基本命意，对"道"字如何解释就是次要的了，道路、道理、法则、规律，都无不可。可以称之为"规律"，主要还不是根据训诂上可通，而是刘勰的命意。……《原道》篇中概括这种必然性的"道"，是指万物自然

－－－－－－－－－－－
① 陆侃如、牟世金：《文心雕龙译注》上册，济南：齐鲁书社，1981年。

有文的法则或规律。（第 27—28 页）

　　讨论刘勰世界观的不少文章，都论及《原道》篇对"文学起源"问题的唯心主义观点。如果文学的源泉问题、起源问题，真是《原道》篇的论旨，那是刘勰自己写的文不对题了。……有的同志对"神理"二字很有兴趣，比之黑格尔的"绝对观念"，这岂不是欲抑实扬，把刘勰估计得太高了？五、六世纪的刘勰，怎可能有十八、十九世纪伟大哲学家黑格尔的"绝对观念"？刘勰的这个"神理"，也就是他的所谓"道"，这个看法基本上是一致的。本篇讲"天文""人文"的两段，都是旨在阐明"自然之道"这个普遍规律，两个部分的命意是一致的。十分明显，"谁其尸之，亦神理而已"，和上段说的"夫岂外饰，盖自然耳"，正是一个意思；就是说"河图""洛书"的出现，从"文"的意义来看，并不是什么人为的东西，而是一种自然出现的现象。就刘勰的这种理解和用意来看，就很难说他是唯心主义了。（第 29—30 页）

　　认为《原道》篇论述了"文学源泉"问题，那就离题更远。……《原道》既未讲文学的源泉问题，"原道"也不是"文源于道"。（第 30 页）

　　牟世金先生的话，不仅是回应了第一个时期其他学者的唯物唯心说，也回应了第二个时期王元化先生《文心雕龙创作论》中的唯物唯心问题。毕万忱的观点与牟世金有相同之处，认为"'《文心雕龙》是文学方法论'，刘勰精心结构的是文学理论体系，而不是哲学思想体系，我们不能用后者代替前者，也不能用唯心主义与唯物主义这对哲学范畴，给刘勰的文学理论作简单的结论"①。

---

① 毕万忱：《论〈文心雕龙〉"征圣""宗经"的基本思想》，《文艺理论研究》1980 年第 2 期。

1981 年，孔繁先生发表了他的《〈文心雕龙〉的唯物主义认识论》[①]一文，他说："我认为《文心雕龙》所以有成就，与他认识论方面的唯物主义思想是分不开的。"理由是：第一，关于形神关系，刘勰继承了桓谭、王充的唯物主义形神观。形在神在，精神不能脱离形体。第二，关于心与物的关系，认为"心是物的反映，即主观认识是客观事物的反映"，也就是《明诗》篇说的"人禀七情，应物斯感，感物吟志，莫非自然"。第三，在质文关系上，刘勰强调质文并重，并认为质先于文，内容先于形式，即"文附质，质待文"。第四，在感性认识和理性认识上，认为感性是理性的基础，并强调理性的能动作用。第五，文学描写上要"夸而有节，饰而不诬"。第六，在才和学的关系问题上，虽然主张"才为盟主，学为辅佐"，但却不是主张"天才论"，特别举扬雄观书室的例子，说明才需学而成，这种"表里相资"的思想仍不失为唯物主义的见解。

1985 年韩湖初先生在《学术研究》第 1 期发表了《从哲学和文论的传统认识〈文心雕龙〉的唯物主义性质》一文，认为《文心雕龙》深受《易传》的影响，《易传》的唯物思想在两汉得到了发展。《淮南子》明确提出"天道自然"的思想。王充继承了"天道自然"的思想，"《文心雕龙》的宇宙观正是继承了从《易传》到王充的'天道自然'思想而来的"。韩湖初先生最后说："我们不能不承认它的主要倾向是唯物的。刘勰当时能达到这样的认识水平，是难能可贵的。……《文心雕龙》的宇宙观和方法论，其核心是'天道自然'思想。……他对文学创作问题的论述是坚持了唯物主义路线的。"韩先生随后又在《文心雕龙学刊》第 3 辑上发表了《略论〈文心雕龙〉理论体系的唯物主义性质》一文，与王元化先生的客观唯心说进行商榷。

韩先生认为，王元化把《文心雕龙》中的"太极"做了曲解，

---

　① 见《东岳论丛》1981 年第 2 期。

认为"太极"是产生宇宙万物的终极原因是不符合刘勰本意的。

（三）第三个时期（二十一世纪第一个十年）

2006 年 6 月出版的拙著《刘勰传》[①] 中，有一节《刘勰哲学思想再梳理》，其中也有唯物唯心说，与牟世金先生出于同一目的，是据实回应王元化先生和二十世纪六十年代讨论的唯心说。

2010 年，中国社科院哲学所的潘家森先生自印了一本专著《论文心雕龙》，该书内容分为上下篇即两大块，上篇是《哲学》，下篇是《诗学》。《哲学》篇判定刘勰的内在的哲学思想：一是二元论的宇宙观；二是生物学的命定论；三是认识论的二重性；四是形而上学与辩证法杂糅。潘先生的书，是"龙学"史上继刘纲纪先生的《世界哲学家丛书：刘勰》之后对刘勰哲学思想着墨最多的一部专著。但是，其观点和路数大都停留在二十世纪六十年代，极左的影子依然可见。

二、几个理论问题

（一）关于唯物唯心问题

关于用马克思主义哲学解读《文心雕龙》，认为刘勰《文心雕龙》的世界观是唯心主义的，抑或是唯物主义的，主要是对于《文心雕龙》中的"太极""神理""道""心""物"等概念的不同解读得出来的。

"太极"在《文心雕龙》中，仅出现过一次。关于"太极"的解释，范文澜注本，引用了晋代玄学家韩康伯的注释："夫有必始于无，故太极生两仪也。太极者，无称之称，不可得而名，取有之所极，况之太极者也。"对于韩康伯的注释，著名易学家金景芳先生评论说："这是用《老子》的观点来解释《周易》，是不对的。"怎么才是对的呢？金景芳先生说："许慎在《说文解字》的'一'字下说：

---

① 朱文民：《刘勰传》，西安：三秦出版社，2006 年。

'惟初太极，道立于一，造分天地，化成万物。'虞翻也说：'太极，太一。'"① 詹锳《义证》引《正义》："太极谓天地未分之前，元气混而为一，即太初太一也。"又引《淮南子·览冥训》："引类于太极之上。"高诱注："太极，天地始形之时也。"再引《晋书·纪瞻传》："顾荣言：'太极者，盖谓混沌时蒙昧未分。'"② 这些对于"太极"一词的解释，就《周易》而言，无疑是对的。但是我们应当考虑，刘勰是一位有着创新精神的人，他在《文心雕龙》一书中，所使用的概念，虽然取自旧典，但是往往赋予新意，"太极"一词，当属于此类。否则"人文之元，肇自太极"就讲不通。如果释"太极"为"天地未分的混沌时期"，此时，人类尚未产生，何来"人文"之说？

对于"太极"一词的解释，笔者觉得吴林伯先生及其弟子方铭的意见，很值得参考。方铭说："'极'，《尔雅释诂》曰：'至也'。疏曰：'穷尽之至也'。'太'者，《集韵》曰：'甚也'。为'大'字之讹。'太'与'极'是两个近义的词，'太极'合而为一词，指时间至远，故《系辞》作者以之谕'无'的时代。""'太极'一词，纯属时间概念"。"古人曰'无'，或曰'元气'，皆'太极'的特征。古人缺乏科学的概念逻辑，以特征释时间，容易引起具有科学的概念逻辑的后辈学者的想入非非。""刘勰既称人文是由人而作，必产生于有人之后，又言'人文之元，肇自太极'，'太极'若指'无'或'元气'，是时尚无天地，何以有人，更何以有人文，显然如上所言，'太极'这个表示时间至早至远的概念，在这里有特定的意思。符定一著《联绵字典》，称'太极'可转为'太古'，'太古'又是上古之意，则此处'太极'可作上古解释。""《文心雕龙·原

① 金景芳、吕绍纲：《周易全解》，上海：上海古籍出版社，2005年，第561页。
② 詹锳：《文心雕龙义证》，上海：上海古籍出版社，1989年，第12页。

道》'人文肇太极'之意便是说人文产生于上古。"① 吴林伯先生说："'太极'为极早之物。自下观之，彦和引申为太古，具体指原始社会。'人文'始于'太极'，即始于太古，故接言太古的庖牺画卦。彦和心目中的'人文'是广义的。他以为太古的'人文'，首先是八卦之类的图画，其次才是口头的歌谣。"②

对刘勰的"人文之元，肇自太极"一事，如果不作细究，只作表面的理解，很容易理解为人文在人类未产生之前就已有了，因而得出刘勰的世界观是唯心主义的结论。但是只要把《原道》《征圣》《宗经》篇联系起来理解就会发现，刘勰认为在圣人的经典中反映人文最早的就是《易经》了。《易·系辞上》中说："古者庖牺氏之王天下也，仰则观象于天，俯则观法于地，观鸟兽之文与地之宜，近取诸身，远取诸物，于是始作八卦，以通神明之德，以类万物之情。"刘勰认为能找得到的八卦就是最原始的文了，所以他才有了上面那段话。但刘勰也并没有否认在八卦之前就有文字。他说："自鸟迹代绳，文字始炳。炎皞遗事，纪在《三坟》，而年世渺邈，声采靡追。"在刘勰看来这些文字性的东西已没处查找了。

再说"神理"。"神理"一词，在《文心雕龙》中出现七次，虽然有使用角度上的差别，但是，基本涵义是一样的。刘勰的"神理"也与《周易》有关。《周易·系辞上》有"阴阳不测之谓神"句。在《十三经注疏》中，韩康伯注说："神也者，变化之极，妙万物而为言，不可以形诘者也。""造之非我，理自玄应，化之无主，数自冥运，故不知所以然而况之神"，"至以善为应，则以道为称；不思而玄览，则以神为名"，高亨先生在注此语时说："阴阳之变化，有其必然性

---

① 方铭：《关于〈文心雕龙〉的几个问题》，载《中华文化论丛》第二辑，北京：商务印书馆，1999年。

② 吴林伯：《〈文心雕龙〉义疏》，武汉：武汉大学出版社，2002年，第16页。

而可测者，有其偶然性而不可测者，其道理亦有可知者，亦有不可知者，其不可测者则谓之神。"①《夸饰》篇"神道难摹，精言不能追其极"正是这个意思，也就是把那些不好形容，不好言状的东西而名之曰"神"，并非神仙之神，扩而言之，就是不好言状、不好形容的道理就叫"神理"，并非在人们的主观之外有一个人格化了的神。《玉篇》："道，理也。"《夸饰》篇说的"神道"就是"神理"。蔡钟翔说："'神理'（或'神道'）实际上就是'自然之道'的同义语。"②

关于《原道》篇的"道"，学界解释分歧颇大。陆侃如先生认为："所谓'道'就是'自然之道'，所谓'道之文'就是'自然之道之文'"，"自然是客观事物，道是原则或规律，文学应该符合于自然之道，也就是符合于客观事物的原则或规律"③。刘勰《原道》的"道"，就是《易》道。金景芳和吕绍纲《周易全解》释"一阴一阳之谓道"时也说："'道'是规律。"④规律是看不见、摸不着的，其道理给人以神秘感，所以就被形容为"神理"。

当理清了刘勰的"自然之道"和"神理"以及"太极"是说的什么意思以后，就可以明确地说，刘勰的宇宙本体论是唯物主义的，然后再看他的这一世界观在他的著作中的具体运用，也就不会得出他的世界观是唯心主义的，而文学观则是唯物主义的了。

关于刘勰的文学起源论是唯心主义说，创作论是唯物主义说，笔者认为，牟世金先生在《文心雕龙译注·引论》部分的回应是比较有力量的。

牟世金先生说："有的同志对'神理'二字很有兴趣，比之黑

---

① 高亨：《周易大传今注》，济南：齐鲁书社，1988年，第516页。
② 蔡钟翔：《论刘勰的自然之道》，中国《文心雕龙》学会选编：《文心雕龙研究论文集》，北京：人民文学出版社，1990年，第368页。
③ 陆侃如：《〈文心雕龙〉论道》，《文史哲》1961年第3期。
④ 金景芳、吕绍纲：《周易全解》，第526页。

格尔的'绝对观念'，这岂不是欲抑实扬，把刘勰估计得太高了？五、六世纪的刘勰，怎可能有十八、十九世纪伟大哲学家黑格尔的'绝对观念'？刘勰的这个'神理'，也就是他的所谓'道'。"①

哲学史家庞朴先生说："恩格斯说，全部哲学，特别是近代哲学的重大的基本问题，是思维和存在的关系问题。……我想对于哲学基本问题，在中国哲学史上有没有一个认识过程，或者发展阶段？看来是有的。一切认识都是发展的，对于基本问题的认识也不例外。……我们研究哲学史……首先看某个哲学家提出了什么问题，其次是这个问题实质是什么，这是两个密切联系但又不同的问题。你没有提出思维和存在的问题，这是一，但你讲的实质上是或包含有或能导致出这个问题，这是二，必须划得十分清楚。考察中国哲学史，大概到了宋明理学阶段，才十分明确地提出了思维和存在的关系问题。而在此之前，尚在认识的发展过程中。"②

庞朴先生的话，使我们意识到，刘勰在他的著作《文心雕龙》中虽然没有明确地提出思维和存在的关系问题，但是"实质上是或包含有或能导致出这个问题"（思维和存在的关系问题）的，这已经是一个了不起的认识。这较之宋明理学早了六百多年，较之恩格斯说的"全部哲学，特别是近代哲学"，又早了千余年。

（二）关于"二元论"的问题

这是一个与哲学基本问题相连的问题。中山大学《刘勰〈文心雕龙〉的二元论》作者认为刘勰的哲学思想"很多问题是从心物交感的二元论观点立论的"。"这一问题，在《文心雕龙》中是作为'情'

---

① 陆侃如、牟世金：《文心雕龙译注》，第 24 页。
② 庞朴：《哲学基本问题与中国哲学史研究》，《中国哲学史研究》1982 年第 1 期。又见《当代学者自选文库：庞朴卷》，合肥：安徽教育出版社，1999 年 9 月，第 797—799 页。

与'物'的关系提出的。他一方面肯定日月、山川、鸟兽、草木等自然物质是独立的、外在于人们意识存在的东西。他说'人禀七情''性各异禀'，又说'五性发而为辞章'。他所说的'情'，按照他所依据的《礼记·礼运》的解释，即是'喜、怒、哀、惧、爱、恶、欲七情，弗学而能'的情。'情'与'性'有着密切的关系，有时又合二为一提作'性情'……但是，他不是把性情作为生理现象提出来，而是作为社会道德范畴，特别是作为文章表述的内容提出来。"这些指责，我认为作者带有严重的偏见。因为，人的七情六欲，是人的本能，这种本能只有受到外界事物的刺激时才会表现出来。刘勰说的"情以物迁""歌谣文理，与世推移"就是其例。"五性发而为辞章"成了"中大二元文"的靶子，这里忽略了"五性"为什么"发"，显然是受了外界的刺激。难道这不是客观决定主观，认识来源于客体吗？

　　本来"中大二元文"的产生有其极左思潮的背景，故尚不足论，但无独有偶，2010年中国社科院哲学所潘家森先生自印本《论文心雕龙》一书的《哲学》篇基本上与之一个调子，所不同的是潘家森又加上了"天命观"和"命定论"。例如潘先生举例说："武帝惟新，承平受命"（《时序》篇），"命喻自天，故授官锡胤"（《诏策》篇）。潘家森的这些指责，《文心雕龙》中也是确实存在的，这本来是在先秦典籍中早就有的，又加后世的董仲舒改造，成为"天人感应"说，统治者借以巩固政权的舆论武器，这些刘勰在撰写《正纬》《诏策》《封禅》时，也时有因袭，也许这就是儒家"天人合一"内容的一部分，刘勰改造儒家的"天人合一"不彻底，是它的局限性，但是也应该考虑是文章性质的需要。

　　在往昔的研究中，有部分学者，名义上是在谈《文心雕龙》，但往往又联系到刘勰两篇关于佛教的文章。郭晋稀先生认为刘勰是一个客观唯心主义者，就是把刘勰作为一个佛教徒来看待引出的结论。郭先生说："他从二十岁左右起，依沙门居处十余年，博观经藏，这与他所以成为客观唯心主义是有关系的。"刘彦和的这顶帽子，就不是从《文心雕龙》中得出的结论。

我认为，刘勰的思想在从政前与从政后是有很大差别的，特别是天监三年，梁武帝舍道事佛，对诸位大臣的影响巨大。《文心雕龙》是刘勰从政前的著作，是最能反映刘勰前期真实思想的著作；刘勰从政后的著作和行迹，已经被政治污染了，其思想和行动受到政治的裹挟，往往心不由己。这是我考察古今历史得出的一种看法，虽不敢自诩为正确，但我一直相信着。鉴于此，我认为研究刘勰思想，《文心雕龙》是反映刘勰从政前最好的资料（另有《刘子》一书，学界尚有分歧，暂且不论）。有学者名义上是研究《文心雕龙》所反映的作者的思想，而实际上大都涉及到刘勰一生及其著作，这就没有把刘勰分段研究，有违史实。事实上，刘勰前后期思想差别是很大的。这方面，台湾的潘重规先生有《刘勰文艺思想以佛学为根柢辨》，王元化先生有《〈灭惑论〉与刘勰的前后期思想变化》等文章，很有参考价值。

（三）关于循环论、外因论的问题

用王利器先生的话说：刘勰的一生是一个悲剧[①]，走了一圈又回到了原点，脱下官服，披上袈裟，后人不知其所终。死后相当长的时间，人们对他的重视不够。用梁绳祎的话来说：

> 不幸的刘氏真被冷落了千年。人类的通性喜欢娱乐，不爱听教训，小说家和诗人的成名，比批评家容易十倍。赏鉴小说诗歌是人类的本能，了解批评家的价值非有高尚的智慧不可，批评家

---

① 王利器：《文心雕龙校证·序录》，1980年，第9页。

的不易为人知，似乎是理所当然的。①

从梁绳祎先生的话，我们可以了解到：真正理解刘勰及其《文心雕龙》可真是不容易。更何况戴上涂有政治色彩的眼镜。仅刘勰的《文心雕龙》，在历史上被评为反动的批评专著者②，国内外都有，作为该书的作者刘勰也就被看成是一个反动的文艺批评家③。而梁绳祎则从《文心雕龙》看出"刘勰是一位革命家"。

逯钦立先生说：《文心雕龙》的通变，就是循环论。按理说，通过《通变》篇认为刘勰"是一个循环论者"，并非始于逯钦立。1950年，王利器为《文心雕龙新书》写的《序录》就提出这一看法，20多年后，王利器先生的《文心雕龙校证·序录》仍然坚持此说。对于该如何理解《文心雕龙》的"通变"思想，现代学者已经做出了接近刘勰原意的解读。前面述及到郭晋稀先生的观点就是其一，还有不少的论文言及此事，大都与郭晋稀先生同，是继承与创新的关系。例如穆克宏的《变则其久，通则不乏——刘勰论文学的继承和创新》一文④，孙蓉蓉《"通变"论与"新变"说》⑤等文，就作了详细的解读，并指出"通变"思想源于《周易》等，在此不作赘述。

逯钦立先生把"《物色》篇所谓'情以物迁，辞以情发'"说

---

① 梁绳祎：《文学批评家刘彦和评传》，《小说月报》第七卷号外《中国文学研究》1927年第6期。

② 丁捷：《一部为反动阶级专制服务的"文理"——评刘勰的〈文心雕龙〉》，《郑州大学学报》1975年第2期。洋浩：《一套维护大地主阶级文艺专政的理论——〈文心雕龙〉辨批之一》，《理论战线》1975年第1期。

③ 顾农：《尊儒反法的文艺思想家——刘勰》，《文史哲》1975年第2期。

④ 载《福建师大学报》1987年第3期。收入作者《文心雕龙研究》，福州：福建教育出版社，1991年。

⑤ 载中国《文心雕龙》学会编：《〈文心雕龙〉与21世纪文论研究国际学术研讨会论文集》，北京：学苑出版社，2009年。

成是外因论，令人更加费解。我们认为外界的物景作用于人的大脑，经过人的大脑思维这种特有的功能产生情，情发而为辞章，正是外因通过内因而发生作用的结果，怎么会成为外因论呢？难道只有人的头脑里固有的东西才是内因吗？

（四）关于"复古"问题

关于"复古"问题，梁绳祎则认为是"托古改制"。我们认为应该从《文心雕龙》的性质去把握，一般认为其性质是一部文论专著，而我们认为实际上是一部论古今文体的文章学专著。刘勰鉴于当时文体解散，文风淫靡，为了解决这两种弊端，提出应该宗经，不仅刘勰认为各种文体来源于五经，颜之推《颜氏家训》也是如此认识，事实也是如此。刘勰是从文原到文体，再到文术作为一个整体论述的。提出文体和文风"复古"也好，归原也罢，没有大错。但是逯钦立先生说刘勰"从形而上学出发，把圣人经典看作文学的源泉，《宗经》篇就显示了这种文学见解"。这就曲解了刘勰的本意，由于这种曲解，逯先生认为《文心雕龙》主张文学源于精神，由此判定其违背了物质第一性，意识第二性原则。这无疑又是一种曲解。因为刘勰并没有要求文学的内容也与五经一致，而是文体源于"五经"，逯钦立却是说刘勰主张"文学源于精神（五经）"，能说不是曲解吗？

就拿骈体文这种文体，他虽然是文笔杂糅的一种产物，如果要找根源，也只得到"五经"那里去。例如在古代散文中，早有讲求偶句对称，如《尚书》的"满招损，谦受益"，《论语》中的"言忠信，行笃敬"之类，甚至还有许许多多长短不齐的偶句，在经子书籍中屡见不鲜。骆鸿凯就说："骈体之源，肇于《书》《易》，彦和论之详矣。就入《选》之文而论，子夏《诗序》一篇，上规《易系》，语比声和，阮伯元氏以为即骈文之初祖。"[1] 这一点张仁青《中

---

[1] 骆鸿凯：《文选学》，台北：华正书局，1976年，第310页。

国骈文发展史》言之甚详。①

三、余论

纵观六十多年以来，在马克思主义哲学视域下，对《文心雕龙》的研究，有成就，也有教训。最大的成就在于大部分学人，找到了唯物辩证法，论说比较辩证，对问题看得较为透彻。但是，教训也是深刻的，这个教训，就是一部分学人违背了实事求是的原则。我曾想，马列主义指导中国革命取得了成功。在马克思主义哲学有机组成部分的阶级斗争哲学的指导下，毛泽东撰写了《中国社会各阶级的分析》一文，是何等的透彻，它在中国民主革命取得胜利的过程中所起的指导作用是不可低估的。但是，阶级斗争哲学在社会主义建设过程中，它造成的教训也是深刻的。马列主义是科学，是真理，可是真理是有条件的。记得列宁曾经说过："只要再多走一小步，仿佛是向同一方向迈出的一小步，真理便会变成错误。"②六十多年来，我们对于刘勰《文心雕龙》的研究，无不带有时代的烙印。搞学术研究，如果我们的视觉被政治污染了，就容易违背实事求是的原则，没有把刘勰及其《文心雕龙》，放到他那个时代去设身处地地想一想，得出的结论就容易走偏，何况还有一个与刘勰学识结构是否有差距的问题。

陈寅恪先生说：

> 古人著书立说，皆有所为而发。故其所处之环境，所受之背景，非完全明了，则其学说不宜评论，而古代哲学家去今数千年，其时代之真相，极难推知。……必神游冥想，与立说之古人，处

---

① 张仁青：《中国骈文发展史》，杭州：浙江大学出版社，2009年，第34页。

② 列宁：《共产主义运动中的"左派"幼稚病》，《列宁选集》第4卷，北京：人民出版社，1975年，第257页。

于同一境界，而对于其持论所以不得不如是之苦心孤诣，表一种之同情，始能批评其学说之是非得失，而无隔阂肤廓之论。否则数千年前之陈言旧说，与今日之情势迥殊，何一不可以可笑可怪目之乎？但此种同情之态度，最易流于穿凿傅会之恶习。①

陈寅恪先生的话，说明研究历史人物及其思想，必须了解那个时代的历史，了解那个时代的学术史、思想史，否则就"最易流于穿凿傅会之恶习"。

对于唯物唯心的分析法，港台同行颇有微词②，大陆上的同行，往年的应用者，近些年也有一些反思，例如张长青先生说："回顾新中国成立后，我们以马列主义为指导思想，但在学术研究中有一部分人实际上接受的是原苏联哲学界对恩格斯哲学基本问题的教条主义的理解，把全部哲学简单归结为'唯心主义与唯物主义的斗争史'，陷入到西方唯物与唯心的二元哲学之中，在文、史、哲各个领域中，不管三七二十一，采取划成分的方法，武断地给你戴上唯物唯心的帽子。我们在《文心雕龙》诠释中，得出'刘勰整个宇宙观虽然是唯心主义的，文学观却是唯物主义的'这样荒谬的结论，就是这种研究观念和方法的典型例子。这样的研究观念和方法，不但不符合刘勰思想实际，也难以发觉《文心雕龙》的理论价值和民族特色。"③应该说，张先生的反思是可贵的，也是令人尊敬的。

（本文原刊《中国文论》第三辑，上海古籍出版社，2016年）

---

① 陈寅恪：《冯友兰中国哲学史上册审查报告》，《金明馆丛稿二编》，北京：生活·读书·新知三联书店，2001年，第279页。

② 王更生：《重修增订文心雕龙导读》，台北：华正书局，2004年，第121—123页。

③ 张长青：《文心雕龙新释》，长沙：湖南大学出版社，2009年，第10页。

《易》学视域下的《文心雕龙》研究述论

　　用《易》学视角研究《文心雕龙》的文章，就我所见现代有五十余篇，其中黄高宪一人八篇，朱清五篇，更有台湾学者游志诚先生的《〈文心雕龙〉与〈刘子〉系统研究》和《〈文心雕龙〉与〈刘子〉跨界论述》两部专著中的专章或专节论述。这些专著或者专论，几乎异口同声地认为：《文心雕龙》的哲学思想、文学思想和方法论来自《周易》[①]。在"文心雕龙学"百年之际，有必要对此做一梳理。

一、文论界的研究

（一）《文心雕龙》中的《易》学思想属于哪一家的问题

　　《文心雕龙》中含有丰富的《易》学思想，这是谁也否定不了的，但是刘勰是采用了哪一家的易学思想呢？学界意见不一。

　　日本学者门胁广文先生1978年发表的《〈文心雕龙〉研究序说——关于刘勰世界观及其向着文章论的展开》一文，认为《周易》是《文心雕龙》的理论渊源，并且指出主要是王弼、韩康伯的《易》学理论。[②]

　　朱清先生则认为，《文心雕龙》中的《易》学思想，主要是汉代《易》学。他在2005年发表的《〈文心雕龙〉与汉代易学》一文中说："南朝刘勰的不朽之作《文心雕龙》是深受汉代象数《易》学影响的。

---

　　① 在《文心雕龙》文本注释中，凡是与《周易》有关的词句，从黄叔琳起，历经范文澜、杨明照及各家注释本大都已经注出，在此不讨论注释，只论及理论阐释问题。

　　② 门胁广文的这篇文章最初发表在《东洋学集刊》第40号（1978年），后收入作者专著《文心雕龙の研究》，成为该书第一章。详见门胁广文：《文心雕龙の研究》，创文社，2005年，第15—54页。

刘勰对汉《易》象数之学中一些重要解《易》体例的吸取主要是通过承袭马融、郑玄两家《易》注中本于京氏《易》的解《易》体例而实现的；但又以古文经学的治学理念为标尺，对今文经学的象数《易》学加以取舍，从而扬弃了象数《易》学中繁琐的解《易》套路，也抛弃了今文经学中论阴阳灾异的神秘主义内容。《文心雕龙》的理论体系是：就《易》学史而言，《文心雕龙》的《易》学基础是汉代象数之学，而不依取魏晋王弼派《易》学；就经学史而言，属古文经学系统。总之，《文心雕龙》归属于儒家经学体系。"①

朱清在该文中，还讨论了《文心雕龙》因《易传》"错综其数"而"提出'变文之数'来申论文章变化之道"，指出刘勰论"通变""神思""附会""明诗""体性"等，无不有"数"的方面的考量。认为《文心雕龙》中的"八体"说本之于京房的"八宫卦说"；《征圣》篇中的"四象"是依取京房的"互体"说。

2006年朱清又发表了《〈文心雕龙〉研究中与《易》学相关的几个问题》一文，文章说："依据《文心雕龙》归属于儒学汉《易》系统而非玄学化王弼《易》学的理论体系，《文心雕龙》研究中诸多有争议的问题都可获得较为明确而贯通的解答；《文心雕龙》撰著于郑学重立学官的齐代；因陶渊明与颜延之同属于玄学一脉且其文不合'折之中和'的儒家准则而未获作家品题；刘勰的'五材'说是建构在汉《易》五行说基础之上的。"②

夏志厚先生也认为《文心雕龙》中的《易》学思想主要是汉代《易》学。他说："刘勰所生活的时代，《周易》具有位列五经的显赫地位……齐梁时代，去汉未远，汉代《易》学研究看重象数的做法还影响甚

① 朱清：《〈文心雕龙〉与汉代易学》，《南都学坛》2005年第6期。
② 朱清：《〈文心雕龙〉研究中与易学相关的几个问题》，《中国哲学史》2006年第4期。

广……王弼撰写《易注》已经使《易》学研究呈露以义理去取代象数之势，但即便是在王弼自己的撰述中，也多有就象数而阐义理的情况。刘勰受时流左右，当然也概莫能外。……《文心雕龙》篇目的排列中，上下篇里每三篇一组，共成八组的样式，正类同于三爻一卦，共成八卦的形式。上、下篇各含八卦，又暗合重卦之喻，象征《文心雕龙》包含着文章写作方方面面，林林总总的丰富世界。"[1]

周勋初先生在《〈易〉学中的两大流派对刘勰〈文心雕龙〉的不同影响》一文中认为："刘勰兼崇汉《易》与王弼《易》学"，二者对刘勰都有很大的影响。"《文心雕龙》中所显示的《易》学，兼采郑、王二家之说，带有时代的特点。南朝后期，《易》学界出现了两派融合的趋向，刘勰的《易》学就是这种趋势的体现。"[2]

（二）关于《文心雕龙》的思想基础

大陆学者早期指出《周易》与《文心雕龙》之理论关系的杨明照先生是其中之一。杨明照说："文原于'道'的论点……来源于《周易》。……只不过刘勰有所发展罢了。"[3] 港台学者最早关注这一问题的是邓仕梁和王仁钧二位先生。王仁钧在《〈文心雕龙〉用〈易〉考》[4] 一文中认为：彦和《文心》主张宗经，齐梁之际，"若言宗经，唯《易》最盛，蕴育彦和之志者，或为《周易》"。于是，从《文心雕龙》中考察出 228 例化用或者直接引用了《周易》的材料，分布在 46 篇之中，如果把《知音》篇中的"三观通变"也算在内的话，

① 夏志厚：《〈周易〉与〈文心雕龙〉的理论构架》，《文艺理论研究》1990 年第 3 期。

② 周勋初：《〈易〉学中的两大流派对刘勰〈文心雕龙〉的不同影响》，饶芃子主编：《文心雕龙荟萃》，上海：上海书店，第 167—181 页。

③ 杨明照：《学不已斋杂著》，上海：上海古籍出版社，1985 年，第 479 页。

④ 淡江文理学院中文研究室编：《文心雕龙研究论文集》，台北：惊声文物供应公司，1975 年，第 85—144 页。

是 47 篇。因为《通变》篇已经用了"通变"一语，所以算是重复，故而王氏没有单独列出，仅有《乐府》《哀吊》《指瑕》三篇与《周易》无直接关联。可见《文心》与《周易》的关系是何等的密不可分。马白先生认为："刘勰形成朴素的、初步的辩证思维，其思想渊源是多方面的。但不可否认，其中《周易》起着重要的影响和作用。"[1] 吴林伯先生说："在文论里大量继承《易》之'精义'的，毕竟是刘勰……《文心雕龙》不仅是文论的经典，也是哲学的要籍。"[2]

　　1988 年的"《文心雕龙》88 国际研讨会"上，敏泽《〈文心雕龙〉与〈周易〉》的文章，认为"《周易》对于《文心雕龙》的影响，绝不只是篇章安排上的，所谓'彰乎大易（衍）之数，其为文用，四十九篇而已。'（《序志》），更重要的，则是关于宇宙本体及道与文的这一根本关系的认识上的"[3]。"《文心雕龙》论宇宙本体及道与文的思想，完全是以《周易》为宗的。正是根据这样的思想，他逻辑地提出了'原道''征圣'，并进而'宗经'的思想。"[4]《周易》对《文心雕龙》创作论的影响，主要表现在：一、"关于通变的思想"；二、"关于'神思'的思想"；三、"关于刚柔的思想等"[5]。敏泽先生从《文心雕龙》的思想渊源和方法论等诸方面，论证了《周易》与《文心雕龙》的关系。敏泽在文末指出："刘勰的《文心雕龙》虽然曾经多方面地受到传统文化的影响，但作为儒家群经之首的《周易》对于它的影响不仅是重大的，而且是多方面的。研究《文心雕龙》与传统文化思想的关系，就不能弃《周易》于不顾。即使要研究《文

① 马白：《从方法论看〈周易〉对〈文心雕龙〉的影响》，《中国文艺思想史论丛》第一辑，北京：北京大学出版社，1984 年。
② 吴林伯：《〈周易〉与〈文心雕龙〉》，《武汉大学学报》1984 年第 6 期。
③ 饶芃子主编：《文心雕龙研究荟萃》，上海：上海书店，1992 年，第 160 页。
④ 饶芃子主编：《文心雕龙研究荟萃》，第 163 页。
⑤ 饶芃子主编：《文心雕龙研究荟萃》，第 164—165 页。

心雕龙》所说的'道'的内涵，给它以比较确切的解释，离开对于《周易》的分析和探讨，也是不大可能的。"①

李平先生也说："从古代文论的角度看，受《周易》影响最深，'援《易》以为说'最多的莫过于刘勰的《文心雕龙》，全书不仅在内容上多次引用《周易》的话来说明文学问题，在形式上也是直接依'大衍之数'来安排全书结构……翻开《文心》就不难发现，刘勰基本的文学思想、写作方法和艺术理论都与《周易》有较深的关系。"②戚良德先生的论文《〈周易〉：〈文心雕龙〉的思想之本》，旗帜鲜明地说："不仅《周易》的形式架构和思维模式深刻地影响到《文心雕龙》，而且《易传》的一系列范畴和命题，诸如'道'和'器'，'文'和'章'，'象''辞'和'意'等，对《文心雕龙》产生了全方位的影响，因此，《易传》哲学乃是《文心雕龙》的思想之魂。在一定程度上，没有《周易》，就没有《文心雕龙》"③。李佩玲的文章说："《周易》历来被奉为儒家群经之首，其对《文心雕龙》的影响，深刻而广泛，贯穿始终，起于《原道》，终于《序志》。"④李佩玲着重从《原道》篇论述《周易》对《文心雕龙》的影响。

张宏轩先生的文章说："南朝莒人刘勰所著《文心雕龙》的思想源头是《周易》哲学：从'三才之道'到文学本体论，从'变易不易'到文学通变论，从'易尚中和'到艺术和谐论；从'观物取象、立象尽意、尚象制器'到创作认识论，形成易学与文学合流的'龙学'活水，说明刘勰不仅是一位杰出的文学理论家，而且是一位善于推

---

① 饶芃子主编：《文心雕龙研究荟萃》，第 166 页。

② 李平：《〈周易〉与〈文心雕龙〉》，《周易研究》1991 年第 3 期。

③ 戚良德：《〈周易〉：〈文心雕龙〉的思想之本》，《周易研究》2004 年第 4 期。

④ 李佩玲：《〈周易〉与〈文心雕龙〉——从〈原道〉篇看〈周易〉对〈文心雕龙〉的影响》，《成都教育学院学报》2005 年第 7 期。

理、辨析的哲学家和易学家。"①

台湾学者游志诚先生在《刘勰与〈易经〉再论》一文中认为："《文心》全书的论证模式，采取两元辩证，即《周易》一书太极生两仪，阴阳辩证，乾坤并建的认识法则。"② 并认为"《文心》思想非涉佛学而由《易》出"，"《文心》论文准则与《易》理相通"，并举例证之。最后说："《文心》全书以'折中论'为基本法则，此法则当溯源自《易经》的两仪辩证法。"③ 游志诚先生在其巨著《〈文心雕龙〉与〈刘子〉跨界论述》一书的第二章《〈易经〉作为刘勰思想的本源》中说："刘勰一部分直接承受《周易》经文的启示，另一部分则大量参酌《易传》义理，建构自家文道体系。……刘勰《文心》一书的《原道》广泛引述《周易》经文与传文，会合统观，援引转化为刘勰自成一家之学，就是明显证据，刘勰用一个'道'字概括之。"④

李逸津先生说："刘勰文论取得超越其前人及同辈成就的一个重要原因，是他把自己的文学理论建立在一定的哲学基础之上，这基础就是《周易》。刘勰依《周易》哲理构建《文心雕龙》理论体系，表现在：依《周易》之宇宙构成论建立其'文原于道'的文学本体论；依《周易》之象数系统建立起析理论证的思维模式；以《周易》话语构建起《文心雕龙》文学理论的话语系统三个方面。这一方面说明了《文心雕龙》具有明确理论轴心和严密论述逻辑的原因，

---

① 张宏轩：《易学开源"龙学"发流——〈文心雕龙〉的哲学思想》，《临沂师范学院学报》2005 年第 4 期。
② 游志诚：《〈文心雕龙〉与〈刘子〉系统研究》，台北：文史哲出版社，2010 年，第 25 页。
③ 游志诚：《〈文心雕龙〉与〈刘子〉系统研究》，第 36—44 页。
④ 游志诚：《〈文心雕龙〉与〈刘子〉跨界论述》，台北：华正书局，2013 年，第 67 页。

同时也是《周易》哲学光照千秋，给予后世中国文化以深远影响的有力证明。"①

黄寿祺、张善文的《试论〈周易〉对〈文心雕龙〉的影响》一文，从"《文心雕龙》引据《周易》卦象，以说明文学问题"《文心雕龙》援用《周易》文辞，以丰富文学意蕴"《文心雕龙》探研《周易》创作，以推阐文学源流"《文心雕龙》融化《周易》语词，以自铸美意伟词"等四个方面探讨了"《周易》对《文心雕龙》的内在影响"②。

（三）《文心雕龙》结构与《周易》"大衍之数"

《文心雕龙》五十篇安排次序，是取自"大衍之数"，刘勰自己已经交代，学界没有分歧。但是这个"大衍之数"与《文心雕龙》全书的结构是如何安排的，学界笼统谈及者不少，而具体论及者不多。2008 年朱清先生在《中国哲学史》第 4 期发表了《〈文心雕龙〉易学撰著体例探析》一文，具体解读了刘勰的用意，论述了自己的研究成果。朱清认为"《原道》篇相当于'大衍之数五十'未分时的太极，《征圣》与《宗经》相当于'分而为二以象两'的'两仪'，《正纬》既不属总论及其所论的纬书也不归入文体，相当于'挂一以象三'，而《楚辞》是文体，《辨骚》属于归于'变'，为文体之首，这样由经典而导出了各种文体及其创作原则与方法"。并举证说："马融以太极为北辰，'北辰居位不动'即其一不用指太极，其用四十九，亦指除去太极。据此，第一篇《原道》相当于马融'居

①　2007 年中国《文心雕龙》学会南京年会论文《〈周易〉哲学与〈文心雕龙〉理论体系的建构》，后载于《温故知新集：天津师范大学文学院建院五十周年纪念文集》，天津：南开大学出版社，2008 年出版。又刊《文心雕龙》学会编：《文心雕龙研究》第 8 辑，保定：河北大学出版社，2009 年。

②　黄寿祺、张善文：《试论〈周易〉对〈文心雕龙〉的影响》，《文心雕龙学刊》第 4 辑，济南：齐鲁书社，1986 年。

位不动'或其一不用的太极（北辰），也就具有虚的特征，并由此引出以下皆为具体论说四十九篇，以此体现京房'以虚来实'的《易》学旨趣。""《序志》篇属于'用'的范畴"，"《原道》篇不属于'用'的范畴"。《文心雕龙》分为上下两篇，是效仿《系辞传》的"两篇之策"，"这'两篇之策'本指《易经》的上下两卷"。《文心雕龙》"全书分为上下两篇，如此，则上篇文体论旨在'取象'，是'纲'，即所谓'释名以章义，选文以定篇'；下篇创作论旨在'问数'，是'目'即所谓'剖情析采，笼圈条贯'。""从上下两篇各章的具体论说中可以看出上篇所列之文体与下篇所阐发的创作原则和方法是存在着内在联系或对应关系的，以体现象中有数，数亦不离象的易学旨趣。从而使全书上下篇贯通，构成一整体，此即《总术》所谓'共相弥纶'。刘勰认为取此'大衍之数'以为体例，则《文心雕龙》或可达到如《系辞传》所说的'引而伸之，触类而长之，天下之能事毕矣'的境界了。"

朱清在该文中认为："《序卦传》是专释六十四卦的，认为六十四卦之间有内在联系，即卦与卦之间都有因果关系，由前一卦导出后一卦，且以每相接的两卦为一对，两两相综或相错。"《文心雕龙》现有通行本的次序是按照《序卦传》的方法排列的，篇与篇之间存在着内在的联系，上篇除《原道》外，每两篇为一对，是两两相偶；下篇除《神思》篇外，亦然。在整体上，刘勰是按照京房"八宫卦"说，"按'两两相偶'原则，又将上下各除去以'虚'为特征的《原道》《神思》首篇后二十四篇以六篇为一组，象征八经卦之重卦，分别构成八组，象征'八宫卦'。"这"很好地贯彻了如《章句》所论说的'原始要终，体必鳞次'的宗旨，特别是最后一组（《时序》至《序志》）又与第一组在阐发'三才之道'这一根本依据上首尾相援，更体现出了'原始要终'的易学旨趣"。

朱清的文章，比较详细地指出了刘勰是怎样利用了"大衍之数"在篇章结构上贯穿全书。例如：上篇的《征圣》与《宗经》，《正纬》与《辨骚》，《明诗》与《乐府》，《诠赋》与《颂赞》，《祝盟》与《铭箴》……《议对》与《书记》；下篇的《体性》与《风骨》，《通变》与《定势》，《情采》与《镕裁》，《声律》与《章句》，《丽辞》与《比兴》……《程器》与《序志》。朱清还比较详细具体论述了它们两两相偶的理由。《文心雕龙》整体分为上下两篇，上篇与下篇相偶，上篇论文体，下篇论文术，论文体中也言及文术，论文术中又言及文体，体现了体（象）中有术（数），术（数）中有体（象）的《易》学方法论。

针对有学者认为现行本的下篇排序有误的问题，游志诚教授认为：这"种种臆测，喋喋不休，未得刘勰如此安排真意，皆坐因不明刘勰精通易学之故。案此节原文，章句写法仍仿《周易·杂卦》体例，在《序卦传》据六十四卦二二相综排列之后，另出别法，再明《周易》神妙不可测之道，改用'错综复杂'之排序，重新组合《周易》六十四卦结构，展现《周易》原始要终、变动不居之本质，所以《序卦传》之后再殿以《杂卦传》。"《杂卦传》不取卦象，但取卦意和卦德。上引刘勰《序志》篇的文字正"暗用《周易·杂卦传》写作法甚深，惟不易明察而已"。①

《易》学视域下的这些研究成果，或从文学思想渊源上，或从哲学本体论上，或从方法论上，发出的掷地有声的论断，都是建立在对《周易》和《文心雕龙》深度研究之后作出的结论。

（四）《文心雕龙》的《易》学思维模式

朱清先生在《中国哲学史》2010年第4期发表的《〈文心雕龙〉与易学思维》一文，具体以"'物以貌求，心以理应'与观象思维""'据

---

① 游志诚：《〈文心雕龙〉五十篇细读》，台北：文津出版社2017年7月，第512—513页。

事以类义，援古以证今'与类推思维""'时运交移，质文代变'
与对待思维"三个标题，论述了刘勰在《文心雕龙》中运用了《易》
学思维。认为"刘勰即是以观象思维为依据来构建其文学理论体系
的'"；"刘勰依据类推思维并引取睽卦《象》文'事类'以为篇名
撰著了《事类》篇"。"《易》学中的对待思维指从阴阳两个相反
要素间相互依存、相互推移及相资相济从而处于和谐状态的角度，
认识事物本质与规律的着重于动态理性层面的思维方式，亦即《系
辞》所提出的'一阴一阳之谓道'。刘勰以对待思维阐释其文学理论。"

朱清认为："刘勰在《文心雕龙》中的观象、类推、对待等《易》
学思维方式的运用，经常是融合在一起来阐发其文学理论的。文体
论与文术论是观象思维、类推思维与象数思维为依据展开论证的；
《文心雕龙》最后六篇特别是《时序》与《物色》两篇之所以在全
书中具有重要意义，正因刘勰是以观象思维、类推思维、对待思维
与整体思维为依据来阐发文学现象、功能、本质及其发展规律，进
而完成其理论体系的构建的；在撰著体例上，以对待思维、类推思
维与象数思维为依据编排全书各篇顺序从而使体例蕴涵有深刻哲
理，这在中国古代学术史上也是独树一帜的。正是由于诸多《易》
学思维的综合运用，使刘勰《文心雕龙》的文学理论体系具有感性
与理性及实践相结合的显著特征，从而避免了流于经验论的浅薄与
局限，也与魏晋南北朝时期空谈哲理而失于实践的唯理论拉开距离。
因此，《文心雕龙》成为此历史时期乃至整个封建时代文艺理论领
域最具深刻哲理之巨著。"

朱清概括说："刘勰以《易》学思维阐释文学现象、本质与发
展规律。《文心雕龙》全书无不贯彻着'观象制器''触类而长''阴
阳合德''原始要终'等诸多易学旨趣，由此体现出的观象、类推、
对待、整体、象数等思维方式构成了《文心雕龙》'体大虑周'的基础，

这正是其文学理论体系的深度所在。"

朱寿兴先生在《〈文心雕龙〉的易学思维》一文中，也指出了用《易》学思维的特点。朱寿兴在文章中指出："刘勰的《文心雕龙》相当突出地体现了《易》学思维的三大特点：作为一种直观理性思维；作为一种生命理性思维；作为一种辩证理性思维。如果说《易》学思维只'直观'—'生命'—'辩证'形成了一种思维阶进路径的话，毋宁说，这三者形成了一种相互关顾，彼此渗透的环形关系。"①

《周易·系辞下》言："变则通，通则久。"刘勰在《文心雕龙》中设《通变》专篇，这一"通变"思想也是源于《周易》。王南的专论说："中国古代文论中的'通变'概念并非简单地等同于'继承和革新'。对其哲理渊源加以辨析可以了解：'通变'观以自然天道观为基础，主张符合自然之道的自然之变，'通'包括自由变化和精通的意义。这样的哲理内涵使中国古代文论的'通变'论具有深刻的发展变革因素"；"刘勰通过对文学发展问题的研究，创立了文论的通变论"；"《易传》的通变论，则构成了刘勰论通变的话语材料"。②

"天人合一"思想，是东方人的思维模式，也是《易经》哲学思想的重要组成部分，这方面的专论也不少。

马白先生1989年发表的相关论文，从"'天人合一'与《文心雕龙》的本体论""'天人合一'与《文心雕龙》的创作论""'天人合一'与《文心雕龙》思维方式"三个方面论证了《文心雕龙》的"天人合一"思想，最后结论说："《文心雕龙》正因为在基本观念与思维方式

---

① 朱寿兴：《〈文心雕龙〉的易学思维》，《广西师范学院学报》2003年第3期。
② 王南：《变化齐———中国文论"通变"观的哲理辨析》，《西南民族学院学报》（社科版）2001年第9期。

上都离不开'天人合一'，因此，具有鲜明的民族特色。"①

李平先生对"天人合一"与《文心雕龙》的关系，也发表了意见，他说："兼具儒道两家思想特色的《周易》则提出'夫大人者，与天地合其德，与日月合其明，与四时合其序'（《乾·文言》）的'天人合一'观念。刘勰'天人合一'的文学观念，集中体现在《文心雕龙》总论'天文'和'人文'相统一和创作论主体与客体相通两个方面。"②

二、哲学界的研究

以上大多是文论家的意见，从哲学专业来说，论述刘勰哲学思想的论著，当首推武汉大学哲学系著名的哲学家、美学家刘纲纪教授及其撰写的《世界哲学家丛书：刘勰》一书。该书认为《文心雕龙》的思想渊源是《易传》。

（一）《文心雕龙》与《周易》的关系

关于《文心雕龙》与《周易》的关系，北京大学哲学系教授朱伯崑先生主编的《易学基础教程》，在谈到《易》学对文学的影响时，特对《文心雕龙》与《周易》的关系作了精辟、透彻、言简意赅的论述，该《教程》说："南朝的刘勰在齐代所写的《文心雕龙》一书，以《周易》的思想为根本，建立了中国历史上最有理论系统性的文学理论。刘勰对《周易》的思想有很深入的理解，《周易》的许多重要观点都被他运用到了文学上。其中最显著的是：用'天文''人文'的思想论述文学美的根源，极大地肯定了文学的美的价值；用'刚健'的思想解释文学上的'风骨'，大力推崇'刚健'之美；用'意象'的概念说明文学的改造，丰富了对文学创造过程的理解；用'通

---

① 马白：《"天人合一"与〈文心雕龙〉》，《汕头大学学报》1989 年第 1 期。

② 李平：《天人合一　心物相通：刘勰"天人合一"的文学观及其文化渊源》，《江海学刊》2000 年第 3 期。

变'的思想说明文学的发展，主张不断变化创新。经过刘勰的阐发，《易传》的思想深深地渗入到了文学之中，成为历代讨论文学问题的重要依据。"①

（二）《文心雕龙》一书的性质及刘勰定位问题

台湾东大图书公司 1989 年 9 月出版了一套《世界哲学家丛书》，丛书主编把刘勰纳入世界哲学家行列之中，邀请大陆哲学史家刘纲纪先生撰稿。刘纲纪先生说："《文心雕龙》历来被看作是一部文学理论或文章学理论的著作，但它也是一部具有强烈的哲学性质的著作，其中包含着刘勰重要的哲学思想。刘勰不但是一个文学理论家，或文章理论家，而且也是一个哲学家。"② 这一定位与"文心学"界的"文学理论家"定位相比，令人耳目一新。刘纲纪先生把《文心雕龙》放在中国传统哲学视域下，认为《文心雕龙》一书，"把文学问题同中国古代思想文化的发生发展密切联系起来，把文学问题的解决提到了宇宙论、本体论的高度，企图从一个广大的思想视野来给文学的本质以一种寻根究底的理论说明，而不是仅就文学谈文学。这样，刘勰对文学的研究就突破了文学的范围，而同子书探究的更广大的问题联系起来了。这些问题，在中国历来就包含了最高的哲学问题。……所以，《文心雕龙》不仅是文学理论著作，同时也是哲学著作。"③

那么，刘勰是一位怎样的哲学家呢？刘纲纪先生说："以'自然之道'，即认为天地万物（自然界）的生成变化是自然而然的思想来解释自然现象和包括文学在内的文化、社会政治伦理道德现象

---

① 朱伯崑主编：《易学基础教程》，北京：九州出版社，2003 年，第 400—401 页。这部分内容，实际上也是刘纲纪教授捉刀。

② 刘纲纪：《世界哲学家丛书：刘勰》，台北：大东图书公司，1989 年，第 89 页。

③ 刘纲纪：《世界哲学家丛书：刘勰》，第 9 页。

的发生、形成和变化，是刘勰哲学思想的根本，贯穿在《文心雕龙》全书之中。因此，刘勰的哲学思想，从世界哲学的范围看，是一种属于自然主义（Zaturalism）的哲学。"①"刘勰的自然主义哲学是中国古代自然主义哲学发展的一个环节，并且是一个有其自身的独创性的重要环节。"②

（三）刘勰哲学思想分析

对于刘勰自然主义哲学的思想渊源，刘纲纪先生认为，刘勰是在广泛地吸收前人思想基础上建立起来的。其特点是以《易传》的自然主义为基础，同时又鲜明地吸取了道家"自然"的观念，"构成自己的自然主义哲学，而不是在根本上接受道家思想。"③刘勰的哲学体系，"有两个相互联系的基本方面，一个是'道'，另一个是'文'。'道'的方面包含了中国古代哲学所讨论的宇宙论、本体论问题。'文'的方面，包含了《易传》所讨论的'天文''人文'问题，当然也包含刘勰做了详细论述的文章、文学问题。但在刘勰的思想中，后一方面的问题是从属于前一方面的。因为刘勰是从《易传》所说'天文''人文'问题出发，导引出在文章、文学意义上理解'文'的。这也是刘勰之所以可以看作是一个哲学家，他对文章、文学的论述之所以具有哲学的高度和深度的重要原因。"④"刘勰所讲的'道'是《易传》所讲的'道'，但又引入了道家的'自然'观念以及汉代王充等人所特别重视的'气'的观念，从而形成了具有刘勰自己的特色的'道'论。"⑤

刘纲纪先生认为：《易传》讲"道"，但全书无一处使用"自然"

① 刘纲纪：《世界哲学家丛书：刘勰》，第 13 页。
② 刘纲纪：《世界哲学家丛书：刘勰》，第 14 页。
③ 刘纲纪：《世界哲学家丛书：刘勰》，第 21 页。
④ 刘纲纪：《世界哲学家丛书：刘勰》，第 23—24 页。
⑤ 刘纲纪：《世界哲学家丛书：刘勰》，第 25 页。

概念。而刘勰"不为《易传》所束缚,引入这(自然)一概念来说明'天文''人文'的产生,这就使《易传》的自然主义哲学思想在新的历史条件下,从理论上得到了更鲜明、更深刻的说明和论证。……用'自然之道'来诠释《易传》的刘勰,一点也没有脱离《易传》那种面向现实社会人生的奋发进取的精神。……刘勰在当时的思想独树一帜,达到了当时所能达到的最高的思想境界。"①

关于"文"的分析,刘纲纪先生认为:《易传》的"文"有三重含义:一、"文"是指天地万物存在和变化的种种形态、形象;二、"文"是指依据天地万物存在、变化的种种形象制作出来,用以察知、制定人事吉凶祸福的卦象;三、"文"是指圣人用以阐明卦象的语言文字,也称之为"辞",这种"辞"就是"人文"。刘勰对于"文"的理解与此同。

刘勰首先关注的是文化问题,因为他把文学看成是整个中国文化的一部分来加以观察和研究的。他的《原道》篇是讲道,但目的是讲"文",并且是从"文"的问题开始的。他开篇便讲:"文之为德也,大矣,与天地并生者何哉!"刘纲纪认为这句话很重要,"开宗明义的第一句话就提出了两个问题,一个是'文'的功用的问题,另一个是'文'的产生的问题。……'文'的产生的问题,刘勰是用'自然之道'加以说明的。……在'文'与'道'的关系问题上,刘勰在描绘天地、日月、山川的'文'(即天文)之后指出:'此盖道之文也。'在讲到作为文学、文章(即人文)时指出《易》曰:'鼓天下之动者存乎辞。'辞之所以能鼓天下者,乃道之文也。(引文见《原道》)这就是说,不论是'天文'或'人文'都是'道之文'。……刘勰的说法已同对文学的本质、功能的认识直接联系

---

① 刘纲纪:《世界哲学家丛书:刘勰》,第31页。

起来了。所以，以'文'为'道之文'是刘勰的独创"①。说"天文"是"道之文"，刘勰在《原道》中做了形象、精彩的描述。刘纲纪说："就'人文'而言，说'文'是'道之文'首先是说'人文'的创造是根源于自然的，是'自然之道'的产物；其次是说'人文'表现了由'自然之道'产生的天地万物所显示出来的和人事政治相关的重大意义。……更进一步来看，刘勰以'文'为'道之文'，包含有以'道'为本体，'文'为现象的意味。而'道'是'自然之道'与政治伦理之'道'的统一（前者是基础），亦即自然与人的统一，因此作为现象的'文'，也就是人与自然的统一的现象形态。由此可以看出，《易传》以及刘勰是以人与自然的统一作为文化的本体的。这是中国古代文化哲学的一个极为重要的根本观点。"②这也就是刘勰的"天人合一"思想。

关于"心"的问题，刘纲纪先生说："在中国哲学史上，'心'的问题有着很重要的意义。这个问题包含着两个相互联系的方面，一个是'心'与'性''理'的关系，另一个是'心'与'物'的关系问题。围绕着这两个问题，中国哲学提出了一系列相当系统的理论。在刘勰的思想中，'心'的问题也占有重要地位。仅从他的最重要的著作以《文心雕龙》为名，即可见出他对'心'的问题的重视。""刘勰对'心'的问题的认识和《易传》有关，但看来更重要的是受到荀子影响。刘勰从'天地之心''道心''文心'几个方面讨论了'心'的问题，其中，'文心'这个概念是由刘勰首先明确提出的，是他的独创，明显丰富了中国哲学对于'心'的问题的认识。"③

---

① 刘纲纪：《世界哲学家丛书：刘勰》，第38—43页。
② 刘纲纪：《世界哲学家丛书：刘勰》，第44—45页。
③ 刘纲纪：《世界哲学家丛书：刘勰》，第45—46页。

关于"言"的问题，刘纲纪先生认为，中国古代也有自己的语言哲学，虽然未有形成系统的理论形态。刘勰提出了"心生而言立，言立而文明"的重要命题，使"言"既与"心"相联，又与"文"相联，而成为从"心"到"文"的中介。在刘勰的思想中，"言"的问题占有重要地位。刘勰从"精言"、"征实"之言、"夸饰"之言三个方面讲了自己对"言"的看法，从而证明了在中国古代思想家，特别是文学理论家中，刘勰是一个难得的、很有"征实"精神的人。这既同他的自然主义哲学思想有关，也同他具有相当高的理论思辨能力有关。①

（四）刘勰的哲学思想体系

刘纲纪先生在分析了刘勰哲学思想在诸多方面的见解之后，总结性地说："第一、刘勰吸取了道家的'自然之道'的思想，用它来解释《易传》的哲学，这是刘勰自然主义哲学的主要特征。第二、……从魏晋到齐梁，可以说只有刘勰对《周易》的哲学做出了符合于《周易》基本精神的解释。……在两汉以来对《周易》的研究中，刘勰占有不可忽视的地位。如再从他把《周易》的哲学系统应用于文艺的研究来看，其成就之大，更可以说是前无古人，后无来者。第三、刘勰哲学的构成，如以图解的方式表达出来，包含着以下几个系统：

1. 道→天文→人文→明道

这是一个概括的系统，未涉及作为'人文'的文章的产生。如就文章的产生看，又可得出以下系统：

2. 道→天文→人（天地之心）→卦象→言辞→文章→明道

在这一系统中，'心'与'言'又各自包含一个从属的系统：

3. 心 　天地之心→作为万物之灵的人之心
　　　←道　心→哲理认识之心
　　　　文　心→文艺创作之心

---

① 刘纲纪：《世界哲学家丛书：刘勰》，第50—54页。

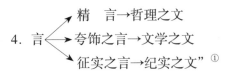

4. 言 精 言→哲理之文
夸饰之言→文学之文
征实之言→纪实之文"①

（五）《文心雕龙》的思维模式问题

关于《文心雕龙》的思维模式问题，刘纲纪先生专列《思维模式》一章，指出刘勰的思维模式突出有三点：一是"折衷法"；二是"正本法"；三是"索源法"。刘纲纪先生说："'折衷''正本''索源'，是刘勰思维的三种基本模式，三者又是互相联系着的。除此之外，刘勰还多次讲到了'析理'的问题。《文心雕龙》全书表明，刘勰是有一套他的'析理'法的。"②

总之，研究《周易》与《文心雕龙》关系的文章，已见五十余篇，本文受篇幅所限，不便一一述及。但是，总括众家观点，可以说：无论是从《文心雕龙》的哲学思想之源，还是文学理论之源，皆与《周易》有着密切的关系。

三、关于《周易》哲学与《文心雕龙》

（一）刘勰的孔子情结和对《周易》的钟爱③

《文心雕龙·序志》篇记录：刘勰"齿在逾立，则尝夜梦执丹漆之礼器，随仲尼而南行。旦而寤，乃怡然而喜，大哉！圣人之难见哉，乃小子之垂梦欤！自生人以来，未有如夫子者也"。这个梦体现了刘勰对孔子的崇拜达到了极高的程度，他是把孔子当伟人来看待的。在这里仅举几篇以作例证：《原道》篇里，曾经四次提到孔子，分别是：一、"庖牺画其始，仲尼翼其终"，这里是说"人文之元"，

---

① 刘纲纪：《世界哲学家丛书：刘勰》，第55—56页。

② 刘纲纪：《世界哲学家丛书：刘勰》，第69—83页。

③《易传》是否为孔子所作，学界曾有不同意见。我们相信司马迁、刘勰、章太炎、李学勤和金景芳学派的见解，为孔子所作。

"《易》象惟先"，从伏羲画出八卦符号开始，到孔子做出解释（即《易传》）；二、"爰自风姓，暨于孔氏，玄圣创典，素王述训"，这几句刘勰讲了《周易》的早期发展史[①]。"孔氏""素王"均指孔子。"玄圣创典"的"典"具体指的是伏羲创立的八卦，文王创立的六十四卦（典，即"经"）；"素王述训"是指后来孔子为《易经》作的《大传》。《序志》篇："尼父陈训，恶乎异端，辞训之奥，宜体于要。于是搦笔和墨，乃始论文。"这里的"尼父"是指孔子，"陈训"和"辞训"皆指孔子为《易经》作的《周易大传》，仅这两篇中就有五次提到孔子；《征圣》篇四次提到孔子，《宗经》篇谈"五经"皆涉及孔子，并言及《十翼》（即《周易大传》）；《正纬》篇四次提到孔子，而且是放到最高的位置。这不仅体现了刘勰对于易学发展的历史了如指掌，而且相信《周易大传》是孔子所为，并由佩服到效法——"于是搦笔和墨，乃始论文"。

孔子的《周易大传》，其中《彖传》《象传》《系辞》都分为上下篇，《老子》也是分为上下篇，刘勰受了孔、老的启发，也把《文心雕龙》分为上下篇，这些也是刘勰的孔子情结和对易学钟爱的证据。

这里我们必须点开，孔子的学说与儒家的学说是既有密切的联系，也有不同的区别，真正研究儒学的人是懂的：儒学驳杂，孔学纯真[②]。刘勰在《文心雕龙》中，虽然多次提到"五经"，主要还是孔学，特别是《易传》。《易传》那种仰观俯察，哲理深邃，言

---

① 《文心雕龙·原道》说："庖牺画其始，仲尼翼其终。"刘勰的这句话是化典于《周易·系辞下》："古者庖牺氏之王天下也……于是始作八卦……"。对于庖牺画八卦的提法，现在学术界有异议，有人认为伏羲时代当是旧石器时期，不可能会画出八卦符号，再说，"庖牺氏"一词不见于《论语》等孔氏文献，当是后世好事者窜入的一段衍文，故不可信。笔者认为，刘勰是采用了历史上的传统说法，在这里我们不讨论庖牺氏画八卦的说法是否成立。

② 金景芳、吕绍纲、吕文郁：《孔子新传》，长春：长春出版社，2006年，第178页。

简意赅，道究天人的哲人智慧，刘勰佩服不已。

从刘勰的"于是搦笔和墨，乃始论文"和朱清的《〈文心雕龙〉易学撰著体例探析》一文，我们可以看到，刘勰明确告诉人们，他的《文心雕龙》是"论文"。既然是"论文"，那么刘勰在《论说》篇说"故论、说、辞、序，则《易》统其首"，因此，他当然要效法《周易》随仲尼而论文："禀经以制式，酌雅以富言，是即山而铸铜，煮海而为盐。"我们看《文心雕龙》，不仅篇章结构效法《周易》，而且语言风格和用词造句也完全效法，或变通，或照录。就是《文心雕龙》上篇"释名以章义"也是效法孔子《易传》，或音训，或义训，刘勰不仅是把孔子作为圣人看待，而且也把孔子作为最早的训诂学家来效仿的。朱清先生说："实际上，刘勰撰《文心雕龙》运用了两套语言，一套是以汉《易》象数之学为主导的《易》学语言，一套是建构在此《易》学基础之上的文学语言。"① 这些无不体现了刘勰对《易》学的喜爱。

（二）《易》学视域下的研究——"振叶以寻根，观澜而索源"

笔者认为，用《易》学视角研究《文心雕龙》，应该说是抓住了根本，避免了"徒锐偏解，莫诣正理"的弊端，避免了《文心雕龙》指导思想是道家、儒家或释家的争论。我在上文引用杨明照先生说的："文原于道"的观点是来源于《周易》，"只不过刘勰有所发展罢了"。这是二十世纪六十年代初的认识，很可贵，可惜杨先生没有展开论述刘勰是怎样发展了《易》道。再说杨先生忽视了新道家也把《周易》看成是自己的经典，只认为《周易》是儒家的经典。

《周易》是中国文化的源头，是儒家的经典，也是道家的经典，是儒道两家的共祖。《周易》的世界观，就是阴阳观，他先于儒、道两家而产生。为什么儒道两家都把《周易》视为自己的经典？这

---

① 朱清：《〈文心雕龙〉与汉代易学》，《南都论坛》2005 年第 6 期。

一中国文化史上的怪事，在中国学术史上，鲜有人去追究。从学术史的角度看是春秋时期，孔子发挥了《易经》的阳性文化，形成了儒家《易》学；老子发挥了《易经》的阴性文化，形成了道家《易》学。到战国时期，孔、老的继承者各执一端，互相争鸣。道家强调的"天人合一"，是以人合天；儒家强调的"天人合一"是以天合人。特别是经过董仲舒"独尊儒术"的改造，把"天人合一"发展成了神学，把统治者的意志强加于天，把最高统治者说成是替天行道，皇帝成了"天之骄子"。历经两汉之后，董仲舒的一套理论发生了信仰危机，产生了名教与自然的争鸣，后经玄学家纳名教入自然，体现在王弼注释的《周易》中，化解了儒道两家的争吵，这也就是我说的《文心雕龙》体现出来的指导思想是儒道同尊。鉴于这种理解，我在 2007 年南京"龙学"研讨会提供的论文《南朝学术思潮与刘勰思想的时代特征》一文第三节就是《刘勰儒、道同尊的理论渊源》，在比较分析之后，指出这个渊源就是《周易》。我在该文中说："《易》学是东莞刘氏的家学之一，刘勰更是《易》学大家，这一点我曾在拙作《刘勰家族门第考论》①一文中挑明，他虽然没有这方面的专著传世，但是现有著作已经昭然显明。因而刘勰对《易经》的理解和对儒、道两家思想的认识，必然是本质性的，所以他在自己著作中儒、道同尊是有其哲学思想作基础的。"②有人撰文题目就是《易学开源"龙学"发流——〈文心雕龙〉的哲学思想》③，正与我契合。南朝的齐梁时期郑玄的《易注》和王弼的《易注》同列入官方设立

① 拙文载《2007 文心雕龙国际学术研讨会论文集》，台北：文史哲出版社，2008年，又见《文学前沿》2009 年第 1 期。

② 中国《文心雕龙》学会编：《文心雕龙研究》第 8 辑，北京：学苑出版社，2009 年，第 157 页。

③ 张开轩：《易学开源"龙学"发流——〈文心雕龙〉的哲学思想》，《临沂师范学院学报》2005 年第 4 期。

的学馆。刘勰没有门户之见，我总觉得他是采集百家花粉，酿他自己的蜜，其酿蜜的方法就是"擘肌分理，唯务折中"。郑玄是东汉末年的一位大儒，早已反感汉代经学的繁琐。《后汉书·郑玄传论》说："汉兴，诸儒颇修艺文；及东京，学者亦各名家。而守文之徒，滞固所禀，异端纷纭，互相诡激，遂令经有数家，家有数说，章句多者或乃百余万言，学徒劳而少功，后生疑而莫正。郑玄括囊大典，网罗众家，删裁繁诬，刊改漏失，自是学者略知所归。"① 这是《后汉书》的作者范晔对郑玄的评价，此时已经是刘宋时期。《文心雕龙·论说》篇中，刘勰说："郑君之释《礼》，王弼之解《易》，要约明畅，可为式矣。"刘勰对郑玄评价颇高，证明了范晔的评价是公允的。这说明郑玄虽然是属于汉儒，已经有别于汉儒，郑玄的《易》学正是汉代《易》学向王弼《易》学过渡的桥梁，即郑玄是处在汉代儒学向魏晋玄学的过渡者，他已经对繁琐的汉代经学进行了改造，达到了"要约明畅，可为式矣"的程度，是汉儒而又有别于汉儒。所以刘勰在《文心雕龙》中表现出来的《易》学思想，既有汉《易》象数影子，也有王弼《易》学的思想。如果从源头上说，刘勰是远取汉代《易》学，近纳王弼玄学，其思想既不是儒家，也不是道家，更不是佛家，也不是杂家②，《文心雕龙》反映出来的思想，就是具有时代特征的刘勰自己的思想，其思想基础就是《周易》哲学。

　　说到郑玄之学，往昔学术界论及郑玄的学术渊源时，只提及马融，未对马融的学术渊源进行追问。其实从《后汉书·郑玄传》看，他辗转多地求学，学无常师。早年在"太学受业，师事京兆第五元先，

---

① 范晔：《后汉书》，长沙：岳麓书社，1994年4月，第520页。
② 2007年我在南京"龙学"会议的论文，说刘勰是杂家，2008年我在北京国际"龙学"会议上的文章里的"杂家"后面的括号里，声明"杂家"之谓不妥，哪一家也不能准确反映《文心雕龙》的思想，只能定为"刘勰自己的思想"。

始通《京氏易》《公羊春秋》《三通历》《九章算术》。又从东郡张恭祖受《周官》《礼记》《左氏春秋》《韩诗》《古文尚书》。以山东无足问者，乃西入关，因涿郡卢植，事扶风马融"[1]。郑玄在马融门下三年未见马融之面，临走前，马融听说郑玄也精于算学，这才面见郑玄，经质疑问答，乃觉郑玄不凡，允其"毕业"[2]。郑玄在马融门下读的《易》学教材，有人考证说，马融采摘了《费氏易》，又杂采子夏之说以及孟氏、梁丘氏、京房氏诸家《易》学而成的，这也证明马融《自叙》说的"学无常师"，没有门户，所以刘勰给予极高评价："马融鸿儒，思洽识高，吐纳经范，华实相扶。"（《文心雕龙·才略》篇）其高足郑玄注《周易》，内中含有京房《易》学是可想而知的，这也正是上文中学者们看到《文心雕龙》中既有郑玄《易》学，也有京房《易》学，更有王弼《易》学的原因。这说明：古今大学问者，无一不是一位采摘百花之粉酿造自家之蜜的集大成者，刘勰正是此类大家。

《文心雕龙》"体大虑周"，体现了作者博览群书，显示了刘勰通人的学识结构。正如邓仕樑所说，"彦和所谓道，与易道不异"，"是知易道体于自然，不可为典要，惟变所适而已"，"至于有人以为文心之道，或本于儒、道二家，或原于释氏内典者，亦所谓各执一隅之解，昧于惟变所适之义，东向而望，不见西墙，宜当见讥于彦和也"[3]。

（三）关于刘勰是"哲学家"或者"思想家"的定位问题

《文心雕龙》的作者刘勰，算不算是一位哲学家，这在文论界

---

① 范晔：《后汉书》列传二十五《郑玄传》，第 517 页。

② 马融感觉郑玄不凡，大有超过自己的恐惧之感，于是文学界编出了马融嫉妒郑玄的故事：说郑玄在离开马融之后，马融便派人追杀郑玄，由于郑玄预料马融会追杀自己，便在一座大桥下躲过了马融的追杀。事见《世说新语·文学》篇。

③ 邓仕樑：《〈易〉与〈文心雕龙〉》，香港《崇基学报》1969 年第 9 卷。

大都是不承认的。周勋初先生说:"刘勰依傍《易》学中的宇宙生成论,构成《文心雕龙》中的文学起源论;依傍《易》学中的宇宙构成论,说明《文心雕龙》的总体结构问题。……但可不能以此说明他有什么完整的经学或者哲学体系。……刘勰不是什么经学家,也不是什么哲学家。"①

在拙著《刘勰传》中设有《该怎样为刘勰定位》一节,在该节中我说:"就《文心雕龙》而论,在今人中,视刘勰为'文刘'和'哲刘'的,除胡道静先生外,还有吴林伯先生。吴先生说:'我们敢于断言,《文心雕龙》是文论的经典,也是哲学的要籍,这决非持之无故的偏见。'②在吴先生看来,刘勰不仅是文论家,也是哲学家。我总觉得《文心雕龙》与马克思的《资本论》有异曲同工之妙。《资本论》之所以超越了古典经济学而成为空前绝后之作,就在于马克思站在哲人的高度,用辩证唯物主义的方法去透视资本运行的现象,揭示了剩余价值的奥秘。《文心雕龙》之所以独步古今,就在于刘勰站在了哲人的高度,用《易经》的思辨方法,去透视以往文学或文章学演变的现象,揭示了文道自然的规律。刘勰开篇就是《原道》,开言便是:'文之为德也,大矣,与天地并生者,何哉?'这哪里是普通文论家提出和回答的问题。他是'本乎道,师乎圣'论文的,显然是把'文'提到'道'的高度来认识的。因而,要说《资本论》是经济哲学的话,《文心雕龙》就是关于文学或文章学的哲学,写出这部哲学要籍的作者当然就是哲学家了。"③

刘纲纪先生的《刘勰》一书,因为在台湾出版,传到大陆来的

---

① 周勋初:《〈易〉学中的两大流派对刘勰〈文心雕龙〉的不同影响》,载饶芃子编《文心雕龙荟萃》,第180—181页。

② 吴林伯:《〈周易〉与〈文心雕龙〉》,《武汉大学学报》1984年第6期。

③ 朱文民:《刘勰传》,西安:三秦出版社,2006年,第275页。

极少，我在撰写《刘勰传》和《刘勰志》的时候，尚未读到，在对刘勰的定位问题上，虽然不满于文论界定刘勰为"文学理论批评家"的现状，在上面的这段话里，可以看出，我虽然表现得理直气壮，但是应该给刘勰一个怎样的哲学家桂冠，心中尚无定数。读了刘纲纪先生的大著《刘勰》一书，虽然对其生平部分的叙述不敢全然苟同，但是，刘先生对于刘勰哲学思想的解读，愚以为颇得真谛。刘纲纪先生虽然没有用文字表明他的大著是用"天人合一"这把钥匙，事实上却是用了的，而且是成功的一例。

我不知道吴林伯和刘纲纪二位先生是否一起讨论过《文心雕龙》和刘勰，二位先生曾同在武汉大学教书，虽然分任中文系和哲学系教授，如果想见面，还是非常容易的。吴林伯的文章 1984 年发表在该校学报上，刘纲纪先生当是看到的。刘先生的著作《刘勰》出版于 1989 年，吴林伯先生的观点公布在前，就大陆学界来说，发明权当然属于吴林伯。但是，明确定刘勰为"自然主义哲学家"，却是刘纲纪先生。

"天人合一"思想，在先秦时期是各家学派都追求的一种理想境界。各家对"天人合一"思想均赋予了自己的内涵。现代哲学史家庞朴先生说：道家和儒家都有"天人合一"的主张，但是二者是有差别的。"差别在于，道家的天、人内涵，和儒家完全不同，而且合一之法也不同。道家是以人合天，准确一点说，以人之天（自然）合于天，用他们自己的话来说，则叫'以天合天'（《庄子·达生》）。而儒家却是以天合人，即将他们主张的人之道升华为天之道，借天为人张目，使天合于人。"[1] 刘勰的"天人合一"思想则是以道家的自然观为基础，吸纳"《易传》那种面向现实

---

[1] 庞朴：《原道》，载《传统文化与现代化》，1994 年第 5 期。又见《当代学者自选文库：庞朴卷》，合肥：安徽教育出版社，1999 年，第 311 页。

社会人生的奋发进取的精神"，形成自己的"天人合一"思想。
例如，刘勰为文主张是"心生而言立，言立而文明，自然之道也"，
又认为"夸饰恒存"，"夸而有节，饰而不诬"。这说明刘勰既追
求自然的天工，又追求人工，"度"的要求是"有节""不诬"，
显然不是一个纯任自然者。这说明刘勰的"天人合一"思想有他
自己独特的内涵，既不是道家的，也不是儒家的，是刘勰自己的"天
人合一"思想。

四、《易》学视域下，研究《文心雕龙》的意义

第一，用《易》学视角分析《文心雕龙》，不仅涉及《文心雕龙》
的性质，也涉及对其作者的定位问题。关于《文心雕龙》性质的问题，
除了上面提到吴林伯先生说是"文论的经典""哲学的要籍"这一
评价之外，后来我又读到台湾大学资深教授柯庆明的见解，他说：
"《文心雕龙》一书，不但是中国文学批评最具严密理论体系的著
作，而且由于它所讨论的'文'，除了同时强调一种形式美感的形
上意义之外，是泛指一切的文字著作。所以这本书，事实上可以说，
是一部偏重在创作、欣赏等美学问题的文化哲学的钜构。同时由于
它的精神，主要是一种汇通与综合的力求兼容并蓄而一以贯之的态
度，所以其所完成的可以说是截至当时的，古典文化的一个综合的
大系统。因此对于《文心雕龙》的讨论，就不可避免地必须延伸到
中国传统文化的种种基本理念，诸如：道、神、气、情、志、圣、
经……宇宙论、存有论、人性论，以及社会哲学、文化哲学的问题。
因此它的论域就不仅限于狭义的文学批评的问题。"① 1991 年，台
湾著名哲学家、哲学史家韦政通先生在一次哲学研究学术讨论会议
上说："中国很多大思想家本身就是文学家，文学史与哲学史有很

---

① 中国古典文学研究会主编：《文心雕龙综论》，台北：学生书局，1988 年，第
455 页。

大的重叠性，这是中国文化的一大特色。譬如《文心雕龙》，主要是讲文学理论，其实它也是一部很精彩的哲学著作。"①像吴林伯、柯庆明、韦政通等学界巨擘，对《文心雕龙》性质的评论与定位，很值得我们参考。我们平时讨论《文心雕龙》，如果总是局限于文学理论层面，就会逐渐使之碎片化。2015年3月，上海的朋友为资深学者、前中国《文心雕龙》学会副会长林其锬教授举行"庆祝林其锬教授八十华诞暨学术思想研讨会"，邀请我撰文并参加研讨，我在现场发言时指出：从黄侃《文心雕龙札记》诞生，到现在形成一种专门的学说——"文心雕龙学"，经一代代学者的努力，近百年来发表的论文已近七千篇，出版的专著三百五十余部，纵观各家之言，可以说，仍然处在盲人摸象时期，摸着鼻子说鼻子，摸着大腿说大腿，能够反映《文心雕龙》全貌的不多。现在的学科分工过细，《文心雕龙》"体大虑周"，反映出来的思想博大精深，刘勰又是一位通才，使得我们难以拥抱。只有通过分类总结，形成一个个构件，然后像安装机器一样，将这些构件组合起来，使之成为一个有机体，还原《文心雕龙》真面貌。特别是从"刘勰的孔子情结"，可以看到刘勰效法孔子，"搦笔和墨，乃始论文"，说明《文心雕龙》是由一篇篇论文组成的一部像《易经》那样有系统的子书。

　　第二，用《易》学视角研究《文心雕龙》，可以发现，《文心雕龙》中的"道"，是源于《周易》。这一点很重要，它解决了往昔源于道家、儒家或者佛家之争论。这也应了《汉书·艺文志》说的《易》为五经之原的说法②。

　　如果我们主张《文心雕龙》指导思想道家说、儒家说，或者

---

① 转引自游志诚：《〈文心雕龙〉与〈刘子〉跨界论述》，第32页。

② 转引自高怀民：《先秦易学史》，桂林：广西师范大学出版社，2007年，第197页。

是佛家说的研究者，能够从思想史、学术史的角度，看到儒、道
两家在先秦、两汉、魏晋南北朝三个大的时期之间的区别，看到
佛教传入中原之后，佛典汉译过程中，对汉语术语的借用和对中
国固有文化的吸纳，争论可能就会小一点。郭齐勇先生说："通行
本《老子》有'绝圣弃智''绝仁弃义'的主张，但目前发现的最
早的竹简本《老子》并不直接反对圣与仁义，相应的说法是'绝
智弃辩''绝伪弃诈'。……或者最早的《老子》文本处于儒道两
家未分化的时代，其'道德'的主张，可以融摄'仁义'。"① 郭
齐勇先生在该文中，还论证了以庄子为代表的哲学发展过程之间
的差别。水有源，树有根。读中国哲学史，大都关注先秦诸子，
很少有人探索先秦诸子的思想渊源，好像先秦诸子是突然冒出来
的。研究《文心雕龙》也只有"振叶以寻根，观澜而索源"，才
能找到刘勰本意。

第三，用《易》学视角，解开了"位理定名，彰乎大易之数"在《文
心雕龙》中的具体应用。

具体详解刘勰在《文心雕龙》中怎样运用"大衍之数"的，就
我个人所见，目前最详细探索的是朱清先生《〈文心雕龙〉易学撰
著体例探析》一文，使得以往学界有人认为《文心雕龙》严密的逻
辑结构源于佛教因明学之说② 不攻自破。

第四，用《易》学视角，对《文心雕龙》"位理定名，彰乎大易之数"
的解析，证明了《文心雕龙》通行本的篇序是刘勰原貌，这对那些
曾经按照自己的理解改变次序者来说，是一个很好的辩驳。它证明

---

① 郭齐勇：《〈老〉〈庄〉"道"论发微》，《庞朴教授八十寿辰纪念文集》，
北京：中华书局，2008 年，第 157 页。

② 黄广华：《〈文心雕龙〉与因明学》，《学术月刊》1984 年第 7 期；张少康、
笠征：《刘勰〈文心雕龙〉与佛教思想的关系》，《北京大学学报》（哲学社会科学版），
2005 年第 4 期；又见周振甫：《文心雕龙注释·前言》等。

《隋志》十卷之划分是后人所为，并非刘勰原意，刘勰在《序志》中交代是分为上篇和下篇。

现在出版的《文心雕龙》文本注释者，大都按照《隋志》的十卷之分，当然也有个别者，直接不分卷了，唯见 2015 年上海古籍出版社发行的由戚良德先生整理的黄注、纪评、李补、刘咸炘阐说的《文心雕龙》，取消了原黄叔琳辑注本十卷之分法，恢复了刘勰上下篇之原貌，这是近年"文心学"文本研究的一个新成果，很可贵。所以可贵，就在于冲破藩篱，冲破千余年的旧传统，不仅需要识见，还需要勇气。

第五，关于《文心雕龙》的思维模式，刘纲纪、朱清和朱寿兴三位已经说了很多，我完全同意他们的意见。但是我想要补充的是《文心雕龙》还运用了中道思维，作为用《易》学视角研究《文心雕龙》应该点出。关于《文心雕龙》中的中道思维模式，有好多学者做过探讨，其中，张少康先生在探讨这一问题时，认为是源于龙树的中道观，笔者认为过于牵强[1]。我总觉得说《文心雕龙》中有佛教思想，是唯成分论的产物。一个一直生活在中国的青年，影响他思想的应当首先是自己国家的传统文化而不是外来文化。在中国的传统文化中，中道观由来已久。"中"字作为一种处事原则和哲学思想，从《论语》看，尧就懂得"允执其中"。《尚书》中也有，如"汝分猷念以相从，各设中于乃心！"（《盘庚中》）这个"中"就是"中正"。到周公时期，又直接提出"中德"（《酒诰》）。孔子很好地贯彻了周公的思想，提出了"中庸"和"时中"思想，始见于《论语》。在《论语》中是"叩其两端"，"允执其中"。一个"叩"字，说明孔子是在研究从哪里"折"，而不是随意"折"。孔子对于"中道"

---

[1] 张少康、笠征：《刘勰〈文心雕龙〉与佛教思想的关系》，《北京大学学报》（哲学社会科学版）2005 年第 4 期。

思想的实践，孟子有一个概括，孟子说："可以仕则仕，可以止则止，可以久则久，可以速则速，孔子也。皆古圣人也。吾未能有行焉；乃所愿，则学孔子也。"①这也就是后人评论和总结孔子的中道观时，用了一个新词"时中"。孔子把这一思想贯穿于他编撰的《春秋》和《易传》。如《艮卦·象传》："时止则止，时行则行，动静不失其时，其道光明。"金景芳、吕绍纲撰著的《周易全解》一书中一再强调："《易》贵中。"庞朴先生也说："尚中观念作为一种哲学思想，在《易经》里表现得更为明晰。易有八卦，两两相重而得六十四卦，卦各六爻。第二、五两爻，是原八卦的中爻，在一般情况下，是统摄卦义的两爻，所谓'若夫杂物撰德，辨是与非，则非其中爻不备。噫！亦要存亡吉凶，则居可知矣'（《易·系辞下》）。这便是尚中观念。六十四卦的顺序，呈现为'二二相偶，非覆即变'（孔颖达《序卦·正义》）的排列，其含有矛盾对立思想，是一望而知的。许多说《易》者早已言及这一点。我们需要指出的是，卦序不仅含有对立，更重要的还在于它突出了对立的统一。这在六十四卦首尾两组四卦的关系中，有着精心安排。"②

《周易》中"中道"二字五见，"中正"二字十七见，"中行"二字九见，"中"字一百五十余见。这一百五十余见，大部分表示的是中正思想。还有一个"时"字五十五见，这个"时"字，大部分场合是体现"火候"，或者是"关节点"之意。要说"中"是表示位置的话，是表示空间，而"时"则是时间点，与"中行""中正"意义相同。"时"与"中"合用为"时中"一见，在《周易》"蒙"卦的《象传》："蒙，亨。以亨行，时中也。"笔者认为，《文心雕

① 杨伯峻：《孟子译注》，北京：中华书局，1984年，第63页。
② 庞朴：《儒家辩证法研究》，北京：中华书局，1984年，第80页。

龙》"唯务折中"的思想是源于《周易》的中道观①。程颐在《中庸解》说："此篇乃孔门传授心法，子思恐其久而差也，故笔之于书，以授孟子。其书始言一理，中散为万事，末复合为一理；放之则弥六合，卷之则退藏于密，其味无穷，皆实学也。"② 这个"心法"，就是 "中道观"。"中道"思维模式，是辩证思维在中国古代哲学的一种表述方式。《文心雕龙》中，没有一字涉及龙树及其《中论》，所涉及者，皆为《易经》及孔子所撰《十翼》，可为什么有些人总爱给《文心雕龙》贴上外国佛教标签呢？

　　总之，近些年学者开始注意到《文心雕龙》与《周易》的关系，这是 "《文心》学"研究的一个很大的进步。研究《文心雕龙》，仅读几本文学史和支离破碎的文学评论文章是不够的，应该从学术史和思想史的角度去深化对《文心雕龙》的认识，才有可能找到真谛。

（本文原刊《中国文论》第四辑，上海古籍出版社，2018 年）

---

① 关于《文心雕龙》中的 "中道"思想与《易传》的关系，笔者有另文专论。
② 朱熹：《四书章句·中庸》，济南：齐鲁书社，1992 年 4 月，第 1 页。

儒道佛哲学视域下的《文心雕龙》研究述论

从历史上看，用儒道佛哲学视角解析《文心雕龙》，出现了《文心雕龙》的指导思想是儒家、道家、佛家等争论不休的现象，在"文心雕龙学"诞生百年的今天，有必要在此作一回顾并略陈一孔之见。

一、儒家哲学视域下的《文心雕龙》研究

《文心雕龙》与儒家的关系，在整个"龙学"研究著作中，占有的比重最大。因为整个"文原论"就是专谈征圣、宗经，所以大部分学者的意见是《文心雕龙》的指导思想是儒家占主导地位。这方面可以杨明照先生1962年发表的《从〈文心雕龙·原道、序志〉两篇看刘勰的思想》[1]为代表。该文说："刘勰在写《文心雕龙》时的主导思想就不是把'名闻'看空了的佛家思想，而是受了孔子的影响的儒家思想了。"又说：孔子生前常梦见文王、周公，刘勰认为孔子是"自生人以来未有如夫子者也"，梦见自己"执丹漆之礼器，随仲尼而南行"，"难道刘勰的儒家思想还不够浓厚吗？……正因为刘勰的儒家思想浓厚，单是他在《序志》篇里所表现的，无往而不从圣人和经书出发。……《原道》《征圣》《宗经》等篇，尤为推崇备至。其儒家思想之浓厚，更可概见。……在全书的篇章组织上也要说出'位理定名，彰乎大易之数，其为文之用心，四十九篇而已'一番大道理来。这还是受了《周易·系辞》的影响使然。此外如批评以前的文论为'不述先哲之诰'，就是说明他的《文心雕龙》

---

① 杨明照：《学不已斋杂著》，上海：上海古籍出版社，1985年，第473—483页。

是要'述先哲之诰'。事实也正是这样，'先哲之诰'是贯穿全书的。"该文认为《原道》篇的"文原于道"的观点来源于《周易》，"只不过刘勰有所发展罢了"。"文原于'道'是刘勰对文学的根本看法，也是全书的要旨所在。篇中的观点既然出自《周易》，而《周易》又是儒家学派的著作，从总的倾向来看，刘勰写作《文心雕龙》时的主导思想应该是儒家的"，而且从对马融、郑玄恭维和推崇来看，刘勰属于"古文经学派"。毕万忱说："儒、释、道各家思想的混合，构成了他（刘勰）的世界观，其中儒家思想占主导地位。"① 穆克宏先生在《论〈文心雕龙〉与儒家思想的关系》一文中，其主张与杨明照大同小异，所异者在于穆克宏不仅论述了各篇中的儒家思想，而且还指出了刘勰思想以儒家为主导与历史背景和个人志向有关。同时指出："刘勰继承儒家思想，并不是为了重弹老调，而是为了创新。"② 正如戚良德先生所言："刘勰对儒家经典的推崇和赞扬应该说是无以复加了。所谓'经也者，恒久之至道，不刊之鸿教也'，经典是永恒的真理、不变的教义。"③

纵观各家意见，我们可以看到，儒家哲学视域下遇到的问题：

用儒家哲学视域研究《文心雕龙》的思想，多年来一直是"龙学"界的主流，这不需要费多大力气就看得出来。因为整个文原论部分，就是"原道""征圣""宗经""正纬""辨骚"，写作原则又"本乎道，师乎圣，体乎经，酌乎纬，变乎骚"，以及表现出来的强烈的"三不朽思想"。"正纬"和"辨骚"的目的，就是把经书和纬书区别开来，"正本清源"，以利于"宗经"。把骚体和《诗经》的关系

---

① 毕万忱：《论〈文心雕龙〉"征圣""宗经"的基本思想》，甫之、涂光社编：《文心雕龙研究论文选》，济南：齐鲁书社，1987年，第343页。

② 甫之、涂光社编：《文心雕龙研究论文选》，济南：齐鲁书社，1987年，第125页。

③ 戚良德：《国学新读本——文心雕龙》，开封：河南大学出版社，2008年，第15页。

搞清楚，也是为"宗经"服务。通过辨析，发现"骚"与"经"有"四同"和"四异"之别，"四同"继承了《诗经》的传统，也就是"以经立义"，或者"取镕经意"；"四异"是创新，是"自铸伟词"。因而，得出的结论《文心雕龙》的"道"是儒家的。其文学理论也是儒家的经世致用思想。但是，遇到了"自然之道""虚静"和"养气"等道家的重要概念，如何处理《文心雕龙》中大量的道家的资料，以及对道家人物和著作的赞扬，这对思想之本为儒家说，是最不能自圆其说的问题，不免给人以表面化之嫌。

二、道家哲学视域下的《文心雕龙》研究

较早看出《文心雕龙》中有道家思想的是纪昀，他在《原道》篇评论说："文以载道，明其当然；文原于道，明其本然，识其本乃不逐其末。"又说："齐梁文藻，日竞雕华，标自然以为宗，是彦和吃紧为人处。"纪昀评的"识其本乃不逐其末"和"标自然以为宗"[①]，正是玄学家王弼哲学思想的核心，玄学是道家在魏晋时期的新名堂。

其后，黄侃《文心雕龙札记》释《原道》篇也指出"彦和之意，以为文章本由自然生，故篇中数言自然"，并认为《韩非子·解老》篇和《庄子·天下》篇的自然观"正彦和所祖也"[②]。这指出了刘勰的自然观来自于道家哲学。

张启成在《〈文心雕龙〉中的道家思想》一文中说："在《文心雕龙》等著作中，刘勰对道家推崇不亚于儒家。……从《文心雕龙》对老、庄著作的评价来看，刘勰对老子著作评价甚高，而对《庄子》则颇有微词。……刘勰在总体评价上较偏重于老子著作，但在《文心雕

① 黄霖编：《文心雕龙汇评》，上海：上海古籍出版社，2005年，第13—14页。
② 黄侃：《文心雕龙札记》，北京：中华书局，1962年，第3页。

龙》中引用老、庄原文或典故的时候，则偏重于《庄子》，该书中
引用老子《道德经》的凡两条（具体举例），而引自《庄子》的则
有十三条之多（具体举例）"。"道家的核心思想是强调'自然'。……
《文心雕龙》中，就形成了一套文学起源于自然的理论（具体列举
了《原道》篇的第一大段）。……道家'自然'思想的一个重要含
义是指清静无为……求知上也强调贵在'虚静'。……《神思》篇说'陶
钧文思，贵在虚静'。"并从《养气》篇中也找了一些例证说，"这
说明他是批判地吸收道家的'虚静'思想的。……在刘勰的文学思
想中之所以会有相当浓重的道家思想，并不是偶然的。这是时代、
传统、风气、文学各方面的因素造成的。"①

王运熙先生在《〈文心雕龙·原道〉和玄学思想的关系》一文
中说："纪昀评《原道》篇有云：'文以载道，明其当然；文原于道，
明其本然。''当然'是指儒家之道，'本然'是指自然之道。刘勰
把自然之道和儒家之道融合起来，归于一致，实际乃是当时玄学自
然与名教合一思想的反映。"②

严寿澂《道家、玄学与〈文心雕龙〉》一文，从"道家哲学的
真谛""王弼玄学的特点""《文心雕龙》文学观与创作要旨"等诸
方面的分析入手，得出结论："《文心》的思想渊源是道家'虚静'
说以及王弼玄学'执一统众'和'适动微之会'的观点。《文心》
之源于道家，在人事政治方面，是内道外儒；在抽象哲理方面，是
以道统名。……一言以蔽之，道即'自然'或'虚无'。"③

进入二十世纪九十年代以后，学术界越来越多学者看到了《文

---

① 甫之、涂光社编：《文心雕龙研究论文选》，济南：齐鲁书社，1987年，第
126—133页。

② 甫之、涂光社编：《文心雕龙研究论文选》，第377页。

③ 严寿澂：《道家、玄学与〈文心雕龙〉》，《重庆师范学院学报》1984年第3期。

心雕龙》中的道家思想。例如曹础基的《刘勰自然观试论——兼与庄子自然观之比较》、蔡钟翔的《论刘勰的"自然之道"》、蔡宗阳《〈文心雕龙〉文术论与老庄思想》、漆绪邦的《刘勰的天师道家世及其对刘勰的思想与〈文心雕龙〉的影响》，等等。有的还在自己的专著中设专门的章节论述刘勰及《文心雕龙》中的道家思想。例如冯春田在《文心雕龙阐释》中有"《文心雕龙》的文学自然论"和"《文心雕龙》与魏晋玄学的'自然'与型范观念"等，我在拙著《刘勰传》中，也设有刘勰的"道家思想"一节，认为《文心雕龙》中的道家思想集中表现在《原道》和《养气》等篇，就全书来说：刘勰思想中的道家成分，并不少于儒家的东西，刘勰对道家的东西不是机械地照搬，而是加以改造，主张"自然"，但又不是照相式；崇尚自然，又不否认人力所为。既主张"文道自然"，又主张"夸饰恒存"。[1] 我在《南朝学术思潮与刘勰思想的时代特征》一文中，又从方法论入手，指出：王弼的"举本统末""执一御万"思想，反映在《文心雕龙》里，就是《章句》篇中的"振本而末从，知一而万毕矣"等玄学思想。[2] 并从"言意观""形神观"的诸方面，解释了《文心雕龙》中的道家哲学思想。韩磊在《浅析道家哲学关照下的刘勰文学观》一文中也说："《文心雕龙》……这部著作中的哲学思想，则是道家思想。"并从"自然为美""创作时的神思""雕琢复朴与天工自然"等方面论述道家思想对《文心雕龙》哲学思想的指导及影响 [3]。金大章 1988 年撰文说："生活在南朝齐梁时代的刘勰，深受玄学的影响，并以玄学的本体论指导《文心雕龙》的创作，

---

① 朱文民：《刘勰传》，西安：三秦出版社，2006 年，第 139 页。

② 朱文民：《南朝学术思潮与刘勰思想的时代特征》，中国《文心雕龙》学会编：《文心雕龙研究》第 8 辑，2009 年。

③ 韩磊：《浅析道家哲学关照下的刘勰文学观》，《青海师专学报》2003 年第 5 期。

构建它的理论框架……王弼哲学本体论是从《老子》借来的，但有改造。老子主张‘举本息末’……刘勰正是建立在其哲学本体论基础上的‘执一御万’的思想，有条不紊地安排了《文心雕龙》的内容，组织了《文心雕龙》的结构。"① 更有学位论文考察了《文心雕龙》各篇中对于道家文献、典故的引用或化用，做了具体统计:《文心雕龙》全书对道家人物人名、著作的引用61处，化用道家典故、语句42（个）处，引用道家名词概念37个，引用道家思想的地方34处。全书50篇中，有42篇与道家思想有关联。②

纵观各家意见，我们可以看到道家哲学视域下遇到的问题:

《文心雕龙》中的道家思想，虽然清代的纪昀、民国的黄侃已经看得出来，但是真正发表专门论文，则是始于二十世纪八十年代。经过学者的努力提出了《文心雕龙》中的"道"是道家的"道"，指导思想是道家哲学。但是如何来处理"征圣""宗经""正纬""辨骚""不述先哲之诰"以及对孔子的敬仰和崇拜，就成了主张主导思想道家说的主要障碍。坚持儒家说的人就会用写作原则是"本乎道，师乎圣，体乎经，酌乎纬，变乎骚"，来与主张道家说者辩难，其道家说观点也不能完全站立起来。但是《文心雕龙》中"自然""自然之道""虚静"和"养气""举本统末""执一御万"以及全书对道家人物的推崇、正面引用的资料又远多于儒家的资料。再说，新道家也不反对圣人孔子，反对的是那些因模仿而失真的假圣人。因而，儒家说也就不能说服道家说。

但是必须指出，发现《文心雕龙》中道家成分并不少于儒家成分，这是"龙学"研究的深化和一大发展，学者们所费功夫和心血远大于儒家说。

---

① 金大章:《王弼玄学本体论对〈文心雕龙〉的影响》,《学术月刊》1988年第6期。
② 王小范:《〈文心雕龙〉与道家关系的文献学考察》,山东大学硕士论文,2007年。

三、佛教哲学视域下的《文心雕龙》研究

对于《文心雕龙》中是否有佛家思想，较早提出怀疑的是明代的王惟俭，他认为刘勰早年居处寺院十余年，晚年又出家，本应该是"如来之高足"，而《文心》"乃篇什所及，仅般若之一语"，"洙泗之畔岸，终难逾越"①。其后，范文澜先生虽然承认《文心》书名及全书"科条分明，往古所无"或许与佛学有关，但是仍然认为《文心雕龙》的指导思想是儒家。杨明照先生认为："史称舍人皈依沙门，博通经论。今以《文心》观之，皆示作者津梁，未染禅学臭味。"②从佛学角度最为重笔浓墨的是饶宗颐、石垒、马宏山等诸位先生。饶宗颐在《刘勰文艺思想与佛教》一文中，列举了他认为充足的论据，得出最后的结论说："总之，佛学者，乃刘勰思想之骨干，故其文艺思想亦以此为根柢，必于刘氏与佛教关系有所了解，而后《文心》之旨，斯能豁然贯通也。"③石垒在《〈文心雕龙·原道〉与佛道义疏证》一文中认为："刘勰在书中，对包括天文、地文、人文等在内的宇宙万有的考察，是从佛教徒的立场出发，有系统和始终一贯地以佛道作为它们的本体的。"④根据石垒先生的论证，可以总结出：《文心雕龙》所原所明的道，是佛道。面对饶、石二位先生的观点，潘重规先生 1979 年在《幼狮学志》发表了他的《刘勰文艺思想以佛学为根柢辨》一文，认为"通观全书（指《文心》），辞旨一揆，是刘勰文艺思想以儒学为根柢甚明。自来言《文心》者未尝发为异议，良以事实俱在，不容曲解也"⑤。潘氏从考证入手，详辨《文心雕龙》

① 〔明〕王惟俭：《文心雕龙训故·序》，扬州：广陵书社，2004 年。
② 杨明照：《文心雕龙研究》，《燕京大学研究院同学会会刊》，1939 年。周兴陆编：《民国〈文心雕龙〉研究论文汇编》，上海：东方出版中心，2021 年。
③ 饶宗颐：《文心雕龙研究专号》，台北：明伦出版社，1970 年，第 19 页。
④ 石垒：《文心雕龙与佛儒二教义理论集》，香港：云在书屋，1977 年，第 99 页。
⑤ 王更生编：《文心雕龙研究论文选粹》，台北：育民出版社，1980 年，第 331 页。

成书之经过，并细索彦和由儒入佛的历程，"明彦和在未依僧祐之前，文学已成；知其著作《文心》之资料，早已蕴蓄于胸中，故《文心》全书宗旨，皆以儒家为骨干。其全部文学思想，乃涵濡儒书所孕育之成果，而非编撰佛典所滋生之观念。……彦和依僧祐时，文学已成，文名已著。其入定林寺，乃应僧祐之请，为校定经藏，完成著述。非若贫士寄食山寺，下帷苦读也。"①

1979年大陆学者马宏山在《哲学研究》第7期发表了《〈文心雕龙〉之"道"辨——兼论刘勰的哲学思想》一文，按照《序志》提出的"本乎道，师乎圣，体乎经，酌乎纬，变乎骚"的"文之枢纽"纲领展开论述，以证明他的观点："刘勰之所谓道，名之曰'以佛统儒，佛儒合一'之道。这种道是熔佛儒两家唯心主义于一炉的彻头彻尾的唯心主义。"②马氏1980年又发表了《论〈文心雕龙〉的纲》一文，认为：《文心雕龙》的纲，"一以贯之的是作为佛家思想的'道'。刘勰的指导思想是以佛统儒，佛儒合一"③。

马宏山的两篇文章，立即引起学术界的一场争鸣。孔繁、吴林伯、李庆甲、邱世友、吕永、周森甲、陈汉等诸位先生纷纷撰文辩难和反对。但是，马宏山先生仍然辩称："刘勰写《文心雕龙》是以佛教的逻辑思想为准则、为指导，而以儒学为材料。虽然从表面看来好像是儒家的东西，但是骨子里却是以佛教思想为统帅。刘勰在《论说》篇说的'徒锐偏解，莫诣正理，动极神源，其般若之绝境'的话，不是透露了他的真言吗？"④李庆甲先生的反驳文章认为："作为一部文学理论著作，《文心雕龙》并未对佛学发

① 王更生编：《文心雕龙研究论文选粹》，第343—344页。
② 马宏山：《文心雕龙散论》，乌鲁木齐：新疆人民出版社，1982年，第42页。
③ 马宏山：《文心雕龙散论》，第1页。
④ 马宏山：《文心雕龙散论》，第178页。

表过任何看法。"① 并认为《文心雕龙》"是一部与佛学唯心主义
对立的儒家文论"②。对于马宏山的观点,当然也有呼应者。1984
年黄广华在《学术月刊》第 7 期,发表了他的论文《〈文心雕龙〉
与因明学》,该文认为:刘勰那个时代,尽管因明学尚未传到中国,
但是在印度早已被佛教所吸纳,刘勰长期读佛经,必然受到影响,
例如:"《文心雕龙》开宗明义第一篇《原道》,提出了文源于道
的主张。这是全书的总的立论,相当于因明学的'宗'。……《文
心雕龙》最后一篇《序志》,在全书结构上,相当于因明学五分
作法的'结'。"并且搬出王元化和周振甫作为自己的同类来强
化自己观点的力度。

面对饶宗颐、石垒、马宏山等诸位的主张,方元珍先生在其导
师王更生的指导下,撰写了她的硕士论文《〈文心雕龙〉与佛教关
系之考辨》,综合各家意见,经过考辨,最后说:"《文心》书成,
即于第一次校经之后,时当彦和早年,佛教思想浸润未深,是以搦
笔论文,仍以儒家思想为主导。"③ 方氏认为,《文心雕龙》从书名
到全书思想,从篇章结构到语言用词,皆与佛学无关。"至于'般
若''圆通''圆合''半字',皆舍人取资释书,以利论文,非在阐
明佛理。故彦和会用内典以为修饰文辞之助,可得而识矣。"④ 例如《论
说》篇"般若"一词的运用,刘勰本意并"非在阐明佛理",而是
"盖惟动用心思,穷究妙理之本源,方可臻于佛家所云智慧之最高
境界"⑤。方氏还指出,凡主《文心雕龙》佛性说者,皆脱离原书,"徒

① 李庆甲:《文心识隅集》,上海:上海古籍出版社,1989 年,第 135 页。
② 李庆甲:《文心识隅集》,第 128 页。
③ 方元珍:《文心雕龙与佛教关系之考辨》,台北:文史哲出版社,1987 年,第
118 页。
④ 方元珍:《〈文心雕龙〉与佛教关系之考辨》,第 120 页。
⑤ 方元珍:《〈文心雕龙〉与佛教关系之考辨》,第 40 页。

锐偏解，莫诣正理"。其实，从上下文来看，刘勰是用"般若"一词，代替了《般若无知论》，这也是用骈文作论说的局限性，导致的理解问题。如果把"般若"一词理解为"般若"学，从上下文来看，就不对称了。上面例举的是一系列文章，都是省减为两个字，例如《声无哀乐论》，称为《辨声》；李康的《运命论》，省称为《运命》；陆机的《辩亡论》，省称为《辩亡》；贾谊的《过秦论》，省称为《过秦》等，这是骈体文用于论说造成的局限使之然。

至此，我们说，刘勰之所谓"般若之绝境"，即方元珍先生所理解的"方可臻于佛家所云智慧之最高境界"就是最好的解释。因为"般若"一词，是梵语音译，意为智慧。"不过这种智慧不是一般人的智慧，而是佛、菩萨的智慧。汉语没有与它相当的词汇，故用音译。僧肇常用'圣智'、'圣心'等名词表示般若。"[①] 僧肇的《般若无知论》体现了佛家的"中道观"，认为："是以至人处有而不有，居无而不无。虽不取于有无，然亦不舍于有无。"[②] 刘勰在这里借此批评了"崇有"和"贵无"者的"徒锐偏解，莫诣正理"之极端思想，绝非在阐述佛学。

方氏经过考辨，"乃知《文心雕龙》以佛教思想为根柢之伪说……今欲整纷立蠹，正本清源，盖已难矣"[③]。

此后，对此兴趣最浓的大陆学者是普慧（本名张弘）先生，已经发表了四篇文章，论述刘勰与佛教的关系。他在1997年的文章中说："学界普遍认为《文心雕龙》的立论和编写结构是受了佛教因明学的影响。然细加考察，《文心雕龙》成书时，天竺因明学尚未正式传入中国，故而不可能受其影响。再深入分析，刘勰师从和交

---

① 僧肇著，张春波校释：《肇论校释》，北京：中华书局，2010年7月，第62页。

② 僧肇著，张春波校释：《肇论校释》，第98页。

③ 方元珍：《〈文心雕龙〉与佛教关系之考辨》，第1页。

往的僧人多为成实论者，且《文心雕龙》与《成实论》在结构上均采用五部制，尤其是二书《总论》的结构安排，更是如出一辙。据此，似可断定，《文心雕龙》的成书受到了齐梁时期极为盛行的佛教《成实论》的深刻影响。"① 普慧 2006 年的文章说："其《文心雕龙》虽是一部有关文章写作之法的专著，但因浸透着佛教神学的思维框架，故而思路开阔，条理明晰，谈论文艺，包揽宇宙，总括人心，颇合艺术审美思维之要求。"②2008 年的文章又说："《文心雕龙》有许多重要的术语与佛教有着密切的关联。这些术语，或直接从佛教哲学中引入，保持其原有的语义，如般若、圆通、物色；或根据佛教原意又加以创造组合，形成既有佛教哲学基础又有文学审美功能的双重范畴，如性灵、体性；或原为中国本土概念，加入了佛教内容，在进入文学领域之后，成为重要的文学审美范畴，如虚静、原道等。"③

　　陶礼天先生发表了《试论〈文心雕龙〉"折中"精神的主要体现》和《儒道释尚"中"论与〈文心雕龙〉之执"中"精神——刘勰"折中"精神》两篇文章；汪春泓发表了《佛教的顿悟和渐悟之争与刘勰的"唯务折衷"》；张少康、笠征也发表了《刘勰〈文心雕龙〉与佛教思想的关系》一文，他们几位先生都主张《文心雕龙》中的"唯务折衷"方法，取自佛教。张少康先生说："对刘勰《文心雕龙》和佛教的关系历来有很多争议，各家所持观点都有一些片面性，或简单否定，或强调过分，往往有失公允。刘勰《文心雕龙》中的'神理'说意思是'神明的原理'，与他的佛学思想有不可分割的联系。

① 普慧：《〈文心雕龙〉与佛教成实学》，《文史哲》1997 年第 5 期。
② 普慧：《论刘勰及其〈文心雕龙〉的佛教神学思想》，《文艺研究》2006 年第 10 期。
③ 普慧：《〈文心雕龙〉审美范畴的佛教语源》，《文学评论》2009 年第 3 期。

刘勰的本体观受龙树影响很深，刘的论'道'实际包含了儒释道兼通的特点。刘勰《文心雕龙》的'折衷'研究方法是直接受龙树'中道'观影响的产物。"①

面对以上诸家认为《文心雕龙》中"般若""圆通""半字""中道观"等与佛教有绝对的关系，周勋初先生发表了《"折衷"＝儒家谱系≠大乘空宗中道观——读〈文心雕龙·序志〉篇札记》一文，对诸家的观点进行了综合性的辩驳，认为只有"般若"一词确是来自佛学，其他早在佛学传入中原之前已经有了，认为他们"不注意《序志》篇中'折衷'一词的特定含义，因此他们想把中道之说与之联系，甚至合为一说，不免显得牵强"。认为《论说》篇的"般若"问题涉及的是"有无本末之辨，从现在学科分类来说，属于本体论方面的探讨，少康先生等则为之另立界限，认为刘勰只是作为方法论运用，由此发挥了巨大的力量完成了《文心雕龙》这部巨著。这种论证方式，似乎流为越俎代庖，是在代替刘勰另作处理，不涉义理而只取其方法供使用……这种处理问题的方式，未必切合刘勰讨论有无本末之辨的初衷"②。

四、佛教哲学视域下遇到的问题

发表《文心雕龙》与佛教关系密切论文的人，首先，遇到的问题是《文心雕龙》中的佛学用语有多少？这些用语是在什么语境下使用的？在全书的用意是什么？都很值得研究，但是往往被忽视。最初的研究者找到了"般若"一词，后来又发现了"圆通""圆合""半字"等词语与佛典相同。还有饶宗颐说《文心雕龙》中的

---

① 张少康、笠征：《刘勰〈文心雕龙〉和佛教思想的关系》，《北京大学学报》2005 年第 4 期。

② 周勋初：《"折衷"＝儒家谱系≠大乘空宗中道观——读〈文心雕龙·序志〉篇札记》，《中国文化》2009 年第 1 期。

每一篇末，都用"赞"来总结，这是取法于佛教典籍；《文心雕龙》中用数字统摄各种事理，如"三准""六观""八体"等，也是仿照佛家之法等。①

我们先说用数字统摄事理。我认为用数字统摄事理，并非就证明是佛教影响。在佛教传入中国之前，古代学者也常用数字统摄事理，如《尚书大传》孔子言"六誓可观义、五诰可观仁"。《论语·季氏》中的孔子："三友""三乐""三愆""三戒""三畏""九思"。《论语·阳货》中孔子的"六言六蔽"。《商君书》中的"六虱"，《韩非子》中的"五蠹""八奸""三守""七术"等就是例子；《孙子兵法》中则更多。再者，饶氏的主张有时自打嘴巴。例如关于"六观"问题，饶宗颐在《文心雕龙探源》一文中说到"《知音》'六观'之术，按刘劭《人物志》有'八观'篇，此参其说"②。同一问题，在另一文中又说取法佛学。《文心雕龙》每篇文末有"赞"也未必就是仿效"释氏演法"。因为《汉书》《后汉书》的纪传每篇末也有"赞"语，皆为四言八句，与《文心》相同，千百年来不曾有人说是"有类释氏之偈语"，独饶氏受刘知几之启发，有此认识，这说明，饶先生有望见风扑风，望见影捉影之嫌。其实，"赞"是一种古老的文体，史迁文末有"太史公曰"，班固《汉书》文末有"赞曰"。《文心雕龙·颂赞》篇言之甚明。再说"圆通""圆合"等词语，也早已见于先秦典籍。但佛典中确实也用数字统摄事理，用过"圆通""圆合"，刘勰是否有意用佛学之法，也仅是猜想而已。因为佛教传入中国，佛教典籍翻译成汉语的时候，借用了中国传统用语也是应该考虑的。这一点吴林伯先生说："本书（朱按：指《文心雕龙》）始终未说佛理，释辞常见，遣言不拘中上，而有助文章，

---

① 饶宗颐：《文心雕龙研究专号》，台北：明伦出版社，1970年，第18页。

② 饶宗颐：《文心雕龙研究专号》，第9页。

是以后来作者多依仿之。夫佛籍既献功于汉语，汉语亦致绩于佛籍，何以知其然？盖学人之译佛籍，尤多以汉语之词。"① 吴先生还列举了许多例证，这是其一。

其二，研究《文心雕龙》与佛教思想的人，往往与《灭惑论》和《建安王造石像碑铭》一并论之，没有把研究《文心雕龙》的佛教思想和研究刘勰的佛教思想区别开来。《文心》成书于齐代，《灭惑论》和《建安王造石像碑铭》写于梁代，刘勰入梁前和入梁后，思想上的变化，潘重规和王元化早已论之极详，在此不作重复。笔者认为导致刘勰思想大转弯的主要原因是梁天监三年，梁武帝舍道事佛，把佛教定为国教，此时刘勰已经出仕，作为政府官员，必须与皇家保持一致②。还有人说：刘勰自幼信佛，晚年出家，是一个虔诚的佛教徒。笔者认为这些说法，缺少历史分析，有一半是妄说，因为没有证据证明刘勰自幼信佛。还有的人说《文心雕龙》组织严密，逻辑性极强，当受佛教因明学影响，这种说法也有违事实。因为早在春秋战国时期，中国的先哲已经创立了逻辑学，墨子就是代表人物。因明学传到中原的时候，《文心》早已成书，这一点早有学者指出，本文的引文中普慧也再次指出。

其三，关于"半字""满字"问题，我想用徐复观先生的反驳来证明。徐复观说："因为我们六书中，以形声字最多，形声字都是'半字同文'，即今俗之所谓'共一个偏旁'；这在范《注》引黄先生之说中，已解释得很清楚。与梵文中的'半字恶义，以譬烦恼'，怎能拉上关系？'悉昙'只是梵文字母（字母数，说法不一），有何'境界'可言？彦和有什么方法能把中国的偏旁字，阑入'悉

---

① 吴林伯：《〈文心雕龙〉字义疏证》，武汉：武汉大学出版社，1994 年，第 405—406 页。

② 朱文民：《刘勰传》，西安：三秦出版社，2006 年，第 415 页。

昙境界'？并且《练字》篇说得清清楚楚，彦和反对当时以相同的几个偏旁字构成一句的玩弄无意义的小技巧，所以说'一避诡异，二省（减省）联边'；……怎能不顾这样明显的语句，而把彦和的立场说到相反的一面去！"① 愚以为《文心雕龙·练字》篇，从美学的角度，全是讲的作文必须注重用字问题。刘勰本着"原始以表末"的原则，讲了文字的产生和发展的历史，接下来讲用字问题。陈梦家先生在《中国文字学·论"字"》一节中说："'文'以前是图画，文字不是由几种基本构图的点线拼合成的，文字也不是由简趋繁；所以'文'以前并没有一种'半字'的存在，也没有一种系统的'指事'文字先象形而存在。"② 这就是说，汉字形成之后，才有"半字"之说。我认为，"联边""半字"之说，全是文字学之专用术语，刘向的《战国策书录》中就曾提到"本字多脱误为半字，以赵为肖，以齐为立"等。刘勰在《练字》篇用的全是行话，哪里扯得上佛学啊！此皆由于其对《文心雕龙·练字》篇之误读所致。

其四，关于《文心雕龙》中刘勰使用了几个与佛教典籍中相同的词语，周勋初先生在《"折衷"＝儒家谱系≠大乘空宗中道观——读〈文心雕龙·序志〉篇札记》一文中认为，应该考虑在什么语境下使用了与佛教典籍相同的词语，"不可代替刘勰另做处理"。这个意见很好，在此不必再作赘述，感兴趣的朋友可以找来一阅，这是一篇完全用说理的方式与不同意见者商榷的文章。

其五，早年主张《文心雕龙》内佛教思想最为浓烈的饶宗颐先生在后期来了个一百八十度的大转弯，认为《文心雕龙》与佛无涉，具体观点在他的《文辙》一书中。游志诚先生在《饶宗颐〈文心雕龙〉

① 《徐复观全集·论文学》，北京：九州出版社，2014年，第219—220页。
② 陈梦家：《中国文字学》（修订本），北京：中华书局，2011年，第46页。

研究述评》^①一文中认为："饶宗颐《文心雕龙》研究当分前后二期，前期援佛以入文，力倡《文心》神理即'佛理'之说，谓《文心》全书体系宗尚佛教神理为文之奥妙，且在方法上，《文心》习惯用六观、六势、三准、三理、八体之词，数目字之概念，盖即仿佛教'以数字统摄事理'之方法论。……及至后期饶氏的《文心》研究，始一改前说，断言刘勰虽然精通佛理，但写作《文心雕龙》之文论系统，某些词汇如般若、圆览、心、性，盖仅'格义'之词耳，实质涵义乃'无涉佛理'。饶氏前后《文心》与佛教关系说法的大转变，在《文心》学史的研究进路而言，诚然是一件甚有关键的论述。"这就是说，用佛学视域研究《文心雕龙》的朋友，当年有的受饶宗颐先生影响，并以饶宗颐的观点为依傍，而今饶氏已经做了全盘自我否定，你该如何看待饶氏的这一大转弯？

其六，那些认为《文心雕龙》严密的逻辑结构，是源于印度因明学的主张者，如何回答《易》学视域下，认为《文心雕龙》严密的逻辑结构是效仿了《周易》各卦之间两两相偶排列方式的。^②上篇除《原道》外，下篇除《神思》外，均是两两相偶排列，全书分为上下篇，是学习孔子效仿《周易》的解读。例如孔子《易传》中，《系辞》《彖传》《象传》等效仿《周易》分为上下篇，《老子》也分为上下篇，均受了《周易》之影响。

其七，我发表的《刘勰的佛教思想》一文^③，内中就不涉及《文心雕龙》。刘勰的整个思想中，有佛教思想，但是主要表现在《文心雕龙》成书之后的文章和行动中。笔者认为那些拿着放大镜从《文

① 该文为2014年10月在香港浸会大学饶宗颐学院举行的"饶宗颐教授学术研究论坛"会议论文。
② 朱清：《〈文心雕龙〉易学撰著体例探析》，《中国哲学史》2008年第4期。
③ 朱文民：《刘勰的佛教思想》，《济南教育学院学报》2002年第6期。

心雕龙》中寻找与佛教有关资料的研究态度，作为一种学术探讨，无可厚非，如果不顾事实，生拉硬套，则必是受了"唯成分论"思想的支配。"唯成分论"者心想：一个青少年时期在桑门居处十余年，出仕中间多次入寺校经，晚年又脱下官服披上袈裟的人，写出的《文心雕龙》怎么会没有佛教思想呢？这正如"以阶级斗争为纲"的时候，说：地主阶级是一个反动的阶级，你出身于地主家庭，怎么能不反动呢？行动上不反动，心里也反动！面对这种用逻辑三段论推理法得出的结论，王更生先生评论说："现在许多读者根据刘勰生平和佛教关系的密切，心里先预存着《文心雕龙》不可能不受佛典影响的成见，想尽办法拿书中的结构、措辞、文义去附会，这实在不是持平的态度。"① 王先生说的"成见"与我说的"唯成分论"是同一个意思。

五、余论

用儒、道、佛哲学视域分析《文心雕龙》，不仅涉及《文心雕龙》的性质，也涉及对其作者的定位问题。关于《文心雕龙》性质的问题，吴林伯先生说："我们敢于断言，《文心雕龙》是文论的经典，也是哲学的要籍，这决非持之无故的偏见。"② 在吴先生看来，写出《文心雕龙》的刘勰不仅是文论家，也是哲学家。

除了吴林伯先生的评价之外，后来我又看到台湾大学中文系资深教授柯庆明的见解："《文心雕龙》一书，不但是中国文学批评最具严密理论体系的著作，而且由于它所讨论的'文'，除了同时强调一种形式美感的形上意义之外，是泛指一切的文字著作。所以这本书，事实上可以说，是一部偏重在创作、欣赏等美学问题的文

---

① 王更生：《重修增订文心雕龙导读》，台北：华正书局，2004年，第2—3页。
② 吴林伯：《〈周易〉与〈文心雕龙〉》，《武汉大学学报》1984年第6期。

化哲学的巨构。同时由于它的精神，主要是一种汇通与综合的力求兼容并蓄而一以贯之的态度，所以其所完成的可以说是截至当时的，古典文化的一个综合的大系统。因此对于《文心雕龙》的探讨，就不可避免地必须延伸到中国传统文化的种种基本理念，诸如道、神、气、情、志、圣、经等等，宇宙论、存有论、人性论，以及社会哲学、文化哲学的问题。因此它的论域就不仅限于狭义的文学批评的问题。"① 1991 年，台湾著名哲学家、哲学史家韦政通先生在一次哲学研究学术讨论会议上说："中国很多大思想家本身就是文学家，文学史与哲学史有很大的重叠性，这是中国文化的一大特色。譬如《文心雕龙》，主要是讲文学理论，其实它也是一部很精彩的哲学著作。"② 这就是说，《文心雕龙》有文学与哲学双重内涵。像吴林伯、柯庆明、韦政通等学界巨擘，对《文心雕龙》性质的评论与定位，很值得我们参考。我们平时讨论《文心雕龙》，如果总是局限于文学理论层面，就会逐渐使之碎片化、庸俗化。2015 年 3 月，上海的朋友为资深学者、前中国《文心雕龙》学会副会长林其锬教授举行"庆祝林其锬教授八十华诞暨学术思想研讨会"，邀请我撰文并参加研讨，我在现场发言时指出：从黄侃《文心雕龙札记》诞生，到现在形成一种专门的学说——"文心雕龙学"，经一代代学者的努力，百年来发表的论文已近七千篇，出版的专著三百五十余部，纵观各家之言，可以说，仍然处在盲人摸象时期，摸着鼻子说鼻子，摸着大腿说大腿，能够反映《文心雕龙》全貌的不多。现在的学科分工过细，《文心雕龙》"体大虑周"，反映出来的思想博大精深，

---

① 台湾中国古典文学研究会主编：《文心雕龙综论》，台北：学生书局，1988 年，第 455 页。

② 转引自游志诚：《〈文心雕龙〉与〈刘子〉跨界论述》，台北：华正书局，2013 年，第 32 页。

刘勰又是一位通才，使得我们现在的人难以拥抱。只有通过分类总结，形成一个个构件，然后像安装机器一样，将这些构件组合起来，使之成为一个有机体，还原《文心雕龙》真面貌。

如果我们主张《文心雕龙》指导思想道家说、儒家说，或者是佛家说的研究者，能够从思想史、学术史的角度，看到儒、道两家在先秦、两汉、魏晋南北朝三个时期之间的区别和联系[①]，看到魏晋时期学术合流的历史事实，看到司马谈说的道家与班固说的杂家的一致性，看到佛教传入中原之后，佛典汉译过程中，对汉语术语的借用和对中国固有文化的吸纳，看到《文心雕龙》中几个与佛学相关词语在全文中的实际应用语境和作用，争论可能就会小一点。

如果我们不仅从《文心雕龙》观察刘勰，也结合《刘子》[②]观察刘勰，就更能佐证刘勰是一位齐梁时期最善于"折衷"诸家思想，并将其糅和成自己思想的一位思想家；就更能证明儒、道同源异流之后，在《文心雕龙》中儒、道合流的自然性。至于《文心雕龙》中用了几个佛教典籍也曾用过的词语，就更能显示了《文心雕龙》的时代性。郭齐勇先生说："通行本《老子》有'绝圣弃智''绝仁弃义'的主张，但目前发现的最早的竹简本《老子》并不直接反对圣与仁义，相应的说法是'绝智弃辩''绝伪弃诈'……或者最早的《老子》文本处于儒道两家未分化的时代，其'道德'的主张，可以融

---

① 刘勰在《文心雕龙·诸子》篇中就把子学分为先秦、两汉、魏晋三个时期，并指出汉魏以后的子学，很难找到纯儒或者纯道家了。

② 《刘子》一书是继《吕氏春秋》和《淮南子》之后，第三次学术思想大融合的代表作。可惜现在还有人不承认是刘勰著作。《文心雕龙·诸子》篇曰："《吕氏》鉴远而体周，《淮南》泛采而文丽：斯则得百氏之华采，而辞气之大略也。"这种对《吕氏春秋》和《淮南子》的称赞，体现了一向怀有子家之学术追求的刘勰，深解以上两书思想博大，内容宏富，识见高远，海纳百川之合流气度。

摄'仁义'。"①郭齐勇先生在该文中，还论证了以庄子为代表的哲学发展过程之间的差别。郭齐勇举的例证，告诉我们，研究学术要看到儒、道分化的区别，也要看到未分化时期的共性，以及分化之后的再次合流。水有源，树有根。读中国哲学史，大都关注先秦诸子，很少有人探索先秦诸子的思想渊源，好像先秦诸子是突然冒出来的。正如一位朋友说的，只认父亲，不认祖宗。研究《文心雕龙》也只有"振叶以寻根，观澜而索源"才能找到刘勰本意。像吴林伯先生那样认识到"《文心雕龙》是文论的经典，也是哲学的要籍"，像韦政通那样看到文学史和哲学史的重叠性，看到虽然"《文心雕龙》，主要是讲文学理论，其实它也是一部很精彩的哲学著作"，像柯庆明那样认识到《文心雕龙》是"是一部偏重在创作、欣赏等美学问题的文化哲学的巨构……古典文化的一个综合的大系统"，那么写出《文心雕龙》的刘勰就不仅仅是一位伟大的文论家，也是杰出的哲学家；这一点，刘纲纪先生在《世界哲学家丛书：刘勰》一书中，就是如此定位的。

本文最初为中国《文心雕龙》学会和云南大学人文学院于2015年8月在云南大学举行的中国《文心雕龙》学会第十三次年会论文，后收入会议论文集；刊于《语文学刊》2017年第4期时，略有补充。

---

① 郭齐勇：《〈老〉〈庄〉"道"论发微》，《庞朴教授八十寿辰纪念文集》，北京：中华书局，2008年，第157页。

杨明照先生与"文心雕龙学"

杨明照先生是中国现代"龙学"的创始人之一，雕刻全龙的巨擘。回观杨先生的"龙学"成果，体察杨先生从事"龙学"研究的精神，堪称青年学子的榜样，老年学者的楷模。笔者不揣自身学识浅陋，简略地谈论先生对于现代"龙学"的贡献和奋斗精神，不当之处，敬请方家教正。

一、杨明照其人

杨明照（1909—2003），字韬甫，四川大足（今重庆大足区）人。1930年进入重庆大学文预科学习，1932年秋季，升入本科国文系，1935年秋，重庆大学并入四川大学，杨明照成为四川大学国文系学生。1936年秋，考入燕京大学研究院国文部，师从著名文学批评史专家郭绍虞先生，1939年夏季研究生毕业，并留校任教。1941年至1942年任教于北平中国大学。1942年四川省成都市办起燕京大学临时学校，孔祥熙任校长，梅贻宝任代理校长，杨明照到此任教。抗战胜利后，燕京大学在北京原址复课，成都临时学校师生返回北平，杨明照留在了母校四川大学任教，1950年晋升为教授，1978年出任四川大学中文系主任，1981年被评为"中国文学批评史"学科首批博士生导师，晚年被学校聘为文学院终身教授。

在学术界，曾担任的学术团体领导职务有：四川省文联副主席，省作协副主席，中国古代文学理论学会顾问，全国《昭明文选》学会顾问，中国《文心雕龙》学会副会长、名誉会长，全国苏轼研究学会会长，四川省文艺理论学会会长，四川省比较文学学会名誉会长，成都市文联主席，《四库全书存目丛书》编委会顾问，《续修四库全书》学术顾问等。

杨明照先生爱上"文心雕龙学"的时间很早。早在重庆大学读预科的时候，担任"文学概论"课的老师是著名诗人吴芳吉（1896—1932）先生。吴先生讲课经常引用《文心雕龙》的句子，并板书《文心雕龙》原文，"绘声绘色地讲得娓娓动听"，令杨明照"心悦诚服，被那秀辞丽句的骈文吸引住了"，这是杨明照在读私塾和初级中学时期未曾见过的文体。他便购买了扫叶山房石印的黄叔琳本《文心雕龙》。课余饭后，浏览、讽诵。由于爱之笃，读之勤，未到暑假，全书已经背得很熟了。此时的杨明照钻研《文心雕龙》的兴趣与日俱增，暑期还家，还新购了中原书局排印的黄叔琳辑注、李详补注本《文心雕龙》，朝夕与斯，口诵其言，心惟其义。得入门径之后，发现黄叔琳、李详注释中也有一些未尽之处，尚待补正。于是，将自己所得分条著录于笔记，暑期将尽之前，逐条誊写装订成册，准备日后作为增订黄、李注本之用。1932年秋季升入本科之后，由于课程相对少一些，自由支配的时间多了，可以专心致志地钻研黄、李两家注释。日复一日，自己阅读的范围不断扩大，发现的问题越多，补正的条数也不断增加。不久又购得范文澜北平文化学社本《文心雕龙注》，见自己原先发现和订正的问题，在范《注》本中有的已经解决，但也有一些尚未解决，而范《注》本也出现了一些新问题。于是在原有成果的基础上，舍弃范《注》已经解决了的问题，增加范《注》新出现的问题，形成自己本科毕业论文，答辩会上顺利通过，并获得老师的好评。1936年夏天本科毕业之后，顺利考入燕京大学研究院，成为郭绍虞的弟子。在郭绍虞的指导下，仍然以《文心雕龙》为主攻课题，三年下来，以《文心雕龙研究》为题，形成自己的硕士论文，答辩会上顺利通过，并议定由引得校印所作为《燕京学报专号》刊出，后因故未能如愿。其后，在工作中将新发现的资料不断地补充进去，直到 1957 年，被上海古典文学社看中，才于 1958 年 1 月出版发行①。这期间，杨明照先生也发表了一些论文，但是这些论文，或是他专著中的个别结论，或是他研究《文心雕龙》的副产品。

杨明照先生已经出版的主要著作，除了《文心雕龙校注》，还有《文心雕龙校注拾遗》《文心雕龙校注拾遗补正》《增订文心雕龙校注》《刘子校注》《增订刘子校注》《抱朴子外篇校笺》《学不已斋杂著》等。

二、对"文心雕龙学"的研究

我对"文心雕龙学"的理解，纵着分，可以分为古典"龙学"和现代"龙学"；横着分，可以分为内涵和外延两大块。我在《牟世金先生与"文心雕龙学"》一文中，有一个小题目《什么是"文心雕龙学"？》，我的看法是：

> 它的内涵包括对《文心雕龙》的版本、校勘、语译、注释、理论阐释等。其外延部分涉及的面极广。由于《文心雕龙》是一个复杂的文化系统，所以这个学问可大了。外延又可以分为前延和后延，前延就是对《文心雕龙》产生之前刘勰学养所含的经学、史学、子学、玄学、佛学、文学艺术及文字学等有所了解，以便于探究《文心雕龙》的思想渊源，仅此还不够，还得对作者刘勰的家世、生平等都得要了解，对其家学渊源进行探究（研究刘勰家世生平也可称之为"刘学"）。这就是《孟子·万章下》说的：

---

① 杨明照：《我与〈文心雕龙〉》，张世林编：《学林春秋——著名学者自序集》，北京：中华书局，1998 年，第 196—197 页。

"读其书，颂其诗，不知其人可乎？"后延就是由于《文心雕龙》从产生到现在已经一千五百余年的历史了，各种版本互异，这又涉及到版本学、校勘学，还涉及到它在目录学的归类问题，历代学人对《文心雕龙》的传播、研究成果以及《文心雕龙》对后世的影响等，这又涉及到《文心雕龙》的研究史问题，还要涉及《文心雕龙》文献学、目录学等①。这就要求研究者必须有一定的历史知识，不然就会出现硬伤。君不见我们的研究者中，有人由于缺少历史知识，在谈到刘勰家世时，把刘肥的母亲曹夫人说成是刘夫人，把梁武帝的六弟临川王萧宏说成是梁武帝的儿子，这就与《史记》《汉书》《梁书》大相径庭，作为一位"文心雕龙学"的研究者，对于"文心雕龙学"外延部分的内容如此无知，是不应该的。刘勰除了《文心雕龙》之外，还有其他著作，这些对刘勰其他著作的研究，也应当归于"文心雕龙学"的外延部分。刘勰的《文心雕龙》产生在定林寺里，文中有没有佛学思想，学界争论不休，刘勰还写了几篇有关佛教的文章，在寺院里整理佛典耗费了刘勰大量的心血，这就要求研究者必须懂得一点佛学；另有一部存在著作权争论的《刘子》问题，又涉及到文献学和思想史。《文心雕龙》的"文之枢纽"部分，涉及征圣、宗经，如果对经学茫然无知，则不可能问津"文心雕龙学"，更何况《文心雕龙》全书引用《周易》二百二十八处，散见在全书的四十七篇中。五经中弄懂一经都非易事，更何况弄懂五经。《文心雕龙》显示出刘勰的学问博大精深，这也就是《文心雕龙》为什么被后人称为奇书，就是因为它前无古人，后无来者。《文心雕龙》的主旨

---

① "文心雕龙学"研究史和《文心雕龙》文献学，似乎应该属于"文心雕龙学"的内涵部分，因为涉及到《文心雕龙》对后世的影响，为了在本论文中论述方便，笔者把它放在了外延部分。

虽然是讲文章作法，但是他又不是单纯讲作法，而是从文的源头上开始讲起，最后找到文原于道；又因为"道沿圣以垂文，圣因文而明道"，这就是"文之枢纽"的"征圣""宗经"，圣人的著作体现了道的精神，找到了各种文体产生于五经，这就是研究《文心雕龙》为什么涉及经学。《文心雕龙》中专设《诸子》篇，如果对子学没有研究，也是读不懂的。《文心雕龙》设有《练字》篇，现实是由于有人缺少文字学常识，把文中的"联边""半字"等文字学常识性的用语认为是取自佛教，把一篇严谨的文字学著作读歪了。刘勰生活在南朝玄学兴旺时期，他的思想和方法论不可能不受当时学术思潮的影响，这就要求研究者必须懂得一点玄学，懂得学术史。[①]

刘勰的《文心雕龙》中有《练字》《声律》《章句》篇，这三篇的内容，在清代以前属于小学，而今早已把所谓"小学"的内容——形、音、义——分成了相对独立的文字、音韵、训诂三门学问（只能说是相对独立，事实上联系还是非常密切的）。无论从作者本人的角度，还是从读者的角度，如果对这三门学问缺少常识，也影响到对"文心雕龙学"的理解。因此，研究"文心雕龙学"，还得懂得以上三门学问，这就是我在上面说的要懂得文字学的原因。

总之，刘勰的《文心雕龙》是一部中国传统文化的代表性著作，因此，可以说《文心雕龙》就是中国传统文化的一个芯片，或者说是中国传统文化的大系统。

杨明照先生的研究属于现代"龙学"，早在新中国成立之前，他的研究已经涵盖了我所说的内涵和外延两大块。

---

① 朱文民：《牟世金先生与"文心雕龙学"》，戚良德编：《千古文心——牟世金先生诞辰九十周年纪念文集》，南京：凤凰出版社，2018年，第81页。

（一）对内涵的研究

1. 《文心雕龙》版本研究

在"龙学"界，就见到并利用和个人收藏的《文心雕龙》各种版本来说，杨明照先生是第一人，其次当是詹锳和王利器先生了[①]。杨明照先生见到和反复阅读的第一个版本就是扫叶山房石印的黄注、纪评本《文心雕龙》，这个版本的底本是清卢坤两广节署本。两广节署本，对黄叔琳和纪晓岚的眉批是用朱墨两色套印以示区别的，而扫叶山房本则把眉批一律用黑色印刷，这就把黄、纪的眉批混在一起了。大概也正是因为这个原因，使得杨明照先生暑假就买了中原书局出版的李详的《文心雕龙补注》。中原书局出版的李详补注本，不仅与黄叔琳注本联排，而且还把眉批标记为黄云、纪云，这对全面理解正文大有好处。中原书局本的《文心雕龙补注》本，为杨明照先生1937年在《文学年报》第三期发表的《范文澜〈文心雕龙注〉举正》提供了便利[②]。杨先生的"举正"针对的是范注北平文化学社本。这里面首先引起杨先生订误的是中原书局本《文心雕龙补注》，然后又找了养素堂本和两广节署本核实，所以杨先生对范注订误了黄冠纪戴的有十四条。杨先生在文末有一段跋语："明照按：右所列者，都凡十有四条，皆黄氏叔琳评语，而范注乃以属诸纪氏。张冠李戴，殊失目晓！又按：养素堂本，仅有黄评。卢涿州刊于粤者，则朱墨区分（黄评墨字，纪评朱字），各于其党。坊间通行本，亦各冠其姓氏以是异。不知范氏何以致误？操觚至此，不禁为北平先生叹空自苦也！"这段跋语，杨先生在上海古籍出版

[①] 杨明照经眼的《文心雕龙》版本74种，詹锳经眼的32种，王利器经眼的是24种。

[②] 此文发表时，范文澜注的开明书店本已经面世，因而，杨先生"举正"的瑕疵，开明书店本中，有的范文澜已经改了，有的依然如故。开明书店本出版前，当是范文澜没有看到杨先生的"举正"。

社 1985 年 10 月出版的《学不已斋杂著》论文集中，删去了有下划线的句子。这篇文章，是杨明照先生发表的第一篇有关《文心雕龙》的文章，当时正在读研究生一年级。我想，这篇文章当是形成于读本科的四年级，或者研究生第一学年的上学期。在郭绍虞先生的指导下，杨明照继续在本科毕业论文基础上进一步深化，必然尽量多地搜寻《文心雕龙》的各种版本。因为杨先生的主攻方向就是继续"校注"《文心雕龙》，所谓"校"，就是校勘各种版本的异同，以追求《文心雕龙》初本的真相。《文心雕龙》自从诞生，历经梁、陈、隋、唐，一直都是手抄本，每外传一次，就创造一个版本，也必然较之原稿多出一些错误。这就是刘勰说的"三写易字"，《抱朴子》说的"书三写，鱼成鲁，帝成虎"了。追求真相，不仅校出异同，还得断出是非，此并非易事。1938 年 12 月，杨明照先生又在《燕京学报》发表了《文心雕龙注》一文，该文除了订补范《注》外，还对范文澜使用的底本提出辨析。杨先生批评范文澜在《例言》第一条交代他使用的底本是黄叔琳本，说："此条立例甚善，惜所言病于囫囵。"所谓"囫囵"，我理解就是笼统，没有交代黄叔琳本的哪一种版本。此时杨明照指出："黄氏原本有二：一为养素堂本，一为朝阳郑氏（国勋）龙溪精舍丛书据刻本。"这说明此时尚在求学时期的杨明照先生，已经注意到黄叔琳本已非一种版本。到后来，杨先生在《〈文心雕龙〉版本经眼录》中，谈到黄叔琳本时说："清黄叔琳辑注本，余藏。原刻为乾隆六年养素堂本。"并加注："嗣后复刻较多，其佳者几于乱真。"面对"几于乱真"的众多"养素堂本"，笔者在拙文《黄叔琳与中国古典"龙学"的终结》一文中有辨析，认为乾隆六年养素堂版本的初版，现收藏在首都图书馆和上海图书馆者为最真[1]。

---

[1] 首都图书馆藏本，于 2017 年 6 月在国家图书馆出版社影印出版发行，上海图书馆藏本于 2019 年 1 月在浙江大学出版社影印出版发行。

但是，范文澜先生对杨先生的这一条"病于囫囵"的批评一直未有改正，直到建国后人民出版社的定本依然如此，范《注》实际用的是坊间黄叔琳本，而非养素堂初刊本。也许杨先生感到现在社会上新出版的译注本，不少人使用了范文澜本为底本，实在不是上选，晚年发出"《文心雕龙》有重注必要"的呼声，可惜先生已经无力再为。

校勘之功力，第一步必须见到的版本越多越好。据杨先生《〈文心雕龙〉版本经眼录》，杨先生见过或用过的版本共有 74 种，其中写本 9 种，刻本 37 种，选本 11 种，校本 17 种；在这些版本中他自己收藏的有 19 种：唐写本残卷、涵芬楼影印本、明梅庆生万历己酉音注本、明凌云五色套印本、明梅庆生天启二年第六次校定改刻本、明陈长卿复刻明梅庆生天启二年第六次校定改刻本、清黄叔琳辑注本、清张松孙辑注本、清卢坤两广节署本、清翰墨园复刻芸香堂本、清思贤讲舍复刻翰墨园本、明何允中汉魏丛书本、明钟惺合刻五家言本、秘书十八种本、明陈仁锡奇赏汇编本、明王谟汉魏丛书本、清崇文书局三十三种丛书本等。正因为见得版本多了，提高了辨别能力，因而，对涵芬楼影印本《文心雕龙》称明嘉靖本提出质疑。杨先生说："涵芬楼影印的《文心雕龙》，一单行本，一收在《四部丛刊》中，扉页后的书牌均题为'影印明嘉靖刊本'。《四部丛刊书录》还有简要说明：'前后无刻书序跋，审其书墨，当是嘉靖间刻。'这样的推断，好像持之有故，言之成理，毋庸置疑似的。夷考其实，乃万历七年张之象所刻，并非什么嘉靖本。"并举出三证作为根据，说"仅此三点，涵芬楼据以影印者之非嘉靖本，已昭然若揭。如果再与万历七年张之象刻的《文心雕龙》原本展卷并观，立即发现彼此的版式、行款、字体、刻工姓名以及板框的大小宽狭，无一不相吻合……可见影印本《文心雕龙》的底本，确为万历七年张之象所刻无疑。那么，涵芬楼又何以把它弄错了呢？答案很简单，大概是由于原书'前后无刻书序跋'的缘故吧（张刻《文心雕龙》，我曾见过五部。卷首的张之象序、《梁书·刘勰传》及订正、校阅者名氏数叶，都齐全。涵芬楼所藏者独缺，可见是书贾为了骗取高价割去了的）"[①]。杨明照《〈文心雕龙〉版本经眼录》也说："夷考其实，乃大谬不然。……然则此本为张之象之初刻（或原刻）无疑也。涵芬楼诸公盖为书贾所欺〔卷首之张氏序、《梁书·刘勰传》及订正、校阅者名氏数叶均被割去（余见张刻本五部皆全）〕，而铃木虎雄、赵万里、刘永济三家论著皆称之曰嘉靖本，则又为《四部丛刊》书牌所欺耳。"[②]杨明照晚年出版的《增订文心雕龙校注》与上大致相同。

就我所见，最早提出涵芬楼影印的《文心雕龙》不是明嘉靖本，而是张之象本的是王利器 1951 年出版的《文心雕龙新书》。王利器先生在该书的《序录》说："涵芬楼《四部丛刊》的嘉靖本，实即张之象本，因佚去张序，便把它冒充嘉靖本了。"[③]詹锳先生的《文心雕龙义证》亦与王利器、杨明照意见一致，认为是万历七年张之象本，而非明嘉靖本。[④]王利器的《文心雕龙新书》出版后，没有在国内发行，连王利器本人也没有拿到样书，估计杨明照可能也没有见到。这样说来，杨明照的《文心雕龙校注》虽然出版得晚一些，但是王、杨二人均为独立发明，值得一书。1960 年，户田浩晓先生在评论杨先生的《文心雕龙校注》时，说：过去"从来没有人怀疑过的涵芬楼影印的嘉靖本，实际上即万历七年的张之象刻本，这一

---

① 杨明照：《学不已斋杂著》，上海：上海古籍出版社，1985 年，第 558—559 页。

② 曹顺庆主编：《岁久弥光：杨明照教授九十华诞庆典暨中国古典文献学国际学术研讨会论文集》，成都：巴蜀书社，2001 年，第 29 页。

③ 王利器：《文心雕龙新书》，台北：宏业书局，1983 年 8 月，第 17 页。

④ 詹锳：《文心雕龙义证》，上海：上海古籍出版社，1989 年，第 16—17 页。

指摘，其价值是非常值得注意的"①。这说明户田浩晓也没有看到王利器的《文心雕龙新书》。

杨先生还对通行本的篇序提出自己的意见，认为有混乱处。如在《总术》篇下，杨明照注文说："按今本有错简，本篇统摄《神思》至《附会》所论为文之术，应是第四十五，殿九卷之后；《时序》与《才略》互有关联，不能分散在两卷，《时序》应为第四十六，冠十卷之首，《物色》介于《时序》《才略》之间，殊为不伦，当移入九卷中，其位置应为第四十一。《指瑕》《养气》《附会》三篇依次递降。"在《时序》篇下，杨先生说："按此篇当在《才略》之前，此篇论世，彼篇论人，本密迩相连。《序志》篇云：'崇替于《时序》，褒贬于《才略》。'明文可验也。"杨明照的这个看法按今人的逻辑看有道理，但文献根据不足，作者只是指出他认为混乱，却没有像李曰刚和郭晋稀、陈书良那样按照自己的意见另行编排篇次。对于《隐秀》篇补文的真伪问题，作者同意有四百余字为明人伪作。但指出纪评中的渊明称"彭泽"并不始于唐人，而是南朝人鲍氏集卷四中已有"学陶彭泽体"的称呼。

2. 对《文心雕龙》文本的校注——从《文心雕龙校注》（下简称《校注》）到《文心雕龙校注拾遗》（下简称《校注拾遗》），再到《增订文心雕龙校注》（下简称《增订》）和《文心雕龙校注拾遗补正》（下简称《补正》）

"校"，是校勘版本异同，作出是非判断。自从《文心雕龙》产生至宋代之前，尚未有印刷技术用于刻书，靠手工抄录，每传抄一次，就会多出一些与底本不同的字句，即使宋代以后有了印刷技术，刻书者每刻一次，同样出现与底本相异的情况，后之学者要想求得真相，发现异同，就需要大量不同版本做根据，搜集各种版本

---

① 曹顺庆编：《文心同雕集》，成都：成都出版社，1990年，第315页。

需要功夫和付出经济代价。杨先生已经经眼七十余种不同版本，这一点，"龙学"界无人可比，就校勘来说，杨先生最有发言权。面对异同，作出是非判断，并非易事，他需要综合知识作基础。"注"，是注释文字，不仅找出字词句的出处，还要交代字词句的意思，这不仅需要有博览群书的功力，也还需要有小学的常识。

从《校注》到《校注拾遗》的规模来看，《校注》本，是古典文学出版社 1958 年 1 月出版，约 362000 字，而《校注拾遗》本，是上海古籍出版社 1982 年 12 月出版，约 588000 字，多出了226000 字。《校注》中，还含有《文心雕龙》原文、黄注、李补，共约 10 万字。而《校注拾遗》则全是杨明照一人对黄注和李注的拾遗之成果。从《校注》到《校注拾遗》相比较，"《梁书·刘勰传笺注》换补了二分之一；《校注拾遗》增加了五分之二；《附录》则扩充的更多，由原来的六类蕃衍为九类；《征引书目》达六百八十余种，几乎多了两倍。"①《增订》本是中华书局 2000 年 6 月出版的版本。该书恢复了二十世纪五十年代中华书局出版（古典文学出版社）的《文心雕龙校注》模式，每篇原文之后是：黄叔琳注、李详补注、杨明照校注拾遗。这个本子所谓"增订"，就是对二十世纪五十年代中华书局出版的《文心雕龙校注》的增订，也可以理解为对《校注拾遗》的增订，名实相符。杨明照在《前言》的末尾交代说：在《文心雕龙校注拾遗》交给上海古籍出版社之后，理董《抱朴子外篇校笺》过程中发现"凡可补正《文心雕龙校注拾遗》的资料，皆一一录存。去年暑假，《抱朴子外篇校笺》下册竟业，念有生之年有限，又假余勇重新校理刘舍人书，前著之漏者补之，误者正之；《文心》原文及黄、李两家注，亦兼收并蓄，以便参阅，名曰《增订文心雕

① 杨明照：《我与〈文心雕龙〉》，张世林编：《学林春秋——著名学者自序集》，中华书局，1998 年，第 196—197 页。

龙校注》"。该书661000字。首先是正文前的书影做了调整，并增至九幅。附录也由《校注拾遗》的九种增至十种，增加了《校记》。五十篇《校注拾遗》的文字也各有增删。

《文心雕龙校注拾遗补正》是江苏古籍出版社2001年1月出版的，该书是对《校注拾遗》的补正，因而不含有上海古籍出版社的《文心雕龙校注拾遗》的附录部分，所以字数仅有316000字。《校注拾遗·序志》篇有"傲岸泉石"条，其注释文字为"按《晋书·郭璞传》'（客傲）傲岸荣悴之际，颉颃龙鱼之间'"。《补正》本"傲岸泉石，咀嚼文义"条，注："按傲岸，高傲，不随和世俗。《晋书·郭璞传》'（客傲）傲岸荣悴之际，颉颃龙鱼之间。'（黄侃《札记》引鲍照《代挽歌》'傲岸平生中'句注，嫌晚。）咀嚼，仔细品味。《史记·司马相如传》：'（《上林赋》）咀嚼菱藕。'又按《原道》篇：'傍及万品，动植皆文：龙凤以藻绘呈瑞，虎豹以炳蔚凝姿；云霞雕色，有逾画工之妙；草木贲华，无待锦匠之奇。夫岂外饰，盖自然耳。至于林籁结响，调如竽瑟；泉石激韵，和若球锽。故形立则章成矣，声发则文生矣。夫以无识之物，郁然有采，有心之器，其无文欤！'挹彼注兹，颇有助于对'傲岸泉石'与'咀嚼文义'之深入理解，故特为移录。"这就比《校注拾遗》增补了不少文字，更有利于对原文的理解。

再从体例上说，《文心雕龙校注》的体例，从大处说是由正文前的《梁书·刘勰传笺注》、《文心雕龙》五十篇原文、附录、引用书目、后记五大块组成。而正文《文心雕龙》五十篇原文，又细分为黄叔琳辑注、李详补注、杨明照拾遗三部分；附录又细分为刘勰其他著作、历代著录与品评、前人征引、群书袭用、序跋、版本六部分。而《校注拾遗》增加了《前言》，把《梁书·刘勰传笺注》调至《附录》前《序志》末，更有利于读完《序志》读《刘勰传》。

正文部分，省去了《文心雕龙》全文、黄注、李补、后记四块，全是杨明照校注拾遗。书前还添加了七幅书影。这就是说杨明照的《文心雕龙校注拾遗》不再居于黄叔琳、李详的树荫下，已成为参天大树独立学林了。

众所周知，《文心雕龙校注》是在感到黄注、李补"还是有一些未尽的地方……后得范文澜先生的注本，叹其取精用弘，难以几及，无须强为操觚，再事补缀。但既多所用心，不愿中道而废。于是弃同存异，另写清本"①。这部分资料，有关范文澜注的核心部分，已经作为论文《范文澜〈文心雕龙注〉举正》发表在《文学年报》1937 年第 3 期上。

《校注拾遗》的规模较之《校注》大约多出 30 万字，我们从全书的校注和附录来看，校注的内容对刘勰《文心雕龙》原文每一篇的注释条数不仅有了大幅增加，而且对原《校注》也有订正和删除。现在我们以第一卷为例，考察杨先生从《校注》《校注拾遗》《增订》到《补正》一路走来所做的增订、补充。

《原道》篇，《校注》共 22 条，其中校勘 12 条，注 10 条；《校注拾遗》共 38 条，其中校勘 26 条，注 12 条；《增订》共 39 条，其中校勘 26 条，注 13 条；《补正》共 38 条，其中校勘 26 条，注 12 条。《征圣》篇，《校注》共 10 条，全是校勘，没有注；《校注拾遗》共 22 条，其中校勘 19 条，注 3 条；《增订》共 22 条，其中校勘 19 条，注 3 条；《补正》共 21 条，校注同前。《宗经》篇《校注》共 18 条，其中校勘 14 条，注 4 条；《校注拾遗》共 35 条，其中校勘 27 条，注 8 条；《增订》共 36 条，其中校勘 28 条，注 8 条，增加"义既极乎性情，辞亦匠于文丽"；《补正》共 34 条，比《增订》少了"群言之祖""正本归末"两条；增加"六则文丽而不淫""是以往者虽旧，余味日新"

---

① 杨明照：《文心雕龙校注·后记》，上海：古典文学出版社，1958 年。

两条。《正纬》篇《校注》共 13 条，其中校勘 10 条，注 3 条；《校注拾遗》共 21 条，其中校勘 18 条，注 3 条；《增订》与《校注拾遗》条数相同；《补注》共 22 条，其中校勘 18 条，注 4 条，增加了"朱紫乱矣"条。《辨骚》篇《校注》共 17 条，其中校勘 11 条，注 6 条；《校注拾遗》共 31 条，其中校勘 21 条，注 10 条；《增订》共 32 条，其中校勘 21 条，注 11 条，比《校注拾遗》增加"莫或抽绪"条；《补正》共 34 条，其中校勘 23 条，注 11 条，增加"欸唾可以穷文致""玩华而不坠其实""虽取镕经意，亦自铸伟辞"，删去"若能凭轼以倚雅颂"。

从《校注》到《校注拾遗》，再到《增订》和《补正》的校注条数来看，《校注拾遗》校注条数明显增多，这种增加，并不是在原有《校注》的基础上简单地增加，而是重新审视《校注》各条内容，给予增删。不仅增删词条数，对原校注条目的内容也重新梳理，给予调整。例如《原道》篇的"观天文以极变，察人文以成化"条，在《校注》里有，属于"注"，在《校注拾遗》里就删去了，这个删除，杨先生也许觉得文字浅显，读过《周易》的人，都会明白。《征圣》篇的"以文辞为功"条，《校注》里有，属于校勘，在《校注拾遗》里就删去了。此条的"文"字，黄叔琳已经校出："一作'立'"，杨先生在《校注拾遗》里就删去了，这个删除是必要的。因为黄叔琳没有"遗漏"，不该"拾"。《辨骚》篇的"士女杂坐，乱而不分……荒淫之意也"，此条属于注，在《校注拾遗》里删去了。其原因虽然未有交代，我估计，可能因为原文语义清晰明确，无须注出。"虽取镕经意，亦自铸伟辞"，此条属于校勘，杨校："伟，唐本作纬。按唐本非是。伟辞，犹奇辞也。"在《校注拾遗》里删去了。"壮志烟高"条，杨注："志，唐本作采。按采字是。"在《校注拾遗》里也删去了，这两条属于校勘，按理说，既然版本有异，就该出校，删去的原因未有交代，令人不解。在《增订》和《补正》也是如此，互有增删。

以上是《文心雕龙》第一卷《校注》与《校注拾遗》《增订》和《补正》的词条的增删情况。现在我们来看《校注拾遗》比《校注》相同词条的内容增删的问题。仍然以第一卷为例。先看《原道》篇，原有词条的内容增加了不少文字。例如"五行之秀，实天地之心"条，《校注》：

> 黄叔琳校云："一本实上有人字，心下有生字。"按元刻本、汪一元本、余诲本、张之象本、两京遗编本、胡震亨本、凌云本、合刻五家本、四库全书文津阁本、何允中汉魏丛书本、王谟汉魏丛书本、崇文书局本，并与黄校一本同。《礼记·礼运》："故人者，其天地之德，阴阳之交，鬼神之会，五行之秀气也。……故人者，天地之心也，五行之端也，食味、别声、被色而生者也。"为舍人此文所本。疑原作为五行之秀气，实天地之心生。下文"心生而言立"，即紧乘天地句。《征圣》篇赞"秀气成采"，亦以秀气连文。陆德明《经典释文》序："人禀二仪之淳和，含五行之秀气。"又其旁证。

《校注拾遗》：

> 黄叔琳校云："一本实上有人字，心下有生字。"按元至正本、明弘治冯允中本、汪一元本、余诲本、四部丛刊影印本、张之象本、两京遗编本、何允中汉魏丛书本、胡震亨本、王惟俭训诂本、梅庆生万历音注本、凌云本、合刻五家言本、梁杰订正本、秘书十八种本、谢恒钞本、奇赏汇编、汉魏别解本、清瑾轩钞本、日本冈白驹本、又尚古堂本、四库全书文津阁本、王谟汉魏丛书本、

郑珍原藏本、崇文书局本、<u>文俪十三、诸子汇函二十四</u>，并与黄校一本同。<u>梅庆生天启二年校定本"人""生"二字无，各空一格。文溯本无"人"字。</u>吴翌凤校本作"人为五行之秀，心实天地之心"。《礼记·礼运》："故人者，其天地之德，阴阳之交，鬼神之会，五行之秀气也。……故人者，天地之心也，五行之端也，食味、别声、被色而生者也。"为舍人此文所本。疑原作为"五行之秀气，实天地之心生"。下文"心生而言立"，即紧乘天地句。《征圣》篇赞"秀气成采"，亦以秀气连文。<u>《春秋演孔图》："秀气为人。"《文选》王融《曲水诗序》："冠五行之秀气。"</u>陆德明《经典释文》序："人禀二仪之淳和，含五行之秀气。"并其旁证。

上文中有下划线者，是《校注拾遗》比《校注》在同一条下多出的文字。这样比较，我们可以发现，同一词条，两书的"校注"，虽然结论一致，但是质量是大不一样的。首先在版本证据上，《校注》用了12种版本，而《校注拾遗》用了27种版本。这一条是需要既校又注的功夫，注是为了证明校得有理，因而注出了出处。在资料上，又引用了《春秋演孔图》和《文选》王融《曲水诗序》。到了《增订》本，在这条校注的末尾又增加了"附注"："台北商务印书馆影印四库全书文渊阁本两种《文心雕龙》，已非原书本来面目。其为馆臣校改者，皆无迹可寻，故未持本核对。"《补正》本无。用字也比《校注》精准了。例如对版本的称谓，元代刻本现在证明只有一种，即元至正本，《校注》笼统称"元刻本"，从《校注拾遗》之后，就改为"元至正本"，显得精准了，这样可以防止以后出现元刻本与之混淆。

杨先生的《校注拾遗》出版之后，学林一片赞扬声，在赞扬声中，也有希望更加精准、完善而提出补正者，其中吴林伯先生的论文《文心雕龙校注拾遗补正》，就是一篇最有代表性的商榷文章。吴先生说：杨公对黄注、李补、范注的"补缺拾遗，嘉惠学林，厥功甚伟"。但是仍有商榷补正之处。于是以补为主，正次之，提出了迄今为止最有价值的意见。吴先生补充了106条，订正了22条，散见于关于《文心》的18篇文章中。吴先生的意见，大都被杨先生吸纳在日后出版的《增订》本和《补正》本中，就是吴先生的文章题目《文心雕龙校注拾遗补正》，也为杨先生照搬，即使没有被吸纳的部分，有一些并非不优，不知何故舍弃。

3. 对《文心雕龙》的性质的认识和理论阐释

杨明照先生认为《文心雕龙》是古代文学理论专著。杨先生一生忙于校勘，研究理论的文章发表不多。尽管如此，杨先生对《文心雕龙》的主导思想和思想渊源方面的理解，在我看来还是较为准确的：一是指出《文心雕龙》的主导思想是儒家的；二是其思想之本是《周易》；三是刘勰追求和实践了儒家的三不朽思想。由于受篇幅限制，我们仅列出如下两点，作为例证：

他在《从〈文心雕龙·原道、序志〉两篇看刘勰的思想》一文中指出：刘勰喜欢儒家的三不朽思想，并希望自己能够有所实践；他一介书生，在没有其他途径可以实现自己梦想的时候，只得以论文来达到目的。论文"本乎道"的"道"是指文章本由自然生，所以数次提到"自然"和"自然之道"。杨先生指出："什么是自然之道呢？刘勰在《原道》篇把它概括为天文、地文、人文三个方面"自然形成的规律。"所谓'道之文'，就是自然之文。"

天、地、人的自然之文，与文学究竟有什么关系呢？刘勰认为：在八卦和文字还未出现之前，天文、地文、人文虽然早已存在，却没有工具将它们写下来。从庖牺画八卦和文字发明以后，历代的圣人才先后写成书面的东西，这便是《六经》。所以他在篇末说："道沿圣以垂文,圣因文而明道。""道"既然是通过圣人才写成"文",而圣人又是通过"文"来阐明道,因而《六经》就成为"旁通而无滞(涯),日用而不匮"的"道之文"。刘勰主张文原于"道"的出发点在这里,接二连三地提出"征圣""宗经"的原因也在这里。现在要进一步问:文原于"道"的论点是刘勰的创见吗?个人看法它来源于《周易》。理由是:篇中除屡用《周易》的辞句和一再提到有关《周易》的故实外,如"丽天之象""理地之形""高卑定位,两仪既生""观天文以极变,察人文以成化"之类,都是《周易》上的说法,别的经书是不经见的。只不过刘勰有所发挥罢了。……这里还须说明,刘勰本是强调"宗经"的,经书非一,何以《原道》篇的论点只来源于《周易》呢?个人的看法这样,《六经》中,谈哲理的,只有《周易》(《法言·寡见》篇:"说天者,莫辩于《易》。"就是指这层说的);谈有关"文"的问题的(当然是最广义的"文"),也以《周易》为最多。同时,《周易》又是被历代儒家学者认为最古而又最重要的一部经典。所以刘勰在第二大段里即侧重于《周易》方面的论述。因为他要畅谈"人文",所涉及的"太极""八卦""十翼""河图""洛书""文言""系辞"等,其他的经书是无所取材的。文原于"道",是刘勰对文学的根本看法,也是全书的要旨所在。篇中的论点既然出自《周易》,而《周易》又是儒家学派的著作,从总的倾向来看,刘勰写作《文心雕龙》时的主导思想应该是儒家思想。[①]

笔者曾在拙文《易学视域下的〈文心雕龙〉研究述论》中指出:"大

---

① 杨明照:《从〈文心雕龙原道、序志〉两篇看刘勰的思想》,《文学遗产增刊》第 11 辑(1962 年)。又见作者《学不已斋杂著》,上海:上海古籍出版社,1985 年,第 478—479 页。

陆学者早期指出《周易》与《文心雕龙》之理论关系的，杨明照先生是其中之一。"①笔者很看重杨先生的这一番论述和观点，并认为是"龙学"研究的大关节。②所以，笔者不厌其文字之多，将显示杨先生这一观点的资料移录于上。但是，这也仅是相对于主张《文心雕龙》主导思想佛家说而言，我并不完全同意杨先生《文心雕龙》主导思想为纯儒家说。杨明照先生的博士弟子李建中教授也不同意他老师的意见，认为："宗经征圣的刘勰并不排斥道家经典和老庄精神。早在仕宦之前已具备道家文化的心态祁向和人格诉求，并将儒、道两家思想统一于他的《文心雕龙》，这更是青年刘勰文化思想的融通之长。"③我认为李建中教授的观点符合刘勰思想，即《文心雕龙》的主导思想是儒道同尊。

（二）外延部分

1. 对刘勰生平的研究

（1）刘勰的家世。对于刘勰家世的研究，一直在庶族地主和官僚地主之间争论不休。杨先生本着《宋书》的《刘穆之传》和《刘秀之传》，认为刘勰家族是汉城阳王后裔，为官僚士族家世。并认为刘勰家族作为莒县人，在当时还优于臧氏家族。杨先生说："南朝之际，莒人多才，而刘氏尤众，其本支与舍人同者，都二十余人；虽臧氏之盛，亦莫之与京。是舍人家世渊源有自，于其学术，必有

---

① 朱文民：《易学视域下的〈文心雕龙〉研究述论》，戚良德主编：《中国文论》，第四辑，上海：上海古籍出版社，2018 年，第 204 页。

② 我支持杨先生的这一观点，是就有人主张《文心雕龙》的主导思想是佛家，而不是儒家而言。我这里说的刘勰主导思想是儒家，指的是南朝时期的儒家，而非先秦时期的儒家。再说，《周易》是儒、道两家的共祖，而非单纯儒家的经典。南朝的玄学经典是《易》《老》《庄》，玄学，又可称为新道家。

③ 李建中：《创生青春版〈文心雕龙〉》，中国《文心雕龙》学会编：《〈文心雕龙〉与 21 世纪文论研究国际学术研讨会论文集》，北京：学苑出版社，2009 年，第 95 页。

启励者。"①并引用《梁书·庾於陵传》"旧事，东宫官属，通为清选……近世用人，皆取甲族有才望者"，以证刘勰乃上族出身（文民按：甲族即士族）。杨先生对于《梁书·刘勰传》记录其"家贫"二字的理解，非常正确。杨先生说："刘勰的'家贫'，绝不等于当时劳动人民的一贫如洗，朝不谋夕；只能理解为他是一个没落贵族家庭出身的子弟，生活大不如昔就够了。"并举《梁书·文学传》中的袁峻、任孝恭的"家贫"为证。杨先生说："如果我们单把刘勰的'家贫'说得连饭都吃不上，那就未免太不了解历史了。"愚以为杨先生的观点符合史实，并撰写了《刘勰家族门第考论》一文②，进一步证明之。

（2）对刘勰生卒年的研究。杨先生对刘勰生平的研究，主要体现在《读〈梁书·刘勰传〉札记》（1962）、《刘勰卒年初探》（1978）、《〈梁书·刘勰传〉笺注》（1941、1979年，可简称为前笺和后笺）中。杨先生的后笺认为刘勰"当生于宋明帝泰始二、三年间。其卒年，推定为大同四年或五年"③。我认为杨先生对于刘勰生卒年的考证基本符合史实。往昔有人主张刘勰卒于梁普通年间的说法，我认为不能成立，撰写了《慧震还乡与刘勰卒年》④提出商榷意见，有人还不服，通过偷换概念、武断而又强词夺理等方式回答我的质疑，我对仅靠强词夺理以维护面子的争鸣，干脆不予理睬。2005年在贵

---

① 杨明照：《〈梁书·刘勰传〉笺注》，1941年6月《文学年报》第7期。1979年发表的"后笺"亦如此。其后分别收录在《文心雕龙校注》《文心雕龙校注拾遗》中。

② 拙文最初为台湾中山大学2007年6月举行的"《文心雕龙》国际学术研讨会"论文，后收入会议论文集，由台湾文史哲出版社2008年出版；又刊发在首都师大《文学前沿》2009年第1期，《日照职业技术学院学报》2007年第1、2期。

③ 杨明照：《〈梁书·刘勰传〉笺注》（后笺），载《中华文史论丛》1979年第1辑。在"前笺"中，杨明照主张刘勰卒于梁普通二、三年间。此之推算，显然深受范文澜之影响。

④ 该文发表在《临沂师范学院学报》2004年第2期。

州师范大学举行的"龙学"会议期间，我对这位龙友说:《出三藏记集》中有一则资料，叫《道行径后记》。这条资料是:"光和二年十月八日。河南洛阳孟元士，口授天竺菩萨竺朔佛。时传言译者月支菩萨支谶，时侍者南阳张少安、南海子碧，劝助者孙和、周提立。正光二年九月十五日，洛阳城西菩萨寺中沙门佛大写之。""正光"是北魏孝明帝年号，这"正光二年"是公元 521 年，时梁王朝是普通二年。《出三藏记集》的最后编定者是刘勰和慧震。这样一条资料，被编入其中，根据当时书籍传播速度，传到敌对的南朝刘勰手中，少说也得三五年或者十年左右的时间。如果对《出三藏记集》中的这条资料，传到南朝的时间无法作出合理的解释，其他刘勰卒于梁普通年间的说法都是无稽之谈。只不过范文澜名气大，懒于动脑筋的龙友，把范文澜拿来挡风，在范文澜"刘勰卒于普通元、二年"基础上修修补补而已。后来，华南师范大学的韩湖初教授在《牟世金先生考证〈文心雕龙〉成书年代和刘勰生卒年的贡献》一文中，专列一个标题《朱文民考证慧震撰经功毕返回荆州不久而逝为杨说提供新的佐证》，给予充分的肯定。

（3）对《灭惑论》撰写时间的考证。杨先生认为刘勰的《灭惑论》撰写于齐代，在《文心雕龙》成书之前。杨先生说:

　　刘勰写的《灭惑论》不管是在永明十一年前或是建武四年后，为时都比《文心雕龙》成书早，这是毋庸置疑的。由于它们各自的内容和写作时间不同，不仅"言非一端，各有所当"；即以创作思想而论，也不可能前后一致，毫无变化。同一葛洪，所撰《抱朴子》内外篇，一属道家，一属儒家（见《抱朴子·外篇·自叙》）。还是由于它们各自的内容和写作时间不同，而判若天渊。假设我们要研究葛洪的世界观，能不能把《抱朴子·内篇》所说的"道"

与《抱朴子·外篇》谈的"道"等同起来呢？当然不能。同样的道理，要研讨刘勰的世界观，也绝不能把《灭惑论》所说的"道"与《文心雕龙》谈到的"道"相提并论。因为它们本来就是两码事，牵强比附，终不免于方枘圆凿，是龃龉难入的啊！①

杨先生上面这段话，从时间上说明《灭惑论》写于《文心雕龙》成书之前，从思想差别上说明二者形成于不同时期。从逻辑上和思想性上，我同意杨先生的观点，但是从时间上说，我的观点与杨先生相左，认为南齐不具备出现《三破论》和《灭惑论》的条件，因而，支持李庆甲先生撰成于梁"天监十六年左右"的意见。②最近，韩湖初先生撰写了《〈灭惑论〉撰于梁天监年间刘勰任萧绩记室任上——关于〈灭惑论〉撰年齐梁两说评议》一文③，也支持了撰于梁天监十六年左右的说法。

（4）对《文心雕龙》研究史料的搜集。"龙学"界最早从事历代"龙学"资料搜集和研究的是杨明照先生，先生虽然没有写出"文心雕龙研究史"，我想谁也不会否认杨先生是"龙学"史研究第一人。因为他在 1958 年出版的《文心雕龙校注·附录》中列举了六项内容："刘勰其他著作""历代著录与品评""前人征引""群书袭录""序跋""版本"。1982 年出版《文心雕龙校注拾遗·附录》已经增至九项："著录""品评""采摭""因习""引证""考订""序跋""版本""别著"。从项目看，《校注拾遗·附录》比《校注·附录》更加明晰，从内容看，更加丰富，且每一类之前，有一个小序。2000 年出版《增

---

① 杨明照：《刘勰〈灭惑论〉撰年考》，杨明照：《学不已斋杂著》，第 446 页。

② 朱文民编著：《山东省志·诸子名家志·刘勰志》，济南：山东人民出版社，2010 年，第 106 页。

③ 该文载戚良德主编：《中国文论》第五辑，济南：山东人民出版社，2019 年。

订文心雕龙校注》时，又增至十项，比《校注拾遗·附录》多出"校记"。笔者在拙著《山东省志·诸子名家志·刘勰志》中评论说："附录部分的字数几乎与正文相等，为后人研究刘勰减少了大海捞针之苦。"① 就笔者所见，凡是研究清代以前的"龙学"者，无不借助于杨先生搜集并分类的这部分成果。其引用率甚至高于《校注》。

（5）对于《刘子》一书作者的考证和文本的校注②。

《刘子》作者考证。杨先生对《刘子》一书的研究，与《文心雕龙》几乎同步进行。因为研究《文心雕龙》必然涉及刘勰其他著作，不管你是否承认《刘子》作者是否为刘勰，一个全面研究"龙学"的人，是不能回避的。据杨明照自己说："原重庆大学文预科，设有'古籍导读'选修课，由向宗鲁先生主讲。我专门研究《刘子》是向先生指定的（本拟校注刘向《新序》）；所用底本（影印汉魏丛书本），也是向先生借给的。"③ 杨先生视"龙学"为其一生的事业，因而在现代"龙学"史上，"龙学"成果《范文澜〈文心雕龙注〉举正》与《刘子理惑》同期杂志刊发④。所谓"理惑"，是理论学术界对于《刘子》作者的迷惑。杨先生理出的头绪就是《刘子》为六朝作品，理由是《刘子》最早见载于隋代的《北堂书钞》，敦煌遗书《刘子》其中一种不避唐讳。其作者"要以刘昼近是"，认为两《唐书》和《通志》著录为刘勰是不正确的。理由是"通事舍人刘勰，史惟载其撰著《文心》，不云更有他书。且《文心·乐府》称'有娀谣乎飞燕，

① 朱文民：《山东省志·诸子名家志·刘勰志》，第 347 页。

② 笔者一向把对《文心雕龙》以外与刘勰有关的研究，视为"文心雕龙学"的外延部分。今见国家图书馆出版的《民国期刊资料汇编：文心雕龙学》一书，所收录的内容，包含杨明照先生有关《刘子》的校注和对作者的考证，视为知音。因而，今谈论"龙学"的外延部分，自然要包括《刘子》内容。

③ 杨明照：《增订刘子校注前言》，《四川大学学报》（哲学社会科学版）2001年第 4 期。

④ 该文初载《文学年报》1937 年第 3 期。

始为北声'，与是书《辨乐》谓'殷辛作靡靡之乐，始为北音'，各异其趣。又史称'勰长于佛理，后且出家'，而是书末篇（《九流》）乃归心道教。立言既已殊科，秉心亦复异僎，非其所著，不辨可知也"。1986 年，杨先生针对《刘子》作者的争论问题，又发表了一篇《再论〈刘子〉的作者》，刊《文史》第 30 辑；从文献学、目录学、敦煌遗书有关《刘子》的俗体字、《文心》与《刘子》思想和语言差异等诸多方面提出证据，证明《刘子》作者为刘昼。对于杨先生的观点和证据，笔者曾一一梳理，认为杨先生的观点尚有很大的商榷空间。

这商榷空间之一，就是认为杨先生对《刘子》与《文心》主导思想的比较尚欠妥当：一是《文心》中的儒家思想，就政治上说，三不朽思想未变，而就文学主张而言，已非先秦和秦汉时期的儒家，特别是刘勰《原道》篇的"道"是原于《易传》，并吸取了道家的"自然"观念，形成了有时代特色的、刘勰自己的一整套思想体系，如果非要强行贴标签的话，应是儒、道同尊。而《刘子》最后的总结《九流》篇，也是儒、道同尊，而不是杨先生说的"归心道教"。"归心道教"之说，是杨先生对《刘子》的误读。"九流"是指"九家"而非九教，这一点《九流》篇皆一一述及。最后指出"观此九家之学，虽有深浅，辞有详略……然皆同其妙理，俱会治道。迹虽有殊，归趣无异。……道者玄化为本，儒者德教为宗；九流之中二化为最"。这里怎能得出《刘子》"乃归心道教"的结论呢？"归心道教"这句话，作者把《刘子理惑》一文收入《学不已斋杂著》时，还是原文保留。当收入《刘子校注》单行本和《增订刘子校注》及《增订刘子校注（未完成手稿）》时，把"教"改为"家"了。不管是"教"，还是"家"，都是误读。因为作者明言"九流之中二化为最"，即儒、道同尊，而非"归心道教"或"归心道家"。"教"，是指宗教，"家"，是从哲学层面讲的。

关于《梁书》本传不载刘勰有《刘子》一书，就因此否定作者是刘勰的论据问题，杨先生的弟子武秀成教授就认为他老师的这个论据站不住脚。因为杨先生认为《刘子》作者为刘昼，而《北齐书》的《刘昼传》也不著录刘昼著有《刘子》一书。武秀成虽然也没有承认《刘子》是刘勰著，但也否定了他老师主张的《刘子》刘昼著的结论①。

值得一提的是，晚年的杨先生在《增订刘子校注·前言》中，看到了《刘子》的主导思想是儒、道同尊，他说："《刘子》的主导思想，以道、儒两家为宗"，"九流之中二化为最"。这就改变了原先主张的《刘子》"乃归心道教"的主张。人到老年，一般是固执，所以我看到杨先生的这个改变，感到十分可敬。但是杨先生仍然坚持说"《文心雕龙》纯为儒家思想"，依然坚持《文心》《刘子》两书思想倾向不同，为作者不可能是刘勰的重要证据。杨先生的其他论据，笔者在不同的文章中均一一提出不同意见和相左证据。特别是前面谈到《灭惑论》撰写时间问题，先生主张《灭惑论》的"道"，不可能与《文心》的"道"相提并论，原因是时间不同，内容不同。如果我们把上面杨先生列举葛洪《抱朴子》内篇的"道"和外篇的"道"之不同，来一个以子之矛，攻子之盾何如呢？但是，因为本文主旨不是论辩，再说杨先生已经作古，所有疑问已经无法向杨先生请益了。但是那些受杨先生影响依然主张《刘子》刘昼著的人，无视杨先生晚年的这一变化，仍然用杨先生早年的误读观点为论据，

---

① 武秀成在"杨明照先生诞辰 110 周年学术研讨会"上的发言：《〈刘子〉作者研究平议》。2019 年 11 月。

强词夺理主张《刘子》刘昼著，实在让人啼笑皆非①。

对《刘子》的校注。杨先生对于"龙学"文本的校注，显然是从《文心雕龙》开始的，但是，有关《刘子斠注》的成果发表在1938年《文学年报》第4期上，比1938年12月发表在《燕京学报》上的《文心雕龙注》还早了8个月。《刘子斠注》所使用的底本是海宁陈氏影印旧合字本。作者在正文前有一"附言"，交代校注的原则为："词求所祖，事探其原，诸本之异同，类书之援引，皆移录如不及。"1988年4月，巴蜀书社出版单行本。是书的校注，与《文心雕龙校注拾遗》模式一致，不是每篇皆录全文，而是仅录取作者认为需要校、需要注的部分。五十五篇皆有校注，但校注的词条多寡不一。是书为袁孝政注之后的第一个注本，显得尤其珍贵。其后杨先生阅读所及，凡有可补正《刘子斠注》者，皆一一录存，计划对《刘子校注》进行增订，并已经增订了七篇（第七篇未完），后由陈应鸾继之，完成《增订刘子校注》一书。

三、余论

我们研究前辈学者的学术历程、奋斗精神、学术成果及其所表现出来的学风问题，目的是从前辈那里吸取经验和教训，好的方面我们采纳、传承，不足之处，也要引以为戒。鉴于这种认识，我对杨先生需要商榷的地方也不必回避。学术观点上需要商榷的地方，在我的其他文章中大都已经提出，现在提出的是在学风上感到公心不足的问题。这种公心不足首先表现在《刘子》作者研究问题上，使用资料奉行双重标准。第一，杨先生认为《梁书·刘勰传》不记录刘勰有《刘子》一书，而成为否定《刘子》刘勰著的一条重要资

---

① 张少康：《再论〈刘子〉是否为刘勰所作：兼谈学术争论中的学风问题》，《岭南学报》复刊号（2015年3月）。

料，因而判定《刘子》作者不是刘勰而是刘昼。而《北齐书·刘昼传》也不记录刘昼著有《刘子》一书，杨先生从不提及。而《北齐书·刘昼传》说刘昼有数十卷书传世，杨先生就认为一定是《刘子》。而《梁书·刘勰传》说有文集传世，杨先生认为文集属于集部，而《刘子》属于子部，二者不会杂厕，因而断定刘勰文集不会包括《刘子》一书。明显是一种逻辑上的混乱。其实杨先生明明懂得南北朝目录学是子部向集部演进的时期，我曾给予辩驳，今再引录如下："其实，杨明照是一位熟读古籍的老先生，他在《抱朴子外篇校笺·前言》中就说：'子论从汉至晋特别兴盛，这一方面是子部演为集部过程中的必然现象，同时也是子书逐渐式微文集日益发达的显著标志。'这说明他并非不懂魏晋以后，特别是从南北朝开始子学已经进入黄昏时期，子论向文集演变的历史，只是为《刘子》刘昼著找论据而不顾史实罢了。"① 第二，敦煌遗书《随身宝》记录《刘子》刘勰著（原文是《流子》刘协注），杨先生认为《随身宝》有俗字和别字而史料价值不高，也是奉行了双重标准，否则就是自己对敦煌学知识的缺失问题。这些都可以说明杨先生公心不足，忘记了学术乃是公器，不是任何人可以一手遮天的。如果上升到学风问题，还有一些可以提出商榷，例如引用别人文章，根据自己观点需要，随意删改重编他人文句等断章取义问题，其中的一例是 1962 年发表在《文学遗产增刊》第 11 辑上的《从〈文心雕龙原道、序志〉两篇看刘勰的思想》一文。杨先生曾经批评山东大学一位教授的文章断章取义，而自己却不自知，这种律人不律己的学风也是不可取的。第三，前期的观点和提法，后期有所修正或者全改了，从不声明和交代修改及其缘由，例如早期认为《刘子》崇道，晚年又主张儒道同尊。因为他早年以《文心》尊儒，《刘子》崇道，以此断定两书非出于同一作者。这一支撑《刘

① 详见本书《把〈刘子〉的著作权还给刘勰》一文的第九部分。

子》刘昼著的主要支柱断了,而《刘子》刘昼著的结论还能成立吗?!
又如对《〈梁书·刘勰传〉笺注》一文,1941年曾经发表过,又重
新修改于1979年再次发表,但是在新发表的文章小序中从不提及以
前曾经发表过同名文章,本次为何又再次发表的问题,按照常理,
应该交代,但是杨先生对前次发表的同名文章只字不提。第四,杨
先生的《文心雕龙校注拾遗》出版后,在一片赞扬声中,吴林伯先
生提出了一些订补,日后大部分为杨先生吸纳,甚至连题目都照搬,
然而在文中从不提及吴林伯的订补和名字。近日读到张海明教授在
《清华大学学报》2020年第4期发表的长达27页,约42000余字
的文章:《范文澜《文心雕龙讲疏》发覆》,为几篇尘封近百年的学
术评论文章重新立案,认为范文澜的早年著作《文心雕龙讲疏》一书,
抄袭黄侃的《文心雕龙札记》,而实际上,范文澜在《文心雕龙讲
疏自序》中已经声明昔日受黄季刚先生教诲研读《文心雕龙》,且"用
是耿耿,常不敢忘,今兹此编之成,盖亦遵师教耳"。凡引录黄侃
意见时,多谓"黄先生曰",就因为有的地方未有提及或者使用"黄
先生曰",这就被认为是抄袭了黄侃成果,而杨先生对吴林伯的《文
心雕龙校注拾遗补正》一文,大都吸纳,甚至连题目都照搬而从不
提及吴先生,这算不算剽窃或者抄袭呢?!

杨先生1938年在《燕京学报》第24期发表的《文心雕龙注》,
批评范文澜"取诸人以为善者多,出其自我者少……贪人之功,以
为己力,殊未得乎我心"。我们把杨先生批评范文澜的话,套在杨
先生的身上,会给读者什么感觉呢?

当然,我提出上面几处涉及学风问题需要商榷的地方,并不影
响我对杨先生的敬佩。伟大领袖都不是神仙,尚有过失,何况一介
书生?!

(一)终生雕龙、精心雕龙和雕刻全龙。杨明照先生在"龙学"

研究史上，创立了诸多的第一。首先是终生都在雕龙。《文心雕龙》校注持续时间之长，成就之大，堪称第一，这是学界公认的事实。他从大学预科开始攻读《文心雕龙》，到 1937 年发表《范文澜〈文心雕龙注〉举正》开始，直至晚年，还在拾遗补正（2001 年），历时七十余年，超过一个甲子，且目标之专一，"龙学"界的任何一位学者也没法与之比肩。从《校注》到《校注拾遗》再到《增订》和《补正》，每一次出版面世，都会发现先生一次比一次精致，可谓精雕细刻。其次，杨先生是最早从事"龙学"外延部分研究的学者。前面已经述及，姚思廉父子之后，在刘勰的家世、生平研究方面，现代"龙学"界，杨先生是最早从事研究的学者之一，并用《梁书·刘勰传笺注》的形式发表了他的成果，是研究刘勰及其家族事迹最详者，这又是第一；其三，在《文心雕龙》研究史方面，最早从事资料搜集，并作为《文心雕龙校注》附录的形式出版，这又是第一。其四，在校注《文心雕龙》的同时，校注《刘子》，是最早从事雕刻全龙的一位学者，这又是第一人。可谓终生雕龙，精心雕龙和雕刻全龙。

（二）以今日之我，非昨日之我。一位负责任的学者，总是对自己的作品进行回观，发现问题，修正不妥，以今日之我，非昨日之我。这方面，杨先生堪称典型的一位。如关于"龙学"外延部分的研究，《〈梁书·刘勰传〉笺注》最早发于 1941 年的《文学年报》上，1979 年，又以同样的题目，发表在《中华文史论丛》上，可说是前修未密，后出转精。显然是随着自己研究的深入，发现文中有一些不妥之处，例如对刘勰籍贯的考察，虽然结论未变，而后笺补充了许多新资料，显然更加缜密。对卒年的考察，前笺推算是在梁普通二、三年间，后笺推定为梁大同四年或五年，相差十五六年，而且对刘勰的生年也推定为宋泰始二、三年之间。对于刘勰家族世系表的画列也根据镇江新出土的《刘岱墓志》，补充了新的资料，前笺是 25 人，后笺是 30 人，多出 5 人①。又如，对《刘子》主导思想的认识，二十世纪八十年代的文章，还主张是"道家"，而 2000 年之后，就认为《刘子》的主导思想以"儒、道为宗"，"二化为最"，终于说到了《刘子》主导思想的真谛。先生有关"龙学"的几部专著先后出版，都是因为感到前修未密，后再重修。每一次新版，都有增删，删的是"未密"者，增的是新见解、新发现，一次比一次精致，由于受到篇幅的限制，在此不再举例。

（三）他山之石，可以攻错。众所周知，范文澜的"龙学"研究成果——《文心雕龙讲疏》出版于 1925 年，并寄给好友李笠先生一部，请其指正。半年后，李先生写出《读〈文心雕龙讲疏〉》一文，发表在《图书馆学季刊》第 1 卷第 2 期（1926 年 6 月）。这是我读过的书评中，唯一一篇毫无客套言辞，直指谬误处的文章。李笠批评范著应当增补者有八个方面的内容，其中要求增加历代书录、征引、题跋、年谱和刘勰其他著作，等等。李笠教授对于范著的批评和提示，这在日后杨先生的著作中悉数采纳，其中最为明显的就是杨先生《校注》和《校注拾遗》中的附录部分。再是《〈梁书·刘勰传〉笺注》这篇文章，等于接受李笠教授批评范著缺少刘勰年谱的批评。杨先生原本想写一个刘勰年谱，但是苦于资料问题而改为对《〈梁书·刘勰传〉》作"笺注"。杨先生和范文澜都是中国现代"龙学"的创始人，杨先生对范注北平文化学社本写的《〈文心雕龙注〉举正》，对开明书店本《文心雕龙注》，写出《评开明版

---

① 可惜杨先生对《刘秀之传》中说刘秀之为刘穆之"从父兄子"的理解与我有异。我认为《南史·刘秀之传》说：刘秀之是刘穆之的"从父兄子"，就是说刘秀之的祖父刘爽与刘穆之的父亲是亲兄弟。因为"从父"就是父亲的亲兄弟，因而，刘仲道的祖父刘抚，也就是刘穆之的祖父，所以，我画列的刘勰家族世系表与杨先生所画列的刘勰家族世系表有异。

范文澜〈文心雕龙注〉》，这两篇书评对范文澜人民文学出版社版本的修订至为重要，今范文澜的定本《文心雕龙注》，据说王利器为之补充了五百多条资料，而杨明照对此书的完备之功也不可没。我从李笠和杨明照先生的批评文章中，看到了学术批评对于学术发展的推动作用。记得一位哲人说过：聪明的人，并不是不走弯路，而是在弯路上如何比别人走得更快些。杨明照先生就是这种聪明的人，他积极地吸纳了李笠对范著的批评意见，避免了重复范著的不足。这就是说，聪明的人不必事事亲身经验，而是把别人的教训记在心里，并化为自己的经验，使得自己在弯路上走得快于他人。正可谓他山之石，可以攻错。

（四）知易行难，后来知音会完善。杨先生从事"龙学"文本校注的原则为"词求所祖，事探其原，诸本之异同，类书之援引，皆移录如不及"。这个原则，只能是要求而已，实际上做到是很难的。这四项要求，我觉得只有"诸本之异同，类书之援引"，虽然很难，通过努力，可以做到。"词求所祖，事探其原"，是很难做到的。因为典籍浩如烟海，谁也不能说已经读遍了，即便是读了，也不一定记住。事实上杨先生的注也并没有完全达到"词求所祖"，例如《辨骚》篇"渔夫寄独往之才"一语，杨先生注"独往"一词的出处，说"'独往'连文，始见于淮南《庄子要略》，六朝人多用之"，接下来列出了几则六朝人袭用的例证。实际上"独往"一词，最初见之于《庄子·在宥》："独往独来，是谓独有。"因而我们说，《庄子·在宥》才是淮南《庄子要略》"所祖"。又如《时序》篇"才英秀发"之"秀发"一词，杨先生注："《文选左思〈蜀都赋〉》：'王褒晔晔而秀发。'"而比左思《蜀都赋》更早的《诗经·大雅·生民》"实秀实发"，当是刘勰所本。这就可以说，"知易行难"。无论是《刘子校注》还是《文心雕龙校注》，此类情况多有，只能寄希望于未来知音者之完善了。

　　（五）青年学生的榜样，老年学者的楷模。一般说来，大学生和研究生的区别，在于大学生的职责就是接受老师向他们传道授业，比较被动地接受学问。而研究生则是除了接受老师传授的学问以外，主要是在老师的指导下，开始创造新的知识、新的学问。所以，有的硕士或者博士论文，本身就是一部很有分量的专著，甚至是他们的成名之作。杨明照先生早在本科阶段，就确定了自己的研读课题——"龙学"，具体方式是在黄叔琳辑注和李详补注《文心雕龙》的基础上开始校注拾遗。所以，他的本科毕业论文虽然冠名《文心雕龙研究》，实际上就是《文心雕龙校注拾遗》，并获得老师好评："校注颇为详实，亦无近人喜异诡更之弊，足可补黄、孙、李、黄诸家之遗。"读研究生期间，"再以刘勰和《文心雕龙》为主题深入研究"[①]。在读研究生阶段，先后发表了《刘子理惑》《范文澜〈文心雕龙注〉举正》《刘子校注》《文心雕龙注》。其实，杨先生在三年研究生阶段，写出了两篇硕士论文（《刘子校注》足可以为硕博论文）。我之所以说杨先生是青年学子的榜样，就在于青年学生应该学习杨先生早在本科阶段就确立自己的奋斗目标，学习与创新并进。

　　在我看来，中国的教授是由两种人组成的，即传播型教授与学者型教授。传播型教授是纯粹的教书匠子，能把业内已有的知识传授给学生就算不错了；学者型教授是创造型人才，二者的不同在于，学者型教授不仅把业内的知识传授给学生，而且还向学生传授了自己的创新思路和创新成果，所以这种教授的讲义就是很好的专著。传播型教授退休之后，终止了教书工作，他的一切也就结束了；而学者型的教授退休之后，没有了教书的劳务，便开始他的第二青春，

---

　　① 杨明照：《我与〈文心雕龙〉》，张世林编：《学林春秋——著名学者自序集》，第 197 页。

继续为人类智慧增添新的内容。杨先生在撰写《增订刘子校注·前言》时，已经"九十有三"，我看到老人家的手稿影印本，其字迹依然和早年手迹不差上下，实在佩服老人家的心态和体魄。从《增订刘子校注——未完成手稿》来看，《增订刘子校注》，仅是他《刘子研究》计划中的下编部分，而上编已经列出了十二章内容，其中一大部分是《文心雕龙校注拾遗》附录的题目。有人说，搞学术研究，人到六十岁就该考虑收尾，而杨先生八九十岁了，还定出如此庞大的计划。我猜，杨先生的本意是想把《刘子校注》做成像《文心雕龙校注》一样的成果，成为"龙学"双璧。七十余年的科研生涯，一息尚存，奋斗不止，名副其实的终身教授，可谓老年学者的楷模。

像杨明照先生这样学者型的高端人才，他的一生，经历了旧中国的战乱和新中国的风风雨雨，特别是"文革"期间，仍然力排干扰，潜心雕龙。郑板桥有诗曰："咬定青山不放松，立根原在破岩中。千磨万击还坚劲，任尔东西南北风。"此诗用在这里正合适。

本文最初为 2019 年 11 月四川大学文学与新闻学院、四川大学中国语言文学与中华文化全球传播学科群主办的"纪念杨明照先生诞辰 110 周年学术研讨会"论文，会后发表在《语文学刊》2020 年第 6 期。

牟世金先生与"文心雕龙学"

一、牟世金其人

牟世金先生是四川忠县东坡镇（今属于重庆市）人，1928 年 7 月生。父亲牟海贵是一位在县城经营土白布生意的商人，母亲谭氏，生有 12 个子女，抚养成人者 8 人，皆具有中等以上学历，其中享受处级以上干部待遇者 5 人，妹妹牟世芬为中国科学院著名化学家。家乡有"八仙过海，五子登科"之评价。牟世金是家中老二，1945 年忠县精忠中学毕业后，考入万县师范学校，1948 年毕业，到忠县南宾中学教书。1949 年 12 月考入军政大学，1950 年提前毕业分配到二野十一军军部，寻调青岛海军基地工作，1955 年转业到地方。1956 年考入山东大学中文系，1960 年毕业留校任教，1978 年升任讲师，1980 年升任副教授，1983 年晋升教授，终生研究的主要课题是《文心雕龙》，全国著名的"《文心》学"家。1984 年加入中国共产党，曾任山东大学中文系主任、《文心雕龙》研究室主任。1989 年 6 月 19 日因患恶疾病逝于济南，享年六十一岁。

牟世金先生的"《文心》学"专著主要有《文心雕龙选译》（上下册）、《刘勰论创作》《刘勰和文心雕龙》《文心雕龙译注》（以上四书与陆侃如合著）、《文学艺术民族特色试探》《台湾文心雕龙研究鸟瞰》《雕龙集》《刘勰年谱汇考》《文心雕龙精选》《雕龙后集》《文心雕龙研究》等；主编的有《中国古代文学作品选》《中国古代文论家评传》《文心雕龙研究论文集》等。另外发表论文近百篇，其中关于《文心雕龙》的有五十六篇。

二、什么是"文心雕龙学"

"文心雕龙学"已经成为一门显学，研究队伍庞大，《文心雕龙》学会也是国家注册的一级学会。什么是"文心雕龙学"呢？这个概念提出多年了，多年来还没有一个人做过阐释，由于本文论说的需要，笔者不揣浅陋，试想简略地提出自己的意见，以就教于对此感兴趣的高人。

《白虎通·辟雍》篇说："学之为言觉也，悟所不知也。"根据这个解释，我们可以说，对《文心雕龙》的研究和领悟，从不知到知，以悟其理的学问，即研究《文心雕龙》的学问，简单地说，就叫"文心雕龙学"。它的内涵包括对《文心雕龙》的版本、校勘、语译、注释、理论阐释等，其外延部分涉及的面极广。由于《文心雕龙》是一个复杂的文化系统，所以这个学问可大了。外延又可以分为前延和后延，前延就是对《文心雕龙》产生之前刘勰学养所含的经学、子学、历史学、玄学、佛学、文学等有所了解，以便于探究《文心雕龙》的思想渊源，仅此还不够，还得对作者刘勰的家世、生平等都要了解，对其家学渊源进行探究（刘勰家世生平也可称之谓"刘学"）。这就是《孟子·万章下》说的："读其书，颂其诗，不知其人可乎？"后延就是由于《文心雕龙》从产生到现在已经一千五百余年的历史了，各种版本互异，这又涉及到版本学、校勘学，还涉及到它在目录学的归类问题，历代学人对《文心雕龙》的传播、研究成果以及《文心雕龙》对后世的影响，等等，这又涉及到《文心雕龙》的研究史问题，还要涉及《文心雕龙》文献学、目录学等①。这就要求研究者必须有一定的历史知识，不然就会出现

---

① "文心雕龙学"研究史和《文心雕龙》文献学，似乎应该属于"文心雕龙学"的内含部分，因为涉及到《文心雕龙》对后世的影响，为了在本论文中论述方便，笔者把它放在了外延部分。

硬伤。比如，有人在谈到刘勰家世时，把刘肥的母亲曹夫人说成是刘夫人，把梁武帝的六弟临川王萧宏说成是梁武帝的儿子，这就与《史记》《汉书》《梁书》的记载不符了。刘勰除了《文心雕龙》之外，还有其他著作，这些对刘勰其他著作的研究，也应当归于文心雕龙学的外延部分。刘勰的《文心雕龙》产生在定林寺里，文中有没有佛学思想，学界争论不休，刘勰还写了几篇有关佛教的文章，在寺院里整理佛典耗费了刘勰大量的心血，这就要求研究者必须懂得一点佛学；另有一部存在著作权争论的《刘子》问题，又涉及到文献学和思想史。《文心雕龙》的"文之枢纽"部分，涉及征圣、宗经，如果对经学茫然无知，则不可能问津"文心雕龙学"，更何况《文心雕龙》全书引用《周易》二百二十八处，散见在全书的四十七篇中。五经中弄懂一经都非易事，更何况弄懂五经。《文心雕龙》显示出刘勰的学问博大精深，这也就是《文心雕龙》为什么被后人称为奇书，就是因为它前无古人，后无来者。《文心雕龙》的主旨虽然是讲文章作法，但是他又不是单纯讲作法，而是从文的源头上开始讲起，最后找到"文原于道"；又因为"道沿圣以垂文，圣因文而明道"，这就是"文之枢纽"的"征圣""宗经"，圣人的著作体现了道的精神，找到了各种文体产生于五经，这就是研究《文心雕龙》为什么涉及经学。《文心雕龙》中专设《诸子》篇，如果对子学没有研究，也是读不懂的。《文心雕龙》设有《练字》篇，现实是由于有人缺少文字学常识，把文中的"联边""半字"等文字学常识性的用语认为是取自佛教，把一篇严谨的文字学著作读歪了。刘勰生活在南朝玄学兴旺时期，他的思想和方法论不可能不受当时学术思潮的影响，这就要求研究者必须懂得一点玄学，懂得学术史。

所以，牟世金先生说："'龙学'实际已是一门广涉经学、史学、子学、佛学、玄学、文学、美学，而又有自己独特的校勘、考证、注释和理论研究的系统科学。"① 牟世金先生的这个体会说明了《文心雕龙》是中国传统文化的大系统，体现了牟世金先生研究《文心雕龙》下了大功夫，只有用尽毕生精力雕刻全龙的人才能有此体会和总结。如果仅仅是停留在能阅读《文心雕龙》文字上，是无法问津"文心雕龙学"的。文人相轻，古今通病。据说牟世金生前曾有人在背地里讥笑他说：牟世金只会《文心雕龙》。言外之意是牟世金没有其他学问。而我读牟世金《六朝经学的中衰与发展》《论六朝时期儒道玄佛的斗争与融汇》《玄学与文学》三文，见其对经学、玄学之娴熟，再见三文末尾的引录文献，深为牟先生之博学而折服，可见这位讥笑者根本不懂《文心雕龙》为何物，其"讥笑"，不仅不能降低牟先生在学林的学术地位，反而暴露了讥笑者自身的浅薄。

三、对内含部分的研究

牟先生对于"文心雕龙学"内含的研究，主要集中表现在《文心雕龙译注》和《文心雕龙研究》两书中，其他所有论文和尝试，用牟先生自己的话说，都是为以上两书所作的外围工作。

（一）文本研究

1. 文本篇次问题

牟先生认为，现行通行本《文心雕龙》的篇次基本保留了原貌。范文澜、杨明照、刘永济等先生对现行本《文心雕龙》的篇次提出质疑，而以上三家之书仍按通行本篇次编排。但是郭晋稀的《文心雕龙译注十八篇》《文心雕龙注译》、周振甫的《文心雕龙选译》均按照著者的不同意见改编成书。尤其是台湾李曰刚《文心雕龙斠诠》改动最大，而且又扩大到上篇篇次，引起了海内外学者的极大关注，一时间相关的评论文章屡见报刊。牟先生认为："著者按照自己的

---

① 牟世金：《文心雕龙研究》，北京：人民文学出版社，1995年，第10页。

见解来调整或改正篇次，其必然的结果是所改不同而改后的面目互异。毫无疑问，研究者是认为通行本的篇次有误而欲复其原貌，各家的调整与改编都是有自己的根据或理由的。但是从改动的结果来看，难免形成各是其所是的局面。"①因而牟先生认为："通行本《文心雕龙》篇次，当以不改为好。虽然难以断言五十篇的次第绝对无一错乱，但为对古籍持慎重态度，在没有找到可靠的史证之前对研究者认为有问题的篇次，可以存疑，可以讨论研究，也可断言应作何种改正，但对原书还是暂不改编为好。鄙见以为，现行本的篇次基本可视为刘勰撰定的原貌。其中少数篇序现在看来似不合理，这主要是如何理解的问题。对待古人的论著，显然是不应要求古人就我，而应我就古人。就是说，应从考察古人的用意出发，力求准确地了解其原意。其安排合理的篇次结构，则予以肯定，其不合理者，只能指出其不当，而不是予以改编或调整。否则，各以己见改编其书，很可能使之面目全非。若按某种新编本来探讨刘勰的理论体系，就未必是刘勰的理论体系了。"②牟先生的主张是科学的，从现行的研究成果来看，牟先生主张"现行本的篇次基本可视为刘勰撰定的原貌"的观点也是正确的。

　　2. 文本注释问题

　　牟先生对文本的注释出版物有四种:《文心雕龙选译》上下册;《刘勰论创作》《文心雕龙精选》《文心雕龙译注》，在这四种出版物中，《文心雕龙译注》是前三种的集大成之作，因而，本文谈注释，以《文心雕龙译注》为主。我们从《文心雕龙译注》中首先感到的是一个详字。全书注释 5448 条，这在同时期出版的同类著作中是无人可比的。今将《文心雕龙》各篇注释条数统计表录如下:

---

　　① 牟世金:《文心雕龙研究》，第 92—93 页。
　　② 牟世金:《文心雕龙研究》，第 96—97 页。

《文心雕龙译注》各篇注释数目统计表

（共计 5448 条）

篇序	篇名	条数
一	原道	94
二	征圣	68
三	宗经	92
四	正纬	77
五	辨骚	112
六	明诗	104
七	乐府	108
八	诠赋	113
九	颂赞	103
十	祝盟	111
十一	铭箴	96
十二	诔碑	99
十三	哀吊	96
十四	杂文	107
十五	谐讔	98
十六	史传	181
十七	诸子	128
十八	论说	145
十九	诏策	125
二十	檄移	93
二十一	封禅	95
二十二	章表	97
二十三	奏启	118
二十四	议对	126
二十五	书记	201
二十六	神思	94

续　表

篇序	篇名	条数
二十七	体性	95
二十八	风骨	96
二十九	通变	95
三十	定势	103
三十一	情采	91
三十二	镕裁	78
三十三	声律	94
三十四	章句	89
三十五	丽辞	74
三十六	比兴	81
三十七	夸饰	79
三十八	事类	106
三十九	练字	110
四十	隐秀	102
四十一	指瑕	101
四十二	养气	81
四十三	附会	87
四十四	总术	90
四十五	时序	259
四十六	物色	98
四十七	才略	239
四十八	知音	107
四十九	程器	95
五十	序志	107

我们从这个统计表可以看到，每篇的注释条数，最少的是第二篇《征圣》68条。最多的是第四十五篇《时序》259条，其次为第四十七篇《才略》239条，大体同期出版的周振甫《文心雕龙注释·征

圣》篇注释 23 条；郭晋稀《文心雕龙注译·征圣》注释 43 条；赵仲邑《文心雕龙译注·征圣》篇注释 22 条。就《才略》篇说，周振甫《文心雕龙注释·才略》篇注释 50 条；郭晋稀《文心雕龙注译·才略》注释 102 条；赵仲邑《文心雕龙译注·才略》篇注释 75 条。

陆侃如、牟世金《文心雕龙译注》依据现行通行本为底本，即使字句有问题，也没有改动，只在注释中作了说明。翻译用直译的方式，以便与原文对照；不得已而用意译的时候，是比较少的。每篇先有题解，然后对每篇原文分段译注。不常见的字和一字多音的字，括注汉语拼音和汉字读音。可以说详略得当。说它详，主要是指注释一个问题的典故，不仅指出出处，还要详加解释。例如《知音》篇，注"酱瓿之议"时，牟世金注："瓿（bù 布）：小瓮。《汉书·扬雄传》中说，扬雄著《太玄经》时，'刘歆亦尝观之，谓雄曰：空自苦！今学者有禄利，然尚不能明《易》，又如《玄》何？吾恐后人用覆酱瓿也'。这里是藉以比喻指在以上种种不正的批评风气之下，真正有价值的作品只能被人用来盖酱坛子，难以得到正确的评价。"[1]郭晋稀的注释是：《汉书·扬雄传·赞》："雄著《太玄》，刘歆尝观之，谓雄曰：'空自苦，今学者有禄利，然尚不明《易》，又如《玄》何？吾恐后人用覆酱瓿（pǒu）也。'"[2]周振甫注释："《汉书·扬雄传赞》：'雄著《太玄》，刘歆尝观之，谓雄曰：空（徒）自苦！今学者有禄利，然尚不能明《易》，又如《玄》何？吾恐后人用覆酱瓿也'"[3]周振甫没有对"瓿"字注音。"瓿"字的读音，《辞海》注音说：瓿"bù 部，旧读 pǒu"。就注音来说，郭晋稀的注音为 pǒu，是用的旧读，显然是不妥的；就释典来说，

---

① 陆侃如、牟世金：《文心雕龙译注》下册，济南：齐鲁书社，1982 年，第 385 页。
② 郭晋稀：《文心雕龙注译》，兰州：甘肃人民出版社，1982 年，第 557 页。
③ 周振甫：《文心雕龙注释》，北京：人民文学出版社，1981 年，第 520 页。

牟世金先生不仅指出了典故的出处，还交代了典故的语言环境，同时指出了在本书的用意，这就较之郭、周的注释，更加有利于读者理解原文，详而不觉繁芜。

说它略，是指有的注释只有一个字，有的只有几个字、十几个字。例如《正纬》篇的"神道阐幽"的"神道"，注释曰："神道：自然之道。阐：明。幽：不明。""河出图，洛出书，圣人则之"，注释曰："这几句见于《周易·系辞上》。则：效法。""斯之谓也"的"斯"，注释曰："斯：此。"这说明所谓略，以说明问题为准则。

尤为值得称道的是对于使用版本的尊重。例如《正纬》篇末尾："糅其雕蔚"的"糅"字，注释曰："糅（róu 柔）：唐写本写作'采'，译文按'采'字。"这个"糅"字，在明王惟俭《文心雕龙训故》本也是"采"字，"糅"字显然错误，王利器《文心雕龙新书》《文心雕龙校证》都改了，而牟先生为了尊重原版本，不做改动，只在注释中加以说明，牟先生对于《文心雕龙》版本的校勘大都是如此处理的，这是为了保持各种版本的纯洁性，与前面谈到对《文心雕龙》篇次以不改为好是一致的，其治学态度可嘉。

笔者见一些学者的注释跳着做，别人不会的他也不会，就瞒过去了，而牟先生是密集，不放过每一个词语，这样虽不能遮丑，却给人以诚实，不避难点，忠于学术之感。

（二）理论研究

1. 关于《文心雕龙》一书的性质，牟先生认为是一部"典型的文学理论专著"，是"古代的文学概论"。"集先秦以来古文论之大成的《文心雕龙》具有承上启下的重要作用，因此，从中是可看到整个古代文论的某些基本特色的。体大思精的《文心雕龙》，至少可说是中国古代文论中较有代表性的一部。"[1]

---

[1] 牟世金：《文心雕龙研究》，北京：人民文学出版社，1995 年，第 484 页。

2. 在理论研究方面，牟先生最大的关注是《文心雕龙》的理论体系。早在 1964 年，牟世金先生就指出"有探讨刘勰文学理论体系的必要"①，1981 年又在《中国社会科学》第 2 期发表了《〈文心雕龙〉的总论及其理论体系》一文。牟先生认为《文心雕龙》的文学理论体系是"由'文之枢纽''论文叙笔''割情析采'和批评鉴赏论（包括作家论）四个互有联系的组成部分，构成一个严密而完整的文学理论体系；这个体系以儒家思想为主导，以'衔华佩实'为轴心，以论述物与情、情与言、言与物三种关系为纲领，把全书五十篇结成一个有机的整体"②。

牟先生对《文心雕龙》理论体系的挖掘和总结，是前无古人的。正是他的研究和发掘开启了学术界对这一问题的讨论。《文心雕龙》研究的好多领域和课题，牟先生是垦掘者，这也是我为什么说牟先生是领军人物的原因。

3. 关于刘勰的思想，牟先生说："刘勰的思想属于儒家，无论就其全人或《文心》全书来看，这都是毫无疑义的。但必须明确，他的儒家思想是六朝时期的儒家思想。"③ 牟先生认为："刘勰的文学思想决定于他的政治思想和儒家思想。他的政治思想、儒家思想，又通过文学思想反映出来。"④ "刘勰的文学思想虽可归属于儒家思想，却不主张为仁义道德服务；他要求文学为封建治道效力，却鼓动作者以自己的作品去'抑止昏暴'，倾吐自己的哀伤和怨怒。因此，在刘勰的文学思想中，又有不从属于某一家，更不从属于少数豪门贵族的积极因素。"⑤

---

① 牟世金：《近年来〈文心雕龙〉研究中存在的问题》，《江海学刊》1964 年第 1 期。
② 牟世金：《文心雕龙研究》，第 148 页。
③ 牟世金：《文心雕龙研究》，第 73 页。
④ 牟世金：《文心雕龙研究》，第 78 页。
⑤ 牟世金：《文心雕龙研究》，第 82 页。

（三）语体翻译问题

在语体翻译方面，牟先生采用的是直译，直译的目的是使读者更好地对照理解原文，只有不得已的情况下，才采用意译，且这种情况很少。

例如《才略》篇："观夫后汉才林，可参西京；晋世文苑，足俪邺都。然而魏时话言，必以元封为称首；宋来美谈，亦以建安为口实。何也？岂非崇文之盛世，招才之嘉会哉？嗟夫！此古人所以贵乎时也。"牟先生译为："查看东汉的作家，和西汉的作家也相差无几；晋代的文坛，几乎可以和建安文学媲美。但曹魏时期的议论，必然以汉武帝时期为最高理想；刘宋以后的高论，又总是以建安时期为话题。这是为什么呢？岂不是因为这两个时期是崇尚文学的盛世，广招才士的最好时机。唉！这就是古人不能不重视时机的原因了。"

同一段原文，郭晋稀的译文是："看来东汉人才济济，可以和西汉相比并；晋代作家鳞集，也和邺都差不多；但是魏时说文章好，总是把元封年代称为第一；宋代人讲作家多，也把建安时期作为话柄；难道不是由于汉武时代是推崇文学的盛世，曹氏父子招揽人才集中邺都吗？唉！所以古人都希望生活在一个好的时代啊！"

两相比较，可以看出牟译的文采高于郭译。例如：原文的"足俪邺都"，牟译为"几乎可以和建安文学媲美"，郭译为"也和邺都差不多"，牟先生对"俪"的翻译用了"媲美"，既符合直译原则，也显得有文采，郭译为"差不多"，就显得干瘪；再说牟译"何也"为"这是为什么呢"，郭晋稀的译文就省掉了；再说"口实"，郭先生译为"话柄"，虽属于直译，但不如牟译为"话题"显得文雅。其高下尽显全书，不胜枚举。

四、对外延部分的研究

牟世金先生是一位雕刻全龙的学者，所谓雕刻全龙，就是说牟世金先生对"文心雕龙学"的研究，从内涵到外延都下了大功夫。从刘勰家世到刘勰生平都做过认真的研究，他搜集了当时凡是能够找得到的所有研究刘勰生平的年谱，共计十六家。

（一）刘勰的生平及家世的研究

1. 生卒年。在《梁书》《南史》均没有明确地记载刘勰的生卒年，现在的各种说法，都是学人根据自己的研究推测出来的。

（1）生年研究。关于刘勰生年的研究，历史上有生于公元464、465、466、467、469、470年者，范文澜先生在《文心雕龙注》中提出，刘勰宋"泰始初生"。宋泰始（465—471）年号共用了七年，其实际是六年，改元时已经是12月份。牟世金先生当时在诸家意见中选定了杨明照的"刘勰生于泰始二、三年为是"。在《刘勰年谱汇考》的宋泰始三年（467）下说："刘勰生于本年。"这个确定也是根据刘勰"七龄梦彩云"、早孤、献书、起家奉朝请等一系列事件推出来的，尤其是根据刘勰的父亲刘尚可能战死于元徽元年的推测上。我认为这个推测是有道理的，所以我在权衡诸家意见的时候，同意了牟世金先生的这个意见，在拙著《刘勰传》《刘勰志》中就采用了。

对刘勰父亲刘尚的研究，学术界大都认为不可考，而牟世金下了大功夫，认为这关乎到刘勰生年的问题。牟世金先生首先从刘勰"七龄梦彩云""早孤"中考证，特别是"余生七龄乃梦彩云若锦，则攀而采之"，说明刘勰八岁前的生活是处在无忧无虑的处境中，且对于自己的未来充满了无限的憧憬。牟先生就在"勰早孤，笃志好学"上下功夫，从《孟子·梁惠王下》"幼而无父曰孤"，又找到郑玄注《周礼·秋官》"幼弱"："年未满八岁"，又从《礼记·曲礼上》找到"人生十年曰幼，学"。这就可以判定"刘勰之早孤好学，义近《曲礼》，是其父殁，当在八至十岁之间"。刘勰父亲去世，作为越骑校尉的军人，无非是病故或者战死两种情况，如果病死应该记上一笔，而战死有功也应该记上一笔，然而皆不见记录。如果是战死，又是死于何时呢？牟先生认为，假定刘勰生于宋泰始三年（467）是正确的，刘勰八至十岁之前是宋元徽二年至四年，那么这期间有哪些战争呢？牟先生查到了宋元徽二年"五月范阳王刘休范举兵反于寻阳，直入建康朱雀门。右将军王道隆、领军将军刘勔等战死，越骑校尉张敬儿诈降，杀刘休范。……建康皇室兵力全部投入了激战，若非越骑校尉张敬儿伪降，建康危矣。刘尚必战死其中，以无功而殁，史不书也。刘勰七龄梦彩云，自不能在本年之后；若提前一二年，则又与'早孤'不符"[1]。牟先生的这个研究，无疑是一个创建和发明，非常有价值，这使得刘勰生于宋泰始三年的认定很扎实。

（2）卒年研究。对于刘勰卒年的研究牟先生采用了刘勰卒于梁普通二年的说法。牟先生在《刘勰年谱汇考》的梁普通二年下说："考刘勰与慧震之撰经，虽不足二年可毕，然刘勰启求出家既是其一生之大事，谅非仓猝间所定；又由燔发自誓、启求、敕许到变服，须有时日，当非上年内所能完成。故其出家之事虽紧承撰经功毕之后，亦必在普通二年之初，刘勰自天监十八年受敕重返定林寺之后，虽已解步兵校尉之任，犹兼东宫通事舍人之职，盖以此官既非一人（定员二人），又多以他官兼领，本不必入直东宫，故可保留。刘勰出家，实弃官为僧，尚待乞求敕许，盖以此也。"[2]牟先生这个判断是建立在僧祐去世的第二年即天监十八年（519）刘勰奉敕入定

---

①　牟世金：《刘勰年谱汇考》，成都：巴蜀书社，1988年，第12—14页。

②　牟世金：《刘勰年谱汇考》，第105—106页。

林寺撰经的，而且是遵照了范文澜先生撰经"大抵一二年即毕功，因启求出家，未期而卒，事当在武帝普通元一二年间"①。牟先生断定刘勰奉敕入定林寺与慧震一起撰经的时间在天监十八年（519）是颇有道理的，但是范文澜断定这次撰经"大抵一二年即毕功"则根据不足，因而牟先生断定刘勰卒于梁普通二年的说法也欠妥。因为有两条数据应该注意。

第一条，僧祐《出三藏记集》卷七《道行经后记》第二记曰："光和二年十月八日，河南洛阳孟元士，口授天竺菩萨竺朔佛。时传言译者月支菩萨支谶，时侍者南阳张少安、南海子碧，劝助者孙和、周提立。正光二年九月十五日，洛阳城西菩萨寺中沙门佛大写之。"

僧祐卒于天监十七年。这里的"光和"为汉灵帝年号，"正光"为北魏孝明帝年号。"正光二年"为公元 521 年，即梁普通二年。道安撰《道行经序》时尚缺译者姓名和译出年代，当是刘勰见到后来的《后记》新补入之。"此《后记》由北魏传至梁王朝，根据当时传媒速度，在敌对的两国，正常情况至少也需数年的时间。这说明梁普通四、五年间刘勰仍健在。因此，周绍恒先生的刘勰卒于普通四、五年间说是难以成立的。"② 以上的几句话是我在辩驳周绍恒先生主张"刘勰卒于普通四、五年间说"不能成立时用的资料，在这里更能适用。因为现存的僧祐《出三藏记集》除了刘勰和慧震最后编定外，别无他人增删过。2005 年我在贵阳师大会议期间曾当面告诉周绍恒先生说："这条资料越不过去，其他推测都显得没有力量。"

既然范文澜认为这次奉敕校经"大抵一二年即毕功"的根据不

---

① 范文澜：《文心雕龙注》，北京：人民文学出版社，1998 年，第 731 页。
② 朱文民编著：《刘勰志》，济南：山东人民出版社，2010 年，第 114 页。

足，那么根据什么就有可信度呢？笔者在《刘勰年谱考略》中，认为贾树新先生在《文心雕龙研究》第 1 辑发表的《〈文心雕龙〉历史疑案新考》认为根据"受敕撰经的撰经量约为七千五百卷。以依居时撰经的量数与年数比例为据，则受敕撰经需时约十五年，才能证功毕"。我们根据《出三藏记集》的具体情况，"贾树新先生的推算是颇有道理的，因为僧祐是梁武帝时期的经律权威，其卒后，定林寺经藏对于一向重佛的梁武帝来说，一定相当重视，所以亲自安排"长于佛理"的刘勰等整理，用时十几年是可以信得过的。故此时及其后的相当长一个时期刘勰一直在定林寺撰经"①。因而由天监十八年（519）奉敕入定林寺与慧震一起撰经，历时十五六年的时间，已经是 534—535 年的时间了，再加上启求出家、到敕许、变服，已经是 537 或者是 538 年左右了。总之，认为刘勰卒于梁普通年间的推算无论如何也是难以成立的。

2. 《文心雕龙》成书时间及"负书干约"和任奉朝请时间之研究。对于《文心雕龙》成书时间的研究，牟先生认为《文心雕龙》成书于中兴二年三月前，颇有道理。因为《梁书》本传记载："撰《文心雕龙》既成，未为时流所称。"说明书成以后，已有一段时间了，还不被学界认可，然而，"勰自重其书，欲取定于沈约"。牟先生认为，刘勰求见沈约之时，沈约"贵盛"，"皆不在东昏之时，而在和帝之时明矣"。但是牟先生又认为，萧衍登上帝位之时，沈约照样"贵盛"。"刘勰之负书干约必在天监二年沈约丁母忧之前，以刘勰以天监三年初为临川王萧宏记室推之，其奉朝请必在天监二年，故负书干约，当在本年（天监元年）萧梁王朝就绪后之下半年内。"②此推断大致不差。

---

① 朱文民编著：《刘勰志》，第 109 页。
② 牟世金：《刘勰年谱汇考》，第 62 页。

3. 刘勰的几个任职时间问题。

（1）任中军记室、车骑仓曹参军时间问题。出任中军临川王记室时间在梁天监三年，学界没有大的分歧。而在中军临川王府任记室一共有几年时间，学界颇有分歧。牟先生认为"记室定员一人"。天监四年十月，临川王北伐，记室已经是丘迟，而刘勰必是出任夏侯详车骑仓曹参军。对此笔者有不同意见。我在《刘勰年谱考略》中说：

"唐道宣《续高僧传·僧旻传》：'仍选才学道俗释僧智、僧旻、临川王记室东莞刘勰等三十人，同集上定林寺，抄一切经论，以类相从，凡八十（八）卷，皆令取衷于旻。'隋代的费长房《历代三宝记》也记有此事：'《众经要抄》一部并目录，八十八卷……天监七年十一月，帝以法海浩博，浅识窥寻，卒难该究。因敕庄严寺沙门释僧旻等于定林上寺，辑撰此部，到八年四月方了。'杨明照说：'在天监七年十一月之前，舍人仍任职于萧宏府中，故道宣称其衔也。'（杨明照《〈梁书·刘勰传〉笺注》）牟世金先生在《刘勰年谱汇考》中认为天监四年（公元505年）十月中军临川王萧宏率军北伐，记室已换成丘迟，因《梁书·丘迟传》说：'四年，中军临川王宏北伐，迟为谘议参军，领记室。'因此认为天监七年刘勰已迁车骑仓曹参军；而天监六年至天监八年间的车骑将军唯有夏侯详和王茂二人，并且认为刘勰是任夏侯详的仓曹参军。笔者认为道宣在《僧旻传》中记'临川王记室东莞刘勰'一定是有根据的，即使中军记室定制设一人，而天监四年萧宏率军北伐，因为非常时期，工作一定相当繁忙，或许刘勰留府中，丘迟在前线，丘迟只是前线上的记室。"① 这一点《丘迟传》说得很明白："四年，中军临川王宏北伐，迟为谘议参军，领记室。……还拜中书郎"，一个"还"字，说明是从前线"还"就"拜中书郎。"刘勰继续他在中军府的记室一职，直至天监六年四月，

---

① 朱文民编著：《刘勰志·刘勰年谱考略》，第98页。

萧宏改任骠骑将军止。

刘勰奉敕入定林寺与僧旻一起撰经的时间，史料记载有差，《续高僧传·僧旻传》说事在天监六年，费长房《历代三宝记》说事在天监七年十一月，天监八年四月事毕。牟先生同意后者。但是，牟先生不同意此时刘勰为临川王记室，而认为此时为太末县令任上，此说似乎不大可能，因地方长官一把手，不可擅离职守去专心抄经，有待商榷。

关于出任车骑将军仓曹参军的时间问题，牟先生认为是出任夏侯详的仓曹参军，时在天监六年。此说，学界也有不同意见。笔者认为：天监八年（公元509年）四月，刘勰在定林寺与僧旻等人完成《众经要抄》以后，遂调入车骑将军府任仓曹参军。此时任车骑将军的是王茂。天监六年十二月车骑将军夏侯详逝去之后，王茂是在七年正月进号车骑将军的，但未即本号。至天监八年四月才得以即本号，开府仪同三司。当时刘勰正好在上定林寺完成《众经要抄》，此时的临川王已改任骠骑将军。

（2）出任太末县令及时间及除仁威将军南康王萧绩之记室问题。牟先生认为："刘勰于天监六年下半年出太末令，到天监九年下半年适为'小满'……刘勰太末令任满之后，'除仁威南康王记室，兼东宫通事舍人'……刘勰除仁威将军南康王萧绩之记室，即在天监十年（511）正月，本年刘勰四十五岁。其兼东宫通事舍人，亦在此时。"[1]刘勰出任仁威南康王记室兼东宫通事舍人，"兼领之初，并未'入直阁内'，而以记室之任为主。大约直到天监十六年，征萧绩为宣毅将军、领石头戍军事，或十七年二月出为南兖州刺史时刘勰才离仁威记室之职而入直东宫，继续任通

---

① 牟世金：《刘勰生平新考》，见《雕龙后集》，济南：山东大学出版社，1993年，第68—69页。

事舍人"①。

（3）出任步兵校尉的时间问题。出任步兵校尉时间，牟先生定在天监十七年（518）刘勰上表农社与七庙同改之后，遂迁步兵校尉，兼舍人如故。时年刘勰五十二岁②。此说学界分歧不大。

对刘勰家世的研究，牟先生没有专文，但是在《刘勰年谱汇考》及《刘勰评传》中有涉猎。但是牟先生自己下功夫不多，主要是受王元化和程天祜的观点的影响，怀疑刘勰是齐悼惠王刘肥的后裔，因而主张刘勰出身于庶族家庭，而非士族家世。

（二）对《文心雕龙》研究史的研究

牟先生对《文心雕龙》研究史的研究文章开始发表于二十世纪八十年代，稍微晚于台湾的王更生和日本的户田浩晓、釜谷武志，但是在中国大陆地区却是第一人。这表现在 1984 年发表在《文心雕龙学刊》上的《〈文心雕龙〉研究的回顾与展望》，这篇文章的跨时是从新中国的五十年代至八十年代，大约三十年的时间。1985 年在《语文导报》发表的《近三十年来的〈文心雕龙〉研究》其跨时段与前文相同。最全面的一篇《文心雕龙》研究史是 1987 年在《社会科学战线》发表的《"龙学"七十年概观》，跨时七十年。是指从黄侃 1914 年至 1919 年在北大开设《文心雕龙》专题课和《文心雕龙札记》问世开始，至二十世纪八十年代（即 1987 年文章发表止），牟先生把这一段时间分为文心雕龙学诞生期（1914—1949）、发展期（1950—1964）、兴盛期（1977—1986）。

1. 在诞生期（1914—1949），牟先生列举了黄侃《文心雕龙札记》、李详《文心雕龙补注》、范文澜《文心雕龙讲疏》《文心雕龙注》、叶长青《文心雕龙杂记》、朱恕之《文心雕龙研究》、

---

① 牟世金：《刘勰生平新考》，见《雕龙后集》，第 69 页。
② 牟世金：《刘勰生平新考》，见《雕龙后集》，第 74 页。

刘永济《文心雕龙校释》等著作。这些著作，以黄侃的《文心雕龙
札记》为理论研究的开端，以范文澜的《文心雕龙注》为"在《文
心雕龙》的注释方面开一新纪元"，"迄今仍是一部迥拔诸家、类
超群注的巨制……在龙学诞生的三十多年中，发表研究《文心雕龙》
的文章近百篇"①。牟先生指出：在"龙学诞生期"出现了第一个
刘勰年谱和刘勰家族世系表；这期间，不仅讨论了刘勰的思想，也
讨论了《文心雕龙》的性质；对于《文心雕龙》的具体内容如"原道"
论、"风骨"论、"批评"论等均有文章涉猎。"虽然这些研究大
都具有一种学科的初期的特征，却不仅具有承前启后的重要作用，
在一千四百年来的《文心雕龙》研究史上，开始进入一个新的里程，
成为一门新的学科，其意义是巨大的。"②

　　2. 在"龙学"的发展期（1950—1964），出版的重要著作是
以王利器《文心雕龙新书》、杨明照《文心雕龙注》、刘永济《文
心雕龙校释》为代表作，进入发展期之后，研究者和读者的数量日
益扩大，从二十世纪六十年代开始，从张光年"语体翻译"开始，
有陆侃如、牟世金、郭晋稀、周振甫、赵仲邑等语体翻译的著作相
继面世。这一时期发表的"近两百篇论文涉及的内容很广泛，研究
最多的是'风骨论''神思论'，其次是风格论、创作论和创作方
法、刘勰的世界观和《文心雕龙》的哲学思想……特别是刘绶松的
《文心雕龙初探》，可说是龙学由诞生时期转入发展时期的一个里
程碑"。③在牟先生看来，刘绶松的这篇文章，之所以成为诞生时
期转入发展时期的里程碑，就在于刘绶松"初步运用了马克思主义
的观点和方法，站在现代文艺理论的高度，开始对《文心雕龙》的

---

①　牟世金：《"龙学"七十年概观》，见《雕龙后集》，第4—5页。
②　牟世金：《"龙学"七十年概观》，见《雕龙后集》，第11页。
③　牟世金：《"龙学"七十年概观》，见《雕龙后集》，第12页。

理论价值进行深入研究，第一次向读者揭示了《文心雕龙》的主要成就"①。"在龙学的发展时期，无论是专著和论文，数量和质量，以及研究的深度和广度，无不有了巨大的发展。"②

3. 在兴盛时期（1977—1986），出版专著三十一种，发表论文八百余篇，牟先生认为，这一时期在理论研究方面开始进入大丰收季节，其标志性的专著有王元化的《文心雕龙创作论》、詹锳的《文心雕龙的风格学》、张文勋的《刘勰的文学史论》、牟世金的《雕龙集》等。本时期的论文，在刘勰生平、家世研究方面著名的有杨明照《刘勰卒年初探》《梁书·刘勰传笺注》、李庆甲《刘勰卒年考》、王元化《刘勰身世士庶区别问题》；在思想研究方面，"比之前期，从哲学角度的论述相对减少了，儒佛思想之争却较为激烈"。在"原道"方面争论更大，"佛道"说、"儒道"说、"佛儒融合"说、"儒道并用，老易相渗"说，等等。这一时期最耀眼的是"《文心雕龙》理论体系"的研究。最早提出这一课题的是1964年牟世金先生在《近年来〈文心雕龙〉研究中存在的几个问题》，进入兴盛期之后，张文勋、贾树新等人也都提出并论述过，但是真正作出系统阐述的还是牟世金先生。

4. 中国台湾地区研究史

牟先生对台湾地区③《文心雕龙》研究状况的推介，主要表现在《台湾〈文心雕龙〉研究鸟瞰》一书中，该书出版于1985年。该书内容分为七部分，外加两个附录：一、显学；二、校勘；三、注释；四、理论研究；五、主要著作（介绍）；六、发展民族文学；

① 牟世金：《"龙学"七十年概观》，见《雕龙后集》，第12页。
② 牟世金：《"龙学"七十年概观》，见《雕龙后集》，第24页。
③ 台湾地区本是中国的一个省，1949年之后，蒋介石退居台湾，两岸长期隔绝，此处特专列一节。

七、赘语；附录：1、台湾《文心雕龙》研究专书目录；2、台湾《文心雕龙》研究论文目录。

5．海外研究史

对于日本《文心雕龙》研究史的推介，主要表现在1984年发表的《日本〈文心雕龙〉研究一瞥》一文中，并附有《日本〈文心雕龙〉论著目录》。

另外，牟先生还在1984年发表了《〈文心雕龙〉在国外》一文。该文除了总结介绍日本研究的大概状况之外，还介绍了美国、苏联、匈牙利、韩国、新加坡等国家学者的研究和成果及出版情况。

（三）对《文心雕龙》研究文献的搜集和编纂

在中国大陆地区，对《文心雕龙》研究论文做索引的，"文革"前后，大都夹杂在中国文学研究或者文论研究论文索引之中。就笔者所见，单独做索引的从发表的先后来看，最早是王耕1983年发表在《文学研究动态》第三期的《〈文心雕龙〉研究论文篇目索引》，该索引分为：一、（1907—1949）；二、1962—1978（港台地区）；三、外国部分（日本、朝鲜、新加坡）。其后是汤炳能发表在《文心雕龙学刊》第三期的《〈文心雕龙〉研究论文索引（1907—1983）》，以及未见他发表在何处的《刘勰和〈文心雕龙〉研究论文索引（续一　1983年至1986年1月）》（打印稿），再就是牟世金先生和曾晓明发表在《文心雕龙研究论文集》的《文心雕龙研究论著索引（1907—1985）》一文。该"索引收录了近八十年来《文心雕龙》的论文、注释、序跋、通讯和专著一千三百条，加附录中国台湾、香港地区和日本的有关论著共一千六百多条。除各种报纸杂志外，各论文集或专著中的有关论文也一并收入"。这是一个分类编辑的资料，共分为九类，外加两个附录。"每类按发表先后编次；专著不分类，以出版先后为序。有的论文涉及多篇内容，除其论旨为'总论'和各类'概论'者外，基本上按照原书（当指《文心雕龙》）篇目排列；如构思者编入《神思》篇、论风格者编入《体性》篇。"①牟先生这个资料，虽然发表时间略晚于前面提到的王耕、汤炳能，估计开始的时间不会晚于以上两人，因为这是每一位有志于"文心学"的学人必须做的一项工作，且相当艰苦。特别是在计算机不普及的时代，完全从全国已经出版的杂志上手工抄录。笔者当年撰写《刘勰志》也做过这项工作，亲自到北京大学、南京大学、山东大学和中国人民大学去搜集，直到发现《文心雕龙学综览》上收录了牟世金、曾晓明、戚良德先生的《文心雕龙研究论著索引》，才与之相较补充到近四千条，可惜出版时被山东省史志办的编辑给删去了。这是一项非常有意义的研究。幸好戚良德教授后来再次费心搜集补充到 2005 年 5 月时，已经达到六千五百多条，重新分类编辑，于 2005 年 12 月出版发行，成为一部集大成的著作，惠及学林。

（四）对经学和玄学的研究

1. 对经学的研究，主要体现在对《文心雕龙》文本的注释中和 1985 年在《青海社会科学》第 1 期发表的《六朝经学的中衰与发展》一文，还表现在作者的集大成之作的《文心雕龙研究·产生〈文心雕龙〉的时代思潮》中②。关于文本的注释涉及经学部分我们将放在"内含"中谈及，这里主要谈及牟先生对于经学史的研究。在经学史方面，清代的经学家皮锡瑞认为："经学盛于汉，汉亡而经学衰。"③直到现在皮锡瑞的观点也还是主流意见。但是牟先生并没

---

① 中国《文心雕龙》学会编：《文心雕龙研究论文集》，北京：人民文学出版社，1990 年，第 756 页。

② 牟世金：《文心雕龙研究·产生〈文心雕龙〉的时代思潮》是吸收了《六朝经学的中衰与发展》一文而作的。

③ 皮锡瑞：《经学历史·经学中衰时代》，北京：中华书局，1981 年，第 141 页。

有人云亦云，而是根据自己的研究，利用目录学和文献学，发出自己与皮锡瑞完全相反的声音。牟先生说："称儒学为'经'，《庄子·天运》中就有了：'丘治《诗》《书》《礼》《乐》《易》《春秋》六经，自以为久矣。'这时的'六经'不过是六种典籍……到了汉代，才赋以'常'的意思。进而把五经视为'五常之道'。"① "汉代的经学之所以大盛，是和定于一尊而大开利禄之路分不开的，这就决定了它愈盛就愈临近衰败……汉代'儒术'实际上是一种统治术。这种性质决定了汉代儒学兴盛的过程，也正是一个自杀的过程。"② 牟先生看到了汉末儒学走向衰微的要害，但是他又精明地看到衰微的是什么。他说：从现象看，"儒教确是中衰了。但首先应该看到的是，魏晋以后经学之'衰'，是'衰'掉了汉代师弟之众、章句之烦和谶纬神学；其次是应区别儒道、儒教和经学、儒学，不能混为一谈。历来讲六朝儒学之衰者，往往忽略了儒学和儒道的区别。六朝人蔑视礼法，纲纪不振，虽和儒学有关，但一是伦理道德，一是学术研究；伦理道德之衰，并不等同于学术研究之衰，这和反对孔教、礼法并不等于反对经学、儒学是一样的……所以，具体考察所谓'盛衰'的内容，分清'盛'的是什么，'衰'的是什么，不难发现历史上常说的六朝经学之衰是不很确切的"③。六朝经学"衰"掉了什么，前面牟先生已经交代，而真正的经学不但没有衰败，而且还有大发展。牟先生从目录学和文献学给予了证明。两汉四百二十六年的时间，有关五经和《论语》的成果是六十种，魏晋南北朝共计三百六十年时间，从《隋志》看是"多达二百五十三种，在汉代四倍以上"。

---

① 牟世金：《六朝经学的中衰与发展》，见《雕龙后集》，第 319 页。
② 牟世金：《六朝经学的中衰与发展》，见《雕龙后集》，第 320—321 页。
③ 牟世金：《六朝经学的中衰与发展》，见《雕龙后集》，第 322—323 页。

此可以证明"经学在魏晋以后确有不小的发展"①。牟先生说:"梁人皇侃有《论语义疏》。此书亡于南宋,可能在编纂《十三经注疏》之先……为经学作义疏,是经学的一大发展,而今存《十三经注疏》,全出唐宋人之手,则皇侃此疏,就未可轻视了。查《隋书·经籍志》所录各种义疏、讲疏近五十种,凡标注作者姓名的,全是南北朝时期之作。仅就这一点来说,此期经学仍是大为可观而有新发展的。"②更令人佩服的是牟先生没有随大流把郑玄看成是迂腐的纯汉儒,而是一个"网罗众家的"从汉儒到魏晋玄学的过渡人物。牟先生引范文澜的话说:"东汉古文经学以训诂章句纠正西汉今文经学的穿凿附会,是一个进步,魏晋经学以探求义理纠正东汉古文经学的琐碎寡要,又是一个进步。南朝开始有讲疏义疏,是魏晋经学的继续发展。"③我们可以从牟先生的文章中,看到牟先生有一种反潮流的精神和勇气,这种勇气源于他对经学及经学史的掌握和研究水平作为底气。

2. 对魏晋玄学的研究,主要表现在他《论六朝时期儒道玄佛的斗争与融汇》《玄学与文学》中。牟先生说:"汤用彤论魏晋玄学,屡称'新学'。"牟先生认为,这种新,表现在和汉代的独尊儒术及其章句之学相较,其学术思想和方法,都大异于汉代,但是却源于汉代。这一时期的儒道玄佛思想之间既斗争又融合,推动了六朝学术思想的发展。所谓玄学,实际上是道学发展到魏晋时期的新名称,这种新名称的内容是《老》《庄》《易》,这种新道家的内容较之汉代,增加了《周易》。汉代独尊儒术,儒家把《周易》看成是自己的主要文献,所以汉代的道家就把《周易》排除在外了,实际上,

---

① 牟世金:《六朝经学的中衰与发展》,见《雕龙后集》,第 328 页。
② 牟世金:《六朝经学的中衰与发展》,见《雕龙后集》,第 330 页。
③ 牟世金:《六朝经学的中衰与发展》,见《雕龙后集》,第 330—331 页。

《周易》主要是讲阴阳的，是儒道两家的共祖。所以魏晋玄学把《老》
《庄》《易》谓之三玄。牟先生说："老庄思想通过对《周易》《论语》
的注解而得以发展成'蔚为大国'的玄学；没有《周易》，盛极一
时的玄学是很难形成的。名教与自然的同异离合，实际上就是研究
儒家思想和老庄思想的种种关系。佛教是一种外来的宗教，其教旨
不见于儒家经传，不依附于华夏固有的思想言论，是难以立足和广
布的。所以，其传入之初，不能不依附于东汉的道教。魏晋以来，
不仅依附当时盛行的玄学，且西来的高僧多精研儒学……魏晋佛
学凭借玄学而得以发展……而玄学本身又凭借儒学发展起来，经过
魏晋时期名教与自然同异离合的大辩论，名教与自然合一派逐渐取
得优势，也就是儒教和老庄思想在一定意义上被当时的思想家们统
一起来了。"牟先生引任继愈的话说："南朝佛教最初以玄学的附
庸资格出现，而玄学本身就是儒家的封建伦理思想的另一种表现
形式。也可以说玄学是以老庄思想为外衣而骨子里是儒家封建伦
理道德的积极支持者。"①牟先生说："六朝思想的大势是：魏晋
以玄盛，东晋至南北朝以佛盛。其具体情况是相当复杂的"②"在
六朝的思想家们的手下，终于在一定程度上把这一切统一起来了，
都成了封建帝王赏识和重用的统治术。"③牟先生不仅清楚各种
思想发展的脉络，而且对他们之间既斗争又融合的各个层面也
看得很清楚，更高明处，在于认为各个时期无论是哪一种思想
占优势，都是统治阶级的一种统治术，这一点梁武帝是一个典
型的例子。

---

① 牟世金：《试论六朝时期儒道玄佛的斗争与融汇》，见《雕龙后集》，第
340—341 页。
② 牟世金：《试论六朝时期儒道玄佛的斗争与融汇》，见《雕龙后集》，第 336 页。
③ 牟世金：《试论六朝时期儒道玄佛的斗争与融汇》，见《雕龙后集》，第 346 页。

五、余论

牟世金先生对"文心雕龙学"的研究，其成果主要显示在《刘勰年谱汇考》《文心雕龙译注》和《文心雕龙研究》三书中，其他包括两部论文集的主要观点也都体现在前三书中，前面已经大致涉及到了。

牟先生的成果也并不是没有商榷空间，有的甚至还有很大的空间，但是这不影响牟先生在学术界尤其是他为"文心雕龙学"所建立的丰功伟绩。

我们从牟先生的著作和行事中，可以看到牟先生的学风非常端正、民主，对于一些有争议的问题非常慎重，一直遵循着学术常规，从不以己律人，给别人以武断之感，即使自己有把握的问题，也不把话说得很满，总是以商量的口气，给别人留出说话的余地，这不仅表现在他的著作中，也表现在与其他普通学者的通信中，还表现在他与《文心雕龙》学会的其他领导人的通信中。我们从已经出版的王元化《清园书简》中都可以体会到，这种学风实在需要发扬。即使在不得已回复马宏山的论文《实事求是地研究〈文心雕龙〉——答马宏山同志》一文，也用一个"实事求是地研究"说明面对有人违背学术伦理，失去学术规范的争鸣，也总是平和地提出自己的见解，而不给对方以伤害感。在他实际为主编的《文心雕龙学刊》的第五辑还刊登了几篇有关《刘子》的论文，这种现象在牟世金先生去世之后，相当长的时间内，我们学会的会刊没有刊登过涉及《刘子》的文章。《刘子》问题，在学会第一代领导层中虽然也有分歧，但是会长张光年是肯定《刘子》刘勰著，副会长王元化是倾向于刘勰，但是尚有两点疑问：第一点是刘勰在思想上不及《刘子》那样相容并蓄，第二点是《刘子》在改革问题上儒不如法，刘勰似乎没

有如此豁达，因为"他是谨守反法尊儒立场的"①。王元化的观点
我曾进行过辩驳，认为问题出在王元化没有搞清楚道家和法家的关
系②。这不影响作为学会领导对《刘子》研究的支持，这表现在王
元化与会长张光年的通信中。王先生说："屯溪会议上你谈《刘子
集校》的讲稿，发出来很好，你的讲话是经过反复推敲的，细心定
稿的……其中可能引起争议的问题，仅在刘子是否刘勰。这一点目
前尚未定谳。目前赞成此说的有顾廷龙及日本学者户田浩晓诸人，
反对者则为杨明照。我原来的意思建议你再撰一文，将杨的反驳考
虑在内，并予以辨明。……你的文章照目前样子发出我也赞成，这
对推进问题的研究是有裨益的。在龙学界互相辩驳不会发生副作用
的。这点请你放心。"③王元化在1988年12月21日给张光年的信
中又说："我赞成你主张将'龙学'改称'文心学'的意见。此次
会议×老的表现令人诧异，他的学生……一上来就锋芒毕露地乱
说一气。这都是由于胸襟狭小，不能容人容物所引起。自林文发表后，
此老一直耿耿于怀，此次看到对林表示支持，有些耐不住了。我万
没料到，他是如此量小。我常说文心学会学风一直很好，今后恐怕
难以预料了。世金也十分含蓄地略有吐露。这学会是他创办，我参
加的。如今他身患重病，一旦有问题，恐怕学会也会出事。"④后
来的发展，被王元化一语言中了。牟先生对×老学风的不满，"也
十分含蓄地略有吐露"是与前面我提到他的学风是一致的。我常
想，我们学会第一代领导人的结合，是珠联璧合，他们各司其职
互不争功，在成绩面前互相礼让，王元化一句"这学会是他创办，

① 王元化：《清园书简》，武汉：湖北教育出版社，2003年，第451页。
② 朱文民：《再论〈刘子〉的著作者为刘勰》，《鲁东大学学报》2009年第1期。
③ 王元化：《清园书简》，第431页。
④ 王元化：《清园书简》，第456—457页。

我参加的",说得多么准确到位,也体现了王元化的高风亮节。事实上,牟世金先生在世的时候,特别是二十世纪八九十年代,不仅是《文心》学界在学术上的领军人物,也是学会中众望所归的领导核心。

牟先生对于"文心雕龙学"的贡献除了他全面研究,雕刻"全龙"之外,还在于他把分散的研究者,组织起来,成立学会,把分散的力量拧成一股绳,加大和推进了"文心雕龙学"的研究、宣传力度。还在于他把海外的研究成果介绍给国内的学术界,我对海外研究状况的了解,就是通过牟世金先生的著作,因而,牟先生又起到了中国学者与海外同行相互了解的桥梁的作用。在学会成立之前,牟先生就出版了《文心雕龙学刊》第一辑,我上个世纪八十年代在济南买到第一辑和第二辑的时候,非常喜欢,感到这个刊物大气,有宣传、鼓动性,把《文心雕龙》研究作为一种"学",用作刊物名称,真是一种创见。"文心雕龙学"这门学科,我就是从这个刊物上明确下来的。不知道后来我们学会何以改为了《文心雕龙研究》,也不见有改名的说明和理由,除了显得"文心雕龙学"刊物的容纳面更窄了之外,其改名的意义又表现在哪里呢?

牟世金先生对于"文心雕龙学"的研究、推动、宣传,学界多有介绍,现在学术界把牟世金先生作为"文心雕龙学"的标志性人物,反映了学术界对牟先生研究成果的认可和表彰。他的《文心雕龙译注》是一部雅俗共赏的畅销书,正是畅销,也多次被盗印。他的《文心雕龙研究》一书,在中国大陆上,给人以弥纶群言、师心独见之感,虽然在个别问题上,现在已经有人超越了他的认识,但就整体性、全面性、系统性、前卫性而言,至今仍无人超越;他的《刘勰年谱汇考》,被学界誉为集大成之作。他的这三部专著,在"文心雕龙学"的每一个领域都是一座里程碑,可谓刘勰之第一功臣，面对这样一位文心学界的巨擘，可惜他的"粉丝"和弟子们或许受牟先生学风之影响，从不把话说满之缘故，在大师和泰斗满天飞的今天，一直没有人称牟世金先生为"文心雕龙学"研究的泰斗或者大师。

原刊戚良德主编《千古文心——牟世金先生诞辰九十周年纪念文集》（凤凰出版社，2018 年 10 月）。

"龙学"家牟世金与王更生先生比较研究

李平教授说："王更生是台湾著名的《文心雕龙》研究专家……王先生的《文心雕龙》研究涉猎广泛、著述甚丰，其'龙学'成果具有'百科全书'式的气派，在大陆'龙学'界也只有牟世金先生堪与媲美。"① 而王先生和牟先生的"龙学"成果，学界多有论著，对其研究之细致，其他"龙学"家所未能堪比，而对两位"龙学"家的综合比较研究，则不多见，两位先生皆已驾鹤西去，成为历史人物，今试做综合比较研究，以就教于学界大雅。

一、人生际遇及其成才路径比较

（一）人生际遇

牟世金先生是四川忠县东坡镇（今属于重庆市）人，1928年7月生。父亲牟海贵是一位在县城经营土白布生意的商人，母亲谭氏，生有12个子女，抚养成人者8人，皆具有中等以上学历，其中享受处级以上干部待遇者5人，妹妹牟世芬为中国科学院著名化学家。家乡有"八仙过海，五子登科"之评价。牟世金是家中老二，1945年忠县精忠中学毕业后，考入万县师范学校，1948年毕业，到忠县南宾中学教书。1949年12月考入军政大学，1950年提前毕业分配到二野十一军军部，寻调青岛海军基地工作，1955年转业到地方。1956年考入山东大学中文系，1960年毕业留校任教，1978年升任讲师，1980年升任副教授，1983年晋升教授，终生研究的主要课题

---

① 李平：《〈文心雕龙〉研究史论》，合肥：黄山出版社，2009年，第330页。

是《文心雕龙》，为全国著名的"龙学"家。1984 年加入中国共产党，曾任山东大学中文系主任、《文心雕龙》研究室主任。1989 年 6 月 19 日因患恶疾病逝于济南，享年 61 岁。

王更生先生是河南省汝南县官庄镇人，1928 年 7 月生于官庄租赁的张姓人家的一间平房内。父亲王鸿禄，母亲刘氏，乡村主妇。父亲是一位从佣工到自行卖茶水，再到开一家小杂货店的小本生意人。虽然不识字，却是一位精明的乡村人物。但等王更生先生参军准备开赴台湾的 1948 年 4 月，他的父亲已经发展到自行购地建房了，可见王家是农商合一的人家。其父母生有三女一男，其他三位妹妹有两位居住农村，另一位是工人，王更生是家中长男，自然负有家庭的和社会的传统责任。

王更生 7 岁入私塾读书，师从王云清先生读经，1941 年从汝南私立信义小学毕业，报考河南省立第六中学失败，转而考入私立信义中学读书。中途失学，父亲曾坚持要他留在家中当记账员，王更生不从。其后，辛苦求学，颠沛流离到甘肃一带，于 1945 年 8 月考入国立第十中学（抗战胜利后不久，迁回河南，改名为河南省立中正学校），1946 年转入该校附设的师范部读二年级。1948 年毕业之前的春夏之交，因恋爱受到情敌的威胁而弃学从军。辗转到台湾之后，旋即脱离军旅，谋得一小学教职糊口。因工作出色，逐步前行，转入一中学教书。1958 年考入台湾师范大学夜间部国文系，半工半读。1963 年毕业，获本科文凭，学士学位。1964 年又考取该校硕士班研究生，1966 年毕业，获得硕士学位。应聘私立德明行政管理专科学校副教授，兼训导主任，同时兼任台湾师范大学国文系讲师。1968 年考入台湾师范大学国文研究所博士班，1972 年 8 月获得博士文凭。1973 年 8 月应聘台湾师范大学国文系副教授，正式开设《文心雕龙》课。1978 年晋升为教授，2010 年 7 月 29 日，因患恶疾病逝于台北，享年 82 岁。

从以上两位"龙学"家的简略人生履历来看，二人的共同点是：一、同年同月皆出生于商人家庭，父亲皆为精明的小商人。二、王更生和牟世金最初学历皆为中师，都曾当过中学教师，皆以成人身份考入大学本科院校的重点大学。三、后来皆在母校为大学教授，同为海峡两岸著名的"龙学"家。不同点是：一、牟父在县城经商，生意红火，纯粹的商人；王父在乡村亦商亦农，属于小本生意。二、牟世金的父母积极支持子女读书求学，兄妹八人，皆为中专以上学历，且有两位是全国知名学者。王更生的父母对子女的求学支持度远低于牟世金的父母，致使王氏兄妹与牟氏兄妹后来的成就在整体上差距较大。三、同年同月生，年寿却相差了 21 年。四、王更生的大学是半工半读，自筹学费，求学路充满了艰辛；牟世金是脱产全日制学习，且有国家资助。这些差距使得年轻的王更生倍感辛苦，特别是报考河南省立六中失败后，体会之一是"父母的知识水平，对子女有绝对的影响"，体会之二是把他报考省立六中的作文题目《历尽艰难好做人》牢牢地记在心里。他说："《历尽艰难好做人》在我的脑海里，烙下不可磨灭的印象，几乎成了我人生的写照，和工作的南针。"①

（二）成才路径比较

张之洞曰："读书欲知门径，必须有师。"② 王更生和牟世金二位先生之所以成为龙学专家、著名学者，除了他们先天的禀赋和后天的努力以外，还在于他们分别遇到了全国一流的老师。

牟世金先生是以中师学历作为调干生于 1956 年考入山东大学

---

① 王更生：《王更生自订年谱初稿》，台北：文史哲出版社，2007 年，第 95 页。
② 张之洞：《书目问答·附录·国朝著述诸家姓名略总目》，上海：上海古籍出版社，2001 年，第 257 页。

中文系的，当时的山东大学人才济济，正以文科见长，享誉全国。一时间在中文系执教的有冯沅君、陆侃如、高亨、萧涤非、黄孝纾、殷孟伦、殷焕先、高兰等。正是这一批著名学者共同铸就了山东大学中文系的一段辉煌岁月。牟世金就是在这一段岁月里读完了本科，并且留校任教，此后被系里作为重点培养对象交给陆侃如教授具体指导。多年之后，牟世金先生在回忆陆侃如对自己的教诲时说：

> 从（上世纪）六十年代初，领导上确定我做他的助手之后，则忝席待筵，朝夕闻教，长达二十年，这正是我的得天独厚之幸……1962年，陆先生按照系领导的要求，经过数次修订，为我制定了一个经过15年达到教授水平的长期培养计划……陆先生对我的另一个重要培养方式，是以合作的形式进行科研。在1962年至1964年不到三年的时间内，我们共完成《文心雕龙》《刘勰论创作》《刘勰和文心雕龙》三种专著和一些论文……通过这些研究的实践，不仅使我的基本功得到了相当切实的训练，更（是）使我迅速进入学术领域的有效措施。所谓"切实"和"有效"，主要在于这种"合作"的具体方法：每一项目的进行，一般是由陆先生确定篇目或论题，由我自选约二分之一的内容，便分头执笔，经互相提意见，各自改定而成。这不仅很像是一种平行的"合作"，且明明陆先生是我的指导老师，这时却毫不指导了……很久以后才意识到，陆先生所取方式，或有照顾我的情绪的一面，但最主要的用意则是希望把我迅速带进学术的庙堂，但又必须由我自己走进这座庙堂。回想起来，陆先生多年对我的培育，使我受益最大之处，正在于此。①

---

① 许志杰：《陆侃如和冯沅君》，济南：山东画报出版社，2006年，第212页。

由以上山东大学中文系对于牟世金的特殊培养来看，他虽然没有继续读研究生，但是这种特殊的教育和培养方式，实在是胜过攻读研究生。

王更生先生流落到台湾之后，在中小学教师岗位上摸爬滚打一阵子，特别是 1956 年再次应征入伍受训一年零四个月之后，尝到了众多的苦头，便带着一种饥饿感，期望求学和科研。台湾师范大学开设的夜间部工读形式，为王更生有机会进入学术的殿堂提供了条件。1958 年至 1963 年的五年中，风餐露宿一千八百个夜晚，在此执教的有程发轫、李曰刚、林尹、高笏之、鲁实先、高明、戴培之、潘重规、毛子水、黄锦鋐等著名学者。其后在此读硕士、读博士，并且在读硕士学位的后期，就成为台湾师大国文系的兼任讲师，每周讲授《诗选》两小时；在读博士学位的后期，就接过系主任李曰刚教授的教鞭，为学生讲授《文心雕龙》课。后来，李曰刚教授又把自己放在案头随时添加修改的《文心雕龙斠诠讲义》送给王更生参考。对此王更生说："送给我的《文心雕龙斠诠讲义》，红皮精装三巨册，是师大出版组手抄的油印本……书中夹了许多纸条，上面写满了补充考订的文字，细如蝇头，密密麻麻，足见先生毕生精力，尽萃于斯矣。而先生为了勉励我，竟然将自己备用的文稿相赠，对我来说是何等的鼓舞。"[①]王更生博士毕业一年后，就被台湾师大聘为副教授，成为母校的一名正式教员，与自己的老师朝夕相处，耳提面命，身教言传，这种得天独厚的成才条件，与牟世金是完全相同的。

我们从中可以看出，他们二人的成长过程，意志的磨炼，成才的条件，个人的奋斗，天时、地利、人和都具备了，成才是必然的，

---

① 王更生：《我所认识的李曰刚先生》，《文讯月刊》第 18 期（1975 年 6 月）。收入《更生退思文录》，台北：文史哲出版社，1997 年。

不成才是不可能的。

二、学术成果整体比较

（一）牟世金著作

1. 专著编年表录如下：

序号	著作名称	出版社名称	出版时间	备注
1	文心雕龙选译（上下）	山东人民出版社	1962,1963	与陆侃如合著
2	刘勰论创作	安徽人民出版社	1963	与陆侃如合著
3	毛主席诗词浅释	山东人民出版社	1974	集体，以牟为主
4	刘勰和《文心雕龙》	上海古籍出版社	1978	与陆侃如合著
5	文学艺术民族特色试探	齐鲁书社	1980	独撰
6	杜甫诗选	人民文学出版社	1980	集体，牟参与
7	中国古代文学作品选	山东人民出版社	1980	集体，牟参与
8	中国古代文艺理论资料目录汇编	齐鲁书社	1981	集体，以牟为主
9	文心雕龙译注（上下）	齐鲁书社	1981,1982	与陆侃如合著
10	刘勰论创作（修订本）	安徽人民出版社	1982	与陆侃如合著
11	雕龙集	中国社会科学出版社	1983	论文集

续　表

序号	著作名称	出版社名称	出版时间	备注
12	老一辈革命家诗词选注	福建人民出版社	1983	集体，牟参与
13	台湾文心雕龙研究鸟瞰	山东大学出版社	1985	专著
14	文心雕龙精选	山东大学出版社	1986	
15	刘勰年谱汇考	巴蜀书社	1988	专著
16	中国古代文论家评传（上下）	中州出版社	1988	主编
17	左太冲集校注			与徐传武合著
18	《文心雕龙》研究论文集	人民文学出版社	1990	集体，以牟为主
19	文心雕龙研究	人民文学出版社	1995	专著
20	雕龙后集	山东大学出版社	1993	论文集

　　牟世金的专著有 20 部，其中"龙学"专著 12 部，与他人合作的古典文学译注 2 部，目录学 1 部，与他人合注的诗词 3 部，古典文学理论研究专著 1 部，主编古代文论家评传 1 部。可见"龙学"研究才是牟先生的主攻方向。

　　2. 论文（99 篇，略）

　　这 99 篇论文之外，尚有一些与陆侃如、袁世硕、龚克昌、徐传武等人合作撰写的十余篇论文没有统计进来。这 99 篇论文之中，"龙学"论文占了大半，是 55 篇，其他主要集中在古代文论、文学史、诗文书画乐论等。①

（二）王更生著作

1. 专著编年表录如下：

序号	专著名称	出版社名称	出版时间	备注
1	中国文化概论	海天印刷厂承印	1968.8	自费
2	籀庼学记：孙诒让先生之生平及其学术	文史哲出版社	1972.8	博士论文
3	晏子春秋研究	文史哲出版社	1976.2	硕士论文
4	文心雕龙研究（383页）	文史哲出版社	1976.3	专著
5	文心雕龙导读（99页）	正中书局	1977.3	专著
6	中国历代思想家之一陆贾（42页）	商务印书馆	1978.6	
7	中国历代思想家之一　贾谊（39页）	商务印书馆	1978.6	
8	孝园尊者戴传贤传（194页）	先烈先贤传记丛刊	1978.12	丛刊之一
9	重修增订文心雕龙研究（470页）	文史哲出版社	1979.5	专著
10	文心雕龙范注驳正（107页）	华正书局	1979.11	专著
11	文心雕龙研究论文选粹（选文38篇）	育文书局	1980.9	论文集

---

① 关于以上牟世金的学术成果的数据，均取自牟世金著《雕龙后集》，济南：山东大学出版社，1993年。

续　表

序号	专著名称	出版社名称	出版时间	备注
12	我们的国名（76页）	文物供应社印行	1981.3	大众文库套书
13	我们的国旗（106页）	文物供应社印行	1981.3	大众文库套书
14	我们的国歌（98页）	文物供应社印行	1981.3	大众文库套书
15	我们的国徽与国花（54页）	文物供应社印行	1981.3	大众文库套书
16	国文教学新论（367页）	明文书局	1982.4	专著
17	中国历代诗词曲文美读（一套四卷，朗诵作品64首）	华阳文教出版公司监制	1983.6	公开发行
18	三民主义文艺的创作原理（58页）	文物供应社印行	1983.7	三民主义文艺理论论丛之一
19	中国历代诗词曲文美读（一套两卷，朗诵作品80首）	师大视听教育观监制（不对外发行）	1983.7	师大员工进修班国文辅助教材
20	中华文化百科全书（王更生撰第二编第一章《历史》、第二章《氏族》，第四编第三章《技工》，第五编第三章《文学》）	中华文化基金会	1982.8~1983.10	王更生的博士指导老师高明主编

续 表

序号	专著名称	出版社名称	出版时间	备注
21	白话资治通鉴（黄锦鋐主编）	台北文化图书公司	1984.3	王更生翻译了《周纪》《秦纪》
22	中国国民党与中华文化（398页）	文物供应社印行	1984.10	专著
23	文心雕龙读本（上下两册932页）	文史哲出版社	1985.4	专著
24	晏子春秋今注今译（432页）	商务印书馆	1987.8	专著
25	中国文学概论（985页）	空中大学用书	1987.11	专著
26	重修增订文心雕龙导读（178页）	华正书局	1988.3	专著
27	中国文学的本源（127页）	学生书局	1988.11	专著
28	中国文学讲话（323页）	三民书局	1990.7	原为军中广播稿
29	文心雕龙新论（355页）	文史哲出版社	1991.5	个人论文集
30	韩愈散文研读（303页）	文史哲出版社	1993.11	专著
31	今注今译古文观止（1563页）	黎明文化出版社	1993	5位教授合作
32	柳宗元散文研读（304页）	文史哲出版社	1994.7	专著
33	文心雕龙选读（517页）	巨流出版社	1994.10	大学用书

续 表

序号	专著名称	出版社名称	出版时间	备注
34	中国古代文学理论的秘宝——文心雕龙（338 页）	黎明文化事业公司	1995.7	专著
35	欧阳修散文研读（356 页）	文史哲出版社	1996.5	专著
36	更生退思文录（449 页）	文史哲出版社	1996.7	个人文集
37	重修增订国文教学新论（434 页）	明文书局	1996.7	专著
38	台湾近五十年《文心雕龙》研究论著摘要（177 页）	文史哲出版社	1999.5	主编
39	岁久弥光的龙学家——杨明照教授在"文心雕龙学"上的贡献（108 页）	文史哲出版社	2000.11	专著
40	国文教学面面观（334 页）	五南图书公司	2001.5	专著
41	苏轼散文研读（365 页）	文史哲出版社	2001.5	专著
42	新编晏子春秋（774 页）	五南图书公司	2001.6	专著
43	曾巩散文研读（346 页）	文史哲出版社	2006.6	专著
44	王更生自订年谱初稿（188 页）	文史哲出版社	2007.5	专著
45	文心雕龙管窥（328 页）	文史哲出版社	2007.5	个人论文集

王更生专著 45 部，其中，龙学 13 部，国文教学法 3 部，有声著作 2 部，三十几页至一百页左右的小册子 7 部，关于唐宋八大家中的韩愈、柳宗元、曾巩、欧阳修、苏轼 5 人，各写了 1 部专著。与他人合作《古文观止》译注 1 部、《白话资治通鉴》1 部、《中华文化百科全书》1 部；《晏子春秋》研究及译注 2 部。此处有《中国文学本源》《中国文学讲话》《中国文学概论》《中国文化概论》《籀顾学记》《退思文录》等。

2. 论文（243 篇，略）[①]

在这些文章中，主要有关于教育教学的 49 篇，《文心雕龙》研究的文章共 53 篇，杂文 20 篇，古典文学 40 篇。

（三）牟、王学术成果整体比较分析

牟先生的专著除了"龙学"以外，其他没有重量级的专著，而王更生的学术成果总体上远远超过牟世金，一是表现在数量上，二是表现在广度上。王更生专著 45 部，如果把《重修增订文心雕龙研究》《重修增订文心雕龙导读》《重修增订国文教学新论》这三部书与初版各看成是一部的话，其专著是 42 部，再除去 100 页左右的 5 个政治性小册子和两个三四十页的汉代思想家以及两部有声著作，尚有 33 部；再除去个人年谱和一部主编的"龙学"论文集，尚有 31 部，还有两部为自己崇拜的名人树碑立传的著作减去的话，还有 29 部，这 29 部都是掷地有声的学术专著。仅是他的博士论文《籀顾学记——孙诒让先生之生平及其学术》，就堪称学术巨著。该书初版于 1972 年 8 月，由台湾文史哲出版社以手稿影印发行。2010 年 9 月，台湾花木兰出版社重新打印、编排出版了纪念版。该书洋洋洒洒近九十万言，"以清代三百年学术殿军孙诒让为中心，广源有清朴学诸门，凡经学、子学、甲骨学、金石学、文字学、斠雠学、

---

① 王更生教授 2008 年至 2010 年的文章我仅知道两篇，这是极不全的。

目录学等等，皆深入阐明其学之素材、方法与成就。王先生此书涉猎之广、致力之深、识见之精，早已播誉学界，被誉为引领学者进入清学殿堂的钥匙。"① 花木兰出版社重新打印、编排出版的纪念版为大 16 开本，842 页，分为 4 册精装发行，可以说，仅此一部，足以达到学界的领军地位。

王先生另有为唐宋散文八大家中的五人各写的三百余页的散文研究专著，再加上《晏子春秋》译注、研究的专著 3 部，就此 8 部专著，也可知其学术成果之惊人，可谓是古典文学研究家。

为空中大学撰写的《中国文学概论》一书（985 页）（其中第二章《辞赋》、第五章《词曲》由其学生吕武志协助整理）也耗费了王先生的大量心血，显示了一位文学研究巨匠的功力。再有国文教学研究专著 3 部，另加教育教学研究的论文 13 篇，就此可以看出王更生在教育教学上的理论贡献，又在向着一位教育教学理论家的方向努力着。

以上种种，是牟先生所不及的。这里我们必须指出一种情况，这就是台湾和大陆的差别，一是教育制度不同，二是客观环境不同。大陆对于国学的强调是近些年的事，而台湾一直强调和重视古典文学的教学。再是"文化大革命"的十年，中国大陆的学术研究是空白，牟世金的专著从 1964 年至 1977 年的 13 年中，仅有一部与他人合作的时髦著作《毛主席诗词浅释》，论文从 1965 年至 1977 年的 12 年间，仅有一篇在批林批孔时期写的《曹操为其法治路线服务的诗歌创作》。牟先生的寿命又比王先生少了 21 年，这对于一个正值学术上如日中天的学者来说，简直就是正常人的半生，30 年，正是牟先生学术上的成熟期和爆发期。中国大陆"文化大革命"的十年中

---

① 花木兰出版社纪念版《出版说明》，载王更生《籀顾学记——孙诒让先生之生平及其学术》一书。

王更生在台湾出版了 9 部专著，发表了 20 篇论文。如果我们把王更生的专著上推到牟世金逝世的 1989 年，甚至再后延至 1993 年 ①，王更生的专著是 31 部，如果再退去 1966 年至 1976 年的 9 部，还剩下 22 部，比牟世金多出两部。这两位先生的专著数量上是伯仲之间 ②，当然，这些假设好像是不应该，但是这确是现实。

再看两者的论文。王先生文章总数 243 篇。如果以牟先生去世的 1989 年再往后延一年的话 ③，王先生的文章是 128 篇，再退去大陆 1966 年至 1976 年大陆十年学术空白的话，在牟世金去世的时候，王更生仅有 50 篇文章，比牟世金少了一半左右。可见牟世金去世前的学术研究是处在爆发时期。

三、"龙学"成果单项比较分析

（一）牟世金的龙学成果

牟世金的 20 部专著中，龙学专著 12 部。在 12 部"龙学"著作中，《刘勰和〈文心雕龙〉》是一部普及性的小册子。《文心雕龙研究论文集》，虽然署名"《文心雕龙》学会编"，但是，它以牟先生为主联合他人从七十余年的龙学论著中遴选出来的。《台湾文心雕龙研究鸟瞰》是对于台湾"龙学"研究的介绍和评论性的专著，当时影响很大，我对于台湾"龙学"情况的了解，就是通过牟先生的这部书的介绍和评论。《雕龙集》和《雕龙后集》是以《文心雕龙》研究为主的两部论文集。《刘勰年谱汇考》是一部刘勰生平研究的集大成之作，他对于刘勰生年的考辨在我看来是目前论据最充分的

---

① 牟世金的《文心雕龙研究》虽然 1995 年才出版，但是，牟先生生前就交稿了。1993 年出版的《雕龙后集》是牟世金去世以后，戚良德教授遵照师母的安排编辑的一部论文选集。

② 仅以部数，忽略页码和学术质量，因为像王、牟二人的水平，每一部著作的学术价值，都是不必怀疑的。

③ 考虑到有些论文投出去，不一定当年发表，所以延续到 1990 年。

一说，其他关节点也有诸多高人之处，唯其卒年定于梁普通三年（522），令人觉得商榷空间很大，尚有不能逾越的资料被忽视①。当然，这是属于微观，在此不必讨论。

文本译注三部，一部选注，一部精选，一部全译本，虽然选译本是与陆侃如一起合作的，但是，牟世金从中的劳动也不会少于他的老师，我想陆先生的功夫在于把关定准。1981年出版的全译本，虽然署名是陆侃如和牟世金，我们把二十世纪六十年代的选译本和八十年代出版的全译本相比，全译本是以选译本的二十五篇为基础，其余二十五篇由牟世金补全，原二十五篇除体例的改变外，大部分译注也做了修改，引论和题解也都重新另写了。《刘勰论创作》初版于1963年，此书仅有162页。1982年出版的修订版已经是218页了。这其中修订和增加的部分就是牟先生做的。我把初版和修订版相比，初版是由引言、译注和几篇附录组成，修订版改为论述和译注两部分，而且论述部分的《刘勰及其文学理论》是由初版的引言改写而成的。《〈文心雕龙〉创作论新探》是新增加的。译注部分由原来的八篇增加到十篇，其中《比兴》和《总术》是新加的，译注方面，除了体例由原来的注译文改为注原文外，注释加详了，译文也做了不少修改和润色。

《文心雕龙研究》这部重量级的著作，是牟先生去世之后才出版的，但是牟先生去世前就交给出版社了。该书是牟先生刘勰研究的集大成之作，用牟先生自己的话说，是他"毕生所能雕画的一条'全龙'"。以前所做的一切研究，都是为这部书打的外围战。"为了了解龙学的历史，吸取前人的成果，总结经验教训，写了《"龙学"

---

① 对于刘勰卒年应考虑《出三藏记集》卷七《道行经后记》这条资料，如果这条资料不能跨越，刘勰卒于梁普通年间的一切结论，皆为推测之词。详见拙著《刘勰志》附录《刘勰年谱考略》一文。

七十年概观》；为确知刘勰生平，便遍搜海内外已刊行之刘勰年谱、年表十六种，撰成《刘勰年谱汇考》；为一知日本'龙学'而赴日察访，写了《日本文心雕龙研究一瞥》；为了掌握港台研究成果，写了《台湾文心雕龙研究鸟瞰》，并借参加香港国际比较文学会之机，拜访了部分香港龙学家。此外，为认清刘勰的思想，曾写过《试论六朝时期儒道玄佛的斗争与融汇》等。"①从牟先生的这些话，可以看出，他的其他研究成果有两种情况，一种是应对环境使他必须做的研究和写作，例如诗词注释类等。其他六朝文学研究，都是为雕画全龙所做的准备工作。

　　牟世金论文99篇，其中龙学文章55篇。这55篇"龙学"文章中，刘勰生平5篇，枢纽论4篇，文体论1篇，创作论8篇，目录索引2篇，为他人的"龙学"专著作序4篇，综合论述8篇，学法2篇，"龙学"史6篇，批评论2篇，其他13篇。

　　通过以上的记述，我们可以看出牟世金先生的"龙学"成果可以归为五类，第一类：系统的理论研究，如《文心雕龙研究》；第二类：知人论世（刘勰生平）类，如《刘勰年谱汇考》；第三类：普及、导读类，如《文心雕龙译注》《文心雕龙选译》《文心雕龙精选》；第四类：《文心雕龙》研究史类的诸篇论文；第五类：海外龙学研究评介，如《日本文心雕龙研究一瞥》等。此外，还有两部论文集《雕龙集》《雕龙后集》等，可以说，牟先生对《文心雕龙》的研究也是全方位的、系统的。

　　如果以牟世金逝世时间1989年往后推一年到1990年为断的话，王更生的"龙学"论文仅有31篇，比牟世金少了14篇。

　　牟世金先生一直是山东大学中文系的教员，由于大陆与台湾教育制度的差别和"文化大革命"十年的耽搁，以及牟世金先生英年

---

① 牟世金：《文心雕龙研究》，北京：人民文学出版社，1995年，第2—3页。

早逝造成的空档，指导的研究生数量上自然无法与王更生相比，生前仅招收了两届研究生，共6名学生，其中之一的戚良德教授，完全继承了牟先生的未竟事业，成为龙学界的一位佼佼者，保持了山东大学全国"龙学"重镇的学术地位。

牟世金的另一"龙学"成就是发起并组建了中国《文心雕龙》学会，并且生前一直辛勤地工作在秘书长的位子上，好在这一代学会的领导都能高风亮节，功过自明。王元化在为牟世金的大著《文心雕龙研究》写的序言中说："世金同志可以说得上是《文心雕龙》的功臣，这一点，有他的大量论著可以为证。他也是全国《文心雕龙》学会的倡议筹建者，学会的繁杂事务几乎都是由他承担起来的，因此学会倘在学术界有所贡献，首先得归功于他。"王元化在牟世金逝世后写的悼念文章中再次谈到《文心雕龙》学会时说："我可以说全国《文心雕龙》学会是以他一人的心血筹备而成的，如果不是为他的埋头苦干和对学术的真诚精神所感动，这个学会是不会成立并维持到今天，我也不会滥竽充数地来充当这个学会负责人之一的。"[1] 这个成就是目前龙学界谁也无法与之媲美的。

（二）王更生的龙学成果

王更生的45部专著中，有13部是关于龙学的。这其中主编论文集1部，译注2部，综合研究3部，龙学文献1部，已发论文集结成册2部。驳论1部，导读2部，为杨明照龙学传论1部。在这13部专著中，《重修增订文心雕龙研究》和《重修增订文心雕龙导读》是修订本，如果把两部修订本各看成与原来未修订者各是一部的话，事实上他的龙学著作11部。在这11部中，《重修增订文心雕龙研究》《文心雕龙读本》《文心雕龙新论》《中国古代文学理论的秘宝——

---

① 见戚良德：《牟世金传略》，载牟世金：《雕龙后集》，济南：山东大学出版社，1993年，第490页。

文心雕龙》《文心雕龙管窥》显得重要一些。但有重复现象，《文心雕龙研究》《重修增订文心雕龙研究》重复是自然的事，而《文心雕龙新论》《文心雕龙管窥》与《文心雕龙研究》《重修增订文心雕龙研究》重复就显得让读者有浪费时间的感觉。例如《文心雕龙新论》中的《刘勰的风格论》《刘勰的声律论》《刘勰的风骨论》在1976年《文心雕龙研究》中已经有了，1990年出版《文心雕龙新论》的时候，又把它收入其中，其修改的地方也寥寥无几，读者不易看出新在哪里。《中国古代文学理论的秘宝——文心雕龙》也是王先生《文心雕龙研究》的延伸。因为《中国古代文学理论的秘宝——文心雕龙》的主体是《文学本源论》《文学体裁论》《文学创作论》《文学批评鉴赏论》，这些内容《文心雕龙研究》及其增订本或多或少有所涉及。如果要求从王先生的龙学大著中挑选两部最具代表性作品的话，首选的是《重修增订文心雕龙研究》和《文心雕龙读本》。《文心雕龙读本》实际上是王先生对学生讲解《文心雕龙》的讲稿的基础上形成的一个超乎普通读者的一部译注本，而《重修增订文心雕龙研究》则是一部从刘勰家世生平谈到刘勰的《文心雕龙》版本，然后按照《文心雕龙》的逻辑，分为"文原论""文体论""文术论""文评论"，中间开发出了"《文心雕龙》之美学""《文心雕龙》之史学""《文心雕龙》之子学"，最后以"《文心雕龙》在中国文学史上之地位"殿后，这是王先生的高人之处，在大陆学者看来，《史传》篇和《诸子》篇并不重要，甚至是被斥责的地方。

王更生的243篇文章中，关于《文心雕龙》研究的文章共50多篇，约占了王先生全部单篇文章的四分之一。其中为他人的"龙学"专著作序跋5篇，介绍"龙学"家3篇，"龙学"史9篇，述评1篇，驳论1篇，版本考3篇，刘勰生平1篇，成书年代1篇，学法2篇，目录学1篇，枢纽论6篇，文体论1篇，创作论4篇，批评论1篇，综合论述 5 篇，《文心雕龙》与其他学术的关系 5 篇。关于"2000年镇江龙学会议"的杂文 1 篇。

通过以上的记述，我们可以看出王更生的龙学成果可以归为五类。第一类：系统的理论研究，如《文心雕龙研究》《重修增订文心雕龙研究》《中国古代文学理论的秘宝——文心雕龙》；第二类：校勘注释类，如《文心雕龙范注驳正》；第三类：普及、导读类，如《文心雕龙读本》《重修增订文心雕龙导读》《文心雕龙选读》；第四类:《文心雕龙》研究史类的诸篇论文；第五类：向岛内学术界介绍海内外龙学研究概况，这表现在《重修增订文心雕龙导读》的几个章节中。此外，还有两部论文集《文心雕龙新论》《文心雕龙管窥》，可以说，王先生对《文心雕龙》的研究是全方位的、系统的。

王更生先生在整个教学生涯中，从小学、中学、大学专科、本科生，已经没法计算培养了多少学生，但是他指导的硕士、博士生是可数的，见于记载的有 50 人，其中硕士生 31 人，博士生 19 人。这些研究生以《文心雕龙》作为学位论文研究对象的就我所知有 13 篇，这些论文大都是王先生自己的论题或者观点，指导学生进一步阐发而成为学位论文的。例如《文心雕龙》与经学，是王先生的老课题，他又交给学生蔡宗阳进一步发挥，成为一篇学位论文，日后出版为专著《刘勰〈文心雕龙〉与经学》，综观王更生指导的学位论文，无论是硕士论文还是博士论文，都是掷地有声的宏论。例如方元珍教授的《〈文心雕龙〉与佛教关系之考辨》、黄端阳的《刘勰〈文心雕龙〉枢纽论研究》等。

现在再来看他们二人的"龙学"代表作。

牟世金"龙学"专著 12 部，这其中也包括主编的一部"龙学"研究论文选。王更生"龙学"专著共 13 部，1991 年以及前是 8 部，也有一部是主编的"龙学"研究论文选。

从其二人一生的"龙学"成果来看，是伯仲之间。牟世金去世的时候，二人的"龙学"重头专著都已经做成。牟世金是大陆第一部选译本的作者，也是第一部全译本的作者。王更生是台湾第一部《文心雕龙研究》的作者。牟世金也是大陆解放后第一部全面阐述《文心雕龙》理论的作者（1944 年朱恕之有《文心雕龙研究》一书），两人在龙学界都创造了第一。王更生有一部全本译注——《文心雕龙读本》，牟世金也有一部全译本《文心雕龙译注》，这两部全文译注本，都是"龙学"研究名著。牟世金的《文心雕龙译注》由齐鲁书社初版于 1981 年，其后一刷再刷，一版再版，不同时期有不同的版本，其发行量已近十万册，成为齐鲁书社的滚滚财源之一。更有趣的是北方有几家出版社看到此书畅销，毫不掩饰地全部盗印该书。王更生的《文心雕龙读本》在台湾每次印刷的数量我不得而知，仅从我手头上藏有的 2004 年出版的版本来看，已是第九次印刷了，可见在台湾也是一部畅销书。

牟世金的《文心雕龙译注》全书四十九万二千余字。前面是近八万字的导读。五十篇原文的格式是：题解、正文（分段）、注释、译文，书末附有参考书目。张少康等著的《文心雕龙研究史》评论说："《文心雕龙译注》是牟世金在研究《文心雕龙》文本方面的代表作……是一部融学术性和普及性于一炉的《文心雕龙》全注本和全译本。"①

王更生的《文心雕龙读本》八十余万字，932 页，分上下两篇，分两册装订。书的前面是多幅书影，然后是序言、凡例、绪论。其书的格式顺序每篇是：篇题、解题、原文、注释、语译、集评、问题讨论与练习题。关于这部书的写作动机和架构，王更生先生自己

---

① 张少康、汪春泓、陈允锋、陶礼天：《文心雕龙研究史》，北京：北京大学出版社，2001 年，第 336 页。

说："回忆在民国六十年（1971）前后，王氏（朱按：指王更生自己）
于师范大学国文系讲授此书（朱按：指讲授《文心雕龙》）的当时，
参考用书极不易见得，除了从原典中去爬罗剔抉外，几乎很少有助
读的凭借，于是决心搜集资料，别铸一部适合初学者阅读的本子。
《文心雕龙读本》，就是这个理想的具体呈现。此书的特色：是依
照《文心雕龙·序志》的说法，分全书为上下两篇，上篇由卷一《原
道》，至卷五《书记》。下篇由卷六《神思》，至卷十《序志》。
每篇二十有五，以符合《文心雕龙》原貌。内容方面：除目次以外，
书首列有自序、例言及原校姓氏。书末附有刘勰著作二种、刘勰传
略、《文心雕龙》重要版本与刘勰《文心雕龙》考评等四部分。又
作者基于实际的教学经验，在《文心雕龙》正文之前，有'解题'，
文后有'注释''语译''集评''问题讨论与练习'。正文的眉端
上方有'分段大意'，可以说凡足以帮助初学者理解《文心雕龙》
的必要步骤，都照顾到了。所以本书在目前来说，应该是一部比较
能深入浅出，而又适合多方面需要的入门读物。"①

　　王更生对于原文的注释比牟世金的《文心雕龙译注》还要细一
些。作者在序言中说："更生筹思十载，聚材盈篋，承前哲今贤之辉光，
朋侪古旧之切磋，殚思竭虑，苦心经营，成此一部《文心雕龙读本》
上下篇，八十余万言。学者研读《文心雕龙》，欲藉彦和之说以畅
此'为文用心'之旨者，本书倘亦犹乎致运之车马，济海之舟航乎！"
张文勋也说："这是一部标准的'读本'，尽管在注释、译文等方
面尚有可商榷之处，但作为'读本'而言，这确乎是一部最完备的
著作了。"②

　　在理论阐释方面，王更生的《重修增订文心雕龙研究》是一部

---

① 王更生：《重修增订文心雕龙导读》，台北：文史哲出版社，2004 年，第 107 页。
② 《张文勋文集》第三卷，昆明：云南大学出版社，2000 年，第 705 页。

最为系统的、全面的研究专著。这部书初版于 1976 年，名为《文心雕龙研究》，初版时全书是十四章，第一章绪论，第二章梁刘彦和先生年谱，第三章《文心雕龙》史志著录得失平议，第四章《文心雕龙》版本考略，第五章《文心雕龙》之美学，第六章《文心雕龙》之经学，第七章《文心雕龙》之史学，第八章《文心雕龙》之子学，第九章《文心雕龙》文体论，第十章《文心雕龙》风格论，第十一章《文心雕龙》风骨论，第十二章《文心雕龙》声律论，第十三章《文心雕龙》批评论，第十四章《文心雕龙》在中国文学史上之地位。牟世金先生最初得到的就是这个分为十四章的《文心雕龙研究》本。牟世金评论说：

> 《文心雕龙研究》共十四章，八十二节，其规模仅次于李曰刚的《文心雕龙斠诠》。……第五章以下各章，大都前有引言，后有结语。对各专题"探源竟委"，做了较为系统的论述。从这一基本内容来看，注者自谓本书为"深入而有系统的研究"著作，在当时的台湾，可说是当之无愧的。……较为全面而系统的《文心雕龙》论著，这确是第一部。但所谓"全面"，不仅指比之其前而言，也只是就其对《文心雕龙》的经学、史学、子学、美学等其所论及部分而言。其书最大的不足，是忽视了创作论部分的研究。……其书有关这方面的研究，只有风格、风骨和声律三章，而略于《神思》《通变》《情采》《物色》等大量重要的论题。故其"系统性"，也只是就已论及的部分问题而言。……但此书虽失之东隅，也还是有它的独到之处，这就是对《文心雕龙》美学、经学、史学、子学的研究。这方面的研究虽不完全是对其文学理论的研究，也是为深入理解刘勰文学思想所必须的。本书把较大的篇幅用在这方面，正以此而形成其书的主要特点。这就不仅独步当时，

至今仍无出其右者。①

可以说，王先生的初版本，忽略了历代学人对《文心雕龙》逻辑架构五个板块的划分，把风格、风骨、声律应属于文术论的问题与文体论并列，这就造成了父子同辈，而且对于枢纽论也没有给予应有的重视。对照王更生的《文心雕龙研究》，看看牟世金的评论，可谓公允，真是"平理若衡，照辞如镜"（《文心雕龙·知音》）。牟世金的文章出版于 1985 年，牟世金获得王更生《文心雕龙研究》的时候，王更生早已经出版了替代本——《重修增订文心雕龙研究》本。作者自己说：

> 可是甫经出版不久（朱按：指《文心雕龙研究》出版不久），作者新发现了很多而又必须加以立刻更改的地方。于是经过将近两年的静思熟虑，或增补其阙，或删除其芜。到民国六十八年（1979），重修增订本《文心雕龙研究》正式取代《文心雕龙研究》而正式问世。这是一部把《文心雕龙》当成学术来研究的专门著作。②

《重修增订文心雕龙研究》主体目录是：第一章绪论（《文心雕龙》研究的回顾与前瞻），第二章梁刘彦和先生年谱，第三章《文心雕龙》版本考，第四章《文心雕龙》之美学，第五章《文心雕龙》之史学，第六章《文心雕龙》之子学，第七章《文心雕龙》"文原论"，第八章《文心雕龙》"文体论"，第九章《文心雕龙》"文术论"，

---

① 牟世金：《台湾文心雕龙研究鸟瞰》，济南：山东大学出版社，1985 年，第 78—79 页。

② 王更生：《重修增订文心雕龙导读》，台北：文史哲出版社，第 106 页。

第十章《文心雕龙》"文评论"，第十一章结论（《文心雕龙》在"中国文学史"上之地位）。我们从这个重修增订后的目录可以看出，王先生用"以今日之我，非昨日之我"的精神，对 1976 年出版的《文心雕龙研究》做了全面的修订，把原书的十四章，改为十一章。牟世金先生曾经批评过的不足，王更生全部克服了，牟世金先生称赞过的地方全部保留了，学界公认的《文心雕龙》逻辑架构的几个板块，王更生全部照顾到了。其修订的路径，好像是看到了牟先生的评论一样，真是英雄所见略同。

牟世金先生对《文心雕龙》系统的理论研究专著是《文心雕龙研究》一书，完稿于 1987 年，出版于 1995 年，共分八章三十一节。其目录为：第一章绪论，第二章刘勰，第三章《文心雕龙》的理论体系，第四章文之枢纽，第五章论文叙笔，第六章创作论，第七章批评论，第八章几个专题研究。① 牟世金先生在该书的自序中说：

> 对这本书，对现在的观点，也还必将有不同意见、反对意见。这是毫不奇怪的，因为对原著人有人的理解，我有我的理解，只要龙学的终点未到，有不同的理解就是必然的。正因如此，虽然早在 1944 年便有朱恕之的《文心雕龙研究》问世，近年来，台湾也有王更生、龚菱等人的《文心雕龙研究》陆续出版，本书仍不避其重复，盖特取其"研究"之意。故其中所论，有人异于我者，有我异于人者，研究而已；故本书略于一般性内容的介绍，详于有争议的重大问题，也是出于对龙学的研究而已；故各个部分都提出某些并不是很成熟的新见解，也不过是提出研究而已。

---

① 牟世金的学生戚良德教授说："该书最后一章乃是牟先生身卧病榻之时，笔者受先生之托，按照先生自己拟定的章节目录，根据先生已发表的有关论著整理而成；交给出版社时未作说明。"详见戚良德《"龙学"里程碑——纪念牟世金先生逝世二十周年》一文。载《中国诗学研究》第八辑。

如果我们把王更生的《重修增订文心雕龙研究》目录与牟世金的《文心雕龙研究》目录做一对照，发现他们之间的差别在于：王更生比牟世金多出了《文心雕龙》之美学、《文心雕龙》之史学、《文心雕龙》之子学。牟世金比王更生多出了《文心雕龙》的理论体系。这些差异，主要是与两位学者的知识结构有着密切的关系。我曾经在拙著《刘勰传》中说：《文心雕龙》就是一个大货厂，"文论家开门一望，看到的是文学理论；写作理论家开门一望，看到的是写作理论；文章学家开门一望，看到的是文章学理论；兵学家开门一望，看到的是兵学理论；哲学家开门一望，看到的是哲学理论，等等"①。

他们的这种差别还在于对于《文心雕龙》性质的不同认定。牟世金先生认为"《文心雕龙》是中国古代文论的典型"，"在中国古代文学理论中的典型意义，主要就在它可说是一部古代中国的文学概论"②。基于这种认识，牟世金先生看到的是《文心雕龙》中的文学理论，并且早在1964年就提出"有探讨刘勰自己的文学理论体系的必要"③。"文化大革命"后，相继发表了《〈文心雕龙〉的总论及其理论体系》《〈文心雕龙〉理论体系初探》《从刘勰的理论体系看风骨论》《〈文心雕龙〉创作论新探》等。在其专著《文心雕龙研究》中列专章分为四节阐述《文心雕龙》的文学理论体系，认真地梳理出了《文心雕龙》中文学理论的体系，并且较早地理出了头绪，成为《文心雕龙》理论体系研究成果中的第一人。同时对《文心雕龙》中大量的非文学性的东西提出批评，认为"刘勰的文

---

① 朱文民：《刘勰传》，西安：三秦出版社，2006年，第268页。
② 牟世金：《文心雕龙研究·绪论》，人民文学出版社，1995年。
③ 牟世金：《近年来〈文心雕龙〉研究中存在的几个问题》，《江海学刊》1964年第1期。

学观念不明确，从他对各种文体的具体论述和要求中可以看得更为清楚……更能说明这方面不足的是《史传》篇……从文学的角度看，本篇就没有什么可称道的了"①。牟世金先生所批评的《文心雕龙》的这些不足，在王更生先生看来，又正是其闪光点之一，更是刘勰的伟大处之一。

　　王更生认为《文心雕龙》是一部子书，是"文评中的子书，子书中的文评"②。因而，王先生不是把《文心雕龙》作为文学理论专著来研究，他是作为一部子书来分解的。他不仅看到了《文心雕龙》中的文学理论，也看到了《文心雕龙》中的子学、经学、史学，更看到了《文心雕龙》全书的两条脉络：一条是经学思想，另一条是史学识见。他说："常人只知道他（朱按：指刘勰）有《宗经》《史传》两篇，殊不知在《文心雕龙》全书里，'宗经思想'和'史学识见'汇成两道纵横交织的主流。'宗经'是刘勰思想的主流，'史学'是刘勰运笔的金针。"③这是迄今为止，其他龙学家未曾发现的珍珠。刘勰正是在《文心雕龙》中设置了《史传》篇，才显示了他的史学功力。钱穆在《中国史学名著》一书中，评论刘知几的时候，说："《文心雕龙》之价值，实还远在《史通》之上……《史通》只是评论'史书'，不是评论历史……我们从此再回头来看刘勰的《文心雕龙》，那就伟大得多了。他讲文学，便讲到文学的本原。学问中为什么要有文学？文学对整个学术应该有什么样的贡献？他能从大处会通处着眼。他是从经学到文学的，这就见他能见其本原、能见其大，大本大原他能把握住……刘勰讲文学，他能对于学术之大全与其本原处、会通处，都照顾到。因此刘勰并不得仅算是一个文人，当然是

① 牟世金：《文心雕龙研究》，北京：人民文学出版社，1995年，第210页。
② 王更生：《文评中的子书，子书中的文评》，载《书评书目》第33期，1976年1月。
③ 王更生：《文心雕龙读本》，台北：文史哲出版社，2004年，第29页。

一个文人，只不但专而又通了。"① 王更生先生或许是受了钱穆的启发，才看到了刘勰《文心雕龙》中的这些妙处，看到了《文心雕龙》的两大脉络。事实上，刘勰设置《史传》篇，也是把史学著作的纪传作为文体来研究的，依然是本着"原始以表末，释名以章义，选文以定篇，敷理以举统"的原则来叙述纪传文体的。而且刘勰不仅每一篇文体用的是史法，甚至《文心雕龙》的全书也用的是史法。这一点王更生在《文心雕龙读本》的《绪论》中一一举例说明，此不赘述。

（三）牟、王二人学术成果的特点

纵观牟世金和王更生两人的学术成果，我们可以看出都是在强调自己的民族特色。

牟世金的文论专著就是《文学艺术民族特色试探》，这部书的内容，虽然是几篇已经发表的论文的集结，但是，最初却是牟世金先生 1978 年春天在山东省创作办公室召开的文艺理论讨论会上的发言稿，原本就是一篇有系统性的文章。牟先生"通过对中国古代诗论、文论、画论、乐论、舞论以及书法、戏剧理论进行综合研究，来探讨中国文学艺术的民族特色及其发展的规律问题"②。在《文心雕龙研究》一书的末尾一章中，专设一节《从〈文心雕龙〉看古代文论的民族特色》。

王更生在《〈三民主义〉文艺创作原理初探》③ 中说："如果我们的文艺创作，丧失了中华固有的本根，则其既无国界，又无民族风格，徒具文艺作品的形式，自然便毫无生命价值可言……民国

① 钱穆：《中国史学名著》，北京：生活·读书·新知三联书店，2001 年，第 125—132 页。

② 戚良德：《牟世金传略》，见牟世金《雕龙后集》第 483 页。

③ 该文初刊《幼狮学志》十七卷第四期，后收入王更生《更生退思录》，第 171—211 页。

以来，学者常拿西洋的名词，乱在我国文艺发展上贴标签……这种不顾民族文化的特色，强与西洋文艺思潮相牵合的现象可说愈演愈烈。"这是就文艺创作强调民族性。而且，对于台湾现实社会崇洋媚外的现象，斥之为"台湾的文化贫血病"①。再看他对于龙学研究中的民族情感，也是主张强调民族性特色。王更生说：近年对于《文心雕龙》的研究有了突破性的发展，"不幸的是大家太牵拘西洋的名词，乱向《文心雕龙》贴标签，说它是中国最具系统的一部'文学评论'专著，刘勰是'中国古典文论专家'。可是，我们经过反复揣摩，用力愈久，愈觉得《文心雕龙》自有它独特的面目。因为我国往昔对作品多谈'品鉴'，无所谓'批评'，这种西方习见的名词，用到我国传统的著作上，总觉得有点不对劲。即令是勉强借用，而《文心雕龙》亦决非'文学评论'或'文学批评'，这种单纯的意义所能范围。"②

总之，在他们二人的学术著作中，很少有用什么"浪漫主义""古典浪漫主义""写实主义""唯美主义"等西洋名词去生吞活剥地套用在中国古代文论的现象。

四、政治态度及其信仰比较

牟世金 1949 年参加中国人民解放军，1955 年转业到地方，1984 年加入中国共产党，1983 年冬天在山东大学组建《文心雕龙》研究室，并担任主任，成员有张可礼、龚克昌、于维璋、凌南申、滕咸惠、萧华荣等研究者，这个职务，只是为了更好地推动龙学研究。1988 年出任山东大学中文系主任，曾兼任中国《文心雕龙》学会常务理事及秘书长、中国古代文论学会常务理事、山东大学文科学术

---

① 王更生：《台湾的文化贫血病》一文，收入王更生《更生退思文录》，第313—319 页。

② 王更生：《重修增订文心雕龙导读》，台北：文史哲出版社，2004 年，第10—11 页。

委员会主任、山东大学中文系学术委员会主任等学术职务。而他出任系主任是不得已的情况下才同意接任这一职务的。按照他的本意是做一名全心全意埋头学术的人，1988 年出任系主任时已是推辞两届了。关于这一问题，他在《文心雕龙研究·自序》中谈到该书没有能够按时向出版社交稿时说："可事与愿违，我这个从未染指于行政的书生，真所谓'在劫难逃'，已推过两届系，这次却推之不掉了。这就是此书延迟到龙年的历史安排。"我们可以从中看出一个问题，六年的军旅生涯，未能加入到中国共产党组织里面去，当系主任是"事与愿违"，而且是已经推辞过两届之后不得已而为之。1984 年加入共产党是邓小平再次把知识分子看成是工人阶级的一部分之后了。可见他对于政治是淡漠的，对于从政是不感兴趣的。所以在他的学术论著中，从不随意套用政治术语，更看不出他有跟风的倾向。他在《文心雕龙研究》的序言中说："以《研究》为名的'龙'著先我而出者虽多，但中国大陆解放之后，这还是第一部；从另一角度说，本书未曾引证一句马克思主义的经典著作，这固因我习之未精而有恐误用，却是力图用其观点、立场和方法来研究问题，这样的尝试，也是第一次。"这些话，在我看来，是牟先生回避政治的一种障眼法。他明白，龙学已经成为世界显学了，这个领域的学者，持各种政治立场的人都有，既然是搞学术，就要把它看成是世界性的"公器"，避免刺激一些不同政治观点者的神经。这正是牟先生的又一高明处。

王更生先生于 1948 年春夏之交，加入国民党军，流落到台湾，旋脱离军旅生活，从教期间从小学的教导主任，到小学的校长，从中学的训导主任、教导主任到专科学校的校长都干过。这期间的1955 年再次应征入伍训练。对此王更生的感受是："此次常备兵入伍受训，共一年四个月，在人生中，给我留下极深刻的烙印，为以后鞭策我继续读书，从事学术研究的重要动力。"①1964 年曾被派往台湾"中兴山庄革命实践研究院党政班第十三期受训"，可知王更生先生是中国国民党党员，而且在青少年时期曾立志当一名"游击军司令"，对于军界的高官表现出极为羡慕的神情。这一点从他学生的文章中看得出来。他的学生王基伦说："王老师离开大陆的时候，正是上战场的年纪。有一回在课堂上他不经意地说出，小时候的志愿是当游击军总司令。好一个有志疆场的爱国青年！我读研究所期间，寄住在大伯父家。不知为了什么事情，老师忽然打电话来，电话那头是家伯父接的。两个互不相识的外省人，一个河南，一个山东；一位现任大学教授，一位军人行伍出身；同样用北方官话，有说有笑地聊了许久。过几天老师还问我，大伯的年纪、官阶、谈吐等。我告诉他是陆军总部参谋退伍，只见老师眉宇间流露出欣羡的神色，还赞叹了几句。"②我们从李平教授的《论王更生的〈文心雕龙〉研究》得知，王更生还是一位资深的中国国民党中央委员。③过去，我看到王更生先生对于杨明照褒扬有加，而对于范文澜的大著《文心雕龙注》的《驳正》，虽然有许多闪光点，但是总体上给人一种苛刻之嫌，反复琢磨而不得其解，直到 2009 年年末，读了李平教授的《〈文心雕龙〉研究史论》才使我恍然大悟，原来是政治作祟。王更生和范文澜分别是对立的两个政党中的中央委员，是王更生先生把政治带入了学术领域的缘故。王先生在其著作里对于蒋氏父子的崇拜之情不时地流露出来，是孙中山三民主义的信仰者。这一点有他的专著《三民主义文艺的创作原理》《中国国民党与中

华文化》《我们的国名》《我们的国旗》《我们的国歌》《我们的国徽
与国花》等著作可以作证。相反，在牟世金先生的著作中，政治性
的情绪就鲜有流露。

总之，我们纵观这两位龙学界的大家，牟世金对于政治非常淡
漠，对于从政，几乎到了回避的地步，其志向就是努力在学术上做
出成就，以此贡献于中华民族。而王更生一直在政治与学术的矛盾
中煎熬，虽然最终以学术成就显耀于中华民族，但时常有"人在江
湖，心存魏阙"的心态，当然，这也是大丈夫应有的心态。刘勰《文
心雕龙·程器》篇曰："安有丈夫学文，而不达于政事哉？"

五、余论

我们通过对龙学界的两位大家王更生和牟世金先生的人生际
遇、成才之路径、学术成果以及政治志向的比较，可以说，他们二
人的共同处太多。首先是二人同年同月生于大陆的商人家庭，同是
读了中等师范学校，同是在中国的战乱时代参加了军旅生涯，在考
入大学之前，皆在社会上挣扎蹒跚了一阵子，最终体会到，只有读
书科研才是适合于自己的性格与特长。这一段的生活感受，不见牟
世金的文字资料，今将王更生对自己的感受转录如下："少小离家，
老大难回，我的命运，随着战争的魔棒起舞，忽而西北边疆，忽而
大海东南，忽而硝烟弥漫，忽而饥寒交迫，无依无靠，无兄无弟，
天涯路阻，乡关何是？如丧家之犬，如亡命之徒，几度晨昏。"[1]
像王更生的这种苦难，牟世金是没有足够的体验，至少在程度上有
很大的差别。牟世金在大陆上从军是考入军政大学，此后在青岛驻
军，没有战争的苦难。到地方上之后，处在温饱之中，又没有家室
之累，且有父母兄妹间的相互鼓励和慰藉。就这一点来说，王更生

---

① 王更生：《更生退思文录·自序》，台北：文史哲出版社，1997年。

的生活经历使他意志更坚强，生存技能更具有韧性。

从学术成果的质量来看，都是掷地有声的佳作，其深度也都是同类著作的上乘。以龙学为例，从《文心雕龙》版本考订，到文本校勘、译注；从理论阐释，到内容分解；从刘勰本人的生平，到东莞刘氏家族世系；从刘勰所处时代，到刘勰思想渊源；从《文心雕龙》产生的历史条件，到后世的影响，均一一发掘。龙学成果的架构也非常相似，不仅独步生前，就是去世之后，也未有出其右者；就其成功雕画全龙来说，舍此二者，当今找不到第三人。

但是，他们毕竟是海峡两岸不同教育制度下，不同师承下的成功者。我们从其著作的涉猎范围来说，牟世金认为"'龙'门深似海"，必须做深做透，"不愿半途而废"，他的志向是在古典文论上做深做大。据说他计划把《文心雕龙研究》交稿之后，专心撰写《中国古代文学艺术理论史》的课题，但是，老天夺命，壮志未酬。可见，牟世金先生是朝着"专"的方向奋进。

从王更生的著述成果来看，他涉猎范围广博得多，不仅对古代散文、诗词有着精湛的研究；不仅是一位古典文论家、古典文学研究家，而且对于经学、子学亦有深厚的学养。同时对于历史学也很有研究。这表现在他为《中华文化百科全书》撰写了《历史》《氏族》《工技》《文学》等篇章，还参与《白话资治通鉴》的语译工作，翻译了《周纪》和《秦纪》八卷，约13万字。他的方向，不仅是自我要求把某一门学问做得深透，而且还向着通人的方向冲去，甚至已经冲到了他想要冲到的位置。

他们二人的龙学成果除了上面介绍的以外，还在于他们构建了海峡两岸和中外龙学交流的桥梁。牟世金千方百计搜集资料撰写了《台湾文心雕龙研究鸟瞰》《日本文心雕龙研究一瞥》，让国内的同行了解海外的龙学。而自己走出国门，访问日本，还直接促成1984

年 11 月在上海举行的中日学者《文心雕龙》学术讨论会。王更生在海峡两岸隔绝的状态下，从 1969 年开始，到 1979 年，历时十个寒暑，这期间跑到香港去搜集大陆"龙学"研究的资料，选出 38 篇文章，编成一部《文心雕龙研究论文选粹》，供台湾同行参考。自己又把台湾的龙学成果，编成一部《台湾近五十年〈文心雕龙〉研究论著摘要》，以供学界更好地了解龙学成果。遗憾的是这两位彼此仰慕已久的全龙雕画者，上帝不安排他们会面的机会。1988 年 11 月国际龙学会议在广州召开，此时的牟世金听说会议已经邀请到王更生与会，已经身患恶疾的牟世金在夫人赵璧清的陪同下，抱病赶到广州，为的是能够与王更生晤言一室，共论龙学。但是，终因台湾风云阻隔，未能如愿。会后王更生接香港龙友陈耀南书信和黄维樑写的会议报道信息，因为自己的缺席而深感伤心。牟世金逝世的第二年正月，也是王更生离开大陆 41 年后第一次获准到大陆探亲，专程到济南祭奠"这位志同道合永未谋面的知音"——牟世金。1995 年的北京龙学国际会议开幕式上，王更生又用了大约 30 分钟的时间讲述他在大雪纷飞之日，到济南祭奠牟世金的经过和"睹物神伤"的悲情。他们这种"神交"的友谊，使我们看到了学术的力量能够化解一切政治分歧，他们两人为了学术而表现出来的热血心肠，也为后人树立了榜样。

今年是牟世金先生一手筹划创立的中国《文心雕龙》学会成立三十周年，我们把刘勰研究的两位功臣，"全龙"的雕画者——牟世金和王更生两位先生做一综合比较研究，也算是对二位龙学家的一种纪念，不当之处，敬请方家教正。

原刊戚良德主编《儒学视域下的〈文心雕龙〉》（上海古籍出版社，2014 年）。又刊戚良德主编：《千古文心——牟世金先生诞辰九十周年纪念文集》（凤凰出版社，2018 年 10 月）。

吴林伯先生与"文心雕龙学"

吴林伯先生生前是武汉大学中文系教授，中国《文心雕龙》学会顾问，他的"龙学"成果，相对于同龄人来说，面世的时间晚一些，但却有较之同道深邃的一面，今根据个人学习吴先生"龙学"成果的体会简论如下，以就教于学界大雅。

一、吴林伯其人

吴林伯（1916—1998），湖北宜都人。幼少时期，家境贫寒，为了家中能出一位读书人，父亲与其他弟兄共同负担吴先生的求学费用。1939 年考入国立师范学院国文系（在湖南蓝田），师从著名学者马宗霍、骆鸿凯等先生。毕业后，任南开中学国文教师，其间曾跟从新儒学及唯识佛学大师熊十力先生研习佛学及玄学。后经熊十力先生推荐，于 1945 年夏天，辞去南开中学教职，负书担囊，徒行至四川乐山乌尤寺复性书院，拜在马一浮门下。书院讲学以复性为旨趣，以讲明六艺为教。治六经之学，必以六艺义理为主。由于六艺统摄一切学术，因而在六经之外，兼明四学：玄学、义学、禅学、理学。吴林伯在马一浮指导下，研习书院所设各门课程。马一浮见他对《文心雕龙》特感兴趣，就教他研读《文心雕龙》的八点门径：一详训诂，二重发挥，三探本源，四贵旁通，五尚实证，六别虚实，七判异同，八考因缘。

1947 年至上海，先后任上海育才中学国文教员、中华教育社国学专修科主任兼教授、上海光华大学教授。1953 年，光华大学等校合并，成立华东师范大学，吴先生改任华东师范大学中文系讲师，讲授先秦两汉魏晋南北朝文学史。1956 年底，中央教育部决定从华东师范大学抽调一批骨干教师支援山东老区，吴林伯积极响应，主动要求调往条件较差的山东曲阜师范学院，任中文系古典文学教研室主任、院务委员，同时为青年教师讲授《文心雕龙》。1962 年，先生应徐汝谭先生之召，来到宜昌师专任教。1978 年 8 月，先生被调入武汉大学中文系，为研究生和本科生讲授《文心雕龙》及秦汉文学。1986 年 12 月，年逾七旬的吴林伯教授退休时，已执教 41 年。

吴林伯遵照其师马一浮的教诲，一生精研群经和诸子学，尤致力于《文心雕龙》研究，其著作有《〈文心雕龙〉字义疏证》《文心雕龙校注拾遗补正》《文心雕龙研究论文集》和《〈文心雕龙〉义疏》。另有《庄子发微》《周易正义》《论语发微》《老子新解》等共计 16部专著，连同已经成书的手稿计数在内，有 27 种之多。

吴林伯先生对"文心雕龙学"的研究，根据我对"文心雕龙学"的理解，分为内涵和外延两大块，同时每一大块又可以分为若干小块的阐述，[①] 今将吴先生对于"文心雕龙学"的研究贡献，进行分块述论。

（一）对"文心雕龙学"内涵部分的研究

1. 关于《文心雕龙》一书的性质

吴林伯先生说："我们敢于断言，《文心雕龙》是文论的经典，也是哲学的要籍，这决非持之无故的偏见。"[②] 吴林伯先生的这个观点，与台湾王更生先生认为"《文心雕龙》是'子书中的文评，文评中的子书'"[③] 是一致的。因为我国古代没有所谓文学批评，

---

① 朱文民：《牟世金先生与文心雕龙学》，戚良德主编：《千古文心——牟世金先生诞辰九十周年纪念》，南京：凤凰出版社，2018 年，第 80—82 页。

② 吴林伯：《〈周易〉与〈文心雕龙〉》，《武汉大学学报》1984 年第 6 期。

③ 王更生：《文心雕龙研究》，台北：文史哲出版社，1976 年，第 133 页。

只有"品鉴"。自从《隋志》将《文心雕龙》列入了集部，特别是清代纪晓岚的评论公之于世之后，致使一些人自己不动脑筋，人云亦云，将错就错，否认了《文心雕龙》的子书性质，又加上与西方的文论观点有一些相似之处，于是乎，异口同声地把《文心雕龙》列为文学批评的专著，刘勰也就成了文学批评理论家。对于这种定位，台湾王更生先生认为，实在"霸道"。当然也有持不同意见者，即历代一些私家书目，将《文心雕龙》列入子部，认为刘勰是一子家。其实，从《文心雕龙》产生之日起，认《文心雕龙》为一子书者，我认为首推唐代的刘知几。刘知几不甘心雕虫小技，欲立一家之言，受刘勰之启发，仿《文心》之体例架构，作《史通》一书，成一家之言，千古传诵。这一问题，近些年支持《文心雕龙》为子书的人逐渐增多。在现代"龙学"界老一代的学者中，除了吴林伯先生，还有刘永济先生、刘纲纪先生。刘纲纪先生在台湾出版的《世界哲学家丛书：刘勰》一书，与吴林伯先生的观点一致，也定《文心雕龙》为子书，并把刘勰定位为自然主义哲学家。这也还是少数。但是，有一种现象值得提出，这就是为什么对《文心雕龙》持有子书观点的人，偏偏是武汉大学的学者多于其他大学呢？当然，也有其他大学的教授，碍于《文心雕龙》的子学气象，开始羞羞答答地承认《文心雕龙》不仅有《诸子》篇，全书也贯穿着子学精神。以上诸君有关《文心雕龙》子书性质的呐喊，相较于唐代的刘知几，不过是《文心雕龙》性质研究退步道路上的觉醒者。

　　《文心雕龙》中的哲学思想是丰富多彩的。吴林伯用马克思主义哲学的观点给予了解读。吴先生说：

　　　　我国古代杰出的哲学家、作家、批评家，他们有着科学的思想方法，表现在有朴素的唯物成分，承认世界是物质的实体，不是意识的体现，而物质世界，本在意识之外。……刘勰受到前代唯物主义哲学家的启发，认识论中的唯物成分很多。他承认包括社会、自然的物质世界及其中的万事、万物，承认心的机能是思维，则"心虑"，"虑"之为言思也。承认"意受于思"，作者的意识从心的思维产生。①

吴林伯认为刘勰的认识路线符合马克思主义哲学中思维和存在的关系问题的思想。他说："刘勰说'睹物兴情''情以物兴'（《诠赋》），又说：'情以物迁'（《物色》）。作者先观察自然界的万物，然后生起情感；万物变化，情感跟着变化。他直觉到自然界先于情感存在，是第一性的，情感是第二性的。刘勰运用他的朴素的唯物观点，指出一年四季的'物色之动'，人们的'心亦摇焉'，'物色'（自然界的景象）的召引，谁也不能无动于衷。……'是以诗人感物，联类不穷'（《物色》）。……刘勰不主张把作者的视野限制在自然界。他要求作者更重要的是把视野扩大到古、今社会里去。"认为刘勰总结出一条文学发展的规律："文变染乎世情，兴废系乎时序"（《时序》），史家"载籍"的目的，是让读者"居今识古"。

吴林伯先生说："刘勰科学的思想方法，还表现在有朴素的辩证法成分。……刘勰以《周》《老》、孔（子）、扬（雄）的辩证观点论文，本书有着丰富的辩证因素。……刘勰没有把变化简单化。他看到'参五因革'的作者，'日新其采，必超前辙'（《封禅》），从'因、革'提高文辞。"②

吴先生的《〈文心雕龙〉字义疏证》，无疑为"龙学"家提供了一部"龙学"字典，吴先生对于《文心雕龙》中的字、词大都有

① 吴林伯：《〈文心雕龙〉字义疏证》，武汉：武汉大学出版社，1994年，第15页。
② 吴林伯：《〈文心雕龙〉字义疏证》，第17—19页。

着自己独特的解释。但是《〈文心雕龙〉字义疏证》没有把"太极"作为一个词条单独解释，虽然在解释"道"的时候，涉及到了，但是没有跳出俗套，而是照旧释为"以其浑然未分，所以叫作'一'"。但是，解释"文"的时候做了专门解释，其观点与他在《〈文心雕龙〉义疏》中的解释一致。

我在拙文《马克思主义哲学视域下的〈文心雕龙〉研究述论》一文中曾经谈到过，今移录如下：

> 对于"太极"一词的解释，笔者觉得吴林伯先生及其弟子方铭的意见，很值得参考。方铭说："'极'，《尔雅释诂》曰：'至也。'疏曰：'穷尽之至也。''太'者，《集韵》曰：'甚也。'为'大'字之讹。'太'与'极'是两个近义的词，'太极'合而为一词，指时间至远，故《系辞》作者以之谕'无'的时代。""'太极'一词，纯属时间概念。""古人曰'无'，或曰'元气'，皆'太极'的特征。古人缺乏科学的概念逻辑，以特征释时间，容易引起具有科学的概念逻辑的后辈学者的想入非非。""刘勰既称人文是由人而作，必产生于有人之后，又言'人文之元，肇自太极'，'太极'若指'无'或'元气'，是时尚无天地，何以有人，更何以有人文，显然如上所言，'太极'这个表示时间至早至远的概念，在这里有特定的意思。符定一著《联绵字典》，称'太极'可转为'太古'，'太古'又是上古之意，则此处'太极'可作上古解释。""《文心雕龙·原道》曰'人文肇太极'之意便是说人文产生于上古。"[1] 吴林伯先生说："'太极'为极早之物。自下观之，彦和引申为太古，具体指原始社会。'人文'始于'太极'，即始于太古，故接言太古的庖牺画卦。彦和心目中的'人文'是广义的。他以为太古的'人

---

① 方铭：《关于〈文心雕龙〉的几个问题》，《中华文史论丛》1992 年第 2 期。

文'，首先是八卦之类的图画，其次才是口头的歌谣。"①

　　对刘勰的"人文之元，肇自太极"一事，如果不作细究，只作表面的理解，很容易理解为人文在人类未产生之前就已有了，因而得出刘勰的世界观是唯心主义的结论。但是只要把《原道》《征圣》《宗经》篇联系起来理解就会发现，刘勰认为在圣人的经典中反映人文最早的就是《易经》了。《易·系辞上》中说："古者庖牺氏之王天下也，仰则观象于天，俯则观法于地，观鸟兽之文与地之宜，近取诸身，远取诸物，于是始作八卦，以通神明之德，以类万物之情。"刘勰认为能找得到的八卦就是最原始的文了，所以他才有了上面那段话。但刘勰也并没有否认在八卦之前就有文字。他说："自鸟迹代绳，文字始炳。炎皞遗事，纪在《三坟》，而年世渺邈，声采靡追。"在刘勰看来这些文字性的东西已没处查找了。②

吴林伯先生在对"太极"做了"太古"的解释之后，说：

　　按以上言"人文"的产生，说"人文"发端于上古，它深刻阐明微妙道理的，首为《易》的卦象，先由庖牺画了八卦的形象，后有孔子作了类似卦象羽翼的解释，而《乾》《坤》两卦，由于是其他各卦的纲领，不容易领会，所以他单独作了《文言》。《文言》最富于文采，也就能为《易》体现天地之"道"发生作用。许慎著《说文序》，以文字未有之前，庖牺作八卦，"以垂宪象"，实以八卦为"人文之元"。彦和因之，论"人文"则从八卦谈起。

---

① 吴林伯：《〈文心雕龙〉义疏》，武汉：武汉大学出版社，2022年，第16页。
② 朱文民：《马克思主义哲学视域下的〈文心雕龙〉研究述论》，《中国文论》第三辑，上海：上海古籍出版社，2016年，第239—240页。

无疑，刘勰知道，上古"人文"，还有口头歌谣，因为他曾指出歌咏"兴自皇世"（《明诗》）。与他同时的沈约，也以"歌咏所兴，宜自生民始也（《宋书·谢灵运传论》），从此推论，人类在有文字之前，就有了创作。[①]

关于"龙学"界对"太极"一词的训释，查《文心雕龙》一书，自从有注释以来的各种版本，明代的王惟俭《训故》、梅庆生《音注》、清代的黄叔琳《辑注》、李详《补注》均未对"太极"一词作出训释。民国时期，黄侃执教北京大学，写出《文心雕龙札记》讲义稿。其中《原道篇》札记就发表在《华国月刊》1925年第二卷第五期。我们发现第一次对《文心雕龙》中的"太极"一词作出训释的是黄侃。我们把几位重量级"龙学"家的训释分列如下，以作比较：

黄侃《文心雕龙札记》：肇自太极：《易·系辞上》韩（康伯）注：太极者，无称之称，不可得而名，取之所极况之太极者也。据韩义，则所谓形气未分以前为太极，而众理之归，言思俱断，亦曰太极，非陈抟半明半昧之太极图。

范文澜（1）《文心雕龙讲疏》：太极：《易·上系辞》：是故《易》有"太极"，是"生两仪"。"两仪"生"四象"，"四象"生"八卦"。按"八卦"即古代最初之文字也。（2）《文心雕龙注》：太极：《易·上系辞》："是故《易》有太极，是生两仪。"韩康伯注曰："夫有必始于无，故太极生两仪也。太极者，无称之称，不可得而名，取之所极，况之太极者也。"

---

① 吴林伯：《〈文心雕龙〉义疏》，第17页。

　　陆侃如、牟世金（1）《文心雕龙选译》："太极"是《易经·系辞》用来指天地混沌的时候。（2）《文心雕龙译注》："太极"：《周易·系辞上》用以指天地混沌的时候。

　　郭晋稀（1）《文心雕龙译注十八篇》："太极"是指的"生成天地的宇宙本体"，这里译作"远古"。（2）《文心雕龙注译》：太极，天地之初，此处犹言远古。《易·系辞上》："《易》有太极，是生两仪。"

　　周振甫（1）《文心雕龙选译》：太极：天地未分前的元气。（2）《文心雕龙注释》：太极：天地未分以前的元气。太极生天地，天地的灵秀之气蕴育成人的五性，就是人文。这是从理论上说明人文也与天地并生。其实人文是人类产生以后才有，不可能始于太极。

　　王运熙、周锋《文心雕龙译注》：太极：《易传·系辞上》指原始混沌之气。

　　以上是"龙学"界诸位重量级学者对《文心雕龙》中"太极"一词的训释。黄侃、范文澜的训释，产生于1949年之前；之后，最早发表训释的是陆侃如、牟世金1962年9月出版的《文心雕龙选译》，随后是郭晋稀1963年8月出版的《文心雕龙译注十八篇》，周振甫的成果出版时已经是改革开放之后了。王运熙、周锋《文心雕龙译注》出版的时间更晚，是1998年了。我们可以看到黄侃训释"太极"为"形气未分以前为太极"；范文澜在《文心雕龙讲疏》中的训释是做了引申的："是故《易》有'太极'，是'生两仪'。'两仪'生'四象'，'四象'生'八卦'。按'八卦'即古代最初之文字也。""太极"是什么，没有说，但是可以理解为"人文之元，肇自'八卦'"。还算靠谱。后来出版的《文心雕龙注》，对"太极"的训释更加模糊、玄虚了，可以说，较之《讲疏》是退步了。陆侃如、牟世金两书训释为："《周易·系辞上》用以指天地混沌的时候。"其译文是："人类文化的开端，始于宇宙起源的时候。"郭晋稀两书训释为"远古"。周振甫训释为"天地未分以前的元气"。译文是"人类文章的开端，起于天地未分以前的一团元气。"但是，提出了怀疑，并说："其实人文是人类产生以后才有，不可能始于太极。"王运熙、周锋的译文是："人类之文的根源，起始于混沌之气。"

按照我对"太极"一词的理解，感到吴林伯、方铭师徒俩和郭晋稀先生的训释是正确的，范文澜《文心雕龙讲疏》的训释也算靠谱，而后来《文心雕龙注》的解释就模糊了。但是，其他几位学者的解释，如果作为"独立之训诂"，则不能说错。因为"太极"一词，极到至点，也不过是天地未分时期的元气，或者说是混沌时期。但是，如果说是放到《文心雕龙·原道》篇里，说"人文之元，肇自天地未开的混沌时期"，就讲不通了。正如周振甫先生质疑的："其实人文是人类产生以后才有，不可能始于太极。"从上述引文看，只有郭晋稀对此作了独立思考，没有把自己的大脑成为他人的跑马场（周振甫只是提出了怀疑，但是译文仍然没有冲破名人网络）。

我读黄侃述、黄焯编《文字声韵训诂笔记》内有"训诂笔记"一章，看到黄侃对于训诂方式的分类有"独立之训诂与隶属之训诂""本有之训诂与后起之训诂""说字之训诂与解文之训诂"等区别。所谓"独立之训诂"是离开语言环境去训释字词，《说文》是也；所谓"隶属之训诂"，是把所训释的字词，结合所在文章中的语言环境，考虑作者在本书或者在本文中的用义，即本义和引申义不分，《尔雅》是也。这种分类，是黄侃先生晚年在中央大学给弟子讲训诂学时，黄焯记录的笔记。根据黄侃的训诂学理论，我看前面几位"龙学"家把"太极"一词的训释，大都是用了独立之训诂方式，没有把"太极"一词放到《原道》篇的语境里去解释。黄侃先生的训诂学分类方式"说字之训诂与解文之训诂"之区别，就是"小学家之训诂与经学家之训诂之不同"。"小学家之训诂贵圆，而经学家之训诂贵专。"①

或许有人要问，黄侃既然也在不妥之列，何以解释黄侃懂得训诂学中有"独立之训诂与隶属之训诂"的区别和"小学家之训诂与经学家之训诂的不同"啊！这个问题我是这么看的:《文心雕龙札记》是黄先生青年时期的成果，训诂方式之分类，是黄先生晚年在中央大学讲授训诂学的成果，二者相差二十年左右。早年虽然在日本也听章太炎讲经学，但是自谓经学不逮。当年刘师培在日本与章太炎谈经学，黄侃插不上话。1917 年刘师培到了北京大学任教，这期间与黄侃一起同为教授，又教授同年级学生，黄侃自谓经学不及刘师培精道。据黄焯在《记先从父季刚先生师事余杭仪征两先生事》一文记载：时刘师培正体弱多病，膝下无子，苦于自己家传四世的绝活——经学——后继无人。虽然刘师培仅比黄侃大两岁，但是，黄侃佩服刘师培的学问，愿意北面执弟子礼，刘师培也不谦虚一口答应。于是按照传统仪式，黄侃用红纸包上十元大洋，备上酒席，当众"扶服四拜，刘师培立而受之"②。此后在黄侃的心目中他的老师有两位，这就是章太炎和刘师培。在北京大学的两年时间里，刘师培毫无保留地把自己的家传绝活——经学——传给了黄侃。刘师培死后，黄侃祭文中说："夙好文字，经术诚疏，自值夫子，始辨津

---

① 黄侃述、黄焯编：《文字声韵训诂笔记》，武汉：武汉大学出版社，2013 年，第 189—192 页。

② 黄焯：《记先从父季刚先生师事余杭仪征两先生事》，陆宗达主编：《训诂研究》第 1 辑，北京：北京师范大学出版社，1981 年，第 21 页。

涂。"章太炎也曾问及何以拜刘师培为师时,黄侃答曰:"余于经学,得之刘先生者为多。"①我估计,"经师之训诂与小学家之训诂的区别","独立之训诂与隶属之训诂的不同",当是受了刘师培的影响,或者在他晚年才悟出的成果。正如许嘉璐先生在《黄侃先生的小学成就及治学精神》一文所说:"黄侃先生晚年主要从事训诂学研究。在他所措意的广泛领域中,训诂学的成就也最大。这是因为,他把训诂学视作研究国学的基石。'学问文章宜由章句起',同时它又是小学的终结和归宿。"②文科的学问之道,除了老师的指导之外,主要是靠博览群书加上悟性得之。黄侃青年时期的学问,显然不能与晚年相比。因此,黄侃早年把"太极"一词用了"独立之训诂法",忽略了"太极"一词在《文心雕龙》中的语言环境,曲解了刘勰的用意。或许鉴于这类教训,黄侃晚年说:"本义不可施于文章,而文字不引申,则不足于文章之用,故引申假借以生。"③吴林伯能够把对"太极"的训释,用经师训释法,正确解读了刘勰对"太极"一词的用意,当是遵照导师马一浮先生教诲,研究《文心雕龙》要牢记八点门径,其第一门径就是"详训诂"。

大家可不要小看了吴、方师徒二人和郭晋稀先生的这一解释,正是吴、方师徒二人和郭晋稀的解释,才使得困扰"龙学"界刘勰思想是唯物还是唯心的问题,得以解决。解决了往昔刘勰的世界观是唯心主义的,而认识论却是唯物主义的矛盾;④刘勰的文学起源

① 黄焯:《记先从父季刚先生师事余杭仪征两先生事》,第21页。
② 陆宗达主编:《训诂研究》第1辑,第82—83页。
③ 黄侃述、黄焯编:《文字声韵训诂笔记》,第188页。
④ 二十世纪六十年代,吉谷、陆侃如、炳章、曹道衡等人,在《光明日报》上发表了一些文章,讨论刘勰的世界观,主张刘勰世界观是唯心主义的人,除了认为刘勰早年寄居定林寺十余年,还撰写了《灭惑论》为佛教开路,晚年又出家定林寺,《文心雕龙》中有几个与佛典有关的词语外,其重要证据就是刘勰主张"人文之元,肇自太极","太极"就是天地未开的混沌时期。

论是唯心主义的，而创作论则是唯物主义的矛盾 [①]。过去唯物、唯心的争论，关键就是对"太极"这个词做了曲解，机械地照搬了汉儒和魏晋玄学家的解释。把"人文之元，肇自太极"，解释成刘勰主张天地未分之前，就有了人文。这就把一个聪明睿智的刘勰看成了一个糊涂虫。可见训诂不精，必然导致误读，真乃差之毫厘，谬以千里。

2. 关于《文心雕龙》的主导思想

吴林伯先生认为《文心雕龙》的"道"为《易》道。吴先生说："《文心雕龙》的作者刘勰是经古文学家，他论文《宗经》，品经以《易》为首。（《宗经》）因《法言》'旧谈'（《序志》）：'《易》惟谈天。'如其称道孔子作《春秋》，能以'一字见义'，赞其'精义致用'，一如前修，兼习诸子，通《道德经》，讽名家集，考《易》之本义，留意其'自然之道'，洋溢于文论的字里行间。" [②] 这样，吴林伯先生就把《文心雕龙》的主导思想定为儒家的。"《文心》开宗明义第一篇《原道》，便以《易》之《贲卦》立说。《贲卦》释文，曰'天文'、曰'人文'。刘勰以为'天文''人文'是'文'这个物的对立面，而这两面的发生，有其先后，'天文'发生于'人文'之先。所以开头就'文'的功能，'与天地并生'。唯恐读者误会，紧接指出他就'天文'而言，'天文'就是天地间万物——日、月、山、川的光辉、形象。这种'自然美'供人欣赏、利用。" [③] 刘勰由天文而引申到人文，意识到创作有"自然之道"，曰"心生而言立，言立而文明"的道理。

---

① 王元化：《刘勰的文学起源论与文学创作伦》，王元化：《文心雕龙创作论》，上海：上海古籍出版社，1979 年。

② 吴林伯：《〈周易〉与〈文心雕龙〉》，《武汉大学学报》1984 年第 6 期。

③ 吴林伯：《〈周易〉与〈文心雕龙〉》，《武汉大学学报》1984 年第 6 期。

"刘勰在作本书时，他的主导思想是儒道，而不是其他什么道。"①

面对马宏山等人主张《文心雕龙》的"道"是佛家的"道"，立即撰文《评〈论《文心雕龙》的纲〉》与马宏山商榷。这篇文章的观点，在他的《〈文心雕龙〉字义疏证》一书的《总论》中也有反映。他说：

　　个别人以本书间用佛典的辞语，便以为本书的道为佛道的根据，那是不恰当的。他们通常提到的是"圆"与"般若"。按"圆"本是古汉语里的词。《周易·系辞》："著之德圆而神。"《庄子·齐物论》："五者圆而几向方矣。"《淮南子·主术训》："智欲员（同圆）而行方。"阮籍《通〈易〉论》："著龟圆通以索情。"我国译佛书者，有时以圆意译佛理，乃立"圆通""圆觉""圆照"之名。《世说新语·假谲》刘孝标注："种智是有，而能圆照。"《佛祖传记》："学佛之事，圆照一乘。"佛家有《圆觉经》。刘勰以"圆"论文。本书《明诗》："然诗有恒裁，思无定位，随性适分，鲜能圆通。"又《论说》："故其议贵圆通。"又《封禅》："辞贵圆通。"又《体性》："思转自圆。"又《风骨》："若骨采未圆。"又《丽辞》："必使理圆事密。"又《比兴》："融物圆览。"又《知音》："人莫圆赅。""故圆照之象。"本书中的"圆"，可以说出自汉语，也可以说出自佛典，而其涵义，则非佛理，乃以言辞理的完满。倘与佛典"圆"相混，势必"以文害辞，以辞害意"。至于"般若"，本书只一见。《论说》以"正理"比"般若"。是说"正理"是像"般若"那样的智慧，非以"正理"等于"般若"。②

────────

① 吴林伯：《〈文心雕龙〉义疏》，第13页。
② 吴林伯：《〈文心雕龙〉义疏》，第13—14页。

3. 文本研究

吴先生对《文心雕龙》文本的研究，主要体现在《〈文心雕龙〉义疏》一书。

《〈文心雕龙〉义疏》，2002年2月由武汉大学出版社出版。全书共101.2万字。该书由《自序》《绪论》和《文心雕龙》五十篇原文义疏三部分组成。其书之规模是继詹锳《文心雕龙义证》之后的又一超过百万字的学术专著，出版之前，早已为学林所关注。据笔者了解，该书从1948年开始写作，耗费了作者一生的心血。"文革"期间，几经抄家，在朋友的帮助下，文稿失而复得。早在1979年就已经油印出来，厚厚的两大本子，作为讲义发给学生。贾锦福教授1993年出版的《文心雕龙辞典》中就有专门词条介绍，并报道由台湾学生书局出版，但是终未如愿。该书也曾列入中国社会科学出版社的出版计划，因为有人杯葛而破坏了出版计划，导致该书未能尽早地与读者见面。关于该书为什么叫"义疏"而不叫"注释"的问题，作者说："古籍的注释，发端于先秦。而汉人说经，或曰传，或曰笺，或曰故，或曰章句，实皆注释之异名。迨及两晋南北朝，乃易注解为义疏。《周易》《尚书》《毛诗》《周官》《仪礼》《礼记》《论语》《孝经》等均有义疏传世，顾名思义，则知义疏不同于古之注解者，以其侧重义理之疏通明正，此余之所以释《文心》，不曰注解而谓之义疏也。"① 由此可知作者注解本书侧重于义理阐释。其书的特点是：

一是雅俗共赏，既考虑学术研究的需要，又适用于普通中青年人阅读水平。引用史料，全书都用语体文，典故也用白话简述其来历和在本篇中所表达的意思。引用原文，便先加注释、今译，然后释义，不使注成为古文的积累，免得注上加注。例如《情采》："老子疾伪，故称'美言不信。'"《义疏》先释词："老子，春秋末叶

---

① 贾锦福：《文心雕龙辞典》，济南：济南出版社，1993年，第347页。

哲学家。疾，痛恨。信，真实。"后析义："老子厌恶虚伪，所以他在其《道德经》里指出'美言不信'。而他心目中的'美言'无异孔子指斥的'巧言'。荀卿所谓'口行相反'（《荀子·致士》），今人说的'花言巧语'，一点也不真实。假如像有的注所言：《老子》，'美言不信'，征引原文了事，不通晓《老子》的读者，肯定觉得不通俗，甚至发生误解，以为老子反对语言的美丽。其实他的《道德经》，语言美丽，一向被称为哲学诗，而《情采》篇下文以《道德经》的语言'精妙，并非弃美'。"

二是理论结合实际。有三个层次：其一是结合作家、作品。作者认为，刘勰《文心》，为的是品题先秦魏晋南朝的文学，而不是为理论而理论的。其二是紧密结合文学史。作者认为本书的许多篇章，都与文学史有关。如《时序》是上古、中古的文学史，《明诗》是上古、中古的诗史，《诠赋》是先秦、两汉、魏晋的赋史，《乐府》是上古、中古的乐府史。有通史，也有专史。其三是结合创作经验。本书的一些论点，是从前人和它的作者的创作经验得来的。每篇《义疏》的第一条，多为题解，阐明本篇所写的时代背景。《义疏》先释词后解义。

三是辨正原文及其旧说的讹误。作者在肯定刘勰为卓越文论家的同时，对其失误也给予纠正。如《知音》篇秦始皇毒死韩非子；汉武帝不重视司马相如是"贵古贱今"一事，《义疏》就给予辨误。始皇倾慕韩非子，是政治思想投合的表现，认为是李斯自知才学不及韩非，以权势嫉妒他，与姚贾诽谤他，始皇为谗言迷惑，哪里是"贵古贱今"呢？司马相如有政治抱负，济世之志，本想为武帝帮忙的，但是，汉武帝却是要他帮闲的，并没有打算让他帮忙，这哪里是"贵古贱今"呢？《辨骚》篇的"酌奇而不失其真"，谈写本改"真"为"贞"，为了奇正相对，改为"贞"。吴林伯指出：不烦改字，因为"真"也可以训为正；等等。

四是从整体出发。在《义疏》时，对于文中的一词一句，或一个观点，不局限于一篇文内，而是通达全篇或全书。认为刘勰文论，洋溢着朴素辩证法。加上刘勰作《文心》受骈文的限制，论述不能像散文那样在一处条分缕析，而又不能挂一漏万，只好以仿孔子作《春秋》，而前后"互举其义"，不少观点散见于一篇的上下文或者本书的其他篇章，我们即使谈他的一个观点，便得通达全篇或全书。

五是考镜理论源流。《义疏》对本书的重大理论，考镜它们的来源和在文论中的运用及发展。如《知音》中"六观"，第四观为"观奇正"。"奇正"本为兵学、哲学概念。春秋老子《道德经》："正复为奇。"战国孙武《孙子兵法·兵势》："战势不过奇正……奇正相生。"老子、孙武在兵学讲到"奇正"的统一与转化。吴林伯从《道德经》到《孙子兵法》的用法，说明"奇正"在《文心雕龙》中的用意。强调"奇正虽反"，能"执正以御奇"，使"奇正"非彼此制约、依赖，以致"逐奇而失正"，不惜"颠倒文句，上字而抑下"。刘勰把哲学中的"因""革"用到文论中，都是从我国传统文化中继承来的。

六是严辨词语的界限。例如"辞人"一词，在《物色》篇"古来辞人，异代接武"的"辞人"是统指历代优秀作者。《物色》篇的"辞人丽淫而繁句"，《序志》篇"辞人爱奇"，《定势》篇"自近代辞人"等几处的"辞人"，都是指形式主义作者。

七是重视语言特点。《义疏》效法郑玄《毛诗笺》的注释方法，对刘勰所有结构异常的语言、修辞等进行解剖。吴林伯根据古人"章句明义理明"的原则，看到刘勰讲究辞采的声律、对偶，互文极多。例如《神思》篇："子建援牍如口诵，仲宣举笔似宿构。"两句互文见义，实说曹子建、王仲宣作文，援牍、举笔，都如口诵，似宿构，非常敏捷。《夸饰》篇："使夸而有节，饰而不污。"也是互文见义，实说夸饰要有节制而不要诬妄。《知音》篇："无私于轻重，不偏于爱憎。"前一句是比喻性的陪衬，实说论文不要在爱憎上有偏颇，好比称物不要在轻重上有私心一样，等等。

八是补充加深。本书对刘勰未评的作者和分析不深的论点，在《义疏》中都给予补充、加深。如刘勰不评陶潜，《义疏》给予补充。首先分析不评的原因，是因为刘勰不评论近代人物，可与不评论颜延年、谢灵运、鲍照等同观，即便是有评论，也只是笼统评之，而不具体到某某人，并辩驳他人对刘勰不评陶诗的种种猜测；其次《义疏》检论陶诗，以为陶潜自称"大济苍生"（《感士不遇赋》），是个有政治抱负的人，等等。

九是抓住重点。《义疏》对《文心雕龙》五十篇内容，不是平铺直叙，而是抓住重点。如《原道》以论道为主，《情采》以论内容与形式为重点，《体性》以论风格为重点，《风骨》以论文气为重点，《物色》以论山水诗为重点，等等，是为了让读者明确重点，抓住要领，深入研究。

十是突出理论。作者认为《文心雕龙》是文学理论专著，也是哲学要籍。《义疏》把理论提到应有的高度。如《才略》篇有"荀况学宗"。作者就在"学宗"上下功夫，考究荀况的学术为什么能在他处的时代成为"宗主"。是哲学的要籍，就用马克思主义哲学观点，对《文心雕龙》，从刘勰的世界观，到方法论上给予阐述，指出《文心雕龙》中的唯物主义思想和辩证法观点。

该书的体例是每篇原文，分段排列，而每段后面的《义疏》内容，不外字词的解说，大意的概括，文句的串讲，思想理论的分析、评议。

从"龙学"界出版的文本注释研究来看，吴先生对文本的研究，可以说，表现出他有长于训诂和理论阐释的特点。在串讲中，字字落到实处，不回避难点，对于有争议的字，都作出自己的解释。例如《序志》篇的"割情析采"一句的"割"字，元至正本是"剖"字，明王惟俭《训故》本"剖"字下注"一作割"，黄叔琳《辑注》本是"割"字。为什么各本会有"剖""割"之异？追究者，只是看到了二者形异，没有从"义"字上下功夫，因而各家校勘者多取"剖"字是，唯有吴先生训"割"与"剖"古通用。他说："《说文》：'割，剥也，剥裂也。'裂，分也。本书《丽辞》：'剖毫析厘'之'剖'，一作'割'。本篇'割'，明嘉靖本作剖，割、剖古通用。"无独有偶，台湾陈拱《文心雕龙本义·序志》篇也说："剖、割形近，义亦可通，唯作剖似较佳。"根据黄侃训诂学理论"文字不引申，不足于文章之用"的经验，吴林伯先生的训释确是高人一筹。

吴林伯先生1994年出版的另一部专著《〈文心雕龙〉字义疏证》，大约四十万字，是对《文心雕龙》中的近八十个字词的含义进行了阐释。我们知道，概念是理论的浓缩，理论是概念的展开。我们可以说，吴先生对每一个字、词的解释，就是一篇论文，如果没有相当的理论水平和丰富的文化知识，是没法完成这样一部专著的。可以说，《〈文心雕龙〉字义疏证》同样体现了吴林伯先生的学养和理论功力。

对于《文心雕龙》文本的研究，还表现在他对杨明照先生《文心雕龙校注拾遗补正》上。吴先生对杨明照的名著进行"补正"，显示了吴先生的阅读之广、研究之深和学术规范。这种规范首先表现在他主张，注释古书，首先要找出每一句话，或者每一个词的原始出处，并由远渐近的注释方法。吴先生在《文心雕龙校注拾遗补正》"序"中说："东莞刘勰深识文理，发言抗论，体大而虑周，探赜钩沉，每据事以类义，殆无字无来历。昔黄氏疏证之，范君嫌其略而加详，今杨公复补缺拾遗，嘉惠艺林，厥功甚伟。比年已还，余与武大二三子讲《文心》，以为参考要籍，故尝讽籀再四，或有怀陈，爰书简端，并师萧《选》李《注》补正之例，裒而成册，都千余事，大氐以补为主，而正次焉。"从吴林伯提供的文章看，吴林伯对杨明照《校注拾遗》驳正了二十二条，从文中看，吴林伯的驳正是有道理的。补了一百零六条。吴先生对杨注的驳正和补注，杨明照日后出版《文心雕龙校注拾遗补正》和《增订文心雕龙校注》两书大部分采用了，甚至连书名都是袭用吴林伯的，可惜杨先生没有注明和交代，以至于使得吴先生的弟子方铭看不下去，婉转地给予了批评。方铭指出：

> 而杨先生的新补，虽未一字提及（吴）先生的补正工作，但与（吴）先生的补正成果有大同小异之工。杨明照先生没有吸取（吴）先生成果的部分，两相比较，也是以（吴）先生的补正意胜，如《辨骚》云"渔夫寄独往之才"，杨明照先生以淮南王《庄子要略》为"独往"言，又引《南齐书》《梁书》等，（吴）先生曰："'独往'连文，始见于《庄子·在宥》……"又指出嵇康《兄秀才公穆入军赠诗》、陆云《泰伯碑》皆有言"独往"，都早于杨明照所引诸书。[①]

（二）对外延部分的研究

1. 关于刘勰的身世研究，吴林伯先生认为，刘勰原籍山东莒县，世居京口，败落的庶族地主出身，早年家贫，效法刘峻，索性去定林寺里当白徒，依靠僧祐生活、学习。

关于刘勰"精通佛理"问题。吴先生说："吃了佛寺的饭，就

---

① 方铭：《吴林伯先生与〈文心雕龙〉研究》，《中国文化研究》2004 年第 2 期。

非做'白徒'的事不可。于是他研精佛典，校定'经藏'，成为佛学家，但不是佛教徒。"在定林寺里的"白徒"刘勰，是一位不平凡的学者，他"藏器于身"，正"待时而动"，"发挥事业"。但是时境不遇，不得不长期在寺院做"白徒"。直到梁王朝时期，开始从政。①吴林伯先生在这里的一个观点，值得提出，这就是说：是"佛学家，但不是佛教徒"。这比起有些人说刘勰自幼是一位"虔诚的佛教徒"清醒得多，也严肃得多。吴先生认为：

> 本书（指《文心雕龙》）既然作于齐末，那时刘勰还未出仕，用世之心未死，而他的主导思想为儒道，这就面临一个亟待解决的问题——刘勰精通的佛家经、论，对其文论，究竟有无影响。
>
> 我们在解决这个问题以前，应该知道学术领域里的若干情况。由于人类社会的变化，而学术随着繁荣，最突出的是春秋、战国时期百家争鸣，诸子之书，往往间出。直到中国与异邦交往，学术愈益丰富，于是有了"博学"之士，孔子被弟子称为"博学"的"圣人"，韩愈也以为孔子之学"大而能博"。其实，孟轲、荀卿、庄周、韩非子等大思想家，也莫不如此。但是主导他们言行的却只是某一家之道……这不等于他们不从事异家别说的研讨，而学术限于一家，为什么会出现这种现象呢？原因不一，有的学者，博习多能，比如东汉的张衡，他有主导言行的儒道，又有天文、历算、机械等自然科学，后者仅仅是他的专业，一身而兼为若干专家。所以，著述佛理的，不一定是佛家；教授老、庄的，不一定是道家，只能说是佛学家和道学家，此其一；有的自立一家之道，乃在与异家别说的争辩中发扬广大。孟轲不通杨、墨，就不能辟杨、墨以昭明孔子之道；荀子不通十二子，就不能

---

① 吴林伯：《〈文心雕龙〉字义疏证》，第1—5页。

非十二子以伸张仲尼之术，何况人们的思想，常常从正、反的对比产生，知彼正为知己，此其二；有的学说，成一家言，然而它的发展受其他学说影响，此其三。以上的事实，强有力地证明一个人可以通达或利用各家学说，但起主导作用的，毕竟是一家之道。这个论点，可帮助我们对刘勰思想的鉴定。[①]

　　吴先生的这个区分很重要。他把个人信仰和学术研究区别开来，提出的论据也极为恰当，这是高明的识见。现在的中国社科院里有宗教研究所，有些人在从事宗教研究，难道说他们研究什么，就信仰什么吗？能说他们是宗教信徒吗？这个是讲不通的。君不见台湾的李敖，对国民党的路线政策和蒋介石的著作研究至深，却是国民党和蒋介石的激烈反对派；美国有些中国问题专家，对中国共产党和毛泽东思想确有很深的研究，却是一些反华老手，此其证也。

　　2. 关于《文心雕龙》成书的时间问题，吴先生主张支持刘毓崧的观点，成书于齐代。并撰文《〈文心雕龙〉成书年代及其主导思想》一文，对于主张成书于梁代说给予辩驳。

　　3. 关于《文心雕龙》与《周易》的关系问题，前面我们曾经谈到，吴先生认为《文心雕龙》的道是《易》道，刘勰充分认识到《周易》的"精义"。《原道》篇就是以《易》之《贲卦》立说。从天文、地文、人文，以至于"文"的形成之道——自然之道。正是《易》之"精义"，使刘勰认识到创作有其"自然之道"，即"心生而言立，言立而文明"。《易》之"精义"使刘勰认识到文学作品也与其他事物一样，都有自己的形式和内容。任何事物的性质，也都有刚、柔的区别，因而认识到作家的"气"也有刚、柔之分，这种刚、柔之分是随时而用，既对立又统一的。正是《易》之"精义"才使得刘勰认识到事物的

---

　　① 吴林伯：《〈文心雕龙〉字义疏证》，第 11—12 页。

变化是绝对的，静止是相对的。吴先生正是看到了刘勰《文心雕龙》受《易》之影响如此之深，才喊出了《文心雕龙》"不仅是文论的经典，也是哲学的要籍"的呼声。①

4.关于《文心雕龙》与《诗品》的关系问题，吴先生也有专文论述。面对日本兴膳宏先生认为刘勰的文学理论与钟嵘的理论是"对立"的论点，吴先生认为：钟嵘的文学理论不但与刘勰不是对立的，而且，钟嵘受刘勰影响很深，他说：

> 我们认为，刘勰、钟嵘在音韵、典故的具体问题上，不是"对立"的。……事实上钟嵘是继承了刘勰的方法的。……我们的结论：刘勰和钟嵘是两个不同时代的文学批评家，批评各有利、病。卓绝的大师的著作，并不都是卓绝的。但在若干重要观点上，钟嵘深受刘勰的影响。总的说来，《文心雕龙》与《诗品》的文学观，不处于"对立"状态。②

关于《文心雕龙》与《文选》的关系问题，吴林伯先生也有专文论述，他说：

> 南齐刘勰著作的《文心雕龙》和萧梁昭明太子编纂的《文选》具有互相印证、补充、修正的作用，因此，有的学者称为姊妹书，是完全正确的。刘勰在《文心》里用自己的观点评论先秦、两汉、魏、晋、南朝的文学，有的放矢，言无虚设，由于他博闻强识，联系的典籍非常多，不少已经残佚，可在《文选》里发现一些，

---

① 吴林伯：《〈周易〉与〈文心雕龙〉》，《武汉大学学报》1984 年第 6 期。
② 吴林伯：《〈文心雕龙〉与〈诗品〉》，《文心雕龙学刊》第 4 辑，济南：齐鲁书社，1986 年。

比如他诠衡的辞赋，就大都保存在《文选》内，若不读《文选》，
《文心》的若干观点，便无法具体理解。①

　　吴先生对于"文心雕龙学"的外延部分研究不多，其主要功力
用在了内涵部分，尤其针对往昔同行注释文本大都注重字词、典故
的考索，而他"注重字词的解说、大意的概括、文句的串讲、思想
理论的分析、评议"②。

　　吴先生对"龙学"的研究，起步很早。早在 1932 年，吴先生就"笃
志""究心"于《文心雕龙》五十篇，从 1948 年开始撰写《〈文心
雕龙〉义疏》，历四十二年而定稿。但是，先生不仅为人低调，为
学也是低调。我检索先生发表的"龙学"论文，最早的一篇是 1956
年在《文史哲》第 10 期发表的《试论刘勰文学批评的现实性》一文，
而终其一生发表 "龙学"论文十四篇。正是他的低调，在他生前，
"龙学"界没有充分认识到吴先生成果的分量。我检索与《文心雕龙》
学会有关者出版的三部论文集③，均未收录吴先生的文章。即便是
吴先生 1984 年发表的《〈周易〉与〈文心雕龙〉》一文，曾经引起
中日学者的一致好评④，也不过是表面现象，是门户之见？是派性？
不得而知。吴先生的"龙学"成果，除了前面提到的《〈文心雕龙〉
字义疏证》《〈文心雕龙〉义疏》两部专著外，据说还有《〈文心雕龙〉
研究论文集》，但是，笔者尚未见到，这部论文集或许就是笔者从

---

①　吴林伯：《〈文心雕龙〉与〈文选〉》，《武汉大学学报》1986 年第 5 期。
②　吴林伯：《〈文心雕龙〉义疏》，第 2 页。
③　这三部论文集，分别是甫之、涂光社编的《〈文心雕龙〉研究论文选》，齐鲁
书社 1987 年出版；中国《文心雕龙》学会编《〈文心雕龙〉研究论文集》，人民文学
出版社，1990 年出版；张少康编《文心雕龙研究》，湖北教育出版社，2002 年出版。
④　闻勉：《吴林伯研究〈文心雕龙〉赢得中日学者的赞扬》，《光明日报》1985
年 6 月 16 日。

孔夫子旧书网上高价（300 元）购买的《中日学者文心雕龙研讨会论文集》，这是一部手写影印稿，共印了四十余部，提供给 1984 年 11 月在上海召开的"中日学者《文心雕龙》讨论会"的与会代表，这部论文集收录先生之《〈文心雕龙〉义疏体例》《〈文心雕龙·序志〉义疏》《〈文心雕龙〉成书年代及其主导思想》《〈周易〉与〈文心雕龙〉》《文心雕龙校注拾遗补正》《〈文心雕龙〉与〈诗品〉》等六篇论文。

吴先生对于"龙学"的贡献，还表现在了他指导的研究生一个个成为学术大家，如易中天、陈书良、方铭等人，而吴先生指导的研究生论文如易中天的《文心雕龙美学思想论稿》、陈书良的《文心雕龙释名》等，都是"龙学"名著。

三、吴林伯先生的学风与人品

我读吴先生的文章和专著，总觉得有"过瘾"之感觉，即便是不同意吴先生的意见，也只得佩服先生博学强记。先生的著作，言之有物，论之成理，从不放空炮，更不装腔作势，更没有霸道之嫌。他即便是与别人商榷的几篇文章，也是重在说理，不扣帽子，更不会打棍子，而是娓娓道来，讲出他的根据。对于自己的成果，一般不急于出手，而是慎之又慎。例如他的名著《〈文心雕龙〉义疏》耗费数十年之心血，出版之前，"仍然不断修改，以毛笔小楷抄写之《〈文心雕龙〉义疏》一百余万言，竟然有七稿之易，即可见出先生执着态度之一般"[1]。就是这样一部耗费了吴先生终生精力的专著，未正式出版前，成为研究生的教材，他不怕弟子们偷他的成果，而事实上他的弟子也不会偷他的成果。[2] 吴先生的学风实在是

---

① 方铭：《吴林伯先生与〈文心雕龙〉研究》，《中国文化研究》2004 年第 2 期。

② 易中天：《我的指导老师吴林伯》，《武汉大学报》第 216 期。收入《我的武大老师》第 2 辑，武汉：武汉大学出版社，2017 年。

学界的珍贵遗产，值得继承。从先生的几部"龙学"专著的书名看，先生的学风深受汉儒注经书的影响，看得出是一位熟读经、史、子、集的老学究。先生其他领域的几部专著书名也是具有浓厚的经生学风，例如《庄子发微》《周易正义》《论语发微》《老子新解》等，大有汉唐及清儒遗风。

他的学生方铭评论他的老师吴林伯先生时说：

> 吴林伯先生术业粹冲，在我所接触的前辈学者之中，先生是最纯粹的学者，一生追求，唯有读书二字，对 1949 年以后中国政治变化对大学和学术的影响，几乎是一窍不通。以吴先生之出身学术名门，而又一心向学，理应在生前有卓越影响，但缘于先生行为处世，与世隔阂，竟至于一生坎坷，晚景凄凉，念之令人唏嘘。而大量手稿，又不能及时问世，更是学术界的一大损失。①

对于为学的原则，吴先生把当年马一浮交给自己的人生原则，再传授给自己的学生，他对弟子方铭说：

> 宜"以高度韧性自励"，所谓"非议再多，坚定不移；处境再窘，坚定不移；工作再忙，坚定不移；困难再大，坚定不移；成绩再好，坚定不移"。……先生明白读书非为读书而已，而欲以养成君子，而先生执君子之业也，守君子之道，与人为善，不与人为恶。善修容仪，不内顾，不亲指，渊嘿尊严，博览古今，淡漠名利，远离是非，安心于著述。……但是……先生一生坎坷，且对现实社会之权势人情，异常隔阂，如此气度，本不应受世俗物累，然某些当途之人，竟然不能善待先生，先生始终不改志士气质，

① 《吴林伯先生与〈文心雕龙〉研究》，《中国文化研究》2004 年第 2 期。

高尚其志。①

　　方铭说吴先生是"淡漠名利，远离是非，安心于著述"的人，本"不应受世俗物累，然某些当途之人，竟然不能善待先生"。方铭这话的意思我亲自聆听过。上个世纪末，我因为市面上购买不到刘永济先生的《文心雕龙校释》和吴林伯的《〈文心雕龙〉字义疏证》，曾打电话向武大的文友求助，那边电话传来了对吴先生的一顿攻击之言。文友对于这位饱学之士的攻击，不仅没有降低吴先生在我心目中的地位，反而使我对这位文友产生了反感，认为他是嫉妒吴先生的学问，他们攻击吴先生的那些话一句也拿不到台面上。事实上他们对吴先生的学术成果，只得望洋兴叹。

　　正如吴林伯的学生陈书良先生说的：

　　　　有些浅人，总凭道听途说，将吴先生说成食古不化、不问政治的迂朽之人。其实吴先生虽然不事钻营、不懂官场，但他也有学术报国的一腔热血，是一位爱国的正直的纯粹的学者……先生一生坎坷，以生许学，视权势为异途，弃名利如敝屣，本不应受世俗物累，但因正道直行，不识虚委，在"文革"中，以及"文革"后，常受到某些当途者的仇视，以致同事之中好学之士欲及门下拜，便招白眼，更有人必欲以打击先生之气节、贬低先生之成就为乐事。白眼横加之时，惟蕲春黄焯教授，国学名家，深爱接之。吴先生之此种遭遇，令人唏嘘。……四十年来，师训一日不敢忘，师恩一日不敢忘。无论多么阔气的、名盖宇内的大师向我招手示意，我都谢辞行弟子礼，因为我的先生只有一人，那就是宜都吴

----

　　① 《吴林伯先生与〈文心雕龙〉研究》，《中国文化研究》2004年第2期。

林伯教授。①

　　像陈书良先生指的那些"浅人"把吴林伯说成是"食古不化"或者"迂朽之人"，究其原因，主要是经历了旧中国的战乱和新中国的风风雨雨之后，人们的价值趋向发生了很大的变化。趋炎附势的市侩之人多了，君子少了。《中国当代理学大师马一浮》一书中，收有吴林伯写的《马先生学行述闻并赞》一文，这篇文章是打开吴先生心扉的钥匙，内中记叙马一浮教给吴先生做学问的方法，也教授了做人的处事哲学，其中就有陶渊明《五柳先生传》中"不慕荣利"，吴先生以此为"座右铭"。他在该文中说："余撰《义疏》，锐意探赜索隐，钩深致远，启晨光于积海，澄百流于一源，辨是与非，誓为舍人功臣。"面对世态炎凉，吴林伯先生"抖擞精神，益自刻苦，多方索检，确立体例……以高度韧性自励，即非议再多，坚定不移；处境再窘，坚定不移；工作再忙，坚定不移；困难再大，坚定不移；成绩再好，坚定不移。维是五事，其犹车轮，相推而进，载历寒暑，《义疏》稿已七易，都百余万言，规模粗具"。"不惧我书与类土同损，烟烬俱灭；亦不冀君山复出，以为绝伦必传，好学修古，实事求是，鞠躬尽瘁，死而后已。"②当我们反复阅读吴林伯先生写的这篇文章，就会明白，吴先生是立志做一个像他的老师马一浮先生那样的君子。君子在市侩和浅薄眼里就是傻子、呆子。

　　在吴先生退休之前，尽管被小人和浅学者嫉妒、轻视和误解，但是，星转斗移，在他逝世时，由20位领导和专家组成的治丧委员会，

---

　　① 陈书良：《嵚崎磊落一书生——纪念吴林伯先生诞辰100周年》，《光明日报》2016年10月28日，第9版。
　　② 吴林伯：《马先生学行述闻并赞》，毕养赛：《中国当代理学大师马一浮》，上海：上海人民出版社，1992年，第56—60页。

在盖棺定论的《讣告》中，对吴先生的品格、学识造诣、学术成就等方面的评价还是实事求是的，甚至可以说颇高。其中有一段是对他其时尚未正式出版的《〈文心雕龙〉义疏》的评论，今移录如下：

> 其力作《〈文心雕龙〉义疏》，首先从训诂学的角度释词解义，博引旁征，沿波讨源，而后就题发挥，阐述义理；凡误者正之，浅者深之，遗者补之，对前人观点一一作出评判，时出新解，多发前人所未发，启人深思。该书征引繁博，巨细靡遗，剖析毫厘，细致深入，考据、辞章、义理三者结合贯通，体现了吴林伯先生深厚的学力和笃实的治学精神。

现在吴林伯先生的"龙学"成果，越来越受学术界重视，他的"龙学"专著在孔夫子旧书网上，价码也一路飙升。近些年来，吴先生的弟子在各大报刊不断发表评介吴先生的文章，并抨击了那些当途者和浅薄者对于吴先生的种种污蔑和诋毁行径，不仅使吴先生的成果昭明于天下，其高洁的人品也为世所知。可以说，吴林伯先生是学者中的君子，刘舍人之功臣，"龙学"界少有的一位大儒。

本文最初为 2019 年 8 月，中国《文心雕龙》学会在曲阜师范大学文学院召开的第十五届年会暨国际学术研讨会论文，会后发表在《语文学刊》2019 年第 6 期。

王志彬先生与"文心雕龙学"

一、创立"文心雕龙学"的"写作理论派"

刘勰的《文心雕龙》一书，问世初期"不为时流所称"，后经沈约举荐，当朝人萧绎著《金楼子》一书就有征引。其后学林诸公莫不称赞。其书版本众多，引录及品评者多到不易统计。历代的研究者相互累积，共同开发，形成一门独立的学科——"文心雕龙学"。由于该书博大精深，可谓中国传统文化的大系统，借用现代电子科技的学术名词，就是一个高度浓缩了中国传统文化的芯片。对这个"芯片"的解读，即使是博学硕儒，也只是以其自己学识所长，各见其所见，各言其所能言。正因为如此，"龙学"界不管你承认与否，还是有门有派，其中，"文学批评理论派"长期占着话语主导权，"写作理论派"是仅次于"文学批评理论派"的一支队伍。这支队伍的成员，就面上说，散见于全国各地，从点上说，最集中的地方是内蒙古师范大学，旗手就是"写作理论派"的创立者——王志彬先生。

二十世纪八十年代以来，王先生主要致力于写作学科建设和《文心雕龙》研究，相继编写、出版了一系列学术论著，主要有《写作简论》《写作技法举要》《中国写作理论辑评》《散文写作概说》《修辞与写作》（合著），以及主编《新编公文语用词典》《中国写作理论史》《20世纪中国写作理论史》；总主编《21世纪写作学习丛书》，仅这套丛书就有11个分册。王先生的著作，总计三十余种，从原理到文体，从规律到技法，从专论到史论，从教材到参考书等方面，填补了写作学科较多的空白，使写作学科所应包括的内容，基本上得以分门别类、配套成龙、形成体系，显示出自己的特点和优长。这种情况，不仅在内蒙古师范大学历史上前所未有，在全国高校中亦属罕见，被写作学界称为"内蒙古现象""内蒙古师大现象"。王先生是这一现象名副其实的领袖级人物。在这种"内蒙古现象"中，最耀眼的还是王先生在龙学研究方面的几部专著：《文心雕龙创作论疏鉴》、《文心雕龙文体论今疏》、《文心雕龙批评论新诠》①、"中华经典名著全本全注全译丛书"本《文心雕龙》、"传世经典·文白对照"本《文心雕龙》，以及与他人合著的《文心雕龙例文研究》等专著。

二、对《文心雕龙》的理论研究

王先生对于"龙学"内涵部分的研究成果，首先，涉及到《文心雕龙》一书的性质问题。关于《文心雕龙》性质的认识，我曾用"既是学林博学硕儒，也只是以其自己学识所长，各见其所见，各言其所能言"来形容目前学术界对"龙学"的研究状况。2015 年 3 月，在上海为林其锬先生举行"庆祝林其锬教授八十岁生日"学术研讨会议上，我曾经说：现在由于学科分得过细，导致学术人物的知识结构往往是少胳膊缺腿，难以拥抱像刘勰这样一位学术通人及其著作。往往只能根据自己的学识能力谈一点自己的理解，对于刘勰及其《文心雕龙》的研究，仍然处在盲人摸象阶段，甚至碎片化。我曾经在拙著《刘勰传》里说："《文心雕龙》的立体多棱和博大精深，成为中华民族的一座文化宝库。文论家开门一望，看到的是文学理论；写作理论家开门一望，看到的是写作理论；文章学家开门一望，

---

① 王志彬先生的《文心雕龙创作论疏鉴》《文心雕龙文体论今疏》《文心雕龙批评论新诠》，三书曾经合并名之曰"文心雕龙新疏"，以副标题的形式，作为内蒙古师范大学文学院《五十年文萃》系列丛书之十二出版。或因为题目问题，也或因为印数问题，在学术界没有引起太大的注意。

看到的是文章学理论；兵学家开门一望，看到的是兵学理论；哲学家开门一望，看到的是哲学理论，等等。"① 而王先生"置《文心雕龙》于写作学视野中来考察，其见解与一般'龙学'家的看法自然不同，做到了师心独见，锋颖精密"②。在这众多不同的定性中，王志彬先生坚持自己的认识，认为"《文心雕龙》的各个组成部分，各个篇章，都围绕着'言为文之用心'这个宗旨，既提出了写作的指导思想，又论述了各体文章写作的规格要求、原则和方法；既总结了历代文家写作的实践经验，又征引例文以为证；既阐述了写作不可或缺的客观条件，又强调了写作的主观因素，它与今之写作理论体系是基因相同、血脉相承的，把这样一部著作称之为写作理论专著，不是名副其实的吗？"③ 王先生的话，凿凿有据。我在拙著《刘勰传》中，关于《文心雕龙》性质的认识，列举了"文学理论专著""文章法则著作""子书""典型的写作理论专著""哲学要籍""美学专著"等六种说法。其实，除了这六种说法之外，还有很多说法。例如"文章学概论"④ "是我国第一部文章学概论专著"，⑤ 或者是"文章学专著"⑥、"文章学巨著"⑦、"文体论专著"⑧。我举的六种说法中，"典型的写作理论专著"是王先生的观点，这一派的人数，仅次于"文学理论专著"派。当然，判断真理，不能单纯以人数为据。"文

---

① 朱文民：《刘勰传》，西安：三秦出版社，2006年，第268页。

② 万奇：《居今探古：论王志彬对〈文心雕龙〉的研究和应用》，戚良德主编：《中国文论》第五辑，第131页。

③ 王志彬著，徐淑芳、岳筱宁点评：《回眸文心路》，呼和浩特：内蒙古教育出版社，2009年，第268页。

④ 赵兴明：《〈文心雕龙〉是一部文章学概论》，《河北师大学报》1989年第3期。

⑤ 张寿康主编：《文章学概论》，济南：山东教育出版社，1984年，第12页。

⑥ 贺绥世：《〈文心雕龙〉是一部古代文章学专著》，《写作》1983年第2期。

⑦ 叶朗：《中国美学大纲》，上海：上海人民出版社，2017年，第226页。

⑧ 李曰刚：《文心雕龙斠诠》，台北：中华丛书编审委会，1982年，第1159页。

学理论专著"这一派，其远祖当是纪晓岚。"文章作法"这一派，领军人物主要有范文澜、詹锳、王运熙、罗宗强等人，文章作法属于文章学。陈望道先生说："用文字传达思想的制作，就是文章。"① 这说明文章就是泛指一切语言的成文作品。蔺羡璧下的定义是："文章学是研究前人写作经验指导文章写作的学问。"② 可是张寿康先生认为："文章学是研究文章的内部规律和读写文章的规律的学科，具有特定的研究对象，具有学科的专门特点。""研究对象是反映客观存在的真实事物的文章（包括散文和通讯报告），不包括诗歌、小说、剧本几类文学作品。"③ 这样划分，文章学派与写作理论派重叠的内容很多，所以，我认为文章学的概念大于写作学概念，写作理论派，可以归并到文章学这一派中，因为都是总结前人的写作实践和阅读经验，上升为文章学理论，并用以指导各类文字成品的阅读和写作。鉴于此，我在拙著《刘勰传》里说："综合各家学说，从目前来看，定《文心雕龙》为文章学专著，歧义相对小一些，或许更合刘勰本意。"④ 当然，这只是讨论而已。王先生对于《文心雕龙》性质的认识，可谓下了功夫，他在《文心雕龙性质问题述评》一文中，利用排除法，历数了各种界定之后，最后徘徊在"文章学"和"写作学"之间，他说："以今反证于古，一般地称'《文心雕龙》是一部文章学专著'是未尝不可的。但是文章学发展过程中所出现的分歧，使上述判断受到了干扰，影响了它的准确性，甚至产生了自相矛盾的现象。"⑤ 什么干扰呢？就是文章学的内涵问题，即哪

---

① 陈望道：《陈望道全集》第四卷，杭州：浙江大学出版社，2011 年，第 5 页。
② 蔺羡璧主编：《文章学》，天津：南开大学出版社，1985 年，第 1 页。
③ 张寿康主编：《文章学概论》，第 4 页。
④ 朱文民：《刘勰传》，西安：三秦出版社，2006 年，第 268 页。
⑤ 林杉：《〈文心雕龙〉性质问题述评》，《内蒙古师大学报》1991 年第 1 期，第 70 页。

些文体属于文章的问题。文章学的研究者认为文章学应该"专指没有艺术虚构的记叙、说明、议论、抒情等一般文章"，"不包括诗歌、小说、剧本几类文学作品"①。张积礼先生也说："文章学就是专门研究除文学作品以外的文章成品及其'制作'的内部规律和方法的一门社会学科。"②这些主张对不对呢？我看仅是一家之言，讨论而已，并非定论。王先生引用了《辞海》的定义："今通称独立成篇的、有组织的文字为文章。"王先生接着说："它显然没有文体方面的限制，是包括文学作品和非文学作品两大类在内的。这正符合我国古代文论中所涉及到的文章的含义……刘勰《文心雕龙·情采》中说'圣贤书辞，总称文章'……可见刘勰把一切经典著作以及由此'派生'出来的多种多样的文体都视为文章，其含义也是广义的。"③关于"文"和"文学"概念问题的争论，章太炎和弟子鲁迅也不一致，章太炎说："古者凡字皆曰文，不问其工拙优劣，故即簿录表谱，亦皆得谓之文，犹一字曰书，全部之书亦曰书。《文心雕龙》于凡有字者，皆谓之文，故经、传、子、史、诗、赋、歌、谣，以至谐、隐，皆称谓文，唯分其工拙而已。此彦和之见高出于他人者也。"④鲁迅认为他老师的观点过于宽泛⑤。我认为章太炎的解读符合刘勰本意，不仅批评了萧统及其桐城派，我看也应该包括上面说的把"诗歌、小说、剧本几类文学作品"排除在文章学之外的人。

"文学"这个概念，虽然初见于《论语》，所指也不是今日的内涵。

---

① 张寿康主编：《文章学概论》，第4页

② 张积礼：《文章学"概念"辨析》，《兰州大学学报》（社科版）1986年第3期，第76页。

③ 林杉：《〈文心雕龙〉性质问题述评》，《内蒙古师大学报》1991年第1期，第70页。

④ 《章太炎讲授〈文心雕龙〉记录稿两种》，黄霖编：《文心雕龙汇评》，上海：上海古籍出版社，2005年，第167—168页。

⑤ 许寿裳：《亡友鲁迅印象记》，上海：上海文化出版社，2006年。第29页。

后世虽然多有变化，须知我们现在是在研究和讨论《文心雕龙》的性质，这就需要回到刘勰那个时代，去判断刘勰如何使用文章和文学概念的。刘勰说："虞、夏文章，则有皋陶'六德'，夔序'八音'，益则有赞，五子作歌，辞义温雅，万代之仪表也。商周之世，则仲虺《垂诰》，伊尹敷《训》，吉甫之徒，并述《诗》《颂》，义固为经，文亦足师矣。"①可见刘勰使用的文章概念是包括诗歌的。刘勰只是以"文"与"笔"分类，无可分别者则别为一类。如有韵之"文"的则如《对问》《七发》《连珠》等归于杂文；无韵之"笔"的则如谱、籍、簿、录、方、术、占、式等附于书记一类中，这就没有文学和非文学之别了。至于小说这个概念，刘勰那个时代尚未形成一种相对稳定的文体，刘勰没有列出，只是提到《青史子》。与刘勰同时代的钟嵘在《诗品序》中说："太康中，三张、二陆、两潘一左，勃尔复兴，踵武前王，风流未沫，亦文章之中兴也。"这个"文章"是指的太康八诗人的作品。

文章学学科建设者之一的张寿康、张积礼先生把文学类作品，尤其把有虚构类的作品排除在文章学之外是不妥的。明代之前，小说大都是以笔记的形式面世，那么"笔记"算不算文章啊？我看是应该算数的。即使是清代的《聊斋志异》这部小说，内中有虚幻，也有纪实。例如卷二的《地震》篇，我看就是作者的亲历记。鲁迅的《汉文学史纲要》讲到六朝志怪小说时说："须知六朝人之志怪，却大抵一如今日之记新闻，在当时并非有意做小说……而《世说》这部书，差不多就可以看做一部名士教科书。"②《文心雕龙》把史传纳入其中，《史记》有没有虚构成分啊？我看是有的。那个《鸿

---

① 刘勰：《文心雕龙·才略》篇。林杉：《文心雕龙批评论新诠》，呼和浩特：内蒙古教育出版社，2002年，第131页。

② 鲁迅：《汉文学史纲要》，南京：江苏文艺出版社，2008年，第88—89页。

门宴》故事是刘邦的秘书记录的还是项羽的秘书记录的，我看是后人想象的故事。《刺客列传》中的荆轲刺秦王的故事，如此高度机密的事情，原本主谋是燕太子丹，向荆轲传达者是田光。当田光向荆轲传达完毕之后，为了证明不会有其他人知道，以自杀做了保证。司马迁笔下，在荆轲临行前，却有一个如此壮观的送行场面，这不是文学手法，又是什么？《三国志》中的《隆中对》是刘备的秘书当时的记录吗？我看是后人根据情势编造的，能说没有虚构吗？小说这种文体，不管后来怎样变化，无非就是讲故事，二十四史中的人物"列传"和帝王"本纪"，不都是人物故事吗？自从《汉书》把小说这种文体列入子部，历代延续，直至清代《四库全书》未变，我看是不妥当的，应该列入史部。一篇短篇小说，是不是文章啊？是不是一个故事啊？一部长篇小说，由一篇篇的文章组成，就不是文章了吗？鲁迅的《汉文学史纲要》讲到明清小说，无论是短篇（如《儒林外史》《聊斋志异》等），还是长篇（如《红楼梦》《三国演义》等），都使用了"文章"这个概念。一个剧本，一首诗，一首词，就不是《辞海》定义"文章"的那种"独立成篇的、有组织的文字"吗？蔺羡璧先生说"文章学是研究前人写作经验指导文章写作的学问"。既然如此下定义，小说、诗歌、戏剧的写作经验就不值得研究和写作课上讲授吗，不值得总结并用以指导写作吗？难道还得再另行建立一门文学写作课吗？其实，张寿康先生承认"文章起源殷代，肇源《书经》……以记事为职的《春秋》……这些记言记事的文章集子为后世文章的发展奠定了基础，应该视作文章的源头"①。这说明张先生承认文章学包括史传文学。一方面主张《文心雕龙》是"我国第一部文章学概论专著"，另一方面又在自己主编的《文章学概论》中，把刘勰主张的文学性文体排除在外，也太霸道了，

---

① 张寿康主编：《文章学概论》，第20页。

自打耳光而不嫌疼，以至于有意归顺文章学的王志彬先生，只得另立门户，竖起大旗，上标：写作学。而且认为："刘勰的《文心雕龙》是一部具有中国作风和中国气派的典型的写作理论专著。这个判断和结论，没有古今之分，没有广义和狭义之别，一切类型的文章，体制、规格和源流，一切写文章的规律、原则和方法，一切文章的风格、鉴赏和批评，都包含于'写作理论'之中，似乎不再有顾此失彼、捉襟见肘之瑕了。"①是的，王先生说得对。一门学科的建立，其内涵是创立者规定的（其实后人也可以继续使之完善），王先生心胸宽阔、博大，容得下千军万马，容得下各路大军。"写作理论"，既然理论化了，就是一种"学"，这种写作学，我看不妨与文章学合并，构成文章写作学，既与"文心雕龙学"相呼应，也与《文心雕龙》书名相呼应，更是符合刘勰"文心之作也，言为文之用心也"的自我定性。当然，也许有人会说我这是自作多情，也许有人说：人家说的是狭义文章学，可惜张先生的旗帜没有那么鲜明，没有这样界定，他的大著就叫《文章学概论》。其实，张寿康先生在理论上并不是不明白，只是在具体实践上故意做了撕裂，把"文章"一分为二，造成自相矛盾了。他说："'五四运动'以前的很长时期，文章这个概念是包括诗歌、散文、小说等文学作品的。到了'五四运动'前后，文学作品才逐渐脱离文章，独立出去。这样，过去的文章就一分为二：一是文学，一是我们现在说的文章，当然这二者当中也有交错的现象……文章是直接为社会、工作、生活服务的。"②这样说来，就会造成文艺不是为社会服务的误会。从历史上看，文章之谓，有的人主张包括文学作品，有的人主张不包括文学作品，

① 林杉：《〈文心雕龙〉性质问题述评》，《内蒙古师大学报》1991年第1期，第71页。

② 张寿康：《文章学论略》，《北京师院学报》1986年第4期，第7—8页。

这种分合演变问题，在王凯符主编的《古代文章学概论》一书也有反映。如果按照张寿康先生的界定，则还得设立"艺术文章学"（艺术文章学又可再分为"诗学""词学""小说学""戏剧学""影视学"，等等）、"学术文章学"、"实用文章学"或者"应用文章学"，或者大分为"古代文章学""现代文章学"等；而写作学也得细分为"文艺写作学""学术写作学""应用写作学"或者"实用写作学"等。这就麻烦了，无异于一个被捅了的马蜂窝。当然，作为学术研究，未尝不可，但是，作为教材编撰及其课程设置，不免有自找麻烦之嫌。

应该指出的是，还有一个中文系课程设置的问题，中文系不仅有写作课，有的高校也设有文章学课，不免重复。其实，有些大学的写作课，就是讲文章学。如果重复，就有无谓地耗费学生学习时间之嫌疑。当然，也应该考虑到写作课，已经形成一种"学"了，叫作写作学，把《文心雕龙》的性质，定为写作学不是也很好吗！应当说，文章学是近现代才形成的。例如早期的论著有陈望道的《作文法讲义》，龚自知的《文章学初编》，夏丏尊、叶圣陶的《文心》《文章讲话》，蒋祖怡的《文章学纂要》等，都是侧重于写作的。夏丏尊、叶圣陶的《文心》书名，显然是取自《文心雕龙》。新中国成立之后出现的几部《文章学》《文章学概论》《文章学导读》之类的教材，还应该不断地完善自己，也要搞"改革开放"以壮大自己。

"文学理论批评"之谓，也是近现代才形成的，而且是舶来品。"因为我国往昔对作品多谈'品鉴'，无所谓批评，这种西方习见的名词，用到我国的传统著作上，总觉得有点不对劲"。① 如果回归到刘勰那个时代，刘勰说《文心雕龙》是"言为文之用心"；姚察、姚思廉父子说"《文心雕龙》五十篇，论古今文体"，这是当事人和当时旁观者的看法。姚察父子和现代人李曰刚"文体论专著"

---

① 王更生：《重修增订文心雕龙导读》，台北：华正书局，2004年。

的看法相似，显然是以偏概全，因为刘勰不仅仅是"论文体"（严格说，论文体只是《文心雕龙》《明诗》至《书记》篇的主要任务）。正如王志彬先生所说："显然是言之过重了。把《文心雕龙》中的任何一个部分分割出来，进行孤立研究，突出强调，都是难究其实，难得其全的。"①还是刘勰"言为文之用心"的说法最全面，所以，我们有充足的理由，说《文心雕龙》是一部文章学或者写作学专著。"文学理论批评专著"之谓，实在难以概括刘勰所论述的所有文体及其作法。也许这种主张的人，感到破绽自露，又说刘勰的文学观是"杂文学"或者"泛文学观"，把文学性文体排除在外的文章学狭义主张者，也是犯了以偏概全的毛病，正如王更生所言："总觉得有点不对劲。"就这样说来，王先生给《文心雕龙》的定性，大有反"垄断"和反潮流之勇气，大有正本清源之功。

第二，王先生认为："刘勰征圣、宗经，崇拜孔丘和儒家经典，并非泥古不化，言必经典，也没有提出什么清规戒律。"主要是"文能宗经，体有六义"，"只是一种手段，而'有助文章'才是目的"。面对学术界有人认为经书已经失去了对现代的指导意义，王先生认为"不宜笼统地视征圣、宗经为局限"，"仅从刘勰征圣、宗经的那份虔诚、那份执着、那份坚定和那份朴素的辩证意识和思维方法来看，当今的为学之人不是也应该获得一些启发吗？做学问，著书立说，是不能没有自己的信念和指导思想的"②。王先生的这个体悟非常有价值。他告诉我们为人处世要有道德准则，学术研究也要有学术准则，这些都需要有正确的信念和指导思想，试想一个人如

---

① 林杉：《〈文心雕龙〉性质问题述评》，《内蒙古师大学报》1991 年第 1 期，第 67 页。

② 林杉：《文心雕龙文体论今疏》，呼和浩特：内蒙古教育出版社，2000 年，第 10—11 页。

果没有正确的"三观"和积极的信仰，那将是危险的。每一个时代的人，都有自己时代的"经"，关键是学习王先生体悟出来的那个"理"。对于"宗经"的态度问题，范文澜先生也说："《文心雕龙》确是本着这个宗旨（文民按：宗经）写成的，褒贬是非，确是依据经典作标准的。这是合理的主张，因为在当时，除了儒学，只有玄学和佛学，显然玄学佛学不可以作褒贬是非的标准。"①

第三，在继承和发展的问题上，王先生提出了一个"名亡理存"的观点。这个认识，可谓立论高远。我说他"立论高远"，就在于他避免了历史虚无主义的错误，对待历史文化遗产，采取了扬弃而不是抛弃的态度，正确地实践了继承和发展的辩证理论。在《文心雕龙文体论今疏》中说："有些文体是古老而又年轻的，如论说之于今之学术论著，史传之于今之方志传略，哀吊之于今之悼词祭文，书记之于今之公务文书，都是息息相通的，具有新的生命力的。即使是那些已被历史淘汰了的曾专用于封建统治的文体……也有名亡而理存的情况。刘勰从中概括出来的某些写作原则、要求、方法和特色，对于今之有关各体文章的写作，也并非毫不相干。"② 这就克服了一些人的狭隘的功利主义偏向。

王先生研究学问，善于总结学科的规律和特点。例如，他研究《文心雕龙》的批评论，总结出六个结合的特点："一是批评论与创作论的结合""二是鉴赏与批评的结合""三是批评标准与批评方法的结合""四是肯定与否定的结合""五是分散与集中的结合""六是批评与现实的结合"。王先生说："这六个方面的'结合'，全面、深刻地阐明了《文心雕龙》批评论中诸多问题的辩证关系；反映着刘勰的世界观、文学观和方法论，标示着《文心雕龙》批评论所达

---

① 范文澜：《中国通史简编》第二编，北京：人民出版社，1965 年，第 418 页。
② 林杉：《文心雕龙文体论今疏》，第 12 页。

到的理论高度，在一定程度上，解析了'文与道''文与质''文与人''文与时''文与物'，以及'通与变'等重大原则问题。时至今日，它所论及的某些内容，虽已衰微了，失掉生命力了；惟其神质、内核，却犹如常青树，足资作为珍贵的民族文化遗产，予以承继和鉴用。所谓'思无定契，理有恒存'者也。"①

第四，王先生对《文心雕龙》中的基本概念也有自己的见解。如《定势》篇的"势"，王先生认为："刘勰要'定'的'势'，不是'法度''标准'；不是'姿态''体态''姿势''气势'；也不是'趋向性''机动性''客观规律性'，等等，而是各种不同类型的文体的基本格调。"②王先生的理解，扣住了刘勰"循体而成势"的逻辑脉络。王先生还读出了刘勰在《定势》篇透露的定势方法："首先，刘勰提出了'形生势成'的客观规律。""其次，刘勰提出了'各以本采为地'的主张。这主要是为了防止'雅俗而共篇'的'讹势'。"再次，"刘勰提出了'执正驭奇'的原则。这主要是防止'逐奇失正'的'讹势'而发的。"③等等。

三、对《文心雕龙》的文本译注

王先生对《文心雕龙》文本的译注，主要体现在上述言及的"三论"中。"三论"是作者为学生开设《文心雕龙》专题课的教学纲要。旨在辩证地吸取、借鉴《文心雕龙》之精华，提高写作理论研究的学术品位和实用价值，进而为建立具有中国特色的写作理论体系提供必要的参考和依据。其三书的体例相同，对《文心雕龙》的每篇文章都分为"原文译注""内容提要"和"疑点分析"三部分。"原

---

① 林杉：《文心雕龙批评论新诠》，呼和浩特：内蒙古教育出版社，2002年，第8页。

② 林杉：《文心雕龙创作论疏鉴》，第149页。

③ 王志彬著，徐淑芳、岳筱宁点评：《回眸文心路》，呼和浩特：内蒙古人民出版社，2009年，第351—354页。

文译注"采取分段句译方式，以便于读者解疑和阅读；句译后为词语注释，均由著者综合各家之说，择其善者而从之，不再引经据典，考其源出何处。"内容提要"部分，均立足于写作理论研究和写作实践中的有关问题。简述中力求忠于原著要义，并前后相参以证之。"疑点辨析"，主要是对《文心雕龙》研究中之不同见解，辩证然否，在辨析中表明自己的观点，对不能决明者，存疑待考。

由于《文心雕龙》"三论"分别出版，作者可能考虑到刘勰"文体论""创作论""批评论"既有专章论说，又散见于全书各章中，所以三书有重复收编现象，如《体性》《情采》既收在《批评论新诠》中，也收在《创作论疏鉴》中。《序志》篇三书皆收。三书的共同特点是调整了《文心雕龙》通行本的篇目排列次序，从而分别体现三部分各自的内在联系和前后呼应，这就是有学者评论的不仅"三论"之间有严密的体系性，每一"论"自己也有"严密的体系性""敏锐的问题意识"和"客观辩证的研究方法"。①

据"三论"的责任编辑黄妙轩先生说：王先生的"《文心雕龙》'三论'，从约稿到出版，历时十四年，横跨两个世纪"②。如果从二十世纪五十年代中期读本科时开始阅读《文心雕龙》的个别篇章，到"三论"出版，再到中华书局全注全译本出版的 2012 年，可以说，王先生对《文心雕龙》，朝思暮想伴随了六十多年，可谓终生雕龙。

"三论"出版之后，在学术界产生了积极的影响。

据黄妙轩说："2006 年 8 月，王志彬先生（林杉系笔名）的《文心雕龙创作论疏鉴》重印，我向王志彬先生致贺，同时也暗自欣喜，

① 白建忠：《50 年开拓与耕耘——内蒙古地区"龙学"研究概览》，《中北大学学报》（社会科学版）2009 年第 6 期。

② 黄妙轩：《做书半辈子》，呼和浩特：内蒙古教育出版社，2011 年，第 121 页。

像这样的学术著作重印是很不容易的，所以打算写点什么，一来是为出版社宣传一下此书，二来是纪念一下这一事件（我做编辑二十余年责编的这一类书重印还是第一次）。"①

我撰写《刘勰志》的时候，在上海、济南、北京等地，已经购买不到王先生的《文心雕龙创作论疏鉴》，时间拖到 2003 年冬季，不得已，向王先生寻求帮助。王先生回信说："拙著之创作论部分，于 1997 年出版，印数甚少，我手头已无存余，只得暂将我自用的一册奉寄，好在出版社还要加印一点。"② 王先生在送给我的书上签名盖章，名之曰"补赠"。一个"补"字，显得很有讲究。

2009 年初，《中国阅读周刊》公布了"30 周年最具影响力的书"500 种提名书目，王先生的《文心雕龙创作论疏鉴》（文学类）入选，这是内蒙古自治区唯一入选的书目。王先生的"三论"也得到了内蒙古学术界和出版界的高度肯定，《文心雕龙创作论疏鉴》获"内蒙古自治区社会科学优秀成果荣誉奖""自治区图书编校质量优质奖"，《文心雕龙文体论今疏》获第二届"内蒙古图书奖""内蒙古师范大学社会科学优秀成果一等奖"，《文心雕龙批评论新诠》获"自治区图书编校质量优质奖"。③ 作者、学校、出版社和责任编辑，皆分享了荣誉。

"三论"的读者对象是面向大众。因为"三论"的初稿就是给学生上课的讲稿，所以他的译文流畅、典雅；注释言简意赅。注释属于训诂学方法之一，《文心雕龙》一书中，有丰富的训诂学思想和实例，请看刘勰在《文心雕龙·论说》篇有关于注释的主张：

---

① 黄妙轩：《做书半辈子》，第 121 页。
② 王志彬先生 2003 年 12 月 12 日致朱文民信件。
③ 白建忠：《50 年开拓与耕耘——内蒙古地区"龙学"研究概览》，《中北大学学报》（社会科学版）2009 年第 6 期。

若夫注释为词，解散论体，离文虽异，总会是同。若秦延君之注《尧典》，十余万字；朱普之解《尚书》，三十万言。所以通人恶烦，羞学章句。若毛公之训《诗》，安国之传《书》，郑君之释《礼》，王弼之解《易》，要约明畅，可为式矣。

鉴于刘勰的上述主张，反观王先生的"三论"注释，可谓"要约明畅"，是否"可为式矣"，那是后人的体味问题。依我看，是可以在众多的译注本中看成可读性较强的读本之一。王先生的"三论"应中华书局要求，改造为《中华经典名著全本全注全译丛书：文心雕龙》，该书调整"三论"的体例，一是将句译改为段译，改造后是注释在前，译文在后；二是将"内容提要"和"疑点辨析"压缩、合并为"题解"冠于篇前，这样编排，更符合阅读顺序，相比"三论"可谓锦上添花。据说该书现已印刷七八次，发行了五六万册，成为畅销书。正如王先生说的："我想，这或许是我倾心研读《文心雕龙》，最值得念想的一种奉献了吧？！"[1] 是的，作为一位倾心于"龙学"研究的人，其劳动成果，成为畅销书，发行量如此之大，能不高兴吗！其发行量，在当今的"龙学"界，只有陆侃如、牟世金先生的《文心雕龙译注》可与之比肩。

空口无凭，现在将王先生译注上面刘勰关于注释要求的一段话，抄录如下，一见究竟：

【译文】"若夫注释为词"三句：至于注释经典的文词，是分散了注释的文体，分别地看它与论文体例不一样，但汇总在一起就与论文相同了。如秦延君注《尧典》，写了十余万字。朱普

---

[1] 内蒙古师范大学文学院学人堂：http://wxy.imnu.edu.cn/info/1052/1722.htm。

解说《尚书》，用了三十万言。所以渊博通达之人，厌恶它的繁琐，羞于以注释章句为学。

【注释】解散论体：指注释是分散的，不完整的论文。离文：指分散的注释。总会：指把分散的注释汇总在一起。秦延君：名秦恭，西汉文人。朱普：字公文，西汉文人。通人：指博古通今的学者。羞学章句：羞于注释经书的章节句读为学问。《汉书·扬雄传》《后汉书·班固传》，分别有扬雄、班固"不为章句"之说。

【译文】"若毛公之训《诗》"句：如大小毛公的训解《诗经》，孔安国为《尚书》作传注，郑玄注释《礼记》，王弼解说《易经》，都简要、明白而又通畅，可以作为注释的范式了。

【注释】毛公：指大毛公毛亨和小毛公毛苌，西汉文人，相传是他们为《诗经》作了注释，汉代称其为《毛诗故训传》。训：训诂，即解释古书文字的意义。安国：孔安国，字子国，西汉文人。郑君：指郑玄。式：法式、范式。①

王先生堪称是刘勰训诂思想的忠诚实践者，可用"信雅达"来形容。

王先生的"三论"，不易分出伯仲，只得等量齐观。我在撰写《刘勰志》的时候，原则上对于主要龙学家及其"龙学"专著的介绍，只选一部代表性专著作重点介绍，但是王先生的"三论"我选不出哪一部是重点、是代表作。如果从一些人的功利思想出发，就该选取《文心雕龙创作论疏鉴》为代表，但我不是一位功利主义者，把王先生的"三论"平等看待，一起记录在《刘勰志》这样一部省级

---

① 文中的"译文"和"注释"四个字及其符号【】，是笔者为了便于区别阅读而添加的。王先生的译文和注释是用宋体作为译文、楷体作为注释以示区别的。

官修志书中了。我平等看待，是就其学术价值而论，如果考虑到当时的学术氛围，则《文心雕龙文体论今疏》更有不凡的识见。纵观整个"龙学"研究史，《文心雕龙》之文体论，受着狭隘功利主义的影响，研究的论著远少于其他，是被冷落的一个环节。迄今为止，《文心雕龙文体论今疏》是唯一一部专门研究《文心雕龙》文体论的专著，不仅填补了这一领域的空白，而且也有反潮流的意味。

　　《文心雕龙》"三论"及其之后的中华书局全注全译本，是王先生治学的最高成就，是最"切合教学需要之著作"[①]；不仅是内蒙古本土"龙学"研究的高峰，也是学术界的名著。

（本文原载《语文学刊》2021 年第 1 期）

---

① 黄妙轩：《做书半辈子》，第 133 页。

语言学家对"龙学"家的批评

《文心雕龙》是中国传统文化的大系统，这部书的作者刘勰是一位通人，我们现在的学科分工过细，各学科的学者知识面相对狭窄，对刘勰这样一位通人的著作难以拥抱，其研究者往往依据自己的知识所长解说《文心雕龙》，一旦遇到与自己知识以外的话题，就容易出现瑕疵。对《声律》篇的解读就是一例。

一

众所周知，刘勰的《文心雕龙·声律》篇是南北朝时期流传下来最为完整的代表性音韵学文献，虽然还有颜之推《家训》中的《音辞》篇，但在音韵学史上的价值，无法与刘勰《声律》篇相比。据有关文章统计①，至今研究刘勰《声律》篇的学者发表的论文有六十余篇，但是，有些问题各家意见尚未统一，更不用说各家《文心雕龙》译注中的专门解读了。

《文心雕龙·声律》篇云："古之教歌，先揆以法，使疾呼中宫，徐呼中徵。夫商徵响高，宫羽声下。"这几句话，在"龙学"界的理解分歧基本上是两大家，而且这些分歧，最初都是发生在"龙学"界的巨擘之间。面对刘勰原著，对照诸家的改字和纷争，尤其像周振甫先生在修辞学方面还是有专著的大学者也在其中，像我等后辈小子，因为在音韵学上自信力不足，何能判断是非？尽管我研读《文心雕龙》数十年，每翻阅《声律》篇，面对诸家的纷争，总是陷入

---

① 戚悦、孙明君：《〈文心雕龙〉的"双叠论"》，《暨南学报》2019年第11期。

糊涂盆，因而一直不敢发言，就怕自己的发言成为妄言。

近来，读到《暨南学报》2019 年第 11 期的一篇文章，题目是《〈文心雕龙〉的"双叠论"》，为之惊喜。因为"双叠论"是刘勰在《文心雕龙》中首次提出，但是，鲜有论证者。同时也燃起了我再度研读《声律》篇的勇气。这篇文章也向我提供了一个信息，就是何九盈教授的《中国古代语言学史》出版了新增订本。我赶忙找来对照，发现由原来的 229 千字，新增加到 441 千字，可见增加的幅度之大。我读初版的时候是六章，有关于南北朝部分列了三节，对刘勰及其《文心雕龙》仅有笼统的涉及，就是《章句》篇也仅是提及几个虚词，其他未有具体论证哪一问题。新增订本是七章，其中南北朝部分经过调整，增加到四节，把初版的"反切与四声"，调整为"反切的起源"，专讲反切，把"四声"放在下一节，与新增加的"五音"相合，构成"五音与四声"一节，涉及刘勰及其《声律》篇内容的具体论述就在这一节里。16 开本的书，洋洋洒洒占了 37 页。在这里受到指名批评的恰是黄侃、詹锳、周振甫、郭绍虞、罗根泽、朱东润几位"龙学"巨擘和中国文学批评史大家，虽然没有点出刘永济、王利器等人的名字，我看也是在内的，而且用词很重，底气十足，斥责这些人对刘勰《声律》篇"商徵响高，宫羽声下"句的改字现象，是对"何谓'声''响'，也茫然无知"，实在令我震惊。

二

何九盈教授对"龙学"家批评说：

> 《文心雕龙·声律》说："商徵响高，宫羽声下。"既不符合"五音宫调"，也不符合"五音徵调"，于是遭到两方面的批评。
>
> 黄侃说"彦和此文为误无疑"，"当云'宫商响高，徵羽声

下'"。这是以"五音宫调"来立论的。

詹锳说："今本《文心雕龙·声律篇》云：'商徵响高，宫羽声下'，当是'徵羽响高，宫商声下'之误。"这是以《地员》"五音徵调"来立论的。

我以为黄侃与詹锳的批评都是不可信的①。他们用先秦乐律中的调式来指摘齐梁时代声律中的五声，缺乏历史观念，而且对何谓"声""响"，也茫然无知。迄今为止，海内外那么多"龙学"专家以及文学批评史家，无人对此二语做出正确解释，就是《文心雕龙》中其他一些语句，被人误解者亦不少。②

周振甫说："前用宫商，后用徵羽"，这是对的。但他不懂：若前用徵羽，则后须用宫商。"声"与"响"是"异音相从"的关系，所以不能说"切响"就是徵羽，就是仄声。沈约的话只说了一半（即"前有浮声"），而另一半（即"前有沉声"）没有说出来。刘勰说"声有飞沉"，替沈约说全了。而今人把"声有飞沉"与"前有浮声，后须切响"等同起来，这就错了；又认为"声飞"等于"浮声"，飞就是浮。这当然不错，而说"切响正是沉"，这就把两个问题混而为一了。原来注释家们根本就忽视了"响"与"声"是"异音相从"的关系。声的"沉"不等于响的"沉"。③

---

① 也许有人会说，何九盈的批评包括黄侃先生在内，黄侃是音韵学家，人所共知，难道他也错了吗？对此我曾经在《吴林伯先生与"文心雕龙学"》一文中指出，《文心雕龙札记》一书，是黄侃先生青年时期的著作，训诂学和声韵学是黄先生晚年的成果，在学问上，青年时期的黄侃无法与晚年时期的黄侃相比。

② 何九盈：《中国古代语言学史》（新增订本），北京：北京大学出版社，2006年，第87页。

③ 何九盈：《中国古代语言学史》（新增订本），第93页。

面对刘勰"商徵响高，宫羽声下"两句，当年黄侃在《文心雕龙札记》中说：

> 此二句有讹字。当云"宫商响高，徵羽声下"。《周语》曰："大不逾宫，细不逾羽。"《礼记·月令》郑注"凡声尊卑取象五行，数多者浊，数少者清"。案宫数八十一，商数七十二，角数六十四，徵数五十四，羽数四十八，（详见《律历志》）是宫商为浊，徵羽为清，角清浊中。彦和此文为误无疑。①

何九盈教授批评黄侃先生的就是上面这一段话。

周振甫受到何九盈教授批评的是下面这段话：

> 刘勰讲的"声有飞沉"，就是沈约在《宋书·谢灵运传论》里讲的"欲使宫羽相变，低昂互节，若前有浮声，则后须切响"。宫羽就是宫商角徵羽，相当于音乐简谱中的1、2、3、5、6。宫商的振幅大而振动数小，声大而不尖，徵羽的振幅小而振动数多，声细而尖。低昂指声的大小说，即前面用了宫商，后面就用徵羽。浮声指宫商声大而不尖，切响指徵羽声细而尖，也即前用宫商，后用徵羽。飞沉，飞指声大，沉指声细，即宫商为飞，徵羽为沉。……那么所谓宫羽、浮切、飞沉就是后来讲的平仄。"声有飞沉"，就是声有平仄。②

1948年刘永济在正中书局出版的《文心雕龙校释·声律》篇"校字"说：

---

① 黄侃：《文心雕龙札记》，上海：华东师范大学出版社，1996年，第149页。
② 周振甫：《文心雕龙注释》，北京：中华书局，1986年，第298页。

黄侃校云："当作宫商响高，徵羽声下"，引《周语》"大不逾宫，细不过羽"、《礼记·月令》郑注"凡声尊卑，取象五行，数多者浊，数少者清"。按黄引经典及郑注证原文有误，是也。其所改之句，非也。当作"徵羽响高，宫商声下。"①

1951 年王利器在法国巴黎大学北京汉学研究所出版的《文心雕龙新书》，对刘勰"商徵响高，宫羽声下"的注释照录了黄侃的注释之后，又加案语说：

案黄氏摘彦和之误甚是，惟所改则非。彦和所谓宫商即后世所谓平仄。《文镜秘府论》天卷，调四声谱引元兢云："声有五声，角徵宫商羽也。分于文字四声，平上去入也。宫商为平声，徵为上声，羽为去声，角为入声。"日本沙门了尊《悉昙轮略图抄》一引《元和新声韵谱》云："平声者哀而安，上声励而举，去声清而远，入声直而促。"（神珙《四声五音九弄反纽图序》据此）晚明释真空之《玉钥匙》所云："平声平道莫低昂，上声高呼猛烈强；去声分明哀远道，入声短促急收藏。"本此，谓四声之上去高而平入下也。换言之，即谓"徵羽响高，宫商声下"也。今据改。②

这说明王利器所改句子与刘永济相同，但是只字未提刘永济的

---

① 刘永济：《文心雕龙校释》，南京：正中书局，1948 年，第 28 页。1962 年 10 月中华书局出版的版本与上相同。
② 王利器：《文心雕龙新书》，台北：宏业书局，1983 年，第 91 页。1980 年 8 月上海古籍出版社出版《文心雕龙校证》注释与上相同。

成果。是没有看到，还是看到了故意不提？如果是没有看到刘永济
1948 年出版的《文心雕龙校释》，因为是战乱年代，情有可原。问
题是 1980 年 8 月上海古籍出版社出版的《文心雕龙校证》注释与此
相同。此时的刘永济《文心雕龙校释》早在 1962 年由中华书局重
新出版，王利器依然只字不提，似乎不大应该。何九盈教授批评詹
锳先生的话，是詹锳先生在《四声五音及其在汉魏六朝文学中之应
用》一文说的，詹锳先生的文章发表在《中华文史论丛》第三辑（中
华书局 1963 年。又收入作者《语言文学与心理学论集》，齐鲁书社
1989 年 10 月）。

郭晋稀先生的《文心雕龙注译》此处也是直接改字了，并夹注
是依刘永济先生的意见。其后郭晋稀先生出版的《白话文心雕龙》
与此相同。周振甫先生的《文心雕龙今译》和《文心雕龙注释》直
接改字了。在《文心雕龙注释》一书中加了一条注释："商徵、宫羽，
黄侃《札记》指出'宫商为浊，徵羽为清'。《国语·周语》：'大
不逾宫，细不逾羽。'宫商即简谱中 1、2，音大而下，音的振幅大
而振动数小，声大而不尖。徵羽即简谱中的 5、6，音细而高，音的
振幅小而振动数多，声细而尖。" 詹锳的《文心雕龙义证》，在原
文中，直接接受了刘永济和王利器的修改意见，改了版本，只是此
处附上了一条注释，引用了黄侃的注释，并排除了黄侃的校勘，直
接提及是采用了刘、王两家的修改。

台湾张立斋先生的《文心雕龙注订》照录了黄侃先生的校勘意
见。李曰刚先生的《文心雕龙斠诠》也在原文中采用了刘永济的意见，
对原文做了改动，但是加了注释，重复了刘、王两家的注释。王礼
卿的《文心雕龙通解》对此没有改字，但是说出了自己的意见："案：
'商徵响高，宫羽声下'，字有倒误。依五声数之多少，宫商为浊，
徵羽为清，浊下清高，当为'羽徵响高，宫商声下'。而黄季刚谓'当

云宫商响高，徵羽声下'，是谓浊高清下。而其释'声有飞沉'，云，'飞调平清，沉谓仄浊'，则又谓清高浊下。两处抵牾。而以清为平，浊为仄，与陈旸（文民按：北宋音乐理论家）以宫商配平，徵羽配仄亦反。以其矛盾，无可采取，今依陈说。"[1]陈拱的《文心雕龙本义》把刘勰的"商徵响高，宫羽声下"句，直接改为"夫徵羽响高，宫商声下"，并加了注释，引用了《礼记·月令》郑玄注和孔氏疏及《律历志》等资料作证。王更生的《文心雕龙读本》对此接受了王利器《文心雕龙新书》的意见，对底本做了更改，夹注依王利器意见为准。王运熙、周锋的《文心雕龙译注》一书，在《声律》篇直接采用了刘永济和王利器的意见，改动了原文，但是没有出校。细读王运熙先生写的《前言》，可知：他们是"以王利器《文心雕龙校证》为底本，并参考范文澜先生《文心雕龙注》、杨明照先生《文心雕龙校注拾遗》、詹锳先生《文心雕龙义证》等各家校语，对错讹、夺衍的字和部分有异文的字作了校改，为了节省篇幅，不出校记"。吴林伯的《文心雕龙义疏》，出版于 2002 年 2 月，对此没有改字，但是在串讲中依据《管子·地员》"五音徵调"损益法理论，证明采用了黄侃的改字意见。

当然，改字的译注本还有很多，例如祖保泉先生 1993 年出版的《文心雕龙解说》，李蓁非出版的《文心雕龙释译》，等等。

这期间也有不改字的译注本面世，只是译文或者注释接受了黄侃或者刘永济、王利器的校勘意见。例如：范文澜先生的《文心雕龙注》在此处接受了黄侃先生的校勘意见，但是没有改动原版本，只是照录了黄侃的校语。杨明照先生的校注本，面对黄侃和刘永济的校勘意见，既没有改字，也没有表态，冷处理了。陆侃如、牟世

---

[1] 王礼卿：《文心雕龙通解》，台北：黎明文化事业股份有限公司，1986 年，第638 页。

金先生的《文心雕龙译注》对此接受了刘永济先生的注释意见，认为此句应该是"徵羽响高，宫商声下"，但是没有改动版本。其译文是按照改动后的文字翻译的："属清音的徵、羽二音强，属浊音的宫、商二音弱。"罗立乾先生在台湾三民书局出版的《新译文心雕龙》对此没有改字，注释提到了黄侃的校勘意见，译文是："宫声和商声两种音阶的声音响亮，徵声和羽声两种音阶的声音低沉。"显然是按照黄侃的意见翻译的，但是没有交代。

　　以上是何九盈教授的《中国古代语言学史》新增订本出版之前的"龙学"译注本著作改字情况。这些"龙学"巨擘的成果，可证明何九盈教授说的"迄今为止，海内外那么多'龙学'专家以及文学批评家，无人对此二语做出正确解释，就是《文心雕龙》中其他一些语句，被人误解者亦不少"这话基本符合事实。即使那些在原版上未改字的，在译文里也改了。

　　何九盈教授的新增订本出版在2006年，其后出版的《文心雕龙》译注本大都仍然重复着前辈的改字意见。例如2009年7月张长青教授在湖南大学出版社出版的《文心雕龙新释》直接改字了，但是没有注明根据，而在后面的《释〈声律〉》一文中，却是按照《文心雕龙》传统的版本没有改字的语句解说的。这篇解说文章的主体部分依我看，从篇章结构的主体到语言，是套用了朱星教授1979年发表的《〈文心雕龙·声律〉篇诠解》一文，但是没有注明，也忘记了自己在前面录用刘勰原文的注释中改字了。林其锬、陈凤金先生于2011年8月在华东师范大学出版社出版的《增订文心雕龙集校合编》一书，校勘的元至正本《文心雕龙》对此也是直接改字了，并采纳了刘永济、王利器等人的意见加注。中华书局2012年6月出版的《中华经典名著全本全注全译丛书》之《文心雕龙》，该书的作者是王志彬教授，王教授在《前言》中交代"本书所录《文心雕龙》

各篇之原文，均以黄叔琳辑注本即养素堂本为底本"，并吸收杨明照、刘永济、姜书阁等学者的校勘成果，参考了范文澜、王利器、詹锳、王运熙、周振甫等人的成果，"着意于'根柢无易其固，裁断必出于己'（王元化语），而不涉及各家意欲调整《文心雕龙》篇目顺序的各种假说，保持元明以来《文心雕龙》固有版本的本来面貌。限于体例，正文校勘一律不出校勘记"。但是在版本问题上还是没有坚守住自己的承诺，在养素堂本《文心雕龙·声律》篇采用了黄侃《札记》的校勘意见，认为刘勰有误，把原文"商徵响高，宫羽声下"，改为"宫商响高，徵羽声下"了，而且未提及黄侃的校勘。张国庆、涂光社在 2015 年 3 月出版的《〈文心雕龙〉集校、集释、直译》对此句也改了原文，注文做了一番辨析，最后是采用了黄侃的"宫商响高，徵羽声下"为准。周勋初在 2015 年 12 月出版的《文心雕龙解析》一书，把原为"商徵响高，宫羽声下"两句，采用了刘永济的意见，在版本上直接改为"夫徵羽响高，宫商声下"，也没有任何说明。其后的各家解读，多不出黄侃和刘永济、王利器的注释意见。

这些新出版的同类著作，不提何九盈的批评意见，是没有看到？还是视若妄言？不得而知。

当然，2006 年何九盈《中国古代语言学史》新增订本出版后的《文心雕龙》译注本也不尽是改字。例如 2008 年戚良德教授在河南大学出版社出版的《文心雕龙注说》和在上海古籍出版社出版的《文心雕龙校注通译》两书，就没有受前辈学者误读的影响，而是作出独立解读，不仅没有改字，且认为"商徵响高，宫羽声下"二句是"谓五音之高低强弱"，是"互文足义，非谓商徵声高而徵羽声低，不可胶柱鼓瑟"。其译文就是按照这种理解翻译的，难能可贵。可见学术研究，贵在自得，忌在人云亦云。

三

中国古代的音乐，用宫、商、角、徵、羽"五音"来代表五个音阶，相当于现在音乐简谱中的 1、2、3、5、6 五个音阶。据语言学家研究，古代音韵学有两个系统，一个是《管子·地员》记载的"五音徵调"系统，以"徵音"为最低；另一个是《国语·周语下》《史记·律书》《礼记·月令》郑玄注记载的"五音宫调"系统，以"宫音"为最低。今根据历史资料和何九盈教授的研究，将这两个系统的计算结果和损益法则列表如下：

《管子·地员》记载的"五音徵调"系统，其算式表示的损益法，数多为浊，数少为清，浊为低声，清为高声，其高低次序（清浊关系）是：

名称	数字	清浊	高低
徵	108	最浊	最低
羽	96	次浊	次低
宫	81	清浊中	不高不低
商	72	次清	次高
角	64	最清	最高

《国语·周语下》《史记·律书》《礼记·月令》郑玄注记载的"五音宫调"系统。其算式表示的损益法，数多为浊，数少为清，浊为低声，清为高声，其高低次序（清浊关系）是：

名称	数字	清浊	高低
宫	81	最浊	最低
商	72	次浊	次低
角	64	清浊中	不高不低
徵	54	次清	次高
羽	48	最清	最高

何九盈教授批评我们的"龙学"巨擘，无论是用"五音徵调"法，还是用"五音宫调"法来衡量刘勰《声律》篇都是不妥的，这种"无知"就表现在解读《声律》篇的时候，是"用先秦乐律中的调式指摘齐梁时代声律中的五声，缺乏历史观念，而且对何谓'声''响'，也茫然无知"①。

何九盈教授又是怎么理解的呢？

"声律"一词，在《文心雕龙》中出现三次，前两次在《神思》篇，第三次出现在《声律》篇，而且是篇题。学界一般认为声律学产生于南齐永明时期（483—493）。何九盈教授认为：声律就是音韵协和的规律。这种音韵协和，不仅要求韵脚协和，而且句子中的字音也要协和。就这个意义上说来，魏晋至齐梁的声律学，就是音韵学。从刘勰《声律》篇的开头几句，我们可以看到，声律与乐律有着密切的关系，因为二者都是以五音为基础。五音就是五声。声律中的五声就是来自乐律中的五音。声律学既关注双声，又关注叠韵，尤其是汉语声调学说更是在声律中孕育发展起来的。刘勰说的"声律"到底有哪些"律"？何九盈教授把它概括为四个"律"条：1.清浊律（或曰宫商律、宫羽律）；2.声响律（或曰前后律）；3.双叠律（包括不得"隔字双声""隔越叠韵"）；4.四声律（不等于平仄律，平仄律始于唐代近体诗）。何九盈教授批评"龙学"巨擘的内容，主要涉及"清浊律"和"声响律"。

何九盈教授认为：上面这四个律条来自两个系统，一个是乐律中的五音系统，一个是齐梁时代产生的声调系统。但是，六朝时期的韵书大都失传了，我们无法找到具体的例证。从沈约那里，我们可以看到已经产生了四声八病说，但是什么是四声，一些文人还是不清楚，包括梁武帝在内。《宋书·范晔传》记载范晔《狱中与诸

① 何九盈：《中国古代语言学史》（新增订本），第87页。

甥侄书》就反映了这一情况。范晔说："性别宫商，识清浊，斯自然也。观古今文人，多不全了此处；纵有会此者，不必从根本中来。"从刘勰的《声律》篇，可以看到，刘勰的用语依然是以五音之宫、商、角、徵、羽等称呼来谈声律，没有出现四声词语。但是，这个声律已经与声调系统发生了关系，刘勰分声为飞沉、疾徐、高下（低），正是用的四声理论分析法，这种发声高低之差与原五音系统或多或少地有差别了。这也许就是何九盈教授批评我们的"龙学"巨擘"缺乏历史观念"的原因。从上面的两个图表，可以看到："清"表示高，"浊"表示低。清浊是语音的高低、轻重之阶梯。所谓"清浊律"，也就是汉字读音高低配搭或者轻重低昂配搭的规律。清浊杂比、宫羽相变是基本的律例。这两个图表用字一致，所代表的高低、轻重不同，但是都是形容音阶之别。这里关键是何九盈教授批评我们的"龙学"家，对"何谓'声''响'也茫然无知"，这就是我们的"龙学"家为刘勰改书引来的训斥。什么是"响"呢？《辞海》释"响"有四个义项，第一个是"声音"，第四个是"回声"，举例说是"如响斯应"。梁王朝编的《玉篇》也说："响，应声也。"刘勰涉及"声""响"的这两段话是：

> 古之教歌，先揆以法，使疾呼中宫，徐呼中徵。夫商徵响高，宫羽声下；抗喉矫舌之差，攒唇激齿之异，廉肉相准，皎然可分。

> 凡声有飞沉，响有双叠。双声隔字而每舛，叠韵杂句而必睽；沉则响发而断，飞则声飏不还，并辘轳交往，逆鳞相比，连其际会，则往蹇来连，其为疾病，亦文家之吃也。

这就需要解释"声""响"的问题。根据《辞海》和《玉篇》对"响"

的解释，"响"就是对前面发出的"声"的回应。"声"和"响"的关系就是一种呼应关系，前有呼，后必有应。前有声，后必有响。用沈约在《宋书·谢灵运传论》的话说，就是"若前有浮声，则后须切响"。这又出现了"浮声"和"切响"的解释问题。何九盈教授认为，所谓"浮声"就是"飞声"，飞，就是浮；所谓"切响"，就是与"声"相切合的"响"，所以"声"必定在前，"响"必定在后，"声"与"响"是倡和关系。《礼记·乐记》："倡和清浊。"孔颖达疏："先发声者为倡，后应声者为和。"这个"和"就是刘勰说的"异音相从谓之和"的"和"。前面无论是"飞声"或者"沉声"，"后"文的要求都须"切响"。区别在于浮声的后响必须是"沉"，沉声的后响必须是"浮"，这就是说，不仅"声"有"飞沉"，"响"亦有"飞沉"。如果"声""响"均"飞"，则扬而不还；如果"声""响"均"沉"，则发而如断，就无法形成"异音相从"了，也就达不到语音和谐。如果不注意字音的这些搭配要求，写出的诗文，读起来不能朗朗上口。

"文家之吃"和"吃文为患"。这"吃文"之谓，首见于刘勰《声律》篇。修辞学家郑子瑜解释说："所谓'吃文'就是用白字，也就是《后汉书·尹敏传》所说的别字。"[①] 其实，这个说法也有点偏。"口吃"之谓，早已有之。在我们老家，俗称结巴，是一种言语节律障碍，表现为说话不流畅，出现字音或单词重复、拖腔、停顿等现象。君不见口吃者，说话一个字连续读出，半天吐不出下一个字，或一个字重复不已，没有抑扬顿挫，疙疙瘩瘩，没有韵律感吗？！如果"吃文为患"，如同文人口吃，就无法达到"异音相从"和"同声相应"的要求。

涉及刘勰"商徵响高，宫羽声下"的改字问题，何九盈教授认为：

---

① 郑子瑜：《中国修辞学史稿》，上海：上海教育出版社，1984年，第77页。

"迄今为止无人对此语作出正确解释。几乎所有注家都妄改刘氏原文以屈从己说。"① 何九盈教授举例证明"商徵"连用，"宫羽"连用，并非始于刘勰，前人早已有之。"宫"与"羽"、"商"与"徵"相提并论，是有内在联系的。与"声""响"也是有联系的。原来"五音宫调"中，"大不逾宫，细不过羽"，也就是宫为最浊（最低），羽为最清（最高），二者正好相反；商为次浊（次低），徵为次清（次高），二者亦相反。"声"与"响"为异音相从，也是相反的关系。用五声相反相成的原理来说明"声"与"响"的高下关系，是声响律的要点所在，高下相应就是声响律。"'声响律'是声律学的核心。首先倡此说的是沈约，其次是刘勰。"② 沈约在《宋书·谢灵运传论》中说的"若前有浮声，则后须切响"，只是说了"浮声"，没有提"沉声"，等于话只是说了一半，刘勰说的"声有飞沉"，等于把沈约没有说出的另一半——"沉声"补上了（前面文中，何九盈已经提及）。

刘勰的"声响律"是以《礼记·乐记》"大小相成，终始相生，倡和清浊，迭相为经"作为理论根据的。这些都说明刘勰没有错，错在后来者的理解有误。

《声律》篇虽然没有出现"四音"二字，但是涉及到四音的发声问题，刘勰提到了，这就是前面提到的"抗喉矫舌之差，攒唇激齿之异，廉肉相准，皎然可分"的四种发音法，即喉舌唇齿。据何九盈教授考证，在中国音韵学史上，刘勰是第一个提出"喉舌唇齿"四音的学者，又是第一个提出音有鸿细（廉肉）的人。为此，何九盈教授打抱不平说：

> 他有此两大贡献，却从未有人将其列为语言学家，而且他的

---

① 何九盈：《中国古代语言学史》（新增订本），第 94 页。
② 何九盈：《中国古代语言学史》（新增订本），第 96 页。

某些论说，至今还受到种种曲解。如"声有飞沉，响有双叠"，"沉则响发而断，飞则声扬不还"，都是互文见义。并不是"飞沉"只属于声，"双叠"只属于响；也不是只有"响""沉"而声不沉，只有"声""飞"而"响"不"飞"。一般注家都没有解释清。刘勰的本意是：声有飞沉，响亦有飞沉。但不能以飞对飞，以沉对沉，而是前飞对以后沉，前沉对以后飞。如果"声""响"均"飞"，则扬而不还；如果"声""响"均"沉"，则发而如断。所以说"和体抑扬，遗响难契"。后"响"要"契"合前"声"，前抑后则扬，前扬后则抑，这才叫作"和"。如果不"和"，就犯了声病。八病中的平头、上尾，就是前后两句之间，"声""响"均"飞"，或"声""响"均"沉"，不是有抑有扬，乃至"声""响"不"和"。①

因为本文主要谈论何九盈教授批评我们的"龙学家"由于不懂《声律》篇的"声响律"，导致一些人埋怨刘勰错了，因而替刘勰改书。本文介绍的只涉及何九盈教授的"清浊律"和"声响律"，其他如"双叠律"和"四声律"问题，我在这里就不作介绍了。那么何九盈教授对"龙学"家的批评对不对呢？2015年高永安在《中国社会科学报》撰文支持何九盈教授的观点。高永安先生说：

> 何九盈先生从声律的角度提出："所谓'切响'不是跟'浮声'一模一样，而是'异音相从'，这是不切之'切'。"所谓"异音相从"正是《文心雕龙·声律》提出的声律要求之一，而另一个要求是："同声相应谓之韵。"一同一异，或整齐，或错落。这就是声律的精神。《声律》里还有一句："凡声有飞沉，响有双叠。"

① 何九盈：《中国古代语言学史》（新增订本），第95—96页。

这里的"声"有飞、沉两种。飞，即浮。声有浮沉，所以，才可以"前有浮声，后须切响"。那么"响有双叠"之"响"就不仅仅是"双叠"之响，而是兼有声之飞沉、双声、叠韵。也就是说，不管是飞声（浮声）、沉声，还是双声、叠韵，只要前边出现了其"声"，后边就需要有"响"与之相应。"响"，回声的意思。《玉篇》："响，应声也。"是用来回应前文的，要按照声律的要求，与前文形成或同或异的关系。

对"商徵响高，宫羽声下"的理解也应如此。这里的声响、高下，都是互文。如此，刘勰此语不仅不用改动，而且符合《礼记》《管子》两个宫商系统。由于不涉及角音，可将其放在一边，其余的四音各自按照高低（高下）配对，正是"宫羽""商徵"。也就是说，"宫"和"羽"是声响关系，是一对由声之高低相应关系搭配起来的组合。"商"与"徵"为一对，与"宫商"同理。①

何九盈教授是继王力先生之后，全国知名的语言学家之一，而高永安虽然相对年轻，也有骄人的语言学研究成果。二人在见解上不同的是，何九盈教授认为："《文心雕龙·声律》说：'商徵响高，宫羽声下。'既不符合'五音宫调'，也不符合'五音徵调'。"高永安认为："这里的声响、高下，都是互文。如此，刘勰此语不仅不用改动，而且符合《礼记》《管子》两个宫商系统。"如此说来后生可畏。

这里应该指出，早在何九盈教授《中国古代语言学史》新增订本出版之前的 1979 年，另一语言学家朱星教授在《天津师范学院学报》第 1 期发表了《〈文心雕龙·声律〉篇诠解》一文，也是对黄

① 高永安：《"商徵响高，宫羽声下"解》，《中国社会科学报》2015 年 12 月 15 日（第 866 期）。

侃和刘永济先生的改字现象和误读提出了批评，但是批评的口气和用词平和一些。朱星在该文第一段就交代：

> 目前已有给《文心雕龙》各篇作注解的，这对初学者极有帮助，但对《声律》篇作注解者较少。单作字词的注释不可能讲清内容，且未从语音学方面去分析，因此这篇齐梁声律论的代表作的精义妙论很少人知道。语音是修辞的重要手段之一，讲不透就感到雾里看花，不能识透刘氏的语音理论的精妙处。①

朱星对黄侃和刘永济的批评，在他的文章中有三段，第一段是：

> 不单歌声有音律，一般语言也有音律，所以说："言语者，文章神明，枢机吐纳，律吕唇吻而已。"黄季刚氏以为文章下当脱二字，应是神明枢机为一句，吐纳律吕为一句。刘永济说，疑脱管篇二字，都是想像，没有根据，果如黄氏所说，则唇吻二字下也当脱二字了。其实本不脱字。刘勰在此对言语作了一个全面的解释，除了文章神明（这是思想内容等）外，还有形式上的部分，就是枢机吐纳（这是字句的吐属），律吕唇吻（这是音韵问题）。不单诗歌讲韵律，一般的文章语言都要讲求。这就是刘勰高明之处，这也是齐梁声律论的主张。②

第二段略微长了一点，为了说明问题，我不得不把朱星教授的

---

① 朱星发表这篇文章的时候，《文心雕龙》译注本只有"文化大革命"前出版的郭晋稀《文心雕龙译注十八篇》和陆侃如、牟世金《文心雕龙选译》，二书均未把《声律》篇纳入其中。台湾出版的只有李景溁《文心雕龙新解》，当时的环境下，大陆上的人是很难看到的。

② 甫之、涂光社编：《文心雕龙研究论文选》，济南：齐鲁书社，1988年，第772页。

批评和他对《声律》篇"古之教歌，先揆以法，使疾呼中宫，徐呼中徵。夫商徵响高，宫羽声下；抗喉矫舌之差，攒唇激齿之异，廉肉相准，皎然可分"这一段文字的解读引录如下：

> 分声为疾徐高下（低），正是四声的分析。宫商徵羽等于平上去入。魏李登《声类》即以五声命字（命字即把字分类，后来隋陆法言《切韵》即把汉字分为平上去入四大类），到齐梁定为平上去入四声。宫羽等是老名称。四声主要是"音长"（疾徐）"音高"（高低）问题。宫是平，商是上，徵是去，羽是入。宫平声疾呼而不会变音（最好说徐呼，但与"徐呼中徵"有区别，所以作"疾呼中宫"）。它在音理上说，与羽入最近。入声稍引长即成平声。又音高较低，所以"宫羽声下"。徵去与商上必徐读，引长读，否则读不出去上声的调值来。去声由高落下，上声由高落而上扬，今北方话及粤语均如此。所以说"商徵响高"。黄季刚氏又以为此二句有讹，当云"宫商响高，徵羽声下"。不妥，盖未从四声的调值性质上去分析。刘永济则说当作"徵羽响高，宫商声下"，也是私意擅改，未考音理。而远在齐梁的刘勰已心知其意，已"皎然可分"。确须在语言学史上纪念他。抗喉是喉音，矫舌是舌音，攒唇是唇音，激齿是齿音，这正是声纽分五音：喉、牙、舌、齿、唇的分析。只是把牙音与齿音合并了或者因限于四个排句，故意未提。至于"廉肉相准"，正是韵部的基本分析。廉是瘦，肉是肥，也就是宽、窄音。在语音学上说，正是韵部中元音的洪细之别。[①]

第三段是：

---

① 甫之、涂光社编：《文心雕龙研究论文选》，第 773—774 页。

四声实又简分为二声，即平仄，称飞沉，又称浮声、切响（详见《宋书·谢灵运传论》）。刘永济氏误会飞沉即阴阳清浊，且说四声之中，平声有阴阳。不知隋《切韵》四声均有清浊。《声律》篇中明说："飞则声飏不还，沉则响发而断。"正是平仄调值的描写。八病的规则是死的，基本规律是平仄和谐，不和谐就成了"文吃病"，等于说不正字音，即成"口吃病"。治病的办法在"刚断"，刚断即不要舍不得把美词割爱变换，不让它"以辞害声"。这正是"声律论"的主张。①

朱星教授是以串讲的形式，用语音学的理论和角度去诠释《文心雕龙·声律》篇的，应该说，朱星的诠解是现代"龙学"史上，最专业、最权威的解读，可惜没有引起众多"龙学"家的注意或重视，只有极少数人关注了，如牟世金先生的《文心雕龙译注》，就没有受到黄侃和刘永济的影响，关注到了朱星的意见，并在该书的注释中做了引录。就《文心雕龙》的各种译注本来说，何九盈教授说："迄今为止，海内外那么多'龙学'专家以及文学批评家，无人对此二语做出正确解释"的批评基本符合事实，因为朱星教授的专业不是研究"龙学"，他的主要专业是古代汉语言学。就我所知，朱星教授研究《文心雕龙》仅写过两篇文章，除了上面《〈文心雕龙·声律〉篇诠解》以外，还有一篇《文心雕龙修辞学》（未刊油印稿）。我作为"龙学"研究圈内的一员，感到也不必为我们的"龙学"巨擘护短，何九盈教授批评"龙学"家没有做出"正确解释"也是可以成立的。

在笔者翻阅过的"龙学"著作中，感到有关于《声律》篇的解读，

---

① 甫之、涂光社编：《文心雕龙研究论文选》，第 775 页。

"龙学"圈内的学者大概就数邱世友先生在《文心雕龙探原》一书中的第十章《声律论》，算是贴近刘勰本意的解说之一。邱先生在本章中的第二节："飞沉抑扬与清浊洪细总归于协和"是抓住了刘勰本意。邱世友先生说：

> 其实齐梁间诗文只讲四声，尚无平仄之概念。其时运用四声，不让其飞而不还，使具回环之姿，使不沉如断绝，得袅袅之态。刘勰承陆机《文赋》传统以色喻声："暨音声之迭代，若五色之相宣。"其理同沈约所论……浮声切响是宫羽相变的调节，低昂互济也是宫羽相变的适用。这样就可以协和其声，达到音韵尽殊和轻重悉异的矛盾统一、参差融合的语境。这种语音理论刘勰概括成飞沉的原则，既灵活又涵盖面广。①

邱世友先生一句"其实齐梁间诗文只讲四声，尚无平仄之概念"的话，是符合历史的，这也就批评了用平仄之理论解说刘勰"声律"说显然是以今释古，邱世友指出了不妥之要害。

至此，我们可以说，不是刘勰错了，而是我们的"龙学"家在这个问题上"无知"，因而为古人改书是改错了。应该指出的是黄侃、范文澜、陆侃如、牟世金、彭庆环、罗立乾等人，虽然对刘勰的"商徵响高，宫羽声下"句有怀疑，认为应该如何如何，但是他们毕竟没有主张对原版本采取改字。黄侃说："读古书不宜改字以牵就己说。"又说："凡读古书，如有所疑，须辗转求通，不可遽断为误而轻加改易。""凡轻改古籍者，非愚则妄，即令著作等身，亦不足贵也。"②

---

① 邱世友：《文心雕龙探原》，广州：中山大学出版社，2007 年，第 180 页。
② 黄侃述、黄焯编：《文字声韵训诂笔记》，武汉：武汉大学出版社，2013 年，第 220—221 页。

对此我想起早些年，面对学术界有些人认为现行《文心雕龙》的篇序不符合《序志》篇交代的结构，于是根据自己的理解，调整了篇序，引起了有识之士的不安。其中牟世金先生就认为：对研究者认为有问题的地方，可以存疑，也可以讨论研究，也可以断然应该作何种改正，但对原书还是不改为好。对待古人的论著，显然不应该要求古人就我，而应该我就古人。就是说，应从考察古人的用意出发，力求准确地了解其原意。否则，各以己见改编其书，很可能使之面目全非。① 牟先生的呼吁，没有能够阻止探索者的妄为，而且各按照自己的理解，改变了原有篇序。近些年有一学者出版了两部"龙学"著作，就是在牟先生呼吁之后，继续按照自己的理解重新编排了篇序。那么这种改变对不对呢？根据《易》学家朱清的研究，现通行本《文心雕龙》的篇序是按照《易》学原则编排的，除去上篇和下篇的首篇，其他四十八篇是两两相偶的。② 根据朱清的研究，那些另行改编原有篇序的人们，显然是搞错了。牟世金先生的呼吁，虽然说的是篇序问题，我觉得同样适用于版本中的文字问题，与上面笔者引录黄侃的话在精神上是一致的。根据我上面列举的"龙学"巨擘对"商徵响高，宫羽声下"的改字，显然是造成了混乱，使之面貌已非，给后来的研读者造成麻烦是不言而喻的了。这也应该是一个严肃的学者之大忌讳，说到底，是一个学风问题。牟世金先生不仅不主张改变篇序，就是他的《文心雕龙译注》对于版本有问题的地方也没有改字，而是在注释中加以说明，甚至声明译文是按照他认为应该如何的文字翻译的。在这些问题上，牟世金先生和黄侃、

---

① 牟世金：《文心雕龙研究》，北京：人民文学出版社，1995年，第96—97页。

② 2008年朱清先生在《中国哲学史》第4期，发表了《〈文心雕龙〉易学撰著体例探析》一文，专门谈现通行本《文心雕龙》篇序是按照《易》学原则排列的，有兴趣的朋友可以找来一阅。

范文澜先生的学术理念是相通的。

至此，《文心雕龙·声律》篇的"商徵响高，宫羽声下"的译注问题，由于我们的"龙学"家的误读，造成的混乱，现在已经明朗化了，因而，现代"龙学"史上的这宗公案，应该给予澄清和纠正，以还原元明固有版本之本来面貌。

（本文原刊《中国文论》第八辑，山东人民出版社，2020年）

《文心雕龙新书通检》及其作者之谜

我因研究刘勰和《文心雕龙》而涉及到《刘子》一书，进而触及到《刘子》一书的作者问题而与"龙学"界的同仁发生了一些学术上的争鸣。争鸣过程中，个别学者离开学术争鸣规则，不是找论据辨史实，而是动起了感情，用一些非学术的语言"冷嘲热讽"，令我深感争鸣之不易。近几年发现即使新中国成立之后出版的《文心雕龙新书通检》一书，也出现了作者认证问题上的不同意见。笔者认为，趁着问题发生的时间尚短，有必要做一辨析，以免日后重演《刘子》作者之争的闹剧。

一、《文心雕龙新书通检》概貌及其出版和发行

《文心雕龙新书通检》是巴黎大学北京汉学研究所通检丛书之十五，于1952年11月由该所编辑出版发行，印刷者为京华印书局。繁体字，横排版，大16开，平装本，465（36+429）页。封面背页为"巴黎大学北京汉学研究所出版品一览表"，用中文和法文列出该所出版的十五种通检的书名、页数、出版时间。封底背面为"巴黎大学北京汉学研究所出版品一览表"，用中文和法文列出12种该所出版物（包括展览会目录、刊物名称及辑数、专著书目等）。该书《目录》内容列有四项：1.凡例；2.法文拼音检字；3.英文拼音检字；4.文心雕龙新书通检（汉文）。书前首列《凡例》3页；次列《文心雕龙新书通检法文拼音检字》16页；再次列《文心雕龙新书通检英文拼音检字》16页。为了比较完整地展现该书概貌，我把该书八条《凡例》移录如下：

1. 本《通检》系根据王利器氏《文心雕龙新书》本文纂辑而成。

2. 本《通检》之纂辑系依"堪靠灯"式（Concordance），是即每条皆依一句为断，逐字逐词一概分别立目。其字或词若见于某句之首，则立目之后，可自目字连读及注。如：

五，石六鹢以详略成文 1/8/1

其字或词若在句中，则立目之后，于注中该字或词之原地位以"，"代表之。如：

五子，太康败德，咸怨 2/16/6

3. 本《通检》每条有目、注之分，间亦仅有目而无注者。凡目皆用五号铅字排印，注则用六号铅字。每条后端所附之阿拉伯数码，为所在原书之卷数、页数及行数。其第一斜线前者为卷次，第二斜线前者为页次，最后之数码则为行次。卷次数码，概用黑体，以资醒目。每页之行数均依本文统计；篇目名称，虽占一行，然不为之计入。如：

三，韦编，绝 1/6/3

一条，"三"为目，"韦编，绝"为注。注后阿拉伯数码：第一斜线前之黑体数码"1"为卷一，第二斜线前之"6"为第六页，第二斜线后之"3"为第三行。是即"韦编三绝"一句见于《文心雕龙新书》卷一、第六页、第三行之《文心雕龙》本文中。此有目有注者也。又如：

才略第四十七 10/121—124

一条，说明见于《文心雕龙新书》卷十、第一百二十一页至一百二十四页。此条本为《文心雕龙》篇目之一，故仅有目而无注也。

4. 本《通检》条目字均依汉字笔画排列；笔画同者，则按《康熙字典》之部首顺序定其前后；笔画及部首均同者，则按《康熙字典》部首下之顺序定其前后。

5. 本《通检》各条，凡目字全同者，皆以原书卷、页、行中出现次第之顺序排列，除首条列出目字外，余皆以横线代替之。如：

天文，观，以极变 1/2/9

——斯观 1/3/4

——，驺子养政于，4/52/5

——，若高堂，5/70/2

至于原书所载同名异义之辞，则虽依原书卷页中出现次第之顺序分别之前后，然为区别起见，仍另列目字，不以横线代替。如：

上林，相如，繁类以成艳 2/24/4

——，相如，云，6/85/13；8/102/7

——，故，之馆 8/99/18

——，相如，撮引李斯之书 8/101/2

上林，马融之广成，2/26/8

前条乃指司马相如之《上林赋》而言，后条则为马融之《上林颂》也。

6. 本《通检》之编纂采用互见之法。如：

什（见：篇什）

此盖示"篇什"一词无法分析为二字以个别立目，而依"堪靠灯"法又必须字字表出，故用互见之法，说明《文心雕龙》本文确有此字出现，读者欲检其出现地位及次数，可自"篇什"目中得之。又如：

王微（见：王）；

王导（见：王）

　　此则本为《文心雕龙》本文所无，而为编者增入，复于原条表示如下：

　　王（王导），温，郗庾辞多枝杂 3/38/1

　　王（王微）袁联宗以龙章 9/118/11

　　若不如此，则混淆杂居，翻难诀别矣。

　　以上二种互见条目分别至易：前者之目字必见于括号内之首字以下。后者之目字则与括号内之字迥无联绵之关系。

　　7. 本《通检》之编纂又采用互参见之法。如：

　　大禹（参：禹，夏后，夏后氏）

　　禹（参：大禹，夏后，夏后氏）

　　夏后（参：大禹，禹，夏后氏）

　　夏后氏（参：大禹，禹，夏后）

　　此则专为表示实同而名异之词而制，盖《文心雕龙》之作者感染当时文风，时为忌同趣异之笔。本《通检》系依"堪靠灯"式，不便为之归并，故用参见之法以说明之关系。

　　8.本《通检》为便于不习用笔画者计,特将各目之第一字择出,分别制为法文及英文拼音检字。法文依照《法国远东学院院刊》（Bulletin de l'Ecole　Française d'Extrême-Orient，略称　BEFEO）之拼音式。英文依照翟理斯《汉文大辞典》（Herbert A．Giles:A．Chinese English Dictionary，Kelly & Walsh，Shanghai，1912）所用威妥玛氏（Sir Thomas Wade）之拼音式；惟 i 音则拼归 Yi 之内。

　　我们从该书的《凡例》可以窥见到《文心雕龙新书通检》的概貌和编纂者的良苦用心。《文心雕龙新书通检》出版不久，巴黎大学北京汉学研究所就关闭了，并将所有资料和图书经香港运回了法国，因而该书在中国发行量极小，现在国内的藏书据说不足十部，我在一个偶然的机会获得一部，欣喜不已。刘凌先生在悼念王元化先生的文章《我所接触的王元化——从〈文心雕龙〉到〈社会契约论〉》一文中说："临别时，他从书架上抽出国内稀有的《文心雕龙新书》和《通检》借我阅读。"据此可知王元化先生也见过或者说也有藏本①，我认为王元化先生是误认为两书的作者是一人。《文心雕龙新书》作为巴黎大学北京汉学研究所通检丛刊之十五出版于 1951 年 7 月，《文心雕龙新书通检》作为通检丛刊之十五出版于 1952 年 11 月，出版之后并未发行。

二、《文心雕龙新书通检》作者的不同说法

《文心雕龙新书通检》出版时没有署名编纂者为何人，只署编辑兼出版单位，所以北京国家图书馆输入电脑的信息在"著者"栏下填的是"巴黎大学北京汉学研究所编"。近些年"龙学"界的几位重量级学者曾在自己的著作中提到该书的编纂者为王利器先生：一是祖保泉先生的《现当代〈文心雕龙〉五学人年表》②，二是王元化先生为《冈村繁全集》第五卷《唐代文艺论》写的《序》③，三是日本的海村惟一先生为 2005 年 4 月日本福冈大学举办的《文心雕龙》国际学术讨论会提供的论文《当代龙学研究略考——从"索引"到"思辨"再到"创新"》，四是胡纬先生的《〈文心雕龙〉字义通释》。今将四位先生的意见抄录如下：祖保泉先生在《〈文心雕龙〉五学人年表·新编〈王利器年表〉》中说："《文心雕龙新书》

---

① 刘凌：《我所接触的王元化——从〈文心雕龙〉到〈社会契约论〉》，载陆晓光编著：《清园先生王元化》，上海：华东师范大学出版社，2009 年。

② 祖保泉：《现当代〈文心雕龙〉五学人年表》，载首都师大文学院编：《文学前沿》第 13 辑，北京：学苑出版社，2008 年，第 233—258 页。又载李平：《〈文心雕龙〉研究史论》，合肥：黄山出版社，2009 年，第 387—412 页。

③ 王元化为之写序的《冈村繁全集》第五卷《唐代文艺论》，由上海古籍出版社 2002 年出版。

是作者在北京大学讲授《文心雕龙》时写成。为配合《新书》，作者还依据《文心雕龙》本文编纂成索引工具书《文心雕龙新书通检》一册，巴黎大学北京汉学研究所 1952 年出版。"① 这里的"作者"显然是指王利器先生。王元化先生说："冈村先生最初研究成果是《文心雕龙索引》，这部书与王利器《文心雕龙新书通检》均在二十世纪五十年代问世，成为研究《文心雕龙》的重要的工具性工作。"海村惟一先生说："可以说，'索引'（朱按：指冈村繁著《文心雕龙索引》）拉开了当代龙学研究的序幕。两年后，巴黎大学北京汉学研究所出版了《文心雕龙新书通检》"，并在其下脚注："王利器《文心雕龙新书通检》（巴黎大学北京汉学研究所，1952）"②。海村惟一（中国名字：俞慰慈）在 2010 年上海古籍出版社出版的《〈冈村繁全集别卷·文心雕龙索引〉出版后记》中引用他的上述论文时把脚注变成了括注："王利器著，一九五二。"胡纬先生说："冈村繁先生的《文心雕龙索引》给我的帮助很大。它的确较王利器先生的《文心雕龙通检》有用得多。"③ 这说明祖保泉、王元化、海村惟一和胡纬等几位先生均认为《文心雕龙新书通检》的作者是王利器先生。

吴晓铃先生在南京师范大学主编的《文教资料》1987 年第 4 期发表的《编纂"通检"者的自白》一文中说："我编纂的第五种通检是《文心雕龙新书通检》，底本则根据王藏用（利器）君主动送来的《文心雕龙新书》稿本。在编纂这部通检的时候，我考虑到魏、

---

① 首都师大文学院《文学前沿》第 13 辑，第 244 页；李平《〈文心雕龙〉研究史论》，第 404 页。

② 日本福冈大学《文心雕龙》研讨会论文集编委会编：《日本福冈大学〈文心雕龙〉国际学术研讨会论文集》，台北：文史哲出版社，2007 年，第 369 页。

③ 胡纬：《〈文心雕龙〉字义通释》，香港：文德文化事业有限公司出版，1997 年 2 月第 11 页。

晋、南北朝间的文字风格具有承前启后的特点，以《文心雕龙》作为标准样品，会引起风格学研究者的兴趣，于是不厌其烦地单纯采用了'堪靠灯'式的编纂法，俾使用者便于统计字和词的出现频率，据以分析综合。这部通检所以篇帙浩繁的原因在此。它被列为《通检丛刊》的第十五种，也就是在北京出版的最后一种，因此，杨宝玉君提到的'多数文章或工具书采用十四种'的说法是不符合实际情况的。"① 从这段话来看，《文心雕龙新书通检》的编撰者是吴晓铃。那么这部书的作者究竟是王利器呢还是吴晓铃？

三、《文心雕龙新书通检》一书的编纂者不可能是王利器

这里首先需要搞清楚的是，《文心雕龙新书》和《文心雕龙新书通检》是两部书，虽然同属于巴黎大学北京汉学研究所《通检丛刊》之十五，是配套才能使用，但是，两书不仅分别装订，单独发行，而且出版于不同年份。《文心雕龙新书》出版于 1951 年 7 月，《文心雕龙新书通检》出版于 1952 年 11 月，两书出版时间相差 16 个月。《文心雕龙新书》署名王利器校笺，而《文心雕龙新书通检》并未署名王利器。

第二，从《文心雕龙新书通检》的《凡例》第一条 "本《通检》系根据王利器氏《文心雕龙新书》本文纂辑而成" 来看，这种语境也说明该书编纂者不是王利器。

第三，关于王利器与《文心雕龙》的关系，他在 1981 年 5 月写的《王利器自传》中说："北大复员，我应邀来北大任教……在中文系开校勘学，并讲授《史记》《庄子》《文心雕龙》等专书，适

---

① 吴晓铃：《编纂"通检"者的自白》，《文教资料》1987 年第 4 期，第 135 页；又见《吴晓铃集》第二卷，石家庄：河北教育出版社，2006 年 1 月，第 82 页。

法国巴黎大学北京汉学研究所来约稿，学校遂把我的《文心雕龙新书》推荐给他们，后来收入中法汉学研究所《通检丛刊》；由于此书在国内流行极少，复经加工，改名为《文心雕龙校证》，于1980年交与上海古籍出版社出版了。"①王先生在《自传》末附有自己的著作目录，《文心雕龙新书通检》不在其中。后来，王利器先生又撰写了《我与〈文心雕龙〉》一文，收在王贞琼和王贞一编著的《王利器学述》中，他在该文中说：我在北大讲授校勘学，"《文心雕龙》课程结束之日，也就是我的《文心雕龙新书》脱稿之时，学校把这部书向法国巴黎大学北平汉学研究所推荐，收入《通检丛刊》之十五。由于众所周知的原因，《文心雕龙新书》在国内未能发行，我自己也没有得到样书。后来台湾宏业书局、成文书局、明文书局、龙门书局都盗印了此书，还把著者名字改为'王理器'，直到七十年代末，我才得到了这种盗印本。"②王利器先生在《我与〈文心雕龙〉》一文中连当年做编辑时为范文澜的《文心雕龙注》增添了多少条注释都提到，如果《文心雕龙新书通检》是他的劳动成果，不会不在这篇全面反映他与《文心雕龙》关系的文章中提到。王贞琼和王贞一编著的《王利器学述》中的《年表》有《文心雕龙新书》，而没有《文心雕龙新书通检》，且把《文心雕龙新书》的出版时间定在1952年，这可以从另一个角度证明王家藏书中确没有王利器校笺的《文心雕龙新书》1951年初版样书，王利器先生的哲嗣也没有去国家图书馆核实，误认为《文心雕龙新书》与《文心雕龙新书通检》同年出版。可见该书发行过程中有着诸多我们今天难以知晓的原因。王利器先生自己写的著作目录和其哲嗣为其父编的《年表》均未有

---

① 《晋阳学刊》编辑部编：《中国现代社会科学家传略》第二辑，太原：山西人民出版社，1982年，第90页。

② 王贞琼、王贞一编：《王利器学述》，杭州：浙江人民出版社，1999年，第222页。

《文心雕龙新书通检》，也可以证明该书的编纂者不是王利器。王利器《文心雕龙新书》出版之后，中国大陆学者手中几乎没有收藏，我手中使用的本子就是台湾宏业书局盗版的，分为精装和平装两种款式装订发行，其版式和尺寸与北京国家图书馆收藏的初版完全相同，不同者是署名作者为"王理器"而不是王利器。台湾成文书局1968年曾出版《文心雕龙新书》并附《通检》，但是大陆出版界至今未见再出版发行。

第四，王利器先生的哲嗣编的《王利器学述》一书中也没有提到王利器与《文心雕龙新书通检》有劳动关系，这说明王利器生前与家人也从未提及他编纂了《通检》。

第五，王元化先生虽然有这两部书的藏本，我认为他是误认为两书出于同一作者，是不明真相的一种反应。可以说，凡是认为《文心雕龙新书通检》的作者为王利器者，均为不明真相者。

因此，我们有理由说《文心雕龙新书通检》的编纂者不可能是王利器先生。

四、《文心雕龙新书通检》的编纂者是吴晓铃

吴晓铃先生说是他编纂了《文心雕龙新书通检》，这话是否可信？这里需要对吴晓铃其人其事作一点介绍，方可有利于说明他的可信度。

吴晓铃（1914—1995），1937年毕业于北京大学中国语言文学系，先后在北京大学、北京神学院、燕京大学、昆明西南联大任教。1942年至1946年在印度寂乡泰戈尔国际大学中国学院任教授。1947年起任法国巴黎大学北京汉学研究所通检组主任。吴晓铃在《编纂"通检"者的自白》一文中说："我是在1946年冬季从印度孟加拉邦的诗翁泰戈尔创建的国际大学中国学院离任回到北京的。当年，

由于某些人的嫉妒①，我既不能回到母校北京大学的中国语言文学系工作，更不能参加由我建议而新设的东方语言文学系工作，万里回归而频遭白眼，懊恼之情，可以想见。……于是从 1947 年初到1951 年 11 月，我从事了五年的《通检丛刊》的编纂工作，1951 年12 月受中国科学院聘任为语言研究所的研究员，才结束了我的编纂古籍索引生涯。共计编成八种，在国内出版七种，在法国出版一种。"②吴晓铃先生所工作过的巴黎大学北京汉学研究所成立于 1941 年 9月，开初只有一个民俗组和法文研究班。1942 年 9 月又增设了语言历史组和通检组，而通检组的工作又因为中间人员调整及其编纂的通检特点而可分为前后两个时期。前期是吴晓铃的中学老师聂崇岐主持工作，人员来自燕京学社的"引得编纂处"，共出版了八种通检，1946 年聂崇岐离开通检组的时候，《申鉴通检》虽然定稿，但是尚未有出版，而《山海经》和《战国策》仅是半成品。通检组的工作由吴晓铃接任，为了工作好接茬，聂崇岐还把自己的得力助手邓诗熙留下配合吴晓铃的工作。吴晓铃又从中学生中招聘了王琇婷作为抄写员和校对。1947 年初，吴晓铃出版了聂崇岐主持编纂好的《申鉴通检》后，接续了尚未定稿的《山海经通检》和《战国策通检》，这两部书均出版于 1948 年。这两部书实际上是通检组前后两个班子的劳动成果。分别列为《通检丛刊》之九和《通检丛刊》之十。出版的这十部通检，均按前例未有署名主编和助编。吴先生说的他"从

---

① 吴晓铃先生说的 "由于某些人的嫉妒"一事，当是指他原本是经罗常培先生推荐回国在北京大学创办东方语言文学系，并被北大内定为系主任一事。结果回国时，这个职务又被陈寅恪先生推荐的季羡林占有了，因而吴晓铃被季羡林称为"仇敌"，季羡林在《大国学——季羡林口述历史》一书中对吴晓铃颇有贬损之词。详见该书第145—147 页，西安：陕西师范大学出版社，2010 年。

② 吴晓铃：《编纂"通检"者的自白》，《文教资料》1987 年第 4 期，第 130—131 页；又见《吴晓铃集》第二卷，第 78—79 页。

1947 年初到 1951 年 11 月，我从事了五年的《通检丛刊》的编纂工作……共计编成八种，在国内出版七种，在法国出版一种。"① 是包括《山海经通检》（1948 年出版）和《战国策通检》（1948 年出版）两个半成品和《大金国志通检》（1949 年出版）、《契丹国志通检》（1949 年出版）、《辍耕录通检》（1949 年出版）、《方言校笺通检》（1951 年出版）、《文心雕龙新书通检》（1952 年出版）和《抱朴子通检》在内。吴晓铃说：而《抱朴子通检》"底本用的是中央民族学院教师徐尊六（宗元）兄的校注稿，卡片都已制成，而北京汉学中心停办，未能付印。可能原著未能保存下来，所以 1965 年和 1970 年先后在巴黎出版的、由施鼎清（舟人）主编的《抱朴子内篇通检》和《抱朴子外篇通检》用了世界书局的排印《诸子集成》本作为底本，真是无可奈何。1985 年，我在美国加州大学柏克莱分校晤及施君时，还谈起这个经过，他也为之太息久之"②。这里说的接续《抱朴子通检》的施鼎清就是施博尔，又名施舟人（Kistofer M. Schipper），施博尔编纂的《抱朴子外篇通检》于 1969 年冬天在台湾出版了"赠阅"本，我手头藏有一部。施博尔在"赠阅"本卷首语说："这本《抱朴子通检》是第二册（朱文民按：第一册是内篇通检，1965 年巴黎出版），亦即是外篇之'堪靠灯'……本书排版在台湾中台印刷厂，现在并预定在法国以用平板印刷出版。出版前赠送此本书，是我自己的'著者校稿'之一本，可是应与将来出版者无二样。"该书署名主编施博尔，助编陈嘉然等四人（该书在法国出版的时间是 1970 年，37＋883 页，与"赠阅"本一致）。这说明吴晓铃工作班子的

---

① 吴晓铃：《编纂"通检"者的自白》，《文教资料》1987 年第 4 期，第 131 页；又见《吴晓铃集》第二卷，第 79 页。

② 吴晓铃：《编纂"通检"者的自白》，《文教资料》1987 年第 4 期，第 135 页；又见《吴晓铃集》第二卷，第 82 页。

第八部劳动成果已经夭折。

从巴黎大学北京汉学研究所通检组从《通检丛刊》之一至《通检丛刊》之十，应是聂崇岐等人的劳动成果（实际上，第九和第十是前后两班人员的共同劳动成果），遵照前面惯例没有署名编纂者，而从《通检丛刊》之十一到《通检丛刊》之十五，吴晓铃在编纂方法上做了一些新的探索，在选择版本上开辟了一条自己的道路，"不再依附过去的旧刊编纂，而是选用当代学者的最新研究成果作为底本，并且刊印成书，与通检并行，相辅相成，省却使用者遍觅所据底本的困烦。"[①]而且在亲自主持送达印刷厂的稿子上明确著作权，署上了主编吴晓铃，助编邓诗熙、王琇婷。但是为什么《文心雕龙新书通检》没有署上吴晓铃等人的名字呢？这是问题的关键。

问题是，《文心雕龙新书》出版于1951年7月，此时吴晓铃尚未离开通检组。1951年12月已经离开通检组，到中国科学院了。《文心雕龙新书通检》出版于1952年11月，此时距吴晓铃离职已经一年，是谁送达印刷厂的，而该书编好以后又为何拖了一年才出版，而且是该所在中国出版的最后一部书。这里还需要介绍巴黎大学北平汉学研究所的结局。

1950年12月27日，"中国政府发布通告，要求接受外国资助或者依靠外国补助来运行的在华文化、宗教机构在3个月内进行登记，这些机构必须提供详细的财务报告，说明经费来源和使用的具体情况以及有关它们物资的详细清单"[②]。此时中法没有外交关系。该所人员人心惶惶，是关闭还是继续保留，董事会举棋不定，最后

---

① 吴晓铃：《编纂"通检"者的自白》，《文教资料》1987年第4期；又见《吴晓铃集》第81页。

② 葛夫平：《北京中法汉学研究所的学术活动及其影响》，《青年学术论坛》（2004年卷），北京：社会科学文献出版社，2005年11月，第400页。

决定由中国政府定夺。实际上工作已处在停滞状态，大量人员离职。

"这样，北京汉学研究所又继续存在将近 3 年之久，直至 1953 年 11 月 9 日接到北京市政府令其停止活动的口头通知之后，该所才遵照法国外交部的训令，将其藏书和资料经香港转运到巴黎大学，最后撤出中国。"这就是王利器先生说的"由于众所周知的原因，《文心雕龙新书》在国内未能发行，我自己也没有得到样书"①的原因。从该研究所的情况来看，《文心雕龙新书通检》送达印刷厂的时候，根本没有经过吴晓铃过目，因而当是遵照通检组前期的出书惯例，未署上编纂者的名字。吴晓铃编纂了《文心雕龙新书通检》的说法，被《中法汉学研究所业绩》一文的作者杨宝玉所采信。杨宝玉先生在该文中说："吴先生主编的第五种通检是《文心雕龙新书通检》。所用底本是王利器先生提供的《文心雕龙新书》稿本（后来王氏经过校定，将新校本定名《文心雕龙校证》，交由上海古籍出版社于 1980 年出版）。吴先生考虑到魏晋南北朝间的文字风格具有承前启后的特点，《文心雕龙》可以作为研究这一问题的标准样品。为了使读者能够利用本通检统计字、词的出现频率，并据以进行分析研究，吴先生遂不厌其烦地单独采用了'堪靠灯'（Concordance）式的编纂方法……这部通检是《通检丛刊》中唯一一部逐字索引，篇帙浩繁。它被列为《通检丛刊》的第十五种于 1952 年出版，这是在北京出版的《中法汉学研究所通检丛刊》中的最后一种。"②杨宝玉之所以采信了《文心雕龙新书通检》的编纂者是吴晓铃先生的说法，是因为杨宝玉在吴晓铃先生生前曾拜访了吴先生，并确信了《通检》的排序和各书的编纂者。拜访的原因是杨宝玉发表的《中法汉

---

① 王利器：《我与〈文心雕龙〉》，见《王利器学述》，第 222 页。
② 杨宝玉：《中法汉学研究所业绩》，载《北京图书馆馆刊》1999 年第 2 期，第 131—132 页。

学研究所与巴黎大学汉学研究所所出通检丛刊述评》[①]中说："中法汉学研究所共出 10 余种通检，具体有两种说法，一说为 14 种，多数文章或工具书采用此种说法；一说为 15 种，这是在 14 种之外加上吴晓铃先生编的《方言通检》。"吴晓铃认为这种"一说为 14 种，多数文章或工具书采用此种说法"与事实不符，才撰写了《编纂"通检"者的自白》一文，以澄清事实。杨宝玉看到吴晓铃的文章以后，拜访了吴晓铃先生，澄清了事实，采信了"15 种"的说法，并公布了这第 15 种就是王利器校笺的《文心雕龙新书》和吴晓铃等编撰的《文心雕龙新书通检》，因而，我在这里有理由说：《文心雕龙新书通检》的编撰者是吴晓铃、邓诗熙、王琇婷，而不是王利器先生。

（本文原刊《语文学刊》2013 年第 1 期）

---

① 该文初刊《文教资料》1986 年第 5 期，第 169 页。

后　记

　　放在读者面前的这本小书，是我数十年来研究"龙学"成果的一部分。有学者说："龙学"深似海。可谓知言。数十年来，我在这一深海中观察、学习和研究有关"龙"的学问，甘苦自知。

　　我参与这一领域的时候，学者们对于"龙学"中的诸多问题争论不已，要想对每一个问题探得真解，实非易事。我不自量力，一头扎进去，至今不能自拔。尤其是接受了山东省史志办公室和莒县史志办公室的委托，承担了《山东省志·诸子名家志·刘勰志》的主编和撰稿任务以后，压力特大。因为山东省史志办公室对主编人选的要求很高，必须是名人写名《志》，所以第一次人选是在省志办公室帮助下，聘请了我们山东省重点大学的一位教授任主编并承担撰稿任务。两年以后我与一位同事去看望他，并催问书稿进度，这位教授尚未动笔，并说最多能写八万字。我们向领导汇报之后，领导决定另选主编，最后征求我的意见。我告诉领导，写几篇论文尚可，写《刘勰志》难度很大，特别是海外的资料很难掌握。最后在领导的鼓励下，还是答应了。于是县志办主任把我的学术履历和学术成果跟省志办公室汇报，两级史志办公室领导认可之后，下达文件，聘我为主编，并承担撰稿任务。我向省史志办公室的领导汇报我的撰写提纲的时候，领导告诉我：写志书，有两个难关：一是资料关，就是必须资料真实、全面，遇有分歧则多说并存；二是语言关，志书的语言是"志者，记也"，不容许论和辩，只记述，一句话，"述而不作"。这两个问题，语言关好说，因为我已经有了撰写县志的历练。关键是资料关。历史上遗留下来有关刘勰的传记资料，《梁书》不足三百四十字，《南史》更为简略。这几百字的传记资料又太笼统，皆没有传主的生卒年，其任职也没有年份。刘勰的著作除了《文心雕龙》和一篇碑文、论文没有分歧之外，其他如《刘子》一书又存在著作权之争。就是《文心雕龙》一书的内容、观点也是争讼不已；仅是刘勰的家世、生平和生卒年及其籍贯等问题，"龙学"界也是争执不下。在这种情况下，我平实地记述，还能写出多少文字呢？这就要求我对于有分歧的问题，必须作出我的判断，才能按照我的意愿去记述。《梁书》和《南史》都著录："刘勰字彦和，东莞莒人。"这个字面好理解，南北朝的东莞郡莒县人。可是现实中，江苏镇江说是镇江人，莒县还有人说是现在的东莞镇沈刘庄人，日照市的东港区说是三庄人，都能编出一套言之凿凿的理由。面对这种种说法，我必须认真研究，作出我的判断，好歹我对南北朝的民众迁徙问题下过一点功夫。于是我首先分出出生地和祖籍地。然后再在祖籍地问题上下功夫，解决这一问题的过程就形成了《刘勰祖籍故里考辨》一文。第二个问题就是东莞刘勰家族士庶问题，也是争论的大问题。这个问题在历史学界解决并不难，可是在"龙学"界却成了大问题，特别是一些"龙学"巨擘也坚持"庶族"说，而我的研究结果是士族家世。这个问题解决的过程就形成了《刘勰家族门第考论》一文。又如，《文心雕龙》的思想倾向问题，是儒家还是佛家，抑或是道家？也是争论不已，我的研究结果是儒道同尊。刘勰大半生与佛打交道，《文心雕龙》中有没有佛教思想？我的研究结果是没有，那又如何解释其中与佛家典籍中相同的用词呢？于是我首先把《文心雕龙》的思想倾向和刘勰的思想区别开来，把刘勰从政前和从政后的思想区别开来。这样划分是实事求是的，但就必须作出我的说明，对这些问题的解释，就形成了《刘勰的佛教思想》和《南朝的学术思潮与刘勰思想的时代特征》两文。我举出这几个事例，就是说明这本小书中的每一篇文章，都是我为撰写《刘勰志》而解决疑难问题时的研究历程的记录，无一不是为了解决问题而发的议论。就这个意义上来说，这个集子是《刘勰志》一些观点和提法的展开。

搞学术研究，必须背靠一个有相当学术水准的大图书馆，而我长期居住在一个县级小城市里，我们的县图书馆连《全上古三代秦汉三国六朝文》《全唐文》和《文苑英华》都没有，更不用说《四库全书》了。而我的学术研究又广涉四部，这就必须自备。自备不足部分，在网上购书业务开通之前，主要依靠在全国高校工作的学生和师友帮助查阅、复印资料。这需要有相当的文献目录学素养，好歹在这方面我曾经下过一点功夫，知道什么资料到哪一部书上去找。

为了比较全面地了解"龙学"文献信息，我自费到南京、济南、上海、北京等重点大学和图书馆去翻阅、摘录新中国成立前后的社科类期刊发表的"龙学"文章目录，遇到必读的文章就复印带回，日积月累，在《刘勰志》出版之前，形成了近四千条"龙学"论著书目。

2000年之后，我学会了使用电脑，网上购书业务也相继开通，我不再麻烦师友和学生帮助我查阅和复印资料了，也不再自费去各地查阅资料了，节省了路费和住宿费，缺什么就从网上购买什么，既经济又快速。但是，这又带来了一个问题：家庭藏书迅速膨胀，以至于1米宽、2米高的18个书橱都装不下了，家里到处是图书，老伴时常嘟囔没有她的生活空间了。没有别的法子，谁叫自己选择了这条路呢，不仅自己认了，家庭成员也得认了。

说起网上购书，这只限于大陆地区，而台湾地区的图书，互联网就不涵盖。台湾的图书，除了王更生教授为我提供信息之外，赖欣阳教授帮助我在台湾购买了陈拱先生的"龙学"巨著两大厚册《文心雕龙本义》，委托陈秀美教授来大陆参加学术会议之时带给我，并拒绝收费；游志诚教授帮助我在台湾地区购买图书，凡是买不到原版的就复印，如李曰刚、龚菱、王金凌、胡纬等人的"龙学"著作，游志诚教授就为我复印并装订成书，打包寄来。龙友们都知道，李曰刚先生的《文心雕龙斠诠》是一部巨著。1982 年 5 月由台湾"国立编译馆"中华丛书编审委员会承印出版发行，大 32 开，全书 2580 页，分上编和下编两册，以精装和平装两种装订形式发行。游先生为了我翻阅方便，也为了书易于胶装，只得分四册装订。因为所用纸质高档，仍然显得很厚，这得费多大功夫复印可想而知。这些教授都是视时间如生命的学者，为了支持我的研究，不惜牺牲自己的时间和心力，能不让我感激？！这些助人为乐的精神和事例，可收入"龙友嘉话"。

搞学术研究，是一项艰苦的差使，不仅需要耐得住寂寞，坐得住冷板凳，还要经得住经济大潮的冲击，做到清心而寡欲，神静而心和；不诱于外，不累于物；经得住为坚持真理而招来的攻击、嘲笑、讽刺和谩骂，一句话，要有一种献身学术、献身真理的精神。

《颜氏家训·文章》篇说："学为文章，先谋亲友，得其评裁，知可施行，然后出手；慎勿师心自任，取笑旁人也。"颜之推的这几句话对我教育很大。这些年，凡是我写的文章没有一篇不是事先在师友间传阅并征求他们的批评意见的。例如《刘勰祖籍故里考辨》，最先呈送我的老师王汝涛教授指正，又送给贾锦福教授提意见，最后是贾教授亲自送给《临沂师专学报》发表的。《刘勰家族门第考论》也是最先请贾锦福教授和王师汝涛教授把关，并在台湾中山大学召开的"龙学"会议上宣读。拙文宣读后，引起了激烈的辩论，回到大陆之后，又请时任"龙学"会秘书长的陶礼天教授审阅，是他给我发表在《文学前沿》的。《黄叔琳与中国古典"龙学"的终结》一文，使用了"古典龙学"一词，这个提法合适吗？自己没有把握，就请戚良德教授给我把关。他审读之后，给予肯定才投给《语文学刊》的。《〈文心雕龙新书通检〉及其作者之谜》一文，发表之前，请台湾空中大学方元珍教授帮助我查阅台湾版版权页上的作者署名问题，同时征求了李平教授、刘凌教授和戚良德教授的意见之后，才投出去发表的。《〈文心雕龙〉之训诂学》一文，发表前，请韩湖初教授和戚良德教授提意见，戚教授帮助我在结构上做了调整，这就比我的初稿精爽了很多。其他如《刘子》作者问题的争鸣文章，也都是听取了林其锬、涂光社、陈志平等对《刘子》有研究的专家、教授的批评意见之后，才刊发的。

几十年来，我在学术领域里，尤其在"龙潭"里研究"龙学"，如果说还做了一点工作，取得了一点成绩的话，首先应该归功于师友们。是师友们不但不嫌弃我位卑言轻，还一直拉着我前行，怎不让我感激呢！这次中国《文心雕龙》学会副会长戚良德教授编纂"'龙学'前沿书系"，也把我的文章选一个集子列入其中，并亲自为我选稿，实在让我难以忘怀。这本小书，虽然在著者位上署了我的名字，要说还有可取之处的话，实在是师友帮助的共同成果。但是观点和文字，毕竟我是具体操手，由于本人学识浅陋，识见有限，纰漏之处在所难免，凡是不妥之处，由我一人承担，为了促使我有所提高，恳切期盼读者朋友指谬，并有以教我。"凡攻我之失者，皆我师也"！

2022 年 5 月 1 日，朱文民记于莒国故都长宁斋